任篤行　注譯
劉　淦　注譯
袁世碩　校閱

新譯聊齋誌異選（一）

三民書局

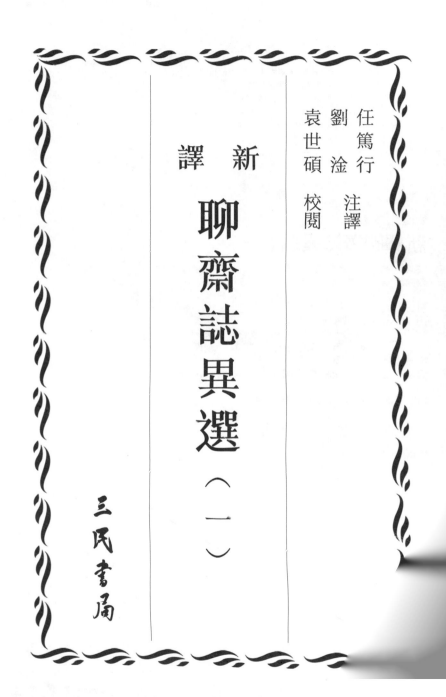

國家圖書館出版品預行編目資料

新譯聊齋誌異選(一)／任篤行,劉淦注譯;袁世碩校閱.
——三版二刷.——臺北市：三民，2022
冊；　公分.——(古籍今注新譯叢書)

ISBN 978-957-14-5674-4 （第一冊:平裝）

857.27

古籍今注新譯叢書

新譯聊齋誌異選（一）

注譯者	任篤行　劉　淦
校閱者	袁世碩
發行人	劉振強
出版者	三民書局股份有限公司
地　址	臺北市復興北路 386 號（復北門市）
	臺北市重慶南路一段 61 號（重南門市）
電　話	(02)25006600
網　址	三民網路書店 https://www.sanmin.com.tw
出版日期	初版一刷 2009 年 6 月
	二版一刷 2012 年 6 月
	三版一刷 2015 年 10 月
	三版二刷 2022 年 6 月
書籍編號	S031940
ISBN	978-957-14-5674-4

圖一　蒲松齡畫像

此畫是蒲松齡七十四歲時，他的第四兒子蒲筠請江南畫家朱湘鱗為他繪製。蒲氏對此畫像似覺滿意，親筆題跋兩則，跋後並鈐有「蒲氏松齡」、「柳泉小景」二枚印章。

圖二　蒲松齡紀念館

蒲松齡故居，位於山東淄博淄川區洪山鎮蒲家莊。館內青磚柱門窗、草屋房面，小青瓦接檐，是清代北方農家的典型建築。

圖三　西鋪畢府——現為蒲松齡書館

位於山東淄博周村區王村鎮西鋪村，原是鄉紳畢際有的宅第。蒲松齡自清康熙十八年起在這裡執教長達三十多年。這裡可以說是他的第二故居，《聊齋誌異》也就在這裡寫成的。

圖四《聊齋誌異》手稿分上、下兩函，原裝八冊，四百多頁，除三篇序文之外，存文237篇，其中有190篇為蒲松齡手稿，其餘為他人代抄。（書名「志」也作「誌」）

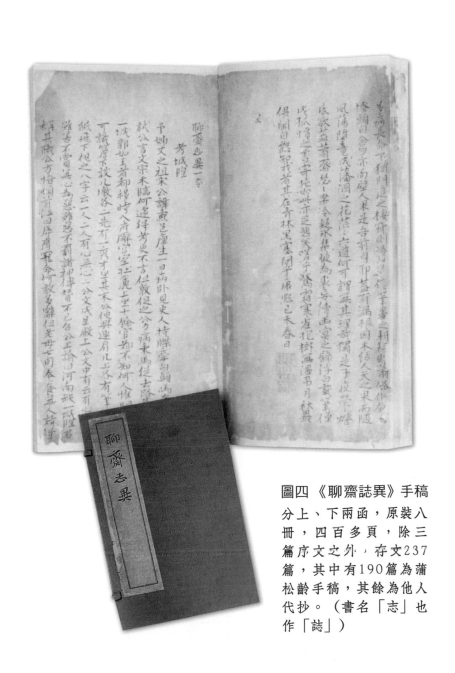

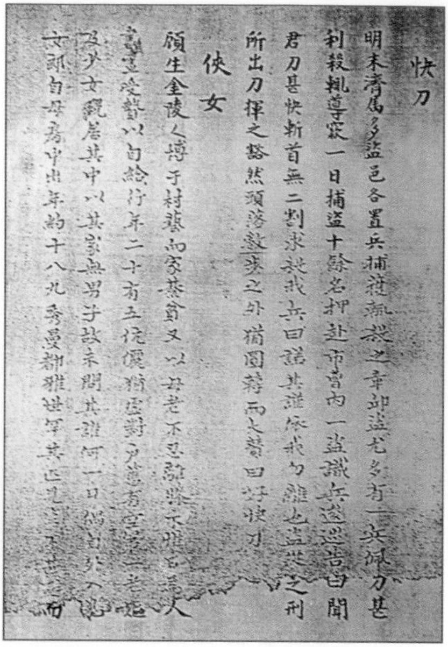

快刀

明末濟屬多盜邑各置兵捕獲輒殺之章丘盜尤多有一兵佩刀甚利殺輒導竅一日捕盜十餘名押赴市曹內一盜識兵逡巡告曰聞君刀甚快斬首無二割求殺我兵曰諾其謹依我勿離也盜從之刑所出刀揮之豁然頭落數步之外猶圓轉而大贊曰好快刀

俠女

顧生金陵人博于材藝而家綦貧又以母老不忍離膝下惟日為人書畫受贄以自給行年二十有五伉儷猶虛對戶舊有空第一老嫗及少女税居其中以其家無男子故未問其誰何一日偶自外入見女郎自母房中出年約十八九秀曼都雅世罕其匹

圖五《聊齋誌異》康熙抄本據手稿本過錄本。其抄寫格式、行款與手稿本基本一致，若干字體亦照手稿本抄寫。現存四冊，另兩小冊。

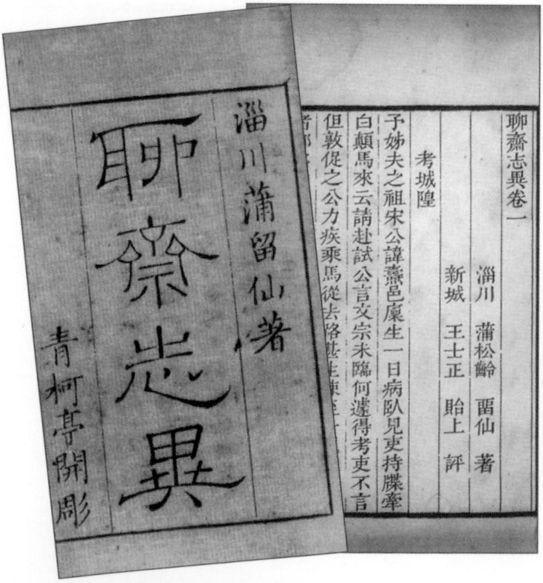

淄川蒲留仙著

聊齋志異

青柯亭開彫

聊齋志異卷一

淄川　蒲松齡　留仙　著

新城　王士正　貽上　評

考城隍

予姊夫之祖宋公諱燾邑廩生一日病臥見吏持牒牽白顛馬來云請赴試公言文宗未臨何遽得考吏不言但敦促之公力疾乘馬從去

圖六《聊齋誌異》青柯亭本為最早的刻本。卷一文前三行署有「新城王士正貽上評」。王士正即王士禎，字貽上，當時身居要職，又是清初詩壇盟主與神韻詩派的代表，他首開評點《聊齋誌異》之風，有其特殊意義。

刊印古籍今注新譯叢書緣起

劉振強

人類歷史發展，每至偏執一端，往而不返的關頭，總有一股新興的反本運動繼起，要求回顧過往的源頭，從中汲取新生的創造力量。孔子所謂的述而不作，溫故知新，以及西方文藝復興所強調的再生精神，都體現了創造源頭這股日新不竭的力量。古典之所以重要，古籍之所以不可不讀，正在這層尋本與啟示的意義上。處於現代世界而倡言讀古書，並不是迷信傳統，更不是故步自封；而是當我們愈懂得聆聽來自根源的聲音，我們就愈懂得如何向歷史追問，也就愈能夠清醒正對當世的苦厄。要擴大心量，冥契古今心靈，會通宇宙精神，不能不由學會讀古書這一層根本的工夫做起。

基於這樣的想法，本局自草創以來，即懷著注譯傳統重要典籍的理想，由第一部的四書做起，希望藉由文字障礙的掃除，幫助有心的讀者，打開禁錮於古老話語中的豐沛寶藏。我們工作的原則是「兼取諸家，直注明解」。一方面熔鑄眾說，擇善而從；一方面也力求明白可喻，達到學術普及化的要求。叢書自陸續出刊以來，頗受各界的喜愛，使我們得到很大的鼓勵，也有信心繼續推廣這項工作。隨著海峽兩岸的交流，我們注譯的成員，也由臺灣各大學的教授，擴及大陸各有專長的學者。陣容的充實，使我們有更多的資源，整理更多樣化的古籍。兼採經、史、子、集四部的要典，重拾對通才器識的重視，將是我們進一步工作的目標。

古籍的注譯，固然是一件繁難的工作，但其實也只是整個工作的開端而已，最後的完成與意義的賦予，全賴讀者的閱讀與自得自證。我們期望這項工作能有助於為世界文化的未來匯流，注入一股源頭活水；也希望各界博雅君子不吝指正，讓我們的步伐能夠更堅穩地走下去。

新譯聊齋誌異選 目次

第二冊

第三冊

第四冊

第五冊

第六冊

第七冊

第八冊

導讀

《聊齋誌異》是清代初期山東淄川縣（今淄博市淄川區）的一位秀才蒲松齡所作的一部短篇小說集。

蒲松齡（西元一六四〇——一七一五年），字柳泉，一字劍臣，別號柳泉居士。他出生在淄川縣蒲家莊的一個家道小康的家庭。父親蒲槃，曾讀過幾年書，卻沒有考中秀才，便去經商，賺了一些錢，但由於家口日多，又忙於教子讀書，特別是經過明清易代之際的戰亂，晚年便日益貧寒了。蒲松齡是蒲槃的第三個兒子，自幼隨父讀書，聰明勤奮，十九歲應童子試，就以「縣、府、道三試第一」，考中秀才。少年得志，以為功名富貴，唾手可得。然而，事與願違，此後應山東鄉試卻屢試不第，直到古稀之年，方才援例獲得了個歲貢生的頭銜，不幾年便與世長辭了。

蒲松齡一生清貧。年輕時，兄弟分居，只分得幾畝薄田。由於要在科舉道路上拼搏，專心讀書，歲歲遊學，無暇顧及家計，子女一多，就難於自給了。三十一歲時，曾去江蘇寶應做知縣的同鄉孫蕙的衙門裡幫辦文牘事務，俗稱文牘師爺；由於他還想博得一第，不願屈身做此等小吏，僅一年便辭職返鄉，繼續在貧困中掙扎。此後的幾科鄉試，依然失敗，又別無良途，只好在四十一歲那年，應聘去本縣西鋪村的官宦之家充當塾師。西鋪畢氏是當地的望族，明代末年出了幾位顯要官僚。館東畢際有是罷官的知州，人稱畢刺史，性耽風雅，接識甚廣，頗賞識蒲松齡的文才。蒲松齡除了教畢際有的幾個孫子讀書，習作制藝文，還替畢際有父子代作賀弔往來的應酬文字，賓主相處得非常融洽，不僅有較豐厚的束脩可以維持家中妻兒的生活，還有餘暇讀書、寫作，按期去濟南參加鄉試，並且得以結識當地的官員和社會名流，如與畢家有四代姻親之誼的朝官兼大詩人王士禛（王士正）等。從而文名日起，以致曾經蒙山東按察使喻成龍之邀，去濟南做了一次臬臺衙門的座上客。就這樣，他在畢家足足待了三十個年頭，到古稀之年方才撤帳歸家，過了幾年清閒日子。

蒲松齡大半生科舉失意，在縉紳人家坐館，生活的主要內容是讀書、教書、著書，可謂一位標準的窮書生。這樣的身世地位，使他一生徘徊於兩種社會之間：一方面，他雖然不是農家子，但身居農村，家境貧寒，一度簡直就是貧窮大眾的一員，飽受生活困苦和科舉失意的折磨；另一方面，他長期與科舉中人交往，進入畢家後，經常接觸官員和社會名流，以能文得到他們的賞識，待之以禮，成為一位秀才班首、社會名流。

這種身世地位決定了蒲松齡一生的文學生涯，亦即搖擺於文士的雅文學和民眾的俗文學之間。他幼年受到鄉村農民文化的薰陶，會唱俚曲，也曾自撰新詞，只是近世傳抄的「聊齋小曲」，已難辨真偽。他以能文為鄉里稱道，所寫文章多是駢散結合，文采斐然；惜乎傳世的《聊齋文集》多是代人歌哭的應酬文字。他也作詞，只是出於偶然的興致和應酬之需要，故作品較少。他作詩甚多，少年進學伊始，曾與學友張篤慶、李希梅等結社唱酬，然詩不存；存詩起自康熙九年（西元一六七〇年）南遊登程經青石關之作，迄於康熙五十三年（西元一七一四年）除夕所作絕句，距其壽終僅二十二日，凡千餘首，大抵皆率性抒發，質樸平實，可見其生平苦樂辛酸，其中有傷時譏世之作，如〈廷尉門〉、〈齊民嘆〉等，可見其伉直磊落性情。他身為塾師，中年寫過《省身語錄》、《懷刑錄》等教人修身的書。晚年《聊齋誌異》基本輟筆，轉而熱心為民眾寫作，一方面用當地民間曲調和方言俗語創作出了《婦姑曲》、《禳妒咒》、《牆頭記》等反映家庭倫理問題的俚曲，寓教於樂；另一方面又為方便民眾識字、耕桑、治病，編寫了《日用俗字》、《農桑經》、《藥祟書》等應用文化讀物。這些著作都收進了近人編輯的《蒲松齡集》中。

蒲松齡從二十歲左右便開始喜歡記載奇聞異事，編寫狐鬼故事。康熙十八年（西元一六七九年）進入畢家坐館時，初步編集成冊，定名《聊齋誌異》。嗣後，他仍然不斷地寫作，直到年逾花甲，方才輟筆，歷時四十餘年，總計寫出了近五百篇故事。

《聊齋誌異》大都是記述社會上的奇聞異事，或狐鬼花妖神仙故事。在中國古代小說史上，屬於文言小說的志怪傳奇一類。其中有六朝志怪式的，簡單記述怪異非常之事，有的簡單到三言兩語，按照現代的小說觀念，算不上小說。有的是唐代傳奇式的，故事曲折，描繪栩栩如生，狐鬼花妖多具人情，和易可親，完全具備了小說的素質。所以，《閱微草堂筆記》

的作者紀曉嵐曾譏議《聊齋誌異》是「一書而兼二體」。

就創作情況來說，六朝志怪式的短篇，多是記錄當時的傳說，甚至是轉錄友人的記述，篇頭篇尾往往交代出「某某人言」，「某某人記」。有些篇幅較長者，不少是因襲前代的作品的故事梗概，進行再度創造，如〈種梨〉是本之於《搜神記》裡的〈徐光〉，加以細緻的描寫，增強了故事的趣味性；〈鳳陽士人〉基本是依據唐代白行簡的傳奇《三夢記》中「夫妻同夢」一段改編的，只是敘述的角度和重心由外出的丈夫一方轉變為在家的妻子一方，增加了人物心理的描寫，更富有生活內容。還有許多篇章沒有口頭傳說和文字記述的依據，是蒲松齡就個人的生活感受、社會經驗，馳騁想像而虛構的狐鬼花妖故事。這類篇章多是情節瑰麗，生動有趣，意蘊深沉，雅俗共賞，超越了以前的志怪傳奇小說，後來仿效它的小說也幾乎沒有可以與之媲美的。

《聊齋誌異》裡的這類篇章何以能夠超越以前的志怪傳奇小說，達到如此高的文學境界呢？

一、狐鬼花妖成為文學審美意象

《聊齋誌異》中寫的大都是狐鬼花妖神仙故事，大都帶有程度不同的虛幻性、超現實的奇異性，有的全是虛幻，有的半實半虛，有的以寫實為主但也添加了一點奇異的成分。單從故事情節的角度看，它與以前的六朝志怪小說和唐代傳奇小說是一樣的。但是，從文學創作的角度看，它與以前的志怪傳奇小說，卻有著根本的差異。

六朝志怪小說是簡單地記載已有的神鬼怪異之事，同當時人記述世間的平常之事一樣，都是當作曾經發生過的實有之事來記載的。六朝志怪小說的代表作家干寶，在為他的《搜神記》寫的序言裡，就曾經鄭重地聲明：書中所記的怪異之事「苟有虛錯」，意即如果不真實，他願意接受讀者的「譏謗」。他所記載的怪異之事，自然全不是曾經有過的真實的事情，而是人們在原始神祕思維和宗教的神道意識的支配下想像的產物。但是，他們卻信以為真，或者讓讀者信以為真，記載下來以證明「神道不誣」，令人思考鑑戒。佛道徒們更是有意宣揚鬼神，自神其教。這自然都不是有意識地作小說，不算是純正的文學創作。

蒲松齡作《聊齋誌異》，不只是記述奇聞異事，而且是有意識的結撰情節奇異的狐鬼花妖神仙故事。這後者就是作家運用想像、幻想進行文學性的虛構，就是文學創作了，同寫實小說的作者運用想像，虛構如同現實生活一樣的生活圖畫是一樣的，區別只在於所虛構出來的故事情節有無超現實的奇異性、虛幻性。儘管蒲松齡結撰狐鬼花妖故事也儘量寫得符合生活情理，使讀者感到彷佛是真有其事似的，有時候還有意製造一種真實可信的假象，但那是為了將故事說得圓通，誘導讀者進入他虛構的藝術天地。實際上，他並不看重故事的真實與否，他更不相信自己虛構的狐鬼花妖神仙故事是曾經發生過和可能發生過的事情。狐鬼、精魅不再是「萬物有靈」觀念中的與人作對的真實存在物，神仙也不再是宗教信仰中必須崇拜、屈服的偶像。在不相信它們是真實存在的觀念下，幻想就獲得了自由，可以將它們寫成善的、美的、公正的化身，《聊齋誌異》中人格化的狐鬼花妖大都是這樣，〈陸判〉篇的陸判官是那麼樂於助人，和易可親；也可以將它們寫成〈畫皮〉中那樣的吃人魔鬼，〈席方平〉、〈考弊司〉中那樣貪賄殘暴的冥間的貪官汙吏，一句話，想把它們寫成什麼樣子就可以寫成什麼樣子。蒲松齡結撰這樣一些狐鬼花妖神仙故事，期望讀者的不是信以為真，而是要從中領會到他所要表現的思想、意蘊和情趣。

這樣，在《聊齋誌異》裡，狐鬼精靈就由原來的神祕性質轉化為文學的審美性質，由原來的信仰物件變成了文學審美意象。

二、藉由狐鬼花妖抒情言志

唐代人作傳奇自然已經是有意識地作小說，與六朝志怪小說不同了。但是，唐代傳奇小說創作一度轉變了方向，有些作者從志怪轉向寫人間事，產生了《霍小玉傳》、《李娃傳》等優秀作品，而仍然拘守志怪傳統大寫怪異故事的作者，卻重在追求故事情節的奇異性，以侈談怪異為能事，不大考慮有什麼意義。傳奇小說之稱作「傳奇」，就表明了這一點。其中也出現了像〈枕中記〉、〈南柯太守傳〉等幾篇寓意小說，但篇數很少，沒有成為主流。

蒲松齡作《聊齋誌異》，結撰那些虛幻的、半虛幻的狐鬼花妖故事，不再是單純以奇異取勝，而是大都有比較明顯的創作意圖，往往是先有了主題才去創作，依據創作意圖來虛構故事。他固然也力求把故事寫得有奇情異趣，在這一點上並不亞於唐代傳奇，甚至可以說比唐代傳奇小說中寫怪異故事的作品，更富有幻想文學的藝術魅力，但是，這卻不再是他創作的主要目的了。他結撰奇異的、半奇異的狐鬼花妖故事，大都是作為表達某種思想、意蘊和情趣的文學方式、手段，狐鬼故事也就具有小說內涵與形式的性質，其中總是或顯或隱地蘊涵著一定的思想內容。

在《聊齋誌異》裡，藉由狐鬼花妖神仙故事以寫意的作品有各種各樣的類型。最明顯的是一些寓言性的小說，如〈勞山道士〉是諷刺好逸惡勞的人，不肯吃苦磨鍊便想學得真本領，心術不正，結果只能是碰壁；〈畫皮〉是諷喻人們不要為表面現象所迷惑，化裝為美女的惡魔容易使人們上當。還有一些明寫陰間、夢境、異域的，如〈席方平〉、〈夢狼〉、〈羅剎海市〉等，是以比喻、象徵的方法，揭露人間官府的黑暗，封建官吏貪婪、殘酷，當道顛倒是非，以醜為美。即便是篇數極多的寫人與狐女、鬼女、花妖的戀愛婚姻的故事，也大都有各自的思想意蘊。也就是說，人與狐鬼花妖相愛結合只是小說的故事框架，這種框架裡容納的是不同的人生內容。如〈胡四娘〉、〈阿纖〉，前者是人入多女的狐家為婿，後者是鼠精阿纖嫁入人家，反映出家庭中的炎涼世態。〈黃英〉通過書生馬子才和菊精黃英婚前婚後的矛盾：黃英種菊花、賣菊花，賺了很多錢，而馬子才卻以君子應當安貧樂道，不願與黃英同流，不占她的便宜，但最後只好屈服，嘲諷了封建文人以工商為賤業的清高思想。〈阿繡〉寫狐女為贏得書生劉子固的愛情，幻化為劉子固所愛慕的阿繡，但在美與愛的競爭中卻為劉子固對阿繡的癡情所感動，轉而幫助劉子固與阿繡成婚，讓所愛者愛其所愛，這就表現了愛情領域裡的高尚理性。

三、生活經驗的結晶

以前的志怪傳奇小說記述的是世間罕有的怪異事情，更是作者身外之事，它們的作者只是充當好事者做客觀的介紹。唐傳奇小說中的一些篇章，篇末就有這樣的聲明，或者加點感嘆的話。元稹的《鶯鶯傳》，有研究者考證，寫的是個人經歷的一段私情，但畢竟是絕無僅有的例外。話本小說系統的白話小說，用說書人或模擬說書人的立場、口氣，總是與故事拉開距離，至多是在敘述中加上幾句評論或調侃性的話語。可以說在蒲松齡之前，很少有人就個人的生活辛酸創作小說。

蒲松齡匠心結撰的狐鬼故事，雖然就小說的故事情節層面說，帶有超現實的虛幻性，但其中所表現的生活內容和蘊涵的思想意蘊，卻與他個人的生活境遇息息相關，不少篇反映的是他自己的或者說是他代表的那一類落拓不遇的文人心境、心態。

在《聊齋誌異》裡，蒲松齡自寫境遇、心跡的作品，以反映文人懷才不遇、譏刺科場考官的篇章最直接，也最明顯。他大半生掙扎在科舉道路上，飽受科舉考試失敗的折磨，一次次名落孫山的沮喪、悲哀、憤懣，不僅烙印在他的詩詞中，也幻化為情節怪異的故事抒發出來，篇數較多，構成了《聊齋誌異》的一大主題。這一類作品是不同時期創作的，因而它們所反映的思想情緒，以及作品的風格，也是不同的。〈葉生〉是早期的作品，「借福澤為文章吐氣」，基調是自悲，自悲中又含有不服氣的意思，對科舉還抱有很大的幻想。中後期的〈司文郎〉，借盲僧之口諷刺考官一竅不通，就不再是自悲，而是對科舉的嘲謔了。再後一些時間的〈賈奉雉〉，讓主人公以最拙劣的文章高中，自感無臉面見人，遁跡山丘，逃離名場，仍然是絕妙的諷刺，而裡面卻隱含了看破科舉的意思，流露出一點消極灰心的情緒。這正是蒲松齡晚期心態的表現。雖然他實際上並沒有完全看破，從此不再應試，但內心產生這種思想，卻是很可以理解的。

《聊齋誌異》裡有許多篇人與狐女、鬼女、花妖、精靈相愛的故事，男主人公大都是和蒲松齡一樣懷才不遇的書生，也有不少是像蒲松齡一樣在富裕的人家坐館的塾師。這類篇章也或直接或間接地反映了他處在那種境遇中的心態，狐鬼花妖精靈的女性形象是他心造的幻影，以彌補現實生活中的匱乏，或表達對人生的思考，使自己在精神上、感情上得到一定的慰藉，心理上獲得平衡。

〈綠衣女〉、〈小謝〉等篇，都是寫一位書生獨自在書齋中，忽有少女來到身邊，吟詩對棋，給孤獨寂寞的書生帶來了歡樂，最後才知道她們是狐鬼花妖。蒲松齡長期離家，在外面坐館，生活孤獨寂寞，他在詩中曾說是像北宋詩人林逋一樣，「久以鶴梅為妻子」（〈家居〉）；自己住在畢家石隱園裡，「石丈猶堪文字友，薇花定結歡喜緣。」（〈逃暑石隱園〉）這是借想像以自慰。〈綠衣女〉、〈小謝〉等篇，就是將這種自慰的想像化作幻想的故事。

〈愛奴〉是寫一位姓徐的秀才在墳墓中坐館，受到很優厚的待遇，酒食豐美，館東鬼婦蔣夫人還將鬼女愛奴贈給徐生，「聊慰客中寂寞」。篇後附錄兩條現實中館東不尊重塾師的故事。蒲松齡說：「夫人教子，無異人世，而所以待師者何厚也！不亦賢乎！」這顯然隱含著埋怨「待師之厚，人不如鬼」的牢騷。

正因為蒲松齡是從個人的實際生活感受出發，結撰狐鬼故事，所以《聊齋誌異》裡的許多篇章，猶如後來曹雪芹在《紅樓夢》開頭所說：「滿紙荒唐言，一把辛酸淚。」其中也表現出一些蒲松齡所體驗到的生活哲理。譬如，〈田七郎〉寫貧窮獵戶田七郎堅決不肯與富人交往，數次拒絕接受富家公子武承休的財物，最後又不能不無可奈何地承受了武承休救自己出獄的恩情，以致後來武承休遇到家難，而不得不盡義獻身。這個故事非常深刻地揭示出那個時代作為社會交往的道德準則的「義」，「受人知者分人憂，受人恩者急人難」，表面上是平等的，然「富人報之以財，貧人報之以義」，也就是說富人可以用財物酬報朋友之恩，而窮人一無所有，就只能是拼上性命了。這個道理至今仍然能夠給人們有益的啟示。

四、寫作手法的創新

在蒲松齡的創作中，結撰狐鬼故事成了文學創作方法、表現形式，他也就不拘守前人作品的模式、寫法，而恣意地不斷翻新了。在這一點上，他比中國古代其他的短篇小說作家都富有創造性，樂於為此而努力。所以，他稱之為「狐鬼事業」。

一般來說，小說都有一個完整的故事情節。唐人傳奇小說、宋元以來的話本小說，都是這樣。《聊齋誌異》中的許多篇章，也都有完整的故事情節，有的還特別曲折生動，如〈王桂庵〉、〈西湖主〉等等，情節極盡起伏跌宕之能事，甚至可以說是情節生動的趣味性超過了它所表現的思想性，形式勝過內容。但是，蒲松齡並不是專在故事情節上取勝，他還寫出了一些故事性不強的作品，如〈王子安〉只寫了主人公應試後臨近放榜的一天醉臥家中瞬間的幻覺：聽到有人報告他，連試皆中，便得意忘形，醜態百出，受到身邊妻子的嘲笑。〈狐諧〉除了開頭和結尾交代情節，重點是寫了狐女與幾位書生的舌戰，顯示出她思路敏捷，言詞鋒利、幽默。〈綠衣女〉只寫了蜜蜂精進入一位書生的書齋歌詠嬉戲的情況。這些篇章都沒有曲折的故事情節，後一篇更像似一篇散文。還有〈金和尚〉，沒有故事情節，只是零星地記述山東五蓮山的一位大和尚的房舍、陳飾、飲食的豪華奢侈，以及出行、交往的氣派和死後殯葬的盛況，與其身分大不相合，顯示出其生活的糜爛、醜惡。這更不像小說而像一篇新聞特寫。蒲松齡雖然沒有放棄小說以故事為主體、以情節曲折為尚的模式，但卻打破了它的一統天下，增添了短篇小說的新類型。

蒲松齡在小說創作上有許多方面的開拓。他加強了人物環境的描寫、事件的具體情況的描寫，如〈嬰寧〉中與狐女嬰寧的天真性格相映襯，寫出了一個花枝繁榮的山村院落；〈王桂庵〉中王桂庵夢中和實際尋訪芸娘的同一江邊小村兩相輝映，使小說帶有詩情畫意；〈促織〉中成名捉蟋蟀、鬥蟋蟀的情景，描寫得非常真切細緻。這使中國短篇小說更加富有現實生活的真實感和文學魅力。在小說的基本方法、敘事藝術方面，《聊齋誌異》也打破了平鋪直敘的簡單模式，多用伏筆、懸念，使故事具有閃爍迷離的情趣。如〈嬰寧〉前半部分寫王子服初見狐女嬰寧，相思成病，臥牀不起，他的表兄為了讓他放寬心思，假說已經在南山找到了嬰寧，並且是表親。癡情的王子服依照他表兄所說方向、地點尋去，誑語竟變成了事實，一點也不差。為什麼會是這樣？篇中不作交代，任憑讀者想像。特別令人嘆服的是〈公孫九娘〉的結尾：公孫九娘囑託萊陽生將她的骨殖遷回故鄉，萊陽生忘記問她埋葬處有何標誌，無法找到公孫九娘的骨殖；半年後萊陽生再到濟南，希望能見到公孫九娘的鬼魂，問明她的葬處，實現她的囑託，公孫九娘卻怒而不見。讀者無法對公孫九娘不諒解萊陽生的粗心做出合理的解釋，所以評點家曾引起爭論，有人認為她是誤解，有人認為她怒而不見不合情理等等。其實蒲松齡以這樣的情節收束全篇，用心良苦，就是不讓公孫九娘實現願望，避免以小小的滿足，沖淡全篇的悲傷情調；留下個不甚可解的疑竇，正可以讓讀者不會輕易地忘掉公孫九娘所代表的慘遭不幸的人們的冤恨。《聊齋誌異》裡有不少篇章寄託幽深，耐人尋味，細心的讀者在感悟到其深層意蘊的同時，也感覺出其構思、運筆的奧妙。

《聊齋誌異》是用文言（習稱古文）作成的，即便有些篇章中的人物對話，採用了口語的成分，那是文言化了的口語，而且其中還用了不少典故和比較冷僻的語詞。這種文章，有一定文化水準的文人自然是讀得懂，理解得透徹，所以最先喜歡、稱賞《聊齋誌異》的是一批文化名流和在文學上有一定造詣的人。然而，《聊齋誌異》刊行後，傳播得非常廣泛，有人說「家有其書」，自然誇張之詞，但坊間書肆隨處可見其書，卻是實際情況，可見它的讀者是非常多的。後來評點本、注釋本、圖詠本紛紛出來，正適應了日益擴大的讀者的需求，也日益擴大了讀者群。這也就是說，文字語言上的不通俗，沒有阻擋、限制住《聊齋誌異》的廣泛傳播和眾多讀者的喜愛。究其原因，就在於這部小說集具有文學的魅力，故事瑰麗，引人入勝，又富有真實的社會生活內容，寓有啟迪人生的思想意義。

蒲松齡作《聊齋誌異》歷經大半生的歲月，隨著年齡和閱歷的增長，境遇順逆的變遷，性情和興趣的變化，這部小說集的近五百篇作品，也存在著多種差異，在思想意義方面有高尚與庸俗之分，在藝術表現方面有精緻與粗劣之別。任何一位優秀文學家都不會是所有的作品都優秀。任何一篇或一部文學作品都有多個層面，也是造成讀者理解、解釋、批評的多樣性的一種原因。而《聊齋誌異》近五百個篇什，思想境界和藝術表現雖然存在程度上的優劣的差異，但情況是錯綜複雜的，往往不是一次閱讀就能夠理解得深切中肯，有些篇什單以文本所敘出的怪異之事，可能看出其中蘊涵的社會內容，亦有可能看不出有什麼意思，但依照孟子知人論世的道理，聯繫文本之外的有關人物、事件，往往能夠意識到文本所敘背後的隱情，發現文本生成之所以然的緣故，從不同層面增進了對文本的理解，察覺出已往讀者沒有察覺出的味道來。本書的注譯者就是本著這種精神，對全書所有名篇或非名篇全都作了「研析」，提供讀者諸君參考。

本書篇章凡載於現存半部原稿本者，悉依從之；所不載者，取最接近原稿的山東圖書館藏康熙抄本，或比較接近原稿的青柯亭初刻本文字，只校正了個別明顯訛誤的語詞，不作校記。關於各篇注釋、語譯等諸項，悉依書局「古籍今注新譯叢書」撰稿體例所定原則，努力做到忠實原書的意思，行文簡要通暢，少有失誤。然限於水準，或有不當，亦請讀者批評教正。

袁世碩　謹識

阿寶

粵西[1]孫子楚，名士也，生有枝指[2]，性迂訥[3]，人誑之，輒信為真；或值座有歌妓，則必遙望卻走[4]，或知其然，誘之來，使妓狎逼之，則赬顏[5]徹頸，汗珠珠下滴。因共為笑，遂貌[6]其呆狀，相郵傳[7]作醜語，而名之「孫癡」。

邑大賈某翁，與王侯埒[8]富，姻戚[9]皆貴冑[10]，有女阿寶，絕色也，日擇良匹，大家兒爭委禽妝[11]，皆不當翁意。生時失儷[12]，有戲之者勸其通媒，生殊不自揣，果從其教。翁素耳[13]其名，而貧之。媒媪將出，適遇寶，問之，以告。女戲曰：「渠去其枝指，余當歸[14]之。」媼告生，生曰：「不難。」媒去，生以斧自斷其指，大痛徹心，血溢傾注，濱[15]死，過數日始能起；往見媒而示之，媼驚，奔告女。女亦奇之，戲請再去其癡。生聞而譁辨，自謂不癡，然無由見而自剖⑯，轉念阿寶未必美如天人，何遂高自位置如此？由是曩念頓冷。

會值清明，俗於是日婦女出遊，輕薄少年，亦結隊隨行，恣其月旦⑰。有同社⑱數人，強邀生去。或嘲之曰：「莫欲一觀可人⑲否？」生亦知其戲己，然以受女揶揄⑳故，亦思一見其人，忻然隨眾物色㉑之，遙見有女子憩樹下，惡少年環如墻堵。眾曰：「此必阿寶也。」趨之，果寶；審諦㉒之，娟麗無雙。少頃，人益稠，女起，遽去。眾情顛倒，品頭題足，紛紛若狂，生獨默然；及眾他適，回視，生猶癡立故所，呼之，不應，群曳之曰：「魂隨阿寶去耶？」亦不答。眾以其素訥，故不為怪，或推之，或挽之以歸。至家，直上牀臥，終日不起，冥㉓如醉，喚之不醒。家人疑其失魂，招於曠野，莫能效；強拍問之，則矇矓應云：「我在阿寶家。」及細詰㉔之，又默默不語。家人惶惑莫解。

初，生見女去，意不忍舍，覺身已從之行，漸傍其衿帶間，人無呵者，遂從女歸。坐臥依之，夜輒與狎㉕，意甚得㉖；然覺腹中奇餒，思欲一返家門，而迷不知路。女每夢與人交，問其名，曰：「我孫子楚也。」心異之，而不可以告人。生臥三日，氣休休若將澌滅㉗。家人大恐，託人婉告翁，欲一招魂其家，翁笑曰：「平昔不省㉘往還，何由遺魂吾家？」家人固哀之，翁始允。巫執故服㉙、草薦㉚以往。女詰得其故，駭極，不聽他往，直導入室，任招呼而去。巫歸至門，生榻上已呻。既醒，女室之香奩什具，何色何名，歷言不爽㉛。女聞之，益駭，陰感其情之深。生既離牀寢，坐立凝思，忽忽若忘，每伺察阿寶，希幸一再遘之。浴佛節㉜，聞將降香水月寺，遂早日往候道左㉝；目眩睛勞，日涉午㉞女始至，自車中窺見生，以摻手㉟搴簾，凝睇不轉。生益動，尾從之。女忽命青衣㊱來詰姓字，生殷勤自展，魂益搖，車去始歸。

歸復病，冥然絕食，夢中輒呼寶名，每自恨魂不復靈。家舊養一鸚鵡，忽斃，小兒持弄於牀。生自念倘得身為鸚鵡，振翼可達女室。心方注想，身已翩然㊲鸚鵡，遽飛而去，直達寶所。女喜而撲之，鎖其肘，飼以麻子㊳。大呼曰：「姐姐勿鎖，我孫子楚也！」女大駭，解其縛亦不去。女祝曰：「深情已篆㊴中心。今已人禽異類，姻好何可復圓？」鳥云：「得近芳澤㊵，於願已足。」他人飼之不食，女自飼之則食。女坐則集其膝，臥則依其牀。如是三日，女甚憐之，陰使人瞰㊶生，生則僵臥氣絕已三日，但心頭未冰耳。女又祝曰：「君能復為人，當誓死相從。」鳥云：「誑我。」女乃自矢，鳥側目若有所思。少間，女束雙彎㊷，解履牀下，鸚鵡驟下，銜履飛去。女急呼之，飛已遠矣。

女使嫗往探，則生已寤。家人見鸚鵡銜繡履來，墮地死，方共異之。生既蘇，即索履。眾莫知故，適嫗至，入視生，問履所在。生曰：「是阿寶信誓物。借口相覆：小生不忘金諾㊸也。」嫗反命。女益奇之，故使婢洩其情於母。母審之確，乃曰：「此子才名亦不惡，但有相如之貧㊹。擇數年，得婿若此，恐將為顯者㊺笑。」女以履故矢不他。翁媼乃從之。

馳報生。生喜，疾頓瘳[46]。翁議贅諸家，女曰：「婿不可久處岳家，況郎又貧，久益為人賤。兒既諾之，處蓬茆[47]而甘藜藿[48]，不怨也。」生乃親迎[49]成禮，相逢如隔世歡。自是生家得奩妝，小阜[50]，頗增物產，而生癡於書，不知理家人生業。女善居積[51]，亦不以他事累生。

居三年，家益富。生忽病消渴[52]卒。女哭之痛，淚眼不晴[53]，至絕眠食；勸之不納[54]，乘夜自經。婢覺之，急救而甦，終亦不食。三日，集親黨，將以殮生，聞棺中呻以息，啟之已復活，自言：「見冥王，以生平樸誠，命作部曹[55]，忽有人白：『孫部曹之妻將至。』王稽鬼錄[56]，言：『此未應便死。』又白：『不食三日矣。』王顧謂：『感汝妻節義，姑賜再生。』因使馭卒控馬送余還。」由此體漸平。值歲大比[57]，入闈[58]之前，諸少年玩弄之，共擬隱僻之題七，引生僻處與語，言：「此某家關節[59]，敬秘相授。」生信之，晝夜揣摩，制成七藝[60]，眾隱笑之。時典試者[61]慮熟題有蹈襲弊，力反常徑。題紙下，七首皆符，生以是掄魁[62]。

明年，舉進士㊸，授詞林㊹，上聞其異，召問之，生具啟奏。上大嘉悅，後召見阿寶，賞賚有加焉。

異史氏曰：「性癡則其志凝，故書癡者文必工㊺，藝癡者技必良；世之落拓㊻而無成者，皆自謂不癡者也。且如粉花㊼蕩產，盧雉㊽傾家，顧㊾癡人事哉？以是知慧黠而過，乃是真癡；彼孫子何癡乎！」

【注釋】①粵西　今廣西壯族自治區。②枝指　大拇指旁歧生的手指。③迂訥　固執而不善於言談。④卻走　退避。⑤靦顏　因羞怯而臉色發紅。⑥貌　模仿。⑦郵傳　口耳相傳。⑧埒　同樣。⑨姻戚　以婚姻關係結成的親戚。⑩貴冑　貴族的後代。⑪委禽妝　即古代婚禮六禮中的納采（提親），以送雁為禮，稱「委禽」。禽妝即指聘禮。⑫儷　配偶。⑬耳　這裡用作動詞，聽說。⑭歸　女子出嫁。⑮濱　臨近。⑯剖　解釋。⑰月旦　評論。語源《後漢書．許劭傳》：「劭與靖俱有名，好共覈論鄉黨人物，每月輒更其品題。故汝南俗有『月旦評』焉。」後因稱品評人物為「月旦評」，或簡稱「月旦」。⑱社　學塾。⑲可人　中意的人。⑳揶揄　戲弄。㉑物色　尋找。㉒審諦　仔細觀察。㉓瞑　昏迷。㉔詰　問。㉕狎　親暱。㉖得　滿足。㉗澌滅　消失乾淨。㉘省　記得。㉙故服　舊衣。㉚草薦　草蓆；草墊。㉛爽　錯。㉜浴佛節　農曆四月初八日，釋迦牟尼的生日。佛寺於當日舉行誦經法會，並以香水浸洗佛像，故又稱浴佛節。㉝道左　路旁。㉞涉午　午時已過。㉟摻手　纖細柔美的手。《詩經．魏風．葛屨》：「摻摻女手，可以縫裳。」摻，纖細。㊱青衣　指代婢僕。㊲翩然　形容動作輕快。㊳麻子　芝麻。㊴篆　銘刻。㊵芳澤　古代婦女用潤髮香油。借指女子。㊶矙　看。㊷雙彎　借指女子的一雙小腳。因古代婦女纏足之故。㊸金諾　對別人諾言的敬稱。㊹相如之貧　富有才華而清貧。相如，漢代司馬相如。語源《史記・司馬相如列傳》。㊺顯者　富貴而有名望的人。㊻瘳　痊癒。㊼蓬茆　茅草屋。㊽藜藿　泛指野菜。㊾親迎　古代婚禮六禮之一。即迎娶。新郎親自到女家迎娶新娘。㊿阜　富裕。(51)居積　經商。(52)消渴　糖尿病。(53)晴　比喻流淚不止。(54)納　採納。(55)部曹　明清朝廷六部皆分司治事，各司官員通稱部曹。此借指冥府某部屬官。(56)鬼錄　生死簿。(57)大比　明清時代科舉考試，每三年舉行一次鄉試。(58)闈　考場。(59)關節　向官吏行賄。(60)七藝　七篇應試的八股文，其中有五經義題四道，四書義題三道。(61)典試者　主考官。(62)掄魁　科舉考試考取第一名。掄，選拔。魁，魁首。(63)舉進士　舉，考取。進士，舉人經會試及格者。(64)詞林　官職名，即翰林，為編修國史等的官員。(65)工　精美。(66)落拓　行為放蕩。(67)粉花　指代嫖妓。(68)盧雉　賭博時骰子形成的彩名。指代賭博。(69)顧　難道。

【語　譯】廣西省的孫子楚，是一個有名的書生。他手上長了一個枝指，性情固執，不善言談，人們欺騙他，他就信以為真；有時外出集會，遇到席間有賣唱的女子，他從遠處望一望就趕快走開。有人知道他這個脾氣，故意騙他來，使妓女勉強他彼此親近，他羞得滿臉通紅，直紅到脖子根，汗滴如雨。於是人們哈哈大笑，竟模仿他的呆相，口耳相傳，醜化他，還給他起渾號，稱他「孫癡」。

孫子楚居住的縣裡，有個做大生意的老翁，家富比王侯，親戚都是貴族，他的女兒名叫阿寶，長得美麗無比。老翁天天為女兒挑選配偶，世家大族的公子爭相聘娶，老翁都相不中。這時，孫子楚的妻子已經死去，有人和孫子楚開玩笑，勸他請人到老翁家說媒。孫子楚竟不揣度自己的條件，真的聽從他人指教。老翁聽說過孫子楚的文名，卻嫌他家境貧窮。正當媒婆快走出老翁家的時候，恰巧遇見阿寶，阿寶問她，她如實相告。阿寶開玩笑地說：「他能去掉手上的枝指，我就嫁給他。」媒婆轉告孫子楚，孫子楚說：「這事不難。」媒婆走了，他用斧子剁掉了自己的枝指，疼痛鑽心，鮮血直流，瀕臨死亡。過了好幾天，他能下牀了，找到媒婆，伸手給她看。媒婆大吃一驚，跑去告訴阿寶，阿寶也為此驚異，又開玩笑，要孫子楚再把他的癡性去掉。孫子楚聽說以後，大聲爭辯，說自己不癡。可是他沒有機會和阿寶見面，當面解釋，再一想，阿寶不一定長得美如天仙，怎麼竟能把自己看得這樣高不可攀！因此對她熱烈追求的念頭立刻冷了下來。

正逢清明節，依照風俗，這一天婦女到野外遊覽，輕薄少年也結伙跟在她們身後，任意評頭論足。有好幾個同學，勉強邀得孫子楚同去。有人諷刺他說：「你不想去看你的意中人？」孫子楚知道他在開玩笑，可是因為自己曾經被阿寶戲弄，也想見她一面，就愉快地跟大家一道去找她。向遠處看，有個女郎在樹下休息，一群惡少圍著她，像豎起一道人牆。同學們說：「那一定是阿寶。」快步走去，真的是她。仔細看，她長得真的秀麗無比。一會兒，來看她的人越來越多，女郎站起身匆忙離開。大家直看得神志迷亂，又一個個發瘋似的評頭論足，只有孫子楚保持沉默。同學們要到別處去，回頭一看，孫子楚還呆頭呆腦地站在原地；喊他，他不答應，幾個人拉他一把，說：「你那魂靈兒跟隨阿寶走了嗎？」他也不回答。大家因為他平素就言談遲鈍，所以不覺奇怪，就又推又拉地把他送回家。他到家之後徑直上牀，睡了一整天也不起來，頭腦昏昏沉沉，如喝醉了一般；喊他不醒，家人懷疑他在野外掉了魂，就到漫野裡招引，卻不見效；稍用力拍拍他，問一問，他才迷迷糊糊地回答，說：「我在阿寶家。」等細問他，又默默不語了。家中人疑惑，想不明白。

當初，孫子楚見阿寶從樹下離開，心裡戀戀不捨，感覺自己已跟在她身後，漸漸靠近她的衣帶，沒有任何人呵叱他；跟隨她到家，一舉一動都緊挨她身旁，到夜晚就同她親暱，非常得意；只是感覺肚裡很餓，想回家一趟，卻心裡迷亂，記不起道路。阿寶常夢見和人親近，問對方叫什麼名字，回答說：「我是孫子楚啊。」她感覺這事出奇，卻不便告訴別人。孫子楚睡了三天，氣息微弱，像就要停止呼吸，家裡人十分恐慌，託人婉轉告訴阿寶的父親，想到他家招魂，老翁笑著說：「不記得過去有來往，有什麼緣故把魂掉在我家？」孫家的人再三哀求，老翁才應許。巫婆拿著孫子楚的舊衣服、草墊子進門。阿寶問清原因，十分驚訝，不等她到別處，就徑直領她進閨房，任憑巫婆招呼後回去。巫婆回到孫家，剛進孫子楚的房間，孫子楚已經在牀上呻吟。他清醒之後，細說阿寶屋裡化妝盒等用具的顏色、名稱，一件又一件，都絲毫不錯。阿寶聽說這事，更加驚異，並暗自感激孫子楚用情深厚。孫子楚自從離開牀鋪，不論坐著、站著，總是一心想著阿寶，精神恍恍惚惚，若有所失。他經常出門打探阿寶的行蹤，切盼能再看見她。浴佛節到了，他聽說阿寶要到水月寺燒香，就早起到路旁等她，左顧右盼，累得眼花，午時以後阿寶才到，她從車裡看見孫子楚，用纖細而柔美的小手撩起車簾，目不轉睛地注視著孫子楚。孫子楚越發感動，緊跟在車後。阿寶忽然讓婢女來問姓名，孫子楚殷勤地自我介紹，同時他心情更加激動，等車子走遠才回家。

孫子楚回家之後又病了，精神恍惚，不思飲食，夢裡總是喊：「阿寶，阿寶。」還恨自己的魂魄不再靈驗。他家有一隻養了很久的鸚鵡，忽然死了，有個小孩子正在牀上玩弄牠。孫子楚心裡想著假設自己變成鸚鵡，一展翅膀就能飛到阿寶屋裡，正這麼反覆想著，霎時間身體已變成能輕快飛翔的鸚鵡，急匆匆地飛走了，直接飛進阿寶的閨房。阿寶很愛這鸚鵡，捉住牠，用繩子拴住牠的腳，餵牠芝麻。鸚鵡大聲呼喊，說：「姐姐別拴我，我是孫子楚啊！」阿寶大吃一驚，解下繩子，牠也不飛走。阿寶囑咐牠說：「你對我的深厚感情，我已經銘刻心頭。可是現在一個是人，一個是鳥，不是同類，怎麼能再結美滿婚姻呢？」鸚鵡說：「能夠親近你，我就十分滿意了。」別人來餵食，鸚鵡都不吃，要阿寶親自餵才吃。阿寶坐下，鸚鵡站立在她腿上；她躺在牀上，鸚鵡就依偎牀邊。這樣過了三天，阿寶很喜愛牠，偷偷地派人到孫家觀察孫子楚。原來孫子楚在家直挺挺地躺在牀上，沒有氣息，已經三天了，只是心頭還沒有冰冷。阿寶知道以後，又囑咐鸚鵡說：「你如果能再變成人，我誓死嫁給你。」鸚鵡說：「你騙我的吧？」阿寶就為此發誓，鸚鵡斜眼看看她，好像在想心事。一會兒，阿寶要纏足，脫下繡鞋放在牀下，鸚鵡突然飛下去，啣起一隻繡鞋飛去。阿寶急忙喊牠，但牠已經飛遠。

阿寶派老女僕到孫家探望，孫子楚早已甦醒。在這之前，孫家的人看見鸚鵡口啣繡鞋飛來，墜落在地上死去，大家正在驚訝，孫子楚已經醒來，接著就要繡鞋。大家不知道這件事的因由，正好阿寶的老女僕到來，進屋探望孫子楚，並問鞋子放在哪裡，孫子楚說：「那是阿寶給我的定情物。請你告訴她，小生我不會忘記她珍貴的諾言。」老女僕向阿寶稟告，阿寶越發認為這事很離奇。她故意讓婢女把這件事向母親洩露。母親細加追究，認為確實可信，才說：「這個年輕人的才氣名聲也不差，只是他家境貧窮，我挑選了好幾年，結果得到的女婿是這個樣子，恐怕會被顯貴人家笑話。」阿寶為了繡鞋之事發誓不嫁別人，她的父母這才表示同意。阿寶趕快派人把許親的事告訴孫子楚，孫子楚心中愉快，病立刻就痊癒了。老翁想讓女婿入贅，阿寶說：「女婿不可以長住岳家。況且他家貧窮，長住下去更被人瞧不起。我既然答應嫁他，就算住茅屋，吃野菜，心裡也不會埋怨。」於是，孫子楚親來迎娶她，完成婚禮。二人重逢，恍如隔世的歡樂。此後，孫家因為得到很多嫁妝，稍微富裕，新買了些家產。只是孫子楚癡迷讀書，不懂得如何操辦家事，而阿寶擅長囤積經營，也不使別的事情煩勞孫子楚。

三年之後，孫家越來越富裕，孫子楚卻得了糖尿病忽然死亡。阿寶十分悲痛，眼淚從來沒有停止過，整日不睡不吃；勸她，她不聽，趁黑夜自縊。婢女發覺，急忙搶救，她才活過來，但仍不進食。過了三天，孫家請來親友，準備安葬孫子楚，卻聽見棺木裡有呻吟聲，開棺一看，孫子楚已經復活。他說：「我見到閻王，因為我一向誠樸忠厚，任命我為部中屬官。這時忽聽人稟報：『孫部曹的妻子就要來到。』閻王查驗生死簿，說：『阿寶不該死。』那人又說：『她三天沒有吃飯了。』閻王看著我說：『感念你的妻子有節操義行，姑且也讓你復活。』就使駕馭車馬的差役駕馬，送我回來。」此後孫子楚逐漸康復，正逢這一年舉行鄉試，趕考之前，有幾個年輕人耍弄孫子楚，擬定了七道冷僻的題目，把孫子楚叫到僻靜的地方，對他說：「這是某家行賄得來的，特意偷送給你。」孫子楚相信了，就日夜用心揣摩，寫出七篇八股文。大家都偷偷地笑話他。恰巧這時的主考官盤算，如果出常見題，容易出現抄襲的弊病，因此儘力改變出題的尋常思路。考場裡發下題紙，七道試題和孫子楚寫過的一模一樣。孫子楚因此考取第一名。第二年，他又考取進士，被任命為翰林。皇上聽說關於孫子楚的奇事，召來詢問他的經歷，他一一上奏。皇上很高興的稱讚他，後來又召見阿寶，更大加獎賞。

異史氏說：「性格癡迷就志向堅定。所以癡迷讀書的人，所寫文章必定精深；癡迷技藝的人，所操技術必定精良。世間任性放蕩、一無成就的，都是認為自己不癡的人；再說，因為嫖妓而蕩產，因為賭博而敗家，難道是癡人辦的事麼？由此可知聰明過火才是真癡。他孫子楚有什麼癡呢！」

【研析】〈阿寶〉這篇小說通過描寫主人公孫子楚與阿寶曲折動人的愛情故事，讚揚了誠樸、執著、深情至性的性情。客觀上否定愛耍小聰明、怕吃苦、不實幹的紈袴習氣。

首段就點出主人公「性癡」的特點，說他「有枝指」，「性迂訥」。他生活態度嚴肅，迴避歌女；妓女主動接近他，他就羞得滿臉通紅，汗滴如雨，引得人們大笑，給他起渾號「孫癡」。

第二段，故事進入中心內容：孫生因「性癡」而發為「情癡」，表現在愛情上是一片深情至性。孫子楚追求阿寶，經歷一個由朦朧到清晰、由動情到癡情的深入發展過程。他開始求婚，阿寶戲言要他「去其枝指」，他十分認真，出人意料，果然「以斧自斷其指」，血流如注，差點死去，凸顯他性癡至誠的性格特點。但是，他這時並沒見過阿寶，只是慕名而來，當阿寶又「戲請再去其癡」時，他感覺被人誤解，阿寶「高自位置」，他追求的熱情就冷了下來。

從第三段，故事情節進入高潮，展示了主人公由動情到癡情的特點。清明節，孫子楚真正見到了「娟麗無雙」的阿寶。「性癡，則其志凝」。他一見傾心，墮入癡情境地：先是魂離身而跟隨阿寶歸去，「坐臥依之」；後又魂化鸚鵡，直飛入阿寶臥室，與其相依為伴，終於感動了阿寶，彼此相親相愛。在蒲松齡之前，古代不少小說家已寫過「離魂型」的愛情故事，唐傳奇《離魂記》中寫張倩娘魂魄跟隨情人私奔，在外「凡五年，生兩子」，後來回到家中，仍與病在閨中的本身「合為一體」。〈阿寶〉中孫生離魂的描寫，並不是前代類似情節的翻版，在此，情節發展和人物性格的展示緊緊地融合在一起，孫生的情癡是他「性癡」的集中表現。當這樣一個癡人專注於一事時，魂隨女去、魂化鸚鵡的浪漫異行也就顯得合情合理，符合人物性格的邏輯發展了。

文中刻劃孫生性格並非單一不變，而是又有機敏狡黠的一面。文中開始就說他有「性癡」特點，但是，當阿寶要他「去其癡」時，「生聞而譁辨，自謂不癡」，此話果然屬實。他魂化鸚鵡時，阿寶說：「君能復為人，當誓死相從。」鸚鵡不相信，說是「誑我」，並且趁機啣走阿寶的繡鞋以作信物。這個情節，顯示主人公誠樸中又有幾分可愛的機敏狡黠，情節有了發展，人物性格的刻劃也達到更完美的境地。

最後一段「異史氏曰」，作者發表議論，使文章的中心思想更加明確：讚揚「性癡」、「藝癡」的性情。癡者，誠樸也，真心誠意做人做事，才是真正的聰明。批評那些「自謂不癡」、「世之落拓而無成者」，甚至吃喝嫖賭、傾家蕩產的人，才是聰明反被聰明誤的「癡人」。這都有益於提高社會道德水平。

促織

宣德❶間，宮中尚促織❷之戲，歲征民間。此物故非西❸產，有華陰令❹欲媚上官，以一頭進，試使鬥而才❺，因責常供❻。令以責之里正❼。市中遊俠兒❽，得佳者籠養之，昂其直居為奇貨❾。里胥猾黠，假此科斂丁口❿，每責一頭，輒⓫傾數家之產。

邑有成名者，操童子業，久不售⓬。為人迂訥⓭，遂為猾胥報充里正役；百計營謀不能脫，不終歲，薄產累盡。會⓮征促織，成不敢斂戶口，而又無所賠償，憂悶欲死。妻曰：「死何裨益？不如自行搜覓，冀⓯有萬一之得。」成然之。早出暮歸，提竹筒、銅絲籠，於敗堵⓰叢草處，探石發穴，靡⓱計不施；迄無濟⓲；即捕得三兩頭，又劣弱，不中於款⓳。宰嚴限追比⓴，旬餘，杖至百，兩股間膿血流離，並蟲亦不能行捉矣。

轉側牀頭，惟思自盡。

時村中來一駝背巫㉑，能以神卜。成妻具貲詣問㉒，見紅女白婆，填塞門戶㉓，入其舍，則密室垂簾，簾外設香几，問者爇香於鼎㉔，再拜。巫從傍望空代祝，脣吻翕闢㉕，不知何詞。各各竦立以聽。少間，簾內擲一紙出，即道人意中事，無毫髮爽㉖。成妻納錢案上，焚拜如前人。食頃㉗，簾動，片紙拋落。拾視之，非字而畫：中繪殿閣，類蘭若㉘；後小山下，怪石亂臥，針針叢棘㉙，青麻頭㉚伏焉；旁一蟆㉛，若將跳舞。展玩㉜不可曉，然睹促織，隱中胸懷。摺藏之，歸以示成。

成反復自念：得無㉝教我獵蟲所耶？細瞻景狀，與村東大佛閣真逼似，乃強㉞起扶杖，執圖詣寺後。有古陵蔚起㉟，循陵而走，見蹲石鱗鱗㊱，儼然類畫。遂於蒿萊中側聽徐行，似尋針芥。而心目耳力俱窮㊲，絕無蹤響。冥搜未已㊳，一癩頭蟆猝然躍去。成益愕，急逐趁㊴之。蟆入草間，躡蹟披求，見有蟲伏棘根。遽㊵撲之，入石穴中，掭㊶以尖草，不出，以筒水灌之始出。狀極俊健，逐而得之。審視，巨身修尾，青項金翅。大喜，籠歸。舉家慶賀，雖連城拱璧[42]不啻[43]也。土於盆[44]而養之，蟹白栗黃[45]，備極護愛。留待限期，以塞官責[46]。

成有子九歲，窺父不在，竊發[47]盆。蟲躍擲[48]逕出，迅不可捉；及撲入手，已股落腹裂，斯須[49]就斃。兒懼，啼告母。母聞之，面色灰死，大罵曰：「業根[50]！死期至矣！而翁歸，自與汝覆算[51]耳！」兒涕而出。未幾[52]成歸，聞妻言，如被冰雪；怒索兒，兒渺然不知所往。既得其屍於井，因而化怒為悲，搶呼[53]欲絕。夫妻向隅[54]，茅舍無煙；相對默然，不復聊賴[55]。日將暮，取兒槀葬[56]，近撫之，氣息惙然[57]。喜寘榻上，半夜復甦，夫妻心稍慰。但蟋蟀籠虛，顧之則氣斷聲吞[58]，亦不敢復究兒。自昏達曙，目不交睫。

東曦既駕[59]，僵臥長愁。忽聞門外蟲鳴，驚起覘視，蟲宛然[60]尚在。喜而捕之，一鳴輒躍去，行且速；覆之以掌，虛若無物，手才舉則又超忽而躍；急趁之，折過牆隅[61]，迷其所往。徘徊四顧，見蟲伏壁上；審諦[62]之，短小，黑赤色，頓[63]非前物。成以其小，劣之，惟彷徨瞻顧，尋所逐者。壁上小蟲，忽躍落衿袖間。視之，形若土狗[64]，梅花翅，方首長脛，意似良，喜而收之。

將獻公堂，惴惴[65]恐不當意，思試之鬥以覘之。村中少年好事者[66]，馴養一蟲，自名「蟹殼青」，日與子弟角[67]，無不勝。欲居之以為利，而高其直，亦無售者。逕造[68]廬訪成，視成所蓄，掩口胡盧[69]而笑。因出己蟲，納比籠[70]中。成視之，龐然修偉[71]，自增慚怍，不敢與較。少年固強之，顧念[72]蓄劣物終無所用，不如拚博一笑，因合納鬥盆。小蟲伏不動，蠢若木雞[73]，少年又大笑。試以豬鬣毛，撩撥蟲鬚，仍不動，少年又笑。屢撩之，蟲暴怒直奔，遂相騰擊，振奮作聲。俄見小蟲躍起，張尾伸鬚，直齕敵領[74]。少年大駭，解令休止。蟲翹然矜鳴，似報主知，成大喜。方共瞻玩，一雞瞥來，逕進以啄，成駭立愕呼。幸啄不中，蟲躍去尺有咫[75]；雞健進，逐逼之，蟲已在爪下矣。成倉猝莫知所救，頓足失色，旋見雞伸頸擺撲，臨視則蟲集冠上，力叮不釋。成益驚喜，掇置籠中。

翼日進宰，宰見其小，怒訶成。成述其異，宰不信，試與他蟲鬥，蟲盡靡[76]；又試之雞，果如成言。乃賞成，獻諸撫軍[77]，撫軍大悅，以金籠進上，細疏[78]其能。既入宮中，舉天下所貢蝴蝶、螳螂、油利撻、青絲額……[79]，一切異狀，遍試之，無出其右[80]者。每聞琴瑟之聲，則應節而舞，益奇之。上大嘉悅，詔賜撫臣[81]名馬衣緞。撫軍不忘所自[82]。無何，宰以「卓異」[83]聞。宰悅，免成役，又囑學使[84]，俾入邑庠[85]。由此以善養蟲名，屢得撫軍殊寵。不數歲，田百頃，樓閣萬椽[86]，牛羊蹄躈[87]各千計。一出門，裘馬過世家[88]焉。

異史氏曰：「天子偶用一物，未必不過此已忘，而奉行者即為定例。加之官貪吏虐，民日貼婦賣兒，更無休止。故天子一跬步[89]皆關民命，不可忽⑨⓪也。獨是成氏子以蠹⑨①貧，以促織富，裘馬揚揚。當其為里正受扑責時，豈意其至此哉！天將以酬長厚者，遂使撫臣、令尹⑨②並受促織恩蔭。聞之：『一人飛升，仙及雞犬⑨③。』信夫⑨④！」

【注釋】❶宣德　明宣宗的年號，西元一四二六—一四三五年。❷促織　蟋蟀。❸西　指陝西。❹華陰令　華陰，縣名。令，一縣之長。❺才　有才能。❻因責常供　責，責令；要求。常供，經常供應。❼里正　明代基層以百餘戶為一里，里正為一里之長。❽遊俠兒　這裡指遊手好閒的青年。❾昂其直句　直，價格。居，儲存起來。奇貨，珍奇物。❿里胥猾黠二句　里胥，鄉里差役。猾黠，狡詐。假，借。科斂丁口，按人口斂錢。⓫輒　就。⓬邑有成名者三句　邑，指華陰縣。操，從事。童子業，謂為考秀才而學習，作好八股文。這是明清兩代科舉最低一級的考試。讀書人不論年齡大小，都稱「童生」，這一級考試，也稱「童子試」。售，考取。⓭迂訥　呆板又不善於講話。⓮會　恰巧。⓯冀　盼望。⓰堵　牆。⓱靡　沒有。⓲迄無濟　迄，終於。濟，益處。⓳款　規格。⓴追比　舊時地方官府嚴逼交稅、交差，過期則杖責、監禁，繼續追逼。㉑巫　古代從事祈禱、卜筮，為人求福、消災、治病的人。㉒具貲詣問　備足錢財，前往扣問。㉓見紅女二句　紅，指紅妝。白，形容鬢髮。填塞，形容擁擠。㉔爇香於鼎　爇，燒。鼎，指香爐。㉕翕闢　開合。㉖爽　差錯。㉗食頃　一頓飯的時間。㉘蘭若　佛寺。梵語「阿蘭若」的省稱，意為空淨閑靜之處。㉙棘　荊棘。㉚青麻頭　一種上等蟋蟀的名號。㉛蟆　蝦蟆。㉜展玩　玩賞。㉝得無　莫非。㉞強　勉強。㉟古陵蔚起　草木茂盛處有墳墓隆起。陵，墓。蔚，草木茂密貌。㊱嶙嶙　形容山石突兀、重疊。㊲窮　用盡。㊳冥搜未已　冥搜，深入搜索。未已，不止。㊴逐趁　追趕。㊵遽　急忙。㊶掭　輕撥。㊷連城拱璧　價值連城的大玉璧，語出《史記．廉頗藺相如列傳》。43不啻　比不過。44土於盆　盆內墊土。45蟹白栗黃　白，指蟹肉。黃，熟栗仁。46塞官責　塞，應付。責，要求。47竊發　偷偷開啟。48擲　騰跳。49斯須　一會兒。50業根　禍根。51而翁歸二句　而，即「你的」。翁，指父。覆算，算帳。52未幾　不久。53搶呼　頭碰地，口喊天。形容極悲痛。54向隅　面向屋角。形容悲觀失望。55聊賴　精神或生活的寄託。56藁葬　草草埋葬。57惙然　微弱貌。58氣斷聲吞　氣斷，忍氣。聲吞，不說話。59東曦既駕　東曦，東方的太陽。駕，升起。60宛然　彷彿。61隅　角。62審諦　仔細觀察。63頓　完全。64土狗　螻蛄。65惴惴　形容心神不定。66好事者　喜歡多事的人。67角　鬥。68造　到。69胡盧　喉間笑聲，意為恥笑。70比籠　鬥蟋蟀用的籠子。71龐然修偉　龐，大。修，長。72顧念　思考。73木雞　形容呆笨的樣子。74直齕敵領　齕，咬。領，脖子。75尺有咫　一尺多。76靡　敗走。77諸撫軍　諸，之於。撫軍，明清時巡撫的別稱。巡撫為清代地方政府的長官。78疏　分條陳述。79舉天下所貢句　舉，用盡。貢，進獻。蝴蝶、螳螂、油利撻、青絲額皆著名蟋蟀名稱。80出其右　高出其上。81撫臣　即巡撫。82所自　來源。83卓異　優異。朝廷考察大臣政績評語。84學使　官名。掌一省教育、科舉考試等的官員。85邑庠　縣學。入縣學的學生，稱生員，即秀才。86椽　檁上橫木，借指房屋間數。87蹄躈　量詞。畜類四蹄加一口為一蹄躈，即一隻。88裘馬過世家　裘馬，穿輕裘，騎肥馬，泛喻生活豪華。過世家，超過世代顯貴的人家。89跬步　半步。借指言行。90忽　輕視。91蠹　蛀蟲。借指禍國殃民者。92令尹　泛稱縣、府等地方行政長官。93一人飛升二句　一人得道升天，家中雞犬也跟著成仙。語本漢淮南王劉安一家升天的傳說。詳參漢王充《論衡．道虛》。94夫　助詞，用於句末表疑問或感嘆。

【語譯】明朝宣德年間，皇宮裡盛行鬥蟋蟀，每年向民間徵收。牠本來不是陝西省特產，華陰縣縣令想討好上司，拿一隻去進獻，試用牠角鬥，有些本領，因此責令縣令經常供應。縣令要求里正繳送。市集裡遊手好閒的年輕人，得到好蟋蟀就養起來，抬高價格，當作奇貨儲存。鄉里中狡猾奸詐的差役，藉口徵收蟋蟀斂錢，向各戶攤派。每向縣里呈送一隻，就有好幾戶人家傾家蕩產。

縣裡有個人叫成名，正為考秀才讀書，讀了很久考不上。他性格呆鈍，不善言談，所以被縣中詭詐小吏上報他服里正差役；他用盡計謀也未能擺脫此事，不到一年，就把微薄的家產賠得精光。正值縣裡徵收蟋蟀，成名不敢到各戶斂錢，自己又無力賠償，憂愁得要死。他妻子說：「死有什麼益處？不如自己去尋找，或許還能逮上一隻。」成名認為這話對，便早出晚歸，提上竹筒、銅絲籠，在斷牆邊，亂草裡，掀石頭、挖土洞……所有的辦法都用了，終歸無濟於事；就算捉到三兩隻，也是劣等貨色，不合規格。縣令限期催逼，才十幾天，成名已被拷打百餘板子，兩腿膿血淋漓，連蟋蟀也不能去捕捉了，躺在牀上翻來覆去，只想自殺。

這時村裡來了一個駝背巫師，能藉神為人占卜。成名的妻子帶上錢去占問，只見少女老婦們在門外擠來擠去，走進屋，見有密室，掛著門簾，簾外設香案。問卜的人點燃香，插進香爐，拜了又拜。巫師站在一旁代為禱告，眼望空中，嘴脣一開一合，不知嘟囔著什麼詞兒。問卜的人都恭立傾聽。不久，門簾裡扔出一張紙片，上面交代問卜人的心事，沒有絲毫差錯。成名的妻子將錢放在桌上，然後上香行禮，動作全像她前面的人。等了約一頓飯時間，門簾一動，有一紙片飄落。她拾起來一看，上面沒有字而是圖：畫了一座殿堂樓閣，像佛寺；後面一座小山，山下怪石散亂，叢生的荊棘下面，趴著一隻「青麻頭」蟋蟀；蟋蟀旁有隻蝦蟆，牠好像要跳起來。妻子看來想去，弄不清圖畫的意思，可是看到那隻「青麻頭」卻暗合心意。就把紙片疊好，帶回家交給成名看。

成名看著畫片反覆琢磨：莫非是指示我捉蟋蟀的地點？細看景象，與村東大佛閣十分相似，便勉強爬起來，拄了棍，拿著圖向大佛閣走去。這閣後有一座大古墓，墓上長滿青草，沿古墓走，見亂石突兀錯雜，很像畫中光景。於是他腳踏雜草，側耳傾聽，慢步前行，彎下腰，像在尋繡花針、找芥菜籽一般。可是費盡全身力氣，竟沒有看見蟋蟀的蹤影，也沒聽見叫聲。他拚命再搜尋，突然有一隻癩蝦蟆跳過去。成名驚異，急忙追去。牠鑽進草叢，就跟蹤撥草探尋，只見一隻蟋蟀趴在荊棘下面。成名趕快捕捉，牠逃進石洞；用尖草向洞裡輕撥，牠不出來，又用竹筒裡的水灌才出來。這隻蟋蟀長得俊美健壯，不同尋常，成名近前逮住牠。細加觀察，個頭兒大，尾巴長，頸項色青，翅金黃。成名非常高興，把牠裝進籠子帶回家。全家慶賀，認為價值連城的玉璧也比不上牠。成名把蟋蟀盆墊好土養起來，給它吃螃蟹肉、栗子黃，異常愛護。只等限期一到，就拿去應付官差。

成名的兒子九歲了，見父親不在家，偷偷掀開蟋蟀盆。蟋蟀突然跳出來，跳得很快，難以捕捉；等到捉到手裡一看，卻已腿斷肚裂，一會兒就死了。兒子害怕，邊哭邊去告訴母親。母親聽後臉色蒼白，大罵：「你這個禍根，該死了！你父親回來，自然跟你算帳！」兒子抹著眼淚跑出去了。不久，成名回家，聽妻子一說，猶如一陣冰雪襲身；怒沖沖尋找兒子，卻渺無蹤跡，不知哪裡去了。後來從井中撈出屍首，他滿腔憤怒轉為悲傷，頭碰地，口喊天，痛惜得要死。夫妻面對屋角哭泣，茅屋上不升炊煙；兩人相對默然，心中一點期望都沒了。時近傍晚，要收屍草草埋葬，近前撫摩，發現還略有氣息。夫妻心中油然欣喜，將他安放牀上，剛到半夜，兒子復活，夫妻稍得安慰。只是那蟋蟀盆空，成名看著它只能忍著氣不說話，也不敢再追究兒子。他從天黑躺著到天亮，愁得合不上眼。

太陽從東方昇起，成名僵臥牀上，十分憂愁。忽然聽見門外蟋蟀叫，心裡一驚，起牀去看，那隻蟋蟀彷彿還在那裡。他高興地去捉牠，牠吱地一聲跳走了，還跳得很快，手拍下去，下面像似空無一物，才一抬手，牠又迅速向遠方跳去；急忙追趕，轉過牆角，不知牠的去向。成名猶豫，四下探望，見有隻蟋蟀趴在牆上；仔細看牠，個頭短小，顏色暗紅，絕對不是剛才追的那一隻。因為牠長得小，成名認為牠是劣等貨，只是走來走去向別處看，想尋找原來那一隻。這時牆上那隻小蟋蟀，忽然跳落在成名衣袖上頭。成名看牠像一隻小螻蛄，長著梅花翅，方頭長腿，似乎還可以，心中歡喜，將其捉住。

當就要進獻官府的時候，成名又心神不安，怕官員不滿意，便想試鬥一次，看看小蟋蟀的本領。村裡有一個喜好鬥蟋蟀的青年，馴養了一隻，自己給牠起名叫「蟹殼青」，每天拿牠同年輕人養的相鬥，戰無不勝。想養著牠賺錢，因而提高牠的價錢，也沒有來買的。他徑直來到成名家，看到成名的蟋蟀後，捂著嘴咕咕地笑。就拿出自己的蟋蟀，放進比籠。成名看牠，個頭很大，心裡更加羞慚，不敢拿自己的蟋蟀同牠鬥。青年再三勸說，成名心想養一隻劣物，終歸沒有用，還不如豁出去換來一笑，於是兩人都把蟋蟀放進鬥盆。成名的小蟋蟀趴在盆裡不動彈，呆頭呆腦像隻木雞，青年又大笑。成名試用豬鬃撥小蟋蟀的鬚，牠仍舊不動，青年又笑。撩撥多次，小蟋蟀大怒，直奔那「蟹殼青」，接著就互相縱身攻擊，奮起廝咬，振奮有聲。突然看見小蟋蟀跳起來，張開尾巴，伸直頭鬚，徑直咬住對方的脖子。青年很驚訝，把牠們分開，中止角鬥。小蟋蟀拱起身子，得意地鳴叫，像似向主人報捷，成名很高興。正在一起觀賞，一隻雞突然跑來，直向小蟋蟀啄去，成名驚愕，高聲喊叫。幸虧沒有啄準，小蟋蟀跳出去一尺多遠；雞奮力跟上去，緊逼不捨，小蟋蟀已在牠爪下了。成名倉猝間不知道怎麼救牠好，急得跺腳，神色頓失，不久看見那雞的脖子伸長，還搖來擺去，靠近一看，原來小蟋蟀趴在雞冠上，狠命咬住不放鬆。成名越發驚訝開心，捉住牠，放進籠裡。

第二天，成名把小蟋蟀送給縣令，縣令一看，送的是個小不點兒，心頭火起，把成名狠狠地訓了一頓。成名訴說小蟋蟀的威風，縣令不相信，就試用牠和別的蟋蟀鬥，結果個個敗跑；又用牠鬥雞，果然和成名說的一模一樣。縣令獎賞了成名，把小蟋蟀獻給撫軍，撫軍很歡喜，把蟋蟀放在金籠，進貢皇上，還為此呈遞奏章，分條陳述這蟋蟀的本領。蟋蟀被送進皇宮以後，用盡天下進貢的蝴蝶、螳螂、油利撻、青絲額……一切不同形狀的蟋蟀，都同小蟋蟀試鬥了一遍，沒有一隻能勝過小蟋蟀的。小蟋蟀每聽到琴瑟的聲音，就按照樂曲的節奏跳舞，這就更出奇了。皇上很高興，大加讚賞，下聖旨賜巡撫名馬、衣緞。巡撫沒有忘記賞賜的來源。不久，縣令被上報皇上他的政績出眾，才能優異。縣令也很高興，免去了成名的服役，又囑咐學使，使成名到縣學讀書。從此，成名便以擅長養蟋蟀名揚四方，多次得到巡撫特殊的恩寵。不到幾年的工夫，他家有田地百頃，樓閣萬間，牛羊好幾千頭。他出門遠遊，氣派豪華，超過世代官宦人家。

異史氏說：「皇上偶而用過一物，未必不用後就忘，而曾奉命伺候的人，卻把它定作例行公事。再加上官吏貪汙暴虐，老百姓每天都有典押妻子、賣掉兒女的，這一悽慘的情景絕對不會休止。所以皇上行事，哪怕是邁出半步，都關聯到老百姓的性命，不可掉以輕心。只是成名因為受制於害民的差役而致貧窮，又因為捉到好蟋蟀而富，輕裘肥馬，揚揚自得。當他做里正、挨板子的時候，怎麼能想到這一步呢！上天以此回報善良忠厚的人，終於使巡撫、縣令都受到蟋蟀的恩惠。聽說：『一人得道升天，雞犬都跟著成仙。』確實如此啊！」

【研　析】〈促織〉是《聊齋》中最優秀的名篇之一。小說圍繞一隻小小的蟋蟀，生動曲折地描繪了成名一家的悲慘遭遇，深刻揭露了封建帝王的荒淫無道，以及各級官吏阿諛逢迎的醜態和魚肉人民的罪行。

小說開頭明確提出，因為「宮中尚促織之戲，歲征民間」，加之華陰令對上級獻媚，「里胥猾黠，假此科斂丁口」，結果是「每責一頭，輒傾數家之產」。點出歲徵促織的嚴重性，突出了作品的思想意義。

接著，圍繞一隻促織，生動曲折地描繪了成名一家人的悲慘經歷：先寫邑宰逼繳促織，成名「憂悶欲死」，後千方百計去「搜覓」。因為沒有捉到小蟲，他被打得「兩股間膿血流離」，「轉側牀頭，惟思自盡」，生活陷入絕境。峰迴路轉，妻子問卜，成名捕到促織，絕處逢生，舉家慶賀。文如觀山不喜平，波瀾又起，蟲斃兒死，一家再度陷入絕境，字裡行間，似可見到成名夫妻「搶呼欲絕」、「不復聊賴」的慘狀。

然而，成家的小兒並未死去，作家用神異浪漫的手法，含而不露地描寫了他兒子的精魂幻化成一隻神奇的促織，個頭雖小，卻能「輕捷善戰」、「應節而舞」，還能勇鬥公雞，被官吏層層送進宮中。皇帝見到大喜，厚賞進獻之官，成名也因此進學、發跡，陡然富貴起來。這樣描寫似乎削弱了悲劇的主題，但從另一角度看，也是對當時荒謬現實的辛辣嘲諷。

文章除依靠故事情節的發展顯示中心思想外，在人物描寫上更有獨到之處。文中成功運用了心理描寫，比如，成名得到促織後「將獻公堂，惴惴恐不當意，思試之鬥以覘之」。但村中少年造訪求鬥，看到人家的促織「龐然修偉，自增慚怍，不敢與較」、「少年固強之，顧念蓄劣物終無所用，不如拚博一笑，因合納鬥盆」，這樣生動具體的心理描寫，非常符合成名的性格和當時的心理狀態，增加了文章的真實性。文中還成功運用了細節刻劃，簡潔明快地展示人物性格。比如，少年到成家求鬥促織，「視成所蓄，掩口胡盧而笑」；「合納鬥盆」後，見成名的「小蟲伏不動，蠢若木雞，少年又大笑」；「試以豬鬣毛，撩撥蟲鬚，仍不動，少年又笑」。一連三個「笑」字，把他恃物傲人、粗疏率真的性格和必勝無疑的心理充分展現出來。

行文中，除成妻兩次說話外，通篇都用敘述的語言，但是，絕無單調乏味的感覺。作者將一椿椿鮮活的事件呈現到讀者眼前，既精緻又簡潔，活靈活現，栩栩如生，真實動人，創造出極優秀的藝術效果。

最後的異史氏曰，矛頭直指最高統治者——皇帝，不僅特指好鬥促織的明宣宗朱瞻基，而且舉一反三，向所有的最高統治者發出忠告：「一跬步皆關民命」，使文章的社會意義更加深刻和廣泛。

綠衣女

于生名璟，字小宋，益都❶人，讀書醴泉寺。夜方披誦❷，忽一女子在窗外贊曰：「于相公❸勤讀哉！」因念深山何處得女子？方疑思間，女已推扉笑入曰：「勤讀哉！」于驚起視之，綠衣長裙，婉妙無比。于知非人，固詰里居，女曰：「君視妾當非能咋噬❹者，何勞窮問！」于心好之，遂與寢處。羅襦❺既解，腰細殆❻不盈掬。更籌❼方盡，翩然遂去。由此無夕不至。

一夕共酌，談吐間妙解音律。于曰：「卿聲嬌細，倘度❽一曲，必能消魂❾。」女笑曰：「不敢度曲，恐消君魂耳。」于固請之，曰：「妾非吝惜，恐他人所聞。君必欲之，請便獻醜，但只微聲示意可耳。」遂以蓮鉤❿輕點足牀⓫，歌云：「樹上烏臼鳥⓬，賺奴中夜⓭散。不怨繡鞋濕，祗恐郎無伴。」聲細如蠅，裁⑭可辨認，而靜聽之，宛轉滑烈⑮，動耳搖心。歌已，啟門窺曰：「防窗外有人。」繞屋周視乃入。生曰：「卿何疑懼之深？」笑曰：「諺云：『偷生⑯鬼子常畏人。』妾之謂矣。」既而就寢，惕然不喜，曰：「生平之分，殆⑰止此乎！」于急問之，女曰：「妾心動，妾祿⑱盡矣。」于慰之曰：「心動眼瞤⑲，蓋是常也，何遽此云？」女稍懌，復相綢繆⑳。

更漏㉑既歇，披衣下榻，方將啟關㉒，徘徊復返，曰：「不知何故，惿[忄斯]㉓心怯。乞送我出門。」于果起，送諸門外。女曰：「君竚望我，我逾垣去，君方歸。」于曰：「諾。」視女轉過房廊，寂不復見。方欲歸寢，聞女號救甚急。于奔往，四顧無跡，聲在檐間，舉首細視，則一蛛大如彈，摶捉一物，哀鳴聲嘶。于破網挑下，去其縛纏，則一綠蜂，奄然將斃矣。捉歸室中，置案頭，停蘇移時，始能行步。徐登硯池，自以身投墨汁，出伏几上，走作「謝」字。頻展雙翼，已乃穿窗而去。自此遂絕。

【注　釋】❶益都　今山東青州。❷披誦　展書誦讀。❸相公　對讀書人的敬稱。❹咋噬　吃人。❺羅襦　絲綢短衣。❻殆　僅；只；幾乎。❼更籌　古代分一夜為五更，計時所用的竹簽稱更籌。❽度　按照曲譜歌唱。❾消魂　極其歡樂，或魂飛魄散。❿蓮鉤　指古代女子的小腳。⓫足牀　牀前用矮凳。⓬烏臼鳥　鳩類，黑色，先雞而鳴。⓭賺奴中夜　賺，騙。奴，女子謙稱。中夜，半夜。⓮裁　才。⓯滑烈　圓轉清亮。⓰偷生　不經輪迴，偷著轉世。輪迴，佛教語，認為眾生各依善惡業因，在天道、人道等六道中生死交替。⓱殆　大概；恐怕。⓲祿　氣運；福運。⓳瞤　眼皮跳動。⓴綢繆　情意纏綿。㉑更漏　古代計時器。以滴漏計時，憑漏刻傳更。㉒闗　門。㉓惿撕　形容心中害怕。

【語　譯】于生名璟，字小宋，山東益都人，在醴泉寺讀書。夜裡，他正在展書誦讀，忽然有一個女郎來到窗外，稱讚他說：「于相公讀書真勤奮喲！」于生聽後心想深山裡哪兒來的女子？正在疑惑，女郎已經推開門笑著進來，說：「加勁念書啊！」于生驚訝，站起來看她，綠衫長裙，柔美無比。于生知道她不是人，一再盤問家住何處，女郎說：「你看我又不像會吃人，又何必問個沒完呢！」于生喜愛她，就同她一起就寢。她脫下絲綢上衣，露出細腰，腰圍差不多一掐粗。天剛亮她就起牀，快步如飛地走了。從此，她沒有一夜不來。

一天晚上，他們對坐飲酒，交談中發現她很懂音樂，于生說：「你的聲音柔和清細，如果唱一支歌曲，一定能讓人消魂。」女郎笑著說：「我可不敢唱，怕你一聽就魂飛魄散啊。」于生一再請求，女郎說：「我並不吝惜開口，怕的是外人聽見。你非要我唱不可，我就遵命獻醜。可是只能淺吟低唱，表示一下意思就是啦。」於是她用腳尖輕輕地點著墊腳矮凳，唱道：「樹上烏臼鳥，賺奴中夜散。不怨繡鞋濕，祇恐郎無伴。」」聲音像飛蠅振翅，僅僅勉強聽得見，可是如果靜下心來細聽，則婉轉清亮，動人心弦。唱完，她打開屋門向外看，說：「提防窗外有人。」又環繞房屋查看了一圈兒才進來。于生問：「你為什麼怕得這麼厲害？」她笑著說：「有諺語說：『偷著投生的鬼子，常怕別人知道他。』說的就是我呢。」不久，上牀安歇，她心中憂慮不悅，說：「我和你這輩子的緣分，僅僅到這裡就完了嗎！」于生急忙問她，她說：「我的心怦怦亂跳，我的福運完結了。」于生安慰她說：「心跳、眼皮跳，都是常有的事，為什麼突然這麼說？」女郎略轉歡喜，兩人才又情意纏綿。

天快亮了，女郎披衣下牀，正要開門，又遲疑不決地走了回來，說：「不知道什麼原因，總是心驚膽顫，求你送我出去。」于生果真起牀，把她送到門外。女郎說：「你站住看著我，等我走過那道牆，你才能回去。」于生說：「好吧。」眼看女郎轉過房前走廊，無聲無息地走得看不見了。于生正要回去睡覺，忽聽女郎急切地求救。他跑過去，四下張望卻蹤影全無。聲音是從屋簷下傳來的，抬頭細看，原來有一隻彈丸般大的蜘蛛，緊緊抓住一個東西，那東西聲音嘶啞，不住地哀鳴。于生戳破蛛網，把牠挑下來，扒掉網絲，是一隻綠蜂，眼看就要死亡。把牠拿進屋裡，放在桌子上，停了一會兒才甦醒，能夠爬行。牠慢慢地爬上硯臺，投入墨汁，又出來趴在桌子上，爬了一個「謝」字。翅膀展了又展，飛出窗外。從此以後，綠衣女再也沒有回來。

【研　析】〈綠衣女〉僅七百字，詩情畫意，溢於言外，塑造出一個美妙絕倫的綠衣女形象，而她所生活的環境，卻危機四伏情勢險惡，令人對她同情和擔心。全文可從三方面理解：

其一，正面刻劃綠衣女美麗動人的形象。她「綠衣長裙，婉妙無比」，優美、恬靜、高雅、嬌柔。人未現而先聞其聲，一句「勤讀哉」，親切而又不輕佻，令人耳目一新。于生「知非人，固詰里居」。綠衣女不正面回答，卻說：「君視妾當非能咋噬者，何勞窮問！」語詞溫雅，又透著聰明機巧的靈性。由此得到于生對她的好感，「遂與寢處」。綠衣女不僅「解音律」、善詩詞，並用「以蓮鉤輕點足牀」的令人消魂的美姿，去配合「烏臼鳥」清詞麗句的吟唱，將人物的書卷氣和脂粉氣巧妙地融合在一起，使綠衣女溫柔多情、亦莊亦諧的性格特徵鮮活地表現出來。

其二，綠衣女是蒲松齡成功地將動物人格化，並加熱情美化而創造出的藝術形象。但她本來是物而不是人，所以描寫中並不遠離真實身分，如寫外形用「綠衣長裙」，實指蜂之體色和翅膀；寫「細腰殆不盈掬」，實指蜂腰；寫「聲細如蠅」，實指嚶嚶蜂鳴；寫「妙解音律」，實指蜂之善鳴，作到露而不破，撲朔迷離，在似與不似之間誘導人們的閱讀情趣。

其三，這樣一位心地善良、熱愛生活、積極追求幸福的綠衣女，卻生活在心存恐懼的危境之中。她不敢大聲唱歌，不僅歌前「防窗外有人」，歌罷又「繞屋周視」，自嘲是「偷生鬼子常畏人」。最終描寫出被大蜘蛛捉去，「哀鳴聲嘶」、「奄然將斃」。這表面是寫綠蜂的悲劇，實質上反映著社會上處於弱勢地位女子求生的艱辛和痛苦，更揭露了豪強惡霸給弱勢人群造成的精神創傷和實際損害，一定程度展示了當時社會的真實性。

司文郎

平陽❶王平子，赴試北闈❷，賃居報國寺。寺中有餘杭❸生先在，王以比屋❹居，投刺❺焉，生不之答。朝夕遇之，多無狀❻。王怒其狂悖，交往遂絕。一日，有少年遊寺中，白服裙帽，望之傀然❼。近與接談，言語諧妙，心愛敬之，展問邦族，云：「登州❽宋姓。」因命蒼頭❾設座，相對噱談。餘杭生適過，共起遜坐，生居然上坐❿，更不撝挹⓫，卒然問宋：「爾亦入闈者耶？」答曰：「非也。駑駘⓬之才，無志騰驤⓭久矣。」又問：「何省？」宋告之。生曰：「竟不進取，足知高明。山左、右⓮並無一字通者。」宋曰：「北人固少通者，然不通者未必是小生；南人固多通者，然通者亦未必是足下⓯。」言已鼓掌，王和之，因而鬨堂⓰。生慚忿，軒眉攘腕而大言曰：「敢當前命題，一校文藝乎？」

宋他顧而哂曰：「有何不敢！」便趣寓所，出經授王。王隨手一翻，指曰：『闕黨童子將命⑰。』」生起，求筆札，宋曳之曰：「口占可也。我破⑱已成：『於賓客往來之地，而見一無所知之人焉。』」王捧腹大笑。生怒曰：「全不能文，徒事謾罵，何以為人！」王力為排難，請另命佳題。又翻曰：『殷有三仁焉⑲。』」宋立應曰：「三子者不同道，其趨一也。夫一者何也？曰：仁也。君子亦仁而已矣，何必同？」生遂不作，起曰：「其為人也小有才。」遂去。

王以此益重宋，邀入寓室，款言移晷⑳，盡出所作質宋。宋流覽絕疾，逾刻已盡百首，曰：「君亦沉深於此道者，然命筆時無求必得之念，而尚有冀倖得之心，即此已落下乘㉑。」遂取閱過者一一詮說。王大悅，師事之，使庖人以蔗糖作水角。宋啗而甘之，曰：「生平未解此味，煩異日更一作也。」由此相得㉒甚歡。宋三五日輒一至，王必為之設水角焉。餘杭生時一遇之，雖不甚傾談，而傲睨之氣頓減。一日，以窗藝㉓

示宋。宋見諸友圈贊已濃，目一過，推置案頭，不作一語；生疑其未閱，復請之，答已覽竟；生又疑其不解，宋曰：「有何難解？但不佳耳！」生曰：「一覽丹黃㉔，何知不佳？」宋便誦其文，如夙讀者，且誦且訾。生跼蹐汗流，不言而去。移時宋去，生入，堅請王作。王拒之，生強搜得，見文多圈點，笑曰：「此大似水角子！」王故樸訥㉕，覥然而已。次日宋至，王具以告。宋怒曰：「我謂『南人不復反矣㉖』，傖楚㉗何敢乃爾！必當有以報之！」王力陳輕薄之戒以勸㉘之，宋深感佩。

既而場㉙後以文示宋，宋頗相許。偶與涉歷殿閣，見一瞽僧坐廊下，設藥賣醫。宋訝曰：「此奇人也！最能知文，不可不一請教。」因命歸寓取文，遇餘杭生，遂與俱來。王呼師而參㉚之，僧疑其問醫者，便詰症候。王具白請教之意，僧笑曰：「是誰多口？無目何以論文？」王請以耳代目。僧曰：「三作兩千餘言，誰耐久聽！不如焚之，我視以鼻可也。」王從之。每焚一作，僧嗅而領之曰：「君初法大家，雖未逼真，亦近似矣。我適受之以脾。」問：「可中否？」曰：「亦中得。」餘杭生未深信，先以古大家文燒試之。僧再嗅曰：「妙哉此文！我心受之矣，非歸、胡[31]何解辦此！」生大駭，始焚己作。僧曰：「適領一藝[32]，未窺全豹[33]，何忽另易一人來也？」生託言：「朋友之作，止彼一首，此乃小生作也。」僧嗅其餘灰，咳逆數聲，曰：「勿再投矣！格格而不能下，強受之以鬲；再焚，則作惡矣。」生慚而退。

數日榜放，生竟領薦[34]，王下第。宋與王走告僧，僧歎曰：「僕雖盲於目，而不盲於鼻，簾中人[35]並鼻盲矣。」俄餘杭生至，意氣發舒，曰：「盲和尚，汝亦啖人水角也？今竟何如？」僧笑曰：「我所論者文耳，不謀與君論命。君試尋諸試官之文，各取一首焚之，我便知孰為爾師。」生與王並搜之，止得八九人。生曰：「如有舛錯，以何為罰？」僧憤曰：「剜我盲瞳去！」生焚之，每一首都言非是。至第六篇，忽向壁大嘔，下氣如雷，眾皆粲然。僧拭目向生曰：「此真汝師也！初不知而驟嗅之，刺於鼻，棘於腹，膀胱所不能容，直自下部出矣！」生大怒，去，曰：「明日自見，勿悔，勿悔！」越二三日竟不至，視之，已移去矣：乃知即某門生㊱也。

宋慰王曰：「凡吾輩讀書人，不當尤㊲人，但當克己㊳。不尤人則德益弘，能克己則學益進。當前蹭落㊴，固是數之不偶㊵；平心而論，文亦未便登峰，其由此砥礪，天下自有不盲之人。」王肅然起敬，又聞次年再行鄉試㊶，遂不歸，止而受教。宋曰：「都中薪桂米珠㊷，勿憂資斧㊸。舍後有窖鏹，可以發用。」即示之處。王謝曰：「昔竇、范貧而能廉㊹，今某幸能自給，敢自汙乎？」王一日醉眠，僕及庖人竊發之。王忽覺，聞舍後有聲，竊出，則金堆地上。情見事露，並相懾伏。方訶責間，見有金爵，類多鐫款，審視，皆大父字諱——蓋王祖曾為南部郎㊺，入都寓此，暴病而卒，金其所遺也——王乃喜，稱得金八百餘兩。明日告宋，且示之爵，欲與瓜分，固辭乃已。以百金往贈瞽僧，僧已去。

積數月，敦習[46]益苦。及試，宋曰：「此戰不捷，始真是命矣！」俄以犯規被黜，王尚無言，宋大哭，不能自止。王反慰解之，宋曰：「僕為造物[47]所忌，困頓至於終身，今又累及良友。其命也夫？其命也夫？」王曰：「萬事固有數在。如先生乃無志進取，非命也。」宋拭淚曰：「久欲有言，恐相驚怪：某非生人，乃飄泊之遊魂也。少負才名，不得志於場屋[48]，佯狂至都，冀得知我者，傳諸著作。甲申之年[49]，竟罹於難，歲歲飄蓬；幸相知愛[50]，故極力為他山之攻[51]，生平未酬之願，實欲借良朋一快之耳。今文字之厄[52]若此，誰復能漠然哉！」王亦感泣，問：「何淹滯？」曰：「去年上帝有命，委宣聖[53]及閻羅王核查劫鬼，上者備諸曹[54]任用，餘者即俾轉輪[55]。賤名已錄，所未投到者，欲一見飛黃[56]之快耳，今請別矣。」王問：「所考何職？」曰：「梓潼[57]府中缺一司文郎，暫令聾僮署篆[58]，文運所以顛倒。萬一倖得此秩[59]，當使聖教[60]昌明。」

明日，忻忻而至，曰：「願遂矣！宣聖命作〈性道[61]論〉，視之色喜，謂可司文。閻羅稽簿，欲以『口孽[62]』見棄。宣聖爭之，乃得就[63]。某[64]伏謝已，又呼近案下，囑云：『今以憐才，拔充清要[65]，宜洗心[66]供職，勿蹈前愆。』此可知冥中重德行，更甚於文學也。君必修行未至，但積善勿懈可耳。」王曰：「果爾，餘杭其德行何在？」曰：「此即[67]不知。要[68]冥司賞罰，皆無少爽[69]。即前日贅僧亦一鬼也，是前朝名家，以生前拋棄字紙過多，罰作贅。彼自欲醫人疾苦，以贖前愆，故託游廛肆[70]耳。」王命置酒，宋曰：「無須。終歲之擾，盡此一刻，再為我設水角足矣。」王悲愴不食，坐令自啖。頃刻已過三盛，捧腹曰：「此餐可飽三日，吾以志君德耳。向所食，都在舍後，已生菌矣。藏作藥餌，可益兒慧。」王問後會，曰：「既有官責，當引嫌也。」又問：「梓潼祠中，一相酹祝，可能達否？」曰：「此都無益。九天[71]甚遠，但潔身力行，自有地司[72]牒報，則某必與知之。」言已作別而沒。王視舍後，果生紫菌，採而藏之。旁有新土墳起，則水角宛然在焉。王歸，彌自刻厲[73]。一夜，夢宋輿蓋而至，曰：「君向以小忿誤殺一婢，削去祿籍；今篤行，已折除矣。然命薄不足任仕進[74]也。」是年捷於鄉[75]，明年，春闈[76]又勝，遂不復仕。生二子，其一絕鈍，啖以菌，遂大慧。後以故詣金陵[77]，遇餘杭生於旅次，極道契闊[78]，深自降抑，然鬢毛斑矣。

異史氏曰：「餘杭生公然自詡，意其為文，未必盡無可觀；而驕詐之意態顏色，遂使人頃刻不可復忍。天人之厭棄已久，故鬼神皆玩弄之。脫[79]能增修厥[80]德，則簾內之『刺鼻棘心』者，遇之正易，何所遭之僅也。」

【注釋】❶平陽　明清時府名。今山西臨汾。❷北闈　在順天府（今北京）舉行的鄉試。❸餘杭　縣名。今浙江餘杭。❹比屋　所居屋舍相鄰。❺投刺　投送名帖。❻無狀　沒有禮貌。❼傀然　此處形容相貌魁梧。❽登州　明清時府名。今山東蓬萊。❾蒼頭　奴僕。❿上坐　同「上座」。受尊敬的席位。⓫撝挹　謙讓。⓬駑駘　劣馬。喻才能低下。⓭騰驤　奔騰。喻求取功名。⓮山左右　指太行山的左、右地區，即山東、山西。⓯足下　古代下對上或同輩間相稱的敬詞。⓰鬨堂　滿屋人大笑。⓱闕黨童子將命　語見《論語・憲問》。此話之後，孔子批評童子「不求上進，想走捷路」。宋生借題發揮，用以奚落餘杭生。⑱破　破題；說破文題要義。為八股文前兩句的內容。⑲殷有三仁焉　語出《論語・微子》。殷代末年的微子、箕子和比干。⑳款言移晷　款言，懇切的交談。移晷，日影移動。形容較長的時間。㉑下乘　下等。㉒相得　投合。㉓窗藝　八股文。㉔丹黃　用朱筆和雌黃點校評定文章。這裡指文章評點。㉕樸訥　淳樸、不善言詞。㉖南人不復反矣　語出《三國志・蜀書・諸葛亮傳》。孟獲被七擒後對諸葛亮說：「公天威也，南人不復反矣。」㉗傖楚　粗俗的人。㉘勸　勸說。㉙場科舉考試。㉚參　參拜。㉛歸胡　指明代散文家歸有光、胡友信。㉜藝　指文章。㉝全豹　全部。語源《晉書・王獻之傳》：「管中窺豹，時見一斑。」㉞領薦　考中舉人。㉟簾中人　閱卷的考官。㊱門生　科舉考試及格者對其考官的自稱。㊲尤　埋怨。㊳克己　嚴格要求自己。㊴蹶落　不得意。㊵數之不偶　數，運氣。不偶，不合。㊶鄉試　明清時，各省城每三年舉行一次科舉考試，及格者稱舉人。㊷薪桂米珠　喻生活用品昂貴。㊸資斧　旅費。㊹竇范貧而能廉　傳說宋竇禹鈞於延慶寺，拾得白銀二百兩，等待失主。失主涕泣而來，原來他父親被判死罪，借錢贖罪，醉酒後遺失。竇歸還，並另有贈金。見宋李元綱《厚德錄》。范仲淹讀書於淄州長白山，一夕見白鼠洞中有銀一甕，時雖貧困，決不取用。㊺南部郎　南京六部中的郎官。㊻敦習　勤奮學習。㊼造物　造物主；天帝。㊽場屋　考場。㊾甲申之年　指明崇禎十七年甲申之變，李自成率義軍攻陷北京。㊿知愛　賞識喜愛。(51)他山之攻　意思是別人可以為自己提供幫助。語出《詩經・小雅・鶴鳴》：「他山之石，可以攻玉。」(52)厄　不幸。(53)宣聖　宋真宗咸平元年，追謚孔子為「玄聖文宣王」，故稱孔子為宣聖。(54)曹　分科辦事的部門。(55)轉輪　輪迴轉生。(56)飛黃　喻取得功名。黃，馬。(57)梓潼　道教所尊主管功名利祿之神。(58)署篆　代理官職。篆，指印。(59)秩　官職。(60)聖教　堯、舜、文、武、周公、孔子的教導。(61)性道　人性和天道。(62)口孽　即「口業」，佛教語，泛指過失性言語。(63)就　就職。(64)某　自稱用謙詞。(65)清要　職責重要的崗位。(66)洗心　喻改正錯誤。(67)即　現在；當前。(68)要　總歸。(69)爽　差錯。(70)廛肆　街市。(71)九天　神仙所居天空最高處。(72)地司　陰曹地府。(73)刻厲　刻苦自勵。(74)仕進　做官。(75)鄉　指參加省中的鄉試。(76)春闈　春天的考試，即在京城的會試。77金陵 今江蘇南京。78契闊 久別。79脫 或許；如果。80厥 其。

【語　譯】平陽府的王平子，到順天府參加鄉試，在報國寺租房而居。寺中已有一個來自餘杭縣的書生居住，王生和他居室相鄰，投遞名帖拜訪，餘杭生不回訪；每天見面，也常表現得很不禮貌。王生因為他狂妄傲慢而憤怒，不再同他來往。一天，有個年輕人來寺中遊覽，他衣服雪白，涼帽緣有輕紗短裙，看上去相貌魁偉。王生走近和他交談，他講話詼諧精妙，王生對他很是喜愛和敬重，問他籍貫姓氏，說：「登州府，姓宋。」於是請他進屋，命僕人安排座位，相對談笑。正好餘杭生來訪，兩人便起身讓座，他居然坐到上位，毫不謙讓。他突然問宋生：「你也是來趕考的嗎？」回答說：「不是。我才能低下，不願求取功名已經很久了。」又問：「你家在哪一省？」宋生告訴了他。餘杭生說：「始終不求取功名，足見高明。山東、山西二省中，沒有通曉文字的人呢。」宋生說：「北方雖通曉文字的人少，可是不通的人不一定是我；南方人固然通曉的多，然而通的人也未必是足下。」說罷自己高興得鼓掌，王生也跟隨他拍手，因而滿堂大笑。餘杭生羞慚氣憤，揚眉捋袖，高聲說：「你敢現在命題，比賽寫八股文嗎？」宋生眼看別處冷笑著說：「有什麼不敢！」便前往住所，拿來四書五經交給王生。王生隨手一翻，指著書卷說：「以『闕黨童子將命』為題。」餘杭生起身，要筆要紙，宋生拉住他說：「用口說就行了。我破題第一句有了：『於賓客往來之地，遇見一個一無所知的人。』」王生聽後捧著肚子大笑。餘杭生發怒說：「根本不會作文章，只會罵人，怎麼做人！」王生竭力為他們調解糾紛，要另命好題目，又翻書說：「以『殷有三仁焉』為題吧。」宋生立即回答，說：「三位仁人各自選的途徑不同，他們的目的卻是一致的。目的是什麼？說是『仁』。才德出眾的人，也就是堅持實行仁愛之道罷了。何必同一途徑呢？」餘杭生竟然不作文章，站起來說：「他為人有點兒小小的才分。」說完就走了。

王生欣賞宋生的才能，對他更加敬重。一次，把他邀請到屋裡，懇切交談許久，又把自己寫的文章全拿出來，向宋生請教。宋生瀏覽得非常快，僅過一刻時間，已經看完百篇，說：「你寫文章的功力很深，不過下筆寫的時候，雖然沒有一定要滿足考試要求的想法，可是還有盼望僥倖及格的心理。只這一點，文章就會落入下品。」便拿閱過的文章一篇篇評論。王生很高興，把他當作老師，使廚師以蔗糖為餡做水餃。宋生吃起來感覺味道十分甜美，說：「有生以來，我不知道還有這種美味，麻煩你過幾天再做一次。」從此他們相處得更親近融洽。宋生每隔三五天來一回，王生一定為他做糖水餃。餘杭生有時遇見他們，雖然說話不多，他那目空一切的神氣，卻忽然減弱了。一天，餘杭生拿來自己寫的八股文讓宋生看。宋生見他朋友的圈點和贊語，已經滿布字裡行間，便目光一掃，推放案頭，一句話也不說。餘杭生懷疑他沒有看，又拿起來遞給他，他回答已經全看了；餘杭生又懷疑他看不懂，宋生說：「有什麼看不懂的？只是寫得不好罷了。」餘杭生說：「看一眼評點，怎麼就知道不好呢？」宋生便背誦他的文章，好像早就讀過；一面背誦一面指責，餘杭生跼促不安，羞得滿臉流汗，一言不發，立刻離開了。過了一會兒，宋生回去，餘杭生來到，非要看王生的文章。王生不給，餘杭生硬搜到手，見文字一旁有許多圈點，笑著說：「圈圈點點的，很像水餃了！」王生本來性格樸實，又不善言談，這時只有羞愧罷了。第二天宋生來到，王生把餘杭生的事情告訴了他，宋生發怒說：「我本來認為這個南方人不會再造反了，粗俗的傢伙，怎麼敢這個樣子！一定要報復他！」王生極力陳說輕薄的鑑戒，用來規勸他。宋生深表感謝、欽佩。

不久，順天府鄉試完畢，王生把試卷文稿拿給宋生看，宋生很佩服；偶然同他從佛殿前經過，看見一位失明的和尚正坐在廊下，面前擺著藥草行醫。宋生向王生稱讚和尚說：「他不同尋常，擅長識別文章美醜，不可不請教他。」於是讓王生回房拿文章。王生遇見餘杭生，就一起來到廊下。王生稱和尚老師，向他行禮。和尚懷疑他是求醫問病的，便詢問他的病狀。王生細說前來請教的心意，和尚笑著說：「是誰多嘴多舌？眼看不見怎麼評論文章？」王生請他用耳朵代替眼睛，和尚說：「三篇文章，兩千多字，誰有耐心長時間傾聽！倒不如焚燒它，我用鼻子代替眼睛好了。」王生順從他的主張。每焚燒一篇，和尚聞見氣味就點點頭，說：「你剛開始模仿文章大家，雖然還沒有逼真，也近似了。這是剛才我脾臟的感受。」問：「能考及格嗎？」說：「也能考上的。」餘杭生不大相信，他先燒古代文章大家的作品，試一試。和尚再聞，說：「妙呀，這篇文章！我的心臟感受到了，如果不是歸有光、胡友信等大家，有哪一個能寫出這樣美妙的文章來！」餘杭生很驚訝，開始燒自己的八股文，和尚說：「剛才領略的是一篇八股文，現在還不知道全篇，怎麼忽然另換一個人的呢？」餘杭生推託說：「朋友的文章，只有那一篇。這是我寫的。」和尚聞一下文章的灰，嗆得咳嗽了好幾聲，說：「你別再燒了，這文氣聞進去，卡在喉嚨，難以咽下去，勉強憋在肚子裡。如果再燒，就要惡心嘔吐了。」餘杭生羞慚地走了。

過了幾天，鄉試放榜，餘杭生竟然考取了舉人，王生卻名落榜外。宋生和王生一起去告訴和尚，和尚嘆氣，說：「我雖然眼瞎，鼻子卻不瞎。閱卷的考官不但眼瞎，鼻子也瞎了。」一會兒，餘杭生來到，意氣揚揚，說：「瞎和尚，你是不是也吃了人家的糖水餃？現在看，到底怎麼樣？」

和尚笑著說：「我評論的是文章，不打算跟你講時運。你可以試一試，找來每個考官的文章，各拿一篇焚燒，我就會知道哪一個是你的閱卷官。」餘杭生和王生一起搜集，只得到八九個人的文章。餘杭生說：「如果你說錯了，怎樣懲罰？」和尚氣憤地說：「剜去我已經瞎了的眼睛！」餘杭生開始焚燒，先燒的那幾篇，和尚都說不是。待燒到第六篇，和尚忽然面向牆壁大口嘔吐起來，同時放屁聲像打雷般連續不斷，大家都笑了。和尚擦擦眼睛，向餘杭生說：「這真是你的閱卷老師寫的。起初不知道，猛一聞，它氣味刺鼻，又扎胃戳腸，膀胱也不能容納，徑直從肛門排出去了！」餘杭生大怒，立刻要走，說：「明天你就知道了。不要後悔！不要後悔！」事隔兩三天以後，餘杭生卻沒有來；到他屋門口一看，已經搬走了，大家這才知道他就是那個考官的門生。

宋生安慰王生，說：「凡是我們書生，不該只埋怨別人，應當嚴格要求自己。不埋怨別人，自己的德行就能發揚光大；能嚴格要求自己，學識便越來越豐富。這次困窘失意，固然是運氣不佳，可是平心而論，自己寫的文章也未必登峰造極。應該從此砥礪學藝，天下自會有不瞎的考官。」王生聽後對宋生十分敬佩，又聽說明年還要舉行鄉試，就暫不回鄉，繼續住下來接受宋生的指教。宋生說：「京都裡柴價比桂，米價似珠。你可不必為旅費發愁，屋後有窖藏的銀子，可以掘出來使用。」隨即又將埋藏的地點指給王生看。王生辭謝，說：「從前，宋朝的竇禹鈞和范仲淹貧困時，卻堅持了廉潔。現在我僥倖能自給自足，怎麼可以自我玷汙呢？」王生有一天醉後入睡，僕人和廚師偷偷地挖那窖藏。王生忽然覺醒，聽屋後有聲音，暗自去察看，早已有銀子堆在地上。見事情敗露，僕人和廚師都怕得跪了下來，王生正在叱責的時候，發現銀酒杯上面大多刻有落款；細看之下，都有自己祖父的名字——王生的祖父曾在南京做郎官，來京城後曾暫住在這裡，因暴病去世，銀子是他埋藏的——王生這才轉怒為喜；秤銀子，共有八百多兩。隔日告訴宋生，讓他看酒杯，要和他平分銀子，宋生一再推辭才罷了。王生拿一百兩銀子去贈送瞎和尚，但和尚已經走了。

過了幾個月，王生勤奮學習，越來越刻苦。眼看就要考試了，宋生說：「這一次如果考不及格，那才真是命運不好呢。」不久，王生因為在考場犯規，被撤銷考試資格，他自己還沒有說話，宋生卻先大哭起來，情感無法抑制，王生反倒安慰勸解他。宋生說：「老天爺討厭我，使我處境艱難，窘迫了一輩子，現在又連累了好朋友。難道就命該如此嗎？命該如此嗎？」王生說：「萬事的發生和變化，固然由命運決定，可是像你，本來就不想求取功名，這不是命該如此。」宋生擦一擦眼淚，說：「早就想告訴你，又怕你驚怪：我本不是活人，而是四處飄泊的遊魂，少年時享有才華橫溢的名聲，參加考試總不得志，遊蕩到京城，盼望結交到知己友人，把我的遭遇寫到書裡，流傳人間。甲申年，我竟在戰火中喪命，年年像飄飛的蓬草，行蹤不定；慶幸得到你的賞識和友愛，因此我要極力促成他山之攻，使我一輩子未能實現的願望，借助好朋友的力量實現，讓我痛快一番。現在，文運的災難這麼嚴重，誰還能漠不關心呢！」王生聽後感動得直流淚，問：「你為什麼久留京城？」宋生回答：「去年，上帝有命令，委任宣聖和閻羅王核查因遭劫難而來的鬼魂，有上等才能的，準備由各部門任用，其餘使他轉生人世。我已經被錄取，之所以沒去報到，是想看一看你取得功名後心情快慰的模樣。現在我要辭行了。」王生問：「你要考取什麼官職？」說：「梓潼府缺一名主管文運的司文郎。現在暫時使聾僮掌印，所以文運顛倒。萬一我僥倖得到這個官職，一定使聖教昌盛清明。」

第二天，宋生高興地來到，說：「心願順利實現了。宣聖命我寫了〈性道論〉，看了之後很高興，說我可以管理文運。閻羅查看文冊，說我過去有隨意亂說的毛病，因此他不同意。但宣聖力爭，才許可我上任。我磕頭謝恩，宣聖又喊我走近他案下，囑咐說：『現在因為愛惜人才，選拔你就任顯要的官職，你就該洗心革面，盡心於職守，不要重犯過去的錯誤。』由此可知，陰間重視德行，勝過重視文才。你一定是德行的修養不夠，只管堅持行善，毫不放鬆就可以了。」王生說：「如果這是真的，餘杭生的德行在哪裡呢？」宋生說：「這個就不知道了。總歸陰司的賞罰沒有差錯，就是以前見到的那位瞎和尚，也是一個鬼，是前代文章名家，只因生前浪費紙張過多，被罰眼睛失明。他自己要做醫生，在陽世治病救人，以便彌補生前的過失，就寄身在街市。」王生讓僕人設置酒席，宋生說：「不必。叨擾你一年，這就到盡頭了，再為我做糖水餃就很滿意了。」王生因別離而悲傷，吃不下去，只看著宋生自己吃。他一會兒就吃了三碗，捧著肚子說：「這一頓能飽三天，我用來銘記你對我的情意。過去吃的都在屋後，已經生成蘑菇了。收起來作為藥草，如果讓兒童服用，可使他更聰明。」王生問他此後何時再會，回答：「已經有了官銜職責，就應當避嫌了。」又問：「到梓潼祠裡，以酒澆地祝告，能彼此溝通嗎？」說：「這都沒有益處。九天高高在上，距離很遙遠。你只要潔身自愛，極力修養德行，自然會有陰司行文通報，因此我一定都能知道。」說罷就消失了。王生到屋後去看，果然長出紫色的蘑菇，便採集收藏。蘑菇旁邊有個新土堆，糖水餃都埋在裡面。王生回到平陽府之後，讀寫更加刻苦自勵，有一夜，他夢見宋生乘車來到，說：「你從前曾因生點兒小氣，誤殺一個婢女，陰司為此拿出職官冊把你的名字抹了。現在見你言行敦厚，純樸踏實，那過失已經從輕處理。可是你命薄，不能做官。」就在這一年，王生鄉試及格，第二年會試又及格，成為進士，卻始終沒能做官。他有兩個兒子，其中一個非常拙笨，吃了紫蘑菇以後竟變得很聰明。後來，王生因為有事到金陵，在旅店裡遇到餘杭生。餘杭生向他傾訴久別的情誼，非常謙虛，只是鬢髮已斑白了。

異史氏說：「餘杭生公然自吹自擂，料想他寫的文章，未必全不值得一看，可是他那驕傲詭詐的神情態度，竟使人一刻也不能忍受。天上和人間早就嫌棄他了，所以鬼神都捉弄他。如果能重新修養自己的德行，那麼他和所寫文章『刺鼻扎心』的考官相遇，就會變得稀鬆平常，而不僅僅只遇到一次了。」

【研　析】〈司文郎〉是以批判科舉制度為主題的一篇小說。文中揭露了考官尸位素餐、不學無術、不分良莠，致使淺薄狂悖者中舉而誠實勤學者落第，形象地展示出封建科舉制度的沒落和腐敗。

文章共描寫三個書生、一個盲僧。四個人其實是二人二鬼。他們各有不同的性格特點：王平子忠厚，餘杭生狂悖，宋生明達，盲僧嫉俗，全都躍然紙上。其中，餘杭生雖是批評對象，但在性格刻劃上最為突出鮮明，使情節波瀾起伏，增加了動人的色彩。

這篇小說最鮮明的藝術特色，是以人物對話塑造人物性格、促進情節發展。有兩個場面最集中：其一是居室較藝。王平子與宋生在居室交談，餘杭生偶然來訪，二人讓坐，餘杭生毫無禮貌地自坐上位，並突然問宋：「爾亦入闈者耶？」答曰：「非也。駑駘之才，無志騰驤久矣。」又問：「何省？」宋告之。生曰：「竟不進取，足知高明。山左、右並無一字通者。」宋曰：「北人固少通者，然不通者未必是小生；南人固多通者，然通者亦未必是足下。」引得眾人鬨堂大笑。

由此激起二人當場較藝，兩次出題宋皆立應，餘生遂不作而去。其二是焚稿衡文。宋向王生薦盲僧擅評文，僧焚稿嗅之知優劣，餘生不相信，先以古代名家文焚試之，僧嗅而極讚。生以己作焚燒，「僧嗅其餘灰，咳逆數聲，曰：『勿再投矣！格格而不能下，強受之以鬲；再焚，則作惡矣。』生慚而退。」數日後發榜，餘生中舉，王生落第，餘生來責問盲僧。僧曰：「君試尋諸試官之文，各取一首焚之，我便知孰為爾師。」生追問：「如有舛錯，以何為罰？」僧憤曰：「剜我盲瞳去！」焚文開始，每篇皆言不是，「至第六篇，忽向壁大嘔，下氣如雷，眾皆粲然。僧拭目向生曰：『此真汝師也！初不知而驟嗅之，刺於鼻，棘於腹，膀胱所不能容，直自下部出矣！』生大怒，去。」文中的人物對話不僅展示了性格特點、促進了情節發展，而且可以看到作家運用口語的才藝，使讀者體驗到語言的美感效應。

作家選用富有特色的事物作道具，於行文中反覆出現，顯示其藝術才能，增加文章的藝術感染力。文中多次提到「水餃」。王平子經常以水餃請宋食，顯示二人日益深厚的友誼。篇末宋告訴王，水餃化為紫菌，作藥物可使兒童聰明，這是對王的厚報。首尾呼應，結構更完整。餘杭生對請吃水餃反感，強搜出王的文章，見有宋的圈點，出言不遜：「此大似水角子！」他責問盲僧時，「意氣發舒，曰：『盲和尚，汝亦啖人水角也？』」水餃成為引發人物不同感情的道具。

在文章中，蒲松齡雖然抨擊了科舉制度的弊端，但由於歷史的局限性，卻未能揭露科舉制度的社會本質，未能擊中要害，僅僅把科舉弊端歸結為考官的有眼無珠、並寄希望於公正的司文郎，這都是只看到枝葉的皮相之見。至於把王、宋，甚至盲僧科場失利歸結為前生或今世的過錯、孽障，更是在宣揚封建迷信的宿命論和因果報應思想，是屬於文中的糟粕，應當加以屏棄的。

佟客

董生，徐州❶人，好擊劍，每慷慨自負。偶在途中遇一客，跨蹇❷同行，與之語，談吐❸豪邁；詰其姓字，云：「遼陽❹佟姓。」問：「何往？」曰：「余出門二十年，適自海外歸耳。」董曰：「君遨遊四海❺，閱人綦多，曾見異人否？」佟問：「異人何等？」董乃自述所好，恨不得異人所傳。佟曰：「異人何地無之，要❻必忠臣孝子，始得傳其術也。」董又奮然自許❼，即出佩劍，彈之而歌；又斬路側小樹，以矜其利。佟掀髯微笑，因便❽借觀。董授之，展玩一過，曰：「此甲鐵❾所鑄，為汗臭所蒸，最為下品。僕雖未聞劍術，然有一劍，頗可用。」遂於衣底出短刃，尺許，以削董劍，脆如瓜瓠，應手斜斷如馬蹄。董駭極，亦請過手，再三拂拭而後返之。邀佟過諸❿其家，堅留信宿⓫。叩以劍法，謝⑫不知；董按膝雄談，惟敬聽而已。

更既深，忽聞隔院紛拏。隔院為生父居，心驚疑。近壁凝聽，但聞人作怒聲曰：「教汝子速出即刑，便赦汝！」少頃，似加搒掠，呻吟不絕者真其父也。生提戈欲往，佟止之曰：「此去恐無生理，宜審萬全。」生皇然⑬請教，佟曰：「盜坐名⑭相索，必將甘心⑮焉。君無他骨肉⑯，宜囑後事⑰於妻子。我啟戶，為君警廝僕⑱。」生諾，入告其妻，妻牽衣泣。生壯念頓消，遂共登樓上，尋弓覓矢，以備盜攻。倉皇未已，聞佟在樓簷上笑曰：「賊幸去矣。」燭之已杳⑲。逡巡⑳出，則見翁赴鄰飲，籠燭始歸；惟庭前多編菅㉑遺灰焉，乃知佟異人也。

異史氏曰：「忠孝，人之血性。古來臣子而不能死君父者，其初豈遂無提戈壯往時哉！要皆一轉念誤之耳。昔解大紳與方孝孺相約以死㉒，而卒食其言㉓，安知矢約㉔歸家後，不聽牀頭人㉕嗚泣哉？邑有快役㉖某，每數日不歸，妻遂與里中無賴通。一日歸，適值少年自房中出，大疑，苦詰其妻，妻堅不服。既於牀頭得少年遺物，妻窘無詞，惟長跪㉗哀乞。某怒甚，擲以繩，逼令自經。妻請妝服而死，許之。妻乃入室理妝，某自酌以待之，呵叱頻催。俄妻炫服出，含涕拜曰：『君果忍令奴死耶？』某盛氣咄㉘之。妻返走入房，方將結帶，某擲盞錚然，呼曰：『咍！返矣！一頂綠頭巾㉙，或不能壓人死耳。』遂為夫婦如初。此亦大紳者類也，一笑。」

【注釋】❶徐州　今江蘇徐州。❷蹇　瘸腿驢，泛指驢。❸談吐　談話時的措詞和神情。❹遼陽　今遼寧遼陽。❺四海　全國各地。❻要　總而言之。❼奮然自許　奮然，激昂。自許，自誇。❽因便　順便。❾甲鐵　鎧甲上的鐵片。❿諸　於。⓫信宿　兩三天。⓬謝　推辭。⓭皇然　同「惶然」。恐懼不安貌。⓮坐名　指名。⓯甘心　快意；隨心所欲。⓰骨肉　喻父母兄弟子女等親人。⓱後事　身後事。⓲廝僕　僕人。⓳杳　不見蹤影。⓴逡巡　小心謹慎。㉑編菅　草苫子。㉒解大紳與方孝孺句　解縉字大紳，江西永吉人，明初進士，官御史，惠帝時官翰林待詔。燕王起兵進攻南京，解與高官數人共約死難。及燕兵攻入京城，並未實踐誓約。方孝孺，惠帝時官翰林侍講，侍講學士，燕兵入京，燕王稱帝，拒為所用，被殺。解、方共約死難事當為傳說。㉓食其言　違背他的諾言。㉔矢約　誓約。㉕牀頭人　妻妾。㉖快役　官署中從事緝捕的差役。㉗長跪　直身而跪。㉘咄　呵叱。㉙綠頭巾　元、明兩代，娼妓、樂人家中男子按規定戴綠色頭巾。後稱妻有外遇為戴綠頭巾。今俗稱綠帽子。

【語　譯】董生是徐州人，愛好擊劍，經常志氣昂揚，自以為能。偶然在途中遇到一位客人，兩人都騎著驢子，結伴同行；董生和他交談，談吐很有氣魄，問他的姓名，他說：「我是遼陽人，姓佟。」問他：「到哪去？」說：「我離家二十年了，剛從海外回來。」董生說：「你遊歷四海，見到的人極多，遇見過有奇異本領的人嗎？」佟某問：「你指的是那一種異人？」董生就講自己愛好劍術，抱怨得不到奇異人才的傳授。佟某說：「奇才哪裡沒有呢！總而言之，必須是忠臣孝子，才能把神異的本領傳授給他。」董生又激昂地自誇，亮出佩劍，彈著劍柄歌唱，還斬斷路旁小樹以誇耀劍刃鋒利。佟某看後捋著鬍鬚微笑，順便借劍來觀看一番。董生把劍交給他，他賞玩了一遍，說：「這劍是鎧甲上的鐵片鑄造的，鐵片經過汗臭蒸薰，再鑄成劍，屬於最下品。我雖然沒有聽說過劍術，卻有一把劍，可以將就使用。」於是從衣襟下取出尺許長的短劍，用它來削董生的劍，脆得如削葫蘆，隨手斜砍便斷裂蜷曲落下馬蹄鐵似的碎片。董生大驚，請求親手試試看，再三拂拭佟某的劍後歸還。董生邀請佟某到家裡，執意留他住了兩三天。向他詢問劍法，他推辭說不懂；董生便手按雙膝，高談闊論，佟某只是恭敬地聽著。

夜深以後，忽然聽見隔院紛紛攘攘。那裡是董生父親的住所，董生心中驚愕疑惑。走近牆角聚精會神地聽，只聽到有人怒氣沖天地說：「叫你兒子快出來受刑，便饒了你！」一會兒，似有拷打的聲音；呻吟聲聲傳來，果然是他父親。董生提起長戈要去救父親，佟某阻止他說：「你這一去，恐怕就活不成了，應當慎重地做到萬無一失才安全。」董生恐懼不安，向佟某請教，佟某說：「強盜指名要找你，一定是找到你才會罷休，你沒有別的親骨肉，應該先把身後事囑託給妻子。我去開門，替你把僕人叫起來。」董生同意，進屋告訴妻子，妻子拉著他的衣服不斷哭泣。董生原有的豪情壯志立刻消失，於是和妻子上了樓頂，尋弓找箭，用於防備強盜的進攻。兩人慌裡慌張，還沒有準備好，卻聽見佟某在樓簷上哈哈大笑，說：「僥倖，賊都走了。」董生端燈照看，佟某已無影無蹤。夫妻二人小心謹慎地走下樓，就見老父從鄰人家飲完酒打著燈籠才剛回家。再看院中，有一堆草苫子燃燒後剩下的冷灰，這才知道佟某是個奇人。

異史氏說：「忠孝，是人們純真剛強的本性。自古以來，那些沒有為了君父而死的臣子，當災難初臨時難道都沒有手提長戈，勇猛赴難的表現嗎！總之，都是一轉念而瀕於謬誤。從前，解大紳和方孝孺曾有誓約，如果燕王打進京城，篡位稱帝，他們一定以死表示抗議，而後來解大紳自違誓言，怎能知道他盟誓回家以後，不曾聽到妻子的哭泣呢！本縣有個當緝捕的差役，經常好幾天不回家，他的妻子就和村中的無賴漢私通。一天，他回到家，正逢那無賴從屋裡出來，因此他十分懷疑，就竭力追問妻子，妻子堅決不承認。等到丈夫在牀頭上拿到無賴遺忘的物件，她才突然神態尷尬，閉口無言，只得雙膝跪地，哀求丈夫饒恕。差役十分惱火，扔給她一根繩子，逼她上吊。她請求化最後一次妝，穿上新衣服再死，差役答應了，她就進內室梳妝，差役喝酒等待，不斷地呵叱催促。一會兒，妻子穿著華麗的衣服走出來，雙眼淚流，向差役磕頭說：『你真的忍心逼我死嗎？』差役又氣呼呼地斥責她。她便轉身走回內室，正要拴結繩套，差役把酒杯向地上鏘鎯一摔，高聲喊：『喂！回來吧！一頂綠帽子，也許不會把人壓死。』於是，夫婦倆和好如初。這差役也是解大紳一類的人物，聽後一笑。」

【研　析】〈佟客〉的主旨，在於說明忠孝大義必須堅定實行，不能因為轉念妻子私情而改變初衷。批評那種平時口頭上誇誇其談，自我矜許，到了危難關頭，私心雜念填滿胸懷，忠孝大義拋於腦後，充分暴露出怯懦自私的表現。

小說用以賓烘主的藝術手法塑造人物形象。單從小說描寫的文字數量看，寫徐州董生居多數，寫他「好擊劍，每慷慨自負」，盼望求得異人傳授異術。佟客對他說：「異人何地無之，要必忠臣孝子，始得傳其術也。」董生立即「奮然自許」。但是，他真能做得到嗎？

文中暗寫了一個群盜入宅擄掠其父的場面，以見董生的真實面貌。深夜，忽聞隔院父所居處進來許多盜賊，並傳來拷打其父的呻吟聲。一賊憤怒地說：「教汝子速出即刑，便赦汝！」最初董生也曾「提戈欲往」，但當「妻牽衣泣」時，便「壯念頓消」。在生死關頭，他的行為表明了他不過是個自以為忠孝，心靈深處卻隱藏著自私怯懦的淺薄可笑之人。但是，這個場面並非真實的事件，而是佟客用異術幻化出來對董生的考驗，同時也畫龍點睛地證明佟客正是身懷真才的異人。所以，小說的真正主人公是佟客，對董生的描寫正是對佟客的烘托。

小說中對佟客的直接描寫，沒有先寫其「異」的一面，而是先寫其「常」。董生在他面前顯示慷慨之氣，他只是「掀髯微笑」；董生「叩以劍法」，他「謝不知」；董「按膝雄談」，他「惟敬聽而已」；群盜入宅他又提醒董生安排好後事，這一切表明他與常人無異。為了最終寫出佟客的異人身分而不使讀者感覺突然，文章也留下了伏筆。一是他曾說：「異人何地無之。」暗示自己就是異人。再一是「於衣底出短刃」並「削董劍」，顯示了一點異才。只不過，文中寫董生用正面描寫，先揚後抑；寫佟客則用烘托，先抑後揚。兩條文路映照對比，使文章增加藝術情趣，產生更豐富且耐人尋味的藝術效果。

本篇「異史氏曰」中，除記解大紳和方孝孺事，還講了「快役某」的故事，作家是想用這故事進一步說明忠孝大義不應當為兒女私情所羈絆。同時，這篇文章還啟示世人，誇誇其談、自我矜許者，往往是淺薄可笑之人，真正身懷絕技者卻很少自吹自擂，這是處世交友和做人做事的一個寶貴經驗。

青鳳

太原❶耿氏，故大家❷，第宅弘闊。後凌夷❸，樓舍連亘❹，半曠廢之，因生怪異：堂門輒自開掩，家人恒中夜駭嘩。耿患之，移居別墅，留老翁門❺焉。由此荒落益甚，或聞笑語歌吹聲。耿有從子❻去病，狂放不羈❼，囑翁有所聞見，奔告之。至夜，見樓上燈光明滅，走報生。生欲入覘其異，止之，不聽。門戶素所習識，竟撥蒿蓬，曲折而入。登樓，殊無少❽異；穿樓而過，聞人語切切。潛窺之，見巨燭雙燒，其明如晝。一叟儒冠❾，南面坐，一媼相對，俱年四十餘。東向一少年，可二十許；右一女郎，裁及笄❿耳。酒胾⓫滿案，團坐笑語。

生突入，笑呼曰：「有不速之客⓬一人來！」群驚奔匿，獨叟出，叱問：「誰何入人閨闥⓭？」生曰：「此我家閨闥，君占之。旨酒自飲，不一邀主人，毋乃⑭太吝！」叟審睇曰：「非主人也。」生曰：「我狂生耿去病，主人之從子耳。」叟致敬曰：「久仰山斗⑮！」乃揖生入，便呼家人易饌⑯。生止之，叟乃酌客。生曰：「吾輩通家⑰，座客無庸見避，還祈招飲⑱。」叟呼：「孝兒！」俄少年自外入。叟曰：「此豚兒⑲也。」揖而坐，略審門閥⑳，叟自言：「義君姓胡。」生素豪，談議風生，孝兒亦倜儻㉑。傾吐間，雅相愛悅。生二十一，長孝兒二歲，因弟之。叟曰：「聞君祖纂《塗山外傳》㉒，知之乎？」答：「知之。」叟曰：「我塗山氏之苗裔㉓也。唐以後譜系㉔猶能憶之；五代㉕而上無傳焉。幸公子一垂教也。」生略述塗山女佐禹㉖之功，粉飾多詞，妙緒㉗泉湧。叟大喜，謂子曰：「今幸得聞所未聞。公子亦非他人，可請阿母及青鳳來共聽之，亦令知我祖德也。」孝兒入幃中。

少時，媼偕女郎出。審顧之：弱態生嬌，秋波流慧，人間無其麗也。叟指婦云：「此為老荊㉘。」又指女郎：「此青鳳，鄙人之猶女㉙也。

頗惠㉚，所聞見，輒記不忘，故喚令聽之。」生談竟㉛而飲，瞻顧女郎，停睇不轉。女覺之，輒俯其首。生隱躡蓮鉤㉜，女急斂足，亦無慍怒。生神志飛揚，不能自主，拍案曰：「得婦如此，南面王㉝不易也！」媼見生漸醉，益狂，與女俱起，遽搴幃去。

生失望，乃辭叟出，而心縈縈不能忘情於青鳳也。至夜復往，則蘭麝猶芳；而凝待終宵，寂無聲欬㉞。歸與妻謀，欲攜家而居之，冀得一遇。妻不從，生乃自往，讀於樓下。夜方凭几，一鬼披髮入，面黑如漆，張目視生。生笑，染指研墨自塗，灼灼然相與對視。鬼慚而去。次夜，更既深㉟，滅燭欲寢，聞樓後發扃，闢之閛然。急起窺覘，則扉半啟。俄聞履聲細碎，有燭光自房中出，視之則青鳳也。驟見生，駭而卻退，遽闔雙扉。生長跽㊱而致詞曰：「小生不避險惡，實以卿故。幸無他人，得一握手為笑，死不憾耳。」女遙語曰：「惓惓深情，妾豈不知？但叔閨訓㊲嚴，不敢奉命。」生固哀之云：「亦不敢望肌膚之親，但一見顏色足矣。」女似肯可，啟關出，捉之臂而曳之。生狂喜，相將入樓下，擁而加諸膝。女曰：「幸有夙分[38]，過此一夕，即相思無用矣。」問：「何故？」曰：「阿叔畏君狂，故化厲鬼以相嚇，而君不動也。今已卜居[39]他所，一家皆移什物赴新居，而妾留守，明日即發矣。」言已欲去，云：「恐叔歸。」生強止之，欲與為歡。方持論間，叟掩入，女羞懼無以自容，俯首倚牀，拈帶不語。叟怒曰：「賤婢辱吾門戶！不速去，鞭撻且從其後！」女低頭急去，叟亦出。尾[40]而聽之，訶詬萬端。聞青鳳嚶嚶啜泣，生心意如割，大聲曰：「罪在小生，於青鳳何與？倘宥鳳也，刀鋸鈇鉞，小生願身受之！」良久寂然，生乃歸寢。自此第內絕不復聲息矣。生叔聞而奇之，願售以居，不較直。生喜，攜家口而遷焉。

居逾年，甚適，而未嘗須臾忘鳳也。會清明，上墓歸，見小狐二，為犬逼逐。其一投荒竄去；一則皇急道上，望見生，依依哀啼，闒耳輯首㊶，似乞其援。生憐之，啟裳衿，提抱以歸；閉門，置牀上，則青鳳也。大喜，慰問。女曰：「適與婢子戲，遘此大厄。脫㊷非郎君㊸，必葬犬腹。望無以非類見憎。」生曰：「日切懷思，繫於魂夢。見卿如獲異寶，何憎之云！」女曰：「此天數也，不因顛覆，何得相從？然幸矣，婢子必以妾為已死，可與君堅永約耳。」生喜，另舍舍之。

積二年餘，生方夜讀，孝兒忽入。生輟讀，訝詰所來。孝兒伏地，愴然曰：「家君有橫難，非君莫拯。將自詣懇，恐不見納，故以某來。」問：「何事？」曰：「公子識莫三郎否？」曰：「此吾年家㊹子也。」孝兒曰：「明日將過，倘攜有獵狐，望君之留之也。」生曰：「樓下之羞，耿耿㊺在念，他事不敢預聞。必欲僕效綿薄㊻，非青鳳來不可。」孝兒零涕曰：「鳳妹已野死三年矣。」生拂衣曰：「既爾，則恨滋深耳！」執卷高吟，殊不顧瞻。孝兒起，哭失聲，掩面而去。

生如青鳳所，告以故。女失色曰：「果救之否？」曰：「救則救之，適不之諾者，亦聊以報前橫耳。」女乃喜，曰：「妾少孤，依叔成立。昔雖獲罪，乃家範[47]應爾。」生曰：「誠然，但使人不能無介介[48]耳。卿果死，定不相援。」女笑曰：「忍哉！」次日，莫三郎果至，鏤膺虎韔[49]，僕從甚赫。生門逆之。見獲禽甚多，中一黑狐，血殷毛革；撫之，皮肉猶溫。便託裘敝，乞得綴補。莫慨然解贈。生即付青鳳，乃與客飲。客既去，女抱狐於懷，三日而蘇，展轉復化為叟。舉目見鳳，疑非人間。女歷言其情，叟乃下拜，慚謝前愆。喜顧女曰：「我固謂汝不死，今果然矣。」女謂生曰：「君如念妾，還乞以樓宅相假[50]，使妾得以申返哺[51]之私。」生諾之。叟赧然謝別而去。入夜，果舉家來。由此如家人父子，無復猜忌矣。生齋居，孝兒時共談讌。生嫡[52]出子漸長，遂使傅之。蓋循循[53]善教，有師範[54]焉。

【注釋】❶太原　地名。明清時太原府，今山西太原。❷大家　世代顯貴的人家。❸淩夷　衰敗。❹連亘　接連不斷。亘，「亙」的異體字。❺門　名詞用作動詞，守門。❻從子　姪子。❼不羈　不受禮法約束。❽少稍微。❾儒冠　儒生戴的頭巾。儒生，指通曉儒家經書的人。❿及笄　笄，髮簪。古代女子至十五歲為成年，髮上用簪，稱及笄。⓫胾　切成大塊的肉。⓬不速之客　未經邀請而自至的客人。速，請。⓭闥　內室門。⓮毋乃　豈不是。⓯久仰山斗　久仰，早已仰慕。山斗，泰山和北斗星。喻崇高的名聲。⓰易饌　更換新的食品，表示對客人的敬重。⓱通家　世代交好。⓲招飲　招來宴飲。⓳豚兒　對自己兒子的謙稱。⓴門閥　家庭的社會地位、功績經歷。㉑倜儻　不拘束。㉒塗山外傳　作者自擬書名，內容當來自古代傳說：夏代，禹三十歲尚未娶妻，在塗山遇九尾白狐，娶其女為妻。事見《吳越春秋》。㉓苗裔　後代。㉔譜系　家譜上的系統。㉕五代　指梁、陳、齊、周、隋。㉖佐禹　指助禹治水育子。㉗妙緒　精妙的思緒。㉘荊　以荊枝作釵。借指妻子。㉙猶女　姪女。㉚惠　同「慧」。聰明。㉛竟　完畢。㉜蓮鉤　女鞋。㉝南面王　帝王的座位朝南，故稱。㉞謦欬　咳嗽聲。㉟更既深　夜深。更，古代計時，一夜分為五更。㊱長跽　直身跪地。㊲閨訓　女子應遵守的道德規範。㊳夙分　前世所定緣分。㊴卜居　擇地居住。㊵尾　追隨。㊶闒耳輯首　闒耳，帖耳，馴服的樣子。輯首，藏頭的樣子。㊷脫　倘或；如果。㊸郎君　婦女對愛人的稱呼。㊹年家　科舉取士時代，同年考取功名的人互稱「年家」。㊺耿耿　心情掛懷。㊻效綿薄　效力的謙詞。㊼家範　家規。㊽介介　心中不愉快。㊾鏤膺虎韔　鏤膺，鏤金的馬胸前帶。虎韔，用虎皮縫製的弓箭袋。㊿假　借。(51)返哺　回報父母。(52)嫡　正妻。(53)循循　形容有步驟。(54)師範　教師；師表。

【語譯】山西省太原府耿家，本是世代顯貴人家，宅院寬廣。後來家境敗落，一幢幢樓房半數閒置無人居住，因此發生了許多怪事：廳堂門常常自開自掩，家中人常在半夜驚起一片諠譁。耿某心中厭惡，就搬到別墅居住，留下一個老僕看守門戶。此後，宅院更加荒涼冷清，有時候人們可以聽到裡面傳出笑聲、說話聲、歌唱和吹奏樂曲的聲音。耿某有一個姪子，名叫去病，為人性格豪放，對事無所畏忌，他囑咐老僕只要發現怪事，就跑去告訴他。到了夜間，老僕見樓上有燈光忽明忽滅，就速去稟報耿生。耿生想要進去偵察怪異，老僕勸阻他，他卻不聽。耿生對樓房的門戶一向熟悉，就撥開院中雜草，拐彎抹角地走了進去。他登上高樓，絲毫沒有發現一點兒異乎尋常的地方；當穿越樓房時，聽見室內有輕細的說話聲；他暗中向裡張望，見室內點著兩根大蠟燭，像白天一樣明亮。一個年老的男子，頭戴儒生頭巾，面向南坐著，一位老婦人坐在他對面，都有四十多歲。一個年輕人面向東，年紀約二十多歲；右方坐著一個女郎，不過才十五歲。桌上放滿酒肉，他們圍桌而坐，說說笑笑的。

耿生突然闖進室內，笑著喊道：「不請自來的客人到！」在座的人大吃一驚，奔跑躲藏，唯獨老者出來，大聲喝問：「你是什麼人？怎麼闖進人家閨房來了？」耿生說：「這是我家閨房，你占用了。有美酒自己喝，不邀請主人，豈不是太吝嗇了！」老者仔細看看他，說：「你不是主人。」耿生說：「我是狂生耿去病，是主人的姪子。」於是老者向他致敬說：「久仰大名！」拱手行禮，請他入座，接著喊家人換新菜餚。耿生阻止他，老者就給客人斟酒。耿生說：「咱們世世代代交好，座上的客人不必迴避，希望招來一起飲酒。」於是老者高喊：「孝兒！」一會兒，那年輕人從外面進來。老者介紹：「這是我兒子。」孝兒向耿生作揖後入座。耿生問老者的家世，老者說：「我名叫義君，姓胡。」耿生素來豪爽，講起話來神情自如，談笑風生；孝兒也毫不拘束。席間兩人暢所欲言，互相愛慕。耿生二十一歲，比孝兒大兩歲，孝兒算是弟弟。老者說：「聽說你的祖父寫有《塗山外傳》，你知道嗎？」回答說：「知道。」老者說：「我是塗山氏的後代。唐朝以後的家譜系統，還能回憶起來，而五代以前的卻沒有流傳下來。希望公子指教。」耿生簡略地敘述了塗山女輔助禹的功績，陳述中大加粉飾，思緒精妙如清泉奔湧。老者很高興，對兒子說：「今天有幸聽得公子宣講，真是聞所未聞。耿公子不是外人，可以把你母親和青鳳一起請來聽公子講述，使她們也知道咱們祖先的好品德。」孝兒便走進帷帳去了。

一會兒，老婦和女郎來到。耿生仔細端詳，青鳳長得苗條嬌媚，雙眼明亮清澈如秋水，流露出聰明智慧，在人間沒有像她這麼美麗的女子。老者指著老婦人對耿生說：「這是我的老伴兒。」又指女郎說：「她名叫青鳳，是我的姪女。很聰明，只要聽到見到的，總是牢記不忘，所以也讓她來聽聽。」耿生講完便開始飲酒，眼盯青鳳，目不轉睛。青鳳發覺了，就低下頭去。耿生偷偷輕踩她的鞋子，青鳳急忙把腳收回去，不過並沒有表現出生氣的樣子。於是耿生神采飛揚，不由得拍著桌子說：「能娶到這樣的妻子，拿個王侯的職位來我也不換！」老婦人見耿生漸漸醉了，更加輕狂，就和青鳳站起來，急忙掀起帷帳進去了。

耿生很失望，就辭別老者回去，可是心裡總是惦念著青鳳，不能忘情。到了晚上，他又跑上樓去，室內還留有蘭麝的餘香；他在那裡專心等了一整夜，卻連一聲咳嗽也沒聽到。他回家和妻子商量，想把全家搬到那樓上居住，期望再次同青鳳相遇。妻子不同意，耿生就一人前往，住在樓下讀書。一夜，他正靠著桌子看書，一個鬼披頭散髮地進來，臉色漆黑，瞪大眼睛注視耿生。耿生笑了笑，手指伸進硯臺蘸上墨汁，也把自己的臉塗黑，瞪起明亮的大眼與鬼互相對看。鬼羞愧地轉身出去。第二天深夜，耿生吹滅蠟燭想睡，聽見樓後有開門聲，門砰的一聲敞開，他急忙起身去看，樓上有門半開；一會兒又聽到細碎的腳步聲，接著室內閃出一道燭光，他一看，原來是青鳳。青鳳突然看到耿生，心中一驚退了回去，趕緊把兩扇門關上。耿生跪在門外說：「小生不避危險，完全是為了你。僥倖這裡沒有別人，如果你能讓我握一下手再開口一笑，我就死無遺憾了。」青鳳遠遠地躲在門裡面，說：「你的情意懇切深厚，難道我不知道麼？只是叔父的閨訓嚴格，我不敢遵從你的要求。」耿生一再哀求，說：「其實我也不敢妄想和你有肌膚之親，只要能看一眼你美麗的容貌，我就心滿意足了。」青鳳似乎同意，開門走出室外，抓住耿生的手臂把他拉了起來。

耿生高興極了，兩人相擁著一起到樓下，並把青鳳抱坐在他的腿上。青鳳說：「幸虧有前生注定的姻緣，過了這一夜，即使你再想我也沒有用了。」耿生問：「什麼緣故？」青鳳說：「叔叔怕你輕狂，因此變成惡鬼嚇唬你，可是你不怕，毫不退縮。現今他要把家搬向別處，全家人都運送物品器具去新居了，留我在此看守，明天就起程了。」她說完就要走，說：「怕叔叔回來。」耿生極力阻擋，想和她歡好一番。正在相持不下，老者突然進來，青鳳又羞又怕，非常難為情，低下頭，倚著牀，手拈衣帶，一言不發。老者怒氣沖沖地向她說：「下賤丫頭，辱沒我家的名聲，還不趕快回去！你等著挨鞭子吧！」青鳳連忙低著頭跑了，老者跟隨她出去。耿生緊跟在後面聽，老者萬般斥責辱罵。耿生聽見青鳳低聲的哭泣聲，一時心如刀割，大聲喊道：「罪責在我，跟青鳳有什麼關係？你如果饒恕青鳳，刀鋸斧鉞，就衝著我來吧！」過了好久，四周安靜，耿生也就回屋睡覺。從此，宅院裡一片寂靜，沒有再出現往日的動靜。耿生的叔父知道這事以後認為奇怪，願意把這座院子賣給耿生，不計較價格高低。耿生很高興，便攜帶家眷搬了進去。

在這所宅院裡住了一年多，耿生感覺住得很舒適，可心裡卻沒有一刻忘記過青鳳。正逢清明節，他掃墓回來，在路上見兩隻小狐狸奔跑，後面有狗追趕。一隻逃進荒草，另一隻急巴巴地在路上猛竄，看見耿生，在他身邊依戀不去，發出哀鳴，垂耳低頭，好像在祈求援助。耿生可憐牠，就敞開衣襟，把牠抱起來帶回家中；關上屋門，把牠放在牀上，竟然是青鳳。他非常高興，連忙安慰她。青鳳說：「剛才和婢女遊戲，卻遭受到這樣大的災禍。如果不是遇上你，一定是葬身犬腹了。希望你不要因為我不是人類而嫌棄我。」耿生說：「我心裡時刻都在想念你，夜夜夢見你。看見你就像得到珍奇的寶物，怎麼會嫌棄呢！」青鳳說：「這是天定的命運啊！若不是因為剛才的危難，我怎麼能跟你來！卻也有幸運的一面，婢女一定認為我已經死去，我可以和你堅守終生之約了。」耿生歡喜，安排她住在另一間房屋裡。

過了兩年多，一天夜裡耿生正在燈下讀書，孝兒忽然來到。耿生放下書本，驚訝地問他為什麼前來。孝兒跪在地上，悲痛地說：「我父親遭受橫災，非你拯救不了。他本想親自來懇求你，又怕你不接納，所以讓我來。」問：「有什麼事？」說：「你認得莫三郎嗎？」說：「他是一個與我同年考取功名者的兒子。」孝兒說：「他明天從你這裡經過，如果帶來打獵得到的狐狸，希望你把牠留下來。」耿生說：「過去，他在樓下侮辱我，我還記在心裡，別的事我就不敢再管了。如果一定要我出力，非青鳳來不可！」孝兒哭著說：「鳳妹死在荒野，已經三年了。」耿生激動地拂了拂衣服說：「既然如此，怨恨就更深一層了。」於是捧起書大聲唸起來，竟再不看他。孝兒站起來，放聲大哭，捂著臉走了。

耿生到青鳳屋裡，把孝兒來的事告訴她，青鳳嚇得臉色都變了，說：「你究竟救不救他？」耿生回答說：「救是要救的，剛才不答應他，不過是來報復一下他過去的蠻橫罷了。」青鳳這才歡喜，說：「我自幼就是孤兒，依賴叔叔長大。過去雖然他得罪了你，只是按照家規應該那樣。」耿生說：「確實如此。但是不能不使人忌恨在心。如果你真的死去，我一定不幫助他！」青鳳笑著說：「你真忍心哪！」次日，莫三郎果然來到，他的馬胸前戴鏤金雕花，弓箭袋是虎皮縫製的，身後跟隨許多僕人。耿生在門口迎接，見打來的禽獸很多，其中有一隻黑花狐狸，毛上血跡斑斑；耿生撫摸牠，皮肉還溫暖。於是假託皮襖破了，想討下牠來用於修補。莫三郎慷慨地解下黑狐送給他。耿生隨即交給青鳳，自己便同客人飲酒。客人走後，青鳳把狐狸抱在懷裡，三天以後它才慢慢的甦醒，又變成那位老者。他抬眼望見青鳳，懷疑自己不在人間，青鳳就向他一一講述了那些經過。老者萬分慚愧地向耿生作揖致敬，承認以往的過錯並請求原諒。他高興地看著青鳳說：「我一再說你沒有死，果然如此。」青鳳對耿生說：「你如果為我著想，還請借給樓房，以便我報答叔父的養育之恩，表達自己的孝心。」耿生應許。老者很難為情地拜謝後告別走了。到了夜間，他們果然全家搬來，從此大家就像一家人，不再互相猜忌了。耿生住在書房裡，孝兒時常和他邊飲酒邊談論。耿生正妻生的兒子漸漸長大，耿生讓他拜孝兒為師。孝兒有步驟地引導教育，很有為人師表的風度。

【研　析】〈青鳳〉是以人與狐變少女之間的愛情故事為題材，表達了讚美人間世界的和合諧美關係，體現了中華祖訓「和為貴」的精神。

小說開頭，大家耿氏第宅曠廢，因生怪異，「堂門輒自開掩」。主人移居別處後，仍「聞笑語歌吹聲」，暗示非鬼即狐暫居其中。一般人多會心懷恐懼，避之唯恐不及。獨有主人之姪耿生狂放不羈、慷慨多氣，偏要獨自「入覘其異」。他聽到樓內人語，室內巨燭雙燒，照如白晝。見室內一位儒冠老者面南而坐，還有老夫人和男女兩少年，共同圍桌笑語，桌上放滿酒肉。耿生突然闖入室內，「群鶩奔匿」，唯老者出聲責問不速之客，耿生說明自己是房主人姪兒，老者轉怒為敬，「呼家人易饌」，請耿生入席，並呼其子孝兒出來做陪。老者知耿先祖纂《塗山外傳》，就請耿談談塗山氏五代以上的譜系，並且說明自己是塗山氏苗裔。《吳越春秋·越王無餘外傳》記：夏禹三十未娶，行至塗山，始有娶妻意，乃有九尾白狐來見。也有古書認為，塗山氏乃九尾狐之女。蒲松齡引入這一典故，暗示老者一家不是鬼怪而是狐族之後。耿生談塗山氏歷史很生動，老者呼喚夫人及姪女青鳳也出來聽，使耿生見到青鳳。二人見面，互相傾慕，由此展開一場曲折有趣的愛情故事。

通過故事主要塑造了三個人物，即青鳳、耿生、青鳳的叔父。

青鳳生活在叔父家，老者家是重禮教、重親情、雅靜溫暖的家庭。青鳳雖是狐女，卻也如「養在深閨人未識」的人間閨秀。她「弱態生嬌，秋波流慧，人間無其麗也。」耿生一見，便「停睇不轉」，開始了神馳意想。他的闖入使青鳳平靜的心裡激起道道波瀾，也使這個家庭產生了震動。當青鳳在耿生的凝視下，「輒俯其首」，不勝嬌羞。儘管未言語，這情態表明她已是春心蕩漾了。當耿生「隱躡蓮鉤」，她只急斂足，並不惱怒。這時，她既驚訝又害怕，既怕被家人發現又因被異性接觸而激動不已，一種渴望愛情生活又不敢逾越禮教的多情淑女的矛盾心理，十分真切地表現出來。後來老者全家移走，暫讓青鳳留守。深夜又與耿生相遇，耿生求親近，女吐露心聲：「惓惓深情，妾豈不知？但叔閨訓嚴，不敢奉命。」耿生堅持要求，二人才得接近。這時老者回來撞見，怒斥青鳳：「賤婢辱吾門戶！不速去，鞭撻且從其後！」使二人分開。青鳳終究是詩禮之家的閨秀，她渴望愛情並不忽視親情，當叔父後來遭難需耿生相救，耿生記老者怒斥青鳳之仇不答應時，青鳳又真誠勸耿生相救，後又為叔父借房居住，以報養育之恩。總之，青鳳心理上情與禮的矛盾是表現的重點，作家細緻含蓄地刻劃了青鳳對矛盾的妥善處理，塑造了一個既熱烈追求愛情又不逾越道德規範，既溫柔多情又端莊賢慧的理想少女形象。

耿生也是性格鮮明的人物。他狂放不羈，熱情主動。故宅怪異迭生，他不顧人勸，竟破門而入。為老者說塗山氏史「粉飾多詞，妙緒泉涌」，表明文才極佳。他勇敢無畏，夜扮鬼相「鬼慚而去」。對老者不計前嫌，借樓宅令其居住，「由此如家人父子」。耿生的確是既有陽剛氣慨又有寬宏仁慈胸懷的男子漢。

青鳳的叔父也是一個較真實的儒者家長的藝術形象。

這篇小說是以美妙的愛情、理想化人格、完滿結局、奇幻境界、別具一格的藝術視角，成功表達了作家的價值理念和生活理想，確實是一篇讚美和諧精神的好作品。

向杲

向杲字初旦，太原❶人，與庶兄❷晟友于❸最敦。晟狎一妓，名波斯，有割臂之盟❹；以其母取直❺奢，所約不遂。適其母欲出籍為良❻，願先遣波斯；有莊公子者，素善波斯，請贖為妾。波斯謂母曰：「既願同離水火❼，是欲出地獄而登天堂也。若妾媵❽之，相去幾何矣？肯從奴志，向生其可。」母諾之，以意達晟。時晟喪偶未婚，喜，竭貲聘❾波斯以歸。莊聞，怒晟之奪所好也，途中偶逢，便大詬罵。晟不服，遂嗾從人折箠笞之，垂斃，乃去。杲聞，奔視，則兄已死，不勝哀憤，具造❿赴郡⓫。莊廣行賄賂，使其理不得伸。杲隱忿中結，莫可控訴，惟思要⓬路刺殺莊。日懷利刃，伏於山徑之莽。久之，機漸洩。莊知其謀，出則戒備甚嚴；聞汾州⓭有焦桐者，勇而善射，以多金聘⓮為衛。杲無所施其計，然猶日伺之。

一日，方伏，雨暴作，上下沾濡，寒戰頗苦。既而烈風四起，冰雹繼至，身忽忽然痛癢不能復覺。嶺上舊有山神祠，強起奔赴，既入廟，則所識道士在焉。先是，道士行乞村中，杲輒飯之，道士以故識杲。見杲衣服濡濕，乃以布袍授之，曰：「姑易此。」杲易衣忍凍，蹲若犬，自視，則毛革頓生，身化為虎。道士已失所在，心中驚恨，轉念：得仇人而食其肉，計亦良得。下至舊伏處，見己屍臥叢莽中，始悟前身已死；猶恐葬於烏鳶，時時邏守之。

越日，莊適經此，虎暴出，於馬上撲莊落，齕其首，咽之。焦桐返馬而射，中虎腹，蹶然遂斃。杲在錯楚⑮中，恍若夢醒；又經宵，始能行步，厭厭以歸。家人以其連夕不返，方共駭疑，見之，喜相慰問。杲但臥，蹇澀不能語。少間，聞莊信，爭即牀頭慶告之。杲乃自言：「虎即我也。」遂述其異，由此播傳。莊子痛父之死也慘，聞而惡之，因訟杲。官以其事誕而無據，置不理焉。

異史氏曰：「壯士志酬，必不生返，此千古所悼恨也。借人之殺以為生，仙人之術何神哉！然天下事之指人髮⑯者多矣，使怨者常為人，恨不令暫作虎耳。」

【注釋】❶太原　明清時府名。今山西太原。❷庶兄　庶母所生的哥哥。庶母，父親的妾。❸友于　兄弟友愛。❹割臂之盟　魯莊公答應娶大夫之女孟任，孟任割臂盟公。後人因稱男女相愛，私訂婚約為「割臂盟」。語出《左傳・莊公三十二年》。❺直　代價；報酬。❻出籍為良　籍，這裡指妓女戶籍。為良，做平民。❼水火　水深火熱之地。喻艱險苦境。❽妾媵　泛指侍妾。古代諸侯貴族女子出嫁，她的姪女、妹妹跟隨嫁與同一男子。隨嫁者稱媵。❾聘　娶。❿具造　備辦訴狀。⓫郡　府。⓬要　攔截。⓭汾州　清代為汾州府。今山西汾陽。⓮聘　聘任。⓯錯楚　亂生的草木。⓰指人髮　令人頭髮直豎。形容極端憤怒。

【語譯】向杲，表字初旦，太原人，和庶兄晟感情最深。晟愛上一個妓女，名叫波斯，兩人私下訂了婚約；因為妓院鴇母要的酬金太多，所訂的盟約沒能實現。正逢鴇母要脫離妓院從良，願意先把波斯打發走，便有個一向喜愛波斯的莊公子，要求贖她出來做妾。波斯對鴇母說：「既然願意一起離開水深火熱的苦境，是為了出地獄、登天堂，如果去做侍妾，跟原先有什麼差別呢？要是同意我的想法，我願意嫁給向晟。」鴇母允許，就把這個意思轉告向晟。當時，向晟的妻子死去，他還沒有再娶，聽後很高興，拿出全部錢財交給鴇母將波斯娶到家。莊公子知道以後大怒，認為向晟奪去他所愛的人，在路上偶然遇到向晟，大肆辱罵。向晟不服氣，莊公子就指使隨從用短棍打，眼看著向晟就要被打死才離開。向杲知道以後跑去察看，哥哥早已死了，他悲傷氣憤得難以忍受，就備辦訴狀到府衙門控告。莊公子賄賂上下官員，使向杲有理卻沒處說。向杲心中憤恨，又沒辦法告狀，就想在半路上攔截刺殺莊公子。他每天身藏利刃，潛伏在山路邊的草木叢裡。時間一長，這機密漸漸洩露。莊公子得知向杲的圖謀，出門時嚴加戒備；聽說汾州有個名叫焦桐的人，性格勇敢，擅長箭法，就花很多錢請他來做侍衛。向杲的計謀落空，卻還是天天等候莊公子。

一天，向杲正在潛伏，突然下起大雨，衣服濕透，凍得渾身發抖；不久，又刮起大風，緊接著下起冰雹，這時向杲身上忽然痛癢得沒了知覺。山上原來有山神廟，他強打精神跑過去，進廟以後，竟有個認識的道士住在裡面。在這以前，道士到村裡乞討，向杲常給他飯吃，道士因此認識他。道士見向杲的衣服淋濕，就遞給他一件布袍，說：「暫且換穿這一件。」向杲換上衣服，忍耐著寒冷，像犬一般蹲坐著。他看看自己，身上竟頓時長出皮毛，變成一隻老虎。道士不見了，向杲驚愕悔恨，再一想，若能藉此得到仇人，吃他的肉，倒也是個好辦法。於是下山，又到原來潛伏的地方。他看見自己的軀體躺在亂草裡，這才醒悟他的前身已死；怕屍體被烏鴉、老鷹啄食，他時時巡邏守護。

第二天，莊公子正好經過這裡，老虎突然跳出來，把他撲落馬下，咬下他的頭，吞進肚裡。焦桐轉回馬身，搭箭射來，射中老虎腹部，老虎倒下死了。這時，在亂草裡躺著的向杲，恍惚中像自夢中甦醒；又挨過一夜，才能走動，無精打采地走回家。家中人因為他一連好幾夜沒有回來，正在驚疑，看見他以後，都高興地慰問他，向杲只是躺在牀上，說不出話來。不久，大家聽到莊公子被虎咬死的消息，爭著走向牀頭告訴向杲，向他慶賀。向杲才說：「那隻猛虎就是我啊。」接著就述說了這段奇異經歷。這件事轉相傳播，莊公子的兒子聽說後，痛心父親死得淒慘，憎恨向杲，因此到衙門控告。官府認為事情荒唐怪誕，又沒有證據，置之不理。

異史氏說：「壯士的志願實現，一定不能活著回來，這是千古以來令人哀傷抱憾的事。藉人的殺害而復活，仙人的法術多麼神奇啊！只是天下令人氣憤到髮指的事很多，那些身蒙奇冤的人即使雖身常為人，卻恨不得讓他暫時化為虎。」

【研　析】〈向杲〉是用奇幻怪誕的化虎報仇故事作題材，表達了作家反對以強凌弱、對抗社會黑暗現實的強烈願望。

關於人化虎的情節，早在六朝志怪和唐傳奇裡曾多次出現，蒲氏借用這一傳統情節，融合現實中的社會矛盾，獨創新意，使這一題材放出新的光彩。比如，唐代李復言《續玄怪錄．張逢》描寫張逢在「策杖尋勝」時，偶爾投身一段碧草上，變成「文彩爛然」的猛虎，因為不樂意吃狗彘駒犢，遂將福州錄事鄭糾「迻食之」。然後又尋至原來投身的碧草上，恢復了人形。他將這奇遇告訴別人，鄭糾之子聽到，「怒目而起，持刀將殺逢」，終因人化虎而食人「非故殺」，不了了之。這個故事具有明顯的偶然性。因為張逢和鄭糾並無恩仇牽連。向杲化虎雖屬偶然，殺敵報仇卻是計畫中事，屬於被逼無奈而實施的行動。化虎報仇，在這裡具有為兄報仇、伸張正義、懲罰兇頑又不授人以柄，保護了善良的無辜，順應了廣大群眾的心願。在虎復人形上，蒲氏也有精巧的創新。張逢復人形，只要找到原來的碧草即可。向杲復人形，卻因莊公子侍衛射死老虎而使他返回人間。這樣描寫既新奇巧妙又合情合理。但明倫評論說：「死而生借敵人之矢，千古奇情。」

最後的「異史氏曰」，包含三層意思：其一，「壯士志酬，必不生返，此千古所悼恨也」。而此處卻出現奇蹟：「壯士志酬」，巧得呵護，符合了天心民意。其二，「借人之殺以為生，仙人之術何神哉！」神就神在作家理想主義和藝術才能相融合而結出的碩果。其三，「使怨者常為人，恨不令暫作虎耳。」奇幻之事終屬心願，究非現實，社會怨情的申雪，還要靠群眾爭取和法制的完善。

申氏

涇河❶之側，有士人子申氏者，家窶貧，竟日恒❷不舉火，夫妻相對，無以為計。妻曰：「無已，子其盜乎？」申曰：「士人子，不能亢宗❸，而辱門戶、羞先人，跖❹而生，不如夷❺而死！」妻忿曰：「子欲活而惡辱耶？世不田而農者，止❻兩途：汝既不能盜，我無寧❼娼耳！」申怒，與妻語相侵❽，妻含憤而眠。

申念：為男子不能謀兩餐，至使妻欲娼，固不如死。潛起，投繯❾庭樹間，但見父來，驚曰：「癡兒！何至於此！」斷其繩，囑曰：「盜可以為，須擇禾黍❿深處伏之。此行可富，無庸再矣。」妻聞墮地聲，驚寤；呼夫不應，爇火覓之，見樹上繯絕，申死其下，大駭。撫捺之，移時而甦，扶臥牀上。妻忿氣少平，既明，托夫病，乞鄰得稀酏⓫餌申。

申啜已出而去；至午，負一囊米至。妻問所從來，曰：「余父執⑫皆世家⑬，向以搖尾⑭為羞，故不屑以相求也。古人云：『不遭者可無不為⑮。』今且將作盜，何顧焉！可速炊。我將從卿言，往行劫。」妻疑其未忘前言之忿，含忍之，因淅米作糜。申飽食訖，急尋堅木，斧作梃，持之欲出。妻察其意似真，曳而止之。申曰：「子⑯教我為，事敗相累，當無悔！」絕裾而去。

日暮，抵鄰村，違⑰村里許伏焉。忽暴雨，上下淋濕。遙望濃樹，將以投止。而電光一照，已近村垣，遠處似有行人；恐為所窺，見垣下禾黍蒙密，疾趨⑱而入，蹲避其中。無何，一男子來，軀甚壯偉，亦投禾中。申懼，不敢少動。幸男子斜行去；微窺之，入於垣中。默意垣內為富室亢氏第⑲，此必梁上君子⑳，俟其重獲而出，當合有分。又念：其人雄健，倘善取不予，必至用武；自度力不敵，不如乘其無備而顛之。計已定，伏伺良耑㉑。直將雞鳴始越垣出。足未及地，申暴起，梃中腰膂㉒，踣然傾跌，則一巨龜，喙張如盆；大驚，又連擊之，遂斃。

先是，亢翁有女，絕惠美，父母皆憐愛之。一夜，有丈夫入室，狎逼為歡。欲號，則舌已入口，昏不知人，聽其所為而去。羞以告人，惟多集婢媼，嚴扃門戶而已。夜既寢，更不知扉何自而開；入室，則群眾皆迷，婢媼遍淫之，於是相告各駭。以告翁，翁戒家人操兵環繡闥，室中人燭而坐。約近夜半，內外人一時都瞑，忽若夢醒，見女白身㉓臥，狀類癡，良久始寤。翁甚恨之，而無如何。積數月，女柴瘠頗殆㉔。每語人：「有能驅遣者，謝金三百。」申平時亦悉聞之。

是夜得龜，因悟祟翁女者，必是物也，遂叩門求賞。翁喜，延之上座，使人舁龜於庭，臠割之。留申過夜，其怪果絕，乃如數贈之。負金而歸，妻以其隔宿不還，方切憂盼；見申入，急問之。申不言，以金置榻上。妻開視，幾駭絕，曰：「子真為盜耶？」申曰：「汝逼我為此，又作是言！」妻泣曰：「前特以相戲耳。今犯斷頭之罪，我不能受賊人累也！請先死！」乃奔。申逐出，笑曳而返之，具以實告，妻乃喜。自此謀生產，稱素封㉕焉。

異史氏曰：「人不患貧，患無行㉖耳。其行端者，雖餓不死；不為人憐，亦有鬼祐也。世之貧者，利所在忘義，食所在忘恥，人且不敢以一文相托，而何以見諒㉗於鬼神乎！」

【注釋】❶涇河　發源於甘肅平涼。❷恒　常。❸亢宗　光宗耀祖。❹跖　古代大盜名。❺夷　伯夷。商代末年孤竹君的兒子，與其弟叔齊互讓王位，逃至周國。❻止　只。❼無寧　情願。❽侵　抵觸。❾投繯　上吊。❿禾黍　泛指莊稼。⓫酡　同「酏」。稀粥。⓬父執　父親的好友。⓭世家　世代官宦人家。⓮搖尾　喻乞求憐憫。⓯不遭者可無不為　遭遇不好，什麼都可以做。語源《漢書．孫寶傳》。⓰子　你。⓱違　距離。⓲疾趨　快跑。⓳第　大住宅。⓴梁上君子　小偷。語出《後漢書．陳寔傳》。㉑良耑　良，很。耑，專心。㉒膂　脊骨。㉓白身　身上一絲不掛。㉔殆　疲憊。㉕素封　泛指平民中的富戶。㉖無行　沒有端正的品行。㉗見諒　被原諒。

【語譯】在臨近涇河的地方，有個讀書人的兒子，姓申，家境貧窮，常常一整天不生火做飯，夫妻你看我，我看你，沒有一點辦法。妻子說：「實在是不得已啊，你去偷吧？」申氏說：「我是讀書人家的兒子，不能光宗耀祖，卻辱沒門戶，羞辱先人，像盜跖一樣活著，不如似伯夷那樣死去。」妻子生氣地說：「你想活命，還怕人恥笑嗎？在人世間不種田卻要吃飯的人，只有兩條路：你既然不去做賊，我寧願做妓女！」申氏憤怒，跟妻子吵鬧起來，妻子滿懷悲憤地去睡了。

申氏心想：作為一個男人，連一天吃兩頓飯的辦法都沒有，以致使妻子要做妓女，真不如去死。他偷偷地起來，在院子裡的樹上上吊，只見父親來到，吃驚地說：「傻孩子！怎麼可以這樣做！」就割斷樹上的繩子，囑咐他說：「可以去做賊，必須挑選莊稼茂密的地方藏起來。這一趟就能發財，不必再去第二次。」妻子聽見屋外有東西的墜地聲，驚醒，喊申氏，沒有回應；便點亮燈燭出去尋找，見樹上繩子斷開，申氏昏死其下。她十分驚訝，為他按摩，一會兒醒了過來，扶他回屋躺在牀上。妻子的怒氣略微平息，天明以後，假託丈夫有病，向鄰居討了一碗稀粥給申氏喝。申氏喝完以後便走出門去，到中午，背了袋米回家。妻子問米是哪裡來的，他說：「我父親的好友，都是官宦人家。我向來認為乞求別人憐憫很可恥，所以不屑於相求。可是古人說：『遭遇不好的時候，什麼事都可以去做。』我今天就要去做賊，還顧慮什麼呢！你趕快去做飯，我要聽你的話，出去搶劫。」妻子懷疑他沒有忘記自己先前的話而在生氣，就勉強忍下來去淘米做飯。申氏吃飽以後，急忙找來堅韌的木料，砍成棍子，拿起來就要出門。妻子看他似乎真的要去搶劫，拉住他想要阻止。申氏說：「是你教我去做賊的，如果事情敗露，要連累你，可別後悔！」就扯斷衣襟走出去了。

傍晚，申氏來到鄰村，在離村約一里的地方藏起來。忽然下起大雨，渾身上下都被淋濕，遠遠望去有棵大樹枝葉繁密，他來到那裡歇息，可是閃電一照，發現已到村頭人家的院牆下，而且遠處似有人走路；怕被人發覺，見牆下的莊稼格外茂盛，於是快步進去，蹲在裡面躲避。一會兒，走來一個男人，他身材高大壯實，也走到莊稼地裡。申氏害怕，不敢動彈；幸虧他從一旁斜穿而過，暗中窺視，見他跳到院牆裡面去了。申氏暗想：牆裡面是富戶亢家的院子，這個男子一定是個小偷，等他偷出很多東西，應當給我一份；又想，他強健有力，倘若好好商量而不給，必然要動武。揣測自己不是對手，不如趁其不備將他打倒。計策已定，藏起來專心等候。直到天將明雞叫時，那男子才跳牆出來。他雙腳還沒有落地，申氏突然竄起來，一棍子打中他的腰背。他倒在地上，申氏仔細看，卻是一隻大龜，嘴張開像盆一樣大。申氏十分驚訝，又接連猛擊，牠就死了。

先前，亢老漢有個女兒，十分聰明美麗，父母都喜愛她。一夜，有個男人闖進她屋裡，靠近她調戲取樂。她要大聲喊叫，那人把舌頭伸入她的口中，她昏暈過去，聽憑那人隨心所欲後走了。亢家羞於把這事告訴別人，只好多招呼些婢女和僕婦陪伴，關緊門戶罷了。可是夜間睡下，卻不知什麼原因，門自己會敞開；那人一進屋，大家就都昏迷了過去，全被他挨個姦淫了，互相說了都很驚駭。把這件事稟告亢老漢，老漢告誡僕人拿著刀槍，把閨房包圍起來，屋裡的人點起燈燭坐著。大約快到半夜時分，所有屋內外的人，都不由自主地閉上眼睛，又都忽然像從夢中醒來，只見女郎赤條條地躺著，神態好像傻子，過了好久才清醒。老漢非常痛恨，卻一點辦法也沒有。過了幾個月，女郎骨瘦如柴，疲憊不堪。老漢常對人說：「有誰能驅趕妖魔，我送給他三百兩銀子酬謝。」這話申氏平時也都聽人說過。

申氏在這一夜得到大龜，明白摧殘亢老漢女兒的一定就是牠，於是拍老漢家的門求賞賜。老漢很高興，迎他進屋，安排到上座，使人把龜抬到院子裡，割成碎塊。留申氏住了一夜，那個怪物果然不再出現，就照前定的錢數酬謝他。申氏背著銀子走回家，妻子因為他隔宿未歸，正深自憂慮盼望，見他進門，急忙問他。申氏不說話，把銀子放在牀上。妻子打開一看，嚇得差點兒昏過去，說：「你真的去做賊了麼？」申氏說：「是你逼我幹的，又說這種話！」妻子哭著說：「之前我只想跟你開玩笑罷了。現在你犯了砍頭的罪，我不能受賊人連累啊！我要先死啦！」說完就向外跑。申氏追趕到門外，笑著把她拉回來，細說實情，妻子才含著眼淚笑起來。從此兩人謀求生產，被稱為富戶。

異史氏說：「作為人，不怕貧窮，怕的是品行惡劣。品行端正，雖然挨餓也不至於死，即使沒有人可憐，也會有鬼來保祐。世上有些貧窮的人，見到利就忘掉道德，見到好吃的就忘掉羞恥。人都不敢託付一文錢的事，他又怎能得到鬼神的諒解呢。」

【研　析】〈申氏〉寫一個讀書人之子，在窮困無生路時進行盜竊的故事。但是，作家撰文的主旨不是揭露批判為盜者的劣跡，而是說明「人不患貧，患無行耳」。只要品行端正，人不可憐，鬼也相祐。品行惡劣，見利忘義，人人見而遠之，分文不敢相託，才真正是陷入人生絕境。

這篇小說的突出優點，是用真實而又細膩的筆觸，描繪出這對夫妻因性格差別而形成的矛盾糾葛，以及在矛盾過程中各人的心理活動。當申氏聽妻說，他不為盜她就做娼時，真好像雷霆轟頂，思之再三，決定自殺。妻發現後十分驚訝，先「撫捺之」，又「扶臥牀上」，再「乞鄰得稀酏餌申」。發現丈夫真去為盜，又「曳而止之」。這表明妻雖有怨氣，但對丈夫卻真誠喜愛。雖說氣話並不願丈夫真去為盜，證明她的品行也是端正的。申氏得賞銀回家，不言語，「以金置榻上。妻開視，幾駭絕，曰：『子真為盜耶？』申曰：『汝逼我為此，又作是言！』妻泣曰：『前特以相戲耳。今犯斷頭之罪，我不能受賊人累也！請先死！』乃奔。申逐出，笑曳而返之，具以實告，妻乃喜」。這充滿生活氣息的描寫，維妙維肖顯露著二人的心理變化，塑造出兩個令人回味無窮的人物形象。

鴿異

鴿類甚繁，晉❶有坤星，魯❷有鶴秀，黔❸有腋蝶，梁❹有翻跳，越❺有諸尖：皆異種也。又有靴頭、點子、大白、黑石、夫婦雀、花狗眼之類，名不可屈以指，惟好事者❻能辨之也。鄒平❼張公子幼量癖好之，按《經》❽而求，務盡其種。其養之也如保嬰兒：冷則療以粉草❾，熱則投以鹽顆。鴿善❿睡，睡太甚，有病麻痺而死者。張在廣陵⓫，以十金購一鴿，體最小，善走；置地上，盤旋無已時，不至於死不休也，故常須人把握之；夜置群中，使驚諸鴿，可以免痺股之病，是名「夜遊」。齊魯養鴿家，無如公子最；公子亦以鴿自詡。

一夜，坐齋中，忽一白衣少年叩扉入，殊⓬不相識，問之，答曰：「漂泊之人，姓名何足道⓭。遙聞畜鴿最盛，此生平之所好也，願得寓目[14]。」張乃盡出所有：五色俱備，燦若雲錦。少年笑曰：「人言果不虛，公子可謂盡養鴿之能事[15]矣。僕[16]亦攜有一兩頭，頗[17]願觀之否？」張喜，從少年去。月色冥漠，野況蕭條，心竊疑懼。少年指曰：「請勉行，寓屋不遠矣。」又數武[18]，見一道院，僅兩楹，少年握手入，昧無燈火。少年立庭中，口中作鴿鳴。忽有兩鴿出：狀類常鴿，而毛純白；飛與簷齊，且鳴且鬥，每一撲，必作觔斗。少年揮之以肱，連翼而去。復撮口作異聲，又有兩鴿出：大者如鶩，小者裁如拳，集階上，學鶴舞。大者延頸立，張翼作屏，宛轉鳴跳，若引之；小者上下飛鳴，時集其頂，翼翩翩如燕子落蒲葉上，聲細碎，類鼗鼓；大者伸頸不敢動，鳴愈急，聲變如磬。兩兩相和，間雜中節[19]。既而小者飛起，大者又顛倒引呼之。張嘉嘆不已，自覺望洋可愧[20]。遂揖少年，乞求分愛[21]，少年不許；又固求之，少年乃叱鴿去，仍作前聲，招二白鴿來，以手把之，曰：「如不嫌憎，以此塞責[22]。」接而玩之：睛映月作琥珀色，兩目通透，若無隔閡，中黑珠圓於椒粒；啟其翼，脅肉晶瑩，臟腑可數。張甚奇之，而意猶未足，詭求[23]不已。少年曰：「尚有兩種未獻，今不敢復請觀矣。」方競論間，家人燎麻炬入尋主人。回視，少年化白鴿，大如雞，沖霄而去，又目前院宇都渺，蓋一小墓，樹二柏焉。與家人抱鴿，駭嘆而歸。試使飛，馴異如初，雖非其尤[24]，人世亦絕少矣。於是愛惜臻至。

積二年，育雌雄各三，雖戚好求之，不得也。有父執[25]某公為貴官，一日，見公子，問：「畜鴿幾許？」公子唯唯[26]以退，疑其意愛好之也，思所以報而割愛良難。又念：長者之求，不可重拂，且不敢以常鴿應，選二白鴿，籠送之，自以千金之贈不啻[27]也。他日見某公，頗有德色[28]，而某殊無一申謝語。心不能忍，問：「前禽佳否？」答云：「亦肥美。」張驚曰：「烹之乎？」曰：「然。」張大驚曰：「此非常鴿，乃俗所言『靼韃』者也！」某回思曰：「味亦殊無異處。」張嘆恨而返。至夜，夢白衣少年至，責之曰：「我以君能愛之，故遂託以子孫。何乃以明珠暗投㉙，致殘鼎鑊！今猝兒輩去矣。」言已，化為鴿，所養白鴿皆從之，飛鳴逕去。天明視之，果俱亡矣。心甚恨之，遂以所畜分贈知交，數日而盡。

異史氏曰：「物莫不聚於所好，誠然也！葉公好龍則真龍入室㉚；而況學士之於良友，賢君之於良臣乎！而獨阿堵之物㉛，好者更多，而聚者特少。亦以見鬼神之怒貪，而不怒癡也。」

向有友人饋朱鯽㉜於孫公子禹年㉝，家無慧僕，以老傭往。及門，傾水出魚，索柈而進之。迨達主所，魚已枯斃。公子但笑不言，以酒犒傭，即烹魚以饗。既歸，主人問：「公子得魚頗歡慰否？」答言：「歡甚。」問：「何以知？」曰：「公子見魚便欣然有笑容，立命賜酒，且烹數尾以犒小人。」主人駭甚，自念所贈頗不粗劣，何至烹賜下人？因責之曰：「必汝蠢頑無禮，故公子遷怒㉞耳。」傭揚手力辯曰：「我固陋拙，遂以為非人耶？登公子門，小心如許，猶恐筲斗㉟不文，敬索柈出，一一匀排而後進之，有何不周詳也？」主人罵而遣之。

靈隱寺㊱僧某，以茶得名，鐺臼皆精。然所蓄茶有數等，恒㊲視客之貴賤以為烹獻；其最上者，非貴客及知味者，不一奉也。一日，有貴官至，僧伏謁甚恭，出佳茶，手自烹進，冀得稱譽，而貴官殊無一語。僧惑甚，又出最上一等，細細烹而後進之。飲已將盡，猶無贊語。急不能待，鞠躬曰：「茶何如？」貴官執琖一拱曰：「甚熱。」

此兩事，可與張公子之贈鴿同一笑也。

【注釋】❶晉　山西省。❷魯　山東省。❸黔　貴州省。❹梁　河南省北部。戰國時魏國曾於大梁（今河南開封）建都，又稱梁。❺越　浙江省的東部地區。❻好事者　愛好並通曉某種活動者，此指養鴿專家。❼鄒平　今山東鄒平。❽經　指清鄒平張萬鍾《鴿經》。❾粉草　粉甘草，性清熱解毒，為中醫治感冒常用藥草。❿善　愛。⓫廣陵　今江蘇揚州。⓬殊　竟然。⓭何足道　哪裡值得說。⓮寓目　看。⓯能事　所能達到的事。⓰僕　我。謙詞。⓱頗　與「否」搭配表疑問的副詞。⓲武　步。⓳中節　合乎節拍。⓴望洋可愧　眼界開闊，感覺慚愧。㉑分愛　部分割愛。㉒塞責　應付責任。㉓詭求　需索。㉔尤　最好者。㉕父執　父親的好友。㉖唯唯　恭敬的應答聲。㉗不啻　相同；不止。㉘德色　自覺有恩德於人時表現的神色。㉙明珠暗投　喻贈珍品與對此無知者。語源《史記·魯仲連鄒陽列傳》。㉚葉公好龍則真龍入室　語源漢劉向《新序·雜事五》。㉛阿堵之物金錢。語源《世說新語．規箴》。㉜朱鯽　紅色金魚。㉝孫公子禹年　孫琰齡，字禹年，清初拔貢生，被任命州同知，因親老拒絕赴任。㉞遷怒　對別人的怒氣轉向另一人發洩。㉟筲斗　這裡指水桶。㊱靈隱寺　浙江杭州西湖畔佛寺名。㊲恒　經常。

【語譯】鴿子的種類很多，山西有坤星，山東有鶴秀，貴州有腋蝶，河南有翻跳，江浙一帶有諸尖：這些都是罕見的品種。又有靴頭、點子、大白、黑石、夫婦雀、花狗眼等，名稱多得扳著手指也數不清，只有行家才能分辨。鄒平縣的張幼量公子特愛養鴿，按照《鴿經》搜求，竭力做到品種齊全。他養鴿像哺育嬰兒似的，醫寒餵甘草，解熱餵鹽粒。鴿子喜歡睡，睡的時間過長，有的會肢體麻痺致死。張幼量在揚州花十兩銀子買了一隻鴿子，體型很小，喜愛走動；放在地上，往來盤旋不止，不累死就不停下來，所以常要人把牠握在手裡；夜間將牠放入鴿群，用來驚擾其他睡鴿，能預防鴿腿麻痺病症，因此給牠起名叫「夜遊」。山東一帶養鴿的人家，沒有誰能比得過他，張幼量也以養鴿專家而自誇。

一夜，張幼量在書房裡閒坐，忽然有一位白衣少年敲門進來。一看，並不認識，問他，他回答說：「我是四處漂泊的人，姓名不值得告訴你，從遠處聽說你養了很多鴿子。這也是我素來的愛好，希望能看一看。」張幼量拿出所有的鴿子：群鴿五色俱全，光燦燦似彩雲錦繡。少年笑著說：「人們說的果然不假，公子可謂極為擅長養鴿子了。我也帶有一兩隻，你願意去看看嗎？」張幼量歡喜，便跟隨少年前往。這時月色迷茫，野外景色冷落，張幼量暗自疑惑，有些膽怯。少年向前一指說：「請快些走，我住的房子不遠了。」又走了幾步，見一座道士院，裡面有兩間房屋。少年拉著他的手進去。院裡昏暗，沒有燈光。少年站在庭院當中，口中發出像鴿子一樣的叫聲，忽然間飛出兩隻鴿子，形狀像普通的鴿子，羽毛純白，飛到和屋簷那麼高時，邊叫邊鬥，每一相撲就翻跟頭。少年揮臂，牠們連翼飛去。少年又撮口發出異常的叫聲，又飛出兩隻，一大一小，大鴿有家鴨般大，小鴿僅大如拳頭，都飛落臺階上，學仙鶴舞。大鴿伸頸挺立，展雙翅成屏風，旋轉鳴跳，似逗引小鴿。小鴿鳴叫，飛上飛下；有時站立大鴿頭頂，雙翼輕搧，像燕子飛落菖蒲葉上；牠鳴聲細碎，好似搖動著的撥浪鼓。大鴿伸長脖子，不敢動彈，鳴聲越來越急，聲音變得像擊磬。兩鴿音調應和，分合間雜，切中節拍。不久，小鴿飛起，大鴿又轉來轉去，鳴叫招喚。張幼量邊看邊不住聲地讚嘆，眼界大開，自感慚愧，便向少年行禮，乞求分幾隻給他。少年不答應，他一再乞求。少年呵叱鴿子回窩，又發出原先的呼聲，把那兩隻白鴿招來，握在手裡，說：「如果不嫌棄，我就把這兩隻送給你。」張幼量接過白鴿，細加玩賞。鴿睛閃爍，在月光映照下，琥珀般紅潤鮮豔，兩隻眼睛通明透亮，當中像沒有間隔，黑眼珠似滾圓的花椒粒；掀開翅膀看，胸肉晶瑩，臟腑幾乎可以看得到。張幼量為此驚奇，可是他並沒有就此滿足，而是一再需索。少年說：「只剩兩個品種沒給你看，現在，不敢再請你看了。」兩人正在爭論的時候，張家的一群僕人，手舉麻稭稈火把來尋主人。張幼量回頭看時，少年立即變成體大如雞的白鴿，直沖向雲霄而去，眼前原有的院落消失，化作一座小墳墓，墳前種有兩棵柏樹。他和僕人抱著鴿子，連聲驚嘆地回家了。他使白鴿試飛，牠們馴熟而奇特，跟原來的表現相同，雖然不是那少年最好的鴿子，人世間也極為少見了，於是十分愛惜。

經過兩年，張幼量的白鴿生下三對小鴿子，即使是親友求之，也得不到。他父親的朋友某公是貴官，有一天，他見到張幼量，問：「你養了多少鴿子？」張幼量恭敬地應和著退了下來。他猜想某公也喜愛鴿子，心想該給他卻又捨不得割愛；再想，這是長輩的要求，不可過於違背其心意，還不敢用常見的鴿子應付，因此選出兩隻白鴿，裝進籠子奉送，自以為這比給他千金更為貴重。過了幾天，他見到某公，流露出有恩德於人的神色，而某公竟沒有一句致謝的話。他心裡忍耐不住，問：「日前送上的鴿子好嗎？」回答說：「也算肥美。」張幼量驚愕，又問：「牠們被煮來吃了嗎？」回答：「是啊！」張幼量大驚，說：「牠們不是普通的鴿子，而是俗稱為『鞨韃』的呢！」某公回想了一下說：「味道和一般的實在沒有什麼不同。」張幼量聽後嘆氣，悔恨地走回家。到夜間，夢見白衣少年來到，責備他說：「我以為你喜愛牠們，所以把子孫們委託給你，你怎麼把珍寶送給毫不賞識牠們的人呢，以致牠們在鍋裡喪生。現在，我要帶領兒輩們走了。」話說完，變成鴿子，張幼量養的白鴿都跟隨牠飛鳴而去。天明以後，張幼量去看鴿子，果然白鴿全逃走了。他心中遺憾萬分，就生氣地把所養的鴿子分送知心友人，幾天的功夫就送完了。

異史氏說：「各種東西，沒有不向愛好它的人聚集的，確實如此啊！葉公好龍，真龍才入室，何況讀書人對於良友，賢明的君主對於忠臣呢！而唯有金錢這東西，喜歡它的人更多，能長期積聚它的人特少。由此可見：鬼神責備貪婪，而不譴責癡心迷戀吶！」

從前，有位朋友送紅鯽魚給孫禹年公子，家裡沒有聰明的僕人，就派老僕人前往。他走到孫家門口，倒掉桶裡的水，把魚拿出來，討到一個托盤，將魚放在盤上送進去；等送到主人面前，鯽魚已經死了。孫公子看後只笑，不說話，又拿酒犒賞老僕人，使人立刻為他煮魚。僕人回家以後，主人問：「公子見到魚很高興嗎？」回答說：「高興得很呢！」問：「你怎麼知道的？」說：「公子看見魚就愉快地面帶笑容，立刻叫人給我拿酒，還煮了幾條魚犒勞我。」主人大驚，心想自己贈送的魚並不差，何至於煮了賞給僕人吃呢？因此責備僕人說：「一定是你愚蠢沒有禮貌，所以公子就把怒火轉向魚了。」僕人一揚手極力辯白：「我固然愚笨，主人就認為我是什麼也幹不好的人嗎？進孫公子家門，我十分小心，還怕提個水桶樣子不文雅，就恭恭敬敬地討來一個托盤，把魚放上去一條條的排整齊後送上，這有什麼不周到呢？」主人罵他幾句，就打發他回家了。

西湖靈隱寺某和尚，以擅長製茶烹茶出名，所用茶鐺、茶臼都是精品。只是他所藏的茶分幾個等次，常看客人身分貴賤烹煎獻上，最上等的茶，非貴客和品茶能手絕不供應。一天，有貴官來到，僧人趴在地上通報姓名，十分恭敬，並拿出好茶，親自烹好送上，希望得到稱讚，貴官卻默不作聲。僧人很疑惑，又拿出最上等的茶，細加烹煎後奉上。眼看著貴人就要將茶喝光，還是不稱讚。僧人很著急，就走向前鞠了一躬說：「這茶怎麼樣？」貴官端起茶杯一拱手，說：「很熱。」

這兩段故事，可以和張幼量贈鴿同博眾人一笑。

【研　析】〈鴿異〉是一篇中華名鴿的鏤金錯彩的名物誌，又是一篇幽默可笑的諷刺小說。正文可分前後兩部分：上半寫諸種名鴿，用一個字概括就是「美」；下半寫人間世情，也可用一個字概括就是「俗」。一美一俗，一揚一抑，表現出作家對美好事物的喜愛和對庸俗粗卑的嘲笑。

文章開頭就展示出各地著名奇鴿，構成了「五色俱備，燦若雲錦」的美鴿群。從而引出鄒平張公子愛鴿成癖的故事。他養鴿「按經而求，務盡其種」。對鴿子「如保嬰兒」，知冷知熱，對症調理。更奇者，為保鴿群免生「痺股」之疾，特從揚州購來「夜遊」鴿，增加鴿群的活動量。因張公子愛鴿，感動了鴿仙。「白衣少年叩扉入」，帶來能作精美表演的多種異鴿。先靜態地描寫鴿子的美麗：一種名曰「靼韃」的白鴿，「狀類常鴿」，但不僅善表演，「且鳴且鬥，每一撲，必作觔斗」，而且有煥彩奇映的眼睛和瑪瑙珠玉似的軀體：「睛映月作琥珀色，兩目通透，若無隔閡，中黑珠圓於椒粒；啟其翼，脅肉晶瑩，臟腑可數。」真可謂最具神彩的異鴿特寫。接著又用靈動飛躍的筆調寫出異鴿的動態美。少年又出兩鴿，一大一小「集階上，學鶴舞」，「大者延頸立，張翼作屏，宛轉鳴跳，若引之；小者上下飛鳴，時集其頂，翼翩翩如燕子落蒲葉上，聲細碎，類鼗鼓」，「兩兩相和，間雜中節」。這舞蹈場面靈婉輕快妙趣橫生，真正達到美的極至。

文章下半部分寫張公子用異鴿聯絡世間人情的遭遇。鴿仙送他兩隻神異的白鴿，兩年生了六隻。但他視若珍寶，「戚好求之」也不給人。他父親的貴官朋友偶然問：「畜鴿幾許？」張以為他喜愛鴿子，想養幾隻，恭敬地選兩隻白色異鴿派人送去。過了些時，見到貴官，「無一申謝語」。張「心不能忍，問：『前禽佳否？』答云：『亦肥美。』張驚曰：『烹之乎？』曰：『然。』張大驚曰：『此非常鴿，乃俗所言「靼韃」者也！』某回思曰：『味亦殊無異處。』張嘆恨而返」。這段描寫簡直可以作諷刺性幽默劇表演出來，諷刺對象就是這世間人情的粗卑庸俗。貴官某人俗不可耐令人作嘔，除貪口福竟不知世間還有更高雅優美的情趣和愛好，張公子拒絕親朋好友而主動向貴官送異鴿，造成明珠暗投的錯誤，思想上也有庸俗的一面。「異史氏曰」中有言：「鬼神之怒貪，而不怒癡也。」對張應予諒解。

後附兩則故事，一寫老僕愚鈍將觀賞魚變成下酒菜；一寫僧人以市儈心理弄巧，反而討了沒趣。意旨與張贈鴿相映成趣，可作同類故事欣賞。

外國人

己巳❶秋，嶺南❷從外洋飄一巨艘來。上有十一人，衣鳥羽，文采璀璨，自言：「呂宋國❸人。遇風覆舟，數十人皆死；惟十一人附巨木，飄至大島得免。凡五年，日攫❹鳥蟲而食，夜伏石洞中，織羽為帆。忽又飄一舟至，櫓帆皆無，蓋亦海中碎於風者，於是附之將返，又被大風引至澳門。」巡撫題疏❺，送之還國。

【注　釋】❶己巳　紀年名。己，天干的第六位。巳，地支的第六位。❷嶺南　五嶺以南，指廣東、廣西地區。❸呂宋國　古國名。即今菲律賓的呂宋島。❹攫　抓取。❺巡撫題疏　巡撫，省級地方政府行政長官。題疏，上奏朝廷。

【語　譯】己巳年秋天，在嶺南海域從外洋漂來一艘大船。上面有十一個人，穿的衣服是鳥羽編織的，色彩很鮮豔，他們自己介紹說：「我們是呂宋國人，遇到大風，船被刮翻了，淹死幾十個人；只有我們十一個人攀附著大木頭，漂到一座大島邊才得活命。在那裡共住五年，每天捉鳥和昆蟲充飢，夜晚在石洞中藏身，用鳥羽編織船帆。忽然島邊又漂來一艘船，上面沒有櫓、帆，大概也是在海中被風浪刮壞的，於是大家乘了這船將要回國，又被大風刮到澳門。」廣東省巡撫上奏朝廷，送他們回國。

【研析】〈外國人〉像是一篇簡短的新聞報導，卻記錄下一個生動奇異的真實故事。說奇異，是因為這種事是超出一般人想像之外的。颶風覆舟，死裡逃生的十一人，靠捕食鳥蟲為生，衣鳥羽，住山洞，竟堅持了五年，這需要多大的毅力！為了返回祖國，只靠一隻無櫓缺帆的舊木船，再次漂進茫茫大海。這表明他們熱愛祖國和親人的情感多麼深厚！創造這種奇蹟又需要多大的勇氣！可以說，他們是一群值得全人類敬佩的英雄。當他們漂流到中國澳門，嶺南的民眾和官府友善地接待他們，官員即時上報朝廷，送他們回到祖國——呂宋。這又證明，從古至今，中華傳統文化中一直堅持和平共處、以鄰為友、以鄰為親的方針！

嬰寧

王子服，莒❶之羅店人，早孤，絕惠❷，十四入泮❸。母最愛之，尋常不令遊郊野。聘蕭氏，未嫁而夭，故求凰未就❹也。會上元❺，有舅氏子吳生，邀同眺矚。方至村外，舅家有僕來，招吳去。生見遊女如雲❻，乘興獨遨。有女郎攜婢，拈梅花一枝，容華絕代，笑容可掬❼。生注目不移，竟忘顧忌。女過去數武❽，顧婢曰：「個兒郎目灼灼似賊！」遺花地上，笑語自去。

生拾花悵然，神魂喪失，怏怏遂返。至家，藏花枕底，垂頭而睡，不語亦不食。母憂之，醮禳益劇❾，肌革銳減❿。醫師診視，投劑發表，忽忽若迷。母撫問所由，默然不答。適⓫吳生來，囑密詰之。吳至榻前，生見之淚下。吳就榻慰解，漸致研詰，生具吐其實，且求謀畫。吳笑曰：

「君意亦復癡，此願有何難遂⑫？當代訪之。徒步於野，必非世家。如其未字⑬，事固諧⑭矣；不然，拚以重賂，計必允遂。但得痊瘳⑮，成事在我。」生聞之，不覺解頤⑯。吳出告母，物色女子居里，而探訪既窮⑰，並無蹤緒。母大憂，無所為計。然自吳去後，顏頓開，食亦略進。數日，吳復來，生問所謀，吳紿⑱之曰：「已得之矣。我以為誰何人，乃我姑氏女，即君姨妹行⑲。今尚待聘，雖內戚有昏因之嫌⑳，實告之，無不諧者。」生喜溢眉宇，問：「居何里？」吳詭㉑曰：「西南山中，去此可三十餘里。」生又付囑再四，吳銳身自任㉒而去。

生由此飲食漸加，日就平復。探視枕底，花雖枯，未便彫落。凝思把玩，如見其人。怪吳不至，折柬㉓招之，吳支託不肯赴召。生恚怒，悒悒不歡。母慮其復病，急為議姻；略與商確㉔，輒㉕搖首不願，惟日盼吳。吳迄無耗㉖，益怨恨之。轉思三十里非遙，何必仰息㉗他人？懷梅袖中，負氣自往，而家人不知也。

伶仃㉘獨步無可問程，但望南山行去。約三十餘里，亂山合沓㉙，空翠爽肌，寂無人行，止有鳥道㉚。遙望谷底，叢花亂樹中隱隱有小里落㉛，下山入村，見舍宇無多，皆茅屋，而意甚修雅。北向一家，門前皆絲柳，牆內桃杏尤繁，間以修竹，野鳥格磔㉜其中。意其園亭，不敢遽㉝入；回顧對戶，有巨石滑潔，因據坐少憩㉞。俄聞牆內有女子，長呼「小榮」，其聲嬌細。方佇聽㉟間，一女郎由東而西，執杏花一朵，俛首自簪；舉頭見生，遂不復簪，含笑拈花而入。審視之，即上元途中所遇也，心驟喜，但念無以階進㊱，欲呼姨氏，顧從無還往㊲，懼有訛誤。門內無人可問，坐臥徘徊，自朝至於日昃㊳，盈盈㊴望斷，並忘飢渴。時見女子露半面來窺，似訝其不去者。

忽一老媼扶杖出，顧㊵生曰：「何處郎君，聞自辰刻㊶便來，以至於今。意將何為？得勿㊷飢耶？」生急起揖之，答云：「將以盼親㊸。」媼聾聵，不聞；又大言之，乃問：「貴戚何姓？」生不能答。媼笑曰：

「奇哉！姓名尚自不知，何親可探？我視郎君亦書癡耳。不如從我來，啖以粗糲[44]；家有短榻可臥，待明朝歸，詢知姓氏，再來探訪不晚也。」生方腹餒思啗[45]，又從此漸近麗人，大喜。從媼入，見門內白石砌路，夾道紅花，片片墮階上。曲折而西，又啟一關，豆棚花架滿庭中。肅[46]客入舍，粉壁光明如鏡；窗外海棠枝朵，探入室中；裀藉[47]几榻，罔不潔澤。甫[48]坐，即有人自窗外隱約相窺。媼喚：「小榮！可速作黍。」外有婢子噭[49]聲而應。

坐次，具展宗閥[50]，媼曰：「郎君[51]外祖莫姓吳否？」曰：「然。」媼驚曰：「是吾甥也！尊堂[52]，我妹子。年來以家窶貧[53]，又無三尺男[54]，遂至音問梗塞。甥長成如許[55]，尚不相識。」生曰：「此來即為姨也，匆遽遂[56]忘姓氏。」媼曰：「老身秦姓，並無誕育；弱息[57]僅存，亦為庶產[58]。渠母改醮[59]，遺我鞠養。頗亦不鈍[60]，但少教訓，嬉不知愁。少頃，使來拜識。」未幾，婢子具飯，雛尾盈握[61]，媼勸餐。已，婢來斂具，媼曰：「喚寧姑來。」婢應去。良久，聞戶外隱有笑聲。媼又喚曰：「嬰寧，汝姨兄在此。」門外嗤嗤笑不已。婢推之以入，猶掩其口，笑不可遏[62]。媼嗔目曰：「有客在，咤咤叱叱，是何景象！」女忍笑而立。生揖之。媼曰：「此王郎，汝姨子。一家尚不相識，可笑人也！」生問：「妹子年幾何矣？」媼未能解，生又言之，女復笑不可仰視。媼謂生曰：「我言少教誨，此可見矣。年已十六，呆癡才如嬰兒。」生曰：「小於甥一歲。」曰：「阿甥已十七矣，得非庚午屬馬者耶[63]？」生首應之。又問：「甥婦阿誰？」答云：「無之。」曰：「如甥才貌，何十七歲猶未聘？嬰寧亦無姑家，極相匹敵[64]，惜有內親[65]之嫌。」生無語，目注嬰寧，不遑[66]他瞬。婢向女小語云：「目灼灼，賊腔未改！」女又大笑，顧婢曰：「視碧桃開未？」遽起，以袖掩口，細碎連步[67]而出。至門外，笑聲始縱。媼亦起，喚婢襆[68]被，為生安置，曰：「阿甥來不易，宜留三五日，遲遲送汝歸。如嫌幽悶，舍後有小園，可供消遣；有書可讀。」

次日，至舍後，果有園半畝：細草鋪氈，楊花糝[69]徑；有草舍三楹，花木四合其所。穿花小步，聞樹頭蘇蘇有聲；仰視，則嬰寧在上。見生來，狂笑欲墮。生曰：「勿爾，墮矣！」女且下且笑，不能自止；方將及地，失手而墮，笑乃止。生扶之，陰捘其腕。女笑又作，倚樹不能行，良久乃罷。生俟其笑歇，乃出袖中花示之。女接之曰：「枯矣。何留之？」曰：「此上元妹子所遺，故存之。」問：「存之何意？」曰：「以示相愛不忘也。自上元相遇，凝思成疾，自分化為異物[70]；不圖[71]得見顏色，幸垂[72]憐憫。」女曰：「此大細事。至戚何所靳惜！待郎行時，園中花，當喚老奴來，折一巨綑負送之。」生曰：「妹子癡耶？」「何便是癡？」曰：「我非愛花，愛拈花之人耳。」女曰：「葭莩[73]之情，愛何待言。」生曰：「我所謂愛，非瓜葛[74]之愛，乃夫妻之愛。」女曰：「有以異乎？」曰：「夜共枕席耳。」女俛思良久，曰：「我不慣與生人睡。」語未已，婢潛至，生惶恐遯去。少時，會母所。母問：「何往？」女答以園中共話。媼曰：「飯熟已久，有何長言，周遮乃爾[75]？」女曰：「大哥欲我共寢。」言未已，生大窘，急目瞪之。女微笑而止。幸媼不聞，猶絮絮究詰，生急以他詞掩之。因小語責女，女曰：「適此語不應說耶？」生曰：「此背[76]人語。」女曰：「背他人，豈得背老母。且寢處亦常事，何諱之？」生恨其癡，無術可以悟之。

食方竟，家中人捉雙衛[77]來尋生。先是，母待生久不歸，始疑，村中搜覓幾徧，竟無蹤兆[78]，因往詢吳。吳憶曩[79]言，因教於西南山村行覓。凡歷數村，始至於此。生出門，適相值，便入告媼，且請偕女同歸。媼喜曰：「我有志，匪伊朝夕[80]，但殘軀不能遠涉；得甥攜妹子去，識認阿姨，大好。」呼嬰寧，寧笑至。媼曰：「有何喜，笑輒不輟？若不笑，當為全人[81]。」因怒之以目，乃曰：「大哥欲同汝去，可便裝束。」又餉家人酒食，始送之出，曰：「姨家田產豐裕，能養冗[82]人。到彼且勿歸，小學《詩》《禮》，亦好事翁姑。即煩阿姨，為汝擇一良匹[83]。」

二人遂發。至山坳回顧，猶依稀見媼倚門北望也。

抵家，母睹姝麗[84]，驚問為誰，生以姨女對[85]。母曰：「前吳郎與兒言者，詐也。我未有姊，何以得甥？」問女，女曰：「我非母出。父為秦氏，沒時，兒在褓中，不能記憶。」母曰：「我一姊適秦氏，良確；然殂謝已久，那得復存？」因審詰面龐誌贅，一一符合。又疑曰：「是矣。然亡已多年，何得復存？」疑慮間，吳生至，女避入室。吳詢得故，惘然久之。忽曰：「此女名嬰寧耶？」生然[86]之，吳亟[87]稱怪事，問所自知，吳曰：「秦家姑去後，姑丈鰥居[88]，祟於狐，病瘠[89]死。狐生女名嬰寧，綳[90]臥牀上，家人皆見之。姑丈歿，狐猶時來；後求天師符[91]粘壁間，狐遂攜女去。將勿此耶？」彼此疑參[92]，但聞室中吃吃，皆嬰寧笑聲。母曰：「此女亦太憨生[93]。」吳請面之。母入室，女猶濃笑不顧。母促令出，始極力忍笑，又面壁移時方出。才一展拜，翻然遽入[94]，放聲大笑，滿室婦女為之粲然[95]。

吳請往覘其異，就便執柯[96]，尋至村所，廬舍全無，山花零落而已。吳憶姑葬處，彷彿不遠；然墳壠湮沒，莫可辨識，詫嘆而返。母疑其為鬼。入告吳言，女略無駭意；又弔[97]其無家，亦殊無悲意，孜孜憨笑而已。眾莫之測。母令與少女同寢止。昧爽即來省問[98]，操女紅精巧絕倫[99]。但善[100]笑，禁之亦不可止；然笑處嫣然[101]，狂而不損其媚。人皆樂之，鄰女少婦，爭承迎[102]之。母擇吉將為合巹[103]，而終恐為鬼物；竊於日中窺之，形影殊無少異。至日，使華妝行新婦禮；女笑極不能俯仰，遂罷。生以其憨癡，恐漏洩房中隱事，而女殊密秘，不肯道一語。每值母憂怒，女至，一笑即解。奴婢小過，恐遭鞭楚，輒求詣母共話。罪婢投見，恒得免[104]。而愛花成癖，物色徧戚黨；竊典金釵，購佳種，數月，階砌藩溷，無非花者。

庭後有木香一架，故鄰西家。女每攀登其上，摘供簪玩。母時遇見，輒訶之。女卒不改。一日，西人子見之，凝注傾倒[105]。女不避而笑。西人子謂女意已屬，心益蕩。女指牆底，笑而下。西人子謂示約處，大悅。及昏而往，女果在焉。就而淫之，則陰如錐刺，痛徹於心，大號而踣。細視，非女，則一枯木臥牆邊，所接乃水淋竅也。鄰父聞聲，急奔研問，呻而不言。妻來，始以實告。爇火燭竅[106]，見中有巨蝎，如小蟹然。翁碎木捉殺之。負子至家，半夜尋卒。鄰人訟生，訐發嬰寧妖異。邑宰素仰生才，稔知其篤行士[107]，謂鄰翁訟誣，將杖責之。生為乞免，遂釋而出。母謂女曰：「憨狂爾爾[108]，早知過喜而伏憂也。邑令神明，幸不牽累；設鶻突[109]官宰，必逮婦女質[110]公堂，我兒何顏見戚里？」女正色，矢[111]不復笑。母曰：「人罔不笑，但須有時。」而女由是竟不復笑，雖故逗亦終不笑；然竟日未嘗有戚容。

一夕，對生零涕。異之，女哽咽曰：「曩以相從日淺，言之恐致駭怪。今日察姑及郎皆過愛，無有異心，直告或無妨乎？妾本狐產。母臨去，以妾託鬼母。相依十餘年，始有今日。妾又無兄弟，所恃者惟君。

老母岑寂山阿[112]，無人憐而合厝[113]之，九泉輒為悼恨。君倘不惜煩費，使地下人消此怨恫[114]，庶養女者不忍溺棄。」生諾之，然慮墳冢迷於荒草，女但言無慮。刻日，夫妻輿櫬[115]而往，女於荒煙錯楚[116]中，指示墓處，果得媼屍，膚革猶存，女撫哭哀痛。舁歸，尋秦氏墓合葬焉。是夜，生夢媼來稱謝，寤而述之，女曰：「妾夜見之，囑勿驚郎君耳。」生恨不邀留，女曰：「彼鬼也。生人多，陽氣勝，何能久居！」生問小榮，曰：「是亦狐，最黠。狐母留以視妾，每攝餌相哺，故德[117]之常不去心。昨問母，云已嫁之。」由是歲值寒食，夫妻登秦墓，拜掃無缺。女逾年生一子。在懷抱中，不畏生人，見人輒笑，亦大有母風云。

異史氏曰：「觀其孜孜憨笑，似全無心肝[118]者，而牆下惡作劇，其黠孰甚焉？至悽戀鬼母，反笑為哭，我嬰寧殆[119]隱於笑者矣。竊聞山中有草，名『笑矣乎』[120]，嗅之，則笑不可止。房中植此一種，則合歡、忘憂並無顏色矣；若解語花[121]，正嫌其作態耳。」

【注釋】❶莒 今山東莒縣。❷絕惠 絕，極。惠，同「慧」。聰明。❸入泮 進縣學讀書。❹求凰未就 求凰，求婚。未就，未成。❺會上元 會，恰逢。上元，舊曆正月十五日。❻如雲 形容眾多。❼可掬 形容情狀明顯。掬，捧。❽武 步。❾醮禳益劇 醮禳，祈禱消災。益劇，更嚴重。❿肌革銳減 肌革，肌膚。銳減，很快消瘦。⓫適 正遇。⓬遂 順利實現。⓭字 許嫁。⓮固諧 固，一定。諧，成功。⓯瘳 病癒。⓰解頤 微笑。⓱窮 盡。⓲紿 騙。⓳行 輩。⓴雖內戚句 內戚，姨表親戚。嫌，避忌。㉑詭 說假話。㉒銳身自任 銳身，挺身。自任，自己承擔。㉓折柬 裁紙寫信。㉔商確 商討。㉕輒 就。㉖迄無耗 迄無，終無。耗，音信。㉗仰息 仰仗。㉘伶仃 孤獨貌。㉙合沓 重疊。㉚鳥道 險狹的小路。㉛里落 村莊。㉜格磔 鳥叫聲。㉝遽 匆忙。㉞據坐少憩 據，依靠。憩，休息。㉟佇聽 傾聽。㊱階進 據緣由而進。㊲還往 來往；交際。㊳日昃 太陽已偏西方，下午二時左右。㊴盈盈 指代眼睛。㊵顧 看著。㊶辰刻 上午七至九點鐘。㊷得勿 能不。㊸盼親 探親。㊹糲 糙米飯。㊺腹餒思啗 餒，飢餓。啗，吃飯。㊻肅 引導。㊼裀籍 裀，褥墊。籍，鋪墊。㊽甫 剛。㊾噭 聲音響亮。㊿宗閥 家族世代情況。(51)郎君 對青年男子的尊稱。(52)尊堂 對他人母親的敬稱。(53)窶貧 貧窮。(54)三尺男 童男；男孩子。(55)如許 這樣子。(56)遂 竟。(57)弱息 幼弱女兒。(58)庶產 妾生。(59)醮 嫁。(60)鈍 思想反應遲鈍。(61)雛尾盈握 雛，小雞。盈握，因肉肥而滿一把。(62)遏 止。(63)得非庚午句 得非，莫非。庚午，舊曆紀年名之一，庚午年出生的人屬相是馬。(64)匹敵 配合相當。(65)內親 同「內戚」。(66)不遑 顧不上。(67)連步 快步。(68)襆 包裹。(69)糝 散落。(70)異物 已死的人。(71)不圖 不料。(72)幸垂 幸，希望。垂，賜予。(73)葭莩 親戚。(74)瓜葛 親戚。(75)周遮乃爾 周遮，嘮叨。乃爾，如此。(76)背 迴避。(77)衛 驢。(78)蹤兆 蹤跡和徵兆。(79)曩 往昔。(80)匪伊朝夕 不止一天。匪，不。伊，是。(81)全人 完美的人。(82)冗 閒散。(83)匹 配偶。(84)姝麗 美女。(85)對 回答。(86)然 表示肯定的常用語。(87)亟 一再。(88)鰥居 妻死後獨居。(89)病瘠 因病瘦弱。(90)綳 包裹。(91)天師符 張天師神符。(92)疑參 疑惑猜測。(93)太憨生 太嬌癡。生為語助詞。(94)翻然遽入 翻然，迅速轉變。遽，趕快。(95)粲然 笑貌。(96)執柯作媒。97弔　憐憫。98昧爽即來省問　昧爽，黎明。省問，問安。99絕倫　無比。100善　愛。101嫣然　嬌媚貌。102承迎　接待。103合巹　舉行婚禮。104恒得免　恒，常常。得免，得到赦免。105凝注傾倒　凝注，注視。傾倒，傾心愛慕。106爇火燭竅　爇火，點燈。燭，照。竅，洞。107篤行士　行為純正的人。108爾爾　如此。109鶻突　糊塗。110質　對質。111矢　發誓。112山阿　山坡。113合厝　合葬。114怨恫　怨恨。115輿櫬　以車載棺。116錯楚　錯雜叢生的草木。117德　感激。118心肝　心思。119殆　原來是。120笑矣乎　笑菌名。121解語花　語出《開元天寶遺事》，這裡指善於迎合人意的美女。

【語　譯】王子服，莒縣羅店人。幼年喪父，十分聰明，十四歲進縣學讀書，母親最疼愛他，平時不許他到郊野遊玩。與蕭氏訂婚，未出嫁那姑娘就死了，所以還沒找到合適的對象。正逢上元節，舅父的兒子吳生邀他同去野外觀賞景色，剛出村，舅家的僕人來到，把吳生叫了回去。王生見出來遊玩的女郎很多，就乘興獨自遊覽。見一女郎帶著婢女，手拈一枝梅花，姿容無比美麗，笑吟吟的。王生目不轉睛地看著她，把世俗中的顧忌全忘了。女郎從他身邊經過，才過去幾步，回頭對婢女說：「這個小伙子，兩眼灼灼發光像個賊。」說著把花扔在地上，說笑著走了。

王生拾起梅花，心裡惆悵，像掉了魂靈兒似的，悶悶不樂地走回家。進了家，把花藏在枕下，倒頭就睡，不說話，不思茶飯。母親為他擔憂，拜神祈禱，而王生卻越病越重，人明顯消瘦了下來。請醫生診視，服藥發散體表病症，依然恍忽，好像昏迷了似的。母親安慰他，問原因，他不回答。恰好吳生又來，王母囑咐他悄悄地追問。吳生走到牀前，王生見他就流淚。吳生坐在牀邊安慰勸解，慢慢地仔細探問病由，王生總算說出實情，並求他想辦法。吳生笑著說：「你也太癡心了，這心願有什麼難以實現的？我一定代你查訪。她既然在郊野步行，便不是官宦人家貴小姐，如果沒有許婚，這事就算成了；就算訂了親，豁出去多出聘金，料想一定如願。只要你治好病，成就這事就包在我身上了。」王生聽後，不由得眉開眼笑，吳生出來告訴王母，又去尋找那女郎的住址，然而到處查問，茫無頭緒。王母十分憂愁，不知如何是好。自從吳生走後，王生很快有了笑容，也能稍微吃下飯去。過了幾天，吳生又來，王生便問查訪的情況，吳生騙他說：「已經找到了。我以為誰呢，原來是我姑媽的女兒，也就是你姨表妹啦！現在還沒許配人家。雖然是內親講究避諱，如果把真情告訴她，也不會不成的。」王生喜上眉頭，問：「她住在什麼地方？」吳生又瞎編道：「西南山裡，離這裡三十多里。」王生又一遍遍地囑咐，吳生一再應承這事他包了，接著就趕回家。

王生從此飯量漸漸加大，身體也一天比一天強健，看一看枕下，梅花雖然枯萎，卻不致凋落。拿在手上，凝思玩賞，就像見到女郎。他責怪吳生一去不回，寫信招請，吳生支吾推託，還是不肯來。王生心裡惱怒，鬱鬱不樂。母親怕他舊病復發，急忙為他提親商議婚事；稍微跟他商量幾句，王生總是搖頭不願意，只是天天盼望著吳生到來，卻始終得不到他的音信，就越發怨恨吳生了。王生轉念一想，三十里路不算遠，何必依賴別人？於是把梅花藏進衣袖，賭氣獨自前往，而家裡人並不知道。

王生孤身一人前行，無處問路，只能朝著南山方向走去。大約走了三十多里，眼前亂山重疊，一片青翠，十分涼爽；四周寂靜，空無行人，只有一條崎嶇險峻的小道；向遠處谷底探望，只見那叢花亂樹裡，隱約有個小小的村落；他下山走進村子，見房屋不多，清一色茅草屋，但修建得很是幽雅。坐南朝北的一戶人家，門前栽滿垂柳，院牆裡面，桃花杏花格外繁茂，間雜高高的翠竹，野鳥正在樹間歡唱。王生心想這是一座花園，不敢冒然進去；回頭一看，對門有塊大石頭，光滑乾淨，就倚著它坐下來休息。不久，聽見院子裡有女子大聲喊道「小榮。」聲音嬌柔清細。他正側耳傾聽，一個女郎自東向西走來，手拿一朵杏花，正低頭往髮髻上簪戴。她抬頭看見王生，就不再插，拿著花笑瞇瞇地走進去了。王生細看，正是上元節遇到的那位女郎，心中突然狂喜，只是想不出走進門的理由，想高喊一聲「姨媽」，但過去不曾來往，怕喊錯了；門裡面又無人可問，於是急得時坐時臥，徘徊不定；從早晨直到太陽偏西，盼望殷切，連飢渴都忘了。這時，有個女郎從牆角露出半邊臉向門外偷看，似乎對他的久留不去感到驚訝。

忽然，一位老婦人拄著拐杖來到門外，看著王生說：「哪裡的小伙子，聽說從早晨就來了，一直待到現在，想做什麼？肚子不餓嗎？」王生急忙站起作揖，回答說：「我是來探望親戚的。」老婦人耳聾，沒有聽到，王生又大聲說了一遍，她才問：「親戚姓什麼？」王生答不上來。老婦人笑著說：「奇怪！連姓名都不曉得，有什麼親可探呢？我看你是個書呆子。倒不如跟我來，去吃碗糙米飯；家裡有張小牀可供你睡。等明天回家問清楚親戚的姓名，再來探訪也不晚。」王生正肚子餓想吃東西，又想趁機會慢慢接近那美麗女子，所以聽到這話很高興。跟隨老婦人進去後，見門裡面白石砌路，紅花夾道，花瓣一片片飄落在臺階上。拐彎向西走，又推開兩扇門，見豆棚花架充滿庭院。老婦人把客人請進屋，屋裡牆壁粉白，光明似鏡，窗外栽有海棠，枝朵伸進屋裡；墊褥、桌椅、牀舖，無不明潔生輝。王生剛坐下，窗外就隱約有人向裡看，老婦人喊：「小榮，快去做飯。」窗外就有婢女高聲答應。

彼此坐下，詳細談起宗族姓氏，老婦人說：「郎君的外祖父是不是姓吳？」說：「是的。」

老婦人吃驚地說：「你是我的外甥哩！你母親是我妹子，近年因為家貧，又沒有男孩兒，就音信不通。外甥長這麼大了，還互不相識。」王生說：「這次就是為探望姨媽來的！只是來時匆匆忙忙，竟把姓氏給忘了。」老婦人說：「老身姓秦，沒有生育子女，只有一個女孩兒，是偏房生的。她母親改嫁後，留下她由我撫養；也不算愚笨，只是缺乏教導，嬉戲貪玩，不知憂愁。待會兒，叫她前來拜見你，相互認識一下。」不久，婢女準備好了飯菜，小燒雞又肥又嫩，老婦人勸他多吃一些。飯後，婢女來收拾碗筷，老婦人說：「去叫寧姑娘來。」婢女應聲而去。等了很久，聽見門外隱約有笑聲，老婦人又呼喚道：「嬰寧，妳姨表哥在這裡。」她在門外仍嗤嗤笑個沒完。婢女推她進屋，她還是捂著嘴不停地笑。老婦人瞪了她一眼說：「有客人在，嘻嘻哈哈，成什麼樣子！」女郎才忍笑站在一邊，王生向她作揖。老婦人說：「這是王郎，是妳姨母的兒子。彼此一家，互不相識，教人笑話吶！」王生問：「妹子年齡多大了？」老婦人沒聽明白，王生重說了一遍，女郎又笑得抬不起頭來。老婦人對王生說：「我說她缺乏教導，你可見識了吧！已經十六歲了，還傻呵呵的像個小孩子。」王生說：「她比我小一歲。」老婦人說：「你今年十七歲，是不是庚午年出生，屬馬的吧？」王生點點頭。又問：「外甥媳婦是誰？」回答說：「還沒有呢。」老婦人說：「像外甥這樣的才貌，怎麼十七歲還沒有定親？嬰寧也沒有婆家，萬分般配。可惜有內親這層顧忌。」王生一言不發，眼珠兒直盯住嬰寧，其他什麼也顧不得看了。婢女對嬰寧耳語說：「眼睛發亮，賊腔沒改哩！」女郎聽後又大笑，看著婢女說：「去看那碧桃花開了沒有？」她立刻站起來，用衣袖掩著嘴，邁著小步趕快走出去；剛到門外就縱情大笑起來。老婦人也起來，喊婢女鋪好被褥，為王生安排住宿，說：「外甥來一趟不容易，應該多住個三五天，晚些再送你回去。要是嫌鬱悶，屋後有個小園子，可以去散散心，這裡還有書可讀。」

第二天，王生到屋後一看，果然有一個半畝地大的花園，草坪似鋪綠氈，小徑上散落著楊花，有草屋三間，花木環繞；慢步穿越花叢，聽見樹上悉窣有聲，抬頭一瞧，原來是嬰寧在上面。她發現王生來到，狂笑不止，看樣子會摔下來。王生說：「別這樣子，會摔下來的！」嬰寧邊笑邊下，實在止不住，接近地面時失手墜落，這才中止笑聲。王生伸手扶她站穩，暗中故意捏她的手腕，她又開始大笑，笑得倚在樹上邁不開步，好久才平復下來。王生等她笑夠了，拿出袖中藏花給她看。嬰寧接過來說：「枯了。留它做什麼？」王生說：「這是妹子在上元節丟在地上的，我特意收存起來。」問：「保存它有什麼意思？」說：「表示相愛不忘呀！自從上元節遇到妳，回去後便相思成病，自以為活不成了，沒想到又見到妳。望妳可憐可憐我。」嬰寧說：「這是件小而又小的事，彼此是近親，有什麼值得吝惜！等你走的時候，喚老僕人來，把園裡的花折一大綑扛來送你。」王生一聽，說：「妹子妳傻嗎？」嬰寧說：「什麼是傻？」王生說：「我不是愛花，而是愛這拈花的人吶！」嬰寧說：「咱們是親戚，相愛，還用說嗎。」王生說：「我所講的愛，不是親戚間的愛，而是夫妻之愛呢！」嬰寧說：「兩種愛，有什麼不同嗎？」王生說：「夫妻之愛，晚上要同枕一個枕頭，同鋪一領蓆子喲！」嬰寧不懂，低下頭想了好久，說：「我不習慣同生人一起睡。」話聲未落，婢女悄悄來到，王生驚怕，轉身逃跑。不久，兩人又在老婦人屋裡見面，老婦人問：「到哪裡去了？」嬰寧回答說和表哥在花園說話，老婦人說：「飯早就做好了，哪來這許多話，竟這麼沒完的嘮叨？」嬰寧說：「大哥要跟我同睡。」這話還沒有講完，王生大為尷尬，立刻向嬰寧瞪眼示意。嬰寧微笑，不再作聲。幸虧老婦人沒聽見，還在絮絮叨叨地追問，王生急忙另改話題，遮掩實情；為此又小聲責備嬰寧，嬰寧說：「那句話不該說嗎？」王生說：「這是背著別人的話。」嬰寧說：「背著別人，難道可以背著老母嗎。再說，這睡覺也是平常事，為什麼要隱瞞呢？」王生恨她不懂事，又沒有辦法使她領會。

才吃完飯，王家派人牽著兩頭驢來尋找王生。先前，由於王生不辭而別，母親在家等他很久不見回來，這才開始懷疑，派人幾乎尋遍全村，竟然毫無蹤跡，就去問吳生。吳生回憶以往向王生說的話，便教人到西南山村尋找，找了好幾個村莊，才來到這裡。王生出門，正好相遇，就進去告訴老婦人，並請求許可把嬰寧帶回家。老婦人喜孜孜地說：「我有這個想法，不止一天了，只是自己年老體衰，不能遠行，有外甥領妹子去認識姨媽，真是太好了。」喊嬰寧，嬰寧笑呵呵地來到。老婦人說：「有什麼喜事，總是不斷地笑？妳如果不這樣傻笑，就十全十美了。」接著瞪她一眼，又說：「大哥想和妳一同回家，快去收拾行裝。」老婦人招待過家人酒飯，送他們上路，向嬰寧說：「姨家田產富裕，養得起閒人，到那裡以後，暫且不要回來，多少讀點書，學點禮節，將來也好侍奉公婆；就麻煩姨母為妳找位好女婿吧。」王生和嬰寧起程，走到山坳回頭看，依稀見得老婦人還在倚門向北眺望呢。

王生和嬰寧到家，母親看到這個美女，驚奇地問是誰，王生回答是姨媽的女兒。母親說：「先前妳表兄對妳說的話，全是騙妳的。我沒有姐姐，哪裡有外甥女呢？」問嬰寧，嬰寧說：「我不是這個母親生的。父親姓秦，去世的時候，我還在襁褓中，記不得事。」母親說：「我過去有個姐姐，嫁到秦家，這是真的，但是早已去世，怎麼可能還活著？」於是就細問臉龐、痣瘤，回答一一符合，母親卻還是懷疑，說：「是啊，可是她已去世多年，哪能還活著呢？」正疑慮間，吳生來到，嬰寧躲進內室。吳生問清了事情的原委，心中迷惘好久，忽然說：「這女子是叫嬰寧嗎？」王生點頭稱是。吳生連聲說：「怪事。」問他從哪裡得知這名字，吳生說：「自從秦家姑母去世，姑夫單身在家，受到狐禍，病瘦而死。狐生育一女，名就叫嬰寧，那時她在襁褓中，家裡人都曾見過。姑夫去世之後，狐還常來家；後來家裡求了天師符，貼到牆上，狐害怕，就把女兒帶走了。莫非就是她嗎？」大家猜疑議論，只聽見內室有吃吃的聲音，又是嬰寧在笑呢。母親說：「這個丫頭太嬌癡了。」吳生請求見嬰寧，母親便走進內室，嬰寧還在大笑，不加理會。母親催她出去見客，她才強忍笑意，對牆站了好一會兒才出來；剛向吳生施了個禮，就急忙轉身而回，放聲大笑，引得滿屋婦女也都笑起來。

吳生要進山察看那山村的怪異，順便替表弟作媒。找到原有山村的地方，卻沒發現房屋，只見山花靜靜飄落罷了。回憶姑母葬處，好像不遠，但是墳墓湮沒於草木間，分辨不清，他驚異嘆息而返。母親懷疑嬰寧是鬼，進去把吳生的話告訴她，她毫不驚訝；又慰憐她無家可歸，她毫無悲意，依然孜孜傻笑。大家誰也揣測不出其中的真相。母親讓嬰寧在小女兒房裡歇宿，第二天天剛亮，嬰寧就來母親屋裡問安。她做針線，手藝極為精巧，只是愛笑，禁也禁不住；不過她笑相很美，笑得最狂時也無損嬌媚。因此，人人都喜歡她，鄰家的姑娘、少婦，爭相接待她。母親選定吉日，準備為他倆舉行婚禮，可是始終懷疑嬰寧是鬼，就在陽光下偷看她：有形有影，與一般人沒有兩樣。日期一到，她穿上華美的衣裙，去行婚禮，她笑得直不起腰，禮就免了。王生因為她憨癡，怕她把新房裡的事向外說，嬰寧卻嚴格保守秘密，毫不透露。每逢母親憂愁惱怒時，嬰寧來見，只需一笑，那煩愁就煙消雲散了；婢女如果有小過錯，怕挨鞭打，就求嬰寧先去和母親閒談，然後乘機跪下認錯，總能免罰。嬰寧愛花成癖，找遍親友家園，物色奇花異卉，還偷偷典當金釵，買優良花種。幾個月之後，臺階邊，甚至廁所旁全都栽滿了花花草草。

後院有一架木香，與西鄰相接，嬰寧常爬上去摘花，插在鬢邊玩耍。母親有時遇見，就呵叱她，她總是不改。一天，西鄰家的兒子看見她，注目不移，傾心愛慕。嬰寧不躲避，反而吃吃地笑了。鄰家兒子以為這女郎對他有意，思緒更加蕩漾；嬰寧又朝他指指牆下，然後笑眯眯地下來，他便認為是在示意約會地點，高興極了；等到天黑赴約，果然見到女郎，前去淫亂，感覺陰部如錐刺一般，疼痛穿心，大叫一聲，倒在地上；仔細察看，不是那女郎，而是橫在牆下的一段枯木，他所接觸的是水淋致成的洞穴。他父親聽到兒子的慘叫，急忙趕來，仔細盤問，他只是呻吟，默默不語。妻子來到，他才吐出真情。用燭火照向洞穴，見裡面有一隻蠍子，如同小螃蟹般大。老翁把枯木劈開，捉住蠍子殺死，又把兒子背回家。半夜裡，兒子死了，鄰人向官府告王生，並揭發嬰寧是妖怪。縣令素來仰慕王生的才學，深知他是行為純正的人，因此判老翁誣告，要責打他，王生為他請求赦免，縣令就把老翁攆出衙門。母親對嬰寧說：「妳頑皮張狂到這般地步！我早就知道，喜笑過頭，暗藏憂愁。幸好縣令神明，妳僥倖沒受牽連，假設遇到糊塗官，必定拘捕妳到公堂對質，那麼，我兒子還有什麼臉去見親戚鄰居？」嬰寧聽後神色很嚴肅，發誓今後不再嘻笑。母親說：「凡是人，沒有不笑的，只是要分清時間。」然而，嬰寧從此竟不再笑，即使故意逗她，她也始終不笑；不過她一天到晚也未曾愁眉苦臉。

一天夜裡，嬰寧對著王生流淚。王生驚異，她哽咽著說：「過去，因和你相處時間不長，說出來怕你驚怪。現在看婆母和你都過分疼愛我，沒有二心，直接告訴你，大概沒有什麼妨害吧。

我本是狐所生，母親臨走把我拜託鬼母撫養，相依為命十多年，我才有今天。我又沒有兄弟，所能依賴的只有你。鬼母在山谷裡孤獨淒涼，沒有誰可憐她可以將她與父親合葬，她在九泉之下總是感到哀傷遺憾。你如果不嫌費力和花錢，使她消除怨痛，那麼天下眾多養女兒的人家，就不至於忍心把女嬰溺死或丟棄了。」王生答應，可是擔心墓地荒草迷離，嬰寧只說不必愁。選定了日子，夫妻載棺前往，嬰寧在野霧濛濛、草木錯雜的地方，指出鬼母的墓穴，果然找到屍體，皮膚尚且完整。嬰寧撫屍大哭，十分悲慟。運回靈柩後，找到秦氏墓地合葬。這天夜裡，王生夢見老婦人來致謝，醒後述說，嬰寧道：「她夜間來過，囑咐不要驚動你。」王生埋怨嬰寧不留她住下，嬰寧說：「她是鬼，活人多，陽氣盛，她怎能常留人間呢！」王生又問小榮的身世，嬰寧說：「她也是狐，很聰明，我的狐母留下她照料我，餵我東西吃，我因此感激她，永遠不會忘懷。昨夜向母親打聽她，說她已經出嫁了。」從此以後，王生和嬰寧每年到寒食節，就到秦家墓地祭掃，從不間斷。過了一年，嬰寧生了一個兒子，他在懷裡，不怕生人，見人就笑，也大有他母親的風格哩。

異史氏說：「看她沒完沒了地憨笑，好像一點兒心思也沒有，然而從牆下的那場惡作劇看，有誰能比她更聰明呢？至於感傷和眷戀去世的老母，反笑為哭，我們的嬰寧原來是把自己的才智都隱藏在笑裡了。我聽說山中有一種草，名叫『笑矣乎』，人們只要聞一下它的氣味，就會笑個不停。如果在屋裡栽上一棵，合歡花、忘憂草便黯然失色；像那種善於迎合人意的美女，實在嫌她裝腔作勢吶！」

【研　析】在中國漫長的封建社會時期，婦女一直被壓迫在社會最底層。作家出於對婦女的同情，在《嬰寧》這篇小說中成功塑造了一個藝術形象：她是嗜花愛笑、天真無邪、純潔爛漫、絲毫未受封建禮教汙染的理想少女；她同時又是聰明狡黠、不憨不癡、慮事縝密、並有異術幻能的狐女。她兩個方面水乳交融在一起，這就是主人公嬰寧。作家以此表達對封建禮教的鄙視、寄託美好的社會理想。

《聊齋》中多數篇章，主要靠曲折動人的故事情節來帶動人物形象的描寫，而這篇小說則把主要筆墨用在人物性格的精雕細刻上。對主人公嬰寧，一登場就以傳神之筆勾勒她不同凡俗的形象特點：她手「拈梅花一枝，容華絕代，笑容可掬」，姍姍行走在上元節的郊野。當發現王子服對自己「注目不移」後，「顧婢曰：『個兒郎目灼灼似賊！』遺花地上，笑語自去」，凸顯她獨特的愛花愛笑、天真純樸的性格；以後較長篇幅，暫時放下嬰寧，專寫王生對嬰寧的相思。這樣寫，一方面為以後情節發展蓄勢，另方面是用烘托手法虛寫嬰寧，從王生的眼中心中反襯其美麗動人，直到王生按吳生謊言到西南山中找到嬰寧，才又繼續作正面描寫；寫她生活在鮮花盛開的環境，更充分地寫她無拘無束的愛笑，最生動的是嬰寧與王生的一場對話，充分展示了嬰寧近乎癡憨的單純和天真：王生拿出上元節拾得的那枝梅花表示相愛之意，嬰寧傻乎乎地說：「待郎行時，園中花，當喚老奴來，折一巨細負送之。」王生對她說：「非愛花，愛拈花之人耳。」她仍不解，王生告訴她是「夜共枕席」的夫妻之愛時，她了無所悟，「俛思良久，曰：『我不慣與生人睡。』」，這就把嬰寧如癡似憨的樸直性格栩栩如生地刻劃出來。

嬰寧的性格中還有粗獷的山野氣息和狐女狡黠神異的一面。比如她愛爬樹簪花，還曾幻化出枯木巨蠍懲治了西鄰之子。從「異史氏曰：『觀其孜孜憨笑，似全無心肝者；而牆下惡作劇，其點孰甚焉。至悽戀鬼母，反笑為哭，我嬰寧殆隱於笑者矣。』」可以看出，作家有意寫成：她的「憨笑」「似無心肝」只是性格的表象，在表象後面還隱藏著另一個嬰寧。她知道母聾聵重聽，所以故意對母親說：「大哥欲我共寢。」捉弄王生；真與王生成婚後，「生以其憨癡，恐漏洩房中隱事，而女殊密秘，不肯道一語」。事實上，她不只是不憨不癡，而是機敏叡智、無與倫比。嬰寧性格兩個方面互相補充、相映成趣，才成為一個完美的藝術典型，使嬰寧這一少女形象不僅更加新奇可愛，而且在優秀短篇小說之林大大提升了藝術價值。

織成

洞庭湖❶中往往有水神借舟，遇有空船，纜忽自解，飄然游行。但聞空中音樂並作，舟人蹲伏一隅，瞑目聽之，莫敢仰視，任所往。游畢，仍泊舊處。

有柳生，落第❷歸，醉臥舟上；笙樂❸忽作，舟人搖生，不得醒，急匿艎❹下。俄有人捽❺生。生醉甚，隨手墮地，眠如故，即亦置之。少間，鼓吹鳴聒。生微醒，聞蘭麝❻充盈，睨之，見滿船皆佳麗。心知其異，目若瞑。少間，傳呼「織成」。即有侍兒❼來，立近頰際，翠襪紫綃履，細瘦如指。心好之，隱以齒齧其襪。少間，女子移動，牽曳傾踣❽。上問之，因白其故。在上者怒，命即行誅。遂有武士入，捉縛而起。見南面一人，冠服類王者。因行且語，曰：「聞洞庭君❾為柳氏，臣亦柳氏；昔洞庭落第，今臣亦落第；洞庭得遇龍女而仙，今臣醉戲一姬而死：何幸不幸之懸殊也！」王者聞之，喚回，問：「汝秀才下第者乎？」生諾。便授筆札，令賦〈風鬟霧鬢〉。生固襄陽⑩名士，而構思頗遲，捉筆良久，上誚讓⑪曰：「名士何得爾？」生釋筆自白：「昔〈三都賦〉⑫十稔而成，以是知文貴工⑬、不貴速也。」王者笑聽之。自辰至午稿始脫。王者覽之，大悅曰：「真名士也！」遂賜以酒。頃刻，異饌紛綸。方問對間，一吏捧簿進白：「溺籍告成矣。」問：「人數幾何？」曰：「一百二十八人。」問：「簽差⑭何人矣？」答云：「毛、南二尉⑮。」生起拜辭，王者贈黃金十斤，又水晶界方⑯一握，曰：「湖中小有劫數⑰，持此可免。」忽見羽葆⑱人馬，紛立水面，王者下舟登輿，遂不復見。久之寂然，舟人始自艎下出。蕩舟北渡，風逆不得前。忽見水中有鐵貓⑲浮出，舟人駭曰：「毛將軍出現矣！」各舟商客俱伏。又無何，湖中一木直立，築築⑳動搖。益懼曰：「南將軍又出矣！」少時，波浪大作，上翳㉑天日，四顧湖舟，一時盡覆。生舉界方危坐㉒舟中，萬丈洪濤，近舟頓滅，以是得全。

既歸，每向人語其異，言舟中侍兒，雖未悉其容貌，而裙下雙鉤㉓，亦人世所無。後以故至武昌㉔，有崔媼賣女，千金不售；蓄一水晶界方，言有能配此者，嫁之。生異之，懷界方而往。媼忻然承接，呼女出見。年十五六以來，媚曼風流，更無倫比，略一展拜，反身入幃。生一見，魂魄動搖，曰：「小生亦蓄一物，不知與老姥家藏頗相稱否？」因各出相較，長短不爽毫釐。媼喜，便問寓所，請生即歸命輿，界方留作信。生不肯留。媼笑曰：「官人亦太小心！老身豈為一界方抽身竄去耶？」生不得已，留之。出即賃輿急返，而媼室已空。大駭，遍問居人，迄無知者。日已向西，躁悔若喪㉕，邑邑㉖而返。

中途，值一輿過，忽搴㉗簾曰：「柳郎何遲也？」視之，則崔媼。喜問：「何之？」媼笑曰：「必將疑老身略騙㉘者矣。別後適有便輿，頓念官人[29]亦僑寓，措辦亦艱，故遂送女歸舟耳。」生邀回車，媼必不可。生倉皇不能確信，急奔入舟，女果及一婢在焉。見生入，含笑承迎。見翠襪紫履，與舟中侍兒妝飾更無少別，心異之，徘徊凝注。女笑曰：「眈眈[30]注目，生平所未見耶？」生益俯窺之，則襪後齒痕宛然，驚曰：「卿織成耶？」女掩口微哂。生長揖曰：「卿果神人，早請直言，以祛煩惑。」女曰：「實告君：前舟中所遇，即洞庭君也。仰慕鴻才，便欲以妾相贈；因妾過為王妃所愛，故歸謀之。妾之來，從妃命也。」生喜，沐手焚香，望湖朝拜，乃歸。

後詣武昌，女求同去，將便歸寧[31]。既至洞庭，女拔釵擲水，忽見一小舟自湖中出，女躍登，如鳥飛集，轉瞬已杳。生坐船頭，於沒處凝盼之。遙遙一樓船[32]至，既近窗開，忽如一彩禽翔過，則織成至矣。一人自窗中遞擲金帛珍物甚多，皆妃賜也。自是[33]，歲一兩覲[34]以為常。故生家富有珠寶，每出一物，世家所不識焉。

【注釋】❶洞庭湖　在今湖南北部，岳陽市西。❷落第　科舉考試後未被錄取。❸笙樂　以笙管為主的樂聲。❹艎　大木船。❺捽　揪；撥。❻蘭麝　蘭和麝香，為古代名貴香料。❼侍兒　婢女。❽傾踣　斜著向前仆倒。❾洞庭君　據唐李朝威〈柳毅傳〉：洞庭湖龍君小女嫁至涇陽，被夫家逐去牧羊，風鬟雨鬢，悲泗淋漓。書生柳毅應舉落第，路遇龍女，為其傳書於龍宮，二人終成夫婦。又據傳說：洞庭君以柳毅為婿，後來傳王位於柳毅。❿襄陽　今湖北襄陽。⓫誚讓　責問。⓬三都賦　據《晉書・左思傳》：左思寫〈三都賦〉，構思十年。⓭工　精美。⓮簽差　簽發差遣。⓯尉　低級武官名。⓰界方　鎮書紙的文具。⓱劫數　佛教語，災難。⓲羽葆　以鳥羽為飾的傘蓋，泛指儀仗。⓳鐵貓　鐵錨。⓴築築　上下跳動貌。㉑翳　遮蔽。㉒危坐　正身而坐。㉓鉤　古代女子纏過的腳。㉔武昌　清代武昌府，今湖北武漢江東部分。㉕若喪　像喪失父母。㉖邑邑　同「悒悒」。不樂貌。㉗搴　撩。㉘略騙　騙取。㉙官人　對男子的敬稱。㉚眈眈　注視貌。㉛歸寧　婦女回家探望父母。㉜樓船　有樓的大船。㉝自是　從此。㉞覲　拜見。

【語譯】洞庭湖裡，往往有水神借船用。遇見有空載的船，纜繩會忽然自動解開，船輕快地漂游而去。只聽得空中奏樂，船工聽到以後就蹲到船艙角落裡，閉上眼聽，不敢抬頭察看，任憑船隻漫游。船游結束，它還會回到原處停泊。

有個姓柳的書生，考試落榜後回家，喝醉後躺在船上，空中忽然奏起笙樂，船夫搖晃他，搖不醒，自己急忙藏進船艙裡。不久，有人過來揪拉柳生。柳生醉得厲害，又隨手倒在船板上，仍醉眠不醒，那人就不再管他。過了一會兒，鼓吹齊鳴，響聲震耳，柳生略微清醒，聞到周圍有濃烈的蘭麝香味；斜眼一看，見滿船都是美女。他心裡明白這是遇上了奇事，就假裝閉著眼睛。不久，聽到有人傳呼：「織成。」隨即走來一個婢女，正好站在柳生頰邊。她穿著翠綠襪子，紫綢緞鞋，腳纖細得像手指一般。柳生心生好感，暗自用牙齒咬住她的襪子。一會兒，這婢女移動腳步，被他牽拉跌倒。於是上面責問她，婢女稟告了跌倒的緣故，坐在上面的人大怒，命令立即把柳生處死。接著就有武士進來，抓住柳生綑綁後提了起來。柳生看見一個人面朝南坐著，從戴的帽子和袍服看，像是一位君王。他一邊走一邊說：「聽說洞庭君姓柳，我也姓柳；從前洞庭君應試落榜，現在我也落榜；他遇到龍女後成為仙人，而我醉後和女郎略開玩笑卻被處死。為什麼幸與不幸彼此相差如此之遠呢！」君王聽見了，喊柳生回去，問：「你是落榜的秀才嗎？」柳生說：「是。」君王就給他紙筆，讓他寫一篇〈風鬟霧鬢〉賦。柳生本來是襄陽名士，只是構思文章略微遲鈍，提筆考慮好久，君王責問他說：「是名士怎麼能這樣？」柳生擱下筆說：「從前左思寫〈三都賦〉，十年才寫成。由此可見，文章以精美為貴，不看重寫得快啊。」君王笑了，就任憑他去寫。柳生從辰時寫到午時才脫稿。君王看後，很高興的說：「真不愧為名士呢。」就賞他美酒，剎那間送來許多山珍海味。主客正在問答，一個官員捧著冊籍向君王稟報，說：「要被淹死的人的名冊已經造好。」問：「有多少人？」回答說：「一百二十八名。」問：「簽發後派誰去執行？」回答說：「毛、南兩位武官。」柳生起身拜別，君王贈他十斤黃金，還有一把水晶界方，說：「湖裡將有個小災難，有這界方就能避免。」柳生忽然看見儀仗人馬，都站在水面上，君王走下大木船，坐進高車，就再也看不見了，過了好久，湖面上一片寂靜，船工們才從艙裡出來。撐船向北，因逆風而行，不能向前，突然看見水面上有鐵錨浮上來，船工吃驚，說：「毛將軍出現了！」只見各船上的商客都伏下身子。又過一會兒，湖裡又豎起一根大木頭，它忽上忽下，不停地搗動，船工更加害怕，說：「南將軍又出現了！」不久，波浪翻騰，遮天蔽日，柳生向四下一看，滿湖船隻一時間全部傾翻。他舉著水晶界方，在船裡正身穩坐。萬丈大浪湧來，一近船就立即平息，因此他得以保全。

柳生回家以後，常向人述說這次奇遇，還說船裡那個婢女，雖然不知道她面貌如何，可是裙子下面的那兩隻小腳，也是人間所沒有的。之後，柳生到武昌府辦事，有個崔老太太賣女兒，給白銀千兩還不賣；她有一把水晶界方，說誰能拿界方和她的相配，就把女兒嫁給誰。柳生看她不同尋常，就懷藏自己的界方前去。老太太高興地接待了他，又呼喚女兒出來和柳生相見。此女約十五六歲，長得嬌媚瀟灑，無與倫比。她向柳生略施一禮，又返身走回帷幕。柳生見她之後，直愛慕得神魂飄搖，對老太太說：「小生也藏有一物，不知與老太太家藏的能否相配？」於是各自拿出來，兩相比較，長短一致。老太太心中歡喜，便問柳生的住處，請他立刻回去派車迎親，只是必須把界方留下作憑證。柳生不肯留下，老太太笑著說：「官人你也太小心了，我難道會為了一把界方脫身逃竄麼？」柳生不得已，就把界方留給了她。一出來就租車急忙返回，但老太太屋中已空無人影。柳生十分驚慌，問遍鄰居，竟沒人知情。太陽已經偏西，他神情懊喪，滿懷憂鬱地回船。

他走到半路，遇見一輛車子經過，忽然有人撩開車簾說：「柳郎怎麼來得這樣晚啊？」柳生向車中一看，原來是崔老太太，高興地問她：「到哪去呀？」老太太笑著說：「你一定又懷疑老身是個騙子了。同你分別之後，恰巧有輛便車，我立刻想起你也是寄居在此，籌辦喜事也不容易，因此就把女兒送到了你的船上。」柳生邀請她回車上船，老太太堅決不去。柳生匆忙中不能確信老太太的話，趕緊奔回船上，一看，那女郎果然在，隨身還帶來一個婢女。女郎見柳生進船，笑臉相迎。柳生見她穿著綠襪紫鞋，同洞庭湖船中那婢女的妝飾，沒有半點兒差別，心裡暗自驚異，他反覆凝視。女郎笑著說：「你這樣注視我，這輩子從來沒有見過嗎？」柳生又低頭窺看，綠襪後面牙咬的痕跡還宛然可見，於是驚訝地問：「妳是織成嗎？」她不回答，只捂著嘴笑。柳生向她深深一揖，說：「妳如果真是神仙，請早說實話，別再讓我納悶疑惑了吧！」女郎說：「老實告訴你吧，你先前在大木船上見到的，就是洞庭君啊。他敬慕你文才卓越，便要把我送給你，只是因為王妃太寵愛我，所以要先回去同她商量。我能到這裡來，是遵從王妃的命令呢。」柳生喜出望外，洗手焚香，面對洞庭湖的方向朝拜，然後同織成一起回家。

後來柳生又要前往武昌，織成要求同去，打算順便回家省親。到了洞庭湖之後，織成拔下頭上的鳳釵向水裡一扔，就見湖裡忽然冒上來一隻小船，織成向船上一跳，像隻小鳥飛落，轉眼就不見了。柳生坐在船頭，凝視著織成隱沒的地方。一艘樓船從遠處駛來，靠近後船窗敞開，突然像有一隻色彩鮮豔的小鳥穿窗飛來，原來是織成回來了。有個人從窗中遞下很多金銀綢緞，都是王妃賞賜的。從此以後，織成慣例每年回洞庭湖朝拜一兩次。因此柳生家的珠寶很多，每逢拿出來一件，就連世代官宦人家也不認得哩。

【研　析】〈織成〉是篇富有喜劇風格的小說，它既有浪漫的神話情節，又有具體的現實描寫，以幽默風趣的筆觸，描寫了柳生和織成一波三折的愛情故事，顯示了作家對愛情生活的美好願望和理想。

小說以水神借船的故事開篇，立即把讀者引進一個趣味盎然的神話境界。最有特色的是寫柳生初識織成的場面，在構思和描寫上充滿喜劇氛圍：「有柳生，落第歸，醉臥舟上；笙樂忽作，舟人搖生，不得醒，急匿艎下。俄有人捽生。生醉甚，隨手墮地，眠如故，即亦置之。」一開始就用輕鬆有趣的語言，把柳生落拓不羈的特點活畫出來。更令人忍俊不禁的是，柳生第一次與織成接觸竟然是「隱以齒囓其襪」，偷偷地咬住她的襪子。這不僅失去了士人的高雅風度，幾乎成了調皮搗蛋的小痞子。他因此事差一點被處死，但他又聰明機智、靈言善辯，一席話打動了洞庭君，結果轉危為安，並得到禮遇。洞庭君令他作賦，他「構思頗遲」，卻以左思作〈三都賦〉為例說「文貴工、不貴速」，使「王者笑聽之」。

柳生受洞庭君宴請，並送他一把界方，說：「湖中小有劫數，持此可免。」他就回家，並沒見到織成的面貌，關係好像已經結束。但是，後來他去武昌，遇上「崔媪賣女」，不要金銀，只求界方相合。柳生懷界方前往，和崔媪的比較，「長短不爽毫厘」，崔媪答應將女兒許配給柳。在這過程中，崔媪在言語中也頗詼諧風趣。她叫柳留下界方回去派車來迎娶，柳不肯留，媪笑說：「官人亦大小心！老身豈為一界方抽身竄去耶？」柳生回來找不到她們，至夕媪已送女到船上。見面時，媪又笑著說：「必將疑老身略騙者矣。」使這個次要人物也顯得頗有情趣、十分親切。

這篇小說，在選用視角上也很有特色。題目雖是「織成」，但文中卻對她著墨不多。作家始終選取柳生的視角，從他的見聞、他的感受來寫織成，使她的形象增加一層朦朧的想像之美。很長時間，柳生只能從鞋小腳美想像人美，直到懷界方見崔後，才得見面：「年十五六以來，媚曼風流，更無倫比，略一展拜，返身入幃」，賦予織成這神女形象「回眸一笑百媚生」的魅力。這時，柳生並不知她是誰，所以在船上見到時，覺得襪履和織成相同，「心異之，徘徊凝注」，甚至「益俯窺之，則襪後齒痕宛然」。這樣使故事情節前後呼應，使作品顯得更加幽默風趣、意境創新，為作品增加輕鬆活潑的喜劇效果。

王六郎

許姓，家淄❶之北郭❷，業漁。每夜攜酒河上，飲且漁。飲則酹地❸，祝云：「河中溺鬼得飲。」以為常。他人漁，迄❹無所獲，而許獨滿筐。一夕，方獨酌，有少年來，徘徊其側。讓之飲，慨❺與同酌。既而中夜不獲一魚，意頗失。少年起曰：「請於下流為君敺❻之。」遂飄然去。少間，復返，曰：「魚大至矣。」果聞唼呷❼有聲。舉網而得數頭，皆盈尺。喜極，申謝。欲歸，贈以魚，不受，曰：「屢叨❽佳醞❾，區區❿何足云報。如不棄，要當以為長⓫耳。」許曰：「方共一夕，何言屢也？如肯永顧，誠所甚願，但愧無以為情⓬。」詢其姓字，曰：「姓王，無字。相見可呼『王六郎』。」遂別。

明日，許貨⓭魚，益⓮沽酒。晚至河干⓯，少年已先在，遂與歡飲。

飲數杯，輒為許毆魚。如是半載，忽告許曰：「拜識清揚⑯，情逾骨肉。然相別有日矣。」語甚悽楚。驚問之，欲言而止者再，乃曰：「情好如吾兩人，言之或勿訝耶？今將別，無妨明告：我實鬼也，素嗜酒，沉醉溺死，數年於此矣。前君之獲魚，獨勝於他人者，皆僕之暗驅，以報酹奠耳。明日業滿⑰，當有代者，將往投生。相聚只今夕，故不能無感⑱。」許初聞甚駭，然親狎既久，不復恐怖，因亦欷歔，酌而言曰：「六郎飲此，勿戚也。相見遽違，良足⑲悲惻；然業滿劫⑳脫，正宜相賀，悲乃不倫㉑。」遂與暢飲，因問：「代者何人？」曰：「兄於河畔視之，亭午，有女子渡河而溺者，是也。」聽村雞既唱，灑涕而別。

明日，敬㉒伺河邊，以覘其異。果有婦人抱嬰兒來，及河而墮。兒拋岸上，揚手擲足而啼。婦沉浮者屢矣，忽淋淋攀岸以出，藉地少息，抱兒逕去。當婦溺時，意良不忍，思欲奔救；轉念是所以代六郎者，故止不救。及婦自出，疑其言不驗。抵暮，漁舊處。少年復至，曰：「今又聚首，且不言別矣。」問其故。曰：「女子已相代矣，僕憐其抱中兒，代弟一人，遂殘二命，故舍之。更代不知何期，或吾兩人之緣未盡耶？」許感嘆曰：「此仁人之心，可以通上帝矣。」由此相聚如初。數日，又來告別，許疑其復有代者，曰：「非也。前一念惻隱，果達帝天㉓，今授為招遠縣㉔鄔鎮土地㉕，來朝赴任。倘不忘故交，當一往探，勿憚修阻。」許賀曰：「君正直，為神甚慰人心。但人神路隔，即不憚修阻，將復如何？」少年曰：「但往，勿慮。」再三叮嚀而去。

許歸，即欲治裝㉖東下，妻笑曰：「此去數百里，即有其地，恐土偶不可以共語。」許不聽，竟抵招遠；問之居人，果有鄔鎮，尋至其處，息肩逆旅㉗。問祠所在，主人驚曰：「得無㉘客姓為許？」許曰：「然。何見知？」又曰：「得勿客邑為淄？」曰：「然。何見知？」主人不答，遽出。俄而丈夫抱子，媳女窺門，雜沓而來，環如牆堵。許益驚。眾乃告曰：「數夜前，夢神言：『淄川許友當即來，可助以資斧㉙。』祇候㉚

已久。」許亦異之，乃往祭於祠而祝曰：「別君後，寤寐不去心，遠踐曩約。又蒙夢示居人，感篆㉛中懷。愧無腆㉜物，僅有卮酒㉝；如不棄，當如河上之飲。」祝畢，焚錢紙。俄見風起座後，旋轉移時始散。

夜夢少年來，衣冠楚楚㉞，大異平時，謝曰：「遠勞顧問㉟，喜淚交並。但任微職，不便會面，咫尺河山㊱，甚愴於懷。居人薄有所贈，聊酬夙好。歸如有期，尚當走送。」居數日，許欲歸。眾留殷懇，朝請暮邀，日更數主。許堅辭欲行，眾乃折柬抱襆㊲，爭來致贐㊳，不終朝，餽遺盈橐；蒼頭稚子㊴畢集，祖送㊵出村，欻㊶有羊角風㊷起，隨行十餘里，許再拜曰：「六郎珍重！勿勞遠涉。君心仁愛，自能造福一方，無庸故人囑也。」風盤旋久之乃去。村人亦嗟訝而返。許歸，家稍裕，遂不復漁。後見招遠人問之，其靈驗如響云。或言即章丘㊸石坑莊，未知孰是。

異史氏曰：「置身青雲㊹，無忘貧賤，此其所以神也。今日車中貴介，寧復識戴笠人哉㊺？余鄉㊻有林下者㊼，家綦㊽貧。有童稚交㊾任肥秩㊿，計投之必相周顧，竭力辦裝，奔涉千里，殊失所望；瀉囊貨騎，始得歸。其族弟甚諧，作〈月令〉(51)嘲之云：『是月也，哥哥至。貂帽解，傘蓋不張，馬化為驢，靴始收聲。』念此可為一笑。」

【注釋】❶淄 縣名。全稱為淄川。今屬山東淄博。❷北郭 北郊。郭，城。❸酹地 以酒澆地祭祀鬼神。❹迄 終歸。❺嘅 感嘆。❻毆 通「驅」。驅趕；驅逐。❼唼呷 魚鳥吃食聲。❽叨 表示承受的謙詞。❾醞酒。❿區區 形容很少。⓫長 常。⓬情 報答。⓭貨 賣。⓮益 增多。⓯河干 河岸。⓰清揚 對人容貌的美稱。清，指眼。揚，指眉。⓱業滿 業，佛教語。認為業來自思想言行，有善有惡，多指惡業，是給予懲罰的根據。滿，給予報應的期限結束。⓲憾 遺憾。⓳良足 良，實在。足，十分。⓴刦 佛教語。災難。㉑不倫 不合適。㉒敬 特意。方言。㉓帝天 上天。㉔招遠縣 今山東招遠。㉕土地 神名。村社的守護神。㉖治裝 整理行裝。㉗逆旅 旅店。㉘得無 莫非。㉙資斧 路費。㉚祗候 恭候。㉛感篆 深自感動，牢記心懷。㉜腆 豐厚。㉝卮酒 杯酒。㉞楚楚 形容鮮明整潔。㉟顧問 慰問。㊱咫尺河山 近在咫尺，如隔河山。㊲折柬抱襆 折柬，裁紙寫信。這裡有寫禮單意。抱襆，抱著包有衣物的包袱送禮。襆，包袱；包紮。㊳贐 送行時所給財物。㊴蒼頭稚子 蒼頭，指代老年人。稚子，兒童。㊵祖送 送人遠行時祭祀路神，保佑行人平安。後來演變為餞行。祖即纍祖，路神名。㊶歘 同「欻」。忽然；突然。㊷羊角風 旋風。語源《莊子．逍遙遊》。㊸章丘 縣名。今山東章丘。㊹青雲 比喻高官顯爵。㊺今日車中貴介二句 語本周處《風土記》：古越地人初相交友時封土為壇，祭以雞犬，祝曰：「卿乘車，我戴笠，他日相逢下車揖；君擔簦，我跨馬，他日相逢為君下。」擔簦，背傘。㊻余鄉　指淄川。㊼林下者　辭官後退隱家鄉的人。㊽綦　很。㊾童稚交　童年時代的好友。㊿肥秩　可以得到高收入的官職。㊿①月令　《禮記》中篇名。其中記錄每月與政務相關的情況。

【語　譯】許某，家住淄川縣城北門外，靠捕魚維持生活。每天晚上，他帶著酒來到河邊，邊飲酒邊捕魚。每要喝酒時，先斟酒澆地，祭祀鬼神，還禱告說：「請河裡的淹死鬼喝酒吧。」習以為常。別人捕魚，始終捕不到，許某卻捕魚滿筐。一天晚上，許某正獨自飲酒，走來一個少年，在他身旁徘徊。許某邀他過來同飲，他便感嘆地和許某一起喝了起來。喝完酒已到半夜時分，還沒有捉得一條魚，許某很失望，少年起身，說：「請讓我到下游為你把魚趕過來吧。」說完，就飄然而去。一會兒，他回來說：「大群的魚來了。」許某果然聽見魚群吃食的聲音，提起網就拉上來好幾條，都是一尺多長的大魚，他高興極了，向少年道謝。少年要回去，許某送魚給他，他不肯接受，說：「我喝你的美酒已經好多次了，這點小事哪值得報答，如果你不嫌棄，以後我應當常這麼做。」許某說：「咱倆才頭一回在一起飲酒，你怎麼說好多次呢？如果你肯長期關照我，實在是求之不得，只是慚愧我沒有什麼可以作為報答的。」許某問他姓名，少年說：「姓王，沒有名字，見面喊我『王六郎』吧。」兩人就此告別。

第二天，許某賣了魚，多買了些酒；晚上來到河岸，少年已先到，兩人就高興地喝起酒來。六郎剛喝了幾杯，便為許某去趕魚。這樣過了半年，有一天，六郎忽然告訴許某說：「我有幸拜識尊顏，彼此友愛，勝過同胞兄弟。只是不久就要離別了。」他的話音悲涼，心情哀傷。許某驚訝地問他，他好幾回欲說還休，最後才說：「我們兩人如此情意相投，我說出來，也許你不會害怕吧，現在將要別離，不妨向你明言，老實說我是鬼，生前特別愛喝酒，大醉後淹死在河中，在這裡已經好幾年了。過去你捕的魚明顯比別人多，都是因為有我為你暗中驅趕，用來報答你捕魚前以酒祭祀神鬼的好意。明天我的業數已滿，將有替身來了，我要去投胎轉世。我倆相聚只有今夜了，因此不能不感傷。」許某初聽他說時很驚駭，可是彼此親近已久，不再害怕，只是心情悲傷，不由得悲泣抽咽起來，他斟滿一杯酒遞給六郎說：「六郎，請乾了這杯酒，不要過分傷心，你我每天相見，卻要突然離別，我心裡十分痛苦，然而你受罰的期限已滿，脫離災難，正應當向你慶賀，如果悲悽流淚，那就不像樣子了。」就同六郎一起盡情地喝酒。許某趁機問：「誰來做替死鬼？」回答說：「老兄在河邊等著瞧，正午有個婦女渡河將被淹死，她就是我的替身。」聽到村中雞叫，他們流著眼淚揮手別離。

第二天，許某特意來到河邊等待，以察看這件怪事。果然有個婦人抱著嬰兒過河，一到河邊便失足落水，嬰兒被拋到岸上，正在扒手蹬腳地不停啼哭。婦人在水中多次忽沉忽浮地掙扎著，忽然她溼淋淋地爬上岸來，坐在地上喘息了一會兒，抱起兒子徑直走了。當那婦人落水的時候，許某心裡也很不忍心，想跑去救她；再一想她是代替六郎死的，因此沒有去救。及至婦人自己從河裡爬上來，他開始懷疑六郎的話不靈驗。夜晚，他又到老地方捕魚，六郎又來了，說：「今天咱們又見面了，不用再說離別的話了。」問他什麼原因，說：「那婦人本已去替我了，但我可憐她懷抱中的嬰兒。如果替代我一人，就會殘害兩條性命，所以把她放了。下一次替代的機會不知要等到什麼時候，或許是咱倆的緣分還沒完吧。」許某深有感觸，讚嘆說：「你這種慈悲心腸，真能上通天帝了！」從此以後，兩人又跟當初一樣，每夜相聚。過了幾天，六郎又來告別，許某懷疑他又有新的替身，六郎說：「不是的。日前心懷惻隱，果然傳到上天。現在任命我去做招遠縣鄔鎮的土地神，明天去上任。如果你不忘老交情，可去看望我一回，別怕路遠難行。」許某向他祝賀，說：「你性情正直，封為神實在令人欣慰。可是人和神有所區隔，就算我不怕路遠難行，又能怎麼樣呢？」六郎說：「你只管前去，不要顧慮。」再三叮嚀以後就走了。

許某回到家，立刻想整理行裝東下，妻子笑他說：「你去這一趟要走好幾百里路，就算有那個地方，那土地神是個土偶，恐怕也不會同你交談。」許某不聽她的，終於來到招遠縣；向當地人打聽，果然有個鄔鎮，到了鄔鎮，住進旅店，詢問土地廟在哪裡，店主人大驚，問他道：「你是不是姓許？」回答說：「是的。你怎麼知道？」店主人又問：「你家住淄川嗎？」說：「是的。你又怎麼知道的？」店主人沒有回答，突然走了出去。不一會兒，許多男人抱著孩子跑來，媳婦、姑娘們在門外伸著脖子向裡張望，來人很多，把客房外圍成了一堵人牆。許某越發吃驚，眾人這才告訴他：「幾天前，夜裡夢見土地神說：『我淄川的老友許某很快就要來。你們可以資助他路費。』我們聽後在這裡恭候你很久了。」許某也感覺這事出奇，就到廟前去祭祀，禱告說：「自與你分別後，日夜想念，按照過去的約定，我從家鄉來探望你。為此你向當地人託夢，我深自感動，牢記心懷。慚愧的是我沒有豐厚的禮物，僅帶一杯薄酒，如果你不嫌棄，就像過去在河邊那樣把它喝了吧。」禱告完，許某又焚燒紙錢。一會兒，只見從神像後面刮起一陣風，旋轉了一陣兒才停息。

許某夜間做夢，見六郎走來。他衣帽鮮明整齊，跟從前大不相同，他向許某表示感謝，說：「勞你從遠方來探望，我歡喜得直流淚。只是我擔任著小小的職務，不便見面，彼此距離不過咫尺，卻似遠隔河山，我心裡非常悲傷。當地人贈送你一點兒禮品，代我略微報答老朋友的深情。你定下回家的日期以後，我還要再送你一程。」許某在鄔鎮住了幾天，決定回家，眾人熱情誠懇地挽留他，這家早晨請，那家傍晚邀，一天之內要輪換好幾家。他執意告辭，眾人就寫好禮品單，抱著包袱，爭著來送禮物，不到一早晨的工夫，贈送了滿滿一口袋；老人和兒童也出來為他餞行，送出村外，忽然路上刮起旋風，跟隨護送他十多里路，許某向旋風拜了又拜，說：「六郎保重，不要再遠送了。你心存仁愛，自然能為這地區帶來幸福，這些就用不著我多說了。」風盤旋了好長時間才停息，村民們也在驚嘆聲中返回。許某回到家，家境略微富裕，就不再捕魚。他後來見到招遠人，就順便打聽六郎的情況，都說鄔鎮的土地神有求必應，十分靈驗。有人說這土地廟在章丘縣石坑莊，不知道哪個說法可靠。

異史氏說：「身在青雲間，不忘貧賤人，這就是成為神的根據。現在高車裡的貴人，他們難道還認得戴斗笠的舊友嗎？我家鄉有個退職的官員，家裡很窮。他有個小時候的朋友，在外地做了能撈到大錢的官員，估計投奔他一定能得到周濟照顧，就竭力置辦行裝，跋涉千里，結果竟大失所望；用光路費，變賣坐騎，這才回到家。他的族弟性情詼諧，模仿〈月令〉嘲笑他，寫道：『本月，哥哥返回。貂皮帽被人摘去，無傘可撐，馬換成驢，再也不穿靴子遠遊。』讀後想想，可為之一笑。」

【研 析】〈王六郎〉通過描寫許姓漁民與先鬼後神的王六郎情逾骨肉、生死相報的真摯友誼，成功塑造出王六郎這一藝術形象，表達了作者對富有仁人之心、不忘貧賤故友高尚品質的禮讚，對社會上置身青雲便忘故友的勢利小人進行了有力抨擊。

小說可分兩部分：前寫王六郎為鬼，後寫王六郎做神。王六郎為鬼時，雖以少年形象出現在許姓漁民面前，但他的言語行動已隱約透露出鬼的端倪。他第一次和許共同飲酒後就說「屢叨佳醞」，和許的「飲則酹地」相呼應；他去河下游為許驅魚，全都流露了鬼的蛛絲馬跡。這樣描寫，增加了這一藝術形象特殊的真實感。前半部分對王六郎形象是用實寫，他的言語行動是可聽可見的，形象是可感可觸的。後半部分他成了神，就再也沒有直接出現，用的是虛寫，即用託夢與羊角風的形態顯示其存在。這種寫法的變化，切合人物身分地位的變遷，避免筆墨單調，增加引人入勝的藝術效果。

但是，王六郎無論為鬼為神，其性格本質是一致的。他和許姓漁民的友誼一直是真摯感人的。他為溺鬼好不容易熬到業滿有人代替，見到婦人及拋在岸上的嬰兒，他不願代己一人而殘二命，寧肯自己繼續沉淪為鬼。在這生死命運考驗面前，他充分顯示自己的仁人之心。他為神之後，鄉人有求，總是靈驗，仍然是個懷有仁人之心的神靈。這與那些一旦置身青雲就忘掉昔日貧賤之交、忘記平民百姓的心願，一心只圖個人利益的勢利小人有了本質的區別。

在寫作方法上，有兩個突出優點：其一，主人公王六郎的一切，都通過許姓漁民的所聞所見所感體現出來，這樣做的好處，使虛幻的故事有了見證人，增加故事的真實感；使主題更突出更集中，便於作到言簡意賅。其二，注重人物心理描寫，精細地揭示人物在特定場景中的心理矛盾。王六郎剛出場，見許一人獨酌，即「徘徊其側」，表現了想喝酒又怕被人拒絕的猶豫心理。寫心理矛盾最精彩處是許姓漁民觀看王六郎找替身的場面。許在河邊觀看，心裡十分掙扎：面對兒啼母溺的慘狀，「意良不忍，思欲奔救」；然而，「轉念是所以代六郎者，故止不救」，顯示仗義與顧友的矛盾心理。在此雖未直寫王六郎，其心理矛盾必然更加強烈：一方面不願放過這難得的機遇；另方面對別人的痛苦不能無同情心，最終「憐其抱中兒，代弟一人，遂殘二命，故舍之」。這是全篇的高潮，也是人物性格光輝的頂點。文章不做繁瑣的心理分析，借場景暗示，人物行為，以精妙之筆，傳出感天動地之情，增加了作品深沉蘊藉的力量。

宦娘

溫如春，秦❶之世家也。少癖嗜琴，雖逆旅❷未嘗暫舍。客晉❸，經由古寺，繫馬門外，將暫憩止。入則有布衲道人趺坐❹廊間，筇杖❺倚壁，花布囊琴。溫觸所好，因問：「亦善此耶？」道人云：「顧不能工❻，願就善者學之耳。」遂脫囊授溫。溫視之，紋理佳妙，略一勾撥❼，清越異常，喜為撫一短曲，道人微笑，似未許可，溫乃竭盡所長，道人哂曰：「亦佳，亦佳，但未足為貧道師也。」溫以其言夸，轉請之。道人接置膝上，裁❽撥動，覺和風自來；又頃之，百鳥群集，庭樹為滿。溫驚極，拜請受業❾。道人三復之，溫側耳傾心，稍稍會其節奏。道人試使彈，點正疏節❿，曰：「此塵間已無對矣。」溫由是精心刻畫，遂稱絕技。

後歸秦，離家數十里，日已暮，暴雨，莫可投止[11]。路傍有小村，趨之，不遑審擇，見一門，匆匆遽入。登其堂，闃若[12]無人。俄一女郎出，年十七八，貌類神仙，舉首見客，驚而走入。溫時未耦，繫情殊深。俄一老嫗出問客，溫道姓名，兼求寄宿。嫗言：「宿當不妨，但少牀榻，不嫌屈體，便可藉藁。」少選[13]，以燭來，展草鋪地，意良殷。問其姓氏，答云：「趙姓。」又問：「女郎何人？」曰：「此宦娘，老身之猶子[14]也。」溫曰：「不揣[15]寒陋，欲求援繫[16]，如何？」嫗顰蹙曰：「此即不敢應命。」溫詰其故，但云難言。悵然遂罷。嫗既去，溫視藉草腐濕，不堪臥處，因危坐[17]鼓琴，以消永夜。雨既歇，冒夜遂歸。

邑有林下部郎[18]葛公，喜文士。溫偶詣之，受命彈琴。簾內隱約有眷客[19]窺聽，忽風動簾開，見一及笄[20]人，麗絕一世。蓋公有女，小字良工，善詞賦，有艷名。溫心動，歸與母言，媒通之，而葛以溫勢式微[21]，不許。然女自聞琴後，心竊傾慕，每冀再聆雅奏；而溫以姻事不諧，志乖意沮，絕跡於葛氏之門矣。一日，女於園中拾得舊箋一折，上書〈惜餘春〉詞云：「因恨成癡，轉思作想，日日為情顛倒㉒。海棠帶醉，楊柳傷春，同是一般懷抱。甚得㉓新愁舊愁，剗㉔盡還生，便如青草。自別離，只在奈何天㉕裡，度將昏曉。今日個蹙損㉖春山㉗，望穿秋水㉘，道棄㉙已拚棄了。芳衾妒夢，玉漏㉚驚魂，要睡何能睡好！漫說長宵似年，儂視一年，比更猶少：過三更已是三年，更有何人不老？」女吟咏數四，心好之，懷歸，出錦箋，莊書一通㉛，置案間；逾時索之，不可得，竊意為風飄去。適葛經閨門過，拾之；謂良工作，惡其詞蕩，火之㉜而未忍言，欲急醮㉝之。臨邑㉞劉方伯㉟之公子，適來問名㊱，心善之，而猶欲一睹其人。公子盛服而至，儀容秀美，葛大悅，款延優渥。既而告別，坐下遺女舄㊲一鉤，心頓惡其儇薄㊳，因呼媒而告以故。公子亟辨其誣，葛弗聽，卒絕之。

先是，葛有綠菊種，吝不傳，良工以植閨中。溫庭菊忽有一二株化為綠，同人聞之，輒造廬觀賞，溫亦寶之。凌晨趨視，於畦畔得箋寫〈惜餘春〉詞，反覆披讀，不知其所自至。以「春」為己名，益惑之，即案頭細加丹黃㊴，評語褻嫚。適葛聞溫菊變綠，訝之，躬詣其齋，見詞便取展讀。溫以其評褻，奪而挼莎㊵之。葛僅睹一兩句，蓋即閨門所拾者也，大疑，並綠菊之種，亦猜為良工所贈。歸告夫人，使逼詰良工。良工涕欲死，而事無驗見，莫可取實。夫人恐其跡益彰，計不如以女歸溫。葛然之，遙致溫。溫喜極，是日招客為綠菊之宴，焚香彈琴，良夜㊶方罷。既歸寢，齋童聞琴自作聲，初以為僚僕之戲也；既知其非人，始白溫。溫自詣之，果不妄。其聲梗澀，似將效己而未能者。爇火暴入，杳無所見。溫攜琴去，則終夜寂然。因意為狐，固知其願拜門牆㊷也者，遂每夕為奏一曲，而設弦任操㊸，若為師，夜夜潛伏聽之。至六七夜，居然成曲，雅㊹足聽聞。

溫既親迎㊺，各述曩詞，始知締好之由，而終不知所由來。良工聞琴鳴之異，往聽焉，曰：「此非狐也，調淒楚，有鬼聲。」溫未深信。良工因言其家有古鏡，可鑒魑魅。翌日，遣人取至，伺琴聲既作，握鏡遽入；火[46]之，果有女子在，倉皇室隅，莫能復隱。細審之，趙氏之宦娘也。大駭，窮詰之，泫然曰：「代作蹇修[47]，不為無德，何相逼之甚也！」溫請去鏡，約勿避，諾之，乃囊鏡。女遙坐曰：「妾太守[48]之女，死百年矣。少喜琴箏，箏已頗能諳之，獨此技未有嫡傳[49]，重泉[50]猶以為憾。惠顧時，得聆雅奏，傾心向往；又恨以異物[51]不能奉裳衣[52]，陰為君胹合[53]佳偶，以報眷顧之情。劉公子之女舄，〈惜餘春〉之俚詞，皆妾為之也。酬師者不可謂不勞矣。」夫妻咸拜謝之。宦娘曰：「君之業，妾思過半矣，但未盡其神理，請為妾再鼓之。」溫如其請，又曲陳[54]其法。宦娘大悅曰：「妾已盡得之矣！」乃起辭欲去。良工故善箏，聞其所長，願一披聆[55]，宦娘不辭。其調其譜，並非塵世所能。良工擊節，轉請受業。女命筆為繪譜十八章，又起告別。夫妻挽之良苦，宦娘淒然曰：「君琴瑟之好(56)，自相知音，薄命人烏有此福。如有緣，再世可相聚耳。」因以一卷授溫曰：「此妾小像，如不忘媒妁(57)，當懸之臥室；快意時，焚香一炷，對鼓一曲，則兒(58)身受之矣。」出門遂沒。

【注釋】❶秦　今陝西中部。❷逆旅　旅居。❸晉　山西省簡稱。周初封晉國。❹趺坐　盤腿坐。❺筇杖　竹杖。❻工　精巧。❼勾撥　指彈奏。❽裁　通「才」。剛才。❾受業　從師學習。❿疏節　粗疏；不合節奏處。⓫投止　到別人家託足安身。⓬闃若　靜得好像。闃，寂靜無聲。⓭少選　一會兒。⓮猶子　姪子；姪女。⓯不揣　不估量、猜度。⓰援繫　攀附。求婚的謙詞。⓱危坐　正身而坐。⓲林下部郎　林下，退休在家。部郎，朝廷各部侍郎級官員。⓳眷客　女眷。⓴及笄　女子年已十五歲。㉑式微　衰落。㉒顛倒　神志迷亂。㉓甚得　甚的；什麼。㉔剗　削除。㉕奈何天　精神無所寄託的時光。㉖蹙損　皺眉太多，損害了雙眉。蹙，皺眉。㉗春山　代指眼眉。春山黛綠，故稱。㉘望穿秋水　古人形容盼望的急切。秋水，明亮的眼睛。㉙道棄　料想對方已決心拋棄自己。道，語氣詞。㉚玉漏　古代計時漏壺的美稱。㉛莊書一通　端端正正地書寫了一遍。㉜火之　用火燒了。㉝醮　女子出嫁。㉞臨邑　山東省縣名。㉟方伯　布政使。主管一省財賦民政的官員。㊱問名　古婚禮六禮之一。男方託媒問女方名字及出生時間。㊲舄　古代複底鞋，多一層木底，不易濕。㊳儇薄　輕薄，好耍小聰明。㊴加丹黃　批點書文所用文房物料。丹，丹砂。黃，雄黃。㊵挼莎　用手揉搓。㊶良夜　深夜。㊷拜門牆　拜於門下為弟子。門牆，師門。㊸操　彈奏。㊹雅　很。㊺親迎　見〈阿寶〉注㊾。㊻火　照。㊼蹇修　媒人。㊽太守　古府、州最高長官。㊾嫡傳　正傳。㊿重泉　九泉；地下。(51)異物　鬼物。(52)奉裳衣　伺候穿衣服。代指作妻子。(53)腼合　撮合。腼，引申為調和。(54)曲陳　詳細陳述。(55)披聆　細加辨析地聽。(56)琴

瑟之好　借指夫妻之間感情和諧。也借指夫婦。語出《詩經．周南．關雎》。57媒妁　媒人。58兒　古代女子自稱。

【語　譯】溫如春出生於陝西省世代顯貴人家。自幼特別喜愛彈琴，即使旅居外地，琴也不曾離身。有次他到山西去做客，路過一座古老的寺廟，他把馬拴在門外，想休息一會兒；走進廟門，看到一個身穿布袍的道人盤腿坐在廊下，身旁有一根竹手杖斜倚牆邊，花布袋裡裹著一把琴。這正觸動了溫如春的愛好，就問那道人：「你也擅長彈琴嗎？」道人說：「還說不上彈得精巧，願意向能手學習。」於是打開琴袋，把琴交給溫如春。溫如春一看，琴體紋理美妙，稍稍勾撥一下，聲音清脆悠揚，不同尋常。他高興地彈了一支短曲，道人聽後微微一笑，好似不太佩服，他便竭盡全力彈奏了最拿手的曲子，道人聽後笑著說：「還好，還好，可是要當我的老師還不夠格。」溫如春認為他說大話，轉請他彈奏。道人接過琴，把它放在膝上；剛一撥動，溫如春便感覺和風習習，拂面而來；又彈了一陣子，上百種鳥兒飛聚過來，庭院裡的樹上落滿了鳥。溫如春非常驚訝，請求向他拜師學習。道人重複彈了三遍，溫如春側耳傾聽，用盡心力，稍微領會了它的節奏。道人要他試彈，指正被疏忽的地方，說：「你的演奏在世間已經無對手了。」溫如春從此專心研習，終於得到琴藝超群的稱號。

後來溫如春返回陝西，走到離家幾十里的地方，已經天黑，還下起大雨，沒有可投宿的旅店；見路旁有個小村子，便快步前往，來不及細加選擇，看見門就匆匆進去。走到屋裡，空蕩蕩的沒有人。不久，出來一個女郎，有十七八歲，容貌像神仙般美好，她抬頭看見客人，心裡一驚，又走回內室。溫如春這時還沒有娶妻，於是對她一見鍾情。不久，一位老婦人走出來詢問客人，溫如春說出自己的姓名，還請求許可住宿。老婦人說：「住下無妨，只是沒有多餘的牀。你如果不嫌委屈，可以睡在草鋪上。」一會兒，拿來蠟燭，打開稻草鋪在地上，十分殷勤。問她的姓氏，回答說：「姓趙。」又問：「女郎是誰？」說：「她名叫宦娘，是老身的姪女。」溫如春說：「我不估量自己地位低微，想高攀貴家，互結姻親。不知你意下如何？」老婦人眉皺額蹙，說：「這件事，我就不敢應承你了。」溫如春問她為什麼，她只講：「難說，難說。」溫如春很失望，事情也就罷了。老婦人走後，溫如春看鋪的草又爛又濕，躺上去受不了，因而只好端坐著以彈琴打發長夜。雨停後，他不顧天黑，連夜趕回家去。

縣中有一位退休部郎葛公，喜愛有文才的人。溫如春偶然訪問他，應他的要求彈琴。他發覺內室門簾後隱約有女眷偷聽，忽然一陣風將門簾吹開，見一位十五六歲的姑娘，長得美麗無比。她就是葛公的女兒，小名良工，擅長填詞作賦，是知名的美女。溫如春很動心，到家告訴母親，請人去說媒，但葛公因溫家景況已經衰落，不願應允。可是良工自從聽到溫如春的琴曲以後，暗自仰慕，盼望經常能聽到他美妙的彈奏，而溫如春卻因為求婚不成，心灰意懶，再也不進葛家大門。一天，良工在園中拾到一張舊信紙，上面寫了一闋〈惜餘春〉詞，詞中寫道：「因恨成癡，轉思作想，日日為情顛倒。海棠帶醉，楊柳傷春，同是一般懷抱。甚得新愁舊愁，剗盡還生，便如青草。自別離，只在奈何天裡，度將昏曉。今日個蹙損春山，望穿秋水，道棄已拚棄了。芳衾妒夢，玉漏驚魂，要睡何能睡好！漫說長宵似年，儂視一年，比更猶少：過三更已是三年，更有何人不老？」良工誦讀了好幾遍，心中很喜歡，便將它收藏在懷裡；走進閨房，取出精緻華美的箋紙，端端正正地抄寫了一遍放在桌子上；過了一會兒找它，卻沒有找到，暗想是被風吹走了。恰巧葛公從良工閨房門外經過，把它拾起來，以為是良工作的，憎惡詞意放蕩，便把它燒掉了但不忍心責罵女兒，只是急於把女兒嫁出去。這時，臨邑縣布政使劉公的公子來求婚，葛公樂意，卻還想先看看他本人。劉公子穿了華美的服裝到來，容貌風度秀美，葛公十分高興，熱情優厚地招待他。劉公子告別以後，葛公發現他座位下遺留一隻女鞋，心裡立即厭惡他輕佻淺薄，就喊來媒人，把這件事告訴了他。劉公子一再辯白，說那隻女鞋不是他的，但葛公不聽，終於還是回絕了他。

先前，葛公養的菊花有綠色品種，十分吝惜，概不外傳，女兒良工把它養在閨房裡。而溫如春院子裡的菊花，忽然有一兩株開了綠花；溫如春的友人知道以後，常常去他家觀賞，溫如春也把它當作珍寶。一天清早，他去看花，在菊畦旁拾到信箋，上面寫著〈惜餘春〉詞；翻來覆去誦讀，不知道它是怎麼來的。因為「春」字是自己的名字，更加疑惑，就把它放在桌子上批點，評語很不莊重。正逢葛公聽說溫家有菊花變綠，心中詫異，親自來到溫如春的書房；看到桌上那首詞，就拿起來讀。溫如春因為批語輕慢，趕快奪過去，揉成一團。葛公僅看見一兩句，知道它就是在女兒屋門外拾得的那首詞，心中十分懷疑，連同綠菊的種子，也猜想皆為良工所贈送。他回家告知夫人，讓她逼問良工。良工不承認，還哭得死去活來，但因為沒有證據，也無法得知真相。夫人恐怕這事暴露得越來越明顯，考慮倒不如把女兒嫁給溫如春。葛公同意，派人給他送信，溫如春高興極了，當天邀請客人，舉辦綠菊宴會，焚香彈琴，直到深夜才結束。大家回去睡覺，書僮聽見書齋裡琴弦自鳴起來，起初以為是別的僕人戲耍，後來發現無人彈撥，這才稟告主人。溫如春親自去察看，果然不錯。那琴音生硬阻滯，像是模仿他彈的曲調，卻彈奏不好。溫如春手持燈火，猛然進屋，裡面卻沒人。溫如春把琴拿走，書齋一夜再無動靜。他以為琴鳴來自狐仙，還斷定它願意拜自己為師，就每天晚上為它演奏一支曲子，然後把琴弦調試好讓它彈，好像在教自己的學生，並夜夜躲在暗處聽它彈奏。過了六七夜，它居然能彈奏出完整的曲子，而且還很值得聽一聽了。

溫如春成親以後，兩人談起〈惜餘春〉詞的往事，這才知道是靠它成全了他倆的姻緣，可是終究不了解詞的來路。良工聽說琴弦自鳴的異狀，去聽了之後，說：「這不是狐仙彈的，這琴音音調淒慘痛苦，有鬼聲。」溫如春不大相信。良工說她家有一面古鏡，可以照出鬼怪的模樣。第二天，派人拿來，等琴又響，拿出鏡子突然進屋，點燈一照，果然看到一個女郎，正慌張地躲在屋角裡，無法隱身。溫如春仔細看她，原來是趙家的宦娘。他很吃驚，追問起她來，宦娘流著淚說：「我為你充當媒人，不算沒有恩德，怎麼這樣苦苦相逼呢！」溫如春告訴她把古鏡拿開，請她不要再躲避；宦娘應許，他就把古鏡裝進口袋。宦娘在遠處坐下，說：「我本是太守的女兒，死去已有一百年；自幼喜愛琴和箏。箏已經彈得很好，只是這彈琴的技藝沒得到正宗傳授，身在九泉，還為此惋惜。那時你光臨我家，聽到你高雅的演奏，滿心熱愛；又恨自己是鬼，不能嫁給你，就暗自為你撮合一個佳人做配偶，用來報答你對我的關愛之情；劉公子座下的女鞋，粗俗不雅的〈惜餘春〉詞，都是我做的。這樣酬謝老師，不能說不辛苦吧！」溫如春夫婦向她拜謝。宦娘說：「你的琴技我已經領悟了一大半，但是還沒有完全掌握其中的精神理致，請為我再彈奏一遍吧。」溫如春答應了她的要求，又詳細陳述技法。宦娘很高興地說：「我已經都學會了。」就站起來要告辭。良工本來愛彈箏，聽說宦娘彈得很好，希望能細加辨析地聆聽一曲，宦娘沒有推辭。她彈的音調和曲譜，都比陽世的高明，良工十分讚賞，便轉請她教導。宦娘為她寫出十八章曲譜後，又起身告別。溫如春夫婦極力挽留，宦娘心情悲傷地說：「你們夫妻諧合，互為知音，我這薄命人哪能有這麼大的福氣。如果有緣分，下一輩子再相聚吧！」於是，拿出一個卷軸交給溫如春，說：「這是我的畫像，如果不忘我這個媒人，就懸掛臥室；高興的時候，焚上一炷香，對著它彈奏一支琴曲，我就如同親身領受了一般。」她說完便走出門外，消失得無影無蹤了。

【研　析】〈宦娘〉的主人公雖然是個女鬼，不過，她不但不令人害怕，反而使人感到可親、可愛、可敬。宦娘有美麗的姿容，更有高雅的品格。她心地善良，助人為樂，喜愛琴箏，生死不變。在她幫助下，溫如春和良工得到美滿的結合。這篇小說表現了人間與鬼域溝通，人與鬼融洽相處，互助互愛，寄託著作家理想的人際間的和睦關係。

小說雖以宦娘為主人公，對她卻很少作正面描寫，主要是用虛寫側寫。她只在開頭一閃現，寫她「貌類神仙」，直到篇末溫生與良工結婚後才又出現。中間大段篇幅是寫溫生和良工愛情發展的曲折經歷。作者主要運用製造懸念的方法，激起讀者的好奇心，猜想一些離奇事象背後，究竟隱藏著什麼力量支配事情的發展？懸念一，良工在園中拾得〈惜餘春〉詞，因其詐情纏綿悱惻引起共鳴，於「吟咏數四，心好之」，並「莊書一通置案間」。離奇的是，忽又不翼而飛，恰為其父所得，因而想使她早日出嫁。詞由何來？又怎麼巧為其父所得？令人猜想。懸念二，劉公子來求婚，葛公見他「儀容秀美」，家又富貴，非常高興，偏在劉告別後，見他「坐下遺女舄一鉤」，使他的求婚告吹。是誰給劉「栽贓」？懸念三，葛家種有綠菊，祕不外傳，「良工以植閨中」，可溫生庭菊不知為何也綠了一兩株？懸念四，溫生晨起賞菊也發現〈惜餘春〉詞，並加了評點，葛公來看綠菊又看到溫生桌上的詞，只看一二句便知和在女兒屋門外拾得的相同，心生懷疑，甚至猜想綠菊也是良工暗送溫生的。於是就告訴夫人，逼問女兒。良工委屈，自然不認，哭得死去活來。事無證據，沒法落實。又怕此事傳出後，自己聲譽不好，葛公才下決心將女兒嫁給溫生。故事有了結果，人們卻不清楚原因。直到文章末尾宦娘又出現，才由她說明事情的真相，一切懸念都迎刃而解。讀罷小說細加反思才會明白，描寫溫生良工的愛情經歷，實質上就是展示宦娘的性格人品、塑造她的形象。因為沒有她巧施異術，成人之美，便不會有溫生良工的美滿結合。表現溫生良工美好愛情，也就是歌頌宦娘熱心助人、鍾情琴藝的高雅情操。

小說的藝術構思極為精巧，全篇以「琴」作為情節發展的線索，成為人物心靈連接的紐帶。溫生「少癖嗜琴，雖逆旅未嘗暫舍」，才有緣遇到布衲道人，學得精湛的琴藝。因琴藝精巧才感動了宦娘，宦娘想向他學習琴藝就熱誠幫助他實現愛情上的心願。溫生也是用琴得到良工的芳心。三個人物都愛琴，並因琴結成良緣，成為師生，結下深厚情誼。三人之間純真美好的關係，由琴來貫串，用琴聲作烘染，表現出一種清雅不俗的崇高格調。

陸判

陵陽❶朱爾旦，字小明，性豪放；然素鈍，學雖篤，尚未知名。一日，文社❷眾飲。或戲之云：「君有豪名，能深夜赴十王殿❸，負得左廊判官❹來，眾當醵❺作筵。」蓋陵陽有十王殿，神鬼皆以木雕，妝飾如生。東廡有立判，綠面赤鬚，貌尤獰惡。或夜聞兩廊拷訊聲，入者毛皆森豎。故眾以此難朱。朱笑起，徑去。居無何，門外大呼曰：「我請髯宗師❻至矣！」眾皆起。俄負判入，置几上，奉觴酹之三。眾睹之，瑟縮不安於座，仍請負去。朱又把酒灌地，祝曰：「門生狂率不文，大宗師諒不為怪。荒舍匪❼遙，合乘興來覓飲，幸勿為畛畦❽。」乃負之去。

次日，眾果招飲。抵暮，半醉而歸；興未闌❾，挑燈❿獨酌。忽有人搴簾入，視之，則判官也。朱起曰：「意吾殆將死矣。前夕冒瀆，今來加斧鑕[11]耶？」判啟濃髯微笑曰：「非也。昨蒙高義[12]相訂，夜偶暇，敬踐達人[13]之約。」朱大悅，牽衣促坐[14]，自起滌器爇火。判曰：「天道溫和，可以冷飲。」朱如命，置瓶案上，奔告家人治肴果。妻聞，大駭，戒勿出。朱不聽，立俟治具[15]以出。易琖[16]交酬，始詢姓氏。曰：「我陸姓，無名字。」與談古典，應答如響[17]，問：「知制藝[18]否？」曰：「妍媸[19]亦頗辨之。陰司誦讀，與陽世略同。」陸豪飲，一舉十觥[20]。朱因竟日飲，遂不覺玉山傾頹[21]，伏几醺睡。比[22]醒，則殘燭昏黃，鬼客已去。自是三兩日輒[23]一來，情益洽，時抵足臥。朱獻窗稿[24]，陸輒紅勒[25]之，都言不佳。

一夜，朱醉先寢，陸猶自酌。忽醉夢中，覺臟腑微痛；醒而視之，則陸危坐[26]牀前，破腔出腸胃，條條整理。愕曰：「夙無仇怨，何以見殺[27]？」陸笑云：「勿懼！我為君易慧心耳。」從容納腸已，復合之，末以裹足布束朱腰。作用畢，視榻上亦無血跡，腹間覺少麻木。見陸置肉塊几上，問之，曰：「此君心也。作文不快，知君之毛竅㉘塞耳。適在冥間，於千萬心中，揀得佳者一枚，為君易之，留此以補闕數。」乃起，掩扉去。天明解視，則創縫已合，有綖㉙而赤者存焉。自是文思大進，過眼不忘。數日，又出文示陸，陸曰：「可矣。但君福薄，不能大顯貴，鄉、科㉚而已。」問何時，曰：「今歲必魁㉛。」未幾，科試冠軍，秋闈㉜果中經元㉝。同社生素揶揄之，及見闈墨㉞，相視而驚，細詢始知其異。共求朱先容㉟，願納交陸，陸諾之，眾大設㊱以待之。更初，陸至，赤髯生動，目炯炯如電。眾茫乎無色，齒欲相擊，漸引去。

朱乃攜陸歸飲。既醺，朱曰：「湔腸伐胃㊲，受賜已多。尚有一事欲相煩，不知可否。」陸便請命。朱曰：「心腸可易，面目想亦可更。山荊㊳，予結髮㊴人，下體頗亦不惡，但頭面不甚佳麗。尚欲煩君刀斧，如何？」陸笑曰：「諾，容徐圖㊵之。」過數日，半夜來叩關㊶。朱急起延入。燭之，見襟裹一物，詰之，曰：「君曩所囑，向艱物色㊷。適得一美人首，敬報君命。」朱撥視，頸血猶濕。陸立促急入，勿驚禽犬。朱慮門戶夜扃，陸至，一手推扉，扉自闢。引至臥室，見夫人側身眠。陸以頭授朱抱之；自於靴中出白刃如匕首㊸，按夫人項，著力如切腐㊹狀，迎刃而解，首落枕畔。急於生懷取美人頭合項上，詳審端正，而後按捺。已而移枕塞肩際，命朱瘞㊺首靜所，乃去。朱妻醒，覺頸間微麻，面頰甲錯㊻；搓之得血片，甚駭，呼婢汲盥。婢見面血狼藉㊼，驚絕；濯之，盆水盡赤。舉首則面目全非，又駭極。夫人引鏡自照，錯愕不能自解。朱入告之，因反復細視，則長眉掩鬢，笑靨承顴，畫中人也；解領驗之，有紅線一周，上下肉色，判然而異。

先是，吳侍御㊽有女甚美，未嫁而喪二夫，故十九猶未醮㊾也。上元㊿遊十王殿時，遊人甚雜，內有無賴賊窺而艷之，遂陰訪居里，乘夜梯入，穴寢門，殺一婢於牀下，逼女與淫；女力拒聲喊，賊怒，亦殺之。

吳夫人微聞鬧聲，呼婢往視，見屍駭絕。舉家盡起，停屍堂上，置首項側。一門啼號，紛騰終夜。詰旦[51]啟衾，則身在而失其首。徧撻侍女，謂所守不恪，致葬犬腹。侍御告郡，郡嚴限捕賊，三月而罪人弗得。漸有以朱家換頭之異聞吳公者，吳疑之，遣媼探諸其家。入見夫人，駭走以告吳公。公視女屍故存，驚疑無以自決，猜朱以左道[52]殺女，往詰朱。朱曰：「室人夢易其首，實不解其何故。謂僕殺之，則冤也。」吳不信，訟之；收家人鞫[53]之，一如朱言。郡守[54]不能決。朱歸，求計於陸，陸曰：「不難，當使伊女自言之。」吳夜夢女曰：「兒為蘇溪楊大年所賊[55]，無與朱孝廉[56]。彼不艷於其妻，陸判官取兒頭與之易之，是兒身死而頭生也。願勿相仇。」醒告夫人，所夢同，乃言於官。問之，果有楊大年，執而械之，遂伏其罪。吳乃詣朱，請見夫人，由此為翁婿，乃以朱妻首合女屍而葬焉。

朱三入禮闈[57]，皆以場規被放[58]，於是灰心仕進[59]。積三十年，一夕，陸告曰：「君壽不永矣。」問其期，對以五日。「能相救否？」曰：「惟天所命，人何能私？且自達人觀之，生死一耳，何必生之為樂，死之為悲？」朱以為然，即治衣衾棺槨；既竟，盛服而沒。

翌日，夫人方扶柩哭，朱忽冉冉自外至。夫人懼，朱曰：「我誠鬼，不異生時。慮爾寡母孤兒，殊戀戀耳。」夫人大慟，涕垂膺，朱依依慰解之。夫人曰：「古有還魂之說，君既有靈，何不再生？」朱曰：「天數不可違也。」問：「在陰司作何務？」曰：「陸判薦我督案務，授有官爵，亦無所苦。」夫人欲再語，朱曰：「陸公與我同來，可設酒饌。」趨而出。夫人依言營備。但聞室中笑飲，亮氣高聲，宛若生前；半夜窺之，窅然[60]已逝[61]。自是三數日輒一來，時而留宿繾綣[62]，家中事就便經紀。子瑋方五歲，來輒捉抱；至七八歲則燈下教讀。子亦惠，九歲能文，十五入邑庠，竟不知無父也。從此來漸疏，日月至焉[63]而已。

又一夕，來謂夫人曰：「今與卿永訣矣。」問：「何往？」曰：「承帝命為太華卿[64]，行將遠赴，事煩途隔，故不能來。」母子持之哭。曰：「勿爾！兒已成立，家計尚可存活，豈有百歲不拆之鸞鳳耶！」顧子曰：「好為人，勿墮父業。十年後一相見耳。」徑出門去，於是遂絕。後瑋二十五，舉進士[65]，官行人[66]。奉命祭西嶽[67]，道經華陰[68]，忽有輿從羽葆[69]馳衝鹵簿[70]，訝之。審視車中人，其父也，下馬哭伏道左。父停輿曰：「官聲好，我目瞑矣。」瑋伏不起。朱促輿行，火馳不顧；去數步[71]回望，解佩刀遣人持贈，遙語曰：「佩之當貴。」瑋欲追從，見輿馬人從飄忽若風，瞬息不見，痛恨良久。抽刀視之，製極精工，鐫字一行，曰：「膽欲大而心欲小，智欲圓而行欲方[72]。」瑋後官至司馬[73]，生五子，曰沉，曰潛，曰沕，曰渾，曰深。一夕，夢父曰：「佩刀宜贈渾也。」從之。渾仕為總憲[74]，有政聲[75]。

異史氏曰：「斷鶴續鳧[76]，矯作者妄；移花接木，創始者奇；而況加鑿削於肝腸，施刀錐[77]於頸項者哉！陸公者，可謂媸皮裹妍骨[78]矣。

明季至今，為歲不遠，陵陽陸公猶存乎？尚有靈焉否也？為之執鞭[79]所欣慕焉。」

【注釋】❶陵陽　清代為安徽池州府陵陽鎮。❷文社　讀書人研究詩文的結社。❸十王殿　供奉有十殿閻君塑像的廟堂。❹判官　為閻君掌管生死簿的官員。❺醵　眾人集錢一起飲酒。❻宗師　為眾人敬仰，可尊為師長的人。❼匪　同「非」。不。❽畛畦　田間小路，引申為界限，隔閡。❾闌　得到滿足；盡。❿挑燈　在燈下。⓫斧鑕　殺人的工具。⓬高義　深厚的情誼。⓭達人　胸懷曠達的人。⓮促坐　互相靠近坐。⓯治具　準備酒飯。⓰琖　酒杯。⓱如響　如物受擊後立即發出聲音。形容應答敏捷。⓲制藝　科舉考試要求的八股文。⓳妍媸　美好和醜惡。⓴觥　一種有柄的酒杯。㉑玉山傾頹　人因酒醉倒仆。語出劉義慶《世說新語・容止》。㉒比　及；到。㉓輒　就；總是。㉔窗稿　詩文習作。㉕紅勒　以紅色筆塗抹。㉖危坐　泛指正身而坐。㉗見殺　殺我。㉘毛竅　毛細孔洞。㉙綖　通「延」，緩。創傷緩解。㉚鄉科　鄉，鄉試，即省級選拔舉人的考試。科，科試，亦稱科考。鄉試前由學官舉行的甄別性考試。生員（秀才）達到一定等第，方准送省鄉試。㉛魁　考試成績居首位。㉜秋闈　明清舉行鄉試的時間在秋天，故稱。闈，考場。㉝經元　鄉試分五經取士。鄉試成績居五經中任何一經的首位，稱經元，亦稱經魁。五經，漢初已定：《詩》、《書》、《易》、《禮》、《春秋》。㉞闈墨　試卷中優美文章選集。㉟先容　事先介紹。㊱設　設置宴席。㊲湔腸伐胃　洗腸剖胃。指換心。㊳山荊　對妻子的謙稱。㊴結髮　初次束髮成婚。㊵圖　謀求。㊶闔　門。㊷物色　尋找。㊸匕首　短劍。㊹腐　豆腐。㊺瘞　埋藏。㊻甲錯　粗澀乾皺。㊼狼藉　縱橫散亂貌。㊽侍御　明清時為監察御史，主管糾察彈劾。㊾醮　出嫁。㊿上元　節日名。在農曆正月十五日。又名元宵節。(51)詰旦　第二天清晨。(52)左道　巫蠱、法術等邪道。(53)鞫　審訊。(54)郡守　知府的別稱。(55)賊　殺。(56)孝廉　舉人的別稱。(57)禮闈　舉行會試的考場。通過會試錄取進士，由朝中禮部主持。[58]放　免去資格。[59]仕進　求取功名、官職。[60]窅然　形容寂靜。[61]逝　消失。[62]繾綣　情意纏綿。[63]日月至焉　不定期，偶然來一次。語出《論語・雍也》。[64]太華卿　古代高官名稱。太華，陝西華山。[65]舉進士　舉，考取。進士，經會試及格者。[66]行人　官名。掌管奉帝命出使、朝覲等事。[67]西嶽　華山。[68]華陰　縣名。今陝西華陰。[69]輿從羽葆　輿從，車馬和隨從。羽葆，儀仗隊中飾有鳥翼的傘蓋。[70]鹵簿　官員的衛隊。[71]數步　走出不遠。[72]膽欲大而心欲小二句　做事要奮勇無畏，然而計謀要謹慎小心。思考要切實周密，然而行為要方正無邪。[73]司馬　官名。明清時為知府的佐官，稱「府同知」。[74]總憲　明清時都察院左都御史的別稱。[75]政聲　指好的為政名聲。[76]斷鶴續鳧　砍下鶴的長腿，接在野鴨的短腿上。語本《莊子・駢拇》：「鳧脛雖短，續之則憂；鶴脛雖長，斷之則悲。」[77]刀錐　泛指一切手術工具。[78]媸皮裹妍骨　外表醜陋，內裡賢明。[79]執鞭　拿鞭子趕馬車，表示敬仰追隨的意思。

【語譯】陵陽鎮的朱爾旦，字小明，性格豪放，不拘細節，但向來頭腦不大靈敏，雖然讀書很專心，卻還沒有出名。一天，同文社的書生在一起飲酒，有人和他開玩笑，說：「你以性格豪邁聞名，如果能在深夜去十王殿，把左廊下的判官背來，大家一定湊錢擺宴席請你。」原來陵陽有座十王殿，神鬼的像都以木雕製成，裝飾得像活人一樣。東廊下有一個站姿的判官，綠臉，紅鬍子，相貌格外猙獰兇惡；常有人在夜裡聽見殿前兩廊下有拷打審訊的聲音，進廟去的人都嚇得全身汗毛乍豎，所以大家才提出這一要求難為他。朱爾旦笑著站起來，徑直前去。不久，朱爾旦在門外高喊：「我把大鬍子宗師請來啦！」大家都站起來。一會兒，他把判官背進屋，放在桌子上，舉起杯子敬了它三杯酒。大家看著，不由得渾身發抖，坐立不安，於是就請他再背回去。朱爾旦又端起酒杯澆地祭祀，禱告說：「門生狂妄輕率，不文雅，料想大宗師不會怪罪。我家離這裡不遠，你應當乘高興的時候來喝幾杯，希望不要見外。」說完，就又把它背了回去。

第二天，大家果然請朱生喝酒。傍晚，他喝得半醉後回家，酒興未盡，又在燈下獨自喝起來。忽然有人掀開門簾進屋，抬頭一看，原來是判官。朱生站起來說：「我猜想自己大概就要死了。前夜多有冒犯褻瀆，現在是來殺我的吧？」判官一掀他那濃密的鬍鬚，笑著說：「不。昨天蒙你盛情相邀，今夜我偶爾有空，特來赴曠達人士之約。」朱爾旦非常高興，就拉著他的衣服，相互靠近坐下，自己又起身清洗酒杯，點火溫酒。判官說：「天氣暖和，可以喝涼的。」朱爾旦遵從他的意思，把酒瓶放在桌子上，然後跑去告訴家人備辦菜餚果品。他的妻子知道以後十分驚怕，勸他不要出去，朱爾旦不聽，站著等備好飯菜出來。他們換上大杯，互相敬酒，這才問姓名，判官說：「我姓陸，沒有名字。」朱爾旦同他談起古代典籍，他對答敏捷。問他：「知道科舉考試中的八股文嗎？」說：「寫得好壞，能略微分辨。在陰司讀書，與陽世差不多。」陸判酒量大，能一連喝十杯。朱爾旦因為喝了一天，就不知不覺東倒西歪的趴在桌子上睡著了。及至醒來，殘燭昏黃，鬼客人已經走了。從此以後，每隔三兩天陸判就來一次，彼此感情更加融洽，有時同牀而睡。朱爾旦把自己的詩文習作拿給他看，陸判總是用紅筆在上面塗寫，評價都不好。

一夜，朱爾旦喝醉酒就先睡下了，陸判還在自斟自飲。朱爾旦在夢裡忽然感覺內臟有點兒疼，醒後一看，卻是陸判正身坐在他牀前，打開他的腹腔，掏出腸胃，一一整理。他驚愕地說：「以往沒有仇怨，為什麼殺我？」陸判笑著說：「別害怕，我為你換上一顆聰明的心。」他不慌不忙地把腸胃放回去，合好腹腔，最後用綁腿布纏在朱爾旦的腰間。治療完畢，朱爾旦看牀上沒有血跡，只是腹部有些麻木。他見陸判拿一個肉塊放在桌子上，問是什麼，陸判說：「這是你的心。

你寫文章思路不暢快，我知道是你的心竅被堵塞。剛才在陰間，於千萬顆心中選擇了一顆好的，給你換上，留下這一顆遞補缺額。」說完起身，關好門走了。天明以後，朱爾旦解下布條一看，傷口已經癒合，僅留一條紅線般的創痕。從此以後朱爾旦作文，思路大有進步，讀書過目不忘。過了幾天，他又拿文稿讓陸判看，陸判說：「可以啦，但是你的福分薄，不會很顯貴，只能中個舉人而已。」問他在什麼時間中舉，陸判說：「今年一定考得第一名。」不久，朱爾旦參加了科試，考取冠軍，到秋天鄉試，果然考取經元。和他同社的書生一向嘲笑他，等看到他的試卷後，直驚得你看我、我看你；經過細問，得知朱爾旦有奇遇，就一起求他介紹，願意結交陸判。陸判知道以後表示同意，大家擺宴席等他光臨。入夜一更天時分，陸判來到，紅鬍子擺來擺去，目光閃爍如電。大家嚇得面無人色，上牙直碰下牙，漸漸躲開他跑了。

朱爾旦拉著陸判的手，一起回家喝酒。醉後他說：「洗腸、治胃，我接受你的恩惠已經很多，還有一件事想麻煩你，不知道行不行。」陸判要他講明，他就說：「心腸能換，料想面目也可以更改。我的妻子，是我的原配，身段還好，只是臉蛋兒不很漂亮。還想請你動一下刀斧。怎麼樣？」陸判笑著說：「好吧。請允許我慢慢地想辦法。」過了幾天，半夜的時候，陸判來敲門。朱爾旦急忙起來迎他進屋，點燈看他，見衣襟裡裹著一樣東西，問他，陸判說：「你前幾天囑託我的事，一時難以找到合適的，剛才得到一個美女頭，特地來回報。」朱爾旦掀開衣襟一看，脖子上的血還濕淋淋的。陸判立即催他前往閨房，不要驚動雞犬。朱爾旦擔心屋門上了閂，陸判來到，伸手一推，門自己敞開。朱爾旦帶領陸判走進臥室，見夫人側身而眠。陸判把美女頭交給朱爾旦抱著，自己從靴筒中抽出一把形如匕首的雪亮刀子，按著夫人的脖子，腕下用力，像切豆腐一樣，迎刃而解，頭落枕旁。陸判急忙從朱爾旦懷裡取過美女頭，接合在夫人脖子上，仔細查看確認位置端正，然後便重壓；接著移動枕頭塞在夫人肩邊，又讓朱爾旦把切下的頭埋在僻靜的地方，陸判才離開。朱爾旦的妻子睡醒後，感覺脖子有點兒麻木，兩頰粗澀乾皺；用手一搓，落下血片，她很是吃驚，喊婢女提水盥洗。婢女見她臉上全是血跡，十分驚訝；洗了臉，盆裡的水變得通紅。她一抬頭，婢女再看，主人面目變了個樣，越發驚訝。夫人拿鏡子一照，直驚得目瞪口呆，自己也不知是怎麼回事了。朱爾旦進來告訴她緣故，於是她又反覆的仔細觀察：卻是長眉入鬢，腮有酒渦，成畫中美人啦；解開衣領檢查，脖子上有一圈線細紅痕，痕上下皮膚的顏色分明不同。

先前，吳侍御有個女兒很漂亮，還沒有等到出嫁，就已經死去兩個未婚夫，因此到十九歲還沒有嫁出去。她在元宵節遊十王殿時，遊覽的人很雜，其中有一個奸猾的盜賊，看她長得美麗，就暗地裡打聽她的住處，趁夜色昏黑爬梯子跳進院子，鑿開她寢室的門，把婢女殺死在牀下，要強姦她；她奮力抵抗，大聲呼喊，賊人憤怒，也把她砍死了。吳夫人隱約聽到吵鬧聲，喊婢女去看看，婢女看見屍體後非常驚恐。全家人都起來了，停屍在廳堂裡，把頭放在脖子旁邊。全家人連哭帶號，亂鬨鬨喧騰了一夜。第二天早晨，掀開蓋在屍體上的被單一看，小姐只存軀幹，頭卻不見了。吳公逐個拷打侍女，責罵她們看守不嚴，以至於被狗吃掉。他到府裡去告狀，知府嚴令限期抓賊，事過三個月也沒有抓到。不久，有人把朱家換頭的奇聞告訴吳公，吳公懷疑，派老女僕到朱家查訪。老女僕來到朱家，看見朱夫人竟是她家小姐，嚇得連忙奔回去稟告吳公，吳公眼看女兒的屍體仍舊在家，驚疑間拿不定主意，便猜想朱爾旦用邪法殺了女兒，便前往質問，朱爾旦說：「我妻子在睡夢中被換了頭，我實在不了解這是怎麼回事。如果說是我殺了你的女兒，那就冤枉了。」吳公不相信，到府裡告他；府衙門拘捕朱家的僕人審訊，供詞與朱爾旦所講一致。知府不能判決。朱爾旦從府城回家，求陸判想辦法，陸判說：「不難。應該使他女兒自己說明。」吳公夜間夢見女兒說：「我是被蘇溪的楊大年所殺，與朱舉人無關。朱舉人嫌妻子不美，陸判官拿我的頭為她換上，這樣一來我身雖死，而頭活著呢。希望不要把他當作仇敵。」吳公醒後告訴夫人，夫人也做了一個相同的夢，兩人夢境相同，吳公便把情況告知官府。官府查訪，確實有個楊大年，把他抓起來拷問，終於承認了罪行。吳公到朱爾旦家，請求和他夫人見面，從此他和朱爾旦成為岳父和女婿的關係，吳公把朱夫人的頭接合女兒的屍體埋葬。

朱爾旦三次參加會試，都因為違犯考場規則，被免去考試資格，因而對求取功名官職喪失信心。過了三十年，有一天夜間，陸判告訴他：「你的壽命不長了。」朱爾旦問什麼時間，陸判回答說還有五天。問：「能救我一命嗎？」陸判說：「這是上天的旨意，人們怎能私自改變它？況且從胸懷曠達的人看來，生和死一個樣，何必以活著為快樂，以死亡為悲哀呢？」朱爾旦覺得他說得也對，就備辦衣被棺椁；一切都準備好後，就穿戴整齊地去世了。第二天，朱夫人正扶棺哭泣，朱爾旦忽然慢慢地從外面走來。夫人害怕，朱爾旦說：「我確實是鬼，卻同活著的時候一樣。我心中掛念妳寡母孤兒，實在是戀戀不捨。」夫人十分悲痛，淚濕衣襟，朱爾旦溫言柔語地安慰勸解她。夫人說：「古代有還魂的說法。你既然有靈氣，為什麼不再生呢？」朱爾旦說：「這是天定的運數，不能違背呀。」夫人問：「你在陰間做什麼事？」朱爾旦說：「陸判推薦我督促辦理案件，已經任命了職位，也沒有什麼勞苦。」夫人想再問，朱爾旦說：「陸公和我一起來的，該準備酒飯了。」說後就走出去。夫人依照吩咐辦理，送去酒菜。她聽見屋裡正在喝酒歡笑，說話聲音響亮，就像朱爾旦生前一樣；半夜時分再去看，已悄然無聲，他倆都消失了。從此以後，朱爾旦每隔三日就回家一次，有時和妻子同宿，情思依舊，家中有事也能順便料理。他的兒子名瑋，才五歲，朱爾旦每次回家總是抱著他玩；長到七八歲時，還在燈下教他讀書。兒子也很聰明，九歲時已能寫文章，十五歲時進縣學讀書，竟然不知道父親已經去世。從這以後，朱爾旦回家的次數越來越少，個把月才偶然回家一次。

又一天夜裡，朱爾旦回家，對夫人說：「從今起要與妳永別了。」夫人問他：「到哪裡去？」朱爾旦說：「奉上帝的命令，去做太華卿，就要到遠方赴任了，事務繁多又路途遙遠，所以不能再來。」妻子和兒子一聽，都拉著他哭，他說：「不要這個樣子。兒子已經長大了，家產還能養活妳母子。哪裡有百歲不分離的夫妻呢。」又看著兒子說：「你要好好做人，不要使家業敗落。十年後再相見吧。」說完，徑直走出家門，從此再也沒有回家。後來，朱瑋二十五歲時，考取進士，被任命「行人」官職，他奉皇上的命令去祭祀西嶽華山，路經華陰縣，忽然有車馬儀仗隊奔馳，衝亂他的衛隊，他心中驚訝。仔細看那車上的人，原來是父親，於是下馬跪伏在路邊哭泣。父親停下車，說：「你做官的名聲好，我可以放心地閉上眼了。」朱瑋趴在地上不起來。朱爾旦催促車馬繼續前進，急馳而去，毫不顧惜；走過幾十步遠卻又回頭看，解下佩刀派人拿去贈送朱瑋，在遠處向他說：「佩帶它便能得到富貴。」朱瑋想追上他，但他的車馬隨從像風飄似的，轉眼就看不見了。朱瑋心裡悲傷抱憾好久不得平復。他抽出刀一看，製作得十分精緻工巧，上面還刻字一行：「膽欲大而心欲小，智欲圓而行欲方。」朱瑋後來升官為司馬，生有五個兒子，名字是沉、潛、沕、渾、深。一天夜間，他夢見父親說：「應當把佩刀給渾。」朱瑋遵命。後來，渾官至總憲，有良好的施政聲譽。

異史氏說：「把鶴的長腿截下來，接合在野鴨的腿上，這樣違反常理行事的人是胡鬧；嫁接花木，開創這一技藝的人，本領不同凡響。何況是鑿削肝腸，在頸項做大手術呢。陸判，可以說他是外表醜陋而內裡賢明。明代距離現在為時不長，陵陽鎮的陸公還存在嗎？還有靈氣嗎？就算揚起鞭子為他當車夫，我也喜愛羨慕哩。」

【研　析】〈陸判〉這篇小說，塑造了性格豪放、膽量超人的朱爾旦和樂於助人、做事認真的鬼官陸判兩個藝術形象，通過描寫他們之間的真摯友誼，讚揚了在合理合法條件下形成的人神共處、互相幫助的和諧關係。

文章起筆就描寫出朱爾旦性格的豪放和膽量。陵陽十王殿陰森恐怖，判官面目更猙獰可怕。在酒桌上朋友戲言，叫朱生深夜去把判官背來。朱生笑起徑去，不久果真把左廊判官背來，眾人嚇得顫抖不已、不敢入座。朱生談笑自若向判官敬酒，並邀請他抽空來家裡暢飲。朱生性格繼續發展。隔天晚上，判官果然應邀來到朱家。乍一見面，朱生以為自己冒犯，這是來問罪，就毫不推諉甘願受罰，表現了敢做敢當的大丈夫氣概。當判官說明不是問罪而是來赴宴時，朱生就不顧妻子勸阻，欣然和判官對飲，全無戒備之意。來往多次，兩人就成了抵足而眠的好友。在陸判幫助下，朱生因換心而文才大增，妻因換頭而美如畫中人。在陸判引導下，朱生也終於放棄仕進，專心教育子孫後代。

作者塑造陸判這一形象時，著重運用細節描寫，精微動人相當成功。如寫陸判為朱生剖胸易心，從頭至尾，開整合扎，一道道工序有條不紊，細膩逼真，讀來如身臨其境。陸判為朱妻換頭更加細緻，頭接好後還要仔細端詳審視，又用力按壓。這種細節描寫把玄虛荒誕之事寫得如真的一樣。文中還寫了陸判認真穩重的特點。朱生提出為妻換頭的要求，陸判不說可辦，而說「容徐圖之」。三十年後，陸判告訴朱生壽命將終，朱生提出「能相救否」，陸判回答說：「惟天所命，人何能私？且自達人觀之，生死一耳，何必生之為樂，死之為悲？」不僅表明不能徇私，而且以深刻的哲理幫朱生樹立正確的生死觀。

「異史氏曰」中說：「斷鶴續鳧，矯作者妄；移花接木，創始者奇；而況加鑿削於肝腸，施刀錐於頸項者哉！陸公者，可謂媸皮裹妍骨矣。」從此可知，作者並不將文中所寫離奇故事認為是矯作妄為，而是類似「移花接木」，但知識技術程度更難、當時尚不能實現的創新願望。這顯然寄寓了蒲翁盼望知識技術更快進步，以便為人類創造更多的幸福。今天看，這是符合科學的理想。

小說中強調了子女教育，並提出為人做事的原則：「膽欲大而心欲小，智欲圓而行欲方。」今天看，仍然是有益的座右銘。

霍女

朱大興，彰德❶人，家富有而吝嗇已甚❷，非兒女婚嫁坐無賓，廚無肉。然佻達喜漁色❸，色所在，冗費不惜，每夜逾垣過村，從蕩婦❹眠。一夜，遇少婦獨行，知為亡❺者，強脅❻之，引與俱歸。燭之，美絕。自言霍氏。細致研詰，女不悅曰：「既加收齒❼，何必復盤察，如恐相累，不如早去。」朱不敢問，留與寢處。顧❽女不能安粗糲❾，又厭見肉臛❿，必燕窩⓫或雞心、魚肚白作羹湯，始能饜飽。朱無奈，竭力奉之。又善⓬病，自言日須參湯一碗。朱初不肯，女呻吟垂絕；不得已投之，病若失，遂以為常。女衣必錦繡，數日即厭其故。如是月餘，計所費不貲⓭，朱漸不供。女啜泣不食，但求復去。朱懼，又委曲順承之。每苦悶，輒令十數日一招優伶為戲。戲時，朱設凳兒簾外，抱兒坐觀之。女以無客，數相誚罵，朱亦不甚分解。

居二年，家漸落。向女婉言，求少貶，女許之，用度皆損其半，久之，仍不給。女不得已，以肉糜⑭相安；又漸而不珍亦御⑮矣。朱竊喜。忽一夜，啟後閣⑯亡去。朱怊悵若失，遍訪之，乃知在鄰村何氏家。何，大姓，世胄也，豪縱好客，燈火達旦。忽有麗人半夜入閨，詰之，則朱家之逃妾也。朱為人，何素藐之，又悅女美，遂竟⑰納焉。綢繆⑱數日，益惑之，窮極奢欲，供奉一如朱。朱得耗，坐索之，何殊不為意。朱質⑲於官，官以其姓名來歷都不分曉，置不理；朱貨產行賕⑳，乃準拘質。女謂何曰：「妾在朱家，亦非采禮㉑媒定者，胡畏之？」何喜，將與質成㉒。座客顧生獨云不可，謂：「收納逋逃㉓，已干國紀；況此女入門，日費無度㉔，即千金之家，何能久也？」何大悟，罷訟，以女歸朱。過一二日，女又逃。

有黃生者，故貧士，無偶，女叩扉入，自言所來。黃懷刑自愛㉕，艷麗忽投，驚懼不知所為；固卻之，女不去，應對間嬌婉無那㉖，黃心動，留之，而慮其不能安貧。女早起，躬操家苦，劬勞過舊室。黃為人蘊藉㉗瀟灑，工於內媚㉘，因恨相得晚；止恐風聲露洩，為歡不久。而朱自訟後家益貧；又度㉙女終不能安，遂置不究。女從黃數歲，親愛甚篤。一日，忽欲歸寧㉚，要黃御送之，黃曰：「向言無家，何前後之舛？」曰：「曩漫言之。妾鎮江㉛人，昔從蕩子㉜，流落江湖，遂至於此。妾家亦頗裕，君竭貲而往，必無相虧。」黃從其言，賃輿同去。

至揚州㉝境，泊舟江際。女適憑窗，有巨商子過，驚其艷，反舟綴之，而黃不知也。女忽曰：「君家甚貧，今有一療貧之方，不知能從否？」黃詰之。女曰：「妾相從數年，未能為君育男女，亦一不了事。妾雖陋，幸未老耄，有能以千金相贈者，便鬻妾去，此中妻室、田廬皆備焉。此計何如也？」黃失色，不知何因。女笑曰：「君勿急，天下固多佳人，誰肯以千金買妾者。其戲言於外，以覘其有無。賣不賣，固自在君耳。」

女自與榜人㉞婦言之，婦目黃，黃漫應焉。婦去無幾，返言：「鄰舟有商人子，願出八百。」黃故搖手以難之。未幾，復來，便言：「如命，即請過船交兌。」黃微哂。女曰：「教渠姑待，我囑黃郎，即令去。」女謂黃曰：「妾日以千金之軀事君，今始知也。」黃問：「以何詞遣之？」女曰：「請即往署券，去不去固自在我耳。」黃不可，女逼促之，黃不得已詣焉，立刻兌付。黃令封誌之，曰：「遂以貧故，遽相割捨。倘室人必不肯從，仍以原金璧趙㉟。」

方運金至舟，則見女從榜人婦，從船尾已登商舟，遙顧作別，並無悽戀。黃驚魂離舍㊱，嗌㊲不能言。俄商舟解纜，去如箭激。黃大號，欲追傍之，榜人不從，開舟南渡矣。瞬息達鎮江，運貲上岸，榜人急解舟去。黃守裝悶坐，無所適歸，望江水之滔滔，如萬鏑㊳之叢體。方掩泣間，忽聞嬌聲，呼：「黃郎。」愕然四顧，則女已在前途。喜極，負裝從之，問：「卿何遽得來？」女笑曰：「再遲數刻，則君有疑心矣。」

黃乃疑其非常，固詰其情，女笑曰：「妾生平於吝者則破之，於邪者則誑之也。若實與君謀，君必不肯，何處可致千金者？錯囊充牣㊴，而合浦珠還㊵，君幸足矣，窮問何為？」乃僱役荷裝，相將俱去。

至水門內，一宅南向，逕入。俄而翁媼男婦，紛出相迎，皆曰：「黃郎來也！」黃入參公姥。有兩少年，揖坐與語，是女兄弟大郎、三郎也。筵間味無多品，玉柈㊶四枚，方几已滿。雞蟹鵝魚，皆臠切為個㊷。少年以巨碗行酒，談吐豪放。已而導入別院，俾夫婦同處。衾枕滑軟，而牀則以熟革代棕藤焉。日有婢媼饋致三餐。女或時竟日不至，黃獨居，頗覺悶苦，屢言歸，女固止之。一日，謂黃曰：「今為君謀：請買一人，為子嗣㊸計。然買婢媵則價奢，當偽為妾也兄者，使父與論昏㊹，良家子不難致。」黃不可，女弗聽。有張貢士㊺之女新寡，議聘金百緡㊻，女強為娶之。新婦小名阿美，亦頗婉妙，女嫂呼之。黃跼蹐不自安，而女殊坦坦㊼。他日，謂黃曰：「妾將與大姊至南海㊽一省阿姨，月餘可返，請夫婦安居。」遂去。

夫妻獨居一院，按時給食飲，亦甚隆備。然自入門後，曾無一人復至其室，每晨，阿美入覲媼，一兩言輒退。娣姒㊾在旁，惟相視一笑；即留連久坐，亦不款曲㊿，黃見翁，亦如之。偶值諸郎聚語，黃至，即都寂然。黃疑悶莫可告語，阿美覺之，詰曰：「君既與諸郎伯仲[51]，何以月來都如生客？」黃倉猝不能致對，吃吃[52]而言曰：「我十年於外，今始歸耳。」美又細審翁姑閥閱[53]，及妯娌里居。黃大窘，不能復隱，底裡盡露。女泣曰：「妾家雖貧，無作賤媵者，無怪諸宛若[54]鄙不齒數矣！」黃惶怖失守，莫知籌計，惟長跽[55]而前，一一聽命。美收涕挽之，轉請所處，黃曰：「僕何敢他謀，計惟孑身自去耳。」女曰：「既嫁復歸，於情何忍？渠雖先從，私也；妾雖後至，公也。不如姑俟其歸，問彼既出此謀，將何以置妾也？」居數月，女竟不返。

一夜，聞客舍喧飲，黃潛往窺之。見二客戎裝上坐：一人裹豹皮巾，凜若天神；東首一人，以虎頭革作兜牟[56]，虎口銜額，鼻耳悉具焉。驚異而返，以告阿美，竟莫測霍父子何人。夫妻疑懼，謀欲僦[57]寓他所，又恐生其猜度。黃曰：「實告卿：即南海人還，折證[58]已定，僕亦不能家此也。今欲攜卿去，又恐尊大人別有異言。不如姑別，二年中當復至。卿能待，待之；如他適[59]者，亦自任也。」阿美欲告父母而從之，黃不可。阿美流涕，要[60]以信誓，乃別而歸。黃入辭翁媼，時諸郎皆他出，翁挽留以待其歸，黃不聽而行。登舟淒然，形神喪失。

至瓜州[61]，忽回首見片帆來，駛如飛，漸近，則船頭按劍而坐者，霍大郎也。遙謂曰：「君欲遄返，胡再不謀？遺夫人去，二三年，誰復能相待也？」言次舟已逼近。阿美自舟中出，大郎挽登黃舟，跳身遝去。先是，阿美既歸，方向父母泣訴，忽大郎將輿登門，按劍相脅，逼女風走[62]。一家懾息[63]，莫敢遮問。女述其狀，黃不解何意，而得美良喜，開舟遂發。至家，出貲營業，頗稱富有。阿美懸念父母，欲黃一往探之，又恐以霍女來，嫡庶復有參差[64]。居無何，張翁訪至，見屋宇修整，心頗慰，謂女曰：「汝出門後，遂詣霍家探問，見門戶已扃，第主亦不之知，半年竟無消息。汝母日夜零涕，謂被姦人賺去，不知流離何所。今幸無恙耶？」黃實告以情，因猜為神。

後阿美生子，取名仙賜。至十餘歲，母遣詣鎮江。至揚州界，休於旅店，從者皆出。有女子來，挽兒入他室，下簾，抱諸膝上。笑問何名，兒告之，問：「取名何義？」答云：「不知。」女言：「歸問汝父當自知。」乃為挽髻，自摘髻上花代簪之，出金釧束腕上；又以黃金內[65]袖，曰：「將[66]去買書讀。」兒問其誰，曰：「兒不知更有一母耶？歸告汝父：朱大興死無棺木，當助之，勿忘也。」老僕歸舍，失少主；尋至他室，聞與人語，窺之，則故主母。簾外微嗽，將有咨白[67]，女推兒榻上，恍惚已杳。問之舍主，並無知者。數日，自鎮江歸，語黃，又出所贈。黃感嘆不已。及詢朱，則死裁[68]三日，露屍未葬，厚恤之。

異史氏曰：「女其仙耶？三易其主不為貞，然為吝者破其慳，為淫者速其蕩，女非無心者也。然破之則不必其憐之矣，貪淫鄙吝之骨，溝壑69何惜焉？」

【注釋】❶彰德　明清時府名，今河南安陽。❷已甚　過分。❸佻達喜漁色　佻達，輕薄。喜漁色，愛求取女色。❹蕩婦　淫蕩的婦女。❺亡　私逃。❻強脅　威力逼迫。❼收齒　收留；接納。❽顧　不過。❾粗糲　糙米。❿肉臛　肉羹。⓫燕窩　金絲燕之巢窩，以海藻及燕口分泌物製成，為珍貴滋養品。⓬善　多。⓭不貲　不可計數。形容很多。⓮肉糜　煮爛的肉糊。⓯御　用。⓰後閣　後門。⓱竟　直接；徑直。⓲綢繆　情意殷切。⓳質　問；對質。⓴行賕　賄賂官府。㉑采禮　男方因婚聘而送給女方的禮品。㉒質成　評判是非，公平解決。㉓逋逃　逃亡的人。㉔度　限度。㉕懷刑自愛　懷刑，守法。自愛，自重。㉖嬌婉無那　嬌婉，柔美。無那，無限。㉗蘊藉　寬厚而有涵養。㉘內媚　男子討妻妾的歡心。㉙度　估計。㉚歸寧　已婚女子回家探望父母。㉛鎮江　明清時府名。今江蘇鎮江。㉜蕩子　遊手好閒，不務正業的浪蕩男子。㉝揚州　明清時府名，今江蘇揚州。㉞榜人　船夫。㉟璧趙　完璧歸趙。意謂把東西歸還原主。語出《史記・廉頗藺相如列傳》。㊱舍　此指人的軀體。㊲嗌　噎，氣結喉塞。㊳鏑　箭頭。㊴錯囊充牣　錯囊，彩繡的背包。牣，滿。全句說黃生得千金，錢袋充盈。㊵合浦珠還　喻物失而復得。語出《後漢書・孟嘗傳》。㊶玉柈　柈，通「槃」、「盤」，盛物之器。玉柈，玉做的盤子。㊷臠切為個　臠切，碎割。為個，成小塊。㊸子嗣　兒子；傳宗接代的人。㊹昏　古「婚」字。㊺貢士　清代科舉考試，參加會試入選者的稱號。㊻緡　量詞。穿滿一千文銅錢的錢串。㊼坦坦　坦然、平靜。㊽南海　縣名。明清時屬廣州府。今廣東廣州。㊾娣姒　妯娌。㊿款曲　殷勤應酬。51伯仲　兄弟。52吃吃 形容說話結巴。53閥閱 家世。54宛若 妯娌。55長跽 長跪，雙膝著地，上身挺直。56兜牟 頭盔。57僦 租賃。58折證 對證。59適 女子出嫁。60要 相約。61瓜州 位於鎮江對岸。62風走 快走。63慴息 威懾得不敢粗聲喘氣。慴，「懾」的異體字。威懾。64參差 矛盾；爭執。65內 納；放進。66將 拿。67咨白 稟告。68裁 才。69溝壑 溪谷。

【語 譯】朱大興是彰德縣人，家境富裕，可是很吝嗇，不是為兒女舉行婚禮，便座上沒有賓客，廚房不會有肉。但是，他生性輕薄，喜歡追求女色；在女人身上，花費再多也不在乎，每夜跳牆入村，同淫蕩的女人睡覺。一夜，他遇見一個少婦，獨自在野外行走，料想是私自外逃的人，就脅迫她隨自己回到家中。點起燈看她，長得很美。她自我介紹說：「姓霍。」朱某細加追問其來歷，霍女不高興地說：「已經收留了我，何必再盤查，要是怕連累，不如早讓我離開。」朱某不敢再問，便留下她住在一起。不過，霍女不安於吃粗劣的飯菜，又吃厭了肉羹，一定要吃燕窩或者雞心，魚肚白作羹湯，才能吃飽。朱某無可奈何，只好盡力供應她。她又多病，說每天必須喝一碗人參湯。朱某起初不肯給，但是她不停地呻吟，看樣子就快死了，朱某不得已，只好迎合她的心意。她喝下去以後，立刻就好了，從此習以為常。霍女的衣服，一定要錦繡製作，而且穿過幾天便嫌它破舊。這麼過了一個多月，朱某算了算，花錢太多，給她的供應越來越差。因此，霍女抽抽搭搭地哭，氣得飯也不吃了，鬧著要回去。朱某害怕，只能曲意遷就，照舊順從。霍女感覺環境鬱悶，心中痛苦，吩咐他每隔十幾天就請戲班來家中演一次戲。看戲時，朱某在門簾外放一條板凳，抱著兒子坐在門外看。霍女看戲，沒有客人伴陪，為此還幾次對朱某譏諷謾罵，朱某也不多辯解。

過了兩年，朱某的家境逐漸敗落。朱某語意婉轉，請霍女允許減少供應，霍女同意，費用減少一半。可是長此下去，還是供應不起。霍女不得已，喝上肉粥就行，漸漸連粗茶淡飯也能用了。朱某暗自歡喜。一天夜間，霍女忽然打開後門逃走了。朱某為此傷感，神志迷惘，到處查訪，才知道她在鄰村何家。何家是世代官宦人家，何某性格豪放，無拘無束，愛結交賓客，家中燈火常通宵達旦。半夜時分，忽然有個美女走進何家內室，何某問她，知道是朱家私自出逃的小妾。何某對於朱某的為人一向藐視，又愛女郎美貌，就直接把她留了下來。彼此情意纏綿了幾天，何某對她更加迷戀，生活極奢侈，對她的供給，完全與在朱家相同。朱某聽到這一消息，就向何某要人，何某根本不在意。朱某到官府質問，官員因為他對霍女的姓名來歷說不清楚，置之不理；朱某出賣家產，向官員行賄，官府才准許傳何某對質。霍女對何某說：「我在朱家，也不是采禮媒合定的親，有什麼好怕的呢？」何某高興，就要到官府評判是非，求得公平處理。客人顧生卻不贊成，他對何某說：「收容私逃的人，已經觸犯了國法；何況這個女子來後，每天的費用沒有限度，即使是日進千金之家，又怎能長久呢？」何某深刻醒悟，決定不打官司，就把霍女歸還朱某。霍女在朱家住了一兩天，又逃走了。

有個姓黃的書生，本是貧苦文士，妻子已死。霍女敲開他家的門進去，向他說明了自己的來歷。黃生守法自愛，見美女忽然到來，心裡又驚又怕，不知怎麼辦才好；執意推辭，霍女不離開，問答之間，她情態無限柔美，黃生心動了，就把她留下，卻又怕她不甘心過窮日子。霍女卻一早起牀，親自操勞，比黃生的前妻還辛苦。黃生為人寬厚而有涵養，風度瀟灑，很會討妻子的歡心，因此共恨相聚太晚；只怕走漏風聲，歡樂不長。朱某從訴訟後家境更加窮困，又考慮霍女終歸不會安穩，就把私逃的事放在一旁，不再追究。霍女跟著黃生一起生活了好幾年，彼此十分恩愛。有一天，霍女想要回娘家探親，邀黃生乘車送她，黃生說：「你向來說沒有家，為什麼前後說法不一呢？」霍女說：「從前是隨便說的。我家在鎮江，過去跟隨一個浪蕩子到處飄泊，就來到這裡。我家也很富裕，你把全部家產變賣隨我前去，一定不會虧待你的。」黃生聽從她的主張，就僱車同往。

來到揚州府境內，停船江邊。霍女正憑窗遠望，有個大商人的兒子乘船經過。他驚異霍女的豔麗，反轉船頭，尾隨在霍女的船後，但黃生沒有覺察。霍女忽然說：「你家很窮，現在有一個治窮病的辦法，不知道你能否同意？」黃生問她，她說：「我跟隨你好幾年，沒有能為你生男育女，這也是我一樁沒有了結的心事。我雖然粗俗醜陋，幸而還沒有老，如果有人能給一千兩銀子，你便把我賣掉。這樣，你再娶妻子、買田地房屋的錢都有了。這個打算怎麼樣？」黃生聽後驚得臉色蒼白，不知她是為了什麼說這話。霍女笑著說：「你不要著急。天下已有很多美女，誰肯拿一千兩銀子買我呢。可以當作玩笑傳出去，試探一下有沒有人願意買。至於賣不賣，還是你說了算。」霍氏自己把這件事告訴船夫的妻子。船夫的妻子看了看黃生，黃生隨便答應了一聲。於是她去了，一會兒，便回來說：「鄰船有個商人的兒子，願意出錢八百兩。」黃生擺擺手，存心和他為難。她又去說，不久，又回來，只說：「照你說的辦，就請到他船上交換。」黃生微笑。霍女說：「教他暫且等一等，我囑咐黃郎幾句話就讓他去。」霍女對黃生說：「我每天以價值千金的貴體伺候你，今天才知道哩。」黃生問：「用什麼話打發他？」霍女說：「請你立刻去簽字畫押。去不去還是由我決定。」黃生不同意，霍女催他快去。黃生不得已前往辦理，對方立刻交來銀子。黃生使人封好，加上印記，對商人的兒子說：「就因為家中貧窮，倉猝間捨棄了她。如果她決心不依，我還把銀子原封不動地送回來。」

黃生剛把銀子運回船上，就見霍女跟隨船夫的妻子，從船尾登上商人兒子的船，在遠處回頭告別，連半點哀傷依戀的神情也沒有。黃生驚愕悔恨，魂飛魄散，只覺喉嚨阻塞，一句話也說不出來。不久，商人的船解下纜繩開走，急速如箭。黃生大聲哭叫，要追上去靠近那條船，船夫不同意，反而開船向南航行。轉眼到達鎮江，把錢運上江岸，船夫急忙開船離去。黃生守著行李，悶悶不樂地坐著。沒有地方可去，看江水滔滔奔騰，他好似萬箭攢身。正當他掩面哭泣，忽然聽見嬌滴滴的一聲：「黃郎。」黃生驚愕，四下張望，原來霍女已經走在前面。他高興極了，揹起行李跟上去，問：「你怎麼這麼快就回來了呢？」霍女笑著說：「要是再晚片刻，你就要猜疑我了。」黃生這才懷疑她不是平常的人，一再追問她的底細。霍女笑著說：「我有生以來，對於吝嗇的人，使他家業破敗；對於邪惡的人，設圈套騙他。這類事，如果跟你商量，你一定不應許，那樣，到什麼地方才能得到一千兩銀子呢？錢袋鼓起來了，人去後又回來了，你夠幸運的啦！有什麼好追問的？」於是僱人揹著行李，兩人一起走了。

他們來到水門裡面。有一座宅院，大門朝南，霍女領黃生徑直進去。突然間，老翁、老太太、男的、女的，紛紛出來迎接，都說：「黃郎來了。」黃生進屋參拜岳父、岳母。有兩個青年，拱手作揖，坐下和他說話，他們是霍女的兄弟大郎和三郎。飯時設筵，菜的品種不多，放四個玉盤，方桌上就滿了，雞蟹鵝魚，都被切成小塊兒。年輕人用大碗斟酒，言談間感情奔放，無所拘束。飯後，把黃生帶到另一院落，使夫婦住在一起。被褥、枕頭又滑又軟，牀鋪則以皮革代替棕藤。

每天有婢僕送來三餐。霍女有時一整天不出屋，黃生孤零零的，感覺煩悶淒苦，多次說要回去，霍女一再阻攔。一天，她對黃生說：「現在我為你打算：請買個人來，這是從傳宗接代考慮的。可是買婢妾花錢太多，只好由你來冒充我哥哥，讓我父親出面商量婚事，不難得到清白人家的女兒。」黃生不同意，但霍女卻不聽從。有張貢士的女兒新寡，議定采禮一百緡，霍女硬是為黃生娶過來。新娘子小名阿美，模樣也很溫順美麗，霍女稱呼她「嫂子」。黃生心中跼促不安，霍女卻處之泰然。過了幾天，霍女對黃生說：「我要同大姐到南海探望阿姨，一個多月才能回來，請你們夫婦安心在這裡住下去。」說完就走了。

黃生和阿美獨住一個院落，霍家按時送飯，招待也很隆重周到。可是自從阿美進門之後，再也沒有一個人到他屋裡來。每天早晨，阿美去拜見霍女的母親，只說一兩句話就退出來；大郎和三郎的妻子在一旁，彼此見後只相視一笑，即使留下久坐，也沒有人殷勤地應酬。黃生拜見岳父的情形也是如此；偶然遇到霍女的弟兄聚談，黃生一來，立刻都默不作聲。黃生疑惑納悶，沒處訴說。阿美覺察，便問黃生：「你既然和大郎、三郎是弟兄，為什麼一個多月以來，都像彼此陌生的過客？」黃生倉猝間不好回答，結結巴巴地說：「我流落外地十年，現在才剛回家。」阿美又細問公婆的家世、妯娌們娘家的住址，黃生非常為難，再也隱瞞不下去了只好講出真情。阿美哭著說：「我家雖貧窮，卻沒有做賤妾的人，無怪妯娌們看不起我呢。」黃生恐慌不安，不知道該怎麼辦才好，只有直挺挺的跪著，膝行靠近阿美，聽從阿美的發落。阿美擦擦眼淚，用手將黃生挽起，反而問他有什麼辦法，他說：「我怎敢有別的打算，考慮只有我獨自離去。」阿美說：「我已經嫁給你，如果再回去，在感情上怎能忍受得了？霍女雖然先跟隨你，只是私情；我來得雖晚，卻是明媒正娶的。不如暫且等她回來，問她既然出了這個點子，應當怎樣對待我？」過了幾個月，霍女竟還沒回來。

一天晚上，聽到客屋裡喧譁飲酒，黃生暗自去偷看，見兩位客人身穿軍服，坐於上座：一人頭纏豹皮巾，威風凜凜好似天神一般；東座上一人，用虎頭皮作頭盔，虎口下接額頭，虎鼻、虎耳皆齊全。黃生驚異地走回屋，告訴阿美，終究猜不出霍家父子是什麼人。夫妻都疑慮畏懼，想出去租房子居住，卻又怕引起霍家的猜疑。黃生說：「實話告訴你，就算去南海的人回來，經過對證，全都定下來，我也不能在這裡安家。現在想領你離開此地，又怕尊大人另有話說。不如暫且別離，兩年以內我一定回來。你能等我就等著我，如果要改嫁別人，你可以自作主張。」阿美想要回去告訴父母，和黃生一起走，黃生不同意。阿美淚流不止，彼此盟誓定約，阿美才離開他回娘家去。黃生去向岳父母辭行，正逢大郎和三郎有事外出，岳父挽留他，要他等待兄弟們回來，黃生沒有從命就離開了。隻身登舟，情景悽慘，他面色愁苦，像掉了魂兒似的。

船到瓜州，黃生回頭看，發現一隻帆船跟來，行駛如飛，越來越近，有人按劍坐在船頭，原來是霍家大郎，他還在遠處就向黃生喊話：「你要急忙回家，為什麼事前不商量？留下夫人，自己離開，約定二三年，誰能這樣等著你？」說話間船已靠近，阿美從船裡出來，大郎拉著她登上黃生的船，自己跳回帆船，徑直走了。在這以前，阿美回到娘家，正向父母哭訴，忽然大郎帶領轎子登門，按劍威脅，逼阿美快走。張貢士一家十分害怕，不敢阻攔責問。阿美追述了當時的情狀，黃生不了解大郎的意圖，只是見到阿美後很高興，就開船起程。到家後，他拿出錢經營生產，家境相當富裕。阿美掛念父母，想讓黃生去探望，卻怕把霍女帶來，鬧起正房、偏房的糾葛。不久，張貢士來到，見房屋整齊，心裡頗感欣慰。他對阿美說：「你從家中出來以後，我就到霍家探問，見門戶關閉，房主人也不知他們到哪裡去了；半年了，竟沒有一點消息。你母親日夜流淚，說你被壞人騙去，不知道流落到什麼地方。現在幸而還好吧？」黃生老實地向他陳述以往實情，大家因此猜想霍家的人是神仙。

後來，阿美生了個兒子，起名叫「仙賜」。當他十多歲的時候，阿美打發他去鎮江。他走到揚州境內，在旅店休息，跟隨來的僕人都出門了。有個女子來到，把仙賜領進別的房間，放下門簾，又把他抱在膝上，笑著問他叫什麼名字，仙賜告訴她。又問：「取這個名字，有什麼意義？」回答說：「不知道。」女子說：「回去問你父親就知道了。」又為他挽髮髻，摘自己髻上的花替他簪上；掏出金手鐲，戴在他手腕上；又拿一錠黃金，放進他袖子裡，說：「拿去買書讀吧。」仙賜問她是誰，她說：「你不知道另外還有一個母親嗎？回去告訴你父親：朱大興死了，買不起棺材，應當幫助他，不要忘記了。」老僕人回旅店，找不到少東家；找到別的房間，聽見他和人說話，一看，原來是過去的女主人。他在門簾外輕輕咳嗽了一聲，想向她稟告，霍女把仙賜向坐榻上一推，轉瞬已經消失了。老僕人向店主人打聽霍女，沒有人知道她。過了幾天，仙賜一行從鎮江回到家，把這件事告訴黃生，又拿出金手鐲和金錠，黃生連聲感嘆。他查問過朱大興的情況，知道才死去三天，屍體還停在牀上沒有埋葬，黃生就給了朱家許多錢，把他安葬了。

異史氏說：「霍女難道是仙人嗎？換了三個丈夫，談不上貞潔。可是她使吝嗇的人破財，使淫夫迅速傾家蕩產，可見她不是言行不經意的人。但是，像朱大興這種人，既然已破他的財，便沒必要再可憐他了。這副貪圖淫邪、視財如命的臭骨頭，將之丟棄於荒山溝壑裡，有什麼好憐惜的呢？」

【研析】這篇小說通過塑造美麗的霍女形象，寫她在愛情婚姻中憎愛分明的高尚品德，表達了對貪淫鄙吝者的憎恨，對誠實善良者的熱愛。因為主人公是仙人，其行為不受現實關係的限制，才能運用離奇曲折的情節展示小說的中心思想，達到寓教於樂的目的。

主人公霍女，突然而來，倏忽而去，有時貪吃挑穿，有時勤儉劬勞，性格呈現相互對立的兩個方面。不過在她身上這並非性格分裂，而是和不同類型人相處時的不同表現，誠如她自言：「妾生平於吝者則破之，於邪者則誑之也。」當她遇到誠實善良的黃生，則表現為真心相愛，盡力幫扶。她性格中的兩方面又在深刻的道德基礎上統一起來，具有智慧狡黠、聰明果敢的特點。正因為如此，才使這一人物形象呈現更加耀眼的光彩。中國長期封建社會，女子總是處於被壓迫的弱勢地位，塑造這一形象，也是對現實的反抗與批判。霍女身上還有溫柔的母愛，結尾處她與仙賜相見一節，其言其行，都透露出純潔的母愛，更體現了中國婦女的優良品德，人物形象也變得更加端莊高大了！

小說中其他人物的性格也表現得比較鮮明，如朱大興，為富不仁，富而吝，吝而淫，因淫不能不奢，終於窮困破產。人物性格本身就包孕著喜劇衝突，為荒誕情節發展提供合理依據。黃生性格本來不太鮮明，但在泊舟江邊霍女自賣一節，突出地表現了他忠誠厚道、多情柔弱的性格，充分顯示出一個純情溫順的書生形象。

小說十分注重人物心態的刻劃。朱大興性本慳吝，偏又好色，就不得不對霍女處處忍氣逢迎、委曲順承，時時展露出矛盾而又無奈的心態。在霍女自賣一節中，黃生先心存僥倖，以為是戲言，見霍女真登上商人舟，就「驚魂離舍，嗌不能言」。到達鎮江登岸，「黃守裝悶坐，無所適歸，望江水之滔滔，如萬鏑之叢體」。見霍女回來，他又「喜極，負裝從之」。把黃生劇烈的心態變化活生生地呈現在讀者面前。

在描寫人物對話上也很成功，尤其把霍女的口語寫得活靈活現，在自賣一節，她先向黃生說自賣是「療貧之方」，黃不懂，她又說：「妾相從數年，未能為君育男女，亦一不了事。妾雖陋，幸未老耄，有能以千金相贈者，便鬻妾去，此中妻室、田廬皆備焉。」黃不理解，她又笑勸說：「君勿急，天下固多佳人，誰肯以千金買妾者。其戲言於外，以覘其有無。賣不賣，固自在君耳。」把霍女寫得能言善辯巧舌如簧，正顯示作者駕馭人物口語的才能，使小說更加生動活潑、引人入勝。

王桂庵

王樨字桂庵，大名❶世家子。適❷南遊，泊舟江岸。鄰舟榜人女，繡履其中，風姿韻絕。王窺瞻既久，女若不覺。王朗吟「洛陽女兒對門居❸」，故使女聞。女似解其為己者，略舉首一斜瞬之，俯首繡如故。王神志益馳，以金錠一枚遙投之，墮女襟上。女拾棄之，若不知為金也者。金落岸邊，王拾歸，益怪之；又以金釧擲之，墮足下，女操業不顧。無何，榜人自他❹歸。王恐其見釧研詰，心急甚；女從容以雙鉤❺覆蔽之。榜人解纜，順流逕去。王心情喪惘，癡坐凝思。時王方娶而喪其偶，悔不即媒定之。乃詢諸舟人，並不識其何姓。乃返舟急追之，目力既窮❻，杳不知其所往。不得已，返舟而南。務畢北旋，又沿江細訪，並無音耗。至家，寢食皆縈念之。

逾年復南，買舟江際，若家焉。日日細數行舟，往來者帆楫皆熟，而曩舟殊渺。居半年，貲罄而歸，行思坐想，不能少❼置。一夜，夢至江村，過數門，見一家柴扉南向，門內疏竹為籬，意是亭園，逕入之。有夜合❽一株，紅絲滿樹。隱念：詩中「門前一樹馬纓花❾」，此其是矣。過數武，葦笆光潔；又入之，見北舍三楹，雙扉闔焉。南有小舍，紅蕉蔽窗。探身一窺，則椸架❿當門，罥⓫畫裙其上，知為女子閨闥，愕然卻退；而內已覺之，有奔出瞰客者，粉黛微呈，則舟中人也。喜出非望，曰：「亦有相逢之期乎！」方將狎就，女父適歸，倏然驚覺，始知為夢。景物歷歷，如在目前。秘之，恐與人言，破此佳夢。

後年餘，再適⓬鎮江。郡南有徐太僕⓭，與有世誼，招之飲。信馬⓮而去，誤入小村，道途景色，彷彿平生所歷。一門內，馬纓一樹，景象宛然。駭極，投鞭逕入，種種物色⓯，與夢無別；再入，則房舍一如其數。夢既驗，不復疑慮，直趨南舍。舟中人果在其中，遙見王，驚起，以扉自幛，叱問：「何處男子？」王逡巡⑯問猶疑是夢。女見步履漸近，閛然扃戶。王曰：「卿不憶擲釧者耶？」備述相思之苦，且言夢徵。女隔窗審其家世⑰，王具道之。女曰：「既屬宦裔，中饋⑱必有佳人，焉用妾？」王曰：「非以卿故，婚娶固已久矣。」女曰：「果如所云，足知君心，妾此情難告父母，然亦方命⑲而絕數家。金釧猶在，料鍾情者必有耗問耳。父母偶適外戚，行且⑳至。君姑㉑退，倩冰委禽㉒，計無不遂；若望以非禮成耦，則用心左㉓矣。」王倉卒欲出。女遙呼：「王郎，妾芸娘，姓孟氏。父字江蘺。」王諾，記而出。

罷筵早返，謁江蘺。江逆㉔入，設坐籬下。王自道家閥㉕，即致來意，兼納百金為聘。翁曰：「息女已字㉖矣。」王曰：「訊之甚確，固待聘耳，何見㉗絕之深？」翁曰：「適間所諾，不敢為誑。」王神情俱失，拱別而返，不知其言信㉘否。當夜輾轉，無人可以媒之，向欲以情告太僕，恐娶榜人女為先生笑，今情急，無可為媒，質明㉙詣太僕；實告之。太僕曰：「此翁與有瓜葛㉚，是祖母嫡孫，何不早言？」王始吐隱情。太僕疑曰：「江蘺固貧，素不以操舟為業，得毋㉛誤乎？」乃遣子大郎詣孟。孟曰：「僕雖空匱，非賣婚者。曩公子以金自媒，諒僕必為利動，故不敢附為婚姻。既承先生命，必無錯謬。但頑女頗恃嬌愛，好門戶輒便拗卻㉜，不得不與商榷，免他日怨遠婚也。」遂起，少入而返，拱手：「一如尊命。」約期乃別。大郎復命，王乃盛備禽妝㉝，納采㉞於孟，假館太僕之家，親迎㉟成禮。居三日，辭岳北歸。

夜宿舟中，問芸娘曰：「向於此處遇卿，固疑不類舟人子，當日泛舟何之？」答云：「妾叔家江北，偶借扁舟一省視㊱耳。妾家僅可自給，然儻來物㊲頗不貴視之。笑君雙瞳如豆，屢以金貲動人。初聞吟聲，知為風雅士，又疑為儇薄子㊳作蕩婦挑之也。使父見金釧，君死無地矣。妾憐才心切否？」王笑曰：「卿固黠甚，然亦墮吾術矣！」女問：「何事？」王止而不言，又固詰之，乃曰：「家門日近，此亦不能終秘。實告卿：我家中固有妻在，吳尚書[39]女也。」芸娘不信，王故莊[40]其詞以實之。芸娘色變，默移時，遽起，奔出；王躧履追之，則已投江中矣。王大呼，諸船驚鬧，夜色昏濛，惟有滿江星點而已。王悼痛終夜，沿江而下，以重價覓其骸骨，亦無見者，邑邑[41]而歸，憂慟交集。又恐翁來視女，無詞可以相對。有姊婿官河南，遂命駕造之[42]。

年餘始歸。途中遇雨，休裝民舍，見房廊清潔，有老嫗弄兒廈間。兒睹王入，即求援抱。王怪之，又視兒秀婉可愛，攬置膝頭。嫗喚之，不去。少頃，雨霽，王舉兒付嫗，下堂趣裝[43]，兒啼曰：「阿爹去矣！」嫗恥之，呵之不止，強抱而去。王坐待治任[44]，忽有麗者自屏後抱兒出，則芸娘也。方詫異間，芸娘罵曰：「負心郎！遺此一塊肉，焉置之？」王乃知為己子，酸來刺心，不暇問其往跡，先以前言之戲，矢日自白。芸娘始反怒為悲，相向涕零[45]。先是，第王莫翁，六旬無子，攜媼往朝南海[46]，歸途泊江際，芸娘隨波下，適觸翁舟。翁命從人拯出之，療控終夜始漸蘇。翁媼視之，是好女子，甚喜，以為己女，攜之而歸。居數月，欲為擇婿，女不可。逾十月，舉一子，名之寄生。王避雨其家，寄生方周歲也。王於是解裝，入拜翁媼，遂為岳婿。居數日始舉家歸。至則孟翁坐待，已兩月矣。翁初至，見僕輩情詞恍惚，心頗疑怪，既見，始共歡慰。歷述所遭，乃知其枝梧㊼者有由也。

【注釋】❶大名　府名，府治在今河北大名。❷適　正好。❸洛陽女兒句　唐王維〈洛陽女兒行〉「洛陽女兒對門居，才可容顏十五餘；誰憐越女顏如玉，貧賤江頭自浣紗。」王桂庵借此詩表達愛慕之意，並暗示舟女。❹他　別處。❺雙鉤　女子雙腳。❻窮　竭盡。❼少　稍。❽夜合　馬纓花。❾門前一樹馬纓花　虞集〈水仙神〉詩：「錢塘江上是奴家，郎若閑時來吃茶。黃土築牆茅蓋屋，門前一樹馬纓花。」❿椸架　衣架。⓫罥　懸掛。⓬適　往。⓭太僕　官名。掌管皇宮車馬等的官員。⓮信馬　任憑馬自由行進。⓯物色　景物。⓰逡巡　頃刻、須臾。⓱審其家世　審，詳究。家世，家族世代社會地位。⓲中饋　借指妻室。⓳方命　違命。⓴行且　將要。㉑姑　暫且。㉒倩冰委禽　倩冰，請媒人。委禽，下聘禮。㉓左　錯誤。㉔逆　迎。㉕家閥　家世。㉖字　定婚。㉗見　用於動詞前面，表示被動。㉘信　確實。㉙質明　天剛亮。㉚瓜葛　遠親。㉛得毋　莫非。㉜拗卻　拒絕。㉝禽妝　彩禮。㉞納采　即「委禽」。㉟親迎　迎娶。㊱省視　探望。㊲儻來物　意外得來的東西。㊳儇薄子　輕薄的年輕人。儇，輕佻；浮薄。㊴尚書　官名。明清時，中央所設六部的首長。㊵莊　嚴肅。㊶邑邑　同「悒悒」。悶悶不樂。㊷命駕造之　命駕，命人備車馬。造，指登門拜訪。㊸趣裝　速整行裝。㊹治任整理行裝。㊺零　落。㊻南海　浙江定海的普陀山，傳說為觀音菩薩修道處。㊼枝梧　同「支吾」。說話含混躲閃。

【語　譯】王樨，字桂庵，是大名縣一戶世代官宦人家的子弟。正好到南方遊歷，所乘客船停泊江邊。鄰船有個船夫的女兒，正在刺繡花鞋，風度儀態極美。王生偷看她好久，她好像並無覺察似的；王生便提高嗓門，高聲朗誦「洛陽女兒對門居」的詩句，故意使她聽見。姑娘似乎懂得是唸給她聽的，就略微抬起頭斜瞟了王生一眼，又低下頭繡花。王生愈發心神嚮往，拿一枚金錠投過去，落在姑娘衣襟上。姑娘撿起來扔了出去，好像不知是金錠似的。金錠落在岸邊，王生拾起回船，更加覺得奇怪，又拿出一只金鐲投給她，落到姑娘腳邊，姑娘只管穿針引線，並不理睬。不久，船夫從別處回來了，王生怕他看見金鐲以後追問，心裡很著急，姑娘不慌不忙地伸出雙腳，把它遮掩起來。船夫解開纜繩，順水開船，駛向遠方。王生心情懊喪迷惘，呆坐沉思。這時他剛剛死了妻子，後悔沒有立即託媒定下這門親事，就向別的船家詢問，結果都不曉得那船夫的姓名。於是他回到船上命開船緊追，極力遠望，卻看不到那船的蹤影，不得已，再掉轉船頭向南行駛。把事情辦完以後回北方，又沿江細訪，沒有消息。回到家鄉，不論是吃飯、睡覺，那姑娘的身影，總是在他心頭繚繞。

過了一年，王生又到南方，在江邊買了一隻船，像在船上安了家，每天密切注意過往的船隻。所有來往船隻他都熟識，而唯獨那隻船卻杳然無跡。住了半年，錢已用光，只好回家，而對那位姑娘，他行思坐想，一點也忘不了。一夜，他做夢走進江邊的村莊，經過幾戶家門，見一戶人家，柴門朝南，園裡有幾行綠竹作籬笆，他心想是個亭園，便徑直進去；還有一棵馬纓，滿樹粉紅絲絨般的花朵。他暗想詩中有「門前一樹馬纓花」的句子，應該就是這般景色了。往前走過幾步，有成排光潔的蘆葦籬笆；又往裡走，見北屋三間，雙扉關閉，它南面的房屋較小，鮮紅的美人蕉遮映著窗戶；向門中探身一看，迎面橫放衣架，上掛彩裙，他知道是女子的閨房，心中不由得一驚，連忙後退。裡面卻已經覺察，有人出來察看，美貌一露，原來是那鄰船的姑娘。王生喜出望外，說：「也有相逢的這一天啊！」剛要同她親近，恰巧姑娘的父親回來了，他突然驚醒，才知道是做夢。夢境歷歷，如在眼前。他對此保密，生怕一旦洩露，這夢境就不能實現了。

又過了一年多，王生又來到鎮江府。府治的南郊住著一位徐太僕，與王生家世代交好，邀他去飲酒。他騎馬前往，任憑馬兒自己行走，卻誤入一小村。村中景色，似乎在哪裡見過，有一道門，裡面有馬纓樹一棵，宛若夢中光景。他驚訝極了，放下鞭子，徑直進去，種種景象，和夢中沒有差別；再向裡走，房屋的間數全同夢境。夢已應驗，他就不再疑惑顧慮，徑直跑向南屋。那船上的姑娘，果然住在裡面。她向門外遠遠地看到王生，猛地心驚，站起來，半掩屋門，責問：「你是哪裡來的男子？」王生猶豫間，懷疑自己又做夢。姑娘見他越走越近，砰地一聲關起屋門。王生說：「你忘掉曾在江邊扔金鐲的人嗎？」接著一一述說別後相思的苦情，還說了夢境。姑娘隔窗細問他的家世，王生全都告訴了她。姑娘說：「你既然是官宦人家子弟，家中一定早有美人為妻，怎會用得著我呢？」王生說：「如果不為了愛你，早就成婚了。」姑娘說：「假使這話當真，足知你的癡情。不過，這類事情我不便向父母開口，卻也違抗過他們的命令，拒絕過好幾家了。金鐲還在我手裡，預料鍾情人一定會有音訊。我父母一起到外祖家去了，很快就回來，你暫且回去吧。請媒人來下聘禮，估計不會不答應，如果想違反禮儀，私自婚配，那麼這個打算就錯了。」王生急匆匆地想往外走，姑娘遠遠的對他喊道：「王郎，我的名叫芸娘，姓孟，父親名叫江蘺。」王生答應，牢牢銘記，走出門去。

王生去徐太僕家赴宴，宴後早回，去拜見江蘺。江蘺迎他進門，在葦籬下安排坐席，王生主動介紹自己的家世，說明來意，又拿出一百兩銀子作為聘禮。孟老先生說：「我女兒已經定親了。」王生說：「我已經打聽得很清楚，她還在待人下聘。為什麼這樣堅決地拒絕呢？」孟老先生說：「剛才說女兒已經許人，不敢騙你。」王生因此失魂落魄，拱手告辭。他分不清孟老先生的話是否真實，到了夜裡，翻來覆去不能入睡，苦於沒人可以作媒，原先想把事情告訴太僕，又擔心娶船夫的女兒被先生恥笑。怎奈情況吃緊，找不到媒人，天剛亮便去拜訪太僕，如實告訴他。太僕說：「這個老翁和我家是親戚，是我祖母娘家的嫡孫，怎麼不早說呢？」王生這才訴說隱情。太僕疑惑地說：「江蘺的確家貧，過去卻不當船夫，是不是搞錯了？」就派大兒子拜訪孟家。孟江蘺說：「我雖說家貧，卻不賣婚。過去王公子拿出銀子自己為媒，估計我會見錢眼開，因此不敢答應他。既然你家先生說合，一定錯不了。不過，我女兒很固執，嬌慣成性，對好門好戶也常拒絕。不能不和她商量，免得以後埋怨避開她談婚事。」接著就站起來。他到裡間屋停了一會兒，出來一拱手說：「完全按照令尊的意見辦。」約定日期，大郎辭別。大郎到家後稟報，王生立即隆重備辦聘禮，到孟家定親，又借住太僕家迎親成禮。住了三天，辭別岳家後兩人返回北方。

夜間，王生和芸娘住在船裡，王生問芸娘：「過去在這裡遇到你，就懷疑你不是船夫的女兒。那時你坐船到哪裡去了？」回答：「我叔父家住江北，偶然借一扁舟去看望他。我家貧窮，僅夠吃穿，可是不愛意外得來的財物。我笑你眼光短淺，一次次地以錢財誘惑人。起初，聽見你朗誦詩，認為你是風雅書生，又懷疑你是輕薄兒郎，把人當作淫蕩女子挑逗。假使父親發現金鐲，你早就死無葬身之地了。我愛慕有才華的人，這心意夠深切了吧？」王生笑著說：「你固然狡詐，卻上我的當了。」芸娘問：「什麼事？」王生不說，一再問他，才說：「家鄉越來越近，這事不可能始終瞞著你。實話告訴你，我家中本來有妻子在，是吳尚書的女兒。」芸娘不信，王生故意話語嚴肅地證實這是真事。芸娘氣得面色蒼白，沉默了好一會兒，突然起身跑出艙門，王生邊踩著鞋邊追趕，芸娘已經跳進江裡了。王生大聲喊叫，附近許多船隻驚愕喧鬧，夜色一片昏濛，只見滿江倒映的點點星光罷了。王生整夜悲傷痛悔，沿江趕往下流，出高價尋覓芸娘屍骨，也沒有人看見過，他只好悶悶不樂地回去，憂愁悲慟交集，又擔心岳父北上探望女兒，自己沒辦法交代；想起姐夫在河南做官，就改乘車馬前去拜訪。

王生到河南住了一年多才回家。路上下雨，就在一戶人家卸下行裝休息，見房屋走廊很乾淨，有位老婦人正在廂房逗引小孩玩耍。這孩子見王生進來，就要他抱著。王生覺得奇怪，又見那娃兒生得俊美可愛，就抱他坐在腿上。老婦人喊娃娃，娃娃偏不離開。不久，雨過天晴，王生抱起娃兒，交給老婦人，趕緊下堂整理行裝，娃兒竟哭起來，說：「阿爹走了……」老婦人很不好意思，呵斥他，他不聽話，就硬是把他抱走了。王生坐在一旁，等待收拾行李，忽然一位美女抱著那娃兒，從屏風後面出來，原來是芸娘。王生正在驚奇，芸娘已開口罵他，說：「你這個沒良心的！留下這塊肉，怎麼處理？」王生這才知道那娃兒是自己的兒子，心裡悲酸萬分，來不及問芸娘的經歷，先表明那天夜間所說的全是開玩笑的話，對天起誓自我剖白。芸娘這才轉怒為悲，夫妻相對流淚。先前，這家主人莫老先生，六十歲上還沒有兒子，和老伴去南海朝拜，回來時停船江邊，這時芸娘順水漂來，正好碰到莫老先生的船。老先生命隨從救她上船，治療照顧了一夜，才逐漸甦醒。老夫婦倆見芸娘是個漂亮姑娘，都很喜愛她，便把她當作親生女兒帶回家中。過了幾個月，想給她選擇女婿，芸娘不同意；十個月以後，她生了一個兒子，起名叫寄生。王生到莫老先生家避雨，那時寄生才一歲。既然如此，王生就又把行李解開，進廳去拜見莫老夫婦，從此和莫家成為岳婿。他在莫家住了幾天才同妻兒回家，到家一看，岳父孟老先生已坐等他們兩個月了。老先生剛到時，見僕人們的表情和言詞恍恍惚惚，為此老先生很疑惑驚怪；現在見了面，在一起才歡樂快慰。王生和芸娘歷述以往的遭遇，老先生這才明白：過去僕人說話支支吾吾，是有原故的。

【研　析】這篇小說運用寫實的手法，描寫了世家公子王桂庵和貧寒姑娘芸娘之間曲折的愛情故事。王生一見芸娘就傾心追求，如癡如迷，但因他身上一些貴公子的庸俗習氣，反而造成很多困難和挫折。他的愛情至上的觀念，今天看，也不值得完全肯定。可在當時，以個人愛情為基礎的婚姻觀念，是對封建禮教的有力衝擊，是有進步意義的。

王桂庵確實是個情癡。他南遊，泊舟江岸，偶然看見芸娘，為她的「風姿韻絕」所傾倒，立即開始執著的追求：久窺、吟詩、投金、擲釧，還未見回應，芸娘的船就迅速北去。從此，他「心情喪惘，癡坐凝思」，「寢食皆縈念之」。第二年，他專門「買舟江際」，「日日細數行舟」，成年累月在江邊傻等，充分表現出他癡情的性格。但另一方面，他是世家子弟，難免有家庭浸染的烙印。

他初見芸娘就以金挑之，使芸娘心生芥蒂。在江村意外見到芸娘，王只顧自訴相思之苦，連芸娘的姓名、家道都沒問一聲。第一次見芸父又「兼納百金為聘」，以為有錢就可以買得愛情。更有甚者，他得到芸娘後，竟得意忘形亂開玩笑，說芸娘是他的獵物、自己家中有妻，逼使絕不為妾的芸娘憤而投江。凡此種種，都不自覺流露出他只關心自己不關心別人，顯示因家庭出身養成的輕浮和孟浪、未脫紈袴子弟的庸俗氣質。

芸娘的形象大不相同，被刻劃得細膩動人。她是普通貧家姑娘，卻又接受過很好的家庭教育。生活的磨練，使她處事穩重，十分成熟。當王生投金挑逗，她毫不猶豫拾而棄之。一出場就顯示她不僅外貌美好，更有蔑視金錢不慕榮華的高尚品質。在江村與王生偶遇，她堅持必向其父母正式求婚，絕不肯「非禮成耦」，說明她受過良好教育，有強烈的自尊心，處事穩重，小心謹慎。這也是為什麼當王生說家中有妻，芸娘認為上當，便毅然投江自殺。她的行動說明她對納妾制度強烈不滿，表現了她寧為玉碎不為瓦全、不向信奉金錢萬能的黑惡勢力屈服的堅強性格。

這篇故事，情節波瀾起伏，曲折有致，意趣橫生。而這一切都是由兩個人物性格的矛盾衝突自然產生的，毫無牽強造作之處。還有一點，《聊齋》寫了許許多多狐仙神怪與人之間的愛情故事，往往依靠虛幻離奇的手法，借用超人間的想像力量解決矛盾，發展情節。這篇小說的特點，一切故事的發生發展全都在人世間，沒用虛構想像，真正是人間生活的實際反映。這也增加了作品的社會意義。

農人

有農人芸❶於山下，婦以陶器為餉❷。食已，置器壠畔。向暮❸視之，器中餘粥盡空。如是者屢，心疑之，因睨注以覘之。有狐來，探首器中。農人荷鋤潛往，力擊之。狐驚，竄走；器囊頭，苦不得脫；狐顛蹶，觸器碎落，出首見農人，竄益急，越山而去。

後數年，山南有貴家女，苦狐纏祟，敕勒❹無靈。狐謂女曰：「紙上符咒❺，能奈我何！」女紿❻之曰：「汝道術良❼深，可幸❽永好。顧不知生平亦有所畏者否？」狐曰：「我罔所怖。但十年前在北山時，嘗竊食田畔，被一人戴闊笠，持曲項兵❾，幾為所戮，至今猶悸。」

女告父，父思投其所畏，但不知姓名、居里，無從問訊❿。會僕以故至山村，向人偶道，旁一人驚曰：「此與吾曩年事適相符同，將無⓫

向所逐狐，今能為怪耶！」僕異之，歸告主人。主人喜，即命僕馬⑫招農人來。敬白⑬所求，農人笑曰：「曩所遇誠有之，顧未必即為此物；且既能怪變，豈復畏一農人！」貴家固強之，使披戴如爾日⑭狀，入室以鋤卓地⑮，咤曰：「我日覓汝不可得，汝乃逃匿在此耶！今相值⑯，決殺不宥⑰！」言已，即聞狐鳴於室。農人益作威怒，狐即哀言乞命，農人叱曰：「速去！釋汝。」女見狐奉⑱頭鼠竄而去，自是遂安。

【注釋】①芸　同「耘」。鋤草。②餉　送飯。③向暮　天將暮。④敕勒　驅鬼的法術。⑤符咒　符文和咒語。⑥紿　欺騙。⑦良　很。⑧幸　希望。⑨曲項兵　指鋤頭。⑩問訊　訊問、問候。⑪將無　難道。⑫僕馬　僕從乘馬。⑬白　稟告。⑭爾日　那一天。⑮卓地　叩地；擊地。卓，謂以所執之物豎向叩擊。⑯值　遇。⑰決殺不宥　決殺，打死。不宥，不饒恕。⑱奉　捧著。

【語譯】有個農人在山下田裡鋤草，他的妻子用陶罐為他送飯。飯後他把罐子放在田埂上，傍晚回來看時，罐子裡剩下的粥全都沒有了。這情況出現多次，農人心中懷疑，就從遠處斜眼察看。見跑過去一隻狐狸，把頭伸進罐子。農人扛起鋤頭，偷偷地靠近，用力打牠。狐狸一驚，立即逃竄，罐子扣在頭上，偏偏擺脫不掉；牠跌倒，罐子被碰得粉碎，露出頭見到農人，逃得更快了，越過山頭逃向遠方。

幾年之後，山南有個富貴人家的女郎，因為受到狐狸精的糾纏禍害，十分痛苦；請人施用驅鬼的法術都無效。狐狸精對女郎說：「紙上畫符、念咒語，又能把我怎麼樣！」女郎騙牠說：「你的法術精深，希望咱們能永久交好，只是不知道你平時也有所畏懼的人嗎？」狐狸精說：「我什麼都不怕。只是十年前在北山時，曾在田邊偷粥吃，有一個頭戴大斗笠，手拿彎脖子兵器的人，差點兒把我打死。直到現在說起來，我還心有餘悸。」

女郎把狐狸精的話告訴父親，父親想找來牠怕的人對付牠，但不知道這個人的姓名和住址，也不知道該去哪裡打聽。恰巧僕人因為有事來到山村，偶爾同人談起這件事，一旁有人吃驚地說：「這和我早年幹的事正好一樣。難道我從前追趕的那隻狐狸，現在成了精在作怪嗎！」僕人為此驚異，回到家就告訴主人。主人高興，立即指使僕人備馬，把農人請來。主人恭敬地說明自己的要求，農人笑著說：「我從前確實遇過那回事，但是這狐狸精未必就是那一隻。再說，牠既然能作怪，怎麼還會害怕一個農人呢！」主人一再勸他做，要他穿戴得像那天一樣，走進女郎的房間，用力把鋤頭向地上叩擊，怒吼說：「我每天找你找不到，原來你跑到這裡！現在遇見了，一定要打死你，決不饒恕！」話剛說完，就聽見狐狸的叫聲，農人越發裝作怒氣沖天，狐狸精立即哀求饒命，農人呵叱說：「趕快離開！就放你走。」女郎看見狐狸精捧頭鼠竄而去，從此以後，這富貴人家便安寧了。

【研　析】〈農人〉是一短篇佳作。作者以凝煉之筆，塑造了一位善良正直、勇敢機智的農人。在大家的幫助下，戰勝妖狐祟人的惡行。

篇中突出描寫了農人的勇敢和智慧，開頭就寫他發現狐狸偷食，他「荷鋤潛往，力擊之」。後來山南貴家請他除祟，他本不敢答應，認為「既能怪變，豈復畏一農人」。貴家強求，他才答應。「披戴如爾日狀，入室以鋤卓地」，並且大聲呵斥：「我日覓汝不可得，汝乃逃匿在此耶！今相值，決殺不宥！」聽到狐鳴，農人越發表現得威嚴憤怒，使狐妖乞命逃亡。這是農人對妖邪心理戰的勝利，讚揚了農人的勇敢和智慧。

將真狐與狐妖交替描寫，更創造出滑稽可笑的藝術效果。真狐當年竊食為農人擊跑，卻異想天開地認定鋤頭是曲項兵器，成妖之後仍這樣認為，真是作繭自縛，見農人又持「曲項兵」追來，所以嚇得乞求而逃。按現代科學看，狐妖祟人是一種迷信說法，在此，是小說家運用想像構思出來的，不必真信。

小說還寫被祟女未被狐妖嚇壞，而能沉著機智，用花言巧語引狐上鉤，弄清了狐妖最畏懼的人，使除妖找到正確的方向。她的沉著勇敢，也給人留下深刻的印象。

張誠

豫❶人張氏者，其先齊❷人。明末齊大亂，妻為北兵❸掠去。張常客豫，遂家焉。娶於豫，生子訥。無何，妻卒，又娶繼室，生子誠。繼室牛氏悍，每嫉訥，奴畜之，啖以惡草❹，且使樵，日責柴一肩，無則撻楚詬詛❺，不可堪。隱畜甘脆❻餌誠，使從塾師讀。誠漸長，性孝友，不忍兄劬❼，陰勸母，母弗聽。

一日，訥入山樵，未終，值大風雨，避身巖下。雨止而日已暮，腹中大餒，遂負薪歸。母驗之少，怒不與食。饑火燒心，入室僵臥。誠自塾中來，見兄嗒然❽，問：「病乎？」曰：「餓耳。」問其故，以情告，誠愀然便去；移時，懷餅來餌兄。兄問其所自來，曰：「余竊麵倩鄰婦為之，但食勿言也。」訥食之，囑弟曰：「後勿復然，事洩累弟。且日一啖，幾當不死。」誠曰：「兄故弱，烏[9]能多樵！」

次日食後，竊赴山，至兄樵處。兄見之，驚問：「將何作？」答：「將助樵採。」問：「誰之遣？」曰：「我自來耳。」兄曰：「無論弟不能樵，縱或能之，且猶不可。」於是速[10]之歸。誠不聽，以手足斷柴助兄，且云：「明日當以斧來。」兄近止之，見其指已破，履已穿。悲曰：「汝不速歸，我即以斧自剄死！」誠乃歸。兄送之半途，方復回樵。既歸，詣塾囑其師曰：「吾弟幼，宜閑[11]之。山中虎狼惡。」師言：「午前不知何往，業夏楚[12]之。」歸謂誠曰：「不聽吾言，遭笞責矣。」誠笑曰：「無之。」

明日，懷斧又去。兄駭曰：「我固謂子勿來，何復爾？」誠不應，刈薪且急，汗交頤不少[13]休。約足一束，不辭而返。師又責之，乃實告之。師嘆其賢，遂不之禁。兄屢止之，終不聽。一日，與數人樵山中，欻[14]有虎至，眾懼而伏，虎竟銜誠去。虎負人行緩，為訥追及。訥力斧之，中胯。虎痛狂奔，莫可尋逐，痛哭而返。眾慰解之，哭益悲，曰：「吾弟，非猶夫[15]人之弟；況為我死，我何生為！」遂以斧自刎其項。眾急救之，入肉者已寸許，血溢如涌，眩瞀殞絕[16]。眾駭，裂之衣而約[17]之，群扶以歸。母哭罵曰：「汝殺吾兒，欲剄[18]頸以塞責耶？」訥呻云：「母勿煩惱。弟死，我定不生。」置榻上，創痛不能眠，惟晝夜依壁坐哭。父恐其亦死，時就榻少哺之；牛輒詬責，訥遂不食，三日而斃。

村中有巫[19]走無常[20]者，訥途遇之，緬訴[21]曩苦，因詢弟所，巫言不聞，遂反身導訥去。至一都會[22]，見一皂衫人[23]自城中出。巫要遮[24]，代問之。皂衫人於佩囊中撿牒[25]審顧，男婦百餘，並無犯而張者。巫疑在他牒，皂衫人曰：「此路屬我，何得差逮。」訥不信，強巫入內城。城中新鬼、故鬼往來憧憧[26]，亦有故識，就問，迄無知者。忽共嘩言：「菩薩[27]至！」仰見雲中有偉人，毫光徹上下，頓覺世界通明。巫賀曰：「大郎有福哉！菩薩幾十年一入冥司，拔諸苦惱[28]，今適值之。」便捽[29]訥跪。眾鬼囚紛紛籍籍㉚，合掌齊誦，「慈悲救苦」之聲鬨騰震地。菩薩以楊枝㉛徧灑甘露㉜，其細如塵。俄而霧收光斂，遂失所在。訥覺頸上沾露，斧處不復作痛。巫仍導與俱歸，望見里門，始別而去。

訥死三日，豁然竟蘇，悉述所遇，謂誠不死。母以為撰造㉝之誣，反詬罵之。訥負屈無以自伸，而摸創痛良瘥，自力起，拜父曰：「行將穿雲入海往尋弟，如不可見，終此身勿望返也。願父猶以兒為死。」翁引空處與泣，無敢留之，訥乃去。每於衝衢㉞訪弟耗；途中資斧㉟斷絕，丐而行。逾年，達金陵㊱，懸鶉㊲百結，傴僂道上；偶見十餘騎過，走避路側。內一人如官長，年四十以來，健卒怒馬㊳，騰踔㊴前後。一少年乘小駟㊵，屢顧訥；訥以其貴公子，未敢仰視。少年停鞭少駐，忽下馬呼曰：「非吾兄耶？」訥舉首審視，誠也。握手大痛失聲，誠亦哭，曰：「兄何漂落一至於此？」訥言其情，誠益悲。騎者並下問故，以白官長。官命脫騎載訥，連轡㊶歸諸其家，始詳詰之。初，虎銜誠去，不知何時置路側，臥途中竟宿。適張別駕[42]自都中來，過之，見其貌文，憐而撫之，漸蘇。言其里居，則相去已遠，因載與俱歸；又藥敷傷處，數日始痊。別駕無長君，子之。蓋適從遊矚也。

誠具為兄告。言次別駕入，訥拜謝不已。誠入內，捧帛衣出，進兄，乃置酒燕敘[43]。別駕問：「貴族在豫，幾何丁壯[44]？」訥曰：「無有。父少齊人，流寓於豫。」別駕曰：「僕亦齊人。貴里何屬？」答曰：「曾聞父言，屬東昌[45]轄。」驚曰：「我同鄉也！何故遷豫？」訥曰：「明季清兵入境，掠前母去，父遭兵燹[46]，蕩無家室。先賈於西道，往來頗稔，故止焉。」又驚問：「君家尊何名？」訥告之。別駕瞠而眎[47]，俯首若疑，疾趨入內。無何，太夫人出，共羅拜[48]已，問訥曰：「汝是張炳之之子耶？」曰：「然。」太夫人大哭，謂別駕曰：「此汝弟也。」訥兄弟莫能解。太夫人曰：「我適[49]汝父三年，流離北去，身屬黑固山[50]。半年，生汝兄；又半年，固山死。汝兄補秩旗下遷[51]此官，今解任矣。

每刻刻念鄉井，遂出籍，復故譜。屢遣人至齊，殊無所覓耗，何知汝父西徙哉！」乃謂別駕曰：「汝以弟為子，折福死矣！」別駕曰：「曩問誠，誠未嘗言齊人，想幼稚不憶耳。」乃以齒[52]序：別駕四十有一，為長；誠十六，最少；訥二十二，則伯而仲矣。

別駕得兩弟，甚歡，與同臥處，盡悉離散端由，將作歸計，太夫人恐不見容，別駕曰：「能容，則共之；否則析之。天下豈有無父之國[53]！」於是鬻宅辦裝，刻日[54]西發。既抵里，訥及誠先馳報父。父自訥去，妻亦尋[55]卒；塊然[56]一老鰥，形影自弔[57]，忽見訥入，暴喜，恍恍[58]以驚；又睹誠，喜極，不復作言，潸潸以涕；又告以別駕母子至，翁輟涕愕然，不能喜，亦不能悲，蚩蚩[59]以立。未幾，別駕入，拜已，太夫人把[60]翁相向哭。既見婢媼廝卒內外盈塞，坐立不知所為。誠不見母，問之，方知已死，號嘶氣絕，食頃始甦。別駕出貲建樓閣，延師教兩弟，馬騰於槽，人喧於室，居然大家矣。

異史氏曰：「余聽此事至終，涕凡數墮：十餘歲童子，斧薪助兄，慨然曰：『王覽[61]固再見[62]乎！』於是一墮。至虎銜誠去，不禁狂呼曰：『天道憒憒如此！』於是一墮。及兄弟猝遇，則喜而亦墮；轉增一兄，又益一悲，則為別駕墮。一門團圞，驚出不意，喜出不意，無從之涕，則為翁墮也。不知後世亦有善涕如某者否？」

【注釋】❶豫　河南省簡稱。為古豫州地。❷齊　指戰國時齊地。約為山東泰山以北的黃河流域。❸北兵　指滿洲兵。❹惡草　粗劣的食品。❺撻楚詬詛　受鞭打的痛苦和辱罵詛咒。❻甘脆　美好的食物。❼劬　勞苦。❽嗒然　神情懊喪貌。❾烏　怎。❿速　催促。⓫閑　限制。⓬夏楚　古代體罰學生的板子。這裡作動詞用，責打。⓭少　稍。⓮欻　通「忽」，忽然。⓯猶夫　猶，像。夫，用於句中的助詞。⓰眩瞀殞絕　眩瞀，頭暈眼花。殞絕，昏厥。⓱約　束紮。⓲劙　用刀割。⓳巫　裝神鬼替人祈禱為職業的人。⓴走無常　活人充當陰司差役。㉑緬訴　追訴。㉒都會　大城市。㉓皂衫人　代指差役。㉔要遮　阻攔。㉕牒　文書。㉖憧憧　往來不絕貌。㉗菩薩　佛教語，「菩提薩埵」的省稱。原為釋迦牟尼修行而未成佛的稱號，後泛用為對大乘思想的實行者的稱呼。㉘拔諸苦惱　拔，解除。諸苦惱，各種逼惱身心的事。㉙捽　揪，拉。㉚紛紛籍籍　眾多紛亂貌。㉛楊枝　楊柳的枝條。㉜甘露　指佛所謂能使萬物復蘇的水。㉝撰造　捏造。㉞衢衢　交通大道。㉟資斧　路費。㊱金陵　今江蘇南京。㊲懸鶉　破爛衣服。㊳怒馬　健壯的馬。㊴騰踔　跳躍，凌空。㊵駟　馬。㊶連轡　坐騎並列。㊷別駕　官名。知州、知府的佐官。㊸燕敘　宴飲敘談。㊹丁壯　人口，家口。㊺東昌　府名。今山東聊城。㊻兵燹　由戰亂造成的焚燒破壞等災禍。㊼睎　視。㊽羅拜　環繞下拜。㊾適　嫁給。㊿固山　滿語音譯名詞，為加於爵位、職務前的美稱。51汝兄補秩句　秩，官職。旗下，清代八旗之下。清代以旗幟的不同名色，作為區分兵民一體的組織。遷，晉升。52齒　年齡。53無父之國　語出《禮記・檀弓》中晉太子申生語。54刻日　預定日期。55尋　不久。56塊然　孤獨貌。57形影自弔　形容孤單無依。58悒悒　不能自我克制。59蚩蚩　惑亂不解貌。60把　握。61王覽　據《晉書・王祥傳》：王祥孝順繼母朱氏，朱氏卻虐待王祥。朱氏所生子名覽，自童年時便對此不滿，經常勸說母親。朱氏以毒酒謀害王祥，王覽徑直取去。王祥疑酒中有毒，與王覽爭奪，王覽拒不交還。此後朱氏賜祥食物，覽必先嘗。62見　現。

【語譯】河南張某，他的祖輩是山東人。明朝末年山東大亂，妻子被北兵搶去。他經常旅居河南，便在那裡安家娶妻。妻子生了個兒子，起名叫訥。不久，妻子死了，又娶繼室，生下兒子名誠。繼室牛氏性情兇悍，一向嫉恨訥，把他當作奴隸使喚，給他最粗劣的飯吃，還逼他去砍柴，要求每天砍回一大綑，如果數量不夠，就對他又打又罵，訥實在難以忍受。牛氏暗中把甜美的食物藏起來，只給誠吃，還讓他跟私塾的老師念書。誠漸漸長大，性情孝順友愛，不忍心哥哥這樣勞苦，背地裡勸說母親，但母親不聽。

一天，訥進山打柴，還沒有砍完，來了一場大風雨，他躲在巖壁下面。等雨停了，天色已晚，肚子很餓，就扛著柴回家。母親查看，發現柴打得不夠數，很生氣，不給他飯吃。訥飢火燒心，只好回房躺下。誠從私塾回來，見哥哥神情懊喪，問：「你病了嗎？」訥說：「我餓得難受。」問是什麼原因，訥就把打柴的事告訴他。誠聽後神情憂愁地離開了；過了一段時間，他懷裡藏著餅回來，拿給哥哥吃。訥問從哪裡拿的，誠說：「我偷了麵，請鄰家婦女做的。你只管吃，不要再說了。」訥吃後，囑咐誠說：「以後不要再這麼做了。事情暴露會連累你；再說，一天能吃一次飯，不會被餓死的。」誠說：「你本來就身體衰弱，怎能多打柴呢。」

第二天吃完飯，誠偷偷地跑上山，來到哥哥打柴的地方。哥哥看到他吃驚地問：「你來幹什麼？」誠回答說：「幫你打柴。」訥問他：「誰派你來的？」誠說：「是我自己要來的。」哥哥說：「別說你不會打柴，就算你會，也還是不應當來。」於是催他回去。誠不加理睬，手拉腳踩地折斷柴來幫助哥哥，並且說：「明天我拿把斧子來。」哥哥走近他阻止，看見他手指被扎出血，鞋也露出腳趾，傷心地說：「如果你不趕緊回去，我就要用斧子自殺了！」誠這才回家。訥送他到半路才又回去打柴。訥回家以後去塾中找老師，囑咐老師說：「我弟弟年幼，應當對他多加限制，山中虎狼兇惡呀！」老師說：「午前不知道他去哪裡了，我已經為此打他。」訥返回家，對誠說：「不聽我的話，挨板子了。」誠笑著說：「沒有，沒有。」

第二天，張誠懷揣著斧頭，又上山幫助訥打柴。訥看見他，吃驚地說：「我再三對你說不要來，怎麼又來啦？」誠不回答，還是急忙砍柴，累得滿臉是汗也不休息，約摸砍夠一綑便不辭而歸。老師又責備他，他就向老師照實說。老師讚嘆他賢良，就不再禁止他。訥一次次阻攔誠，他始終不聽。一天，張誠同好幾個人一起上山打柴，突然跑來一隻老虎，大家都嚇得藏起來，老虎竟把張誠啣走了。老虎拖著人跑得慢，被訥追上，訥用斧子使勁砍牠，砍中胯骨，老虎疼痛猛跑，轉眼消失。訥無處追尋，痛哭著走回來。大家安慰勸解，他哭得更傷心了，說：「我的弟弟，和別人的弟弟有所不同；何況他是為我而死，我怎能再活下去呢！」就用斧子割自己的脖子。大伙急忙搶救，已經割進寸把深，鮮血湧流，頭暈眼花，昏倒在地上。大家驚愕，撕下他的衣襟，為他束紮，一同扶著他走回家。牛氏知道了，又哭又罵，說：「你殺死我的兒子，想用斧子淺淺地割一下脖子應付嗎？」訥一面呻吟一面說：「母親不必煩惱。弟弟死，我一定不再活著。」訥被大家扶到牀上，傷口疼痛得睡不著，只是日夜坐在牀上，倚著牆啼哭。父親怕訥也死了，時常到他牀邊餵飯；牛氏總是責罵老頭子，訥因此絕食，熬了三天就死了。

村裡有個巫師為陰曹地府當差役，訥在路上遇到他，對他述說了自己過去的苦情，並問他張誠在哪裡，巫師說沒有聽人說過，就轉身帶領訥向前走。他們來到一座大城市，看見一名鬼差役從城裡向外走。巫師攔住他，代訥詢問。差役從挎包裡拿出文書細看，裡面記有一百多名男女的名字，卻沒有姓張的人。巫師懷疑記在別人的名冊裡，差役說：「這一路歸我管，怎麼能出錯呢。」訥不相信，硬讓巫師領他到城裡去。城中新鬼舊鬼，來來往往，巫師也見到老相識，問他們，卻沒有知道張誠下落的人。忽然人聲雜亂，說：「菩薩來了。」抬頭看，空中有位人物，形象高大，光芒四射，頓時覺得四面八方變得非常明亮。巫師向訥祝賀說：「大郎有福啊。菩薩每隔幾十年才來陰司一次，為眾生解除各種苦惱，現在正好讓你遇見了。」就拉訥跪下。從陽世拘禁來的鬼眾多紛亂，無不合掌讚誦，「大慈大悲，救苦救難」之聲一片喧鬧，震動大地。菩薩用楊柳枝條蘸瓶中甘露，遍處灑下，露珠細如飛塵。一會兒水霧消失，光明轉為昏暗，菩薩也消失得無影無蹤。訥感覺脖子上沾有露水，斧子割的地方不再疼痛。巫師就領他往回走，直到望見訥的家門，才分別回去。

訥死後三天，竟突然復活，他把自己在地府裡遇到的情形講了一遍，說誠沒有死。牛氏認為他胡編亂造，反而辱罵他。訥受到委屈，沒有辦法表白，摸一摸脖子上的斧傷，已經痊癒，便竭力起牀，拜別父親說：「我準備穿雲入海去找弟弟，如果見不到他，你這一輩子就不要期待我回家了，希望父親還是以為我死了吧。」老頭子把訥帶到僻靜的地方，相對哭泣，卻不敢挽留兒子；訥這才離開家。他常在交通要道打聽弟弟的消息，路費用光以後，就沿路向行人乞討。訥尋弟一年多到達金陵；穿著破爛衣服，彎腰駝背地在路上行走，偶然看見十幾個人騎馬經過，就趕忙到路旁躲避。馬隊裡有個人像是長官，年紀有四十多歲，健卒騎著壯馬，護衛前後；有個少年騎著小馬，一次次地打量訥；訥以為他是貴公子，不敢抬頭看。少年停鞭勒馬，忽然下來喊道：「你是我哥哥吧？」訥抬頭細看，原來是誠，他握著弟弟的手大聲哭起來，誠也哭了，說：「哥哥，你怎麼漂泊流落到這裡？」訥把事情的前後經過告訴了他，誠更加悲傷。侍衛們下馬詢問原由，並稟報官長，官長命令騰出一匹馬載訥。訥和誠並排回府，這才細問誠的遭遇。起初，老虎把張誠啣走，不知道什麼時候丟在路邊。張誠在那裡躺了一夜，正逢張別駕從城裡回來，從他身旁經過，見他相貌柔和，心中憐惜便拍拍他，他漸漸清醒。張誠說了他住的村莊，原來在很遠的地方，就把他載回家；又為他在傷口上敷藥，治了好幾天才痊癒。張別駕沒有成年的兒子，就收誠為兒子。剛才是他跟隨別駕出遊回來。

張誠把自己的情況詳細告訴哥哥，正說著的時候別駕來到，訥一再向他拜謝。誠走進內院，手裡托著綢緞衣服出來，讓訥換上，接著就拿來酒飯，邊吃邊談。別駕問：「你家在河南，家裡還有些什麼人？」訥說：「沒有了。我父親本來是山東人，流落到河南居住。」別駕說：「我也是山東人。你住的村子歸哪裡管轄？」回答說：「曾聽父親說過，歸東昌府。」別駕驚喜地說：「你是我的同鄉呢！為什麼遷到河南？」訥說：「明末清兵入境，把我前母搶走，父親住的房子被燒掉，無家可歸。他開始到西路做生意，在河南來來往往，熟悉當地的情況，因此在那裡安了家。」別駕又驚問：「你父親叫什麼名字？」訥告訴他以後，他瞪大眼睛看訥，又低下頭，好像很疑惑，接著快步走入內院。一會兒，太夫人來到，訥與誠共同向她行了禮，她問訥：「你是張炳之的兒子嗎？」訥說：「是的。」太夫人聽後大哭，對別駕說：「他是你的弟弟。」訥和誠對此莫名其妙，太夫人說：「我和你父親成婚三年後，離散流轉到北方，嫁給黑固山，半年後生下你哥哥；又過了半年，黑固山死。你哥哥接補了他在旗下的爵號，後來升任這個職務，現在已經離職。他一天到晚懷念家鄉，就退出旗籍，恢復原來的譜系；多次派人到山東老家，竟然打聽不到一點消息。哪裡知道你父親已遷到西邊去呢。」於是對別駕說：「你認弟弟為兒子，太折損福分了。」別駕說：「以前問過誠，他沒有說是山東人，料想是年齡小記不得吧。」於是三人按照年齡排行：別駕四十一歲，是大哥；誠十六歲，最小；訥二十二歲，原先是老大，現在是老二了。

張別駕得到兩個弟弟，心裡很高興，睡臥起居都和他們在一起，詳細了解到全家離散的原因，就打算回到父親身邊，太夫人擔心張誠的母親不能容忍，別駕說：「能容就一起生活，不然就分開住，天下難道有無父的國度嗎！」於是賣掉宅院，整理行裝，定期西遷。到家之後，訥和誠先跑去告知父親。父親自從訥走後，妻子牛氏不久也死亡，他孤零零一個老鰥夫，孤單無依；忽然看見兒子訥進門，驟然非常高興，十分驚異；又見到小兒子誠，更是歡喜到極點，講不出話來，只潸潸淚流；聽到告訴別駕母子到來，他卻不再流淚，而是驚愕得不能喜，也不能悲，只是神迷意亂地站著。不久，別駕進屋，拜見以後，太夫人握著老頭子的手，彼此相對哭泣。老頭子看見男女僕人、差役成群，擠滿屋裡屋外，他坐立不安，不知道怎麼才好。張誠沒有看見母親，就去問父親，知道已經去世，他連哭帶號，悲痛得失去知覺，約有一頓飯的工夫才甦醒。別駕出錢建起樓閣，還請來老師教兩個弟弟讀書；牲口棚騾馬跳躍，房舍中人聲歡笑，張家竟像是個官宦人家了。

異史氏說：「我聽人講完這件事，流過多次眼淚：十幾歲的孩子，拿斧頭上山砍柴，幫助哥哥。我深有感慨地說：『莫非晉代的王覽又出現了嗎！』因此落淚。到老虎把張誠啣走，我忍不住狂喊：『老天怎麼這樣昏庸！』因此落淚。等到訥和誠突然相遇，我很高興，卻也流淚。隨進展，兩兄弟增加了一位大哥，使我又添一層感傷，就為別駕落淚。他們一家團圓，給人意外的驚，意外的喜，我沒有辦法理清頭緒的眼淚，就為張老先生簌簌而落了。不知道以後是否還會有像我這麼好哭的人？」

【研　析】〈張誠〉是篇採自民間傳聞又經作者加工的作品，故事感動讀者，也深深打動作者的心。異史氏曰：「余聽此事至終，涕凡數墮。」小說通過描寫兄弟三人不同遭遇，但又共同具有孝敬父母、友愛兄弟的品德，表達了人應向善的精神內涵，具有催人淚下的道德力量。《聊齋》評論家但明倫稱，這是「一篇孝友傳」，可謂深得肯綮，一語中的。

文中寫了三個主要人物：張誠、張訥、張別駕，三人都有既孝且悌的性格特點。小說除開頭總敘，可分三部分，每一部分集中塑造一個人物。第一部分主要寫張誠。其母牛氏是悍婦，這人物代表著人類的一種惡德。她對丈夫前妻的兒子張訥極盡凌虐折磨，必欲去之而後快。與她相反，其親生子卻孝悌雙全。張誠不公開站出來反對母親，這表明他有孝敬之心，但他更不忍心見異母兄張訥受虐待和痛苦，因而暗中幫助他，並且以和哥哥同受辛苦的實際行動來排遣心中的自咎和不安。他進山幫兄砍柴，張訥讓他回家上學，「誠不應，刈薪且急，汗交頤不少休。約足一束，不辭而返」。對這種以行動來展示人物性格的精彩之筆，但明倫評道：「不應不休不辭，包括許多言語，令人灑落多少眼淚。」讀者亦可從中體會到張誠那顆酸楚的童心。

第二部分從張誠被虎啣走開始，集中寫張訥。張訥的孝悌深情，一是對繼母的虐待不怨不怒，逆來順受；二是對弟弟張誠愛護備至，視弟弟的平安超過自己的生命。張訥見弟弟被虎啣走，痛不欲生。通過刎頸自殺和入冥間又回人世尋訪弟弟下落的情節，對他作了集中描寫。張訥找到了張誠，並意外地遇見父親的結髮妻子和她離散後生的張別駕。這部分表現了張訥至情至愛的高尚品格，讀來催人淚下。不過，對父母的錯誤做法，完全不分是非，一味逆來順受，在今天看來，不應完全肯定。第三部分主要寫張別駕移家就父和「得兩弟，甚歡」、「延師教兩弟」的孝悌之心，從而達到闔家團圓的結局。整篇小說確實是首生動感人的孝悌讚歌。

小說刻劃細節上更有出色的成就。最終一門團圓時，通過張父各種驚喜神態的描繪，展示人物的複雜心理活動，極為精彩。已成鰥夫的張父忽見張訥回家，則「綦喜，怳怳以驚」，是喜張訥生還，自己終身有靠；又見到張誠，則「喜極，不復作言，潸潸以涕」，是大喜過望，激動異常，悲從中來；當聽到失散四十多年的結髮妻子和大兒子一同回來，他簡直不信人世間會有此事，故「翁輟涕愕然，不能喜，亦不能悲，蚩蚩以立」。當荒涼孤獨的宅院一時變得「婢媼廝卒內外盈塞」，非常熱鬧，張父則「坐立不知所為」。但明倫評價這段描寫說：「語經百煉，筆有化工。」確屬至當之言。

鴞鳥

長山楊令❶，性奇貪。康熙乙亥❷間，值西塞用兵❸，市民間騾馬輦運糧餉。楊假此搜括，地方頭畜一空。周村❹為商賈所集，趁墟❺者車馬輻輳❻。楊率健丁悉篡奪之，計不下數百餘頭。四方估客❼，無所控告。時諸令皆以公務在郡❽，會益都❾令董、萊蕪❿令范、新城⓫令孫、會集旅舍。有山西⓬二商迎門號訴，蓋有健騾四頭，俱被搶掠，道遠失業，不能歸，故哀求諸公為緩頰⓭也。三公憐其情，許之。遂命駕⓮共詣楊。

楊治具⓯相款。酒既行，眾言來意，楊不聽。眾言之益切，楊舉酒促釂⓰以亂之，曰：「某有一令，不能者罰。須一天上、一地下、一古人，左右問所執何物，口道何詞，隨問答之。」便倡云：「天上有月輪，地下有崐崙[17]，有一古人劉伯倫[18]。左問：『手執何物？』答云：『手執酒杯。』右問：『口道何詞？』答云：『道是酒杯之外不須提。』范公云：「天上有廣寒宮[19]，地下有乾清宮[20]，有一古人姜太公[21]。手執釣魚竿，道是『願者上鉤』。」孫云：「天上有天河，地下有黃河，有一古人是蕭何[22]。手執一本大清律，他道是『贓官贓吏』。」楊有慚色，沉吟久之，曰：「某又有之：天上有靈山[23]，地下有泰山[24]，有一古人是寒山[25]。手執一帚，道是『各人自掃門前雪[26]』。」眾相視覥然，不作一語。

忽一少年入，袍服華整，舉手作禮。共挽坐，酌以大斗[27]。少年笑曰：「酒且勿飲。久聞諸公雅令，願獻芻蕘[28]。」眾請之，少年曰：「天上有玉帝，地下有皇帝，有一古人洪武朱皇帝[29]。手執三尺劍，道是『貪官剝皮』。」眾大笑；楊恚罵曰：「何處狂生？敢爾！」命隸執之。少年躍登几上，化為鴉[30]，沖簾飛出，集庭樹間，回顧室中，作笑聲。主人擊之，且飛且笑而去。

異史氏曰：「市馬之役，諸大令㉛健畜盈廄者十之七，而千百為群，作騾馬賈者，長山外不數數㉜見也。聖明天子愛惜民力，取一物必償其值，烏知奉行者流毒若此哉！鴞所至，人最厭其笑，兒女共唾之，以為不祥。此一笑，則何異于鳳鳴哉！」

【注釋】❶長山楊令　長山，縣名。原在今山東鄒平境內。楊令，楊杰於康熙二十八年任長山縣令。❷康熙乙亥　清康熙三十四年。❸西塞用兵　指西征蒙古噶爾丹。❹周村　今山東淄博周村區。❺趁墟　趕集。❻輻輳　聚集。❼估客　到各處經商的人。❽郡　府。此指濟南府。❾益都　青州府的益都縣。❿萊蕪　泰安府的萊蕪縣。⓫新城　濟南府的新城縣。⓬山西　今山西省。⓭緩頰　為人求情。⓮命駕　命人套馬駕車。即立刻動身。⓯治具　備辦酒食。⓰促釂　勸酒，飲完杯中酒。⓱崐崙　山名。位於新疆、西藏間。⓲劉伯倫　晉人劉伶字伯倫，嗜好飲酒。⓳廣寒宮　神話傳說中月裡宮殿名。⓴乾清宮　明代於北京所建宮殿名。㉑姜太公　周代助武王伐紂的姜尚。㉒蕭何　助漢劉邦滅秦後建立漢王朝，制訂法令典制的丞相。㉓靈山　神話傳說中山名。㉔泰山　位於山東泰安。㉕寒山　唐代著名僧人。㉖各人自掃門前雪　喻只管自己，不管別人。㉗大斗　大酒杯。㉘芻蕘　喻淺陋的見解。㉙洪武朱皇帝　明太祖朱元璋。㉚鴞　鳥名，亦稱貓頭鷹，屬鴟鴞科。㉛大令　縣令。㉜數數　多次。

【語譯】長山縣縣令楊某，性情特別貪婪。康熙三十四年，正逢向西部征討噶爾丹，官府買民間的騾馬運載糧餉。楊某以此為藉口搜刮老百姓，當地的牲口被他搶劫一空。周村是商賈雲集的大鎮，前來趕集的車馬擁擠，楊某率領健壯的兵丁來搶奪，拉去的騾馬有好幾百頭。四方匯集來的商人，找不到地方控告他。這時候，全省的縣令都因為公事住在濟南府，恰巧益都縣令董公、萊蕪縣令范公和新城縣令孫公，住在同一旅舍。有來自山西的兩個商人，在旅舍門口大聲哭訴，原來是他們有四頭健壯的騾子，都被官府搶走，離家路遠又喪失產業，沒有辦法回家，因此哀求各位縣令為他們去求情。三位縣令憐憫他們的苦情，就答應下來，一同動身訪問楊某。

楊某備辦酒飯款待他們。斟上酒以後，大家表明來意，楊某裝聾作啞。大家說得更加懇切，楊某故意舉起酒杯勸酒，以擾亂勸諫，說：「我有一個酒令，如果誰承接不上就罰酒。一定要說一天上、一地下、一位古人名；別人問他拿的什麼物，說的什麼話，隨問隨答。」就自己先帶頭講：「天上有月輪，地下有崑崙，有一古人劉伯倫。左問：『手執何物？』答云：『手執酒杯。』右問：『口道何詞？』答云：『道是酒杯之外不須提。』」范公說：「天上有廣寒宮，地下有乾清宮，有一古人姜太公。手執釣魚竿，道是『願者上鉤』。」孫公說：「天上有天河，地下有黃河，有一古人是蕭何。手執一本大清律，他道是『贓官贓吏』。」楊某聽後面色羞慚，想了一會兒說：「我又有了：天上有靈山，地下有泰山，有一古人是寒山。手執一帚，道是『各人自掃門前雪』。」大家聽後面面相覷，都很難為情。

忽然進來一位青年，穿戴華麗整齊，舉手行禮。大家拉他坐下，為他斟一大杯酒。這青年笑著說：「先別喝酒，我聽到你們的高雅酒令，我也願意獻上幾句淺俗之言。」大家請他說，青年道：「天上有玉帝，地下有皇帝，有一古人洪武朱皇帝。手執三尺劍，道是『貪官剝皮』。」大家聽後哈哈大笑，楊某惱火，罵道：「哪裡來的瘋狂書生？竟敢這樣！」命令差役把他抓起來，這青年跳上桌子，變成一隻貓頭鷹，衝開門簾飛落在院中樹間，回頭看屋，嘎嘎大笑。楊某向牠投擲石塊，牠邊飛邊笑地離開了。

異史氏說：「這次買馬事件裡，縣令們家中，健壯騾馬擠滿牲口棚的十有七家，可是趕著千百騾馬去牲口市的商人，除長山縣外是不多見的。聖明的皇帝愛惜民力，向老百姓徵取用物，一定付給報酬，哪裡知道奉命執行者卻如此這樣地損害百姓呢！貓頭鷹到的地方，人們最討厭牠的笑聲，孩子們聽見都向牠吐唾沫，以為是不祥的預兆。可是這次的笑，與優美的鳳凰歌唱有何區別呢！」

【研　析】〈鴞鳥〉是一幅諷刺漫畫，更類似今天的小品文。它以極簡練的筆墨，用誇張的手法，抓住主角楊令「性奇貪」的特點，作了尖刻辛辣的嘲諷，同時也生動地刻劃出一切貪官汙吏的醜惡嘴臉。

說「長山楊令，性奇貪」，確屬事實。「奇」之一，性貪不顧一切，竟然打著「西塞用兵」的幌子到處搜刮，弄到地方頭畜為之一空。更甚者，身為縣令，他敢光天化日親率健丁到市場上公開搶掠，簡直和劫匪沒有區別。「奇」之二，他對自己的醜行竟然毫無掩飾。甚至以行酒令、對句子的方式，封堵來勸告他的同僚：「各人自掃門前雪。」真是厚顏無恥到極點。

只有鴞鳥幻化的青年，給予他迎頭痛擊：「手執三尺劍，道是『貪官剝皮』。」然後仍成鴞鳥，飛到庭樹間，對其進行憤怒的嘲笑！作者說：「此一笑，則何異于鳳鳴哉！」

據羅錫詩先生考證，「長山楊令」並非憑空虛擬。《長山縣誌》載，康熙乙亥間的長山縣令確實姓楊，名杰，字俊公，奉天人，監生出身。康熙二十八年上任，六年後，「以挂誤去」。「挂誤」即因受連累而失官，時間恰是〈鴉烏〉所記掠奪騾馬事發生不久，原因也許就和騾馬事件有關。

紅玉

廣平❶馮翁者，一子字相如。父子俱諸生❷。翁年近六旬，性方鯁❸，而家屢空❹；數年間，媼與子婦又相繼逝，井臼自操之。一夜，相如坐月下，忽見東鄰女自牆上來窺。視之，美；近之，微笑；招以手，不來亦不去；固請之，乃梯而過，遂共寢處。問其姓名，曰：「妾鄰女紅玉也。」生大愛悅，與訂永好，女諾之。

夜夜往來，約半年許。翁夜起，聞子舍笑語；窺之，見女，怒喚生出，罵曰：「畜產！所為何事！如此落寞，尚不刻苦，乃學浮蕩耶？人知之喪汝德，人不知亦促汝壽！」生跪自投❺，泣言知悔。翁叱女曰：「女子不守閨戒❻，既自玷，而又以玷人。倘事一發，當不僅貽寒舍❼羞！」罵已，憤然歸寢。女流涕曰：「親庭❽罪責，良足愧辱。我兩人緣分盡矣！」生曰：「父在不得自專。卿❾如有情，尚當含垢❿為好。」女言辭決絕，生乃灑涕。女止之曰：「妾與君無媒妁之言，父母之命，窬牆⓫鑽隙，何能白首？此處有一佳耦，可聘也。」生告以貧，女曰：「來宵相俟，妾為君謀之。」次夜，女果至，出白金⓬四十兩贈生，曰：「去此六十里，有吳村衛氏，年十八矣，高其價，故未售⓭也。君重啖⓮之，必合諧允。」言已，別去。

生乘間⓯語父，欲往相之，而隱饋金不敢告。翁自度無貲，以是故止之，生又婉言：「試可乃已⓰。」翁頷之。生遂假⓱僕馬，詣衛氏。衛故田舍翁，生呼出，引與間語⓲。衛知生望族⓳，又見儀采軒豁⓴，心許之，而慮其靳㉑於貲。生聽其詞意吞吐，會其旨㉒，傾囊陳几上。衛乃喜，浼㉓鄰生居間，書紅箋而盟焉。生入拜媼，居室偪側㉔，女依母自幛；微睨之，雖荊布㉕之飾，而神情光艷，心竊喜。衛借舍款婿，便言：「公子無須親迎。待少作衣妝，即合舁送去。」生與訂期而歸。詭告翁，言：「衛愛清門㉖，不責貲。」翁亦喜。至日，衛果送女至。女勤儉，有順德㉗，琴瑟㉘甚篤。逾二年，舉一男，名福兒。會清明㉙抱子登墓，遇邑紳宋氏。宋官御史㉚，坐行賕㉛免，居林下㉜，大煽威虐㉝。是日亦上墓歸，見女艷之，問村人，知為生配。料馮貧士，誘以重賂，冀可搖，使家人風示㉞之。生驟聞，怒形於色；既思勢不敵，斂怒為笑。歸告翁，大怒，奔出，對其家人指天畫地，詬罵萬端，家人鼠竄而去。宋氏亦怒，竟遣數人入生家，毆翁及子，洶若沸鼎。女聞之，棄兒於牀，披髮號救。群篡舁㉟之，鬨然㊱便去。父子傷殘，吟呻在地，兒呱呱啼室中。鄰人共憐之，扶置榻上。經日，生杖而能起；翁忿不食，嘔血尋斃。生大哭，抱子興詞㊲，上至督撫㊳，訟幾遍，卒不得直㊴。後聞婦不屈死，益悲，冤塞胸吭，無路可伸；每思要路㊵刺殺宋，而慮其扈從㊶繁，兒又罔託。日夜哀思，雙睫為之不交。

忽一丈夫㊷弔諸其室，虬髯闊頷，曾與無素㊸，挽坐，欲問邦族。

客遽曰：「君有殺父之仇，奪妻之恨，而忘報乎？」生疑為宋人之偵，姑[44]偽應之。客怒眦欲裂，遽出曰：「僕[45]以君人也；今乃知不足齒之傖[46]！」生察其異，跪而挽之，曰：「誠恐宋人餂[47]我。今實佈腹心：僕之臥薪嘗膽[48]者，固有日矣，但憐此襁中物，恐墜宗祧[49]。君義士，能為我杵臼[50]否？」客曰：「此婦人女子之事，非所能。君所欲託諸人者，請自任之；所欲自任者，願得而代庖[51]焉。」生聞，崩角[52]在地。客不顧而出。生追問姓字，曰：「不濟[53]，不任受怨；濟，亦不任受德。」遂去。

生懼禍及，抱子亡去。至夜，宋家一門俱寢。有人越重垣入，殺御史父子三人，及一媳一婢。宋家具狀告官，官大駭。宋執謂相如，於是遣役捕生；生遯不知所之，於是情益真。宋僕同官役諸處冥搜，夜至南山，聞兒啼，迹得之。繫累[54]而行，兒啼愈嗔，群奪兒拋棄之，生冤憤欲絕。見邑令[55]，問：「何殺人？」生曰：「冤哉！某以夜死，我以晝出，且抱呱呱者，何能踰垣殺人？」令曰：「不殺人，何逃乎？」生詞窮，不能置辨，乃收諸獄。生泣曰：「我死無足惜，孤兒何罪？」令曰：「汝殺人子多矣！殺汝子，何怨？」生既褫革[56]，屢受梏慘，卒無詞。令是夜方臥，聞有物擊牀，震震有聲，大懼而號。舉家驚起，集而燭之，一短刀，銛利如霜，剁牀入木者寸餘，牢不可拔。令睹之，魂魄喪失。荷戈[57]遍索，竟無蹤跡。心竊餒[58]，又以宋人死，無可畏懼，乃詳諸憲[59]，代生解免，竟釋生。

生歸，甕無升斗，孤影對四壁。幸鄰人憐饋食飲，苟且自度。念大仇已報，則辴然[60]喜；思慘酷之禍，幾於滅門[61]，則淚潸潸墮；及思半生貧徹骨，宗支[62]不續，則於無人處，大哭失聲，不復能自禁。如此半年，捕禁益懈。乃哀邑令，求判還衛氏之骨。既葬而歸，悲怛[63]欲死，輾轉空牀，竟無生路。忽有款門[64]者，凝神寂聽，聞一人在門外，噥噥[65]與小兒語。生急起窺覘，似一女子。扉初啟，便問：「大冤昭雪，可幸無恙？」其聲稔熟，而倉卒不能追憶。爇火燭之，則紅玉也。挽一小兒，嬉笑跨下。生不暇問，抱女嗚哭，女亦慘然，既而推兒曰：「汝忘而[66]父耶？」兒牽女衣，目灼灼視生。細審之，福兒也。大驚，泣問：「兒那得來？」女曰：「實告君：昔言鄰女者，妾也。妾實狐。適宵行，見兒啼谷口，抱養於秦[67]；聞大難既息，故攜來與君團聚耳。」生揮涕拜謝。兒在女懷，如依其母，竟不復能識父矣。

天未明，女即遽起。問之，答曰：「奴欲去。」生裸跪牀頭，涕不能仰。女笑曰：「妾誑君耳。今家道新創，非夙興夜寐[68]不可。」乃翦莽擁篲[69]，類男子操作。生憂貧乏不能自給，女曰：「但請下帷讀，勿問盈歉，或當不殍餓死。」遂出金治織具，租田數十畝，僱傭耕作；荷鑱[70]誅茅，牽蘿補屋，日以為常。里黨[71]聞婦賢，益樂貲助之。約半年，人煙騰茂，類素封[72]家。生曰：「灰燼[73]之餘，卿白手再造[74]矣。然一事未就安妥，如何？」詰之，答曰：「試期已迫，巾服尚未復[75]也。」女笑曰：「妾前以四金寄廣文76，已復名在案。若待君，誤之已久。」生益神之。是科遂領鄉薦77，時年三十六；腴田連阡78，夏屋渠渠79矣。女嫋娜如隨風欲飄去，而操作過農婦；雖嚴冬自苦，而手膩如脂。自言二十八歲，人視之，常若二十許人。

異史氏曰：「其子賢，其父德，故其報之也俠80。非特人俠，狐亦俠也。遇亦奇矣！然官宰悠悠81，豎人毛髮82，刀震震入木，何惜不略移牀上半尺許哉！使蘇子美83讀之，必浮白84曰：『惜乎擊之不中！』」

【注釋】❶廣平　明清時廣平府，今河北永年。❷諸生　秀才。❸方鯁　正直。❹屢空　時常貧困。❺自投　以頭碰地，表示自我責備。❻閨戒　古代婦女遵守的規矩。❼寒舍　我家。謙詞。❽親庭　父親。❾卿　夫妻情人間的愛稱。❿含垢　忍耐羞辱。⓫窬牆　翻越牆。窬，通「踰」。⓬白金　銀。⓭售　嫁出。⓮啖　以利相誘。⓯乘間　利用機會。⓰試可乃已　試一試，如果不成就放棄。⓱假　借。⓲間語　私語。⓳望族　有聲望的家族。⓴軒豁　軒昂開朗，氣宇不凡。㉑靳　吝惜。㉒旨　心意。㉓浼　央求；請求。㉔偪側　狹窄。偪，同「逼」。㉕荊布　荊釵布裙。形容衣飾粗陋。㉖清門　清白之家。㉗順德　性情和順。㉘琴瑟　見〈宦娘〉注56。㉙清明　清明節。㉚御史　明清時為監察御史。㉛行賕　行賄。㉜林下　鄉野。㉝威虐　以權威殘暴侵害。㉞家人風示　家人，僕人。風示，暗示。㉟篡舁　搶奪抬走。篡，奪取。舁，通「舁」。抬。㊱闃然　吵鬧著。鬨，「哄」的異體字。㊲興詞　告狀；起訴。㊳督撫　總督和巡撫。明清時品級最高的地方官。㊴直昭雪。㊵要路　途中攔截。㊶扈從　侍從。㊷丈夫　男子漢。㊸無素　平素不交往。㊹姑　暫且。㊺僕　我。謙稱。㊻不足齒之傖　不值一談的庸夫。傖，泛指粗鄙之人。㊼餂　探取；套騙。㊽臥薪嘗膽　喻不敢安逸，刻苦自勵，準備復仇。語源《史記・越王句踐世家》。㊾墜宗祧　墜，斷絕。宗祧，宗廟。引申為傳宗接代。㊿杵臼　指春秋時代晉人公孫杵臼。晉佞臣屠岸賈，殺世卿趙氏全家，又大搜趙氏孤兒。趙氏門客公孫杵臼捨命保全孤兒。見《史記・趙世家》。(51)代庖　代替廚師做飯。引申為代人辦事。(52)崩角　磕頭。角，額角。(53)濟成功。(54)縶絫　囚禁，拘囚。(55)邑令　縣令。(56)褫革　奪去生員服裝、除去生員稱號。(57)荷戈　荷，扛。戈，古代兵器之一，泛指矛等兵器。(58)餒　害怕。(59)憲　上級官員。(60)輾然　轉過來。輾，旋轉。(61)滅門　滅絕全家人。(62)宗支　同一宗族的支派。(63)悲怛　哀痛。(64)款門　叩門；敲門。(65)噥噥　形容低聲說話。(66)而　你。(67)秦　陝西省。(68)夙興夜寐　早起晚睡。(69)擁篲　掃除。篲，即掃帚。(70)钁　古代一種掘土器具。(71)里黨　鄉親。(72)素封　未封官的富戶。(73)灰燼　物燃燒後的剩餘物。喻重災之餘。(74)白手再造　空手重建。(75)巾服尚未復　指生員的資格「衣冠、功名」未恢復。(76)廣文　儒學教官。(77)領鄉薦　鄉試及格。(78)連阡　田地連片。(79)夏屋渠渠　夏屋，大屋。渠渠，深廣貌。(80)俠　行俠仗義。(81)悠悠　庸俗，荒謬。(82)豎人毛髮　令人非常憤怒。(83)蘇子美　宋代文學家蘇舜欽。他曾於讀《漢書・張良傳》至張良狙擊秦始皇一段時，拍手說：「惜乎擊之不中。」(84)浮白　滿飲一杯酒。

【語　譯】廣平府的馮翁，有一個兒子，字相如。父子兩人都是秀才。馮翁年近六十，為人方正耿直，家中經常缺米少柴；幾年間，老伴和兒媳先後去世，像挑水搗米之類的事都得自己幹。一晚，相如正坐在月光下，忽然發現東鄰有個女郎從牆頭上偷看他。他抬頭望去，那女子長得漂亮；走近她，她笑眯眯的；向她招手，她不下來，也不離開；一再請她下來，才攀登梯子過來，兩人於是同牀就寢。問她的姓名，說：「我是住在隔壁的女子，名叫紅玉。」馮生十分愛她，要同她永遠交好，紅玉同意了。

他們夜夜往來，過了約有半年。馮翁在一個夜晚起身，聽見兒子的房裡有說有笑，向裡面偷看，見有女郎，便生氣地把馮生叫出來，罵道：「你這個畜生！幹的什麼事！家境這樣窮困衰落，還不刻苦，卻學輕浮放蕩的行為？如果別人知道了，會敗壞你的品德，就算別人不知道，也會折你的陽壽！」馮生跪在地上自責，哭著說：「我知道做錯了。」馮翁責備女郎說：「女子不守閨門的規矩，不但玷污自己，也玷污了別人，這事張揚出去，不只是我家受恥笑！」馮翁罵完，氣沖沖地回屋睡了。紅玉哭著說：「你父親的斥責，讓我很感慚愧。咱們的緣分結束了。」馮生說：「有父親在，我們不可自作主張，你如果有情，還該忍辱繼續交好。」紅玉言辭堅決，表示斷絕往來，馮生哭起來。紅玉阻止他，說：「我和你沒有媒妁之言，父母之命，跳牆鑽洞的怎麼能白頭到老呢？這地方有個好配偶，可以去聘娶。」馮生告訴她家境貧窮，紅玉說：「明天晚上你等著我，我為你想辦法。」第二天夜間，紅玉果然來到，拿四十兩銀子相贈，說：「離這裡六十里，有個吳村的衛氏，今年十八歲，因為要價太高，還沒有嫁出去。你多給些聘禮，一定能成功。」她說完就離開了。

馮生找機會告訴了父親，要去吳村相親，卻瞞下紅玉贈銀子的事情。馮翁揣度自己沒有錢，所以阻攔他，馮生拐彎抹角地說：「去試一試，不成就算了。」馮翁點頭同意。馮生借來僕人和馬到衛家。衛氏的父親是個年老的莊稼漢，馮生把他喊出門外，拉著他說悄悄話。衛翁知道馮生家是有聲望的人家，又見馮生儀表風采軒昂開朗，心裡暗自應許，只是擔心他捨不得花錢。馮生聽他說話吞吞吐吐，領悟到他的心思，就把銀子全倒在桌子上，衛翁才笑逐顏開，請來鄰家的書生，在紅紙上寫了盟約。馮生拜見岳母，見屋子裡很狹窄，她的女兒躲在母親身後。馮生斜眼偷看這女郎，雖然妝飾粗陋，神情卻光彩豔麗，他心裡暗自歡喜。衛翁借房子款待女婿，說：「公子不必親自迎娶，待做好幾件嫁衣，便抬花轎給送去。」馮生和他約定好日子後告辭回家。他向父親撒謊，說：「衛家喜愛咱們清白人家，不要彩禮。」馮翁也為此而高興。到了日子，衛翁果然把女兒送到馮家。衛氏勤儉持家，性情和順，夫妻感情深厚。過了兩年，生了個男孩兒，名叫福兒。正逢清明節，衛氏抱著兒子去祭掃墳墓，遇到縣中紳士宋某。宋某原來是個御史，因貪汙行賄被免職，住在鄉間，大肆逞兇施暴。這天，宋某也是掃墓後回家，見衛氏長得豔麗，問她同村人，知道是馮生的妻子。料想馮生是窮書生，就想多出錢做誘餌，企圖讓他動心，並指使僕人暗示他。馮生突然聽說，心中怒火沖天，臉色大變，及想到鬥不過他，就隱怒為笑。回家把這件事告訴馮翁，馮翁大怒，跑出去對那僕人指天畫地，萬般辱罵，僕人抱頭鼠竄而去。宋某也惱怒了，竟派些人來到馮家，毆打馮家父子，院中亂作一團，似一鍋開水洶湧翻騰。衛氏聽見，就把兒子放在牀上，披頭散髮地跑出來高喊救命。打手們把她搶奪在手，抬起來，吵吵嚷嚷地走了。馮家父子受了傷，躺在地上呻吟，小兒在屋裡哇哇大哭。鄰人可憐他們，把馮家父子扶到牀上。經過一天，馮生能夠拄著拐杖起來；馮翁卻氣得吃不下飯，後又吐血，不久就去世了。馮生大哭，抱著兒子去官府告狀；官司向上打到總督、巡撫，差不多告遍了，到底沒有辦法申冤。後來，他聽說衛氏到宋某家因寧死不屈被折磨致死，更加悲傷，滿肚子冤氣，找不到申雪的門路；常想攔路刺殺宋某，可是擔心他隨從太多，兒子又沒處託付。馮生日夜悲愁，整夜都合不上眼。

忽然有一位男子漢進屋慰問馮生，這人留著蜷曲的連鬢鬍鬚、寬下巴。馮生不曾和他有過交往；拉他坐下，問他的籍貫姓名。他突然說：「你有殺父之仇、奪妻之恨，卻忘掉報復嗎？」馮生懷疑他是宋某的偵探，暫時假意應付。這客人氣得瞪大雙眼，眼眶欲裂，起身向外走去，說：「我還認為你是人哩！現在才知道你是個不值一談的庸夫！」馮生發覺他不同尋常，便雙膝跪地，拉著他的手說：「我是生怕宋某派人來騙我。現在對你說真心話：我臥薪嘗膽已經很久了，但是憐惜我尚在襁褓中的幼兒，怕斷了我家的香火。你是義士，能為我撫養這孩子嗎？」客人說：「這是婦人女子的事，不是我能幹的。你想託人辦的事，自己承擔吧！想自己辦的事，我願意替你去做。」馮生聽後向他磕頭。客人不管他，轉身離開。馮生追上去，問他的姓名，他說：「如果辦不成，不要埋怨我；辦成了，也不接受你的感恩戴德。」說完就走了。

馮生害怕大禍臨頭，抱著兒子逃走了。到了夜間，宋某一家人都睡了。有人跳過幾道牆進入內院，殺死了宋家父子三人，和一個兒媳、一個婢女。宋家寫訴狀告到官府，府官大驚。宋家咬定兇手是馮相如，於是派差役拘捕馮生；發現馮生已不知去向，於是更認為這事是他幹的。宋家的僕人和差役，向各處深入搜查，夜間來到南山，聽見幼兒的哭聲，就此追尋到馮生。馮生被綁起來，押解上路，兒子的哭聲更大了，宋家的僕人和官差，把他從馮生懷裡奪走丟在一邊，馮生冤憤到極點。見到縣令，縣令問他：「為什麼殺人？」馮生說：「冤枉啊！宋某是夜間死的，我早在白天就出去了，還抱著呱呱而啼的孩子，怎麼能跳牆殺人呢？」縣令說：「沒殺人，為什麼逃跑呢？」馮生無話可說，不能辯解，於是縣令把他關進監獄。他哭著說：「我死，不值得憐惜，但我孤零零的兒子有什麼罪？」縣令說：「你殺人家的兒子夠多了，殺你的兒子，有什麼好抱怨的呢？」馮生被革除功名，多次受到酷刑，始終沒有招供。一夜，縣令正在睡覺，聽見有東西撞擊牀後發出抖動的響聲，就心驚肉跳，高聲喊叫。全家人驚起，點燈查看，有一把短刀，鋒利雪亮，剁牀入木，深有一寸多，牢固難拔。縣令一看，直嚇得魂飛魄散，派人武裝搜索，找遍各處，竟不見兇手蹤影。他暗自氣餒膽怯，又因為宋某已死，宋家已不可怕，就稟報上司，代馮生辯解免罪，終於釋放了他。

馮生回到家，甕裡沒有米麵，孤獨一人，面對四壁。幸虧鄰人憐憫，送來飲食，將就著生活。他想起大仇已報，就滿心高興；回憶慘遭禍災，幾乎全家滅絕，禁不住淚流不斷；想到半輩子窮困透頂，後代斷絕，就在無人處放聲大哭，無法自制。這樣過了半年，官府對拘禁殺人犯的事更加鬆懈，馮生就哀求縣令，請求判還衛氏的骸骨。他安葬衛氏後回家，悲痛得想死；夜間在牀上翻來覆去，感到沒有生路可走。忽然有人敲門，他聚精會神地聽，有一個人在門外，和小孩子低聲講話。馮生急忙下牀偷看，像是一個婦女，他剛剛打開門，來人便問：「大冤昭雪，身體平安無事吧？」這聲音很熟悉，馮生倉猝間卻想不起是誰；拿燈一照，原來是紅玉。她手拉一個小男孩，小男孩在她兩腿間嬉笑。馮生來不及去問他，擁抱紅玉大哭，紅玉也神情悽慘。不久，紅玉推一推小男孩，說：「你忘記父親了嗎？」小男孩拉著紅玉的衣裳，兩隻明亮的眼睛注視著馮生。馮生仔細看他，竟是福兒，心中十分驚異，哭著問：「兒子從哪裡得來的？」紅玉說：「老實告訴你，過去我曾說自己是鄰家女兒，是胡謅的；我其實是狐仙。那天正巧夜間行走，見福兒在山谷路口啼哭，便把他抱到陝西撫養；聽說大難已經平息，特地帶他來和你團聚。」馮生流著眼淚向她拜謝。福兒在紅玉懷中，就和依傍著母親一樣，竟然不認得父親了。

天還沒有亮，紅玉就忙著起牀。馮生問她，回答說：「我要離開這裡了。」馮生光著身子在牀上下跪，哭得抬不起頭來。紅玉笑著說：「我騙你的！現在家業重新創建，非早起晚睡不可。」於是她剪除雜草，操起掃帚，做起活來就像男子。馮生擔心家境貧苦，生活難以自給自足，紅玉說：「請你放下布幔只管讀書，不用過問家裡的盈虧狀況，或許不會餓死的。」她出錢購買織布機，又租進幾十畝地，僱工耕作；自己也扛起鋤頭除草，拉來蘿藤補屋，每天都是如此。鄉親們知道紅玉有德有才，更樂意資助她。大約半年時間，馮生家人煙興旺，財富多如一般的富有人家。

馮生對紅玉說：「家裡遭受大禍之後，是你赤手空拳重新創立起家業。但是還有一件事情沒有辦妥，怎麼辦呢？」紅玉問他，馮生說：「很快就要舉行鄉試了，我那秀才資格還沒有恢復呢！」紅玉笑著說：「我日前已拿四兩銀子給學官，他已經恢復了你的資格，寫進案卷。如果等你自己辦理，早就給耽誤了。」因此，馮生更認為她神通廣大。這次鄉試，馮生被錄取成為舉人，當時三十六歲；家中良田已連接成片，住房高大寬敞。紅玉身姿嬝娜，似乎弱不禁風，但勞動卻勝過農家婦女；即使在嚴寒的冬天，她也自甘勞苦，而雙手依然滑膩如脂。她自稱二十八歲，人們看她總像二十出頭的人。

異史氏說：「這兒子，為人賢良；這父親，品德高尚，因此給他們的回報是俠義。不但人俠義，狐仙也俠義。這機遇不同尋常。只是官員昏庸，令人極其憤怒。那剁入牀頭後抖動的短刀，怎麼就捨不得略上移半尺多呢！假設蘇子美讀到這一細節，一定會滿飲一杯酒，說：『可惜呀，沒有擊中目標。』」

【研 析】〈紅玉〉中的女主角是個狐仙，文中通過描寫她善良、美麗、樂於助人、吃苦耐勞的品質，弘揚了善的信念；又通過描寫馮氏遭受惡霸邑紳宋氏迫害而家破人亡，後由虯髯俠士為其報仇雪恨的情節，彰顯了除惡的理想。小說的中心思想可用揚善除惡來概括，這也正是作者和老百姓的共同心願。

小說以紅玉為篇名，但直寫紅玉的篇幅尚不到一半，只在開頭與結尾兩處。文中寫她是狐仙，卻並不多寫她神異虛幻的仙術，更多是寫她可愛可親可敬的人間品德。比如，她與馮生相愛被馮翁發現，馮生和她遭馮翁叱罵，她立即認錯改過，並對馮生說：「妾與君無媒妁之言，父母之命，踰牆鑽隙，何能白首？」這顯然不是狐的思想，而是人的觀念，是封建禮教下人們普遍存在的婚姻觀。她幫馮生成家，從此離去。直到馮氏遭難她才又回到馮家。她不是用狐仙異術幫馮生致富恢復家業，而是對馮生說：「今家道新創，非夙興夜寐不可。」她親自動手，「剪莽擁篲，類男子操作」，「荷鑱誅茅，牽蘿補屋，日以為常」，真正成了一位勤儉持家、吃苦耐勞的農家主婦。這些描繪使人覺得紅玉身上很少神妖仙狐氣息，更多一些人的善良勤奮、樂於助人的優良品格，使善與美的理想散發更加動人的光彩。

小說既然寫紅玉是狐仙，自然不能不寫這方面的特點。比如，開頭寫她「自牆上來窺」，率而與馮生共寢；她預知馮生何處能覓得「佳耦」，並送生四十兩銀子，皆非人間普通女子言行。文尾更寫她「嬝娜如隨風欲飄去，而操作過農婦；雖嚴冬自苦，而手膩如脂」，「人視之，常若二十許人」，則更是狐仙超凡脫俗的特徵。有一點出人意料，紅玉既是狐仙能預卜又有異術，為何還讓馮生遭家破人亡的大難，遭難後為何不替他報仇懲罰惡人呢？我認為，由虯髯俠士出來懲惡可以發展情節，順應民心，同時也是為使紅玉這一形象更充分地體現揚善的願望，使她更加高潔與完美。

小說以更大的篇幅描寫馮相如家遭受惡紳宋氏迫害的故事。宋本是被免職的貪官，回鄉又「大搧威虐」。光天化日下搶走民婦、打死馮翁，而馮生「抱子興詞」，「卒不得直」；「後聞婦不屈死，益悲。冤塞胸吭，無路可伸」。作家以犀利之筆深深地觸及了當時政府與惡紳勾結，反映了社會黑暗和法律制度的窳敗，增加了小說的真實性。虬髯俠士的出現，在黑暗如漆的天幕上塗出一抹亮色，如神龍顯威，給人突兀之感。不過，這也正好寄託了作家和廣大民眾真誠的希望。

夢狼

白翁，直隸❶人。長子甲筮仕南服❷二年，道遠，苦無耗❸。適有瓜葛❹丁姓造謁，翁以其久不至，款❺之。丁素走無常❻，談次，翁輒問以冥事❼。丁對語涉幻❽，翁不深信，但微哂❾之。

既別後數日，翁方臥，見丁復來，邀與同遊，從之去，入一城闕❿。移時⓫，丁指一門曰：「此門君家甥也。」時翁有姊子為晉令⓬，訝曰：「烏⓭在此？」丁曰：「倘不為信，入便知之。」翁入，果見甥，蟬冠豸繡⓮坐堂上，戟幢⓯行列，無人可通。丁曳之出，曰：「公子衙署，去此不遠，得無⓰亦願見之否？」翁諾。少間，至一第，丁曰：「入之。」窺其門，見一巨狼當道，大懼，不敢進。丁又曰：「入之。」又入一門，見堂上、堂下、坐者、臥者，皆狼也；又視墀⓱中，白骨如山，益懼。

丁乃以身翼[18]翁而進。公子甲方自內出，見父及丁，良[19]喜，少坐，喚侍者治肴蔌[20]。忽一巨狼，銜死人入，翁戰惕而起曰：「此胡為[21]者？」甲曰：「聊充庖廚[22]。」翁急止之，心怔忡[23]不寧，辭欲出，而群狼阻道。進退方無所主[24]，忽見諸狼紛然嗥避，或竄牀下，或伏几底。錯愕[25]不解其故。俄有兩金甲[26]猛士努目[27]入，出黑索索甲[28]。甲撲地化為虎，牙齒巉巉[29]。一人出利劍，欲梟[30]其首；一人曰：「且勿，且勿，此明年四月間事，不如姑[31]敲齒去。」乃出巨錘錘齒，齒零落墮地。虎大吼，聲震山岳。翁大懼，忽醒，乃知其夢。心異之，遣人招丁，丁辭不至。翁乃誌其夢，使次子詣甲，函戒哀切。

既至，見兄門齒盡豁，駭而問之，則醉中墮馬所折。考[32]其時，則父夢之日也，益駭。出父書[33]，甲讀之變色，為間[34]曰：「此幻夢之適符耳，何足怪！」時方賂當路[35]者，得首薦，故不以妖夢[36]為意。弟居數日，見其蠹役[37]滿堂，納賄關說[38]者，中夜不絕，流涕諫止之。甲曰：

「弟日居衡茅[39]，故不知仕途之關竅[40]耳。黜陟[41]之權在上臺[42]，不在百姓。上臺喜便是好官；愛百姓，何術復令上臺喜也？」弟知不可勸止，遂歸。悉[43]以告翁，翁聞之大哭，無可如何，惟捐家[44]濟貧，日禱於神，但求逆子之報，不累妻孥[45]。

次年，報甲以薦舉作吏部[46]，賀者盈門；翁惟欷歔，伏枕託疾，不見一客。未幾，聞子歸途遇寇，主僕殞命。翁乃起，謂人曰：「鬼神之怒，止及其身，祐我家者不可謂不厚也。」因焚香而報謝之。慰藉翁者，咸以為道路[47]之訛，而翁殊深信不疑，刻日為之營兆[48]。而甲固[49]未死。先是，四月間，甲解任，甫[50]離境即遭寇，甲傾裝[51]以獻之。諸寇曰：「我等之來，為一邑之民洩冤憤耳，寧耑為此哉！」遂決[52]其首。又問家人[53]：「有司大成者，誰是？」——司故甲之腹心，助桀為虐者也。家人共指之，賊亦決之。更有蠹役四人——甲聚斂臣[54]也，將攜入都。並搜決訖，始分貲入囊，騖馳[55]而去。

甲魂伏道旁，見一宰官[56]過，問：「殺者何人？」前驅[57]者報曰：「某縣白知縣也。」宰官曰：「此白某之子，不宜使老後見此凶慘，宜續其頭。」即有一人掇[58]頭置腔上，曰：「邪人不宜使正，以肩承領[59]可也。」遂去。移時復蘇[60]。妻子往收其屍，見有餘息[61]，載之以行；從容[62]灌之，亦受飲。但寄旅邸，貧不能歸。半年許，翁始得確耗，遣次子致[63]之而歸。甲雖復生，而目能自顧其背，不復齒[64]人數矣。翁姊子有政聲[65]，是年行取為御史[66]。悉符所夢。

異史氏曰：「竊嘆天下之官虎而吏狼者比比[67]也。即官不為虎，而吏且將為狼，況有猛於虎[68]者耶！夫[69]人，患不能自顧其後耳，甦而使之自顧，鬼神之教微[70]矣哉！」

【注釋】❶直隸　清初省名。主要為今河北一帶。❷筮仕南服　筮仕，初次做官。南服，南方。❸耗　音信。❹瓜葛　喻遠親。❺款　殷勤招待。❻走無常　以靈魂至陰司服役。傳說指活人被冥府派去當無常，在當陰差時死去，差畢後又活轉過來。❼談次二句　談次，交談間。輒，就。冥事，陰間事。❽涉幻　牽涉怪異。❾哂笑。⑩城闕　都城。⑪移時　經過一段時間。⑫晉令　山西省的縣令。⑬烏　哪裡。疑問副詞。⑭蟬冠豸繡　蟬冠，飾以蟬紋和貂尾的官帽。豸繡，古時監察、執法官所穿的，繡有獬豸圖案的官服。⑮戟幢　門戟和飾以毛羽的旗幟。⑯得無　是否。⑰墀　臺階上空地。⑱翼　遮擋。⑲良　很。⑳肴蔌　魚肉和菜蔬。蔌，蔬菜。㉑胡為　何為。㉒聊充庖廚　聊充，略微補充。庖廚，廚房。㉓怔忡　心悸。㉔主　主張。㉕錯愕　倉猝間驚愕。㉖金甲　金飾鎧甲。㉗努目　瞪大眼睛。㉘黑索索甲　索，繩。下一「索」字作動詞用，捆。㉙巉巉　高峻，鋒利。㉚臬　通「鶚」，鳥綱鴟鶚科各種類的泛稱。㉛姑　姑且；暫且。㉜考　核對。㉝書　信件。㉞為間　一會兒。㉟當路　權大而地位重要。㊱妖夢　反常之夢；妖妄之夢。㊲蠹役　危害老百姓的官府差役。㊳關說　從當中為別人說好話。㊴衡茅　橫木為門的茅草屋。形容簡陋的居室。㊵關竅　竅門。㊶黜陟　指人才的進退，官吏的升降。黜，罷免。陟，高升。㊷上臺　上級官員。㊸悉　全部。㊹捐家　捐獻家中財物。㊺孥　兒女。㊻吏部　古代中央六部之一，主管官吏的任免等事。㊼道路　此指道聽塗說。㊽營兆　營造墓地。㊾固　的確。㊿甫　剛。51傾裝　倒出全部錢財。52決　斷。53家人　家中僕人。54聚斂臣　聚斂，搜刮錢財。臣，指奴僕。55鶩馳　快速奔跑。56宰官　泛指官員。57前驅　開路的人。58掇　拾取。59頷　下巴。60蘇　同「甦」。復活。61息　指鼻腔氣息。62從容　不急不慢貌。63致　接引。64齒　列入。65政聲　這裡指好的政治聲譽。66是年行取句　是年，此年。行取，地方官經保舉至京師做官。御史，官名，清代為監察御史，負責彈劾、監察。67比比　到處皆有。68猛於虎　喻殘酷的政治手段，比虎還兇猛。語出《禮記・檀弓下》。69夫　句首語氣助詞。70微　精深微妙。

【語譯】白老先生是河北人，長子白甲到南方做官已有兩年了，由於路途遠，家裡難以得到他的音信。恰好有個姓丁的遠門親戚前來拜訪，老先生因為他很久沒來，便殷勤招待他。丁某向來幹「走無常」的事，交談中老先生就問他陰間的情況，丁某所說都虛幻怪異，老先生不大相信，聽後只是微笑。

分別以後過了幾天，白老先生正在睡覺，見丁某又來拜訪，邀老先生出去遊玩。老先生跟著他走進一座大城市，一會兒，丁某指著一個大門說：「你外甥住在這裡。」老先生有個姐姐的兒子在山西做縣令，他驚訝地說：「他怎麼會來這裡居住呢？」丁某說：「要是你不信，進門一看就明白了。」老先生進去，真的看見了外甥：頭戴貂蟬冠，身穿豸繡袍，坐在堂上；堂下兩列戟旗儀仗，沒有人能向他通報。丁某就拉著老先生出去，說：「你兒子的衙門，離這裡不遠，你是否也願意去看看？」老先生說：「好。」一會兒，來到一座大院，丁某說：「進去吧。」老先生看那門口，有一隻大狼擋道，很害怕，不敢進。丁某又說：「進去吧。」又進了一道門，見裡面堂上堂下，坐的臥的都是狼；再看臺階上，白骨堆積如山，老先生更加害怕。丁某就用自己的身體遮擋著他進去。白甲正好從裡面出來，他看見父親和丁某後很高興，坐了一會兒，便喊來僕人備辦肉菜。忽然有一隻大狼啣著一個死人進來，白老先生嚇得發抖，站起來說：「這是幹什麼的？」白甲說：「略微給廚房一點兒補充。」老先生連忙制止，心裡恐懼不安，想告辭回去，可是群狼擋道。正當他是進是退，拿不定主意的時候，忽然見群狼慘叫，四散奔逃，有的竄進牀底，有的趴在案下，老先生驚愕，不明白發生了什麼事。突然有兩名穿金盔甲的勇士，瞪著眼睛走進來，掏出黑繩子要綁白甲，白甲向地下一撲變成一隻猛虎，張口露出尖銳的牙齒。一名勇士拔出利劍，要砍掉虎頭；另一名說：「暫且不砍，暫且不砍。這是明年四月間的事。不如姑且敲掉牠的牙。」就拿出大錘捶牙，虎牙脫落墜地，猛虎大聲吼叫，直震得山搖地動。老先生很害怕，忽然醒來，才知道這是夢境。他心裡為此驚異，派人請丁某，丁某推辭不來。老先生就把夢境記錄下來，打發次子去南方探望甲，讓他帶去一封信，信中告誡白甲，文詞哀傷殷切。

老先生的次子走進白甲的衙門，見哥哥的門牙都掉了，驚訝地問他是怎麼回事，白甲說是酒醉後騎馬摔下碰落的。次子核對時間，白甲掉牙正好在父親夢狼的那一天，因此更加驚愕。他拿出父親寫的信，白甲讀起來，臉色越變越難看，停了一會兒說：「掉牙和做夢同在一天，偶然巧合罷了，有什麼值得驚奇！」這時白甲剛剛賄賂了當權的人，從而得到優先升官的資格，所以他對這怪夢滿不在乎。弟弟在他府上住了幾天，見滿堂都是害民的差役；來行賄的，來為別人說好話的，直到半夜還絡繹不絕，他就流著眼淚勸阻白甲。白甲卻說：「弟弟你天天生活在茅草屋裡，所以不了解官場的竅門。官位的升降大權，在上級官員而不在百姓。上司喜歡誰，誰就是好官。如果愛護老百姓，有什麼手段再得到上司的喜愛呢？」弟弟知道勸阻無效，就起程回家。到家後向父親把哥哥的情況說了一遍，老先生聽後大哭，別無他法，就捐獻財物救濟貧民，每天向神禱告，只求上蒼對不孝的白甲報應時，不要連累妻子兒女。

第二年，喜報說白甲經保舉到吏部做官，很多人到白家賀喜，白甲的父親只是唉聲嘆氣，假託自己生病臥牀不起，不接待任何客人。不久，傳言說白甲在回家的路上遇到強盜，他和僕人都被打死了。老先生這才從牀上爬起來，對人說：「鬼神憤怒，只是懲罰了白甲本人，對我家的保佑，不能說不深厚了。」因此他焚香表示感謝。前來安慰白老先生的人，都認為白甲被害是道聽塗說，以訛傳訛。白老先生卻對此深信不疑，當天就為白甲營造墳墓。不過白甲確實沒有死。在這之前，四月間，白甲解除了原職，剛離開縣境就遇上強盜，他獻出全部財物，強盜說：「我們來找你，是為一縣的民眾報冤洩憤，難道只為要錢嗎！」就把他的頭砍下來。強盜又問白甲的僕人：「有個名叫司大成的人，是哪一個？」——司大成是白甲的心腹，是個助桀為虐的幫凶，僕人都指向他，強盜也把他殺了。此外，還有四名害民的差役——是幫白甲到處搜刮財物的壞傢伙，白甲準備帶到京城去作爪牙，也都被搜出來殺掉。強盜這才分了錢財，裝進口袋後疾馳而去。

白甲的靈魂倒伏在路旁，看見一個官員走來，他問：「被殺的是誰？」在前面開道的人稟報，說：「是某縣的白縣令。」官員說：「他是白某的兒子。白某年老了，不該讓他看到這個慘狀，應該把白縣令的頭接上。」立刻就有人把白甲的頭向頸腔對接，但是他說：「這人奸邪，不該接得很正，讓它偏一點兒，就下巴對著肩膀吧。」然後就走了。過了一會兒，白甲復活，他的妻子來收屍，發現他還有一點氣息，就把他用車拉走；慢慢地給他水喝，也能下咽。只是他們寄住旅店，窮得沒有路費回家。過了差不多半年，白老先生才得到白甲的確切消息，派次子接他們回家。白甲雖然復活，然而眼睛卻能看見背後，人們不再把他當作正常人看待了。白老先生姐姐的兒子，因為政治聲譽好，這一年被保舉任命為御史。所有這些事都與白老先生的夢境一致。

異史氏說：「我暗自慨嘆，天下官如虎、吏似狼的情狀到處都有，即使官不為虎，吏還要做狼，其中還有比虎更兇猛的呢！作為人，就怕看不到自己的背後。白甲復活後，使他能時常向後看，鬼神給他的告誡真是精深微妙啊！」

【研　析】〈夢狼〉這篇神怪小說中，作者懷深沉的感慨，以鮮明生動的筆觸，揭露了封建社會衙門官虎吏狼魚肉百姓的罪行；用白縣令死而復生卻「以肩承頷」、能自顧其後的描寫，給當時的和後世的為官者一個精深巧妙的教訓。

故事開始，作者就利用鬼神迷信之說，使貪官之父白翁夢入其子白甲冥中衙署，展示出一個滿堂皆虎狼、白骨堆如山的可怕場景，讀之令人怵目驚心。尤為駭人處，特別描寫了狼啣死人來「聊充庖廚」的細節，使場面更淒慘，效果更強烈。其中隱喻人間現實官場的意圖昭然可睹。

小說之妙，不僅寫了虛幻夢境，而且與人間世界的現實緊相呼應。白翁在夢中見白甲所變之虎齒墮地，使次子去見兄，真實的白甲亦「門齒盡豁」。更令人驚異的是，弟見到兄「時方賂當路者，得首薦」；而他身邊是「蠹役滿堂，納賄關說者，中夜不絕」。弟諫止，白甲反責備他居茅草屋不懂仕途關竅，大講升官祕訣：「上臺喜便是好官；愛百姓，何術復令上臺喜也？」這就使夢中所見得到人間實事的印證。異史氏曰：「竊嘆天下之官虎而吏狼者比比也。」從而提升了作品揭露現實的重大意義。

小說在構思上也有創新，白甲被人砍頭而亡，偏巧遇到一位冥間官員知白翁行善，不忍使他見此慘狀，決定將白甲頭接上，可又覺得「邪人不宜使正」，就「以肩承頷」。這樣，白甲復活後能自見其背。作者最後說：「夫人，患不能自顧其後耳，甦而使之自顧，鬼神之教微矣哉！」這真是再巧妙不過的辛辣諷刺和嚴重警告，對今天做官而不夠廉潔的人，仍然是一面難得的自顧其後的鏡子。

小說寫明白諸寇殺白甲的目的是：「我等之來，為一邑之民洩冤憤耳」。這說明殺貪官是富有正義感的行為，反映出作者對害民的官吏差役的深刻痛恨，也表達了民眾的共同心願。這是作者思想先進的表現。但從整篇作品看，主要內容被置於因果報應神道迷信的框架中，宣揚一些天理昭彰、鬼神可託的錯誤觀念，說明作者思想上的局限性。也因此，大大有損作品的思想深度和藝術價值。

劉姓

邑❶劉姓，虎而冠者❷也。後去淄居沂❸，習氣❹不除，鄉人咸畏惡之。有田數畝，與苗某連壠。苗勤，田畔多種桃；桃初實，子往攀摘，劉怒驅之，指為己有。子啼而告諸父，父方駭怪，劉已詬罵在門，且言將訟。苗笑慰之，怒不解，忿而去。

時有同邑李翠石❺作典商❻於沂，劉持狀入城，適與之遇。以同鄉故相熟，問：「作何幹？」劉以告。李笑曰：「子聲望眾所共知。我素識苗某，甚平善，何敢占騙。將毋反言之耶？」乃碎其詞❼紙，曳入肆，將與調停。劉恨恨不已，竊肆中筆，復造狀，藏懷中，期❽以必告。未幾，苗至，細陳所以，因哀李為之解免，言：「我農人，半世不見官長。但得罷訟，數株桃，何敢執為己有？」李呼劉出，告以退讓之意。劉猶指天畫地，叱罵不休。苗惟和色卑詞，無敢少辨⑨。

既罷，逾四五日，見其村中人，傳劉已死，李為驚嘆。翼日他適⑩，見杖而來者，儼然劉也。比⑪至，殷殷問訊，且請臨顧⑫。李逡巡⑬問曰：「日前忽聞凶訃⑭，一何妄也？」劉不答，但挽入村，至其家，羅⑮漿酒焉。乃言：「前日之傳非妄也。曩出門，見二人來，捉見官府，問何事，但言不知。自思出入衙門數十年，非怯見官長者，亦不畏怖，從去。至公廨⑯，見南面者⑰有怒容，曰：『汝即劉某耶？罪惡貫盈，不自悛悔⑱，又以他人之物，占為己有。此等橫暴，合置鐺鼎！』一人稽簿曰：『此人有一善，合⑲不死。』南面者閱簿，色稍霽⑳，便云：『暫送他去。』數十人齊聲呵逐。余曰：『因何事勾㉑我來？又因何事遣我去？還祈明示。』吏持簿下，指一條示之。上記：崇禎十三年，用錢三百，救一人夫妻完聚㉒。吏曰：『非此，則今日命當絕，宜墮畜生道㉓。』駭極，乃從二人出。二人索賄，怒告曰：『不知劉某出入公門㉔二十年，專勒人財者，何得向老虎討肉吃耶！』二人乃不復言。送至村，拱手曰：『此役不曾啖得一掬水。』二人既去，入門遂蘇，時氣絕已隔日矣。」

李聞而異之，因詰其善行顛末。初，崇禎十三年，歲大凶，人相食。劉時在淄，為主捕隸㉕，適見男女哭甚哀，問之，答云：「夫婦聚裁㉖年餘，今歲荒，不能兩全，故悲耳。」少時，在油肆前復見之，似有所爭。近詰之，肆主馬姓者便云：「伊夫婦餓將死，日向我討麻醬㉗以為活，今又欲賣婦於我。我家中已買十餘口矣，此何緊要？賤則售之，否則已耳。如此可笑，生來㉘纏人！」男子因言：「今粟貴如珠，自度非三百不足供逃亡之費。本欲兩生，若賣妻而不免於死，何取焉？非敢言直㉙，但求作陰騭㉚行之耳。」劉憐之，便問馬出幾何，馬言：「今日婦口，止直㉛百許耳。」劉請勿短其數，且願助以半價之資。馬執不可，劉少負氣，便謂男子：「彼鄙瑣㉜不足道，我請如數相贈。若能逃荒，又全夫婦，不更佳耶！」遂發囊與之，夫妻泣拜而去。劉述此事，李大加獎嘆。劉自此前行頓改，今七旬猶健。去年，李詣周村㉝，遇劉與人爭，眾圍勸不能解。李笑呼曰：「汝又欲訟桃樹耶？」劉芒然㉞改容，吶吶㉟斂手而退。

異史氏曰：「李翠石兄弟，皆稱素封㊱。然翠石尤醇謹，喜為善，未嘗以富自豪，抑然㊲誠篤君子也。觀其解紛勸善，其生平可知矣。古云：『為富不仁㊳。』吾不知翠石先仁而後富者耶，抑先富而後仁者耶！」

【注釋】❶邑　指作者家鄉山東淄川縣。❷虎而冠者　著冠之虎。喻兇惡的人。語出《史記‧齊悼惠王世家》。❸沂　山東沂水縣。❹習氣　逐漸形成的不好的習慣或作風。❺李翠石　清初淄川人，對人急難好施。其事跡見《淄川縣志‧義厚傳》。❻典商　開當鋪。❼詞　指訟詞。❽期　決意。❾辨　同「辯」。❿適　往。⓫比　等到。⓬臨顧　光臨過訪。⓭逡巡　猶疑。⓮凶訃　報喪帖。⓯羅　陳列；擺出。⓰公廨　官署，古代官吏辦公處的通稱。⓱南面者　居尊位的人。古以坐北朝南為尊位。⓲悛悔　改過，悔改。⓳合　應該。⓴霽　怒氣消釋，臉色轉和。㉑勾　捉拿。㉒崇禎十三年三句　西元一六四〇年。崇禎，明思宗年號。據《淄川縣志‧災祥》：「十三年，大飢，人相食。」㉓畜生道　佛教輪迴說六道之一。生前作惡，死後轉生為畜生。㉔公門　衙門；官府。㉕主捕隸　捕役的班頭。㉖裁　同「才」。㉗麻醬　芝麻被榨油後所餘渣滓。㉘生來　淄川方言。意謂硬來。㉙直　價錢。㉚陰騭　陰德。㉛直　值。㉜鄙瑣　粗俗小氣。㉝周村　地名。今與淄川同屬淄博。

㉞芒然　急遽貌。芒，通「忙」。㉟吶吶　猶「唯唯」。㊱素封　參見〈紅玉〉注㊲。㊲抑然　謹慎貌。㊳為富不仁　要發財致富便不能講求仁愛。語出《孟子·滕文公上》。

【語譯】淄川縣的劉某，是個性格兇惡的人，後來離開淄川，遷居沂水縣，惡習不改，鄉裡人都對他又怕又恨。他有幾畝地，跟苗某的地界相連。苗某勤勞，田邊栽了許多桃樹；樹上初次結桃，他的兒子前去攀枝摘果，被劉某憤怒驅趕，指著桃樹說是自己的。兒子哭著告訴父親，父親正驚訝間，劉某已在門外辱罵，還說要去官府告狀。苗某笑著勸慰他，他怒火不息，氣呼呼地走了。

這時劉某的淄川老鄉李翠石，在沂水縣城開當鋪，劉某拿了狀紙進城，正好遇見他。因為是同鄉，所以互相熟識，李翠石問：「做什麼去？」劉某如實相告。李翠石笑著說：「你的名聲，人所共知。我一向了解苗某，他為人平和善良，怎麼會有霸占和詐騙的勾當呢，你莫非在說反話？」就撕碎劉某的狀紙，把他拉到店裡，準備給他們調解。可劉某總對苗某恨得不得了，偷了店裡的毛筆，又寫狀詞，藏在懷裡，決意告狀。不久，苗某來到，細說情由，就哀求李翠石為他勸解，說：「我是個農民，活了半輩子，還沒有見過官長。只要能不告我，那幾棵桃樹，我怎麼敢說是我的呢？」李翠石把劉某喊出來，告訴他苗某情願退讓的意思，劉某卻還指天畫地，罵個沒完。而苗某始終臉色溫和，低聲下氣，一句辯解的話也不敢說。

兩個人的事就這麼過去了。過了四五天，李翠石見到與劉某同村的人，說劉某已死，他為此驚嘆不已。第二天，他正要到外地去，看見一個人拄著拐杖走來，分明是劉某。等走近以後，劉某熱情地問候他，還請他到家作客。李翠石猶疑地問他：「日前忽然聽到你的死訊，怎麼會那麼荒唐啊！」劉某不回答，只是拉他進村，到家以後擺上酒，這才說：「前幾天的傳言沒有錯。那天出門，看見兩個人過來，把我抓起來送入官府，問他們為的什麼事，他們只說不曉得。我心想自己在衙門裡進進出出了幾十年，不是膽怯見官員的人，也就不覺得害怕，隨他們去了。走進公堂，見正座上的官員滿臉怒氣，說：『你就是劉某嗎？你罪大惡極，不思悔改，又把別人的東西霸占去。這麼蠻橫兇暴，就該扔進油鍋！』這時，有個人查了查本子，說：『這個人做過一件好事，不應判死罪。』正座上的官員看過本子，臉色稍變溫和，便說：『暫且送他回去吧。』接著就有好幾十個人同聲高呼，攆我出去。我說：『為什麼抓我來？又為什麼趕我走？還請說個明白。』一個小官拿著本子走來，手指一條讓我看，上面記錄：崇禎十三年，我曾用三百錢，救一對夫妻團圓。他說：『如果沒有這件好事，今天就判你死刑了，會使你投胎為畜生。』我聽後害怕極了，就跟隨兩個人出去。他們向我索賄，我怒氣沖沖地告訴他們：『不知道我劉某過去出入衙門二十年，是專門勒索人家錢財的人，你們怎麼敢向老虎嘴裡討肉吃呢！』他兩個這才不再說話。把我送進村，向我一拱手說：『出這趟差，連一捧涼水也沒有喝上。』他們回去了，我一進家就醒過來。這時我斷氣已經兩天了。」

李翠石聽後感覺奇怪，就細問他行好事的詳情。那是在崇禎十三年，饑荒嚴重，到了人吃人的地步。劉某那時在淄川縣衙門聽差，是拘捕罪犯的班頭，偶然看見一男一女哭得死去活來，問他們，回答說：「夫婦相聚才一年多，今年大鬧饑荒，怕都活不成了，因此悲傷。」一會兒，又在油坊前相遇，他們似正與人爭吵。走近去問，姓馬的油坊老板說：「他夫婦兩個快餓死了，每天靠向我討麻醬渣得以活命，現在又要把妻子賣給我。我家裡已經買了十幾個人，買不買有什麼緊要？便宜就買，要價高就罷了。這麼可笑，他硬來纏磨人！」那男子立刻說：「眼下米像珍珠一般貴，我估量要逃荒非得三百錢不成。本來是要兩個都能活下去，要是賣掉妻子還不能活命，有什麼好處呢？我不敢說價錢，只求他積陰德罷了。」劉某可憐他們，便問馬老板出多少錢，馬老板說：「今天的價錢，一個婦人只值一百多錢。」劉某要老板不要再還價，還說自己願意幫助他出半價。老板堅持不同意。劉某年輕，意氣用事，就對那男子說：「他粗俗又小氣，不值得同他絮叨，我願意送給你三百錢，如果能逃了饑荒，又能夫婦不離散，豈不更好嗎！」隨即掏出錢給他。夫妻倆感動得哭起來，向劉某行禮致謝後離開。劉某追述完這事之後，李翠石隨即大加讚嘆。劉某從此完全改掉了過去的惡習，現在他七十歲了，身體還很健康。去年，李翠石到周村，又遇見劉某同人爭吵，眾人圍著他勸說，卻難以平息。李翠石笑著喊道：「你又要為了桃樹告狀嗎？」劉某聽後臉色立刻改變，口中唯唯兩聲，垂著手走了。

異史氏說：「李翠石兄弟們，都是大富戶。翠石尤其樸實寬厚，行事謹慎，喜愛行善，從來不因富有而態度傲慢，是個謙遜誠懇的君子啊！只要看他為人排解糾紛，勸惡向善，對他的為人處世就能了解。古人說：『要發家致富，就不能行仁愛。』我不知道翠石是先行仁愛而後富呢，還是先致富而後行仁愛呢！」

【研　析】〈劉姓〉這篇小說，通過描寫劉某橫行鄉里，欺壓良善，終至被拘押陰司，又因他曾經行一善事，被處免死，送回人世。又得到同鄉李翠石的勸導，從此改掉惡習，得到高壽。小說的主旨雖是勸善懲惡的老調，但因文情奇幻，筆勢峭折，結構創新，發人深省，使作品具有較高的啟發意義和藝術價值。

古人說：「為詩作文一味平直，豈復有意味乎！」這篇小說，情節處理特重迴旋曲折之妙用。文章開篇就竭力渲染劉某「虎而冠者」的惡劣性情。他有田數畝，與苗某田接壠，苗勤勞，多年前於田畔種下的桃樹已結桃，劉姓強占。苗之子來摘桃，劉憤怒驅趕，並到苗門口大罵，還惡人先告狀，同鄉李翠石勸解也不聽。直至苗主動放棄桃樹，他仍然「指天畫地，叱罵不休」。四五天後，他被陰司鬼役捉去見官，按罪「合置鐺鼎」。若順此情節發展，把他扔進油鍋，一定大快人心，但卻落入俗套。有一吏查到他還曾做過一件善事，情節出現回轉，出人意料被判處免死，並送回人世，使他有了改過自新的機會，作品也有了新的內涵。

小說又特別愛用對比描寫，以便更鮮明地展示人物性格和作品的思想性。比如寫劉某的現實表現與他過去的經歷作對比，使讀者知道他的惡習是如何形成的。劉姓並非生來就有惡劣習性，而是由他的經歷所養成。他對向他索賄的鬼役說：「不知劉某出入公門二十年，專勒人財者，何得向老虎討肉吃耶！」欺壓良善的惡習正是這樣形成的。又比如，文中將劉姓兇暴逞忿與苗某的平善隱忍相對比。明明是自己的桃樹，苗某因為害怕劉姓的兇暴，更怕訴訟見官，就哀求李翠石為其調解，自願放棄桃樹。劉姓仍然不依，繼續叱罵不休，「苗惟和色卑詞，無敢少辨」，使兩個人物的性格特徵更鮮明地呈現出來，同時也更真實地反映社會狀況。

文中還描寫了富而樂善、急難好施的李翠石的事跡。他是一個真實的歷史人物，異史氏曰：「李翠石兄弟，皆稱素封。然翠石尤醇謹，喜為善，未嘗以富自豪，抑然誠篤君子也。觀其解紛勸善，其生平可知矣。」可見他也是作家十分崇敬的現實生活中的人。

公孫夏

保定❶有國學生❷某，將入都納貲❸，謀得縣尹❹；方趣裝❺而病，月餘不起。忽有僮入白❻客至，某亦自忘其疾，趨出迎客。客華服，類貴者。三揖入舍，叩所自來。客曰：「僕❼，公孫夏，十一皇子坐客❽也。聞治裝❾將圖縣秩❿，既有是志，太守⓫不更佳耶？」某遜謝，但言：「貲薄，不敢有奢願。」客請效力，俾出半貲，約於任所取盈⓬。某喜，求策。曰：「督、撫⓭皆某昆季⓮之交，暫得五千緡⓯，其事濟矣。目前真定⓰缺員，便可急圖。」某訝其本省⓱。客笑曰：「君迂矣！但有孔方⓲在，何問吳、越桑梓⓳耶。」某終躊躇，疑其不經，客曰：「無須疑惑。實相告：此冥中城隍缺也⓴。君壽盡，已註死籍㉑。乘此營辦，尚可以致冥貴。」即起告別，曰：「君且自謀，三日當復會。」遂出門跨馬去。某忽開眸，與妻子永訣，命出藏鏹，市楮錠萬提㉒，郡中是物為空。堆積庭中，雜芻靈鬼馬㉓，日夜焚之，灰高如山。三日，客果至。某出貲交兌，客即導至部署，見貴官坐殿上，某便伏拜。貴官略審姓名，便勉以「清廉謹慎」等語，乃取憑文，喚至案前與之。

某稽首㉔出署，自念監生卑賤，非車服炫耀，不足震懾㉕曹屬㉖。於是益市輿馬；又遣鬼役以彩輿迓㉗其美妾。區畫㉘方已，真定鹵簿㉙已至。途中里餘，一道相屬，意得甚。忽前導者鉦息旗靡。驚疑間，見騎者盡下，悉伏道周；人小徑尺，馬大如狸。車前者駭曰：「關帝㉚至矣！」某懼，下車亦伏。遙見帝君從四五騎，緩轡而至。鬚多繞頰，不似世所模肖者；而神采威猛，目長幾近耳際，馬上問：「此何官？」從者答：「真定守。」帝君曰：「區區一郡，何直得如此張皇㉛！」某聞之，灑然㉜毛悚，身暴縮，自顧如六七歲兒。帝君命起，使隨馬蹄行。道傍有殿宇，帝君入，南面坐，命以筆札授某，俾自書鄉貫姓名。某書已呈進。

帝君視之，怒曰：「字訛誤不成形象！此市儈耳，何足以任民社㉝！」又命稽其德籍㉞，傍一人跪奏，不知何詞。帝君厲聲曰：「干進罪小，賣爵罪重！」旋見金甲神綰鎖去。遂有二人捉某，褫去冠服，笞五十，臀肉幾脫，逐出門外。

四顧車馬盡空，痛不能步，偃息㉟草間。細認其處，離家尚不甚遠。幸身輕如葉，一晝夜始抵家，豁若夢醒，牀上呻吟。家人集問，但言股痛。蓋瞑然若死者已七日矣，至是始寤。便問：「阿憐何不來？」——蓋妾小字也。先是，阿憐方坐談，忽曰：「彼為真定太守，差役來接我矣。」乃入室嚴妝，妝竟而卒，才隔夜耳。家人述其異，某悔恨爬胸，命停屍勿葬，冀其復還；數日杳然，乃葬之。某病漸瘳㊱，但股瘡大劇，半年始起。每曰：「官貲盡耗，而橫被冥刑，此尚可忍；但愛妾不知舁向何所，清夜所難堪耳。」

異史氏曰：「嗟乎！市儈固不足南面㊲哉！冥中既有線索㊳，恐夫子[39]馬跡所不及到，作威福者正不勝誅耳。吾鄉郭華野先生[40]傳有一事，與此頗類，亦人中之神也。先生以清鯁[41]受主知，再起總制荊楚[42]；行李蕭然，惟四五人從之，衣履皆敝陋，途中人竟不知為貴官也。適有新令赴任，道與相值：駝車二十餘乘，前驅數十騎，騶從[43]以百計。先生亦不知其何官，時先之，時後之，時以數騎雜其伍。彼前馬者怒其擾，輒訶卻之，先生亦不顧瞻。亡何至一巨鎮，兩俱休止。乃使人潛訪之，則一國學生，加納赴任湖南者也。乃遣一价[44]召之使來。令聞呼駭疑；及詰官閥[45]，始知為先生，悚懼無以為地[46]，冠帶匍伏而前。先生問：『汝即某縣縣尹耶？』答曰：『然。』先生曰：『蕞爾[47]一邑，何能養如許騶從！履任則一方塗炭矣！不可使殃民社，可即旋歸，勿前矣。』令叩首曰：『下官尚有文憑。』先生即令取憑，審驗已，曰：『此亦細事，代若繳之可耳。』令伏拜而出。歸途不知何以為情，而先生行矣。世有未蒞任而已受考成[48]者，實所創聞。先生奇人，故信其有此快事耳。」

【注釋】❶保定　明清時府名。今河北保定。❷國學生　國家最高學府國子監裡的學生，即監生。❸納貲　捐錢。指向政府捐錢，買得參加考試的資格或官職。❹縣尹　一縣的長官。❺趣裝　迅速整理行裝。❻白　稟告。❼僕　男子自我謙稱。❽坐客　即座客。寄食於富貴人家並為之服務的人。❾治裝　準備行裝。❿圖縣秩　圖，謀求。縣秩，縣官。⓫太守　郡、州、府級長官，同知州、知府。⓬任所取盈　任所，官署；衙門。取盈，全部取出。⓭督撫　總督和巡撫。是明清時地方最高長官，兼理軍政刑獄。⓮昆季　兄弟。⓯緡　穿一千銅錢的錢串。⓰真定　明代府名，清代改「正定」。今為河北正定。⓱訏其本省　清代規定官員不能在本省做官，故訏。⓲孔方　代指錢幣。⓳吳越桑梓　江蘇省、浙江省或家鄉。桑梓借指故鄉。⓴冥中城隍缺也　冥中，陰間。城隍，守護城池的神。缺，官職空額。㉑死籍　登記死人姓名的冊籍。㉒楮錠萬提　楮錠，紙錢。萬提，萬串。㉓芻靈鬼馬　草紮的人馬，均為葬禮中焚化物。㉔稽首　磕頭。㉕震慴　震驚恐懼。㉖曹屬　下屬官吏。㉗迓　迎接。㉘區畫　安排。㉙鹵簿　貴官出行時的儀仗隊。㉚關帝　三國時蜀將關羽，於明萬曆四十二年被封為關聖帝君。㉛張皇　炫耀。㉜灑然　被水淋濕。㉝任民社　擔任地方長官。㉞德籍　陰司記錄人們德行的名冊。㉟偃息　仰臥；倒下。㊱瘳　病癒。㊲南面　指做官。㊳線索　頭緒；門路。㊴夫子　特指關夫子。㊵郭華野先生　名琇，山東即墨人，康熙九年進士，曾任江南道御史、僉都御史，曾被解職回鄉，後又起用為湖廣總督。㊶清鯁　清正耿直。㊷荊楚　今湖北、湖南一帶。㊸騶從　騎馬的侍從。㊹价　舊時被派遣傳遞信息或供役使的人。㊺官閥　官階。㊻為地　給幫助。㊼蕞爾　形容小。㊽考成　考核官吏政績。

【語譯】保定府有監生某人，將要到京城向政府捐錢，以謀求個縣令的職位，他正在整理行裝卻病了，一個多月還不能下牀。忽然有書僮進屋稟報，說有客人來拜訪，監生某聽後把自己的病全忘了，快步出去迎接。客人服裝華美，像地位顯貴的人；揖讓三次，迎入屋內，問他從何處來。客人說：「我名叫公孫夏，是十一皇子的門客。聽說你整理行裝去謀求知縣官職，既然有這一想法，做知府不更好嗎？」監生某謙遜推辭，只說：「財力單薄，不敢有過高的企求。」客人要為他效力，讓他先交捐納的半數，約定到知府衙門以後交齊。監生某很高興，向他請教具體辦法。客人說：「總督巡撫和我是兄弟交情，暫且先拿出五千貫錢，這事就成功了。目前真定府缺員，正好趕快謀劃爭取。」監生某不由驚訝，因為這職位在本省。客人笑著說：「你太老實了！只要有錢在，哪裡要問是在江蘇、浙江還是家鄉呢！」監生某竟猶豫不決，疑慮這樣做不合常理。客人說：「不必疑惑。實話告訴你，這是陰間城隍職位的空額。你的陽壽已盡，名字已記錄在死人名冊上。趁這時早辦，還可以得到在陰間的顯貴。」說後立刻起身告別，說：「你自己算計吧，三天以後見面。」於是出門騎馬走了。監生某忽然睜開眼，與妻子永別，讓她把收藏的銀錠拿出來，買紙錢一萬串，郡裡的紙錢全被他買光了。把紙錢堆在院子裡，連同紙紮的人馬，日夜焚燒，灰高如山。三天之後，客人果然來了，監生某拿出錢交付他，客人立刻帶領他到官衙門。他見有個貴官坐在殿堂裡，就跪下磕頭。貴官略微審核姓名，便說一些任職後要清廉謹慎等勉勵的話，又拿出任職太守的證書，把他喊到案前交給了他。

監生某向貴官磕頭後走出衙門，想到自己監生的地位卑賤，不是華麗的車馬服飾，不能懾服下屬，於是增購車馬，又打發鬼差用彩轎去迎他的美妾。剛安排好，真定府的儀仗隊就來迎接他了。隊伍上路長有一里多路，人馬相連，監生某洋洋得意。忽然間開道的鑼聲停息，彩旗倒下。監生某正在驚異，見馬上的前衛一個個下馬，彎腰趴在路旁，他們身軀縮短，剩尺把高，馬也變得如狸子般大小。車前的差役驚駭地說：「關聖帝君來到！」監生某害怕了，下車後也趴在地上。他遠遠地望見帝君身旁有四五個隨從，他們騎著馬慢慢地走來。帝君鬍鬚多，長滿兩頰，不像世間塑畫的模樣；他的神態威武勇猛，眼睛長得幾乎接近耳邊。帝君在馬上問：「這人是什麼官？」隨從回答：「是真定府太守。」帝君說：「小小的一個太守，怎配如此鋪張炫耀！」監生某聽後，忽然毛骨悚然，身軀立刻縮小，看看自己，像個六七歲的兒童。帝君命他站起來，跟隨馬蹄步行。道旁有座寺院殿堂，帝君進去，面朝南坐下，命令拿紙和筆給監生某，使他自寫籍貫姓名。監生寫完呈進，帝君看後憤怒，說：「字都寫錯了，不成樣子！他是個市儈，怎配當地方長官！」又命令查閱他的道德簿，旁有一人跪下上奏，不知說了些什麼，帝君大聲說：「營謀官職罪小，出賣官職罪重！」立刻看見金甲神手握鎖鏈離去，有兩個人抓住監生某，摘下他的官帽，脫去他的官服，打了五十大板，他屁股上的肉打得幾乎就要掉下來，然後被攆出寺院門外。

監生某四下張望，車馬全都無影無蹤，屁股疼得不能行走，只好躺在草地上休息。仔細辨認這個地方，離家還不至於很遠，幸虧他輕得像一片樹葉；走了一天一夜才到家。他忽然似從夢中醒來，躺在牀上疼得直呻吟。家裡人聚集他身邊問候，他只說屁股疼。原來他閉著眼睛像死了一樣已經七天了，現在才醒過來。監生某問：「阿憐怎麼沒有來？」——阿憐是他的妾的小名。在這以前，阿憐正坐著說話，忽然說：「他當了真定太守，派差役來接我了。」於是進內室梳妝，打扮完畢就死了，這是前一夜的事。家中人講出這件怪事，監生某又悔又恨，悲痛得直捶胸，命令停屍不葬，盼望她復活；停了好幾天，都沒有看到動靜，這才將她埋葬。監生某的病漸漸痊癒，但是屁股上的瘡很嚴重，治了半年才能起牀。他常說：「為買官，把錢財用光了，還白白挨了陰司一頓毒打，這還可以忍耐；但是愛妾不知道被抬到哪裡去了，在淒清的夜晚實在難以忍受啊！」

異史氏說：「唉呀！市儈的確不能做官！陰間既然有買官的門路，恐怕關夫子馬跡所不到的地方，作威作福的人正多得殺不淨哩！據說我家鄉的郭華野先生流傳的事跡，與上述故事相似。他也是人中的神吶！他由於為人清正耿直，得到皇上的賞識，第二次做官為湖廣總督，外出時帶很少行李，只跟四五個隨從，穿的衣服、鞋子都破舊簡陋，因此路上的行人始終不知道他是高貴的官員。正巧有個新縣令到縣府上任，在路上遇見郭先生。縣令一行，有駱駝拉的車子二十多輛，前導是數十個騎兵，隨從人員上百。郭先生不知道他是什麼官，有時走在他前面，有時跟在他後面，有時幾匹馬還混雜在他的隊伍裡。縣令的開路騎兵因受干擾而發怒，就呵叱他們後退，郭先生看也不看他們。一會兒，走進一個大集鎮，雙方都停下來休息。郭先生就暗中派人查訪，原來這縣令是個監生，第二次捐錢後得縣令官職，到湖南做官。郭先生就派一名隨從去召他過來。縣令聽見呼喊後心中驚疑，問過對方官階，才知道貴官是郭華野。他懼怕沒有人能幫助他，就穿著官服爬到郭先生面前。郭先生問：『你就是某縣的縣令麼？』縣令回答：『是的。』郭先生說：『一個很小的縣，怎能養得起這麼多侍從！你到任以後，那一地區的老百姓，就要陷進泥潭火坑了。我不能使你去禍害地方，你可以馬上回去，不要向前走了。』縣令磕頭說：『下官我還有任命文件。』郭先生就令人取那文件，審查以後說：『這也是小事，替你交回去就行了。』縣令趴下向郭先生磕頭後走了。他在回家的路上心裡還不知道是啥滋味呢，而郭先生又走了。世間有還沒到任就已受到上級考核的官員，真是天下罕見。郭華野先生德才出眾，所以我相信他有這件令人拍手稱快的事。」

【研　析】〈公孫夏〉這篇鬼神志怪小說，通過保定監生納貲捐官終被查處的故事，把鬼域與人世兩相對照，淋漓盡致地揭露了封建社會賣官鬻爵的腐敗與無恥，斥責了滿清上至皇族賄賂公行的醜惡社會風氣。文中雖然以關聖帝君出現，寄託作者以清廉正直官吏來淨化世風的理想，但當時貪官汙吏多如牛毛，一個關聖帝君豈能懲治得了，也只能是個美好的幻想。

捐納制早在秦朝就已出現，到了清代更加盛行。公孫夏是「十一皇子座客」，又與督撫有「昆季之交」，上有靠山，下有至交，為人作掮客賣官鬻爵是輕而易舉之事。正是這樣，清代官場上下串通，沆瀣一氣，造成一片烏煙瘴氣的黑暗局面。最有諷刺意味的描寫，是接受賄賂的貴官向監生發為官「憑文」時，還要裝模做樣地「勉以『清廉謹慎』等語」，真不知天下還有「羞恥」二字！蒲松齡生活的環境，正值文字獄盛行時期，敢把批判的矛頭直指封建統治者的最高層，的確需要很大的勇氣，這也正是他身上的光輝面。

正文寫了關聖帝君，「異史氏曰」又補寫了郭華野查處某縣令的故事，是以社會的真事印證作品中描寫情節的真實性，使作品的揭露和批判力量更強。至於同樣暗含以廉吏正風氣的理想，也只能看作是作者的美好心願罷了。

姬生

南陽❶鄂氏患狐，金錢什物輒被竊去，迕❷之，祟益甚。鄂有甥姬生，名士，素不羈❸，焚香代為禱免，卒弗應；又祝舍❹外祖，使臨己家，亦不應。眾笑之，生曰：「彼能幻變，必有人心。我固❺將引之，俾入正果❻。」三數日輒一往祝之。雖固❼不驗，然生所至狐遂不擾，以故鄂常止生宿。生夜望空請見，邀益❽堅。

一日，生歸，獨坐齋中，忽房門緩緩自閉。生起致敬曰：「狐兄來耶？」殊寂無聲。又一夜，門自開。生曰：「倘是狐兄降臨，固❾小生所禱祝而求者，何妨即賜光霽❿？」即又寂然，而案頭錢二百及明失之。生至夜，增以數百。中宵，聞布幄鏗然⓫，生曰：「來耶？敬具時銅⓬數百，以備取用。僕雖不充裕，然非鄙吝者。若緩急有需用度無妨質言⓭，何必盜竊！」少間，視錢，脫⑭去二百，生仍置故處，數夜不復失。有熟雞，欲供客而亡⑮之，生至夕又益⑯以酒，而狐從此絕跡矣。鄂家祟如故，生又往祝曰：「僕設錢而子⑰不取，設酒而子不飲。我外祖衰邁，無為久祟之。僕備有不腆⑱之物，夜當憑汝自取。」乃以錢十千、酒一尊⑲，兩雞皆聶切⑳，陳几上，生臥其傍。終夜無聲，錢物亦如故。自此狐怪以㉑絕。

生一日晚歸，啟齋㉒門，見案上酒一壺，燂㉓雞盈盤，錢四百，以赤繩貫之，即前所失物也，知狐之報。嗅酒而香，酌之色碧綠，飲之甚醇，壺盡半酣。覺，心中貪念頓生，驀然欲作賊，便啟戶出。思村中一富室，遂往越其牆；牆雖高，一躍上下，如有翅翎；入其齋，竊取貂裘、金鼎而出。歸置牀頭，始就枕眠。

天明，攜入內室。妻驚問之，生囁嚅㉔而告，有喜色。妻初以為戲，既知其真，駭曰：「君素剛正，何忽作此？」生恬然不為怪，因述狐之有情。妻恍然自悟：是必中狐之酒毒也；因念丹砂可以卻邪，遂覓研入酒使飲之。少頃，忽失聲曰：「我奈何做賊！」妻代解其故，爽然自失；又聞富室被盜，譟傳里黨，生終日不食，莫知所處。妻為之謀，使乘夜拋其牆內，生從之。富室復得故物，其事遂寢㉕。

生歲試㉖冠軍，又舉行優㉗，應受倍賞。及發落㉘之期，道署㉙梁上粘一帖云：「姬某作賊，偷某家鼎、裘，何為行優？」梁最高，非跂足可粘。文宗㉚疑之，執帖問生。生愕然，念此事除妻外無知者；況署中深密，何由而至？因悟曰：「此必狐為之也。」遂緬述無諱，文宗賞禮㉛有加焉。生每自念：無所取罪於狐，所以屢陷之者，亦小人㉜之恥獨為小人耳。

異史氏曰：「生欲引邪入正，而反為邪惑。狐意未必大惡，或生以諧引之，狐亦以戲弄之耳。然非身有夙根，室有賢助，幾何不如原涉㉝所云，『家人寡婦，一為盜汙遂行淫㉞』哉？吁！可懼也！」

吳木欣㉟云：「康熙甲戌㊱，一鄉科㊲令浙中，點稽囚犯。有竊盜，已刺字㊳訖，例應逐釋。令嫌『竊』字減筆從俗，非官板正字㊴，使刮去之。候創平，依字彙中點畫形象另刺之。盜口占一絕㊵云：『手把菱花㊶仔細看，淋漓鮮血舊痕斑。早知面上重為苦，竊物先防識字官。』禁卒笑之曰：『詩人不求功名，而乃為盜！』盜又口占答之云：『少年學道志功名，只為家貧誤一生。冀得貲財權子母㊷，囊遊燕市博恩榮㊸。』即此觀之，秀才為盜亦仕進㊹之志也！狐授姬生以進取之資，而返悔為所誤，迂哉！

【注釋】❶南陽　明清時府名。今河南南陽。❷迕　冒犯，觸犯。❸素不羈　素，平時。不羈，性格放蕩。❹祝舍　祝，向鬼神祈禱。舍，捨。❺固　決心。❻正果　佛教語。修行得道。❼固　一再。❽益　更加。❾固　本來。❿賜光霽　賜，給予。光霽，「光風霽月」的省稱。用以指代英俊的相貌。⓫布幄鏗然　布幄，帳幕。鏗然，形容聲音響亮。⓬時銅　正在使用的銅錢。⓭質言　如實而言，直言。⓮脫　散落，失去。⓯亡　丟失。⓰益　增加。⓱子　古代對男子的美稱。⓲不腆　不豐厚美好。⓳尊　同「罇」。盛酒器。⓴聶切　切肉成片。聶，薄片肉。㉑以　亦；也。㉒齋　書房；屋。㉓燀　烤熟。㉔囁嚅　欲言又止貌。㉕寢　平息。㉖歲試　科舉考試中，省內學官覆查學生成績的考試。㉗舉行優　舉，推薦。行優，文章和操行俱優。清代，學官推薦省內行優的學生，進國家最高學府（國子監）讀書。㉘發落　放榜。㉙道署　清代，省、府依下屬主管專職所設行政部門。㉚文宗　指負責省內考試的最高學官。㉛賞禮　讚賞和以禮相待。㉜小人　人格卑鄙的人。㉝原涉字巨先，漢代茂陵人，曾官谷口令，被譽為輕生重義、勇於助人的俠士。㉞行淫　做淫蕩事。㉟吳木欣　名長榮，清山東長山（今山東鄒平長山）人，生性聰慧，志向高遠，重名節，曾於國子監讀書。㊱康熙甲戌　清康熙三十三年（西元一六九四年）。㊲鄉科　即舉人，鄉試中選者。㊳刺字　在囚犯面部刺字，示人罪狀。㊴官板正字　官方刻書所用繁體字。㊵口占一絕　口占，張口說出。絕，古詩中的絕句。㊶菱花　鏡子。㊷權子母　權衡本和利，即經商。㊸囊遊燕市句　囊遊，以口袋盛財物而遊。燕市，北京。恩榮，指皇帝給的恩惠和榮寵。㊹仕進　做官。

【語　譯】南陽府有一家姓鄂的人，家中有狐精作怪，金錢和日用品經常被牠偷去；冒犯了牠，牠就更加禍害人。鄂老先生有個外孫姬生，他有些文才和名聲，平時無拘無束；他去外祖父家燒香代為祈禱，求狐精不要再搗亂，狐精始終不答應；又祈禱請牠離開外祖父家，到他姬家去，牠也不應許。人們都譏笑姬生，姬生說：「狐精會變化形象，牠就一定有人的情意，我決心引導牠修行，使牠得道成仙。」此後，他每隔幾天就往外祖父家祈禱，雖然沒有收到什麼效果，可是如果他一到，狐精就不來擾亂，因此鄂老先生常常留姬生住宿。姬生夜晚仰望空中，請狐精來見面，邀請的心意也越來越堅定。

一天，姬生回到家，獨自坐在書房裡，忽然房門慢慢地自動關閉。姬生起立，表示敬意，說：「莫非是狐兄來到嗎？」十分寂靜，沒有聽到任何聲音。又一夜，屋門自動打開，姬生說：「倘若是狐兄光臨，這本來就是小生我所祈求的。不妨讓我看看你那英俊的相貌？」卻還是寂然無聲，然而桌子上原有二百銅錢，到天亮時發現丟失了。姬生到夜間又增放好幾百文銅錢。半夜時分，只聽得帳幕間鏗然有聲，就說：「你來了嗎？我特地拿出好幾百銅錢，用來供你取用。我雖然不很富足，卻不吝嗇，如果你有急需，不妨照實說，何必偷盜呢！」一會兒，再去看錢，被取走二百文，他仍舊放在原處；過了數夜，那錢沒有再丟失。他有一隻熟雞，想用來請客卻丟失了；到夜裡，他又增放上酒，而狐精從此以後就不再來了。至於鄂家，那狐精照舊作怪。姬生又去外祖父家祈禱說：「我放了錢你不去取，擺上酒你不去喝，我外祖父體衰年老，別長期和他為難了吧！我備辦了不夠豐美的禮品，到夜間你就隨意取用吧！」於是他用錢十千、美酒一尊，還有兩隻切成薄片的雞，一併放在桌子上，然後在桌旁躺下。一整夜沒有聲音，錢和物依然保持原狀。從此，狐精就再也沒有來過。

一天，姬生夜晚回到家裡，打開書房的門，見桌子上有酒一壺、烤雛雞滿盤，還有用紅繩串著的四百銅錢，這些就是過去丟失的東西，他明白這是狐精的回報。聞一聞酒，挺香，倒一杯看，顏色碧綠，喝一口，味道很醇正；他喝完以後已經半醉。只覺得心裡忽然萌生了貪念，突然要去做賊，便開了門出去。想到本村有一家富戶，就翻越他家的牆；牆雖然高，他一躍而上，一跳而下，像長有翅膀；到富戶的屋裡偷出貂裘、金香爐後離去。回家放在牀頭上，這才睡覺。

天亮了，姬生把偷來的物品抱到閨房。妻子吃驚地問他，他回答時言詞吞吞吐吐，還笑咧咧的。妻子起初以為姬生同她開玩笑，知道偷盜確是真情之後，驚訝地說：「你平時人品剛強正直，怎麼忽然做起這樣的事？」姬生卻心安理得，不以為怪，隨後追述了狐精的情義。妻子忽然醒悟：

這必定是中了狐精所給的酒的毒了；接著想起丹砂可以去邪，就找來丹砂研磨，放到酒裡使姬生喝下去。一會兒，姬生忽然不由自主地說：「我怎麼去做賊呢！」妻子代他解釋其中緣故，他聽後精神茫然，內心若有所失；又聽說村中富戶被盜，這件事正在自己的鄰里親友中傳揚，姬生一整天不吃不喝，不知道怎麼辦才好。妻子為他出謀劃策，讓他趁黑夜把東西扔進富戶的院牆，姬生聽從了。富戶家丟失的物品失而復得，被盜的事就隨之平息。

姬生參加歲試，考得冠軍，還被推薦為「行優」，能得到加倍的賞賜；等到將要放榜時，道衙門裡發現屋梁上被人貼了紙條，上寫：「姬生做賊，偷某家的金香爐和皮衣，他怎麼是行優？」梁很高，不是踮起腳跟便能貼上的，學官懷疑，就拿著紙條去問姬生。姬生大吃一驚，心裡暗想這事除了妻子之外無人知曉，況且衙門院子深，設防嚴，那人是從哪裡進去的？於是醒悟說：「這事必定是狐精幹的。」於是向學官追述，絲毫不加隱瞞，學官聽後對他更加稱讚和敬重。姬生經常獨自思考：自己沒做得罪狐精的事，牠之所以屢次陷害我，也是由於小人恥於獨自為小人而已！

異史氏說：「姬生要引導邪物走上正道，反而自己被邪物迷惑。狐精未必用心險惡，或許是因為姬生以戲耍的態度招引牠，牠就以開玩笑的方式捉弄吧。然而要不是姬生本身素質好，根底厚，家裡又有賢妻，他能經得起幾次迷惑而不至於像原涉所說：『一般人家的寡婦，一旦被盜賊奸汙，她就會從此生活淫蕩起來呢！』唉呀，可怕呀！」

吳木欣說：「康熙三十三年，有一個舉人在浙江當知縣，他查看犯人時看見這樣一個囚犯：是盜竊犯，已刺過字，按照規定是應當釋放的。這知縣卻嫌其中刺的『竊』字字體從俗簡化，而不是官板正體字，便下令使人去刮掉，等傷口長平之後再按照字彙中形體另刺。這個犯人聽後立即順口說出一首絕句：『手把菱花仔細看，淋漓鮮血舊痕斑。早知面上重為苦，竊物先防識字官。』看守監獄的差役譏笑他，說：『你是詩人，不去求得官職名位，卻做盜賊！』這犯人又說：『少年學道志功名，只為家貧誤一生。冀得貲財權子母，囊遊燕市博恩榮。』」從這裡看，秀才做賊也是為了做官哩！狐精送給姬生謀取官職的資本，姬生卻追悔他被狐精陷害，愚蠢啊！

【研 析】這是一篇人與狐怪相鬥的傳奇故事。姬生「素剛正」，對狐怪作祟，他想以正化邪、用寬容忍讓方式感動牠。這動機是好的，但他只憑主觀想像，並不了解對方的實際情況，結果，不僅沒改變狐怪，自己反被惑，拉下水為盜。幸而及早覺悟，迷途知返，才避免走上毀滅之途。孔夫子不贊成「以德報怨」，而主張「以直報怨」，就是要求先區分開是非善惡的界限，然後再確定採取何種態度對待，一味牽就忍讓，其實也是危險的。

《聊齋》中多次寫到狐怪作祟，而此篇有一明顯特點：狐怪自始至終沒有顯現過身形。狐怪先在姬生外祖父家作祟，生就決心用自己的行動感化牠，使其不再盜竊，改邪歸正。為此，他費盡心機，「焚香代為禱免，卒弗應；又祝舍外祖，使臨己家，亦不應」。狐竊去案上二百文錢，生就「增以數百」；狐竊走熟雞，生又增加酒。最後更放十千錢、一尊酒、兩隻熟雞，供其取用。生真正做到仁至義盡、以德報怨。結果，表面上狐怪不再盜竊，卻實施更壞的詭計，騙姬生飲下毒酒，使其「心中貪念頓生，驀然欲作賊」，並且立即行動，偷了同村富室的貂裘金鼎。幸虧他本是君子，又得賢妻相助，很快醒悟過來，及時改正。狐怪又向考官揭露姬生有過偷竊行為，但他光明磊落，毫不隱瞞地向考官說明事情的原委，得到考官諒解與稱讚。姬生認為狐怪拉他下水，是「小人之恥獨為小人耳」，也是的。盜竊行為本身是不勞而獲、損人利己的剝削者的思想表現，再拉別人下水，則是擴大惡勢力，對社會有更大的危害性。

篇末附記一則秀才為盜受罰的故事。獄官在人犯臉上改刺「竊」字，揭露了酷吏的殘暴兇惡，反映出酷吏已喪失正常人性。秀才的詩又表明，偷盜是為了捐功名、買官爵，「冀得貲財權子母，囊遊燕市博恩榮」。這一方面批判了科舉和官場的腐敗，同時也暴露出秀才自身品質的低劣與可笑。再與正文相呼應，作者用反語調笑說：「狐授姬生以進取之資，而返悔為所誤，迂哉！」更增加了作品的諷刺效果！

勞山道士

邑❶有王生，行七，故家❷子。少慕道，聞勞山❸多仙人，負笈❹往遊。登一頂，有觀宇❺甚幽。一道士坐蒲團❻上，素髮垂領，而神觀爽邁❼。叩而與語，理甚玄妙❽，請師之。道士曰：「恐嬌惰不能作苦。」答言：「能之。」其門人甚眾，薄暮畢集，王俱與稽首❾，遂留觀中。凌晨，道士呼王去，授以斧，使隨眾採樵，王謹受教。過月餘，手足重繭❿，不堪其苦，陰⓫有歸志。

一夕歸，見二人與師共酌⓬。日已暮，尚無燈燭，師乃翦紙如鏡，粘壁間。俄頃，月明輝室，光鑑毫芒⓭。諸門人環聽奔走。一客曰：「良宵勝樂，不可不同。」乃於案上取壺酒，分賚⓮諸徒，且囑盡醉。王自思：七八人，壺酒何能徧給？遂各覓盎盂⓯，競飲先釂⓰，惟恐樽盡；

而往復挹注，竟不少⑰減，心奇之。俄一客曰：「蒙賜月明之照，乃爾⑱寂飲。何不呼嫦娥⑲來！」乃以箸擲月中。見一美人，自光中出；初不盈尺，至地遂與人等；纖腰秀項⑳，翩翩㉑作〈霓裳舞〉㉒。已而㉓歌曰：「仙仙㉔乎，而還乎，而幽我於廣寒㉕乎！」其聲清越㉖，烈㉗如簫管。歌畢，盤旋而起，躍登几上。驚顧之間，已復為箸。三人大笑。又一客曰：「今宵最樂，然不勝酒力矣。其餞㉘我於月宮可乎？」三人移席，漸入月中。眾視三人，坐月中飲，鬚眉畢見，如影之在鏡中。移時月漸暗，門人然燭來，則道士獨坐而客杳㉙矣。几上，肴核㉚尚故；壁上月，紙圓如鏡而已。道士問眾：「飲足乎？」曰：「足矣。」「足宜早寢，勿誤樵蘇㉛。」眾諾而退。王竊忻慕，歸念遂息。

又一月，苦不可忍，而道士並不傳教一術。心不能待，辭曰：「弟子數百里受業㉜仙師，縱不能得長生術，或小有傳習，亦可慰求教之心。今閱㉝兩三月，不過早樵而暮歸。弟子在家，未諳㉞此苦。」道士笑曰：

「我固㉟謂不能作苦，今果然。明早當遣汝行。」王曰：「弟子操作多日，師略授小技，此來為不負也。」道士問：「何術之求？」王曰：「每見師行處，牆壁所不能隔，但得此法足矣。」道士笑而允之。乃傳以訣，令自咒畢，呼曰：「入之！」王面牆不敢入。又曰：「試入之。」王果從容入，及牆而阻。道士曰：「俛首驟入，勿逡巡㊱！」王果去牆數步，奔而入；及牆，虛若無物；回視，果在牆外矣。大喜，入謝，道士曰：「歸宜潔持㊲，否則不驗。」遂助資斧㊳，遣之歸。抵家，自詡遇仙，堅壁所不能阻。妻不信，王效其作為，去牆數尺，奔而入，頭觸硬壁，驀然而踣。妻扶視之，額上墳起，如巨卵焉。妻揶揄㊴之，王慚忿，罵老道士之無良㊵而已。

異史氏曰：「聞此事未有不大笑者；而不知世之為王生者，正復不少。今有傖父㊶，喜疢毒㊷而畏藥石㊸，遂有吮癰舐痔㊹者，進宣威逞暴㊺之術以迎其旨㊻，紿㊼之曰：『執此術也以往㊽，可以橫行而無礙。』初試未嘗不小效，遂為天下之大，舉㊾可以如是行矣，勢不至觸硬壁而顛蹶㊿不止也。」

【注　釋】❶邑　縣。這裡特指作者家鄉山東淄川。❷故家　世代仕宦人家。❸勞山　即嶗山。位於今山東青島。❹笈　書箱。❺觀宇　道教廟宇。❻蒲團　用蒲草編結的圓形草墊，是僧人道士盤坐或跪拜的用具。❼神觀爽邁　神態爽朗超逸。❽玄妙　深奧微妙。❾稽首　指道士的舉手禮。❿繭　手腳上磨出的硬皮。⓫陰　指內心深處。⓬酌　飲酒。⓭毫芒　毫毛的細尖。⓮賚　賞賜、給予。⓯盎盂　泛指杯碗類用具。⓰釂　飲盡杯中酒。⓱少　稍。⓲乃爾　如此。⓳嫦娥　即姮娥。為神話中月中女神。見《淮南子・覽冥》。⓴秀項　修長的頸項，古代以為姣美。㉑翩翩　形容輕快。㉒霓裳舞　即〈霓裳羽衣舞〉。始於唐代天寶年間的舞蹈。㉓已而　不久。㉔仙仙　舞時飛揚升騰貌。㉕廣寒　傳說為月中宮殿名。㉖清越　樂聲清徹激揚。㉗烈　高亢。㉘餞以酒食送別。㉙杳　不見蹤影。㉚肴核　菜餚和果品。㉛樵蘇　砍柴和割草。㉜受業　從師學習。㉝閱　經過。㉞諳　經受。㉟固　一再。㊱逡巡　猶豫。㊲潔持　保持言行純正。㊳資斧　路費。㊴揶揄　嘲笑。㊵無良無善良之心，沒好心眼。㊶傖父　粗俗卑陋的人。㊷疢毒　病害。借指阿諛奉承。㊸藥石　泛指藥品。喻規勸。㊹吮癰舐痔　喻卑鄙媚上。語出《莊子・列禦寇》。㊺逞暴　肆行暴力。㊻旨　意圖。㊼紿　欺騙。㊽以往而去。㊾舉　全。㊿顛蹶　摔倒挫敗。顛，自高隕墜。蹶，顛仆；挫敗。

【語　譯】我縣裡有個書生姓王，兄弟排行第七，是世代官宦人家的後代。他年輕時熱愛道家的法術，聽說勞山有許多仙人，就肩背書箱去遊歷。他登上山頂，看見一座道觀，環境很幽靜。廟中有個道士，正坐在蒲團上，白髮垂肩，神態爽朗超逸。王生立刻上前拜謁並和他交談，他講的道理很深奧微妙，請求拜他為師，他說：「怕你嬌懶，不耐勞苦。」王生回答說：「我能吃苦。」道士有許多徒弟，到傍晚都回到廟裡，王生向他們一一稽首致禮。從此，便留在廟裡。第二天早晨，道士把王生喊去，給他一把斧子，要他跟隨道徒們上山砍柴，他恭敬地聽從吩咐。過了一個多月，手上腳上都磨出一層厚厚的老繭。他受不了這辛苦，暗自盤算想要回家。

一天傍晚，王生砍完柴回廟，見有兩位客人和師父一起飲酒；天色已經黑下來，他們沒有點燈，只見師父剪一張圓鏡般的紙片，抬手粘在牆上，紙片立即變成月亮，照得滿堂通明，哪怕地上有一根細毛麥芒，也能看得清楚。道徒們圍繞筵席奔走侍候，一位客人說：「今晚夜色美好，心情很愉快，就該共同歡樂。」說完就從桌子上拿起一壺酒，讓道徒們分喝，還囑咐他們盡情暢飲，一醉方休。王生尋思：這一小壺酒，七八個人都喝，哪能夠用？道徒們各自找來杯、碗，爭先喝光，只怕酒壺倒空。然而大家一遍遍斟酒，壺裡的酒卻不見減少，王生感覺奇怪。一會兒，有位客人說：「承蒙引來月光。這樣還覺得有些冷清，怎麼不叫嫦娥來？」他拿起一根筷子投進月亮，就見一個美女從月光中走出來。她起初還不到一尺高，落到地面便同一般人相同了，腰肢纖細，頸項修長，步態輕盈地跳起〈霓裳羽衣舞〉；不久又唱道：「輕快地舞啊，就舞到家鄉去吧！卻把我關進月宮啊！」歌聲清脆悠揚，如管樂般高亢。唱完，她盤旋升起，躍上几案，大家驚訝地看著，嫦娥又變成一根筷子。客人和師父都哈哈大笑。又一位客人說：「今天晚上很快活，可是我酒量小，不能再喝了。可以到廣寒宮為我餞行嗎？」主客三人便移動席位，漸漸進入月中。道徒們看他們在月亮裡飲酒，鬍鬚眉毛都看得真切，就好像鏡子裡的影像。過了一會兒，月光漸暗，一個道徒點燃蠟燭進來一看，只有師父獨自坐著，而客人已不見蹤影。桌子上的殘羹果核尚在；再看牆上那月亮，只是紙圓如鏡罷了。道士問徒弟們：「酒喝足了嗎？」都回答：「足啦！」道士說：「喝足了就早睡吧。別誤了明天砍柴割草。」道徒們齊聲答應，退出殿堂。王生心裡暗自高興和仰慕，竟然打消了回家的念頭。

又過了一個月，王生實在忍受不住這勞苦，道士壓根兒不教他法術。王生急得實在不願等待，便向道士告辭，說：「弟子從幾百里外來到這裡，向仙師學道，心想縱然學不到長生不老術，有點傳授也可安慰我求教的心。至今已兩三個月，不過是早晨出去打柴，到天晚回來，弟子在家沒有受過這種苦。」道士聽後笑著說：「我一再說你不耐勞苦，現在看果然如此，明天清早打發你走。」王生說：「弟子在這裡勞作多日，請師父教我個小法術，也算是不負此行了。」道士問：「想學點什麼？」王生說：「常見師父走路，前面有牆也擋不住。只要學到這一法術，我便心滿意足了。」道士笑著應許他，就把口訣傳授給他，使他自己念咒語，念完，喊道：「進去！」王生對著牆不敢進。道士又喊：「試一試，進去！」王生果然不慌不忙地走過去，走到牆根卻被擋住。道士說：「低下頭！猛然一鑽，不要猶豫。」王生真的後退幾步，奔跑前進，觸及牆，卻像什麼東西也沒有；回頭一看，果然來到牆外。他很高興，進去向師父拜謝，道士說：「回家以後，要保持心地純潔，否則法術不靈。」於是給了他路費，打發他回去。王生到家，自誇遇到神仙，硬牆阻擋不住他。他的妻子不相信，王生就仿效上一次的做法，離開牆好幾尺遠，奔跑前進，頭碰硬牆，猛然跌倒在地。妻子把他扶起來，見他的前額鼓起一個包，像個大雞蛋。妻子嘲笑他，王生又羞又恨，罵老道士沒有好心眼兒。

異史氏說：「聽說這件事以後，沒有人不大笑的；卻不了解世間像王生這樣的人還不少。有個庸俗鄙陋的人，喜歡病害，厭棄藥物，就有吸瘡舔痔的人，向他進獻張揚威勢、肆行暴力的手段，來迎合他的意圖，騙他說：『去使用這一手段，就能橫行天下，銳不可擋。』初次試行，未嘗不顯示點兒效力，他就認為走遍天下，到處都可以這麼幹了。看那勁頭，他不到一頭撞上硬牆而倒下，是不會罷休的。」

【研　析】〈勞山道士〉中描寫王生進山學道，志不堅，怕吃苦，終於碰壁、失敗，遭人嘲笑。其主旨是諷刺庸俗淺薄、不勞而獲的錯誤思想，肯定誠實敬業、吃苦耐勞的好品格。

這篇小說情節並不複雜，作者卻寫得波瀾迭起，曲折動人。為了展示王生的性格特點，文中描寫了他四次思想感情的轉折：王生入山學道，道士曰：「恐嬌惰不能作苦。」生答：「能之。」就收留了他。不久，就「不堪其苦，陰有歸志」，這是第一次轉折。道士與二客宴飲作法，新奇精妙，美輪美奐，王生歸志遂息，這是第二次轉折。過了一個月，生「苦不可忍，而道士並不傳教一術。心不能待」，正式向道士提出告辭，這是第三次轉折。行前，生要求學過牆術，道士笑而允之，傳以訣，教以法，生果然過牆若無物，大喜。道士曰：「歸宜潔持，否則不驗。」但是，生到家就在妻面前自我吹噓，完全忘記道士的教導，結果是「頭觸硬壁，驀然而踣」、「額上墳起，如巨卵焉」，並受到妻的揶揄，這是第四次轉折，也是故事的結局和王生性格的充分展示。至此，王生毫無自責之心，還罵師父「無良」，更見此人品格低下。

道士形象顯示了道家的優良品質。他「神觀爽邁」、「理甚玄妙」，表明修養深湛。他明知王生無恆心刻苦學道，但並不直接拒絕他，而是在實際生活中考驗他。他臨走要學過牆法術，也教給他，並加提示。這些都表現了對後生的教導關懷之心。他對王生的態度是盡心引導，順其自然，體現了道家的哲學觀念。

小說中描寫道士及客人施展法術，表現了作者豐富的想像力，大大提高了作品的藝術審美的感染力。文中描寫了剪紙成月、分酒賞徒、擲箸化嫦娥，既舞且歌，神異美妙。後來，道士與二客，移席月中，「眾視三人，坐月中飲，鬚眉畢見，如影之在鏡中」。這些描繪，令人感覺精美新奇，神往心迷，戀戀不捨地反覆玩味欣賞！

晚霞

五月五日，吳越❶間有鬥龍舟之戲：刳木❷為龍，繪鱗甲，飾以金碧；上為雕甍朱檻；帆旌皆以錦繡；舟末為龍尾，高丈餘；以布索引木板下垂，有童坐板上，顛倒滾跌，作諸巧劇。下臨江水，險危欲墮。故其購是童也，先以金啖❸其父母，預調馴之，墮水而死，勿悔也。吳門❹則載美妓，較不同耳。

鎮江❺有蔣氏童阿端，方七歲，便捷奇巧，莫能過，聲價❻益起，十六歲猶用之。至金山❼下，墮水死。蔣媼止此子，哀鳴而已。阿端不自知死，有兩人導去，見水中別有天地❽；回視，則流波四繞，屹如壁立。俄入宮殿，見一人兜牟❾坐。兩人曰：「此龍窩君也。」便使拜伏。龍窩君顏色和霽，曰：「阿端伎巧，可入柳條部。」遂引至一所，廣殿四合。趨上東廊，有諸年少出與為禮，率⑩十三四歲。即有老媼來，眾呼解姥，坐令獻技。已，乃教以錢塘飛霆之舞，洞庭和風之樂⑪。但聞鼓鉦喤聒⑫，諸院皆響。既而諸院皆息。姥恐阿端不能即嫻，獨絮絮調撥之；而阿端一過，殊已了了⑬。姥喜曰：「得此兒，不讓晚霞矣！」

明日，龍窩君按部，諸部畢集。首按夜叉部：鬼面魚服⑭；鳴大鉦，圍四尺許；鼓可四人合抱之，聲如巨霆，叫噪不復可聞。舞起，則巨濤洶湧，橫流空際，時墮一點星光，及著地消滅，龍窩君急止之，命進乳鶯部：皆二八姝麗，笙樂細作，一時清風習習⑮，波聲俱靜，水漸凝如水晶世界，上下通明。按畢，俱退立西墀下。次按燕子部：皆垂髫人；內一女郎，年十四五已來⑯，振袖傾鬟，作散花舞；翩翩翔起，衿袖襪履間，皆出五色花朵，隨風揚下，飄泊滿庭。舞畢，隨其部亦下西墀。阿端旁睨，雅⑰愛好之；問之同部，即晚霞也。無何⑱，喚柳條部。龍窩君特試阿端。端作前舞，喜怒隨腔，俯仰中節。龍窩君嘉⑲其惠悟，賜五文袴褶[20]，魚鬚金束髮，上嵌夜光珠。阿端拜賜下，亦趨西墀，各守其伍。端於眾中遙注晚霞，晚霞亦遙注之。少間，端逡巡出部而北，晚霞亦漸出部而南；相去數武，而法嚴不敢亂部，相視神馳[21]而已。既按蛺蝶部：童男女皆雙舞，身長短、年大小、服色黃白，皆取諸同。諸部按已，魚貫[22]而出。柳條在燕子部後，端疾出部前，而晚霞已緩滯在後。回首見端，故遺珊瑚釵，端急內袖中。

既歸，凝思[23]成疾，眠餐頓廢。解姥輒進甘旨[24]，日三四省，撫摩殷切，病不少瘥[25]，姥憂之，罔所為計，曰：「吳江王壽期已促，且為奈何？」薄暮，一童子來，坐榻上與語，自言：「隸蛺蝶部。」從容問曰：「君病為晚霞否？」端驚問：「何知？」笑曰：「晚霞亦如君耳。」端悽然起坐，便求方計。童問：「尚能步否？」答云：「勉強尚能自力。」童挽出。南啟一戶；折而西，又闢雙扉。見蓮花數十畝，皆生平地上；葉大如席，花大如蓋，落瓣堆梗下盈尺。童引入其中，曰：「姑坐此。」

遂去。少時，一美人撥蓮花而入，則晚霞也。相見驚喜，各道相思，略述生平。遂以石壓荷蓋令側，雅可幛蔽；又勻鋪蓮瓣而藉之，忻與狎寢。既訂後約，日以夕陽為候，乃別。端歸，病亦尋愈。由此兩人日一會於蓮畝[26]。

過數日，隨龍窩君往壽吳江王。稱壽已，諸部悉還，獨留晚霞及乳鶯部一人在宮中教舞。數月更無音耗，端悵惘若失。惟解姥日往來吳江府；端托晚霞為外妹，求攜去，冀一見之。留吳江門下數日，營禁森嚴，晚霞苦不得出；怏怏而返，積月餘癡想欲絕。一日，解姥入，戚然相弔[27]曰：「惜乎！晚霞投江矣！」端大駭，涕下不能自止。因毀冠裂服，藏金珠而出，意欲相從俱死。但見江水若壁，以首力觸不得入。念欲復還，懼問冠服，罪將增重，意計窮蹙，汗流浹踵[28]。忽睹壁下有大樹一章[29]，乃猱攀而上，漸至端杪；猛力躍墮，幸不沾濡，而竟已浮水上。不意之中，恍睹人世，遂飄然泅[30]去。移時得岸，少坐江濱，頓思老母，遂趁舟㉛而去。抵里，四顧居廬，忽如隔世。次且㉜至家，忽聞窗中有女子曰：「汝子來矣。」音聲甚似晚霞。俄，與母俱出，果霞。斯時兩人喜勝於悲；而媼則悲疑驚喜，萬狀俱作矣。

初，晚霞在吳江，覺腹中震動，龍宮法禁嚴，恐旦夕身娩，橫遭撻楚；又不得一見阿端，但欲求死，遂潛投江水；身泛起，沉浮波中。有客舟拯之，問其居里。晚霞故吳名妓，溺水不得其屍。自念衏院㉝不可復投，遂曰：「鎮江蔣氏，吾婿也。」客因代貰㉞扁舟，送諸其家。蔣媼疑其錯誤，女自言不誤，因以其情詳告媼。媼以其風格韻妙，頗愛悅之；第㉟慮年太少，必非肯終寡也者。而女孝謹，顧家中貧，便脫珍飾，售數萬。媼察其志無他，良㊱喜。然無子，恐一日臨蓐㊲，不見㊳信於戚里；以謀女，女曰：「母但得真孫，何必求人知。」媼亦安之。會端至，女喜不自已；媼亦疑兒不死，陰發兒冢，骸骨具存，因以此詰端。端始爽然㊴自悟。然恐晚霞惡其非人，囑母勿復言，母然之。遂告同里，以為當日所得非兒屍。然終慮其不能生子。未幾，竟舉一男，捉之無異常兒，始悅。久之，女漸覺阿端非人，乃曰：「胡不早言，凡鬼衣龍宮衣，七七魂魄堅凝，生人不殊矣。若得宮中龍角膠，可以續骨節而生肌膚，惜不早購之也。」端貨其珠，有賈胡㊵出貲百萬，家由此巨富。值母壽，夫妻歌舞稱觴㊶，遂傳聞王邸㊷，王欲強奪晚霞。端懼，見王自陳：「夫婦皆鬼。」驗之無影而信，遂不之奪，但遣宮人就別院，傳其技。女以龜溺毀容㊸而後見之。教三月，終不能盡其技而去。

【注釋】❶吳越　指江蘇、浙江二地。❷刳木　將整木挖空。❸啖　收買、利誘。❹吳門　今蘇州。❺鎮江　今江蘇鎮江。❻聲價　名氣和身價。❼金山　位於鎮江西北長江邊。❽天地　境界。❾兜牟　頭盔。❿率　都。⓫乃教以錢塘飛霆之舞二句　此舞此樂之名，均為作者虛擬創造，但可能受到唐代李朝威〈柳毅傳〉中錢塘破陣舞樂及主賓和歌的啟示和影響。⓬喤聒　鐘鼓聲喧鬧嘈雜。喤，鼓聲。聒，聲音嘈雜。⓭了了　明白。⓮鬼面魚服　鬼面，演神鬼時戴的假面具，或化妝的鬼花臉。魚服，魚皮製箭袋。⓯習習　形容輕輕吹送。⓰已來　多一點兒。⓱雅　很。⓲無何　一會兒。⓳嘉　表揚。⓴五文袴褶　五文，五彩。袴褶，古代軍服之一，上稱褶，下稱袴。㉑神馳　心神嚮往。㉒魚貫　先後接序。㉓凝思　聚精會神的思考。㉔甘旨　甜美的食品。㉕少瘥　少，稍微。瘥，痊癒。㉖畝　田。㉗弔　憐憫；憂慮。㉘汗流浹踵　汗水浸透腳跟。浹，透澈；浸透。踵，腳後跟。㉙章　計算大樹的量詞。㉚泅　浮水，游泳。㉛趁舟　乘船。㉜次且　同「赼趄」。且前且卻，猶豫不進。㉝衏院　妓院。㉞貰　租賃。㉟第　但是。㊱良　很。㊲臨蓐　臨產。蓐，牀上草墊。㊳見　用於動詞前面時表被動。㊴爽然　形容心中清醒。㊵賈胡　泛指來自西方的外國商人。㊶稱觴　舉杯祝酒。㊷邸　貴族官僚的住宅；官署。㊸龜溺毀容　龜溺，傳說用龜尿汙染肌膚不易去掉。毀容，把容貌弄醜。

【語　譯】農曆五月五日，江浙一帶有賽龍舟的娛樂活動：把木料鑿成龍的樣子，畫上鱗甲，飾以金碧花紋；船頂刻花，欄杆朱紅，帆篷旌旗，全用錦繡；船後部為龍尾，上翹一丈多高，上拴布繩，繩繫木板。有兒童坐在板上，表演拿頂、翻觔斗……各種靈巧的雜技。木板下面就是江水，演員有落水的危險，所以募求到合適的兒童，就先多給他父母錢財，表演前要預先調教訓練，如果掉進江裡淹死，家中人不能反悔。在蘇州，這一天是船載美女，那裡的風俗與別處不同。

鎮江有個蔣家的兒童，名叫阿端，剛七歲，動作敏捷奇巧，誰也比不過他，他的名氣和身價越來越高，直到十六歲還在被雇用。後來在金山下表演，落水淹死。蔣老太太僅有這一個兒子，這時只能哀傷哭喊罷了。可是阿端不知道自己已經死了，有兩個人帶領他走，見水中另是一種風光；回頭看，清流環繞，像聳立的牆壁。不久，他走進一座宮殿，見一人頭戴金盔坐在堂上。兩個人告訴他：「這是龍窩君。」就讓他跪拜。龍窩君神色溫和，說：「阿端技藝精巧，可進柳條部。」就領他到一個地方，大殿四面圍繞。他們快步走上東廊，有些少年出來向他行禮，大都十三、四歲，有一位老太太走來，少年們都稱呼她解媽媽。她坐下來，讓阿端表演技藝。然後教給他錢塘飛霆之舞，洞庭和風之樂。只聽見鑼鼓喧騰，別的院落也都在奏樂。不久，各院落樂聲停息。解媽媽擔心阿端不能馬上熟練，還在絮絮不休地向他指點，而阿端只學一遍就明白了。解媽媽高興地說：「得到這個男孩兒，一點也不次於晚霞。」

第二天，龍窩君查驗各部，各部到院子裡集合。首先檢查夜叉部。這個部，演員都化妝成鬼臉，挎著魚皮箭袋；敲的大鑼，周長有四尺多；擂的鼓，四人才能合抱，聲似響雷，喧鬧得聽不見別的聲音。他們舞蹈時，院外巨濤洶湧，橫流上空。不時落下一道星光，落地就消失了。龍窩君急忙讓他們停下，而使乳鶯部表演。這個部，演員都是十五六歲的美女，樂隊以笙為主，細樂柔曼，一時清風習習，波聲隱去，原有的波濤漸漸凝結，像水晶世界，上下通明透亮。查驗以後，演員都退到西面臺階下站立。下一個查驗燕子部，演員都是童髮下垂的女郎，其中有一個演員，年齡在十四五歲左右，拂袖低頭，表演散花舞，輕快地騰空而起，她的衣襟、長袖和鞋襪之間散落出的五色花朵，隨風而下，滿院飄落；舞後也隨部走下西臺階。阿端在一旁觀賞，很愛這位女郎，向同部的人打聽，才知道她就是晚霞。一會兒，聽見喊柳條部。龍窩君特意測試阿端。阿端表演錢塘飛霆之舞，表情喜怒緊隨曲調，姿態變化切中節拍。龍窩君表彰他聰明伶俐，悟性敏捷，賞給他五彩袴褶，魚鬚形金製束髮頭飾，頭飾上鑲嵌著夜光珠。阿端拜謝後退下，也走向西臺階。各人都在隊列中守候，阿端在隊裡遠望晚霞，晚霞也從燕子部遠遠望著阿端。一會兒，阿端不慌不忙地走出柳條部向北，晚霞也開始出部往南；兩人相隔只幾步遠，可是部中規矩嚴格，誰也不敢亂部，只能彼此心神嚮往罷了。又查驗蛺蝶部：童男童女結對舞，身材高矮，年齡大小，舞服色彩，各對同樣搭配。各部全查驗完畢，依次序離開場地。柳條部在燕子部後面，阿端趕快到柳條部前端，晚霞已落在燕子部最後。她回頭看見阿端，故意丟下珊瑚髮簪，阿端急忙拾來，放在袖子裡。

阿端回部之後，一心思念晚霞，因此病倒，睡不著也吃不下。解媽媽總是給他甜美的食物，一天探望三四次，照料得無微不至，病卻一點兒也不見好。解媽媽為他發愁，不知道怎樣才好，說：「吳江王的壽辰眼看就到，怎麼辦呢？」傍晚來了一個少年，坐在阿端牀上和他說話，自稱是蛺蝶部的演員。他沉著地問：「你的病是不是為了晚霞啊？」阿端心裡一驚，問他：「你怎麼知道的？」笑著回答：「晚霞的情況也和你一樣啊！」阿端滿懷悽涼悲傷，坐起來求他想辦法，少年問：「你還能走路嗎？」回答說：「使盡力氣，勉強可以。」少年挽著他走出去。南面打開一扇門，出去以後向西拐彎，又打開兩扇門，只見蓮花一片，有好幾十畝，都長在平地上。蓮葉如蓆子般大，花朵像一把傘；花瓣落在花梗下面，堆積了約有一尺厚。少年帶領他進去，說：「暫時坐在這裡。」說後就走了。一會兒，一位美女撥開花叢進來，她就是晚霞。兩人相見，又驚又喜，各自追述相思的深情，又略微介紹自己的家世背景，就用石頭壓荷葉使其側立，正好可用做遮蔽；又鋪勻花瓣作墊褥，就欣然地結合在一起。完後約定：每當夕陽西下的時候就到這裡，於是各自回去。阿端回到部中，大病隨即痊癒。從此，兩人每天都到蓮田相會。

過了幾天，大家跟隨龍窩君前往吳江王府祝壽。壽禮結束之後，各部返還原地，唯獨留下晚霞和乳鶯部一人，在王宮裡教舞。幾個月過去了，一點兒晚霞的音信也沒有，阿端惆悵迷惘，神不守舍。只有解媽媽每天往來吳江府，阿端就假託晚霞是他表妹，求她帶領前往，希望見上一面。他去後在府門下停留了好幾天，王府禁律森嚴，晚霞偏偏不能出來，他只好悶悶不樂地回去了。又過了一個多月，阿端想晚霞想得幾乎要死。一天，解媽媽來到，她悲傷又很憐憫地說：「可惜呀！晚霞跳江了。」阿端大驚，淚流不止。於是，撕毀宮中發給的衣帽，藏帶金珠逃走，想隨晚霞一同去死；只見江水如峭壁，用頭猛撞也進不去。想再回去，又怕部中問及衣服、帽子，將會加重罪責；他走投無路，急得汗水一直流到腳跟。忽然看到壁下有一棵參天大樹，就像猴子似的攀援而上；漸漸爬到樹梢，猛力跳下，幸而衣服沒有濕，竟然已經漂浮在水面上。阿端意想不到的又恍然看到人間，就隨波游去；一會兒游到江岸，剛在江邊坐下，立刻想起老娘，就乘船前往。回到故鄉，看了看周圍的房舍，好像都是上一輩子的情景。他小心翼翼、猶豫不決地走到家，忽然聽見窗中有女子說：「你兒子來了！」聲音很像晚霞。一會兒，這女子和母親一起出來，她果然是晚霞。這時，兩人的欣喜勝過悲傷，而老太太則又哀傷又驚疑又歡喜，萬種心情交織在一起。

起初，晚霞在吳江王府，感覺腹中時有震動，龍宮中法規禁條嚴厲，她怕不久就要分娩，會遭到毒打，又見不到阿端，只想尋死，就暗自跳江；身體卻上浮，在水波中漂蕩。有客船救了她，問她家住何處。晚霞本來是江蘇有名的歌舞藝人，淹死後沒找到屍體。她想到妓院不可再進，就說：「鎮江蔣阿端是我的丈夫。」船上旅客就代她僱船，送到蔣家。蔣老太太懷疑是出了差錯，但晚霞說沒有錯，於是把她和阿端的情況詳細告訴蔣老太太。老太太看她風度優雅，很喜愛她，只是擔心她年紀輕，一定不肯當一輩子寡婦。然而晚霞卻很孝順恭敬，看家中貧困，就取下珍貴的首飾，賣了幾萬兩銀子。蔣老太太知道她沒有二心，非常高興。但是自己沒有兒子，怕一旦臨產，親戚鄰居都不相信，同晚霞商量，晚霞說：「母親只要得到真孫子就好，何必要外人知道呢？」老太太也就心安了。恰好阿端來家，晚霞高興得不得了；老太太也猜想兒子沒有死，不過，她暗地裡掘開阿端的墳墓，見屍骨還在，為此問阿端，阿端這才醒悟過來，可是他怕晚霞憎惡他不是人，便囑咐母親不要說出來，母親同意。蔣老太太告知同村的人家，當時撈到的並非他兒子的屍首。但是，她始終憂慮阿端不能生孩子。不久，晚霞竟然生了一個男孩兒，把他抱起來，感覺和平常的孩子沒有什麼不同，蔣老太太這才高興。時間一長，晚霞逐漸發覺阿端不是人，就說：「怎麼不早說？凡是鬼穿上龍宮的衣服，經過七七四十九天，魂魄就牢固凝結，和世間人沒有差別。如果得到宮裡的龍角膠，可以連接骨節，重生肌膚，可惜沒有早買下。」阿端賣夜光珠，有外國商人出價百萬錢，蔣家因此成為大富戶。遇到母親壽辰，夫妻倆歌舞祝酒，盛況竟傳揚到王府，王爺打算以暴力奪得晚霞。阿端害怕，見到王爺說：「我夫妻倆都是鬼。」王爺查驗，見在陽光下他們沒有影子後才相信，就沒有搶奪，只派宮女到別院，使晚霞教她們舞蹈。晚霞用龜尿毀容後見王爺。她一共教了三個月，到底也沒有全傳授完舞技就回家了。

【研　析】〈晚霞〉一文的獨特之處，是在正面描寫君王貴族享受榮華富貴、歌舞昇平的背後，隱藏著下層人民的悲慘遭遇、苦難生活。文中通過阿端和晚霞兩個小藝人，在封建制度編織的天羅地網中，為了擺脫被奴役的命運，爭取人身自由和愛情自由所進行的努力，讚揚了這種矢志不移、奮鬥不息的精神。

文章開頭就寫了一個巨大的歡樂場面：「鬥龍舟之戲」。雕甍朱檻，飾金繪彩，鼓樂喧天。被購買來的男女藝童，坐在木板上表演巧劇，下臨江水，隨時有墮水死亡的危險，父母卻不能反悔。鎮江蔣氏童阿端，七歲開始表演，十六歲落水死亡，其母只能「哀鳴而已」。阿端自己卻不知已死，而是進入了龍宮，被編入柳條部繼續為龍窩君表演，並由解姥教錢塘飛霆之舞和洞庭和風之歌。次日各部依次表演，阿端發現燕子部一位十四五歲的女孩叫晚霞，藝高人美，心愛之。晚霞亦看到阿端，也很喜愛他。演完退出大殿時，阿端趨前，晚霞滯後，晚霞故意遺落珊瑚釵，阿端急忙拾起放進袖裡。從此，兩人陷入愛情之河。龍宮法紀嚴厲，二人不得相見，相思成病。在解姥安排小童引領下，二人在蓮花田相會。不久，全部藝人隨龍窩君去吳王府祝壽演出，演完返回，晚霞被留在王府，二人更不能見面，數月無音耗。一日，解姥告訴阿端：「惜乎！晚霞投江矣！」阿端也冒死逃出龍宮回家探母。原來晚霞被人救助先來到家，二人相見，又在母親身邊，晚霞還懷了身孕，本來可以過自由安樂的生活，可是，某王爺「欲強奪晚霞」，他們又受到嚴重威脅。阿端只得去見王爺，自陳：「夫婦皆鬼」，晚霞「以龜溺毀容」，最終才能苟且求生。

故事中，阿端和晚霞一直處於人身不自由、愛情不自由的痛苦境地。二人生前都是受奴役的童伎，都因演出而溺水身亡，但死後又要為龍宮王爺效力。從這一對小藝人短短的一生中可以看到，封建時代的奴役制度，是一張遮天蓋地的大網，被壓迫受奴役的弱勢群眾，任你逃到哪裡，也找不到安身立命的自由樂土。令人感動的是，他二人儘管無法徹底擺脫被奴役的命運，仍然為自己的自由而奮鬥不息。他們的奮鬥得到解姥及舟客的同情和幫助，這表明天地間還有善良人性的存在，可以給奮鬥中的人們以安慰和鼓舞。

丐仙

高玉成，故家❶子，居金城❷之廣里，善針灸，不擇貧富輒醫之。里中來一丐者，脛有廢瘡，臥於道，膿血狼籍，臭不可近。居人恐其死，日一飴❸之。高見而憐焉，遣人扶歸，置於耳舍❹。家人惡其臭，掩鼻遙立。高出艾親為之灸，日餉❺以疏食❻。數日，丐者索湯餅❼，僕人怒訶之；高聞，即命僕賜以湯餅。未幾，又乞酒肉，僕走告曰：「乞人可笑之甚！方其臥於道也，日求一餐不可得；今三飯猶嫌粗糲，既與湯餅，又乞酒肉，此等貪饕❽，只宜仍棄之道上耳！」高問其瘡，曰：「痂漸脫落，似能步履，顧假呻嚘❾作呻楚狀。」高曰：「所費幾何！即以酒肉餽之，待其健，或不吾仇也。」僕偽諾之，而竟不與；且與諸曹偶語❿，共笑主人癡。

次日，高親詣視丐，丐跛而起，謝曰：「蒙君高義，生死人而肉白骨[11]，惠深覆載[12]。但新瘥未健，妄思饞嚼耳。」高知前命不行，呼僕，痛笞之，立命持酒炙餌丐者。僕銜[13]之，夜分，縱火焚耳舍，乃故呼號。高起視，舍已燼，嘆曰：「丐者休矣！」督眾救滅，見丐者酣臥火中，齁聲雷動；喚之起，故驚曰：「屋何往？」群始驚其異。高彌重之，臥以客舍，衣以新衣，日與同坐處。問其姓名，自言：「陳九。」居數日，容益光澤，言論多風格。又善手談[14]，高與對局，輒敗；乃日從之學，頗得其奧秘。如此半年，丐者不言去，高亦一時少之不樂也。即有貴客來，亦必偕之同飲，或擲骰為令，陳每代高呼采[15]，雉盧[16]無不如意。高大奇之。每求作劇[17]，輒辭不知。

一日，語高曰：「我欲告別。向受君惠且深，今薄設[18]相邀，勿以人從也。」高曰：「相得甚歡，何遽決絕？且君杖頭[19]空虛，亦不敢煩作東道主[20]。」陳固邀之曰：「杯酒耳，亦無所費。」高曰：「何處？」

答云：「園中。」時方嚴冬，高處園亭苦寒，陳固言：「不妨。」乃從如園中，覺氣候頓暖，似三月初。又至亭中，益暖，異鳥成群，亂哢清咮㉑，髣髴暮春時。亭中几案，皆鑲以瑙玉。有一水晶屏，瑩澈可鑒，中有花樹搖曳，開落不一；又有白禽似雪，往來句輈㉒於其上。以手撫之，殊無一物，高愕然良久。坐，見鸜鵒㉓棲架上，呼曰：「茶來！」俄見朝陽丹鳳㉔，銜一赤玉盤，上有玻璃盞二，盛香茗，伸頸屹立。飲已，置盞其中，鳳銜之，振翼而去。鸜鵒又呼曰：「酒來！」即有青鸞黃鶴㉕，翩翩自日中來，銜壺銜杯，紛置案上。頃之，則諸鳥進饌，往來無停翅。珍錯雜陳，瞬息滿案，肴香酒冽，都非常品。陳見高飲甚豪，乃曰：「君宏量，是得大爵㉖。」鸜鵒又呼曰：「取大爵來！」忽見日邊熌熌，有巨蝶攫鸚鵡杯，受斗許，翔集案間。高視蝶大於雁，兩翼綽約㉗，文采燦麗，亟加贊嘆。陳喚曰：「蝶子勸酒！」蝶展然一飛，化為麗人，繡衣翩躚，前而進酒。陳曰：「不可無以佐觴㉘。」女乃仙仙㉙

而舞。舞到酣際，足離於地者尺餘，輒仰折其首，直與足齊，倒翻身而起立，身未嘗著於塵埃。且歌曰：「連翩㉚笑語踏芳叢，低亞㉛花枝拂面紅。曲折不知金鈿㉜落，更隨蝴蝶過籬東。」餘音嫋嫋，不啻繞梁㉝。高大喜，拉與同飲。陳命之坐，亦飲之酒。高酒後，心搖意動，遽起狎抱。視之，則變為夜叉㉞，睛突於眦，牙出於喙，黑肉凹凸，怪惡不可狀。高驚釋手，伏几戰慄。陳以箸擊其喙，訶曰：「速去！」隨擊而化，又為蝴蝶，飄然揚去。

高驚定，辭出，見月色如洗，漫語陳曰：「君旨酒嘉肴，來自空中，君家當在天上。盍攜故人一遊？」陳曰：「可。」即與攜手躍起，遂覺身在空冥；漸與天近，見有高門，口圓如井；入則光明似晝，階路皆蒼石砌成，滑潔無纖翳。有大樹一株，高數丈，上開赤花，大如蓮，紛紜滿樹。下一女子，搗絳紅之衣於砧上，艷麗無雙。高木立睛停，竟忘行步。女子見之，怒曰：「何處狂郎，妄來此處！」輒以杵投之，中其背。

陳急曳於虛所㉟，切責之。高被杵，酒亦頓醒，殊覺汗愧，乃從陳出。有白雲接於足下。陳曰：「從此別矣。有所囑，慎志勿忘：君壽不永，明日速避西山中，當可免。」高欲挽之，反身竟去。

高覺雲漸低，身落園中，則景物大非。歸與妻子言，共相駭異。視衣上著杵處，異紅如錦，有奇香。早起從陳言，裹糧入山。大霧障天，茫茫然不辨徑路。躡荒急奔，忽失足墮雲窟中，覺深不可測，而身幸不損。定醒良久，仰見雲氣如籠，乃自嘆曰：「仙人令我逃避，大數㊱終不能免，何時出此窟耶？」又坐移時，見深處隱隱有光，遂起而漸入，則別有天地。有三老方對弈，見高至，亦不顧問，棋不輟。高蹲而觀焉。局終，斂子入盒，方問客何得至此。高言：「迷墮失路。」老者曰：「此非人間，不宜久淹，我送君歸。」乃導至窟下，覺雲氣擁之以升，遂履平地。見山中樹色深黃，蕭蕭木落，似是秋杪㊲，大驚曰：「我以冬來，何變暮秋？」奔赴家中，妻子盡驚，相聚而泣。高訝問之，妻曰：「君去三年不返，皆以為異物㊳矣。」高曰：「異哉！才頃刻耳。」於腰中出其糗糧㊴，已若灰燼，相與詫異。妻曰：「君行後，我夢二人皂衣閃帶㊵，似誶㊶賦者，詾詾然入室張顧，曰：『彼何往？』我訶之曰：『彼已外出。爾即官差，何得入閨闥中！』二人乃出，且行且語云：『怪事，怪事。』而去。」乃悟己所遇者仙也，妻所夢者鬼也。高每對客，衷㊷杵衣於內，滿座皆聞其香，非麝非蘭，著汗彌盛。

【注釋】❶故家　同「世家」。世代官宦人家。❷金城　舊址在今甘肅蘭州西南。❸飴　餵。❹耳舍　門內左右兩邊的小屋。❺餉　送飯。❻疏食　糙米飯。❼湯餅　麵條；麵片。❽貪饕　饞嘴。❾呷嘎　狀聲詞。形容含混不清的低聲語。❿諸曹偶語　諸曹，許多同輩人。偶語，相聚議論或竊竊私語。⓫牛死人而肉白骨　起死回生。⓬惠深覆載　惠，恩德。覆載，天高地厚。⓭銜　恨。⓮手談　下圍棋。⓯采　賭博時所用骰子呈現的幾種花色。⓰雉盧　博戲中采名。⓱作劇　表演戲術。⓲設　宴請。⓳杖頭　代指買酒的錢。語出《晉書・阮脩傳》：「常步行，以百錢掛杖頭，至酒店便獨酣暢。」⑳東道主　請客的主人。語出《左傳・僖公三十年》。㉑亂哢清咮　哢，鳥鳴。清咮，清脆的叫聲。㉒句輈　亦稱鉤輈，鷓鴣鳴聲，亦泛指鳥鳴聲。㉓鸜鵒　八哥鳥。㉔朝陽丹鳳　朝陽，指東山坡。丹鳳，頭和翅膀生紅色羽毛的鳳鳥。㉕青鸞黃鶴　青鸞，傳說中鳳凰類神鳥，羽毛較多青色。黃鶴，鶴。㉖爵　古代酒杯。㉗綽約　輕俏美好。㉘佐觴　助酒興。㉙仙仙　輕盈貌。㉚連翩連續不斷。㉛低亞　低垂。㉜金鈿　金花首飾。㉝繞梁　形容歌聲高亢回旋，餘音繚繞。語出《列子・湯問》。㉞夜叉　佛經中所講一種容貌醜惡的吃人鬼。㉟虛所　無人的處所。㊱大數　壽數。㊲杪　末。㊳異物　鬼物。㊴糗糧　乾糧。㊵閃帶　閃色布帶。㊶誶　責罵。㊷衷　貼肉的內衣，可引申為貼肉穿衣。

【語譯】高玉成是世代官宦人家的子弟，住在金城的廣里，擅長針灸，不論患者貧富，總是予以治療。里中來了一個乞丐，小腿上長著經久難治的瘡，臥在路旁；膿血縱橫流淌，臭得沒法靠近。居民怕他餓死，一天給送一次吃的；高玉成見後可憐，派人扶著他接回家，讓他住在大門邊的小屋裡。家裡人討厭他的臭味兒，捂著鼻子站在遠處。高玉成拿出艾絨，親自為乞丐針灸，每天給他糙米飯吃。過了幾天，乞丐要吃麵條，僕人氣呼呼地呵叱他；高玉成聽到了，立刻使僕人為他送麵條。不久，乞丐又要喝酒吃肉，僕人走來告訴高玉成，說：「這乞丐太可笑了！他躺在路旁的時候，一天想吃一頓飯都得不到，現在一天吃三頓還嫌不好，吃了麵條又要酒肉；這麼貪嘴，就該把他再扔回路上！」高玉成問起瘡來，僕人說：「結了痂，慢慢脫落了；像能走路，卻假裝瘡疼，嘴裡唉唉喲喲的。」高玉成說：「能多費幾個錢！就給他酒肉；等他身強力壯了，也許不會仇恨我。」僕人口頭答應，卻是一直不給，還和同伴私下議論，一起笑主人傻。

第二天，高玉成親自去看乞丐。乞丐一瘸一拐地站起來表示感謝，說：「蒙受您高尚的義行，讓我起死回生，對我的恩德天高地厚。只是病剛好，身虛力弱，妄想吃好東西。」高玉成知道昨天吩咐的事沒有辦，把那僕人喊來，痛打了一頓，立刻命令他拿酒肉送給乞丐吃。僕人懷恨在心，半夜時分燒掉那小屋，還故意喊叫失火救命。高玉成起牀來看，小屋已經燒成灰燼，嘆口氣說：「乞丐完了。」督促眾人滅火，卻見乞丐在火中酣睡，鼾聲如雷；喊他起來，他故意驚愕地說：

「小屋哪裡去了？」大家這才驚異他的神奇。高玉成因而更加重視他，請他搬進客房居住，還給他換上新做的衣服，每天和他聚談。問他的姓名，他自稱：「陳九。」過了好幾天，陳九的容貌更加光潤，言談很有氣度。他還擅長下圍棋，高玉成和他對弈總是輸，就每天向他學習，略微領會了棋藝的奧妙。他們這樣交往了半年，陳九不說別離，高玉成也一時不見他就不痛快。即使有貴客來，也一定請他陪同飲酒；有時候以擲骰子為酒令，陳九常替他喊采，喊雉出雉，呼盧是盧，沒有不隨心如意的，高玉成感覺很奇怪。可是每逢請他表演魔術，他總是推說不懂。

一天，陳九對高玉成說：「我要告別了。你一向對我恩情深厚，今天我已安排了微薄的筵席，請你光臨。但不要把別人帶來。」高玉成說：「你我情投意合，在一起很快活，怎麼就急切告辭呢？況且你並沒有酒錢，我也不願煩勞你請客。」陳九一再邀請，說：「不過一杯酒罷了，也沒多大花費。」高玉成問：「在什麼地方？」回答說：「花園裡。」這時正當冬月嚴寒，高玉成擔心園中很冷，陳九堅定地說：「沒關係。」就跟隨他進園，感覺氣候很快轉暖，好似三月初的味道；及到亭子裡，天氣更暖，野鳥成群，牠們各色各樣，鳴聲喧鬧，音調清脆，彷彿又到暮春時節。亭子裡擺的桌几，都飾以瑪瑙玉石；有一架水晶屏風，晶瑩清澈，可以照影；屏裡有花有樹，枝葉搖曳，花朵有的剛剛開放，也有的輕輕飄落；樹上有鳥，羽毛雪白，在枝頭飛來飛去，啾唧歌唱。高玉成撫摸屏風，竟然空無所有。他驚訝了許久。入座以後，看見一隻八哥鳥站在架上，喊道：「端過茶來！」立刻飛來一隻朝陽丹鳳，口啣紅玉盤，盤上有兩只玻璃杯，杯裡盛有香茶。牠伸著脖子站在桌旁。兩人飲完茶，把杯子放回玉盤，丹鳳啣盤，展翅飛去。八哥又喊：「拿酒來！」立刻有青鸞、黃鶴輕快地從太陽中飛來，啣壺啣杯，接連放在桌上。一會兒，眾鳥飛送食品，往來不停。飯菜珍奇，錯雜陳列，霎時擺滿整桌；殽香酒清，都不是常見的品類。陳九見高玉成飲酒很有氣勢，就對他說：「你酒量大，該用大酒杯。」八哥接著又喊：「拿大酒杯來！」忽見太陽旁邊亮光閃爍不定，一隻大蝴蝶飛來，抓著鸚鵡螺雕製的酒杯，杯中盛一斗多酒，落在桌上。高玉成看這蝴蝶比雁還大，雙翼輕俏，色彩豔麗，一再讚嘆。陳九喊道：「蝶子勸酒！」那蝴蝶展翅一飛，變成美女，身穿錦繡，舉步飄逸，前來斟酒勸飲。陳九說：「不可不一助酒興。」美女就輕盈起舞。舞到漸入高潮，腳離地有一尺多高，頭頸後仰，居然和腳並齊；來一個倒翻跟頭，猝然起立，身體並未掃起塵埃半粒。她邊舞邊歌，唱道：「連翩笑語踏芳叢，低亞花枝拂面紅。曲折不知金鈿落，更隨蝴蝶過籬東。」餘音嬝嬝，不斷在耳旁迴蕩。高玉成很高興，拉她到身邊一同飲酒。陳九讓她坐下，也給她酒喝。高玉成喝了酒後，心搖意動，突然親昵地擁抱她。這時再看，她竟變成一個兇惡的夜叉：雙眼暴突，牙出脣外，黑肉凹凸，怪異醜惡，難看得簡直沒辦法形容。高玉成嚇得鬆開手，趴在桌子上顫抖。陳九用筷子敲打夜叉的嘴，呵叱說：「快走！」隨著敲擊，夜叉立刻又變成花蝴蝶，輕快地飛去了。

高玉成一場虛驚後神志漸漸安定，離席告別，見月光明亮，隨口對陳九說：「你的美酒佳殽，都來自空中，你的家應當在天上。何不帶著我上去逛一逛？」陳九說：「可以。」就拉起他的手向上一跳，高玉成立即感覺身在高空；逐漸接近天宮，見有座高大的門洞，口圓似井；進去一看，一片光明，如同白天；臺階和路徑都是青石砌成的，光滑潔淨，一塵不染；有一棵大樹，約高幾十丈，上開紅花，花大如蓮，布滿枝頭。樹下有一個女郎，正在搗衣石上捶打一件絳紅色的衣服，她長得豔麗無比。高玉成像木偶般呆立，直盯著她看，竟然連走路都忘了。女郎發覺，憤怒地說：

「哪裡的狂郎，胡亂跑到這裡！」就用棒槌投擊他，擊中他的脊背。陳九趕緊拉他走，來到背靜地兒，狠狠地責備他。高玉成挨了一棒槌，酒醉也立刻醒了，心裡十分慚愧，就跟隨陳九走出天門。這時有一朵白雲，飄墊在他的腳下。陳九說：「從此分別了。有事囑咐你，千萬記住，不要忘掉：你壽命不長了，明天快逃進西山，就可免於一死。」高玉成想挽留他，他轉身就走了。

高玉成感覺白雲下沉，越來越低，身子落進自己的花園中，只是園中景色和剛才所見大大不同。他回屋向妻子講述了自己的經歷，兩人都很驚奇；翻看衣服被打中的地方，顏色奇紅，猶如錦緞，還散發出一種特殊的香味。他天明早起，遵照陳九的囑咐攜帶乾糧進山。山中濃霧遮天，昏茫茫分不清路徑，在荒野中快走，忽然一腳踩空，掉進雲中的洞穴，感覺這洞穴非常深，幸好沒有摔傷身體。他鎮定清醒了好久，仰頭看天，雲霧籠罩，嘆息自語：「仙人讓我逃命，可是壽限已定，終歸逃不掉，什麼時候能從洞裡出去啊？」又坐了一會兒，見深處隱約有光，就爬起來慢慢地進去。裡面竟別有天地。有三個老翁正在下棋，看見高玉成以後也不問他，仍舊下著棋。高玉成蹲在一旁看他們下棋。一局棋結束，把棋子兒收進盒子後，這才問客人是怎麼來的。高玉成說：「我從路上掉下來，找不到出去的路了。」老翁說：「這裡不是人間，不應當久留，我送你回去。」就帶領他到洞穴下面。高玉成感覺雲氣推擁他上升，終於來到平地。他看見山裡樹葉深黃，蕭蕭飄落，似是已到晚秋。他十分驚訝地說：「我來時是冬天，怎麼變成晚秋了呢？」急忙走回家，妻子兒女都感驚奇，圍著他哭泣。高玉成疑怪追問，妻子說：「你一去三年不回家，都認為你已經死了。」高玉成說：「奇怪呀！才一會兒的事嘛。」把腰間的乾糧掏出來一看，已經朽爛，像灰燼一樣，大家都很詫異。妻子說：「你走了以後，我夢見兩個人，穿黑袍，紮閃色腰帶，像好罵人的催稅差役，來勢洶洶，衝進屋內四下張望，問：『他到哪裡去了？』我呵叱他說：『他出遠門了。你是官差，怎麼可以到閨房來！』他們這才出去，邊走邊說：『怪事，怪事。』就離開了。」高玉成恍然大悟，原來他遇到的老翁是仙人，而妻子夢見的是勾命鬼。此後，高玉成每當會客，就事前把槌擊染紅的衣服套進外袍，使滿座來客聞到來自天宮的香味兒。那味道不是麝香，也不是蘭花香，沾上點兒汗水，香味兒會更濃。

【研 析】這篇小說通過描寫高玉成為丐仙治瘡並與其相處，清楚地闡明了主旨，就是勸人為善、善有善報。

高玉成出身官宦世家，卻不像有的人家為富不仁，而能救死扶傷，樂於助人。他「善針灸，不擇貧富輒醫之」，一個乞丐病臥道旁，他「脛有廢瘡」、「膿血狼籍，臭不可近」，一般人都是「掩鼻遙立」，遠而避之。可是，高玉成以仁愛善良之心，耐心地為他艾灸治療，還派人扶他到家裡居住，「日餉以蔬食」，「數日，丐者索湯餅」，「未幾，又乞酒肉」，高都盡力滿足其要求。這一切表明，他不僅有高尚的醫德，而且有可敬的善良仁慈的好品格。

這個乞丐並非尋常之人，而是位丐仙。他的出現和生瘡，應是對高的考驗，因高心懷仁善，誠懇助人，丐仙就給善報。先邀請高到園中宴飲，後又帶他到天國一遊。高本來是「壽不永」，丐仙指示他速去西山，躲避鬼使勾魂，從而獲得延年益壽。

小說中對丐仙幻化出來的人間仙境充滿奇情異彩。他們在園中宴飲，正當苦寒嚴冬，這裡卻和暖如三月春天。園中有亭，亭中益暖，有成群的禽鳥清脆地鳴唱。亭中還有「瑩澈可鑒」的水晶屏和「鑲以瑙玉」的几案，營造出一個人間仙境。「以手撫之，殊無一物」。更有朝陽丹鳳啣來香茗，青鸞黃鶴啣來酒壺酒杯，眾鳥啣來珍饈佳餚，巨蝶攫來可盛斗酒的鸚鵡杯；諸鳥往返，皆受命於鸛鴿。丐仙命蝴蝶化麗人勸酒，表演舞蹈，演唱歌曲。這樣美妙的藝術想像，動人的炫麗景致，實在令人心醉神往。接著，丐仙又帶他到天國一遊，更有一番明麗雅潔的氣象。

此文以勸善為主，同時還寫了對高惡習的糾正。一是飲宴園中，他見蝴蝶化麗人，「心搖意動，遽起狎抱」，麗人變夜叉，「高驚釋手，伏几戰慄」。在天國，見「艷麗無雙」女子，私念復發，受到女子棒槌擊打，返回人間。特別有趣的是，高玉成被天國女子擊中處，衣服「異紅如錦，有奇香」；把它穿在身上，「滿座皆聞其香」。這真是意趣橫生的想像和創新，令人稱絕。這個細節，似乎包含著「樂善好施，手留餘香」的深意在其中，算是天國的獎賞。

阿繡

海州❶劉子固十五歲時，至蓋省其舅❷。見雜貨肆中一女子，姣麗無雙；心愛好之，潛至其肆❸，托言買扇。女子便呼其父，父出，劉意沮，故折閱❹之而退。遙覷其父他往，又趨❺之。女將覓父，劉止之曰：「無須，但言其價，我不靳直❻耳。」女如言，故昂之，劉不忍爭，脫貫❼逕去。明日復往，又如之。行數武❽，女追呼曰：「返來！適偽言耳，價奢過當。」因以半價返之。劉益感其誠，蹈隙輒往，由是日熟。女問：「郎居何所？」以實對。轉詰之，自言姚氏。臨行，所市物，女以紙代裹完好，已而以舌舐黏之。劉懷歸，不敢復動，恐亂其舌痕也。積半月，為僕所窺，陰❾與舅力要❿之歸。意惓惓⓫不自得，以所市香帕脂粉等類，密置一篋，無人時，輒闔戶自撿一過，觸類⓬凝想。

次年，復至蓋，囊裝甫解，即趨女所；至則肆宇[13]闔焉，失望而返。猶意暫出未復，蚤起又詣之，扃如故。問諸[14]鄰居，始知姚原廣寧[15]人，以貿易無重息，故暫歸去；又不審[16]何時可以復來。神志乖喪，居數日，怏怏而歸。為之卜婚，劉屢梗[17]母議，母怪怒之。僕私以曩情告母，母益防閑[18]之，蓋之途由是遂絕。劉忽忽不樂，減食廢學。母憂思無計，念不如從其志，於是刻日辦裝，使如[19]蓋，轉寄語舅媒合之。舅承命詣姚，逾時而返，謂劉曰：「事不諧矣！阿繡已字廣寧人。」劉低頭喪氣，心灰望絕。

既歸，捧篋啜泣，而徘徊凝念，冀天下有似之者。適媒來，豔稱復州[20]黃氏女。劉恐不確，命駕至復。入西門，見北向一家，兩扉半開，內一女郎，怪[21]似阿繡；再屬目[22]之，且行且盼而入，真是無訛。劉大動，因僦居東鄰，細詰其家，為李氏。反復疑念：天下寧有如此相似者耶？居之數日，莫可夤緣[23]，惟日眈眈伺候於其門，以冀女或復出。一日，日方夕，女果出；忽見劉，即返身掩扉，以手指其後；又復掌及額，乃入。劉喜極，但不能解，凝想移時[24]，信步[25]詣舍後；見荒園寥廓，西有短垣，略可及肩，豁然頓悟，遂蹲伏露草中。久之，有人自牆上露其首，小語曰：「來乎？」劉諾而起，細視，真阿繡也。因而大慟，涕墮如綆[26]。女隔堵探身，以巾拭其淚，所以慰藉之良[27]殷。劉曰：「百計不遂，自謂今生已矣，何意復有今夕！顧卿何至此[28]？」曰：「李氏，妾表叔也。」劉請逾垣。女曰：「君先歸，遣從人他宿，妾當自至。」劉如其教，坐伺之。少間，女悄然入，妝飾不甚炫麗，袍褲猶昔。劉挽坐，備道艱苦，因問：「聞卿已字[29]，何未醮[30]也？」女曰：「言妾受聘者妄也。家君[31]以道里賒遠[32]，不願附公子為婚姻，此或舅氏託言，以絕君望耳。」既就枕席，款接[33]之歡，不可言喻。四更遽起，過牆而去。劉自是如復之初念悉忘，而旅居半月，絕不言歸。

一夜，僕起飼馬，見室中燈火猶明；窺之，望見阿繡，大駭。不敢詰主人，旦訪市肆，始返而詰劉曰：「夜與還往者何人也？」劉初諱之，僕曰：「此第㉞岑寂，鬼狐之藪，公子亦宜自愛。彼姚家女郎，何為而至於此？」劉始靦然㉟曰：「西鄰其表叔，有何疑沮？」僕言：「我已訪之最審：東鄰止一孤媼，西家一子尚幼，別無密戚，所遇當是鬼魅。不然，焉有數年之衣，尚未易者？且其面色過白，兩頰少瘦，笑處無微渦，不如阿繡美。」劉反覆回思，乃大懼曰：「且為奈何？」僕謀伺其來，操兵㊱入擊之。至暮，女至，謂劉曰：「知君見疑，然妾亦無他，不過了此夙分㊲耳。」言未已，僕排闥㊳驟入。女呵之曰：「可棄而㊴兵！速具㊵酒與主人言別。」僕自投其刃，若或奪焉。劉益恐，強設酒饌。女談笑如常，謂劉曰：「悉君心事，方且圖㊶效綿薄，何勞伏戎㊷？妾雖非阿繡，頗自謂不亞之，君視之猶昔否耶？」劉身毛俱豎，默不得語。女聽漏三催㊸，把盞一呷㊹，起曰：「我且去，待花燭後，再與君家美人較優劣也。」轉身遂杳。

劉信狐言，逕如蓋，怨舅之誑己也，亦不舍於其家；寓近姚氏，託媒自通，啖㊺以重賂。姚妻言：「小郎㊻為覓婿於廣寧，若㊼翁以是故去，就否良不可知。須彼旋時方可作計校。」劉聞之，徊徨無以自主，惟堅守以伺其歸。逾十餘日，忽聞兵警，猶以訛傳自解；又久之信益急，乃趣裝㊽行。中途遇亂，主僕相失，為偵者所擄。以劉文弱，疏其防，盜馬亡去。至海州界，見一女子，蓬鬢垢耳，步履蹉跌。劉馳過之，女子呼曰：「馬上人非劉郎乎？」劉停鞭審顧㊾，蓋阿繡也，心仍訝其為狐，曰：「汝真阿繡耶？」女問：「何出此言？」劉述所遇。女曰：「妾真阿繡，非贗冒者。父攜妾自廣寧歸，遭變被俘，授馬屢墮。忽一女子，握腕趣遁。荒竄軍中，亦無詰者。女子健步若騁，苦不能從，百步而屣屢褪㊿焉。久之，聞號嘶漸遠，乃釋手曰：『別矣！前皆坦途，可緩行，愛汝者將至，宜與同歸。』」劉知其狐，感之，因述其留蓋之故。女言其叔為擇婿於方氏，未委禽(51)而亂適作。劉始知舅言非妄。攜女馬上，疊騎歸。入門則老母無恙，大喜；繫馬而入，述所自來。母亦喜，為之盥濯；妝竟，容光煥發，益喜，曰：「無怪癡兒魂夢不忘也。」遂設裀褥，使從己宿；又遣人赴蓋，寓書[52]於姚。不數日，姚夫婦俱至，卜吉[53]成禮乃去。

劉出藏篋，舊封儼然。有粉一函，啟之，化為赤土，異之。女掩口曰：「數年之盜，今始發覺矣。爾日[54]見郎任妾包裹，更不審及真偽，故以此相戲耳。」方嬉笑間，一人搴[55]簾入曰：「快意如此，當謝蹇修[56]矣！」劉視之，又一阿繡也。急呼母，母及家人悉集，無有能辨識者。劉回首亦迷，注目移時，始揖而謝之。女子索鏡自照，赧然[57]趨出，尋之已渺矣。夫妻感其義，為位[58]於室而祀之。一夕，劉醉歸，室暗無人，方自挑燈[59]，而阿繡至。劉挽問：「何之？」笑曰：「酒臭熏人，使人不耐！如此盤詰，誰作桑中[60]逃耶？」劉笑捧其頰，女曰：「郎視妾與狐姊孰勝？」劉曰：「卿過之，然皮相[61]者不能辨也。」已而合扉相狎。

俄有叩關[62]者，女起笑曰：「君亦皮相者也。」劉不解，趨啟門，則阿繡入，大愕，始悟適與語者狐也，暗中猶聞笑聲。夫妻望空而禱，祈求現像，狐曰：「我不願見阿繡。」問：「何不另化一貌？」曰：「我不能。」問：「何故不能？」曰：「阿繡，吾妹也，前世不幸夭殂。生時，與余從母至天宮，見西王母[63]，心竊愛慕，歸即刻意效之。妹子較我慧，一月神似；我學三月而後成，然終不及也。今已隔世，自謂過之，不意猶昔耳。我感汝兩人誠意，故時一相過，今且[64]去矣。」遂不復言。自此三五日輒一來，一切疑難悉決之。值阿繡歸寧，來常數日不去，家人[65]皆懼避之。每有亡失，則華妝端坐，插玳瑁[66]簪數寸長，朝家人而莊語[67]之：「所竊物，夜當送至某所。不然，頭痛大作，勿悔！」天明，果於某所得之。三年後，絕不復來。偶失金帛，阿繡效其裝束，以嚇家人，亦屢效焉。

【注　釋】❶海州　即明代遼東都司的海州衛。清代屬盛京，改為海城縣，今遼寧海城。❷至蓋省其舅　蓋，明代為蓋州衛，在海州衛西南。清代為盛京蓋平縣，今遼寧蓋州。省，探望。❸肆　商店。❹折閱　買主殺價。❺趨　跑去。❻靳直　靳，吝惜。直，價格；購物費用。❼脫貫　付錢。貫，古代串銅錢的繩子。此代指錢。❽武　古以六尺為步，半步為武，即三尺。❾陰　偷偷地。❿要　使；脅迫。⓫惓惓　煩悶、失意貌。⓬觸類　接觸同類事物的形象。⓭肆宇　店鋪的房子。⓮諸　於。⓯廣寧　衛名。明代屬遼東都司。清代為盛京廣寧縣。今遼寧北鎮。⓰審　知道。⓱梗　抗拒。⓲防閑　防備；約束。⓳如　往。⓴復州　明代為遼東都司復州衛。清代為盛京所屬復州，今遼寧復州。㉑怪　非常。㉒屬目　注視。㉓夤緣　連絡。㉔移時　過了一段時間。㉕信步　隨意走。㉖綆　汲水用的長繩，在此極言淚水之多。㉗良　很。㉘顧卿何至此　顧，只是。卿，情人間愛稱。㉙字　定婚。㉚醮　出嫁。㉛家君　我的父親。㉜睽遠　遙遠。㉝款接　交往。㉞第　大院。㉟覥然　羞愧貌。㊱兵　武器。㊲夙分　前世注定的緣分。㊳排闥　推門。㊴而　你的。㊵具　備辦。㊶圖　考慮，打算。㊷伏戎　埋伏刺客。㊸聽漏三催　漏，古代計時器漏壺。三催，指第三次報更次，已到三更天，即半夜。㊹呷　喝。㊺啖　利誘。㊻小郎　丈夫的弟弟；小叔。㊼若　他的。㊽趣裝　趕快整理行裝。㊾審顧　仔細看。㊿屣屨褪　謂多次掉鞋子。屣，鞋。屨，屨次。褪，脫掉。(51)委禽　古婚禮六禮之一。下聘禮。(52)寓書　寄信。(53)卜吉　選擇吉利的日子。(54)爾日　那天。(55)搴　撩起；揭開。(56)蹇修　媒人。(57)赧然　因羞愧而臉紅的樣子。(58)位牌位。(59)挑燈　點燈。(60)桑中　代指男女幽會。語源《詩經‧鄘風‧桑中》。(61)皮相　只從外表上看。(62)闕門。(63)西王母　古代神話中的女仙人。(64)且　又。(65)家人　僕人。(66)玳瑁　爬行動物，形似龜，甲殼有光澤。(67)莊語　嚴正的話。

【語　譯】海州的劉子固，十五歲的時候，到蓋州探望他的舅父。他看見雜貨店裡有一個女郎，長得無比美麗；心裡喜歡上她，趁無人看見時來到她的鋪子裡，假託要買扇子。女郎就喊她父親，父親從裡面出來，子固失望，故意殺價，走出店外；在遠處望見她父親離開店鋪後，就又跑過去。女郎還要找父親，子固阻止她說：「不必了吧，你只要說出價錢，我不會捨不得錢的。」女郎就照辦，故意多要錢，子固不忍心和她爭，如數付錢就走了。第二天，子固又到這雜貨店，還像上次那樣買東西。他轉身走了幾步，女郎邊追邊喊道：「回來！剛才我說的是假話，要價太高了。」於是把錢退還了一半。子固越發感覺她真誠可愛，每天趁空閒去找她，從此他倆一天天地熟識起來。女郎問他：「你住在哪裡？」子固照實回答，反轉來問她，她說：「我姓姚。」子固臨走的時候，女郎把買的東西包好，然後用舌尖舔紙黏上。子固把它揣在懷裡帶回去，不敢再觸動它，怕弄亂了她舌舔的痕跡。過了半個月，他和姚家女郎的交往，被他的僕人發覺。僕人暗中告訴他舅父，竭力迫使他回去。他到家後心裡面苦悶、失落；把從她那裡買來的香手巾和脂粉等物品，秘密地收藏在小箱子裡，沒有人的時候，就關上門自己拿出來看一遍，觸物而生情，並陷入深思。

第二年，子固又到蓋州，剛放下行李就跑向姚家雜貨店；到那裡一看，店門關閉，他失望地返回。還以為是她暫時外出未歸，第二天特意早起牀再去看，店門仍舊關著。詢問鄰居，才知道姚家是廣寧人，因為嫌做生意賺錢少，暫時回鄉去了，也不知道什麼時候才能回來。子固心情頹喪，住了幾天，就悶悶不樂地回家了。家裡為他操辦婚事，他多次抗拒母親的意見，母親對他很惱火。僕人私下把去年的情況告訴他母親，母親更加提防和約束子固，從此不再允許他去蓋州。子固不得意，心裡不愉快，飯吃得少了，學塾也不去了。母親憂愁，想不出好辦法，心想還不如順從他的心意，於是當天就整理行裝，使子固去蓋州，並向舅父傳話，請他撮合婚事。舅父遵命拜訪姚家，一會兒回來，對子固說：「事情辦不成了。姚家的姑娘阿繡，已經同廣寧人定親。」子固聽後垂頭喪氣，心灰意冷，覺得一點兒希望也沒有了。

子固回到家，兩手捧著小箱子哭。他踱來踱去，癡癡地幻想：企盼天下有一個女郎，長得模樣兒跟阿繡相似。恰巧有媒人來，稱讚復州黃家有個女兒長得很美，子固怕不確實，就動身去復州。他從西門進城，見坐南朝北一戶人家，兩扇門半開半掩，裡面有一個女郎，長得非常像阿繡；再注視她，她邊走邊向門外張望地進了屋子。子固認為她真是阿繡，錯不了，心裡萬分激動，就在這一家東鄰租房子住下，詳細打聽這家的情況，主人卻姓李。他想了又想：天下難道有長相這麼相似的人嗎？住了好幾天，沒有辦法和她連絡，只好每天守在她家門外目不轉睛地等候，盼望她再次出現。一天傍晚，女郎終於出來了，忽然看見子固，立刻轉身關門，伸手向後一指，又把手掌貼近額邊，這才回去。子固高興極了，卻不理解她的意思。他聚精會神地想了一陣兒，又隨意走到院後，見園圃荒涼寬大，西面有一道矮牆，差不多有肩膀高，這才突然明白，就蹲在還沾著露水的草地裡。等了好久，牆上有人伸出頭，小聲說：「來了嗎？」子固答應一聲站起來，仔細看她，真的是阿繡。子固因而激動得痛哭，熱淚漣漣。女郎隔牆探過身子，拿手巾為他擦淚，很殷切地安慰他。子固說：「我千方百計都沒能如願，自以為這輩子沒有希望了，誰料想還能有今天！只是你怎麼會來到這地方？」女郎回答說：「李家，是我表叔的家。」子固請求她越過牆來，女郎說：「你先回去，叫僕人睡到別處，我自然會去的。」子固照她的意思辦，坐著等她。一會兒，女郎悄悄地進屋，妝飾不很華美，穿的還是以前那身衣服。子固拉她坐下，細述相思之苦之後就問：「聽說你已經許配別人，怎麼沒有出嫁呢？」女郎說：「說我定親，那是假話。我父親因為兩家路遠，不願我同你成婚。或許特意囑託你舅父這麼說，用來打消你的念頭罷了。」及至同牀共枕，此來彼往的歡樂，難以言傳。女郎到四更天匆忙起牀，跳過牆頭走了。子固從此把當初來復州的打算忘得一乾二淨，在這裡住了半個月，絕口不提回家的事了。

一夜，僕人起來餵馬，見子固屋裡還有燈光，暗中察看，望見阿繡，大吃一驚。他不敢追問主人，第二天一早到街上訪問以後，才回來詢問子固說：「夜間和你來往的是誰呀？」子固起初不講，僕人說：「這個大院冷冷清清，是鬼狐聚集的地方，公子也該自愛一點。那姚家姑娘怎麼會來這裡呢？」子固羞愧地說：「西鄰是她表叔家，有什麼可懷疑的。」僕人說：「我已經查得很清楚了：東鄰只有一位孤老太太，西鄰家有一個小孩子，都沒有近門親戚，你所遇見的一定是鬼怪。不然的話，怎麼幾年前的衣服，至今沒有改換呢？況且她的臉色太白，兩頰稍瘦，笑時沒有酒渦，不如阿繡漂亮。」子固反覆回想，這才很害怕，說：「怎麼辦呢？」僕人打算等女郎來後，拿著刀進屋襲擊她。到了傍晚，女郎來到，對子固說：「知道你懷疑我，可是我也沒有別的意思，不過是了結前世注定的緣分罷了。」話還沒有說完，僕人突然推開門進來，女郎呵叱他說：「把你的刀放下，快準備酒，我要和你的主人告別。」接著僕人手提的刀就落在地上，好像是被別人奪下來似的。子固更加害怕，勉強使人擺上酒飯。女郎和過去一樣，又說又笑，對子固說：「我知道你的心事，正要考慮為你效勞，怎麼倒麻煩你埋伏刺客呢。我雖然不是阿繡，偏偏自認為容貌不比她差，你看我是不是還像從前那個阿繡？」子固嚇得汗毛直豎，話也不會說了。女郎聽見更鼓傳報三更，端起酒杯一飲而盡，站起來說：「我暫且離開，等你洞房花燭之後，再與你家的美人比美醜吧。」說完，轉身就不見了。

子固相信狐仙的話，逕直到蓋州，他埋怨舅父騙他，也就不去他家居住，而是住在了姚家附近，自己託人說媒，用很豐厚的聘禮來打動對方。姚某的妻子說：「我的小叔在廣寧為阿繡找了女婿，她和她父親都去那裡了。能不能成，現在還不知道，要等他們回來才能另作商量。」子固聽後內心徬徨心神不定，不知道怎樣才好，只好堅定地守在那兒，等人回來。過了十幾天，忽然聽到戰爭的消息，還自以為是傳言錯誤，又過了好久，風聲更加急迫，這才趕快整理行裝回家。半路上遇到戰亂，子固和僕人失散，他被偵察兵抓去。因為模樣文雅懦弱，偵察兵沒有防備他，他偷了士兵的馬逃跑了。他逃到海州邊界，看見一個女郎，鬢髮凌亂，滿面塵灰，走路跌跌撞撞；他催馬從她身旁跑過，女郎高喊：「馬上的人不是劉郎嗎？」子固停鞭勒馬細看，原來是阿繡。心裡驚訝，卻又懷疑她是狐，就問：「你是真阿繡嗎？」女郎問他：「你為什麼這樣說？」子固就告訴她在復州的奇遇。女郎說：「我是真阿繡，不是假冒的。父親帶我從廣寧回來，遇到變亂被俘，多次使我騎馬，總是掉下來。忽然有個女郎抓住我的手腕，催我逃走；在隊伍裡慌張地竄逃，也沒有人問。那女郎行步如飛，我使盡力氣還趕不上，才走百十步，鞋子掉了好幾回；走了好久，聽後面人喊馬叫的聲音漸漸遙遠，她才鬆開手說：『再見吧。前面路途平坦，可以慢慢走了，愛你的人就要來到，應當和他一起回家。』」子固知道說的那個女郎就是狐女，心裡感激她，於是向阿繡追述他先前留在蓋州的緣故。阿繡說叔叔要把她嫁往方家，還沒有送聘禮就爆發戰亂，子固這才了解舅父的話不錯。於是把阿繡抱到馬上，兩人並騎一馬回家。走進院門，見老母親平安，心裡很高興；拴上馬進屋，敘述了他離家後的經歷，母親也心情愉快，為阿繡洗滌；梳妝後，阿繡面貌光彩四射，母親更加歡喜，說：「怪不得我那傻兒子做夢也忘不了你！」於是安排牀鋪，讓她和自己住在一起；又派人到蓋州給姚家送信。去後不到幾天，姚某夫婦一齊來到，選擇了吉祥日子，等行過婚禮他們才回蓋州。

子固捧出藏起來的小箱子，以前的封裹絲毫無損，裡面有一袋粉，打開一看，變成紅土，他感覺奇怪。阿繡捂起嘴笑著說：「幾年以前的盜騙，今天才發覺哩。那一天，我見你任憑我包裹，卻不看是真是假，我故意用來開個玩笑。」夫妻正在嬉笑，有人掀開門簾進來，說：「你兩個這麼快活，該謝謝媒人了。」子固一看，又來一個阿繡，急忙喊母親。母親和僕人們都來了，誰也分不出哪個真哪個假；子固回頭再看也認不清，瞪大眼睛注視了好久，才向她作揖，表示感謝。這女郎向別人要來鏡子，自己照了又照，面紅耳赤地走出屋門，到處找她已經蹤影全無。子固夫妻二人感激她的恩義，就在屋裡安置她的牌位供奉祭祀。一天晚上，子固酒醉後回家，屋裡黑暗，他正在點燈，阿繡來到。子固拉著她問：「你到哪裡去了？」她笑著說：「你酒臭熏人，叫人難以忍受。這樣盤問我，難道是懷疑我跟別人去幽會了？」子固笑著捧起阿繡的雙頰，阿繡說：「你看我和狐姐姐誰漂亮？」子固說：「你超過她，可是只看外表的人是分辨不出來的。」接著就關上門親熱起來。

一會兒有人敲門，女子起來笑著說：「你也是只看表面的人呢。」子固不理解，快步去開門，原來是阿繡進來。他被驚呆了，這才知道剛才與自己說話的是狐女，在昏暗中還能聽見狐女的笑聲。夫妻眼望空中禱告，求狐女再現身，狐女說：「我不願見阿繡。」問她：「為什麼不另化一付相貌？」狐女說：「我不能。」問：「為什麼不能？」狐女說：「阿繡本來是我的妹子，前一世不幸未成年就死了。在世的時候，她和我跟隨母親到天宮，看見西王母，兩人暗自羨慕，回家以後便專心模仿她。妹子比我聰明，模仿了一個月就非常像她，我用了三個月才成功，可是學到最後仍舊不如阿繡。現在已是隔世，自以為能超過她，想不到還和從前一樣。我感謝你兩個的誠意，所以不時來到這裡，現在我又要走了。」就不再說話。從此，狐女每隔三五天就來一次，家裡遇到疑難事，都幫助解決。遇到阿繡回娘家探望父母，狐女常留下住幾天，僕人都怕得躲著她。每次丟失了物品，她就穿上華美的衣服，正身而坐，髮際插著長有幾寸的玳瑁簪子，向僕人嚴正地說：「所偷去的東西，到夜間送到某處，不然的話頭就會劇烈疼痛，不要後悔！」天明之後，果然在那裡找到失物。三年之後，狐女不再來劉子固家，家裡偶然丟失財物，阿繡模仿她的裝束，用來嚇唬僕人，也常常有效。

【研析】〈阿繡〉這篇是從現實的愛情故事描寫開始的。劉子固由海州到蓋州看望舅舅，在雜貨店中見一女子「姣麗無雙」。他一見鍾情，就如醉如癡愛上了她。她名叫阿繡，為了接近她，劉不計代價去買不需要的東西。阿繡不僅貌美，而且多情、聰明、慧黠，甚至有點調皮淘氣。開始她呼父以拒，繼而故意高昂其值，然後又呼「返來」，「以半價返之」。二人熟悉後，阿繡主動問劉的居所，並告訴他自己姓姚。劉購物時，繡「代裹完好，已而以舌舐黏之」。劉回去也不敢動，「恐亂其舌痕也」。她的這些言行，近於戲謔，含而不露，更加逗人心志惑亂，生動鮮明地表達出一個天真少女摯誠而熱烈的感情。就這樣，作者用簡潔的筆墨勾劃出這對少男少女的純真愛情。

俗話說：「好事多磨。」他們的愛情未能順利發展下去。劉在蓋州半月，二人的交往被僕人發現告訴舅舅，舅舅把劉送回海州。次年再到蓋州，姚氏商店已關門，人也不知去向。後來，其舅說：「阿繡已字廣寧人。」劉「心灰望絕」，「捧篋啜泣」，甚至「冀天下有似之者」，正是這一心願，引得假阿繡真狐仙的出現。

劉去復州，見一女子「怪似阿繡」，稍有接觸，更覺是真，二人幽會，「備道艱苦」，問其「已字」事，女稱「妾也」，或舅氏託言，「以絕君望」。二人的親近，又被僕人發覺，並以女子可疑處相勸，劉大懼，僕人準備攻擊她。女知自己暴露，制止了攻擊，但不加害劉，也不對僕人報復，而能臨變不驚，談笑自如，並且在酒宴中與劉告別，顯示了她善良敦厚、和易可親、不同凡響的高尚品格。她愛劉生，更知劉和阿繡真誠相愛，就克制自己的情感，努力促成他二人的婚姻。在兵亂危難中，她救出阿繡，送她到劉身邊，使他們歸家完婚，之後又幫助他們處理好家中事務。「夫妻感其義，為位於室而祀之」。

小說通過描寫劉子固與阿繡之間的愛情故事，塑造了真假兩個阿繡，一是真人，一是狐仙，二人都與劉子固相愛。這篇作品不僅情節曲折，幻想新奇，描寫生動，更重要的是，創造出一種美與真善相統一的崇高的境界。小說不僅讚揚阿繡的美貌聰慧，肯定劉子固的真情至愛，特別是以婉曲幽深富有詩意的筆觸，熱情洋溢地歌頌了假阿繡真狐仙不僅外貌也很美，而且具有捨己為人的道德品格，有一種至誠為善的覺悟。這樣就促成三人之間和諧相處的美好關係，使小說的主旨達到真善美的統一。這就超出單純的審美訴求，更體現出作者對人生意義的哲理思索，使作品的社會意義更加深廣。

小說的寫作特點是幻實相生，以貌寫神。從形貌落筆，著意刻劃人物形象的內在神貌，展示人物善良優美的性格特點。比如寫狐仙，開始她十分重視自己與阿繡誰更美？發現自己外貌不如阿繡，就主動承認事實，自覺放棄個人的愛情追求，並且助人為樂成就別人的婚姻。正因如此，才使她在精神品格上臻於至美至善的境界，使她成為美的昇華、善的化身。

偷桃

童時赴郡試❶，值春節。舊例：先一日，各行商賈，彩樓❷鼓吹赴藩司❸，名曰「演春」❹。余從友人戲矚。是日，遊人如堵❺。堂上四官皆赤衣，東西相向坐。時方稚，亦不解其何官，但聞人語嚌嘈，鼓吹聒耳。忽有一人率披髮童，荷擔而上，似有所白。萬聲洶動，亦不聞為何語，但視堂上作笑聲。即有青衣人❻大聲命作劇。其人應命方興❼，問：「作何劇？」堂上相顧數語。吏下宣問所長，答言：「能顛倒生物。」吏以白官，少頃復下，命取桃子。

術人聲諾❽，解衣覆笥上，故作怨狀，曰：「官長殊不了了❾，堅冰未解，安所❿得桃？不取，又恐為南面者⓫所怒。奈何！」其子曰：「父已諾之，又焉辭？」術人惆悵良久，乃云：「我籌之爛熟。春初雪積，人間何處可覓，唯王母園⑫中，四時常不凋卸⑬，或有之。必竊之天上乃可。」子曰：「嘻！天可階而升乎？」曰：「有術在。」乃啟笥，出繩一團，約數十丈，理其端，望空中擲去。繩即懸立空際，若有物以挂之。未幾，愈擲愈高，渺入雲中，手中繩亦盡。乃呼子曰：「兒來！余老憊，體重拙，不能行，得汝一往。」遂以繩授子，曰：「持此可登。」子受繩有難色，怨曰：「阿翁亦大憒憒。如此一線之繩，欲我附之，以登萬仞⑭之高天。倘中道斷絕，骸骨何存矣！」父又強嗚拍之⑮曰：「我已失口，悔無及，煩兒一行。兒勿苦⑯，倘竊得來，必有百金賞，當為兒娶一美婦。」子乃持索，盤旋而上，手移足隨，如蛛趁絲，漸入雲霄，不可復見。

久之，墜一桃，如盌大。術人喜，持獻公堂。堂上傳視良久，亦不知其真偽。忽而繩落地上，術人驚曰：「殆矣！上有人斷吾繩，兒將焉託！」移時，一物墮。視之，其子首也。捧而泣曰：「是必偷桃，為監者所覺。吾兒休矣！」又移時，一足落；無何，肢體紛墮，無復存者。術人大悲，一一拾置笥中而闔之，曰：「老夫止⑰此兒，日從我南北遊。今承嚴命，不意罹此奇慘，當負去瘞之。」乃升堂而跪，曰：「為桃故，殺吾子矣！如憐小人而助之葬，當結草⑱以圖報耳。」坐官駭詫，各有賜金。術人受而纏諸腰，乃扣笥而呼曰：「八八兒，不出謝賞，將何待？」忽一蓬頭僮首抵笥蓋而出，望北稽首⑲，則其子也。以其術奇，故至今猶記之。後聞白蓮教⑳能為此術，意此其苗裔㉑耶？

【注釋】❶童時赴郡試　童時，童生（未考取秀才）時。赴郡試，到濟南府參加考試。❷彩樓　年節慶典，群眾遊行抬著的儀仗樓閣，多以竹木為骨架，用彩綢彩紙紮飾而成。❸藩司　布政使衙門。❹演春　立春節前五天檢查節日的準備工作。❺堵　牆。❻青衣人　差役。❼興　站起。❽聲諾　於行禮的同時應聲。❾了了　明白。❿安所　什麼地方。⓫南面者　面朝南坐的人，借指官長。⓬王母園　據《漢武帝內傳》：西王母園中有仙桃，大如鴨蛋，色綠味甜，樹三千年一結果。⓭凋卸　即凋謝。卸，通「謝」。脫落。⓮仞　量詞。七尺或八尺為一仞。⓯嗚拍之　撫拍哄勸他。⓰苦　發愁。⓱止　只有。⓲結草　誓死報恩。事見《左傳‧宣公十五年》：魏武子妻生子名顆，其妾無子女。武子病重，死前囑顆於其死後許妾改嫁；及病危又囑使妾殉葬。武子死後，顆遵前命，嫁之。後來，顆與秦軍杜回交戰，見一老人結草絆杜倒仆。顆擒杜回，大敗秦軍，夜夢老人自稱已死，為武子妾之父，結草相助，以報使女活命之恩。⑲稽首　磕頭。⑳白蓮教　古代宗教祕密組織。元明清時為農民起義的一面旗幟。㉑苗裔　後代子孫。

【語　譯】我還是個童生時，到濟南府參加考試，正逢春節。按照傳統的習俗，立春前一天，各行各業的商人抬著紮好的彩樓、吹吹打打的演奏樂曲，前往布政使衙門，這一活動的名字叫做「演春」。我和朋友去遊玩，瞧瞧熱鬧。這一天，遊人很多，在衙門裡圍成一道寬厚的人牆。大堂上有四名官員，都穿著大紅色的官服，分東西兩列，對面坐著。當時我年幼，也不知道他們是什麼官；只聽著人聲嘈雜，鑼鼓喇叭聲刺耳。忽然有一個人，帶領一個披頭散髮的兒童，挑著擔子走進大堂，好像有事稟告。萬聲喧擾，聽不清楚他說了些什麼，僅聽得堂上呵呵發笑。隨即有差役大聲傳下命令，要他表演魔術。他答應一聲後站起來，問：「變什麼魔術？」堂上彼此相看，說了幾句，差役下來問他的特長，回答說：「能顛倒生物成長的季節。」差役向官員稟報，一會兒又從堂上走下來，要求他摘來桃子。

藝人邊答應邊行禮，然後脫下棉衣蓋在竹箱上，故意裝出埋怨的樣子，說：「官長真不明事理，硬邦邦的冰塊還沒有融化，到哪裡摘桃子？不去取，又怕官長生氣，怎麼辦呢！」他的兒子說：「父親已經答應了，怎麼又推辭呢？」藝人惆悵了好久，才說：「我已經仔細盤算過。才到立春，到處冰雪堆積，人間哪裡能找到桃子，只有西王母的桃園裡，花木一年四季不凋落，那裡或許還有桃子。一定到天上去偷才成。」兒子說：「嘻！天上可以爬著上去嗎？」他父親說：「有法術。」就掀開箱子，拿出一團繩子。繩子大約有幾十丈長，他整理一下繩頭，向空中用力一投，繩子就懸立在空中，好像有個東西掛住它。不久，越投送越高，隱約高入雲霄，他手中的繩子也用盡了。於是喊兒子，說：「孩兒過來！我年老體衰，胳膊腿沉重笨拙，不能去，得你去一趟了。」就把繩頭遞給兒子，說：「抓住繩子向上爬，能到桃園。」兒子接過繩子，立即露出為難的表情，埋怨說：「父親也太糊塗了，這麼一條細繩子，要我依靠它爬上萬仞高天，要是爬到半道繩子一斷，我這身骨頭怎麼保全呢？」父親又輕輕地拍著他的背勸勉撫慰道：「我已經把話說在前頭，後悔已來不及，勞你去一趟。你別憂愁，要是能偷得來，一定能賞給一百兩銀子，準給你娶一個漂亮媳婦。」兒子就抓住繩子，盤旋而上，手移腳隨，就像蜘蛛沿著絲在爬行似的，漸漸登上雲霄，再也看不見了。

過了好久，空中落下來一個桃子，像碗一樣大小。藝人心中歡喜，捧著恭敬地送上公堂。堂上的官員傳看了很久，也分不清它是真是假。忽然繩子落到地上，藝人驚訝地說：「糟了！上面有人砍斷了繩子，我兒子該怎麼辦呢！」過了一會兒，空中又落下來一件東西。藝人一看，是他兒子的頭，他捧起來哭著說：「這一定是偷桃時被守園者發現，我兒子完了！」又過了一會兒，落下來一隻腳，接著其他肢體紛紛落地，一點兒也沒有留在天上。藝人十分悲痛，把殘骸一一拾進竹箱，又把它蓋好，說：「老夫只有這麼一個兒子，每天跟著我走南闖北的。今天遵從官長的命令上天偷桃，沒想到竟遭如此大禍。只有把屍骨挑回家埋葬了。」於是登上廳堂跪下，說：「為了取桃，把我兒子害死了。官長如果可憐我，幫助我埋葬兒子，我死後定當結草報恩。」在座的官員都很驚愕，每人都贈送他銀子。藝人接過來，纏到腰間，然後就拍著竹箱喊：「八八兒，你不出來謝賞，還等什麼呢？」忽然一個頭髮蓬亂的孩子，用頭頂開箱蓋而出，朝北面堂上磕頭。

原來是藝人的兒子。因為這種魔術不尋常，所以到現在我還記得。後來聽說白蓮教教徒會這種魔術，我在想這個魔術師大概是他們的後代吧！

【研 析】《聊齋》中既有曲折動人的小說佳作，又有精妙優美的小品。〈偷桃〉就是一篇精妙新奇的散文小品。文中敘寫了雜技藝人父子非常精彩的一場魔術表演。

文章主要記敘在初春寒天，藝人命童年幼子盤繩而上，成功地由天上取來鮮桃。接著又見兒子的頭及肢體紛紛落地，變成悲劇，藉此向官員求賞。最後由竹箱中叫兒子出來謝賞，成為大團圓結局。

這篇小品，作者不僅藉著藝人的故弄玄虛，造成情節的抑揚頓挫，波瀾起伏，並且注重氣氛的烘托點染構建意境，又用第一人稱的敘事方式，從自己耳聞目睹的角度進行敘寫，使讀者覺得真實可信，獲得身臨其境的藝術感受。至於藝人怎樣在空中懸繩？兒子如何偷得仙桃？繩索為何墮地？天空如何落下人的肢體？其子何時進了竹箱？文章都沒交代。這種藏而不露的寫法，使作品耐人尋味，可作無窮遐想；又使藝人變得神祕莫測，不可捉摸。這一切，都充分顯示了作者非常熟練、十分高超的寫作技巧。

阿英

甘玉，字璧人，廬陵❶人，父母早喪。遺弟珏，字雙璧，始五歲，從兄鞠養。玉性友愛，撫弟如子。後珏漸長，丰姿秀出，又惠能文，玉益愛之，每曰：「吾弟表表❷，不可以無良匹❸。」然簡拔❹過刻，姻卒不就。適讀書匡山❺僧寺，夜初就枕，聞窗外有女子聲。窺之，見三四女郎席地坐，數婢陳肴酒，皆殊色❻也。一女曰：「秦娘子，阿英何不來？」下座者曰：「昨自函谷❼來，被惡人傷右臂，不能同遊，方用❽恨恨。」一女曰：「前宵一夢大惡，今猶汗悸。」下座者搖手曰：「莫道莫道！今夕姊妹歡會，言之嚇人不快。」女笑曰：「婢子膽怯爾爾❾，便有虎狼銜去耶？若要勿言，須歌一曲，為娘行侑酒。」女低吟曰：「閒階桃花取次❿開，昨日踏青⓫小約未應乖。付囑東鄰女伴少待，莫相催，著得鳳頭鞋子，即當來。」吟罷，一座無不嘆賞。

　　談笑間，忽一偉丈夫岸然[12]自外入，鶻[13]睛熒熒，其貌獰醜。眾啼曰：「妖至矣！」倉卒鬨然，殆[14]如鳥散。惟歌者婀娜不前，被執哀啼；強與支撐，丈夫吼怒，齕[15]手斷指，就便嚼食。女即踣地若死。玉憐惻不可復忍，乃急抽劍，拔關[16]出，揮之中股。股落，負痛逃去。扶女入室，面如塵土，血淋衿袖；驗其手，則右拇斷矣，裂帛代裹之。女始呻曰：「拯命之德，將何以報？」玉自初窺時，心已隱為弟謀，因告以意。女曰：「狼疾[17]之人，不能操箕帚[18]矣。當別為賢仲圖之[19]。」詰其姓氏，答言：「秦氏。」玉乃展衾，俾暫休養，自乃襆被他所。曉而視之，則牀上已空。意其自歸，而訪察近村，殊少此姓；廣託戚朋，並無確耗。歸與弟言，悔恨若失。

　　珏一日偶遊塗野，遇一二八女郎，姿致娟娟；顧之，微笑，似將有言，因以秋波[20]四顧而後問曰：「君甘家二郎否？」曰：「然。」曰：

「君家尊曾與妾有婚姻之約，何今日欲背前盟，另訂秦家？」珏曰：「小生幼孤，夙好都不曾聞，請言族閥㉑，歸當問兄。」女曰：「無須細道，但得一言，妾當自至。」珏以未稟兄命為辭，女笑曰：「騃郎君㉒！遂如此怕哥子耶！既如此，妾陸氏，居東山望村。三日內當候玉音。」乃別而去。珏歸，述諸兄嫂。兄曰：「此大謬語！父歿時，我二十餘歲，倘有是說，那得不聞？」又以其獨行曠野，遂與男兒交語，愈益鄙之。因問其貌，珏紅徹面頸，不出一言。嫂笑曰：「想是佳人。」玉曰：「童子何辨妍媸！縱美，必不及秦；待秦氏不諧，圖之未晚。」珏默而退。

逾數日，玉在途見一女子，零涕前行。垂鞭按轡而微睨之，人世殆㉓無其匹㉔。使僕詰焉，答曰：「我舊許甘家二郎，因家貧遠徙，遂絕耗問。近方歸，復聞郎家二三其德㉕，背棄前盟。往問伯伯甘璧人，焉置妾也？」玉驚喜曰：「甘璧人，即我是也。先人曩約，實所不知。去家不遠，請即歸謀。」乃下騎授轡㉖，步御以歸。女自言：「小字阿英。家無昆季㉗，惟外姊秦氏同居。」始悟麗者即其人也。玉欲告諸其家，女固止之。竊喜弟得佳婦，然恐其佻達[28]招議。久之，女殊矜莊，又嬌婉善言，母事[29]嫂，嫂亦雅[30]愛慕之。

值中秋，夫妻方狎宴，嫂苦招之，珏意悵惘。女遣招者先行，約以繼至；而端坐笑言，良久殊無去志。珏恐嫂待久，故促之。女但笑，卒不復去。質旦[31]，晨妝甫[32]竟，嫂自來撫問：「夜來[33]相對，何爾[34]怏怏？」女微哂之。珏覺有異，質對參差[35]，嫂大駭：「苟非妖物，何得有分身術？」玉亦懼，隔簾而告之曰：「家世積德，曾無怨讎。如其妖也，請速行，幸勿殺吾弟！」女靦然曰：「妾本非人，祗以阿翁夙盟，故秦家姊以此勸駕。自分不能育男女，嘗欲辭去；所以戀戀者，為兄嫂待我不薄耳。今既見疑，請從此訣。」轉眼化為鸚鵡，翩然逝矣。初，甘翁在時，蓄一鸚鵡甚慧，嘗自投餌。珏時四五歲，問：「飼鳥何為？」父戲曰：「將以為汝婦。」間慮鸚鵡乏食，則呼珏云：「不將餌去，餓煞媳婦矣！」家人亦皆以此相戲。後斷鎖亡去，始悟舊約即此也。然珏明知非人，而思之不置；嫂懸情尤切，旦夕啜泣。玉悔之而無如何。後二年，為弟聘姜氏女，意終不自得。

有表兄為粵司李㊱，玉往省㊲之，久不歸。適土寇為亂，近村里落，半為丘墟。珏大懼，率家人避難山谷。山上男女頗雜，都不知其誰何。忽聞女子小語，絕類英。嫂促珏近驗之，果英。珏喜極，捉臂不釋。女乃謂同行者曰：「姊且去，我望嫂嫂來。」既至，嫂望見悲哽。女慰勸再三，又謂：「此非樂土。」因勸令歸。眾懼寇至，女固言：「不妨。」乃相將俱歸。女撮土攔戶，囑安居勿出，坐數語，反身欲去。嫂急握其腕，又令兩婢捉左右足，女不得已止焉。然不甚歸私室，珏訂之三四始為之一往。嫂每謂新婦不能當叔意。女遂早起為姜理妝，梳竟細勻鉛黃，人視之艷增數倍；如此三日，居然麗人。嫂奇之，因言：「我又無子。欲購一妾，姑㊳未遑暇。不知婢輩可塗澤否？」女曰：「無人不可轉移，但質美者易為力耳。」遂遍相諸婢，惟一黑醜者有宜男相[39]，乃喚與洗濯，已而以濃粉雜藥末塗之。如是三日，面色漸黃；四七後，脂澤沁入肌理，居然可觀。日惟閉門作笑，並不計及兵火。

一夜，噪聲四起，舉家不知所謀。俄聞門外人馬鳴動，紛紛俱去。既明，始知村中焚掠殆[40]盡，盜縱群隊窮搜，凡伏匿巖穴者悉被殺擄。遂益德女，目[41]之以神。女忽謂嫂曰：「妾此來，徒以嫂義難忘，聊分離亂之憂。阿伯行[42]至，妾在此，如諺所云『非李非柰[43]』，可笑人也。我姑去，當乘間一相望耳。」嫂問：「行人無恙乎？」曰：「近中有大難。此無與他人事，秦家姊受恩奢，意必報之。固當[44]無妨。」嫂挽之過宿，未明已去。玉自東粵歸，聞亂，兼程[45]進。途遇寇，主僕棄馬，各以金束腰間，潛身叢棘中。一秦吉了[46]飛集棘上，展翼覆之。視其足，缺一指，心異之。俄而群盜四合，繞莽殆遍，似尋之。二人氣不敢息。盜既散，鳥始翔去。

既歸，各道所見，始知秦吉了即所救麗者也。後值玉他出不歸，英必暮至；計玉將歸則早去。珏或會於嫂所，間邀之，則諾而不赴。一夕，玉他往，珏意英必至，潛伏候之。未幾，英果來，暴起要遮㊼而歸於室，女曰：「妾與君情緣已盡，強合之，恐為造物㊽所忌。少留有餘，時作一面之會，如何？」珏不聽，卒與狎㊾。天明，詣嫂，嫂怪之。女笑云：「中途為強寇所劫，勞嫂懸望矣。」數語趨出。居無何，有巨狸銜鸚鵡經寢門過。嫂駭絕，固㊿疑是英。時方沐，輟洗急號，群起噪擊，始得之。左翼沾血，奄(51)存餘息；抱置膝頭，撫摩良久，始漸醒。自以喙理其翼。少選，飛繞室中，呼曰：「嫂嫂，別矣！吾怨珏也！」振翼遂去，不復來。

【注釋】❶廬陵　明、清時吉安府府治，今江西吉安。❷表表　超群出眾。❸匹　配偶。❹簡拔　選擇。❺匡山　江西廬山。❻殊色　姿容特別美麗。❼函谷　河南靈寶函谷關。❽用　因此。❾爾爾　這樣；如此。❿取次　隨便。⓫踏青　春天到郊外遊玩。⓬岸然　高大貌。⓭鶻　鷹類猛鳥。⓮殆　就。⓯齕　咬嚼。⓰闔　門門。⑰狼疾　殘疾。⑱操箕帚　持畚箕和掃帚掃除，代指成為妻妾。⑲為賢仲圖之　賢仲，賢弟。圖，謀取；謀劃。⑳秋波　喻美女的眼睛。㉑族閥　家世；家族世系和家庭社會地位。㉒郎君　泛稱貴家子弟。㉓殆　幾乎；大概。㉔匹　對手。㉕二三其德　三心二意。㉖授轡　把馬繮繩交給僕人。轡，代指馬。㉗昆季　弟兄。㉘佻達　輕薄放蕩。㉙母事　當作母親侍奉。㉚雅　很。㉛質旦　天亮時。㉜甫　剛剛。㉝夜來　昨天夜間。㉞爾　你。㉟參差　不一致。㊱粵司李　粵，廣東省和廣西省合稱，又為廣東省（東粵）的簡稱。司李，同「司理」。州中主管獄訟的官員。㊲省　探望。㊳姑　暫時。㊴宜男相　適宜生男兒的相貌。㊵殆　幾乎。㊶目看。㊷行　將要。㊸非李非柰　喻身分不確定。柰子，柰樹的果實，水果的一種。似李子而肉紅，口味酸甜。㊹固當　必然。㊺兼程　一天走兩天的路程。㊻秦吉了　即「鷯哥」。鳥名。形似鸜鵒，能模仿人說話。㊼要遮　阻攔。㊽造物　造物主；創造萬物的神。㊾狎　親昵；歡會。㊿固　就。(51)奄　氣息微弱貌。

【語譯】甘玉，他的表字叫璧人，廬陵人。父母死得早，留下甘玉的弟弟珏，表字雙璧，才五歲，由哥哥撫養。甘玉性情友愛，撫養弟弟像對兒子那樣親切。甘珏漸漸長大，風度儀態特別英俊，又聰明，富有文才，甘玉越發喜愛他，常說：「我弟弟超群出眾，不能沒有好配偶。」可是選擇時要求過於苛刻，親事始終沒有定下來。那時甘玉正在廬山佛寺讀書，夜間剛躺在牀上，忽然聽見窗外有女子說話的聲音，暗地裡看去，見三四個女郎席地而坐，有幾個婢女正在陳列酒菜。她們都長得格外漂亮。一個女郎說：「秦娘子，阿英怎麼沒有來？」在末座的女郎說：「昨天她從函谷關來，被惡人傷了右臂，所以不能同來遊玩，她正在為這個惱恨呢。」又一個女郎說：「前天夜裡做了個夢很恐怖，現在想起來還嚇得心慌出汗呢。」末座的女郎搖搖手說：「別說了，別說了。今天晚上姐妹們高興地聚會，如果說出來，會嚇得人人不痛快。」那女郎笑著說：「你這個丫頭膽怯到這個樣子，難道有虎狼把你啣去嗎？如果不許我說，你必須唱一支曲兒，為姑娘們勸酒。」這女郎就低聲吟誦：「閒階桃花取次開，昨日踏青小約未應乖。付囑東鄰女伴少待，莫相催，著得鳳頭鞋子，即當來。」吟罷，滿座沒有不讚賞的。

正當女郎們又說又笑時，忽然從寺外走進一個高大的男子漢，兩隻鷹眼閃閃放光，容貌猙獰醜陋，嚇得女郎們哭喊：「妖怪來了！」倉猝間人聲嘈雜，女郎們如飛鳥般潰散，只有那唱曲兒的女郎柔弱無力，落在後面，被大漢抓住，正在哭著抵擋，大漢怒吼一聲，咬斷她的手指大嚼起來。女郎疼得倒在地上，好像已經死去。甘玉憐憫她，再也忍不下去了，他急忙抽出寶劍，迅速拉開門閂衝出去，揮劍砍去，砍到大漢腿上，腿斷下來，大漢忍痛逃跑。甘玉扶著女郎進屋，她面如土色，襟袖間血跡斑斑；甘玉檢查她的手，右拇指已經斷了，就撕塊布條替她包紮起來。這時，女郎才邊呻吟邊說：「你救我一命，這恩德怎麼報答呢？」甘玉從一開始看見她，就暗中為弟弟打算，於是告訴她自己的願望。女郎說：「我已經是殘疾人，不能再幹家庭雜務。應當另外為你的好兄弟找一個。」甘玉詢問她的姓氏，回答說：「我姓秦。」甘玉就拉開被子，使她躺下休養，自己抱著被子到別處睡了。天亮了，甘玉去看她，竟然人去牀空。估計她是自己回家了，可是調查過近處的村莊，姓秦的極少；多方委託親友尋找，也沒得不到確實可靠的消息。回家後告訴弟弟，心中懊悔，像失落了什麼東西。

一天，甘珏偶然去野外游玩，遇見一位十五六歲的女郎，長得風姿柔美。看她，她微微一笑，好像有話要說，接著用明亮的眼睛向四周看了看，然後說：「你是甘家的二公子嗎？」回答說：「是啊。」女郎說：「令尊從前為我訂過婚約要嫁給你，為什麼現在又要違背盟約，另和秦家結親？」甘珏說：「我自幼是孤兒，過去家裡的交往，我一概不了解。請說說你的家世，我回家去問哥哥。」女郎說：「不必細說，只要你說一句話，我就自動到你家。」甘珏因為沒聽到哥哥的吩咐，不敢應承，女郎笑著說：「呆郎君，就這麼怕哥哥嗎！既然如此，我姓陸，住在東山望村。三天以後聽你的回信吧。」說完就離開了。甘珏回家，將這件事告訴了哥嫂，哥哥說：「她這是胡說！父親去世時，我已經二十多歲，倘使有這個說法，我能不知道麼？」又因為她獨自一人在野外行走，碰到男子就隨便交談，更加看不起她。問她的相貌，甘珏羞得臉紅到脖子，說不出話來。嫂嫂笑著說：「料想是個美女。」甘玉說：「小孩兒哪能區別美醜！就算美麗，一定比不上秦家女郎，等和秦氏結親不成時再考慮也不晚。」甘珏沒有再說話就離開了。過了幾天，甘玉在路上看見一個女郎邊哭邊走，他放下鞭子，扣緊繮繩，悄悄地看去，她的美麗幾乎是人間無雙。吩咐僕人問她，回答：「我以前許配甘家二郎，因為家中貧窮，搬遷到遠方，就斷絕了音信，近幾天才回來；又聽說甘家三心二意，背棄過去的婚約。我要去問大哥甘璧人，看將怎樣安置我？」甘玉聽後又驚又喜，說：「甘璧人就是我呀，父親生前訂的婚約，我實在不知道。這裡離家不遠，請立刻一起回家商量。」於是下馬，把馬繮繩遞給她，讓她騎馬自己步行，為她牽馬回家。女郎自我介紹，說：「我的小名叫阿英，家裡沒有弟兄，只有秦表姐和我住在一起。」甘玉這才領悟那個美麗的秦娘子就是她表姐，想去通知她家，阿英一再阻止。甘玉暗喜弟弟得到漂亮的媳婦，可是擔心她輕薄放蕩，招人議論。日子久了，感覺阿英儀態舉止矜持莊重，又柔媚溫順，善於言談，像對待母親那樣侍奉嫂嫂，嫂嫂也非常喜歡她。

中秋節到了，甘珏和阿英正在房中親暱地飲酒，嫂嫂執意招喚阿英過去，甘珏為此很惆悵、失意。阿英讓來招呼的人先走，說好隨後就到；可是她卻坐在那裡又說又笑，過了很久也沒有要去的意思。甘珏怕嫂嫂等待太久，因此催她去。阿英卻只是笑，最終也沒去。天亮了，阿英剛梳洗打扮好，嫂嫂就親自來安撫慰問，又說：「昨天晚上咱對面坐著，你為什麼悶悶不樂呢？」阿英只是微笑。甘珏覺得奇怪，質問查對下，發現事情有出入，嫂嫂大驚，說：「如果不是妖怪，怎麼會有分身術呢？」甘玉聽說以後也害怕，隔著簾子對阿英說：「我家世代積德，從來和你無仇無怨。如果你是妖怪，請快些走吧，希望不要害我弟弟。」阿英慚愧地說：「我本來不是人，只是因為阿翁從前定過婚約，所以秦姐姐勸我來，我自以為不能生男育女，曾經想告別，之所以捨不得走，只是因為感激兄嫂待我不薄。現在既然被懷疑，請讓我從此離開吧。」轉眼間她變成鸚鵡，輕快地搧著翅膀飛去了。早先，甘珏的父親在世時，養了一隻聰明的鸚鵡，常常親自餵牠。那時甘珏才四五歲，問：「養這隻鳥做什麼？」父親和他開玩笑，說：「準備讓牠嫁給你做媳婦。」有時候擔心鸚鵡缺少食物，父親就對甘珏說：「你不送鳥食去餵牠，要餓死媳婦了。」僕人也都這樣跟甘珏開玩笑。後來，鸚鵡身上的繩鎖斷開，牠就飛走了。此時，大家才領悟到所謂的舊約指的就是這件事。雖然甘珏明明知道阿英不是人，卻還是對她念念不忘；嫂嫂掛念她更深切，從早到晚啜泣不已；甘玉後悔逼她走，卻沒有辦法讓她再回來。過了兩年，甘玉為弟弟聘娶了姜家的女兒，但始終覺得不太稱心。

他們有個表哥在廣東做司李官，甘玉去看望他，好久還沒有回來。這時，江西有土匪作亂，甘家附近的村莊半數遭受破壞，成為土堆荒地。甘珏很害怕，率領全家人逃進山谷避難。山上男女很雜亂，誰都不認得誰。忽然聽到有個女子在小聲說話，聲音十分像阿英；嫂嫂催甘珏走近去驗證，果然是阿英。甘玨高興極了，抓起她的胳膊不放。阿英就對同路的女郎說：「姐姐暫且先走，我去看望嫂嫂。」走到跟前，嫂嫂一見她就悲傷哽咽。阿英再三勸解安慰，又說：「這裡不是安樂之地。」因而勸她回家。家裡人都怕土匪登門禍害，阿英堅定地說：「沒事，不用擔心。」於是就同甘家人一起回到了家裡。阿英抓土攔在大門口，囑咐家人安穩地呆在家裡，不要出去。她坐下講了幾句話就轉身要走，嫂嫂急忙握住她的手腕，又使兩個婢女分別抓住她的腳踝。阿英不得已，只好留下來；可是她不怎麼進自己的閨房，甘玨邀請她三四次才進去一次。嫂嫂多次談到姜氏，說弟弟對她不滿意。阿英就一早起來為姜氏梳妝，梳完頭髮又細抹脂粉。人們一看，姜氏比原先美了好幾倍。這樣打扮了三天，姜氏竟成為美女。嫂嫂為此十分驚奇，因此說：「我又沒有兒子，想買一個妾，暫時來不及，不知道婢女中有沒有經過塗脂抹粉後能變成美人的？」阿英說：「沒有不能改變的人，只是底子美一點兒的好辦些罷了。」於是把婢女們仔細看了一遍，發現只有一個又黑又醜的婢女有生男孩的面相，就喚她來把臉洗淨，然後用濃粉攙上藥末塗抹。這樣化了三天妝，臉色漸漸發黃；二十八天以後，脂粉滲透到皮膚肌肉裡，竟然變好看了。他們一家人關起門來說笑，並未擔心兵亂會到來。

一晚，四圍一片喧鬧，全家都不知道怎樣對付才好。一會兒，聽到門外人喊馬叫，紛紛攘攘，鬧了一陣兒才離開。天明後才曉得村里幾乎被焚燒劫掠得一乾二淨；盜匪成群，到處搜查，凡是藏進山洞的人，都被殺害或者抓走。於是全家越發感激阿英的恩德，把她當神仙看待。阿英忽然對嫂嫂說：「我這次來，只是因為嫂嫂的情誼難忘，暫時在離亂中分擔憂愁，大哥就要回來了，我住在這裡，就像俗話所說的非李非柰的，豈不是個可笑的人嗎？我暫且回去，有機會再來看你吧。」嫂嫂問：「他在路上平安嗎？」回答說：「近時有大災難。這和別人不相干，秦家姐姐得到他的大恩大德，一定會報答他。必然無事。」嫂嫂挽留她又過了一夜，但天還沒亮就走了。甘玉從廣東回來，聽說江西盜匪作亂，就加快步伐，一天趕兩天的路程。在半路卻遇到土匪，他和僕人丟掉馬，各人把銀子束在腰間，藏到荊棘叢裡。一隻秦吉了飛落在荊條上，展開翅膀遮住他們。甘玉仰頭看到牠的爪子，缺少一個指頭，心裡產生疑惑。一會兒，土匪從四面八方包抄而來，草木叢生的地方，幾乎全搜查遍，好像就是為了找他們。主僕兩人嚇得大氣也不敢喘一口，等土匪散去，秦吉了才飛走。

甘玉到家，各說各的見聞，才知道秦吉了是他在佛寺救的美女。從此以後，每逢甘玉外出不回來，阿英一定傍晚來探望嫂嫂，估計甘玉將要回家就早早離開。甘玨和她在嫂嫂屋裡見面，邀請她，她滿口答應卻不去找他。一夜，甘玉外出，甘玨認為阿英一定會來，藏起來等待她。不久，阿英果然來到，甘玨突然起來攔住她拉到自己屋裡，阿英說：「我和你情緣已經到頭了，勉強歡合，恐怕違反天帝的禁忌。少留餘地，有時相見一面，你看怎麼樣？」甘玨不理睬她的話，二人終於歡會。天亮了，阿英到嫂嫂房裡，嫂嫂奇怪她昨晚不曾來，阿英笑著說：「半路上被強盜劫持，有勞嫂嫂掛念了。」她說了幾句話以後快步走出去。沒多久，有隻山貓口啣鸚鵡，從屋門口經過。嫂嫂見後大吃一驚，懷疑那鸚鵡是阿英。這時她正在洗髮，立刻中斷洗滌，急切呼叫。一群人過來連喊帶打，山貓才把鸚鵡丟下。鸚鵡左翅膀沾滿鮮血，氣息微弱。嫂嫂把牠抱起來，放在腿上，撫摸了很久牠才漸漸甦醒，自己用嘴梳理翅膀；一會兒，在屋裡飛繞一圈，喊道：「嫂嫂，再見了！我怨玨呀！」接著飛出屋外，從此再也沒有回來。

【研析】本篇雖然寫了甘珏與阿英的愛情婚姻和離合關係，但並不是單純的愛情小說，而是通過描寫人和人之間相互關愛、人和禽鳥之間和睦相處的關係，表現更廣泛的人間真情，展示做人處事非常寶貴的誠信、互助和情義，使作品的思想意義更加廣泛與深刻。這是作者的心願，也是善良人民的理想。

文章從甘玉與甘珏的兄弟之情寫起，甘玉父母早亡，弟珏幼小，由他撫養，「玉性友愛，撫弟如子」。弟弟長大，「丰姿秀出，又惠能文」，以致甘玉常說「不可以無良匹」，替弟在婚姻上操心。甘玉夜讀匡山荒寺，見幾個殊色女子歡聚，並仗義救了其中一位麗人，立即「隱為弟謀」。當甘珏告知野外遇阿英說先父有婚約，玉立生疑心，更因她「獨行曠野，遂與男兒交語，愈益鄙之」，頗似長輩關懷晚輩的苦心。甘珏對哥亦友愛尊重，當阿英向他提及婚約事，他心喜卻不敢立即答應，而「以未稟兄命為辭」，被阿英譏為「騃郎君」、「怕哥子」。兄弟二人團結親愛，兄「撫弟如子」，弟尊兄似父。

小說以阿英命名，對阿英形象的刻劃是寫作重點。阿英是鸜鵒幻化的精魅，秦氏是秦吉了幻化的精魅，雖涉怪異，卻絕無使人驚懼處，都具有多情和關愛別人的品性。阿英未出場，先由她的好姐妹秦氏作了介紹：「昨自函谷來，被惡人傷右臂，不能同遊，方用恨恨。」大家很遺憾，也使讀者感受到她的柔弱和多情。女友為鳥類，反襯阿英也是禽鳥，故用「姿致娟娟」寫其柔美的容姿。甘玉見秦氏等諸女皆「殊色」、「麗者」，以為是女之極致。珏向其說阿英，他認為「縱美，必不及秦」。後來他自己見到阿英，出乎意料，才相信「人世殆無其匹」。阿英不光自己很美，她還能創造美。甘珏後娶之妻姜氏，「意終不自得」，英為其理妝，「艷增數倍」，三日竟成「麗人」；

又對一位黑醜婢女施以濃粉藥末，使肌理膚色「居然可觀」。阿英不止重視色貌姿容的美，更具有精神和品格上的美。她對生活認真嚴肅，對待人誠信多情，不忘甘翁的養育之恩，不以婚約為戲言，一次次親找甘氏兄弟踐約。與甘珏結婚後，嚴謹端莊，嬌婉善言，得到全家人的喜愛與尊重。雖因身分暴露而離去，但當甘玉外出，家遭土寇威脅時，她立即趕回救助，勸大家回家，撮土攔戶，解除危機，保護了全家的平安；她的女友秦氏麗人也能不忘恩人，甘玉遇難，她去相救。這都表明她們具有美好善良的品德。

小說雖然寫了好幾組人物關係，結構卻不顯得鬆懈散漫，而是非常集中。全篇沒有一組人物關係是連延不斷首尾貫通的，卻又顯得組組人物密不可分、息息相關。一個根本原因在於各種不同的人物關係都匯聚到一個共同的思想焦點上：人與人應相互關懷，和諧融洽的相處。這使小說成為一首頌揚人性美的讚歌！

恒娘

洪大業，都❶中人。妻朱氏，姿致頗佳，兩相愛悅。後洪納婢寶帶為妾，貌遠遜❷朱，而洪嬖❸之。朱不平，輒以此反目。洪雖不敢公然宿妾所，然益嬖寶帶，疏朱。後徙其居，與帛❹商狄姓者為鄰。狄妻恒娘，先過院謁朱。恒娘三十許，姿僅中人❺，而言詞輕倩。朱悅之，次日，答其拜，見其室亦有小妻❻，年二十以來，甚娟好。鄰居幾半年，並不聞其詬誶❼一語；而狄獨鍾愛恒娘，副室❽則虛員而已。

朱一日見恒娘而問之曰：「余向謂良人❾之愛妾，為其為妾也，每欲易『妻』之名呼作『妾』。今乃知不然。夫人何術？如可授，願北面❿為弟子。」恒娘曰：「嘻！子則自疏，而尤⓫男子乎？朝夕而絮聒⓬之，是為叢驅雀⓭，其離滋甚耳！其歸益⓮縱之，即男子自來，勿納也。一月後，當再為子[15]謀之。」朱從其言，益飾寶帶，使從丈夫寢。洪一飲食，亦使寶帶共之。洪時一周旋[16]朱，朱拒之益力，於是共稱朱氏賢。如是月餘，朱往見恒娘，恒娘喜曰：「得之矣！子歸，毀若[17]妝，勿華服，勿脂澤，垢面敝履，雜家人操作。一月後，可復來。」

朱從之：衣敝補衣，故為不潔清，而紡績外無他問。洪憐之，使寶帶分其勞；朱不受，輒[18]叱去之。如是者一月，又往見恒娘，恒娘曰：「孺子真可教[19]也！後日為上巳節[20]，欲招子踏春園。子當盡去敝衣，袍袴襪履，嶄然一新，早過[21]我。」朱曰：「諾！」至日，攬鏡細勻鉛黃[22]，一一如恒娘教。妝竟，過恒娘，恒娘喜曰：「可矣！」又代挽鳳髻，光可鑒影；袍袖不合時制，拆其線，更[23]作之；謂其履樣拙，更於笥中出業履[24]，共成之訖，即令易著。臨別飲以酒，囑曰：「歸去，一見男子，即早閉戶寢，渠來叩關，勿聽也。三度呼，可一度納。口索舌，手索足，皆吝之。半月後，當復來。」

朱歸，炫妝見洪。洪上下凝睇之，歡笑異於平時。朱少話遊覽，便支頤作惰態；日未昏，即起入房，闔扉眠矣。未幾，洪果來款關㉕；朱堅臥不起，洪始去。次夕復然。明日，洪讓㉖之，朱曰：「獨眠習慣，不堪復擾。」日既西，洪入閨坐守之。滅燭登牀，如調新婦，綢繆㉗甚歡，更為次夜之約；朱不可，與洪約，以三日為率㉘。半月許，復詣恒娘，恒娘闔門與語曰：「從此可以擅專房矣。然子雖美，不媚㉙也。子之姿一媚，可奪西施㉚之寵，況下者乎！」於是試使睨，曰：「非也！病在外眥㉛。」試使笑，又曰：「非也！病在左頤。」乃以秋波㉜送嬌，又冁然瓠犀㉝微露，使朱效之，凡數十作，始略得其仿佛㉞。恒娘曰：「子歸矣！攬鏡而嫻習㉟之，術無餘矣。至於牀笫之間，隨機而動之，因所好而投之，此非可以言傳者也。」

朱歸，一如恒娘教。洪大悅，形神俱惑，唯恐見拒。日將暮則相對調笑，跬步㊱不離閨闥，日以為常，竟不能推之使去。朱益善遇寶帶，每房中之宴，輒呼與共榻坐；而洪視寶帶益醜，不終席，遣去之。朱賺[37]夫入寶帶房，扃閉之，洪終夜無所沾染。於是寶帶恨洪，對人輒怨謗。洪益厭怒之，漸施鞭楚。寶帶忿，不自修，拖敝垢履，頭類蓬葆[38]，更不復可言人矣。恒娘一日謂朱曰：「我術如何矣？」朱曰：「道則至妙，然弟子能由之[39]，而終不能知之也。縱之，何也？」曰：「子不聞乎：人情厭故而喜新，重難而輕易。丈夫之愛妾，非必其美也，甘其所乍獲，而幸其所難遘也。縱而飽之，則珍錯[40]亦厭，況藜羹[41]乎！」「毀之而復炫之，何也？」曰：「置不留目，則似久別；忽睹艷妝，則如新至：譬貧人驟得粱肉[42]，則視脫粟[43]非味矣。而又不易與之，則彼故而我新，彼易而我難，此即子易妻為妾之法也。」朱大悅，遂為閨中之密友。

積數年，忽謂朱曰：「我兩人情若一體，自當不昧生平[44]，向欲言而恐疑之也；行相別，敢以實告：妾乃狐也。幼遭繼母之變，鬻妾都中。良人遇我厚，故不忍遽絕，戀戀以至於今。明日老父尸解[45]，妾往省覲，不復還矣。」朱把手唏噓。早旦往視，則舉家惶駭，恒娘已杳㊻。

異史氏曰：「買珠者不貴珠而貴櫝㊼，新舊難易之情，千古不能破其惑；而變憎為愛之術，遂得以行乎其間矣。古佞臣事君，勿令見人，勿使窺書。乃知容身固寵，皆有心傳㊽也。」

【注釋】❶都　京城。❷遜　不及。❸嬖　寵愛。❹帛　古代絲織物的通稱。❺中人　中等人才。❻小妻　妾。❼詬誶　凌辱責罵。❽副室　妾。❾良人　丈夫。❿北面　面向北朝拜。⓫尤　責怪。⓬絮聒　嘮叨不休。⓭為叢驅雀　喻處理不當，致對方得利。語出《孟子・離婁》。⓮益　更加；越發。⓯子　你。尊稱。⓰周旋　照顧。⓱若　你的。⓲輒　總是。⓳孺子真可教　年輕人有出息，很值得加以培養造就。語出《史記・留侯世家》。這裡借用為能接受別人的勸告。⓴上巳節　魏晉以後定為農曆三月三日，俗於此日踏青出遊。㉑過　過訪；拜訪。㉒鉛黃　鉛粉和雌黃，古代婦女化妝用品。㉓更　另外；改變。㉔業履　還沒有縫製完的鞋子。㉕款關　款，叩；敲。關，門。㉖讓　責備。㉗綢繆　情意殷切。㉘率　限度。㉙媚　媚惑。㉚西施　古代越國美女。㉛眦　通「眥」。眼角。㉜秋波　秋天的水波，喻美女目光清澈明亮。㉝囅然瓠犀　囅然，笑貌。瓠犀，瓠瓜的種子。㉞仿佛　大體相似。㉟嫻習　熟習。㊱跬步　古代稱人向前行走，舉足一次為跬，舉足兩次為步。故稱跬步為半步。㊲賺　哄騙。㊳蓬葆　叢生的蓬草。㊴由之　遵照教導實行。㊵珍錯　山珍和海味。㊶藜羹　灰菜煮的湯。泛指粗劣的食物。㊷粱肉　指精美的食物。㊸脫粟　糙米，只去皮殼、不加精製的米。㊹昧生平　味，掩蓋。生平，身世。㊺屍解　死亡。道家用語。㊻杳　消失。㊼不貴珠而貴櫝　喻重外表而輕實際。語出《韓非子・外儲說左》。櫝，盒。㊽心傳　以心傳心。

【語譯】洪大業是京城的人，他的妻子朱氏，姿容風韻很美，夫妻倆互相恩愛。後來，洪大業娶了婢女寶帶作妾，她遠不如朱氏美，洪大業卻偏偏寵愛她。朱氏很生氣，夫妻之間因此不和睦。洪大業雖然不敢明目張膽地夜宿寶帶房裡，心裡卻更加喜愛寶帶，疏遠朱氏。後來，洪家遷居別處，和姓狄的絲綢商為鄰。狄某的妻子恒娘，先到洪家大院拜訪朱氏。恒娘三十多歲，姿色僅算得上中等，可是說話輕快，語聲柔美。朱氏很喜歡她，第二天就回訪，見她屋裡也有妾，二十多歲，長得十分清秀。兩家相鄰居住近半年，朱氏從來沒聽見狄家有吵罵聲。狄某獨愛恒娘一人，妾只是空有虛名罷了。

一天，朱氏見到恒娘，問她：「我一向認為丈夫愛妾，不過因為她是妾，常想把『妻』這個名字也改稱『妾』，現在才明白事實並非如此。你有什麼方法？如果可以傳授，我願拜你為師。」恒娘說：「嘻！別人疏遠你，是你自找的，反倒責怪男人嗎！從早到晚，向他絮絮叨叨，是自己把那雀兒趕向大樹林呢，讓他離你越來越遠。你回去之後要更加放縱他，即使他主動找你，也不要接受。這樣過一個月，我一定再為你出主意。」朱氏遵照恒娘的囑咐，把寶帶打扮得更美，使她陪丈夫睡。洪大業吃飯，朱氏也使寶帶陪同。洪大業有時想對朱氏親熱一下，朱氏越發極力拒絕，因此人們都誇朱氏賢惠。這樣過了一個多月，朱氏去和恒娘見面，恒娘高興地說：「你成功了。回去以後，除去你的妝扮，別穿華美的衣服，也別塗脂抹粉，要臉髒鞋破，跟著婢僕一起幹活兒。一個月之後你再來找我。」

朱氏按照恒娘的指點，換上補釘衣裳，故意把臉抹得髒兮兮的，一天到晚紡線、捻繩，別的事一概不管不問。洪大業可憐她，叫寶帶分擔些事情做，朱氏不接受，總是呵叱她，讓她離開。

這樣又過了一個月，朱氏再去見恒娘，恒娘說：「孺子真可教啊。後天是上巳節，想招呼你一道去野外田園踏青，你該把舊衣服脫下來了，從頭到腳穿得嶄然一新，一大早就來找我。」朱氏說：「好吧。」到那一天，朱氏對著鏡子仔細妝扮，完全遵照恒娘的指教，打扮好以後去找恒娘，恒娘笑著說：「可以了。」又替她挽起鳳型高髻，烏髮光亮，能照出人影；看她袍上的袖子不時髦，拆開線另縫；認為她的鞋樣笨拙，又從竹箱裡取出正在縫製的繡鞋，共同完成後立刻讓她換上。……就要分別的時候，恒娘請朱氏飲酒，囑咐她說：「回到家，和你丈夫見面以後，就早早即關上門睡覺；如果他敲你的屋門，不要理睬。這樣做三次，可以允許他一次。他會要求同你接吻，撫摩你的腳，你不要隨便答應他。半個月之後你再來。」

朱氏到家，穿著華美的服裝去見洪大業。洪大業上下打量並注視著她，歡笑的樣子不同於往常。朱氏說了幾句遊覽的見聞，便托起腮幫顯得很疲倦；還不到黃昏，就回屋關門睡覺去了。一會兒，洪大業果然來敲門，朱氏硬是躺在牀上不起來，洪大業這才離開。第二天，還是這樣。第三天天明以後，洪大業責備她，朱氏說：「我獨宿單眠，已成習慣，你又來打擾，我可真受不了。」當天傍晚，洪大業就到朱氏房內坐下等著，熄燈上牀，就像調逗新娘似的，情意殷切，很快活。洪大業又約定下一夜，朱氏認為這事不可以連續，約定三日一次。過了差不多半個月，朱氏又到恒娘家，等她進屋以後恒娘關上門，對她說：「你從今以後可以獨占牀頭了。不過你長得雖然漂亮，卻不夠嬌媚，依你的姿容添加媚惑，你就比西施更可愛，何況不如她美的人呢！」於是，就讓她試一下瞟媚眼傳情，恒娘說：「不是這樣，毛病在外眼角。」試一下笑容，說：「不是這樣，毛病在左臉頰。」於是恒娘示範，以清如秋水的眼波，向朱氏傳送嬌柔的情意，又淺露雪白而勻整的牙齒微笑，讓朱氏模仿。朱氏練習了幾十回，才學得差不多了。恒娘說：「你回家吧，回去要對著鏡子反覆練習，我再無其他方法可教了。至於牀上的功夫，要隨機行事，投其所好，這是沒有辦法說清楚的。」

朱氏回家以後，一切遵從恒娘的教導。洪大業很高興，整個被朱氏迷住了，只怕再被她拒絕，天傍黑就同她戲笑，半步也不離開閨房；每天如此，竟然推也推不走。朱氏更加善視寶帶，只要閨房有宴會，總是招呼她來，兩人同坐在一張坐榻上。然而洪大業卻感覺寶帶越來越醜，不等吃完飯就讓她走。朱氏把洪大業騙進寶帶屋裡，又從外邊鎖上門，洪大業竟一整夜不沾她的邊。因此，寶帶痛恨洪大業，經常見人就埋怨誹謗他。洪大業更加討厭她，漸漸地對她又打又罵。寶帶氣憤，不再梳洗打扮，腳下趿拉著一雙又髒又破的鞋子，頭髮像翻毛亂草，更沒有人樣了。一天，恒娘對朱氏說：「我教給你的辦法怎麼樣？」朱氏回答：「辦法妙極了，只是學生我能使用它，卻始終不理解其中的道理。為什麼一開始要放縱他？」恒娘說：「你沒有聽人說過麼？人情喜新厭舊；重視難得，而輕視易取。丈夫喜愛妾，不一定是為了她美，而是愛她新來乍到，喜歡她的來之不易。放縱他，是為了讓他吃飽，飽後他會連山珍海味也厭煩，更不必說粗劣的飯菜了。」朱氏問：「穿上破衣服迴避他，後來又衣裝華美地去見他，這是為了什麼？」說：「不在他眼前，就像長期別離，忽然看到豔麗的裝束，就像新來乍到。比方窮人突然吃到精美可口的佳餚，就會對糙米飯倒胃口一樣；卻又偏偏不輕易給他，因此別人由新變舊，自己由舊變新；找別人容易成，求你卻難得。這就是你曾想的變妻為妾的方法。」朱氏聽後很高興，兩人於是成為閨房中的密友。

過了幾年，恒娘忽然對朱氏說：「咱們兩個，感情深厚得像一個人，當然不應該隱瞞自己的身世。從前想說出來，卻擔心你懷疑，現在就要分別了，願意說出實情：我是個狐仙，年幼時沒了親娘，繼母把我賣到京城。丈夫待我忠厚，因此不忍心很快離開他，依依不捨一直拖到今天。明天，我的老父親得升天，我要回家探望，不再回來。」朱氏聽後拉起她的手抽泣起來。第二天早晨再去看她，狄某全家正十分驚駭，恒娘已經無影無蹤了。

異史氏說：「買珍珠的人不看重珍珠，而看重的盛珍珠的盒子，這是被事物的新舊難易的表象迷住了，千古以來，這一困惑沒有得到破解。因此變厭惡為喜愛的方法，能在這種關係的轉化中生效。古代的奸臣侍奉皇上，使他少見人，不讀書。由此可知，保全自身，鞏固自己被寵愛的地位，都有其心心相傳的妙術呀！」

【研　析】〈恒娘〉寫了封建家庭中妻妾爭寵的故事。中國在長期封建社會中，特別到了作者生活的明清時代，蓄婢納妾之風盛行。這種一夫多妻的婚姻制度，是造成家庭矛盾和爭鬥的主要因素。小說以簡潔的筆觸，描寫了洪家妻妾鬥爭的尖銳與激烈，客觀上揭露了封建家庭的婚姻制度和倫理道德的虛偽和腐朽。

洪大業納婢女寶帶為妾，寶帶姿色不如妻朱氏，卻得到洪的寵愛，朱心理不平衡，朝夕吵鬧，洪越發愛妾，疏遠妻。遷居之後，鄰居恒娘姿色中等，丈夫的小妾年輕漂亮，而恒娘卻能駕馭丈夫，朱氏向恒娘求教馭夫之術。恒娘傳祕訣，讓朱征服男人心，取得獨占丈夫的「勝利」，而小妾寶帶卻陷入更大的痛苦。

妻妾制度的存在，必然造成家庭矛盾尖銳複雜。封建家庭裡，男子處於中心地位，是一切權力和利益的支配者，妻子也沒有獨立的經濟地位。但是，妻是明媒正娶，是家庭主婦，而妾的地位不同，與婢女相近，丈夫對妾有黜陟予奪之權，妾要保護自身的利益，就不能不對男人獻媚取寵，妻因兩性關係的排他性，往往會嫉妒妾，雙方因而展開激烈抗爭。妻妾爭寵是當時社會富裕人家的普遍現象。但這是一種不合理、不科學的婚姻制度，是封建糟粕。現代世界上，普遍拋棄了這種制度。

這篇小說以〈恒娘〉命名，恒娘是狐仙。她深諳人間的情愛心理，以她征服男人的經驗向朱氏傳授祕訣，其術可概括為：欲擒先縱、欲取先予、欲媚先晦、欲親先疏。後來她還作了分析總結。她像一位將軍指揮戰爭一樣，活用了《孫子兵法》。不過，朱氏勝利是以寶帶的犧牲為代價，無論勝者敗者，其命運都是悲哀的。只有從根本上改變封建社會制度，才是正確的出路，這是小說作者尚理解不了的。異史氏曰一段，將妻妾爭寵作了引申，從「變憎為愛之術」、「易妻為妾之法」，聯想到「古佞臣事君」、「容身固寵」的心傳，擴大了文章的內涵，加深了作品的社會意義。

翩翩

羅子浮，邠❶人，父母俱早世❷，八九歲，依叔大業。業為國子左廂❸，富有金繒❹而無子，愛子浮若己出。十四歲，為匪人誘去，作狹邪遊❺，會❻有金陵❼娼，僑寓郡中，生悅而惑之。娼返金陵，生竊從遯去。居娼家半年，牀頭金盡，大為姊妹行齒冷❽，然猶未遽絕❾之。無何廣創❿潰臭，沾染牀席，逐而出，丐於市，市人見輒⓫遙避。自恐死異域，乞食西行，日三四十里。漸至邠界，又念敗絮⓬膿穢，無顏入里門，尚趑趄⓭近邑間。日既暮欲趨山寺宿，遇一女子，容貌若仙，近問：「何適⓮？」生以實告，女曰：「我出家人，居有山洞，可以下榻，頗不畏虎狼。」生喜，從去。

入深山中，見一洞府。入則門橫溪水，石梁駕之；又數武⓯，有石室二，光明徹照，無須燈燭。命生解懸鶉⑯，浴於溪流，曰：「濯之，創當愈。」又開幛，拂褥促寢，曰：「請即眠，當為郎作褲。」乃取大葉類芭蕉，剪綴作衣。生臥視之，製無幾時。摺疊牀頭，曰：「曉取著之。」乃與對榻寢。生浴後覺創瘍無苦；既醒摸之，則痂厚結矣。詰旦⑰將興⑱，心疑蕉葉不可著，取而審視，則綠錦滑絕。少間，具餐，女取山葉，呼作餅，食之果餅；又剪作雞、魚，烹之皆如真者。室隅一罌，貯佳醞⑲輒復取飲；少減，則以溪水灌益之。數日，創痂盡脫，就女求宿，女曰：「輕薄兒！甫⑳能安身，便生妄想！」生云：「聊㉑以報德。」遂同臥處，大相歡愛。

一日，有少婦笑入，曰：「翩翩小鬼頭㉒快活死！薛姑子好夢㉓幾時做得？」女迎笑曰：「花城娘子，貴趾久弗涉㉔，今日西南風㉕緊吹送也？小哥子㉖抱得未？」曰：「又一小婢子。」女笑曰：「花娘子瓦窯㉗哉！那弗將㉘來？」曰：「方嗚㉙之，睡卻矣。」於是坐以款飲，又顧生曰：「小郎君焚好香㉚也！」生視之，年廿有三四，綽有餘妍，心好之。剝果誤落案下，俯假拾果，陰撚翹鳳㉛，花城他顧而笑，若不知者。生方怳然神奪，頓覺袍褲無溫㉜，自顧所服，悉成秋葉。幾駭絕㉝，危坐移時，漸變如故，竊㉞幸二女之弗見也。少頃，酬酢㉟間又以指搔纖掌，花城坦然笑謔，殊不覺知。突突怔忡間，衣已化葉，移時始復變。由是慚顏息慮㊱，不敢妄想。花城笑曰：「而㊲家小郎子大不端好！若弗是醋葫蘆㊳娘子，恐跳迹入雲霄去。」女亦哂㊴曰：「薄倖兒㊵，便直得寒凍殺！」相與鼓掌。花城離席曰：「小婢醒，恐啼腸斷矣。」女亦起曰：「貪引他家男兒，不憶得小花城啼絕矣。」花城既去，懼貽誚責㊶，女卒㊷晤對如平時。

居無何，秋老風寒，霜零木脫㊸，女乃收落葉，蓄旨㊹御冬；顧生肅縮，乃持襆掇拾洞口白雲，為絮複衣㊺；著之溫暖如襦㊻，且輕鬆常如新綿。逾年，生一子，極惠㊼美，日在洞中弄兒為樂。然每念故里，乞與同歸，女曰：「妾不能從；不然，君自去。」因循[48]二三年，兒漸長，遂與花城訂為姻好。生每以叔老為念。女曰：「阿叔臘[49]故大高，幸復強健，無勞懸耿[50]。待保兒[51]婚後，去住由君。」女在洞中，輒取葉寫書教兒讀，兒過目即了[52]。女曰：「此兒福相，放教[53]入塵寰[54]，無憂至臺閣[55]。」未幾，兒年十四，花城親詣[56]送女，女華妝至，容光照人。夫妻大悅，舉家讌集[57]，翩翩扣釵而歌曰：「我有佳兒，不羨貴官。我有佳婦，不羨綺紈[58]。今夕聚首，皆當喜歡。為君行酒，勸君加餐。」既而花城去，與兒夫婦對室居。新婦孝，依依膝下，宛如所生[59]。

生又言歸，女曰：「子有俗骨，終非仙品；兒亦富貴中人，可攜去，我不誤兒生平[60]。」新婦思別其母，花城已至。兒女戀戀，涕各滿眶。兩母慰之曰：「暫去，可復來。」翩翩乃翦葉為驢，令三人跨之以歸。大業已老歸林下[61]，意姪已死，忽攜佳孫美婦歸，喜如獲寶。入門，各視所衣，悉蕉葉；破之，絮蒸蒸騰去，乃並易之。後生思翩翩，偕兒往探之，則黃葉滿徑，洞口路迷，零涕62而返。

異史氏曰：「翩翩、花城，殆63仙者耶？餐葉衣雲，何其怪也！然幃幄徘謔64，狎寢生雛，亦復何殊於人世？山中十五載，雖無『人民城郭』65之異；而雲迷洞口，無跡可尋，睹其景況，真劉、阮返棹66時矣。」

【注釋】❶邠　今陝西彬縣。❷世　去世。❸國子左廂　主管國子監（古代最高學府）的官員。❹繒　綢緞。❺狹邪遊　逛妓院。❻會　恰巧。❼金陵　古縣名。今江蘇南京。❽齒冷　恥笑。❾遽絕　遽，急速。絕，拒絕。❿無何廣創　無何，不久。廣創，俗稱大瘡。⓫輒　就；總是；往往。⓬敗絮　破爛棉衣。⓭趑趄　徘徊。⓮適　往。⓯武　步。⓰懸鶉　喻爛衣服。⓱詰旦　清晨；明天早晨。⓲興　起身。⓳醞　酒。⓴甫　剛剛。㉑聊　略。㉒小鬼頭　對少年的暱稱。㉓薛姑子好夢　借用唐人蔣防《霍小玉傳》：「蘇姑子作好夢也未？」之意開玩笑。㉔涉　到來。㉕西南風　指好風。㉖小哥子　小男孩子。㉗瓦窰　喻只生女兒的婦女。古代對生女孩子稱「弄瓦」，故稱。㉘將　攜帶。㉙嗚　催嬰兒入眠的聲音。㉚小郎君焚好香　郎君，這裡指新郎。焚好香，焚好香才得到好報應。㉛翹鳳　指繡有鳳鳥的鞋。㉜生方怳然神奪二句　怳然，恍惚貌。神奪，神志受到強烈的吸引。頓，立刻。㉝幾駭絕　幾，幾乎。駭絕，嚇死。㉞竊　暗自。㉟酬酢　酬，主人敬客人酒。酢，客還敬主酒。㊱慮　雜念。㊲而　同「爾」。你。㊳醋葫蘆　比喻愛嫉妒的人。㊴哂　嘲笑。㊵薄倖兒　薄情人。㊶貽誚責　貽，招致。誚責，責備。㊷卒　終究。㊸霜零木脫　零，降落。木，樹葉。㊹旨　美味。㊺顧生肅縮三句　顧，看。肅縮，因寒而蜷縮。複衣，可裝入絮狀物的衣服。㊻襦　棉襖。㊼惠　同「慧」。聰明。㊽因循　拖延。㊾臘　年齡。㊿懸耿　心中牽掛。51保兒　撫養兒子。52了　清楚明白。53放教　使。54塵寰塵世；人寰。55臺閣　指尚書、丞相官職。56詣　往。57舉家讌集　舉家，全家。讌集，聚會宴飲。58綺紈　華美的綢緞。59依依膝下二句　依依，留戀貌。宛如，像似。60生平　終身。61歸林下　離職隱居。62零涕　流眼淚。63殆　一定。64幃幄俳諧　幃幄，內室。俳諧，開玩笑。65人民城郭　喻人事巨變。語源《搜神後記》。66劉阮返棹　語源南朝劉義慶《幽明錄》：劉晨、阮肇於天台山遇二仙女，與之半年後回家，子孫已傳七代。重訪舊地，迷失來處。返棹，乘船返回。泛指還歸。

【語　譯】羅子浮是邠州人，父母死得早，八九歲的時候就依靠叔父生活。叔父名大業，在朝中任國子左廂官職，家裡很富有卻沒有兒子，所以疼愛子浮，就像親生的一樣。子浮時十四歲，被壞人騙去逛妓院，恰巧有個來自金陵的妓女住在邠州城，子浮喜愛她，被她迷住了。這妓女回金陵時，子浮偷偷地跟隨前去。他在妓女家住了半年，把錢全花光了，妓女們對他大加戲弄和恥笑，卻還沒有立即趕他走。不久，他長了大瘡，膿瘡潰爛發臭，把牀褥沾得很髒，便被攆出院門，在街上討飯，人們見到他那副樣子就遠遠地躲開。他害怕自己死在外鄉，就沿路討飯向西走。一天能走三四十里。漸漸走近邠州邊界，又想到自己衣服破爛骯髒，膿血淋漓，沒有臉面回家，就只好在鄰鄉間徘徊。天黑了，他想到山上小廟裡住宿，路上遇見一位女郎，長得如仙女般美麗。她主動問子浮：「你往哪裡去？」子浮說出實話，女郎說：「我是出家人，住在山洞裡，你可去住下，就不怕虎狼了。」子浮歡喜，就跟隨前往。

子浮和女郎走進深山，見一洞府，進門一道小溪橫流，上架石橋；又走幾步，有兩間石屋，室中明亮，不用燈燭。女郎叫他脫下破爛衣服，到溪中洗澡，說：「洗了，瘡就會痊癒。」又拉開帷幔，清掃牀褥，催他睡覺，說：「請睡下，我要給你做褲子。」就拿類似芭蕉般的大葉子，剪裁後縫成衣服。子浮躺在牀上看，不久就做成了。她疊起來放在子浮牀頭上，說：「明天早晨穿上它。」然後就在對面牀上就寢。子浮洗澡以後，感覺瘡不疼了；睡醒後撫摩它，已經結了厚厚的痂。早晨起牀，心想蕉葉怎能穿呢？拿過來仔細一看，竟是綠色綢衣，光滑極了。一會兒，準備早餐，女郎拿著從山上採摘的葉子，說它是「餅」，子浮嘗一嘗，果然是餅；又剪出雞、魚，煮後全和真的一樣。牆角放一瓦罐，盛有美酒，可隨時取來飲用，酒稍減便灌注溪水。住了幾天，子浮身上的瘡痂全部脫落，便要求與女郎同牀，女郎說：「輕薄兒，剛剛有個安身之處就胡思亂想了！」子浮說：「這樣算是略微報答你的恩德吧！」於是兩人就睡在一起，十分歡愛。

一天，一位少婦笑著進來，說：「翩翩，你這個小鬼頭快活死了！薛姑子什麼時候做的好夢呀？」女郎含笑相迎，說：「花城娘子，貴腳很久沒走到這裡來了。今天刮了好風，把你給吹來了啊？小男娃兒抱來沒有？」說：「又生了一個小丫頭。」翩翩開玩笑地說：「花娘子，你真成了瓦窰了！怎麼不抱她來呢？」說：「剛才我還哄著她，現在已經睡著了。」於是招待花城喝酒。花城看著子浮說：「你真是燒了好香呵！」子浮看她有二十三四歲，長得很美，心裡很喜歡她。子浮剝果，失手掉在桌下，趁著彎腰假裝拾果，暗中捏了一下花城的繡鞋。花城看著別的地方在笑，好像壓根兒不曾有這回事似的。子浮神志恍惚間，突然感覺袍褲冰冷，看看衣服，竟又變成枯葉。他差一點兒被嚇死；又端端正正地坐了一會兒，枯葉漸漸還原為衣裳，他暗中慶幸這個變化未被兩位女子發現。不久，他向花城敬酒，又用手指搔弄她那柔美的小手，花城依然大大方方的說笑，好像沒有感覺到。子浮為此突突心跳，衣服又變成葉子，停了好一陣兒才變回去。打這時起，他才面帶慚色，排去雜念，不敢再有非分之想。花城笑著說：「你家小郎君太不正經！若不是你這醋葫蘆娘子，恐怕他就跳到天上去了！」翩翩也嘲笑他，說：「薄情的東西，就該把他凍死！」說後兩人便一起鼓掌。花城離開座位，說：「小丫頭若醒了，怕又哇哇大哭了。」翩翩也站起來，說：「只顧勾引別家男兒，不想小花城快要哭死了。」花城走了以後，子浮怕翩翩責備，可翩翩對他還同平時一樣。

過了沒多久，秋深風寒，霜降葉落，翩翩就收集落葉，儲藏美味，準備過冬；見子浮畏冷蜷縮，就拿包袱收取洞口白雲作絮，為他縫衣禦寒；子浮穿著像棉襖那樣暖和，而且又輕快又鬆軟如同新棉做的一般。一年後，他們生了一個極俊美聰明的兒子，子浮每天在洞中逗兒取樂；只是也常想家，求翩翩和他一同回家，翩翩說：「我不能跟你去，要不然你自己回去吧。」拖延了兩三年，兒子漸漸長大了，就與花城訂為姻親。子浮心裡常想著年邁的叔父，翩翩說：「叔父年紀是很大了，幸而身體強健，你不必掛念。等撫育兒子長大結了婚，是走是留隨你。」翩翩在洞府中，常常用葉子寫字教兒子讀，兒子過目不忘也能理解。翩翩說：「這孩子有福相，使他到人間，不愁做到宰相。」轉眼間兒子已長到十四歲，花城親自把女兒送來完婚。新娘靚妝華美，容貌光彩照人，子浮和翩翩都非常開心，全家歡宴，翩翩取下髮髻上的簪子打拍子，唱道：「我有佳兒，不羨貴官。我有佳婦，不羨綺紈。今夕聚首，皆當喜歡。為君行酒，勸君加餐。」不久，花城回去了，他們安排新郎新娘住在對面屋裡。新娘很孝順，留戀待在他們身邊，就像親生女兒一般。

子浮又想還鄉，翩翩說：「你長了一身俗骨，終究成不了仙人；兒子也是富貴中人，可以帶他走，我不耽誤他的美好前程。」新媳婦想要拜別母親，花城已經來到，兒女都戀戀不捨，滿眼含淚。兩位母親安慰他們說：「暫且離去，可以再來的！」翩翩就剪葉子為驢，讓三個人騎牠回家。這時，羅大業已經退休隱居家中，原以為姪子已死，忽然見他帶著好孫子和漂亮孫媳回來，高興得像得到寶貝。三人走進家門，各自看看衣服，都是芭蕉葉；撕開來看，絮物變作朵朵白雲，騰空而去，於是都換上新衣。後來，子浮想念翩翩，帶領兒子入山探望，只見枯葉鋪滿小路，去往洞口的路也迷失了，只好流著眼淚而歸。

異史氏說：「翩翩、花城，一定是仙人吧？吃樹葉、穿白雲，多麼奇怪呵！但是在內室中調笑，同牀生子，又有哪一點兒不像人間呢？在山裡十五年，雖然沒有經歷人間巨變，而白雲迷斷洞口，失去可供探尋的蹤跡，看這一景況，真似劉晨、阮肇重進天台山後回家的情境呢！」

【研析】〈翩翩〉是一篇人仙相戀的神仙洞窟故事，其社會意義在於故事並不單寫愛情，更著重於教育改變紈袴蕩子的狹邪行為，使其重新走上正常的人生道路。這對今天的社會，也許仍有一定的積極意義。

小說題材借鑑了唐傳奇《李娃傳》的某些情節，但有重大的發展與創新。《李娃傳》是寫鄭生赴京應試，路遇名娼李娃，深為愛慕，沉溺不能自拔，最終淪為乞丐。頗有義氣的李娃得知後，頓生憐憫，衝破阻礙，贖身與鄭生同居，促其刻苦讀書，終於金榜題名。本篇中的羅子浮為金陵娼所誘，「牀頭金盡，大為姊妹行齒冷」，又「廣創潰臭，沾染牀席，逐而出，丐於市」，這與鄭生遭遇相似，後邊則很不同。鄭被人救，羅得仙助。前者強調「金榜題名」；後者不落俗套，更重視對人的思想改變和端正做人的態度，不追求升官發財的名利思想。正如翩翩所歌：「我有佳兒，不羨貴官。我有佳婦，不羨綺紈。」看重的是人倫之樂，平安生活。

文中寫了仙人所居的美好境界：石梁橫駕，光明徹照，仙女慧美，且溪水長流，濯之則瘡癒病除。仙洞中以山葉為珍饈，以溪水為佳釀，用蕉葉縫衣裳，掇白雲絮棉衣。當羅生和兒子媳婦回家時，翩翩「剪葉為驢，令三人跨之以歸」，如此仙人仙境和仙術，真是穎異奇絕、神妙無比，表現了作者豐富的想像力。

翩翩是本篇的主人公，文中寫她是仙女，實則充溢著人世的溫暖和純樸的真情。比如寫翩翩不僅貌美手巧，更富有聰慧機敏的性格和高尚的仁愛之心。羅生剛來時，「廣創潰臭」，「人見輒遙避」，翩翩卻不嫌棄，為其開幛拂褥，縫褲做衣。瘡癒後，就傾心相愛，充分表現了她身上的人性美。

小說非常成功地描寫了花城娘子來訪的場面。花城與翩翩是鄰居，更是親密好友，她心直口快，進洞就說：「翩翩小鬼頭快活死！薛姑子好夢幾時做得？」這是祝福，又似開玩笑。她見羅生就說：「小郎君焚好香也！」是對他們愛情的讚美。不料，羅生的蕩子惡習仍然未改，見花城「綽有餘妍，心好之」，就趁拾果「陰捻」花城的繡鞋，後又故意搔弄花城纖柔的手掌。翩翩對他輕薄下流行為的懲戒手段也不同凡響：當羅生一有邪念蕩行時，「自顧所服，悉成秋葉」，下體如裸。於是，他「幾駭絕」，「慚顏息慮」，不敢再妄想胡為。羅以為「二女之弗見」，其實全在注視中，二仙女並因此互相調笑嘲謔。花城說：「而家小郎子大不端好！若弗是醋葫蘆娘子，恐跳迹入雲霄去。」花城走時，翩翩回敬她：「貪引他家男兒，不憶得小花城啼絕矣。」完全是人世間少婦戲謔嘲笑的聲口，機鋒中飽含友善，句句畢肖，字字入妙，顯示了作者駕馭人物口語對白的藝術才能。

王者

湖南巡撫❶某公，遣州佐❷押解餉金六十萬赴京。途中被雨；日暮愆程❸，無所投宿，遠見古刹，因詣棲止。天明，視所解金，蕩然無存。眾駭怪，莫可取咎。回白撫公，公以為妄，將置之法，及詰眾役，並無異詞。公責令仍反故處，緝察端緒。至廟前，見一瞽者，形貌奇異，自榜云：「能知心事。」因求卜筮。瞽曰：「是為失金者。」州佐曰：「然。」因訴前苦。瞽者便索肩輿❹，云：「但從我去，當自知。」遂如其言，官役皆從之。瞽曰：「東。」東之；曰：「北。」北之。凡五日，入深山，忽睹城郭，居人輻輳❺。入城，走移時，瞽曰：「止。」因下輿，以手南指：「見有高門西向，可款關自問之。」拱手自去。州佐從其教，果見高門；漸入之，一人出：衣冠漢制，不言姓名。

州佐訴所自來。其人云：「請留數日，當與君謁當事者。」遂導去，令獨居一所，給以食飲。暇時閒步，至第後，見一園亭，入涉之，老松翳日，細草如氈；數轉廊榭，又一高亭。歷階而入，見壁上挂人皮數張，五官俱備，腥氣流熏，不覺毛骨森豎，疾退歸舍。自分留鞹❻異域，已無生望，因念進退一死，亦姑聽之。明日，衣冠者召之去，曰：「今日可見矣。」州佐唯唯。衣冠者乘怒馬❼甚駛，州佐步馳從之。俄，至一轅門，儼如制府❽衙署，皂衣人❾羅列左右，規模凜肅。衣冠者下馬，導入；又一重門，見有王者，珠冠繡紱❿，南面坐。州佐趨上，伏謁。王者問：「汝湖南解官耶？」州佐諾。王者曰：「銀俱在此。是區區者，汝撫軍即慨然見贈，未為不可。」州佐泣訴：「限期已滿，歸必就刑，稟白何所申證？」王者曰：「此即不難。」遂付以巨函云：「以此復之，可保無恙。」又遣力士送之。州佐慴息，不敢辯，受函而返。山川道路，悉非來時所經，既出山，送者乃去。

數日，抵長沙⑪，敬白撫公。公益妄之，怒不容辯，命左右者飛索以縶⑫。州佐解襆出函，公折視未竟，面如灰土，命釋其縛，但云：「銀亦細事，汝姑⑬出。」於是急檄屬官，設法補解訖。數日，公疾，尋卒。

先是，公與愛姬共寢，既醒，而姬髮盡失，闔署驚怪，莫測其由。蓋函中即其髮也。外有書云：「汝自起家守令⑭，位極人臣。賕賂貪婪，不可悉數。前銀六十萬，業已驗收在庫。當自發貪囊，補充舊額。解官無罪，不得妄加譴責。前取姬髮，略示微警。如復不遵教令⑮，旦晚取汝首領。姬髮附還，以作明信。」公卒後，家人⑯始傳其書。後屬員遣人尋其處，則皆重巖絕壑，更無徑路矣。

異史氏曰：「紅線金合⑰，以儆貪婪，良亦快異。然桃源⑱仙人，不事劫掠；即劍客⑲所集，烏⑳得有城郭衙署哉？嗚呼！是何神歟？苟得其地，恐天下之赴訴者無已時矣。」

【注　釋】❶湖南巡撫　湖南，省名。巡撫，省級地方官，總攬全省軍政大權。❷州佐　清代知州的佐官，如州同、州判之類的官員。❸愆程　耽誤了路程。❹肩輿　轎子。❺輻輳　聚集。❻鞹　去毛的皮革。❼怒馬　強壯有力的馬。❽制府　總督府。❾皂衣人　差役。❿見有王者二句　王者，帝王。珠冠，飾有珍珠的帽子。繡紱，繡花禮服。⓫長沙　明清時府名。今湖南長沙。⓬罥　以繩圈套人。⓭姑　暫且。⓮守令　太守；縣令。⓯教令　教化；命令。⓰家人　僕人。⓱紅線金合　事見《甘澤謠・紅線傳》，唐代潞州節度使薛嵩，怕魏博節度使田承嗣侵犯，其婢女紅線夜間潛入田府，盜去承嗣枕邊金盒，以此警告他不要侵犯潞州。⓲桃源　泛指與世隔絕之地。語源陶淵明〈桃花源記〉。⓳劍客　精於劍術的人。⓴烏　怎。

【語　譯】湖南的巡撫某公，派遣州佐押解用作薪餉的銀子六十萬兩，送往京城。途中下雨，已是傍晚，耽誤了路程，找不到旅店投宿；遠遠望見一座古寺，就到那裡住了下來。天明以後，查看押解的銀子，全部丟失。大家驚怪，不知道該追究誰的罪責。回去稟告巡撫，巡撫認為是胡說，要法辦州佐，及至盤問過所有的差役，說法卻都一樣。巡撫要求他們仍舊返回原處，偵察清楚來龍去脈。他們來到廟前，看見一個盲人，他的相貌古怪，身旁寫有告示：「能知心事。」州佐就請他算卦。盲人說：「你是丟失銀子的人。」州佐說：「正是。」便向他訴苦。盲人要求僱一頂轎子，說：「只要跟著我去，你一定會明白。」於是照他說的辦，官役都跟隨他身後。盲人說：「向東。」大家都向東走；說：「向北。」大家就向北走。共走了五天，走進深山，忽然看見一座城市，聚居著很多人家。進城走了一陣子，盲人說：「停下。」於是下轎，手向南指，說：「見有一座高門，門朝西。可以去敲開門，自己問他。」說完話拱手告別。

州佐聽從盲人的指教，果然看見高門，慢慢地走進去，裡面出來一人，穿戴著漢代的衣帽，不說自己的姓名。州佐向他說明自己的來由，這人說：「請你在這裡住幾天，我和你一起拜見主事的人。」就引導他去，讓他獨自住在一個地方，有人給他送吃送喝。他空閒的時候隨意走一走，來到院後，見一座花園，進去遊賞。園中老松挺拔，遮天蔽日；細草茸茸，如鋪綠氈；繞過幾道廊榭，又有一座高大的亭臺。越過臺階進去，只見牆上掛著幾張人皮，五官齊全，腥氣熏人，他嚇得骨顫毛聳，急忙退出，奔回住處。他心想自己這身皮也將留在外鄉，沒有生還的希望，又想反正前進後退都活不成，也就暫且聽之任之吧。第二天，穿漢朝衣服的人招呼州佐出去，說：「今天可以見了。」州佐連聲答應。這人騎一匹健壯的馬，走得很快，州佐跟隨他快跑。一會兒，跑到一座官署門外，好像總督府衙門，一群穿黑衣服的差役排列左右，氣氛威嚴。這人下馬，帶領他走進大門；又穿過一道門，見有一個王者，頭戴珠飾王冠，身穿繡花禮服，面朝南坐著。州佐快步向前，叩首拜見。王者問：「你是湖南負責押解的官員嗎？」州佐回答說：「是。」王者說：「銀子都在這裡，數目不大。就算要你們巡撫慷慨贈送，也不是不可以。」州佐哭著說：「來時給的限期已滿，回去一定要受刑。稟報時拿什麼作證明呢？」王者說：「這事不難。」就交給他一個大匣子，說：「用它來答覆，保證你平安無事。」又派個大力士送他。州佐低聲下氣，不敢辯解，接過匣子向回走。經過的山川道路，和來時完全不同，出山以後送他的人才回去。

走了幾天，州佐回到長沙，恭敬地向巡撫稟報，巡撫越發認為他在編造謊言，怒氣沖天，不容辯解，命令差役將他繩捆索綁。州佐趕緊解開自己的包裹，取出匣子，巡撫拆開後還沒有看完，就嚇得面如灰土，命令鬆綁，只說：「銀子也是小事一樁，你暫且回去吧。」於是急忙發公文給下屬官員，想辦法補解完事。又過了幾天，巡撫得了病，不久就死了。在這以前，巡撫和愛妾同牀而眠，醒後發覺愛妾的頭髮全被剃光了，全衙門的官役都覺得奇怪，誰都猜不出其中的原因。王者給的匣子裡，裝的就是那愛妾的長髮。另外還有信件，上面寫道：「你從縣令升為太守，又從太守高升為最顯貴的官員，收受賄賂，貪得無厭，家產數也數不清。日前那六十萬兩銀子，已經驗收，存進金庫。你就該自掏贓款，補充原數。押解餉銀的州佐無罪，不可胡亂譴責。之前剪取你愛妾的頭髮，是略微示以警告，如果再不遵守教令，早晚去取你的腦袋。頭髮附帶歸還，就用它作憑證吧。」巡撫死後，他的僕人才把這封信傳出來。此後，府中下屬官員派人尋找王者駐地，卻只見重嶺深谷，連一條路徑也沒有。

異史氏說：「紅線女盜取枕邊金盒，以此警告貪婪的官員，實在令人痛快非常。但是桃花源中的仙人，不會出來搶劫；假如那裡是劍客聚集之處，怎麼能有城牆和衙門呢？啊！這王者是什麼神仙呢？如果真有這個地方，恐怕普天下到那裡告狀的人，就會接連不斷，沒完沒了啊。」

【研　析】〈王者〉是一篇富有正義感和進步思想的小說。作者對魚肉百姓的貪官汙吏極端痛恨，但又對當時政權的統治者失去信心，就幻想出能代表民意、從民間起來敢於反叛的一種政治力量，來對貪官汙吏加以懲戒和處治。這種力量的代表就是「王者」。

小說情節並不複雜。湖南巡撫派解吏押六十萬兩餉銀進京，路途被盜。解吏找餉銀，進深山見到王者。王者頭戴王冠，身穿龍袍，面南而坐，一派莊嚴威武氣象。王者明言：「銀俱在此。」解吏泣訴回去無法交差，王者交給他一個裝有信件的大匣子，說：「以此復之，可保無恙。」解吏回去如實向巡撫稟報，巡撫大怒，立即將解吏捆起來。解吏交上王者的大匣子，巡撫「拆視未竟，面如灰土，命釋其縛，但云：『銀亦細事，汝姑出。』」六十萬兩餉銀忽然成了「細事」，可見王者來信的威懾力。因何如此？原來信函中除斥責巡撫「賕賂貪婪」罪行的書信外，還有一個人的頭髮。前些天，巡撫與愛姬在官衙共寢，夜裡不知誰將愛姬的頭髮全剃光，信函中送回了被剃的頭髮。信中說：「前取姬髮，略示微警。如復不遵教令，旦晚取汝首領。」結果，「數日，公疾，尋卒」。堂堂巡撫，就這樣被嚇死了。

解吏在王者園亭時，曾看到牆上掛數張人皮，表明王者懲罰貪官汙吏不止湖南巡撫一人，懲罰方式更不僅是剃髮劫銀。這反映當時官場腐敗的普遍性。

巡撫死後，家人將王者來信一事傳出去。官員派人進山尋找，所見「皆重巖絕壑，更無徑路矣」。這一結尾，明顯是仿效陶淵明〈桃花源記〉的結尾方式，復尋無果而返。這說明〈王者〉一文，也同〈桃花源記〉一樣，只反映群眾的理想願望，現實生活中並不存在。

竹青

魚容，湖南人，談者忘其郡邑。家綦❶貧，下第歸，資斧斷絕；羞於行乞，餓甚，暫憩吳王廟❷中，因以憤懣之詞拜禱神座，出臥廊下。忽一人引去，見吳王，跪白❸：「黑衣隊尚缺一卒，可使補缺。」吳王可，即授黑衣。既著，身化為烏，振翼而出，見烏友群集，相將❹俱去，分集帆檣。舟上客旅，爭以肉餌拋擲，群於空中接食之；因亦尤效❺。須臾果腹，翔棲樹杪，意亦甚得。逾二三日，吳王憐其無偶，配以雌，呼之「竹青」，雅相愛樂。魚每取食，輒馴無機❻，竹青恒勸諫之，卒不能聽。一日，有滿兵❼過，彈之中胸，幸竹青銜去之，得不被擒。群烏怒，鼓翼扇波，波湧起，舟盡覆。竹青乃攝餌哺魚，魚傷甚，終日而斃；忽如夢醒，則身臥廟中。先是，居人見魚死，不知誰何；撫之未冰，故不時以人邏察之。至是，訊知其由，斂貲送歸。

後三年，復過故所，參謁吳王。設食，喚烏下集群啖，乃祝曰：「竹青如在，當止。」食已，並飛去。後領薦❽歸，復謁吳王廟，薦❾以少牢❿，已乃大設⓫以饗烏友，又祝之。是夜宿於湖村，秉燭方坐，忽几前如飛鳥飄落，視之，則二十許麗人，輾然曰：「別來無恙乎？」魚驚問之，曰：「君不識竹青耶？」魚喜，詰所來，曰：「妾今為漢江神女，返故鄉時常少。前烏使兩道君情，故來一相聚也。」魚益欣感，宛如夫妻之久別，不勝歡戀。生將偕與俱南，女欲邀與俱西，兩謀不決。寢初醒，則女已起。開目見高堂中巨燭熒煌，竟非舟中。驚起，問：「此何所？」女笑曰：「此漢陽⓬也。妾家即君家，何必南！」天漸曉，婢媼紛集，酒炙已進。就廣牀⓭上設矮几，夫婦對酌。魚問僕之所在，答：「在舟上。」生慮舟人不能久待，女言：「不妨，妾當助君報之。」於是日夜談讌⓮，樂而忘歸。舟人夢醒，忽見漢陽，駭絕。僕訪主人，杳無信兆[15]，舟人欲他適，而纜結不解，遂共守之。

積兩月餘，生忽憶歸，謂女曰：「僕[16]在此，親戚斷絕。且卿[17]與僕，名為琴瑟[18]，而不一認家門[19]，奈何？」女曰：「無論妾不能往，縱能之，君家自有婦，將何以處妾也？不如置妾於此，為君別院[20]可耳。」生恨道遠，不能時至。女出黑衣，曰：「君舊衣尚在。如念妾時，衣此可至；至時，為君解之。」乃大設肴珍，為生祖餞[21]。既醉而寢，醒則身在舟中；視之，洞庭[22]舊泊處也。舟人及僕俱在，相視大駭，詰其所往，生故悵然自驚。枕邊一襆，檢視，則女贈新衣襪履，黑衣亦摺置其中；又有繡橐維縶[23]腰際，探之，則金貲充牣焉。於是南發，達岸，厚酬舟人而去。

歸家數月，苦憶漢水，因潛出黑衣著之。兩脅生翼，翕然凌空，經兩時許，已達漢水。回翔下視，見孤嶼中有樓舍一簇，遂飛墮。有婢子已望見之，呼曰：「官人至矣！」無何，竹青出，命眾手為之緩結。覺羽毛劃然盡脫，握手入舍曰：「郎來恰好，妾日夕臨蓐[24]矣。」生戲問曰：「胎生乎？卵生乎？」女曰：「妾今為神，則皮骨已更，應與曩異。」至數日果產。胎衣厚裹，如巨卵然，破之，男也。生喜，名之「漢產」。三日後，漢水神女皆登堂，以服食珍物相賀，並皆佳妙，無三十以上人。俱入室就榻，以拇指按兒鼻，名曰：「增壽。」既去，生問：「皆誰何？」女曰：「此皆妾輩。其末後著藕白者，所謂『漢皋解珮[25]』，即其人也。」居數月，女以舟送之，不用帆楫，飄然自行。抵陸，已有人縶馬道左[26]，遂歸。由此往來不絕。

積數年，漢產益秀美，生珍愛之。妻和氏苦不育，每思一見漢產。生以情告女，女乃治任[27]，送兒從父歸，約以三月。既歸，和愛之過於己出，過十餘月，不忍令返。一日，暴病而殤，和氏悼痛欲死。生乃詣漢告女。入門，則漢產赤足臥牀上，喜以問女，女曰：「君久負約。妾思兒，故招之也。」生因述和氏愛兒之故，女曰：「待妾再育，放漢產歸。」又年餘，女雙生男女各一：男名「漢生」，女名「玉珮」，生遂攜漢產歸。然歲恒三四往，不以為便，因移家漢陽。漢產十二歲入郡庠㉘，女以人間無美質，招去，為之娶婦，始遣歸。婦名「卮娘」，亦神女產也。後和氏卒，漢生及妹皆來擗踴㉙。葬畢，漢生遂留；生攜玉珮去，自此不返。

【注　釋】❶綦　極；很。❷吳王廟　祭祀三國吳國大將甘寧的廟宇。原址位於今湖北長江西岸陽新富池。❸白　稟報。❹相將　一起。❺尤效　仿效。❻無機　沒有心計。❼滿兵　滿洲兵；清兵。❽領薦　領鄉薦。指參加鄉試，考取舉人。❾薦　祭祀。❿少牢　只用豬羊二牲的祭禮。⓫設　宴。⓬漢陽　湖北漢陽。⓭廣牀　大牀。⓮談讌　敘談宴飲。⓯信兆　消息。⓰僕　自稱的謙詞。⓱卿　夫妻情人間愛稱。⓲琴瑟　喻夫妻。⓳家門　自家的門口。⓴別院　正宅之外的宅院。㉑祖餞　餞行；以酒食送行。㉒洞庭　洞庭湖。㉓維縶　繫縛。㉔臨蓐　臨產；分娩。㉕漢皋解珮　傳說周鄭交甫於漢皋臺下遇二女，二女解所佩珠相贈。見《韓詩外傳》。㉖道左　路旁。㉗治任　整理行裝。㉘郡庠　科舉時代的府學。㉙擗踴　手拍胸腳跺地，是極度悲痛的表情。

【語　譯】魚容是湖南人。給我講故事的人，把他家住何府何縣給忘了。他家裡很窮，一次落第回家，路上斷了盤纏；不好意思討飯，餓極了，暫且在吳王廟裡歇息，就用氣憤的話向神禱告，然後躺在廊下。忽然間有個人領他去見吳王，這人跪下稟告：「黑衣隊還缺少一名隊員，可以使他補缺。」吳王許可，就給魚容一套黑衣服。他穿上以後，變成一隻烏鴉，展開翅膀飛出去；見烏鴉朋友成群，隨牠們一起飛去，分散地落在掛帆的桅桿上。船上的旅客爭著向牠們拋擲肉食，群鴉在空中飛來飛去，接取吞吃，魚容就模仿牠們，一會兒就吃飽了，飛上樹梢棲息，也覺得挺得意。過了兩三天，吳王可憐他沒有配偶，為他配上一隻雌烏鴉，名叫「竹青」，他們互相喜愛。魚容每當尋找食物的時候，總是表現得馴順，沒有警戒心，竹青為此擔心，常勸說他，他始終沒有聽從。一天，有滿洲兵經過，用彈弓射中了魚容的胸膛，幸虧竹青把他啣走，才沒有被捉去。成群的烏鴉為此憤怒，鼓動翅膀大搧江水，波濤疊起，把船隻都掀翻了。竹青啣來食物餵魚容，魚容傷勢十分嚴重，過了一天就死了；魚容忽然像是從夢中醒來，發現自己還躺在廟裡。在這以前，吳王廟附近的居民見魚容死去，不知道他是什麼人；摸他身上，還沒變涼，因此不時派人為他巡邏，以免出現意外。現在見他醒了，問清原由，就湊錢給他做盤纏，送他回家去了。

三年後，魚容又從吳王廟經過，參拜吳王。還擺上食物，喊烏鴉們下來吃，禱告說：「竹青如果在這裡，請留下來。」群鴉吃完卻都飛走了。後來他考取了舉人，回來時又參拜吳王廟，用豬羊做祭品，祭畢，大擺宴席給群鴉朋友吃，並再次禱告請求見到竹青。這一夜，他在湖邊村裡安歇，正在燭光下閒坐，忽然間桌子前像有鳥飛落；一看，竟是一位二十多歲的美女，她笑著說：「分別以來，你平安嗎？」魚容驚異地問她是誰，她說：「你不認得我竹青了嗎？」魚容很高興，問她從何處來，她說：「我現在是漢江神女，很少有時間回故鄉。之前烏鴉使者兩次傳報你對我的情誼，所以我來找你聚一聚。」魚容一聽，更加欣慰感動。他們像是長久別離的夫妻，不勝歡戀。魚容打算同她一起向南走回故鄉，竹青卻想邀請他西去漢陽，兩種意見，商量不定。魚容剛醒來，竹青早已起牀。他睜眼一看，卻住在高大的廳堂裡，巨大的蠟燭，光照輝煌，竟然不是在船上。他驚愕地從牀上起來，問：「這是什麼地方？」竹青笑著說：「這是湖北漢陽呀。我家就是你的家，何必往南方去呢！」天漸漸亮了，婢女、僕婦紛紛來到，酒和菜已經端進屋，在大牀上放矮几，夫婦相對而飲。魚容惦念僕人，問他現在何處，竹青回答：「在船上。」魚容擔心船夫不能久等，竹青說：「沒關係，我會幫你通知他們。」於是日夜敘談宴飲。魚容高興，把回家的事全忘記了。船夫夢醒，忽然發現身處漢陽，非常驚訝。魚容的僕人下船尋找主人，沒有任何消息；船夫想要到別處去，船纜卻解不開，最後只好都守候在船上。

魚容在漢陽逗留了兩個多月，忽然想回家，對竹青說：「我在這裡，和親戚斷絕了往來。咱兩個的名分是夫妻，你卻不去認認家門。這怎麼行呢？」竹青說：「姑且不說我不能去，即使能，你家本來有妻子，打算怎樣對待我呢？倒不如讓我住在這裡，作為你的另一個宅院就行了。」魚容遺憾兩地距離太遠，不能時常來，竹青拿出黑衣服，說：「你的舊衣服還保存著，如果想我的時候，穿上它就能到，到後我為你解下來。」於是她大擺佳餚美酒，為魚容餞行。魚容醉後熟睡，醒後卻已在船上；仔細看看，原來是回到洞庭湖停船的老地方。船夫和僕人也都在船上，互相看見後都覺出奇，眾人問他兩個月來前往何處，他故意裝出迷惘驚訝的樣子。他的枕頭邊有個包袱，解開來看，是竹青做的新衣和鞋襪，那身黑衣服也在裡面；還有個繡花口袋，他拴在腰間，伸手試探，裡面裝滿銀錢。於是開船南下，到達湖岸，拿很多錢酬報船夫後回家。

他在家住了幾個月，非常懷念漢水，就偷偷地拿出黑衣穿上。於是兩腋長出翅膀，飛騰空中；經過大約兩個時辰，已經到達漢水。盤旋飛翔，俯視下方，見孤島中有一片樓房，就飛落在地。

這時，有個婢女看見他，大聲喊道：「官人來了！」一會兒，竹青趕來，讓眾人為他解下衣服，他感覺全身羽毛立即脫落。竹青拉著他的手進屋，說：「你來得正好，我很快就要臨產了。」魚容和她開玩笑，說：「是胎生呢，還是卵生？」竹青說：「我現在是神女，因此皮膚骨骼已有改變，大概和以往不一樣。」過了幾天，果然分娩，胎衣厚厚地包裹著孩子，像一個超大的卵，破開之後是一個男孩兒。魚容很高興，為他起名叫「漢產」。三天以後，漢水的神女齊來殿堂，拿來衣服、食品和珍奇的物品祝賀。每一位神女都長得很漂亮，沒有超過三十歲的。她們到內室，走到牀前，用大拇指按幼兒的小鼻子，這個動作名叫「增壽」。她們散去以後，魚容問：「這都是什麼人？」竹青說：「她們和我一樣都是神女。最後那穿藕白衣服的，所謂的『漢皋解珮』，解珮的就是她呢。」魚容在這個地方住了好幾個月，離開的時候，竹青用船送他，不用帆槳，船自己輕快前進。到達岸邊，已經有人牽馬在路旁迎接，他就騎馬回家了。從此以後，魚容常常在漢水上往來。

幾年之後，漢產長得越發俊秀，魚容視如珍寶。他的妻子和氏恨自己不生育，常想見一見漢產。魚容把她的心願轉告竹青，竹青就整理行裝，送兒子跟隨父親回家，約定三個月以後回來。父子到家以後，和氏愛漢產勝過親生，十幾個月過去了也捨不得放漢產回去。一天，漢產忽然因得急症死亡，和氏悲痛得要死。魚容到漢陽告訴竹青，他一進門，竟然看見漢產赤腳躺在牀上，就高興地詢問竹青，竹青說：「你違背約期很久了。我想念兒子，所以把他招回來了。」魚容便說出和氏愛漢產的原故，竹青說：「等我再生育，就放漢產回去。」又過了一年多，竹青一胎雙生，是一男一女，男孩兒名「漢生」，女兒名「玉珮」，魚容就帶著漢產回湖南。可是一年之中，魚容在兩地往來三四次，感覺不方便，就舉家遷居漢陽。漢產十二歲考取秀才，進府學讀書。竹青認為人間的女郎資質不夠美，招漢產回她居處，為他娶了妻子以後，才放他回去。他妻子名叫「卮娘」，也是神女生育的。後來和氏去世，漢生和玉珮都哀慟地過來奔喪。安葬以後，漢生也留在這裡，魚容帶領玉珮回竹青處，從此以後他們再也沒有回來。

【研　析】〈竹青〉文中描寫了窮書生魚容和禽神竹青之間婚外相愛並生兒育女的故事。但雙方都能保持獨立的人格，互相尊敬，表達了對追求自由相愛和快樂人生願望的寬容與肯定。

湖南窮書生魚容，赴考落第，盤纏用盡，有家難回，「餓甚，暫憩吳王廟」，「以憤懣之詞拜禱」。臥夢中，被人引去見吳王，說：「黑衣隊尚缺一卒，可使補缺。」魚容身穿黑衣，變成烏鴉，但可振翼高飛，填飽肚子。吳王見他孤單，將名叫竹青的雌鴉給他作配偶。他倆相處十分快樂，這顯然是落難書生的一個美夢。

奇怪的是，這美夢卻成為真事。後來，魚容中舉歸來，念念不忘「雅相愛樂」的竹青，就「復謁吳王廟」，「饗烏友」，求舊夢重圓。夜裡，他秉燭以待，「忽几前如飛鳥飄落，視之，則二十許麗人」，原來是已成神女的竹青。兩人久別重逢，有說不盡的苦思和恩愛。竹青使用神力，將魚容帶回漢陽神女居處，二人甜蜜地度過了兩個多月美妙幸福的愛情生活。

小說集中筆墨塑造竹青這一形象。她先是雌鴉，被吳王分派作魚容的配偶。她全心全意關懷愛護他。教他覓食方法，勸他心要機敏。當魚容中彈受傷，她全力相救，使免於被擒，又攝食哺養他。當她以神女身分再次見到魚容，不計較人神之間的差別，仍然傾心相愛，並為其生了兒子。

竹青生的兒子起名漢產，魚容回家時告訴妻和氏。和氏不育，但喜愛孩子，盼望見漢產。竹青知道後就叫魚容帶回家與和氏相見。年餘，竹青又雙生一兒一女，就叫魚容送漢產與和氏一起生活。魚容在湖南和漢陽之間每年往返三四次，極為不便，就把家遷到漢陽民居之地。竹青為漢產娶神女之女為妻，叫他們與和氏一起生活，孝敬老人。後來和氏去世，二兒子和女兒都去祭奠，並留下二兒子和哥嫂一起生活。竹青和魚容、女兒住在一起。這些描述，成功地展示出竹青誠懇、聰慧和善良的品格。同時也表明，作者對與人為善和睦相處人際關係的熱情讚美！

當時的社會，青年男女自由戀愛被視為違背禮教而禁止，婚外相愛更是傷風敗俗的罪行，文中作上述描寫，說明作者具有十分勇敢的精神和膽識。

嘉平公子

嘉平❶某公子，風儀秀美，年十七八。入郡赴童子試❷，偶過許娼之門，門內有二八麗人，因目注之。女微笑，點其首。公子喜，近就與語。女便問：「寓居何所？」具告之。問：「寓中有人否？」曰：「無。」女曰：「妾夕間奉訪❸，勿使人知。」公子諾而歸。既暮，排去僮僕，女果至，自言小字「溫姬」，且云：「妾慕公子風流❹，遂背媼而至。區區❺之意，深願奉以終身。」公子亦喜，約以重金相贖，自此三兩夜輒一至。一夕，冒雨而來，入門，解去濕衣，罥諸椸上❻；已乃脫足上小靴，求公子代去泥塗，遂上牀，以被自覆。公子視其靴，乃五文❼新錦，沾濡殆盡，惜之。女曰：「妾非敢以賤務相役，欲使公子知妾之癡於情也。」聽窗外雨聲不止，遂吟曰：「淒風冷雨滿江城。」求公子續，公子辭以不解。女曰：「公子如此一人，何乃不知風雅！使妾清興❽消矣！」因勸令肄習❾，公子諾之。往來既頻，僕輩皆知。

公子有姊夫宋氏，亦世家❿子，聞其事，竊求公子，一見溫姬。公子言之，女必不可。宋隱身僕舍，伺女至，伏窗窺之，顛倒⓫欲狂，急排闥。女起，踰垣而去。宋向往殊殷，乃修贄詣許媼，指名求之，則果有溫姬，而死已久。宋愕然而退，以告公子，公子始知為鬼，而心終愛好之。至夜，以宋言告女，女曰：「誠然。顧君欲得美女子，妾亦欲得美丈夫。各遂所願足矣，人鬼何論焉？」公子以為然。試畢而歸，女亦從之；他人不見，惟公子見之。至家，寄諸⓬齋中，公子獨宿不歸，父母疑之。女歸寧⓭始隱以告母，父母大驚，戒公子絕之，公子不能聽。父母深以為憂，百術驅遣不得去。一日，公子有諭僕帖，置案上，中多錯謬：「椒」訛「菽」，「薑」訛「江」，「可恨」訛「可浪」。女見之，書其後云：「何事可浪？花菽、生江，有婿如此，不如為娼。」遂告公子曰：「妾初以公子世家文人，故蒙羞自薦。不圖⑭虛有其表！以貌取人，毋乃為天下笑乎！」言已而沒。公子雖愧恨，猶不知所題，折帖示僕，聞者傳以為笑。

異史氏曰：「溫姬可兒⑮。翩翩公子，何乃苛其中之所有哉！遂至悔不如娼，則妻妾羞泣矣。顧百計遣之不去，而見帖浩然，則『花菽、生江』，何殊於杜甫之『子章髑髏⑯……』哉！」

【注釋】❶嘉平　古縣名。原址在今安徽全椒西南。❷童子試　科舉制度中最低級考試，考試及格者稱生員，即秀才。❸奉訪　拜訪。❹風流　英俊瀟灑。❺區區　自稱的謙詞。❻罥諸椸上　此指將衣服掛到衣架上。罥，懸掛。椸，晾衣服的竹竿，也指衣架。❼五文　五色花紋。❽清興　清雅的興致。❾肄習　學習；練習。❿世家　世代貴顯的家族；大家。⓫顛倒　感情失去控制。⓬諸　於。⓭歸寧　已婚女子回娘家探望父母。⓮不圖　想不到。⓯可兒　可愛的人。⓰子章髑髏　語出杜甫〈戲作花卿歌〉：「子章髑髏血模糊，手提擲還崔大夫。」據《唐詩紀事》，讀此二句可醫瘧疾。子章，叛攻朝廷的段子章。崔大夫，成都府尹崔光遠。花卿，崔的部將，殺死段子章的花敬定。

【語譯】嘉平縣某公子，風度容貌秀美，十七八歲。他到府裡參加童子試，偶然從許家妓院門口經過，見門裡面有個十五六歲的美女，就目不轉睛地看著她。女郎微笑著對他點點頭。公子便高與地湊近與她說話，女郎問：「住在哪裡？」公子詳細回答，女郎又問：「住宿的地方有別人嗎？」回答：「沒有。」女郎說：「我夜間去拜訪你，不要使別人知道。」公子答應以後回到住處。天黑後，他把僮僕打發走，女郎果然來到，自我介紹說小名叫「溫姬」，還說：「我喜愛你英俊瀟灑，就避開老母來這裡。我的心意，是很想嫁給你。」公子也喜愛她，約定以高價把她贖出來，從此以後，女郎每隔三兩夜就來一次。一天晚上，女郎冒雨來到；進門後脫下濕衣服，掛在衣架上，然後脫下小靴子，請公子代刷上面的濕泥，接著上牀，蓋上被子。公子看那靴子，原來是織有五彩花紋的新錦縫製的，幾乎全濕透了，覺得很可惜。女郎說：「我不敢勞你幹這卑賤的活兒，只不過想藉此讓你知道我對你的一片癡情。」她聽窗外雨聲不斷，就朗誦：「淒風冷雨滿江城。」請公子接吟下一句。公子推辭說不懂，女郎說：「像公子這樣的人，怎麼卻不會作詩呢？使我那清雅的興致全消沒了。」於是勸他學習，公子應允。因為兩人的來往頻繁，這事僕人們就都知道了。

公子有個姐夫，姓宋，也是貴顯人家的子弟，知道這件事以後，暗自求公子，要見溫姬。公子問她可否，溫姬不同意，宋某因而躲在公子僕人的屋裡，見她來後便趴在窗外偷看，直看得神魂顛倒，焦躁欲狂，急忙推開屋門。溫姬起身，跳牆離去。宋某很著迷溫姬，就帶了禮物去見許鴇母，指名求見溫姬。原來真有個溫姬，卻早已死了。宋某驚愕，回去以後告訴公子，公子才知道溫姬是鬼，可是心裡始終還是愛她。到夜間，公子把宋某的話告訴溫姬，溫姬說：「確實如此。但是，你想得到美妻，我想得到美丈夫，各自心滿意足就夠了，不必計較是人還是鬼！」公子認為她說得對。考試結束，公子回家，溫姬隨之歸來；別人看不見她，只有公子能看見。到家之後，溫姬寄住於書房裡，父母見公子獨宿，不回臥室，心中懷疑。溫姬回娘家探望父母，公子才暗中把溫姬的事告訴母親。父母十分驚訝，勸公子和她斷絕來往，公子不肯聽從。公子的父母很擔心，施用過很多驅鬼法術，都不能把溫姬趕走。一天，公子在紙條上寫了幾句吩咐僕人的話，放在桌子上，裡面有不少錯字：「椒」錯成「菽」，「薑」訛作「江」，「可恨」訛成「可浪」。溫姬看見以後，在紙條背面寫道：「何事可浪？花菽、生江，有婿如此，不如為娼。」於是對公子說：「當初，我以為你是官宦人家的文人，所以不顧羞辱主動追求你。想不到你空有漂亮的外殼。以相貌作為選擇人的標準，豈不被天下人笑話嗎！」她說完就消失了。公子雖然心中羞愧悔恨，卻不知道那紙條背面的題字，仍舊把紙條疊起來交給僕人。知道的人都把這事當作笑話，到處傳揚。

異史氏說：「溫姬可愛。對於風度儀態優美的公子，怎麼可以責備他的學識呢！她居然後悔到不如作娼妓，則那些公子哥兒的妻妾都該羞愧得哭泣了。可是千方百計驅逐，她不肯離開，看到那紙條以後就毫不留戀的離去，這麼說『花菽、生江』這幾個字的作用，跟杜甫的『子章髑髏……』一詩竟沒什麼不同呢！」

【研　析】〈嘉平公子〉是篇具有獨特思路的作品，其中雖寫了人鬼之間的情愛，卻既不是鬼神怪異之作，也不是純粹的愛情故事。其主旨是諷刺虛有華美外表實際頭腦空空的富家子弟，同時也警示了以貌取人者的行為，對今天做事輕浮者仍有一定的啟發性。

這篇小說篇幅不長，內容生動簡潔，筆調輕鬆活潑，具有很強的喜劇色彩。其方法之一是巧用對比。寫嘉平公子，一方面說他「風儀秀美，年十七八」，另方面，實際表現卻平庸低俗、腹中空空。他雖身為「世家文人」，當溫姬吟誦叫他續句時，他只能「辭以不解」。更可笑的是他寫的

「諭僕帖」，錯謬多多，「椒」訛為「菽」，「薑」訛為「江」，「恨」訛為「浪」。溫姬氣極，書其後曰：「何事可浪？花菽、生江，有婿如此，不如為娼。」對他作了無情地諷刺，他竟然看不懂其中的含意，「折帖示僕，聞者傳以為笑」。通過內外對比揭示了他「繡花枕頭，內為草包」的本質。又如，公子家人知道了溫姬是鬼後，「百術驅遣不得去」，可見溫姬的本領和耐力。但當她看到諭僕帖後，憤恨公子不學無術，並自愧輕率以貌取人，就當機立斷，主動離去，表現了她強烈的自尊心和清醒的是非觀念，很值得尊敬。

在刻劃人物性格上還用了另一方法，即避免一蹴而就，而是層層深入。文章開始並沒寫她是女鬼，也沒說她如何美貌。通過她主動接近公子，以及雨夜訴衷情等情節，展露出她聰明、智慧而又多情的特點，使人覺得她是單純又癡情的少女。公子姐夫對溫姬「伏窗窺之，顛倒欲狂」的描寫，從觀者眼中展現了她的豔麗和魅力，使人物更加可感可愛。當公子問她是不是鬼時，她坦然回答：「誠然。顧君欲得美女子，妾亦欲得美丈夫。各遂所願足矣，人鬼何論焉？」則又表現她具有堅定的一面，使人物性格更加豐富，增加了立體感。

作品還通過細節描寫，展示出一個富有人情味的生動場景，即溫姬冒雨來訪。她入門就去濕衣、脫小靴、求公子代去泥、上牀、覆被。一系列動作，展現了俊捷健美的身姿。等公子見靴子是「五文新錦」所做，沾濡可惜時，她解釋：「妾非敢以賤務相役，欲使公子知妾之癡於情也。」妙抓時機，傳送愛慕之情。她聽到窗外雨聲，就吟誦詩句，是使現實的生活藝術化，提升了交往的情趣。可惜「公子辭以不解」，使她的熱情遭受第一次挫折：「公子如此一人，何乃不知風雅！使妾清興消矣！」這一場景極生動地呈現出知識少女初戀時的情態和趣味，也使小說增加了藝術感染力。

鳥語

中州❶境有道士募食鄉村，食已聞鸝鳴，因告主人使慎火。問故，答曰：「鳥云：『大火難救，可怕！』」眾笑之，竟不備。明日，果火，延燒數家，始驚其神；好事者❷追及之，稱為仙。道士曰：「我不過知鳥語耳，何仙也！」適有皂花雀鳴樹上，眾問何語。曰：「雀言：『初六養之，初六養之；十四、十六殤之。』想此家雙生矣。今日為初十，不出五六日，當俱死也。」詢之，果生二子；無何，並死，其日悉符。邑令聞其奇，招之，延❸為客。時群鴨過，因問之。對曰：「明公❹內室，必相爭也。鴨云：『罷罷！偏向他，偏向他！』」令大服，蓋妻妾反唇，令適被喧聒而出也。因留居署中，優禮之；時辨鳥言，多奇中。而道士朴野，肆言❺輒無所忌。令最貪，一切供用諸物，皆折為錢以入之。一日，方坐，群鴨復來，令又詰之，答曰：「今日所言，不與前同，乃為明公會計耳。」問：「何計？」曰：「彼云：『蠟燭一白八，銀朱❻一千八。』」令慚，疑其相識。道士求去，令不許。逾數日，宴客，忽聞杜宇❼。客問之，答曰：「鳥云：『丟官而去。』」眾愕然失色。令大怒，立逐而出。未幾，令果以墨❽敗。嗚呼！此仙人儆戒之，而惜乎危厲熏心❾者不之悟也。

【注釋】❶中州　古豫州，地處九州中部，故稱。約為今河南。❷好事者　喜歡管閒事、好奇的人。❸延邀請。❹明公　對有名位者的尊稱。❺肆言　無所顧忌地說話。❻銀朱　硫化汞，俗稱朱砂。❼杜宇　鳥名。即杜鵑。❽墨　貪汙。❾危厲熏心　險惡的貪慾迷心。

【語譯】中州地區，有個道士在鄉村募化齋飯，吃完以後聽見黃鸝叫，就告訴施主小心火災。施主問他什麼緣故，回答說：「鳥講：『大火難救，可怕！』」眾人都笑話他，始終未加防備。第二天施主家果然失火，火勢蔓延，接連燒了好幾戶人家，眾人這才驚嘆道士的神奇；一些好奇的人找到他，稱他為神仙。道士說：「我不過懂得鳥語罷了，怎麼能是神仙呢！」恰巧有隻皂花雀在樹上叫，眾人問這鳥說什麼，道士說：「雀講：『初六下生的，初六下生的；十四、十六就死的。』」大概樹下這一家生了雙胞胎。今天初十，不出五六天，都會死掉的。」後來打聽，這一家真的生了孿生子，不久便死了，日期和道士說的相符。

縣令知道了這道士的奇事以後，把他招來，請他到家中作客。這時，一群鴨子嘎嘎地叫著從這裡經過，縣令詢問道士。道士回答說：「明公內室中必然發生爭執，鴨子講：『罷罷，偏向她，偏向她！』」縣令聽後很佩服。原來他的妻妾吵架，他剛剛從她們那刺耳的喧鬧聲中逃出來。縣令因此將道士留在衙門裡，以禮相待；他時常分辨鳥語，結果往往被言中。可是道士的性格質樸，不會弄虛作假，說話無所顧忌。縣令貪得無厭，凡是縣裡供應他用的東西，都要折合成錢幣給他。一天，他正坐著，那群鴨子又叫著來到，他又問道士，回答說：「今天講的與以前不同，卻是為明公算帳哩。」問：「算的哪分帳？」說：「牠們講：『蠟燭一百八，銀朱一千八。』」縣令羞慚，懷疑道士譏笑他。道士要求離開縣衙，縣令不應許。過了幾天，縣令擺筵席請客，忽然聽見杜鵑叫，客人問道士，道士回答說：「鳥講：『丟官而去。』」眾人聽了驚得臉色大變。縣令大怒，立即就把道士趕出門外。不久，縣令果然因貪汙而被罷官。唉！這是仙人藉由鳥語警告他，可惜被險惡的貪慾迷住心竅的人，是不能從中醒悟的！

【研　析】〈鳥語〉描寫的是鳥能預知人間事、人能通達鳥語言的離奇故事。文中通過記敘道士精譯鳥語的言行與社會現實相聯繫，將鳥語作為揭露縣令利欲薰心、掩耳盜鈴之卑劣行為的武器，給貪官汙吏以強而有力的諷刺與嘲弄，提升了小說的社會意義。

全文可分為兩部分：第一部分寫道士通鳥語，鳥語預言人間的事情，而且非常靈驗。道士聞鸝鳴，告訴施主「慎火」，人不以為然，結果被火燒。聞皂花雀鳴而知人家雙生必死，不久也應驗。

這種神奇異事，只可作神話傳說看待。但小說在描寫鳥語上很生動：黃鸝的抑揚頓挫、皂花雀的婉轉流麗、杜宇的淒切哀婉，都模仿得維妙維肖，表現了作者駕馭語言的功底十分深厚。

第二部分寫縣令「大服」鳥語料事如神，就把道士請進縣衙，當作貴客招待。第一次聞鴨鳴，道士說是內室相爭，果然。道士若通官場掌故或許好些，偏他性格質樸，不會弄虛作假，說話無所顧忌。第二次聞鴨鳴，他說是「為明公」算帳。縣令問算何帳？回答：「彼云：『蠟燭一百八，銀朱一千八。』」正點中他以物折錢幣進行貪汙的要害處，縣令十分羞慚，懷疑道士譏笑他。一次宴客時，聞杜宇鳴，客問道士，答：「鳥云：『丟官而去。』」眾人吃驚，嚇得臉色發白；縣令大怒，將道士逐出。不久，縣令果因貪汙而丟官，使他成為被諷刺和鞭撻的小丑。

本篇猶如一首詼諧曲，節奏輕快活潑，讀後不禁令人莞爾一笑。

庚娘

金大用，中州舊家❶子也。聘尤太守❷女，字庚娘，麗而賢。逑好❸甚敦。以流寇之亂，家人離逷❹，金攜家南竄。途遇少年，亦偕妻以逃者，自言廣陵❺王十八，願為前驅。金喜，行止與俱。至河上，女隱告金曰：「勿與少年同舟，彼屢顧我，目動而色變，中叵測❻也。」金諾之。王殷勤，覓巨舟，代金運裝，劬勞❼臻至。金不忍卻，又念其攜有少婦，應亦無他；婦與庚娘同居，意度❽亦頗溫婉。王坐船頭上，與櫓人傾語，似其熟識戚好。

未幾，日落，水程迢遞❾，漫漫不辨南北。金四顧幽險，頗涉疑怪；頃之，皎月初升，見彌望皆蘆葦。既泊，王邀金父子出戶一豁，乃乘間擠金入水；金父見之欲號，舟人以篙築❿之，亦溺。生母聞聲出窺，又築溺之，王始喊救。母出時，庚娘在後，已微窺之。既聞一家盡溺，即亦不驚，但哭曰：「翁姑⑪俱沒，我安適歸？」王入勸：「娘子勿憂，請從我至金陵⑫，家中田廬頗足贍給，保無虞也。」女收涕曰：「得如此，願亦足矣。」王大悅，給奉良殷。既暮，曳女求歡，女託體姅⑬，王乃就婦宿。初更既盡，夫婦喧競⑭，不知何由。但聞婦曰：「若所為，雷霆恐碎汝顱矣！」王乃撾⑮婦，婦呼云：「便死休！誠不願為殺人賊婦！」王吼怒，捽婦出，便聞骨董一聲，遂嘩言婦溺矣！

未幾，抵金陵，導庚娘至家，登堂見媼。媼訝非故婦，王言：「婦墮水死，新娶此耳。」歸房，又欲犯之，庚娘笑曰：「三十許男子尚未經人道⑯耶？市兒初合巹⑰，亦須一杯薄漿酒；汝沃饒⑱，當亦不難。清醒⑲相對，是何體段⑳？」王喜，具酒對酌。庚娘執爵，勸酬殷懇。王漸醉，辭不飲。庚娘引巨椀，強媚勸之。王不忍拒，又飲之。於是酣醉，裸脫促寢。庚娘撤器滅燭，託言溲溺出房，以刀入，暗中以手索王項，王猶捉臂作噬聲。庚娘力切之，不死，號而起；又揮之，始殪[21]。媪仿佛有聞，趨問之，女亦殺之。王弟十九覺焉，庚娘知不免，急自刎；刀鈍，不可入，啟戶而奔。十九逐之，已投池中矣。呼告居人，救之已死，色麗如生。共驗王屍，見窗上一函，開視，則女備述其冤狀。群以為烈[22]，謀斂貲作殯。天明，集視者數千人，見其容，皆朝拜之。終日間得百金，於是葬諸南郊。好事者[23]為之珠冠袍服，瘞藏豐備焉。

初，金生之溺也，浮片板上，得不死；將曉，至淮上，為小舟所救——舟蓋富民尹翁專設以拯溺者。金既蘇[24]，詣翁申謝，翁優厚之，留教其子。金以不知親耗，將往探訪，故不決。俄白：「撈得死叟及媪。」金疑是父母，奔驗，果然，翁代營棺木，生方哀痛，又白：「拯一溺婦，自言金生其夫。」生揮涕驚出，女子已至，殊非庚娘，乃王十八婦也。向金大哭，請勿相棄，金曰：「我方寸[25]已亂，何暇謀人？」婦益悲。尹審得其故，喜為天報，勸金納婦。金以居喪為辭，且將復仇，懼細弱[26]

作累，婦曰：「如君言，脫[27]庚娘猶在，將以報仇居喪去之耶？」翁以其言善，請暫代收養，金乃許之。卜葬翁媼，婦縗絰[28]哭泣，如喪翁姑。既葬，金懷刃托鉢[29]，將赴廣陵，婦止之曰：「妾唐氏，祖居金陵，與豺子同鄉。前言廣陵者，詐也。且江湖水寇，半伊同黨，仇不能復，祇取禍耳。」金徘徊不知所謀。忽傳女子誅仇事，洋溢河渠，姓名甚悉。金聞之一快，然益悲，辭婦曰：「幸不汙辱。家有烈婦如此，何忍負心再娶？」婦以業有成說[30]，不肯中離，願自居於媵妾。會有副將軍[31]袁公，與尹有舊，適將西發，過尹；見生，大相知愛[32]，請為記室[33]。無何，流寇犯順[34]，袁有大勛；金以參機務，敘勞，授遊擊[35]以歸，夫婦始成合巹之禮。

居數日，攜婦詣金陵，將以展庚娘之墓。暫過鎮江[36]，欲登金山[37]；漾舟中流，欻一艇過，中有一嫗及少婦，怪少婦頗類庚娘。舟疾過，婦自窗中窺金，神情益肖。驚疑，不敢追問，急呼曰：「看群鴨兒飛上天也！」少婦聞之，亦呼云：「饞猧兒[38]欲吃貓子腥耶？」蓋當年閨中之隱謔也。金大驚，返棹近之，真庚娘也。青衣扶過舟，相抱哀哭，傷感行旅。唐氏以嫡[39]禮見庚娘。庚娘驚問，金始備述其由。庚娘執手曰：「同舟一話，心常不忘，不圖吳越[40]一家矣。蒙代葬翁姑，所當首謝，何以此禮相向！」乃以齒[41]序，唐少庚娘一歲，妹之。

先是，庚娘既葬，自不知幾歷春秋。忽一人呼曰：「庚娘，汝夫不死，尚當重圓。」遂如夢醒；捫之，四面皆壁，始悟身死已葬，祇覺悶悶，亦無所苦。有惡少年窺其葬具豐美，發冢破棺，方將搜括，見庚娘猶活，相共駭懼。庚娘恐其害己，哀之曰：「幸汝輩來，使我得睹天日。頭上簪珥，悉將去。願鬻我為尼，更可少得直[42]，我亦不洩也。」盜稽首曰：「娘子貞烈，神人共欽。小人輩不過貧乏無計，作此不仁。但無漏言幸矣，何敢鬻作尼。」庚娘曰：「此我自樂之。」又一盜曰：「鎮江耿夫人，寡而無子，若見娘子，必大喜。」庚娘謝之。自拔珠飾，悉付盜；盜不敢受，固與之，乃共拜受，遂載去。至耿夫人家，託言舡㊸風所迷。耿夫人，巨家，寡媼自度，見庚娘大喜，以為己出，適母子自金山歸也。庚娘緬述其故，金乃登舟拜母。母款之若婿，邀至其家，留數日始歸。後往來不絕焉。

異史氏曰：「大變當前，淫者生之，貞者死焉。生者裂人眦，死者雪㊹人涕耳。至如談笑不驚，手刃仇讎，千古烈丈夫中，豈多匹儔㊺哉！誰謂女子遂不可比蹤彥雲㊻也！」

【注釋】❶中州舊家　中州，古代分中國為九州，豫州居中，故稱。今河南一帶。舊家，世代官宦人家。❷太守　同明清時知府、知州。❸逑好　指夫妻間的情誼。❹離遏　同「離逖」。遠遠離開；使分散遠去。❺廣陵　古郡名。明清時為揚州府。府治在今江蘇揚州。❻叵測　詭詐莫測。❼劬勞　勞苦。❽意度　揣測；設想。❾迢遞　遠貌。❿築　打；擊。⓫翁姑　丈夫的父親和母親。俗稱公公、婆母。⓬金陵　古縣名，今為南京市的別稱。⓭姅　女子月經。⓮喧競　喧鬧相爭。⓯撾　擊；打。⓰人道　男女交合。⓱合巹　古代婚禮之一，剖一瓠為兩瓢，新婚夫妻各執其一飲酒。代指成婚。⓲沃饒　家產豐厚。⓳清醒　白日；白天。⓴體段　體統；舉止。㉑殪　死亡。㉒烈　剛直；堅貞。㉓好事者　熱心助人的人。㉔蘇　恢復。㉕方寸　心。㉖細弱　妻子兒女。泛指家屬。㉗脫　如果。㉘縗絰　麻布做成的喪服。㉙托鉢　討飯的碗。㉚成說　定約；成議。㉛副將軍副總兵。明代遣將軍出征，統軍者稱總兵，副總兵官稱副將。㉜知愛　賞識喜愛。㉝記室　官名。祕書。㉞犯順　作亂。㉟遊擊　官名。明代邊區守軍中設遊擊將軍。職責為防守應援。清代綠營兵，有的分領營兵、有的催護糧運。㊱鎮江　明清時府名，今江蘇鎮江。㊲金山　在今鎮江西北部。㊳猧兒　小狗。㊴嫡　正妻。㊵吳越　古代吳國和越國經常互相攻伐，積怨很深，後人以此比喻仇敵。㊶齒　年齡。㊷直　酬金。㊸舡　船。㊹雪擦拭。㊺匹儔　匹敵；並列。㊻比蹤彥雲　事見《世說新語．賢媛》。王淩字彥雲，曹魏末，因反對司馬氏專權被殺。其子王公淵娶諸葛誕的女兒，對新婦說：「新婦神色卑下，很不像公休（諸葛誕字公休）。」新婦說：「大丈夫不能彷彿彥雲，而令婦人比蹤英傑。」意為婦女和英烈男子相提並論。

【語　譯】金大用是中州一個世家的子弟，娶了尤太守的女兒。她乳名叫庚娘，容貌美麗，為人賢惠，夫妻情深意厚。因為流寇作亂，僕人四處逃散，金大用攜全家逃向南方，在路上遇到一個年輕人，也是同妻子一起逃難的，自稱家住廣陵，姓王，名叫十八，願意為金大用領路。金大用高興，不論行走歇息都和他在一起。來到河邊，庚娘暗地裡對金大用說：「不要跟這個年輕人同乘一條船。他多次看著我，眼珠一轉動臉色就變，其中詭詐難測呀。」金大用答應了。王十八殷勤照料，找來大船，又替金大用搬運行李，不辭勞苦，辦事周到。金大用不忍心推辭，又考慮他攜帶著年輕的妻子，料想也沒有妨礙；他的妻子和庚娘同住艙中，情態也相當溫順。王十八坐在船頭上，同船夫閒談，彼此間像是很熟悉的親友。

不久，夕陽西下。水路遼遠，迷茫一片，分不清東南西北。金大用觀察了一下四周，發覺處境幽暗險惡，深感奇怪。一會兒，皎月初升，眼前全是無邊的蘆葦。船停下來，王十八請金家父子出艙解悶，竟乘機把金大用擠落水中；金大用的父親看到正要喊，船夫用篙打去，他也掉進河裡；金大用的母親聽見聲音，走出艙外察看，船夫又一篙子打入水中，這時王十八才喊救人。母親出艙時，庚娘跟隨其後，暗中已看得分明。既然知道公婆和丈夫都落水，也就不再驚慌，只哭著說：「公公婆婆都死了，我有什麼地方可去呀？」王十八到艙裡勸她：「娘子不必發愁，請隨我到金陵，我家有田地房舍，足夠養活你，保證你無憂無慮。」庚娘擦擦眼淚說：「能到這一步，我就心滿意足了。」王十八很高興，對她更加殷勤的照顧侍奉。天黑以後，他拉著庚娘要求歡合，庚娘偽託有月經，他才找妻子安歇。一更多天，夫妻吵鬧，不知什麼緣故。僅聽見王十八的妻子說：「你幹這樣的事，也不怕天打雷劈，要劈碎你的腦袋。」王十八毆打妻子，妻子高聲呼喊：「打死我好了，我實在不願意做殺人賊的老婆！」王十八怒沖沖地吼叫，把妻子揪出艙外，就聽咕咚一聲，接著傳來一陣喧譁，說王十八的妻子掉進河裡了。

不久，船到金陵，王十八帶庚娘到家，進屋拜見母親。老太婆見媳婦不是原來的那個，不由得驚訝，王十八說：「媳婦掉進河裡淹死了，這是新娶的。」王十八把庚娘領進閨房，又要冒犯庚娘，庚娘笑著說：「三十多歲的男人了，還未經歷過這等事嗎？街市裡的年輕人成婚，也該有一杯薄酒；你家富裕，應當不難辦到。大白天的面對面，成什麼樣子！」王十八歡喜，便準備美酒對飲。庚娘端起酒杯，殷切誠懇地勸他喝。王十八漸漸醉了，辭謝不飲。庚娘又拿來大碗斟酒，強作媚態，勸他多喝。王十八不忍心拒絕，又喝了下去。這時他已經大醉，把身上的衣服脫光，催庚娘上牀。庚娘撤去酒具，吹滅蠟燭，假託到屋外小便，卻拿來一把刀，在一片漆黑中摸到王十八的脖子，王十八還拉她的胳膊說些親暱的話。庚娘用力砍去，他沒有死，大叫一聲起身；庚娘又揮一刀，他才嗚呼哀哉。老太婆隱約聽見動靜，趕忙去問，庚娘也把她殺死了。這事被王十八的弟弟王十九發覺，庚娘知道自己也活不成，急忙刎頸；刀刃鈍了，割不進去，她打開門逃出。王十九追趕上去，她已經跳進池塘，喊鄰人來救，庚娘已被淹死，可是容貌秀麗，和生前一樣。大家一同查驗王十八的屍體時，見窗臺上有封信，打開一看，是庚娘寫的，詳細陳述了她的冤情。眾人看後，認為庚娘剛直而有節操，打算籌錢為她出殯。天明以後，前來觀看的人有好幾千，看到她的容顏，都下跪膜拜。一天之間，募集了百兩銀子，於是把她安葬在南郊。有些熱心這件事的人，為她戴上嵌珍珠的帽子，穿上袍服，殉葬品豐富，應有盡有。

當初，金大用落水後，靠著一塊木板浮在水面，得以不死；拂曉，漂進淮河，又被救上一條小船——這船是富戶尹老漢的，專用它拯救落水的人。金大用體力恢復後，到尹家致謝，老漢熱情招待，把他留在家，教兒子讀書。金大用因為不知道親人的消息，要去查訪，心裡猶豫不決。頃刻間有僕人稟報，說：「從河裡撈出的屍體，一個是老頭兒，一個是老太太。」金大用懷疑是他的父母，跑去驗看，果然不錯。尹老漢替他置辦棺木，他正在痛哭，僕人又來稟報：「救上一個落水的婦女，自己說金大用是她的丈夫。」金大用擦擦眼淚，驚訝地向外走，那婦人已經來到，卻不是庚娘，而是王十八的妻子。她朝著金大用痛哭，請求不要嫌棄她，金大用說：「我心裡已經亂透了，哪有閒暇管別人。」婦人聽他這麼說，哭得更傷心了。尹老漢知道其中緣故以後，心裡高興，認為這是上天給的報應，勸金大用收留她。金大用以為父母服喪推辭，而且還要去報仇，擔心有家眷拖累。婦人說：「這麼說來，假使庚娘還活著，就該因為要報仇和服喪不要她嗎？」尹老漢認為這話有理，要暫時代替金大用收養她，金大用也就應許了。安葬金大用的父母時，婦人穿起喪服啼哭，好像死了自己的公婆一樣。

安葬過後，金大用懷中藏刀、手裡端起討飯碗，要前往廣陵，婦人阻止他說：「我姓唐，老家在金陵，跟那個豺狼是同鄉。以前說廣陵，那是騙人的；再說，江湖上的水盜，有一半是他的同黨，你去後報不了仇，只會招惹禍害啊。」金大用聽後猶豫不決，不知怎麼辦好。忽然人們傳言一女子報仇後自殺的事，這件事已傳遍大河小渠，就連姓什名誰都知道。金大用聽了很痛快，卻也更加悲傷，他辭謝唐氏說：「幸虧我沒有玷汙你。我家有這樣的烈婦，怎好忍心背棄她再娶呢！」唐氏因為兩人的婚事已經說定，不肯半路分手，自己願意充當侍妾。這時有個副將軍袁公，與尹老漢是老朋友，正好將要起程到西邊去，來拜訪尹老漢；看見金大用，對他很賞識喜愛，請他做了祕書。不久，流寇叛亂，袁公征討，立了大功，金大用因為參謀機要軍務，論功行賞，得到遊擊的官職，這才回去和唐氏舉行了婚禮。

過了幾天，金大用和唐氏去金陵，打算去祭掃庚娘的墳墓。暫且經過鎮江，想登金山看一看；船行江中，忽然一艇駛過，裡面有一個老太太和一少婦。金大用看那少婦很像庚娘，覺得奇怪。兩船一擦而過，少婦從窗中看金大用，那神情更像庚娘。金大用心驚神疑，不敢追問，急忙喊道：「看群鴨兒飛上天啦！」少婦聽後也喊：「小饞狗兒想吃貓子腥吧？」這是當年金大用和庚娘在閨房中開玩笑的隱語。金大用聽後大吃一驚，掉轉船頭靠近小艇，竟真的是庚娘。婢女扶她到金大用的船上，兩人相見，抱頭大哭，同行的旅客都為之感動。唐氏以妾的身分拜見庚娘，庚娘驚愕詢問，金大用才細說因由。庚娘拉起唐氏的手說：「同船一席話，我從沒忘記，沒想到冤家成為一家了。你替我安葬公婆，我應該先向你道謝，怎麼向我這樣行禮！」就以年齡排位次，唐氏比庚娘小一歲，庚娘稱她妹子。

當初，庚娘被埋葬，自己也不知道過了多長時間，忽然聽見有人高聲說：「庚娘，你丈夫沒有死，一定還能團圓。」接著像從夢中醒來，四下一摸，都是板壁，這才明白自己死了，已經被埋葬；只覺得有點兒悶氣，倒也不很痛苦。有品行惡劣的年輕人，看庚娘的殉葬品又多又好，就去掘墳開棺，正要搜括陪葬品，發覺庚娘還活著，他們又驚又怕。庚娘擔心他們害自己，哀求他們說：「幸虧你們來了，才使我得以重見天日。我頭上戴的簪環，你們都拿去。希望把我賣到庵堂當尼姑，你們也賺一點錢。這件事，我不會對外人說。」盜墓人向她跪拜說：「娘子貞潔剛烈，天神世人都敬佩。我們幾個沒出息的小人，只不過因為貧苦，沒法子生活，才做下這不體面的事。只要你不向外人說，我們就萬幸了，怎敢把你賣作尼姑呢。」庚娘說：「這是我自己樂意的。」又一個盜墓的說：「鎮江的耿夫人守寡，又沒有兒女，要是見到娘子，一定很高興。」庚娘向他表示感謝，自己從頭上拔下珍珠飾品，都送給盜墓人。他們不敢要，庚娘一再要贈送，他們才一起行禮後收下，接著僱車送她去鎮江。到耿夫人家，推說乘船遇到大風迷路。耿夫人家也是世家，她守寡獨自生活，見到庚娘以後十分歡喜，把她當作親生女兒看待，剛才是同庚娘去遊金山坐船回來。庚娘向金大用追述了這段經過，金大用就到那小艇上去拜見耿夫人。耿夫人待他像對待女婿般的殷勤，邀請他一起回家，他逗留了好幾天才回去。從此以後，兩家往來不斷。

異史氏說：「一場重大變故發生在眼前，淫毒的人活著，貞烈的人死亡。活著的人，人們對他怒目欲裂；死去的人，人們對她一次次擦拭眼淚。至於有說有笑，臨危不驚，親手殺死仇敵，千古以來，就算在剛正而有氣節的男子中，可以和她相提並論也不多呢！誰說女子不能和英烈男子相比呢！」

【研　析】這篇小說的主人公庚娘，自幼必定受過良好的教育。婚後，經歷流寇之亂，遭家破人亡之災，自己又為賊寇所劫的悲慘際遇。但她具有慧美卓識、機智勇敢、頑強剛烈的性格，所以，她臨危不懼，殺敵報仇而後自殺，使她成為人間難得的奇女子，成為寄託作者理想的最完美女性人物形象。

庚娘婚後遭亂，全家跟丈夫金大用南逃，遇水寇王十八，當丈夫感覺喜得同伴而無顧忌時，庚娘卻預感不妙，暗中提醒丈夫：「勿與少年同舟，彼屢顧我，目動而色變，中叵測也。」事未發她先識破賊心，真是慧美卓識。可惜金終未聽勸告，仍與王同船而行，水程迢遞，至幽險處，丈夫公婆皆被害，庚娘成零丁一人。從她後來從容應對的表現，可以推想她當時的心理活動。面對險惡境遇，她想投水而死，但大仇難報；欲苟且偷生，難免遭賊強暴。這對一個弱女子是天大的難題。她靈機一動，心生一計，「既聞一家盡溺，即亦不驚，但哭曰：『翁姑俱沒，我安適歸？』」裝作只想自己，不以夫家為重，致使王寇輕易上當。王帶她到金陵，她還能心懷悲苦而談笑自若，舉杯對酌，「勸酬殷懇」。先將王灌醉，又去找來刀子，親手殺了仇敵，充分表現了她的機智和勇敢。大仇已報，心願已遂，丈夫已死，自己也不想活，於是以刀自刎，「刀鈍，不可入，啟戶而奔」，投身清池而亡，突出表現了庚娘頑強剛烈的崇高品質。

小說藝術上的突出特點是情節生動曲折、變幻無窮。王十八貪色暗生歹意，水上行劫，波瀾驟起，庚娘家人俱溺，處境險惡，讀到此處為之捏一把汗。庚娘略施計謀即免遭強暴，化險為夷，波瀾平息。王得手後正沾沾自喜，忽然己妻橫出：「不願為殺人賊婦！」波瀾又起，寇溺其妻，偕庚娘歸，並且具酒對酌，事又平息。接著，如但明倫評：「昵聲未竟，號聲忽起，項上頭只換一盃合巹酒。」波瀾達到高潮。王欲奪別人之妻，自己妻反為別人所有。金大用溺水大難不死，得妻復返並得一妾。庚娘既死且葬又得生還。真是離奇曲折、不可盡述，妙筆生花引人步步進入勝境。

小說寫作上還有一個特點，就是虛實相間手法變化。寫王十八行凶，寫庚娘手刃仇讎，皆用實寫，讀來感覺真切、生動，如身臨其境；但也用虛寫，如寫王撾妻溺妻，則皆從庚娘的耳中反映出來：先聽見「夫婦喧競」，又聞王撾婦，婦呼：「便死休！誠不願為殺人賊婦！」王吼怒……「便聞骨董一聲，遂譁言婦溺矣！」寫法雖如遠山淡抹，實則令人心驚肉跳，產生更強烈的震撼效應。

羅剎❶海市

馬驥，字龍媒，賈人❷子，美丰姿。少倜儻❸，喜歌舞，輒從梨園子弟❹，以錦帕纏頭，美如好女，因復有「俊人」之號。十四歲，入郡庠❺，即知名。父衰老，罷賈而居，謂生曰：「數卷書，飢不可煮，寒不可衣。吾兒可仍繼父賈。」馬由是稍稍權子母❻。

從人浮海❼，為颶風引去，數晝夜，至一都會。其人皆奇醜，見馬至，以為妖，群嘩而走。馬初見其狀，大懼；迨❽知國人之駭己也，遂反以此欺國人。遇飲食者，則奔而往；人驚遁，則啜其餘。久之，入山村。其間形貌亦有似人者，然襤縷如丐。馬息樹下，村人不敢前，但遙望之；久之，覺馬非噬人者，始稍稍近就之。馬笑與語，其言雖異，亦半可解，馬遂自陳所自。村人喜，遍告鄰里：客非能搏噬者。然奇醜者望望即去，終不敢前。其來者，口鼻位置，尚皆與中國同，共羅[9]漿酒奉馬。馬問其相駭之故，答曰：「嘗聞祖父言：西去二萬六千里有中國，其人民形象率詭異。但耳食[10]之，今始信。」問其何貧，曰：「我國所重，不在文章，而在形貌。其美之極者為上卿[11]，次任民社[12]，下焉者亦邀貴人寵，故得鼎烹[13]以養妻子。若我輩，初生時，父母皆以為不祥，往往置棄之；其不忍遽棄者，皆為宗嗣[14]耳。」問：「此名何國？」曰：「大羅剎國。都城在北去三十里。」馬請導往一觀，於是雞鳴而興[15]，引與俱去。天明，始達都。都以黑石為牆，色如墨；樓閣近百尺，然少瓦，覆以紅石；拾其殘塊磨甲上，無異丹砂[16]。時值朝退，朝中有冠蓋[17]出，村人指曰：「此相國[18]也。」視之：雙耳皆背生，鼻三孔，睫毛覆目如簾。又數騎出，曰：「此大夫[19]也。」以次各指其官職，率鬇鬡[20]怪異；然位漸卑，醜亦漸殺[21]。無何，馬歸，街衢人望見之，譟奔跌蹶，如逢怪物。村人百口解說，市人始敢遙立。

既歸，國中無大小，咸知村有異人。於是搢紳㉒大夫，爭欲一廣見聞，遂令村人要㉓焉。然每至一家，閽人㉔輒闔戶，丈夫女子竊竊自門隙中窺語，終一日，無敢延見者。村人曰：「此間一執戟郎㉕，曾為先王㉖出使異國，所閱人多，或不以子為懼。」造㉗郎門，郎果喜，揖為上賓。視其貌，如八九十歲人，目睛突出，鬚卷如猬。曰：「僕㉘少奉王命，出使最多，獨未嘗至中華。今一百二十餘歲，又得睹上國㉙人物，此不可不上聞於天子。然臣臥林下㉚，十餘年不踐朝階，早旦為君一行。」乃具飲饌，修㉛主客禮。酒數行㉜，出女樂十餘人，更番歌舞。貌類如夜叉㉝，皆以白錦纏頭，拖朱衣及地；扮唱不知何詞，腔拍恢詭㉞。主人顧而樂之，問：「中國亦有此樂乎？」曰：「有。」主人請擬其聲，遂擊桌為度㉟一曲。主人喜曰：「異哉！聲如鳳鳴龍嘯，得㊱未曾聞。」翼日趨㊲朝，薦諸國王，王忻然下詔。有二三大臣言其怪狀，恐驚聖體。王乃止。郎出告焉，深為扼腕㊳。

居久之，與主人飲而醉，把劍起舞，以煤塗面作張飛㊴，主人以為美，曰：「請客以張飛見宰相㊵，宰相必樂用之，厚祿不難致。」馬曰：「嘻！遊戲猶可，何能易面目圖榮顯！」主人固強之，馬乃諾。主人設筵，邀當路者㊶飲，令馬繪面以待。未幾，客至，呼馬出見客。客訝曰：「異哉！何前媸而今妍也！」遂與共飲，甚歡。馬婆娑㊷歌弋陽曲㊸，一座無不傾倒㊹。明日，交章㊺薦馬。王喜，召以旌節㊻。既見，問中國治安之道，馬委曲上陳，大蒙嘉嘆，賜宴離宮㊼。酒酣，王曰：「聞卿善雅樂㊽，可使寡人得而聞之乎？」馬即起舞，亦效白錦纏頭，作靡靡之音㊾。王大悅，即日拜下大夫㊿，時與私宴，恩寵殊異。

久而官僚百執事(51)，頗覺其面目之假；所至，輒見人耳語，不甚與款洽。馬至是孤立，惘然(52)不自安。遂上疏(53)乞休致(54)，不許；又告休沐(55)，乃給三月假。於是乘傳(56)載金寶，復歸山村，村人膝行以迎。馬以金貲分給舊所與交好者，歡聲雷動。村人曰：「吾儕(57)小人受大夫賜，明日赴海市，當求珍玩，用報大夫。」問：「海市何地？」曰：「海中市，四海鮫人[58]，集貨珠寶；四方十二國均來貿易。中多神人遊戲。雲霞障天，波濤間作。貴人自重，不敢犯險阻，皆以金帛[59]付我輩，代購異珍。今其期不遠矣。」問所自知，曰：「每見海上朱鳥來往，七日即市。」馬問行期，欲同遊矚。村人勸使自貴[60]，馬曰：「我顧滄海客[61]，何畏風濤！」未幾，果有踵門寄貲者，遂與裝貲入船。船容數十人，平底高欄。十人搖櫓，激水如箭。凡三日，遙見水雲幌漾之中，樓閣層疊；貿遷之舟，紛集如蟻。少時抵城下，視牆上磚，皆長與人等。敵樓[62]高接雲漢[63]。維舟而入，見市上所陳奇珍異寶，光明射眼，多人世所無。一少年乘駿馬來，市人盡奔避，云是「東洋三世子[64]」。世子過，目生曰：「此非異域人？」即有前馬者[65]來詰鄉籍，生揖道左[66]，具展邦族[67]，世子喜曰：「既蒙辱臨[68]，緣分不淺。」於是授生騎，請與連轡，乃出西城。

方至島岸，所騎嘶躍入水。生大駭失聲，則見海水中分，屹如壁立。俄睹宮殿，玳瑁(69)為梁，魴(70)鱗作瓦；四壁晶明，鑑影炫目。下馬揖入，仰見龍君在上，世子啟奏：「臣遊市廛(71)，得中華賢士，引見大王。」生前拜舞，龍君乃言：「先生文學士，必能衙官屈、宋(72)。欲煩椽筆(73)賦〈海市〉，幸無吝珠玉(74)。」生稽首(75)受命。授以水精(76)之硯，龍鬣之毫；紙光似雪，墨氣如蘭。生立成千餘言，獻殿上，龍君擊節(77)曰：「先生雄才，有光水國多矣！」遂集諸龍族，讌集采霞宮。酒炙數行，龍君執爵而向客曰：「寡人所憐女，未有良匹，願累(78)先生。先生倘有意乎？」生離席愧荷(79)，唯唯而已。龍君顧左右語，無何，宮人數輩，扶女郎出。珮環聲動，鼓吹暴作，拜竟睨之，實仙人也。女拜已而去。少時，酒罷，雙鬟挑畫燈，導生入副宮，女濃妝坐伺。珊瑚之牀，飾以八寶(80)；帳外流蘇(81)，綴明珠如斗大；衾褥皆香軟。天方曙，則雛女妖鬟(82)，奔入滿側。生起，趨出朝謝，拜為駙馬都尉(83)。以其賦馳傳諸海，諸海龍君皆專員來賀，爭折簡招駙馬飲。生衣繡裳，駕青虬[84]，呵殿[85]而出。武士數十騎，皆雕弧[86]，荷白棓[87]，晃耀填擁。馬上彈箏，車中奏玉[88]，三日間，遍歷諸海。由是龍媒[89]之名，譟於四海。

宮中有玉樹一株，圍可合抱；本[90]瑩澈，如白琉璃；中有心，淡黃色，稍細於臂；葉類碧玉，厚一錢許。細碎有濃陰，常與女嘯咏其下。花開滿樹，狀類薝蔔[91]，每一瓣落，鏘然作響。拾視之，如赤瑙雕鏤，光明可愛。時有異鳥來鳴：毛金碧色，尾長於身，聲等哀玉[92]，惻人肺腑。生每聞輒念鄉土，因謂女曰：「亡出三年，恩慈間阻[93]，每一念及，涕膺汗背。卿能從我歸乎？」女曰：「仙塵路隔，不能相依。妾亦不忍以魚水之愛[94]，奪膝下之歡[95]。容徐謀之。」生聞之，泣不自禁，女亦嘆曰：「此勢之不能兩全者也！」明日，生自外歸，龍君曰：「聞都尉有故土之思，詰旦[96]趣裝，可乎？」生謝曰：「逆旅孤臣[97]，過蒙優寵，銜報[98]之誠，結於肺肝[99]。容暫歸省，當圖復聚耳。」入暮，女置酒話別。生訂後會，女曰：「情緣盡矣。」生大悲，女曰：「歸養雙親，見君之孝。人生聚散，百年猶旦暮耳，何用作兒女哀泣！此後妾為君貞，君為妾義，兩地同心，即伉儷[100]也，何必旦夕相守，乃謂之偕老乎？若渝[101]此盟，婚姻不吉。倘慮中饋[102]乏人，納婢可耳。更有一事相囑：自奉裳衣[103]，似有佳朕[104]，煩君命名。」生曰：「其女耶，可名『龍宮』；男耶，可名『福海』。」女乞一物為信[105]，生在羅剎國所得赤玉蓮花一對，出以授女。女曰：「三年後四月八日，君當泛舟南島，還君體胤[106]。」女以魚革為囊，實以珠寶，授生曰：「珍藏之，數世吃著不盡也。」天微明，王設祖帳[107]，饋遺甚豐。生拜別出宮，女乘白羊車，送諸海涘。生上岸下馬，女致聲「珍重」，回車便去，少頃便遠，海水復合，不可復見，生乃歸。自浮海去，咸謂其已死；及至家，家人無不詫異。幸翁媼無恙，獨妻已他適。乃悟龍女「守義」之言，蓋已先知也。父欲為生再婚，生不可，納婢焉。

謹志三年之期，泛舟島中。見兩兒坐浮水面，拍流嬉笑，不動亦不沉。近引之，兒啞然[108]捉生臂，躍入懷中。其一大啼，似嗔生之不援己者，亦引上之。細審之，一男一女，貌皆婉秀。額上花冠綴玉，則赤蓮在焉。背有錦囊，拆視，得書云：

「翁姑計各無恙[109]。忽忽三年，紅塵[110]永隔；盈盈[111]一水，青鳥[112]難通。結想為夢，引領成勞，茫茫藍蔚[113]，有恨如何也！顧念奔月姮娥[114]，且虛桂府[115]；投梭織女[116]，猶悵銀河[117]。我何人斯[118]，而能永好！興思及此，輒復破涕為笑。別後兩月，竟得孿生。今已啁啾懷抱，頗解笑言；覓棗抓梨，不母可活。敬以還君。所貽赤玉蓮花，飾冠作信。膝頭抱兒時，猶妾在左右也。聞君克[119]踐舊盟，意願斯慰。妾此生不二，之死靡他[120]。奩中珍物，不蓄蘭膏[121]；鏡裡新妝，久辭粉黛。君似征人[122]，妾作蕩婦[123]，即置而不御[124]，亦何得謂非琴瑟[125]哉？獨計翁姑亦既抱孫，曾未一覿新婦，揆之情理，亦屬缺然。歲後阿姑窀穸[126]，當往臨穴，一盡婦職。過此以往，則龍宮無恙，不少把握之期；福海長生，或有往還之路。伏惟[127]珍重，不盡欲言。」

生反復省書攬涕，兩兒抱頸曰：「歸休乎！」生益慟，撫之曰：「兒知家在何許！」兒亟啼，嘔啞[128]言歸。生望海水茫茫，極天無際，霧鬟[129]人渺，煙波[130]路窮。抱兒返棹，悵然遂歸。

生知母壽不永，周身物[131]悉為預具，墓中植松檟百餘。逾歲，媼果亡。靈轝[132]至殯宮[133]，有女子縗絰[134]臨穴。眾方驚顧，忽而風激雷轟，繼以急雨，轉瞬間已失所在。松柏新植多枯，至是皆活。福海稍長，輒思其母，忽自投入海，數日始還。龍宮以女子不得往，時掩戶泣。一日，晝暝，龍女忽入，止之曰：「兒自成家[135]，哭泣何為？」乃賜八尺珊瑚[136]一樹、龍腦香[137]一帖、明珠百顆、八寶嵌金合一雙，為作嫁資[138]。生聞之，突入，執手啜泣。俄頃，疾雷破屋，女已無矣。

異史氏曰：「花面[139]逢迎，世情如鬼。嗜痂之癖[140]，舉世一轍。『小慚小好，大慚大好[141]。』若公然帶鬚眉[142]以遊都市，其不駭而走者，蓋幾希矣。彼陵陽癡子[143]將抱連城玉[144]，向何處哭也？嗚呼！顯榮富貴，當於蜃樓海市[145]中求之耳！」

【注釋】❶羅剎　一說是梵語的略譯。最早見於古印度頌詩《梨俱吠陀》，相傳為南亞十著名著。雅利安人征服印度後，凡惡人惡事皆稱羅剎，成為惡鬼名。又一說是古國名，在婆利國東。《新唐書・南蠻傳・婆利》：「其東即羅剎也，與婆利同俗。」婆利故地，今印尼加里曼丹島或巴厘島。❷賈人　商人。❸倜儻　卓越豪邁、灑脫不受拘束的樣子。❹梨園子弟　戲曲藝人。❺郡庠　府、州所立學校。❻權子母　權衡以本金求得利息。即經商。❼浮海　航海。❽迨　等到。❾羅　陳列；擺。❿耳食　傳聞。⓫上卿　古官名。朝廷大臣。⓬民社　州縣等地方長官。⓭鼎烹　熟食美味。⓮宗嗣　傳宗接代。⓯興　起。⓰丹砂　朱砂。礦物，色深紅。⓱冠蓋　官員的冠服、車乘。代指高官。⓲相國　古代百官之長。⓳大夫　官名。周代國君下有卿，卿以下為大夫。⓴鬇鬡　鬢髮凌亂的樣子。㉑殺　減弱。㉒搢紳　官吏或有名望的人。㉓要　邀請。㉔閽人　守門人。㉕執戟郎　官名。主管宮廷中侍衛的官員。㉖先王　前代君王。㉗造　到。㉘僕　自稱的謙詞。㉙上國　對別人所在國的尊稱。㉚林下　指離職官員的家鄉。㉛修　行。㉜行　斟一次酒。㉝夜叉　佛經中所謂吃人的惡鬼。㉞恢詭　荒誕怪異。㉟度　依譜演唱。㊱得　只是。㊲趨　往。㊳扼腕　表示惋惜的動作。㊴張飛　三國蜀大將，傳統戲劇中塗黑花臉。㊵宰相　同「相國」。輔助帝王掌管國事的最高官員的通稱。㊶當路者　掌大權的貴官。㊷婆娑　舞蹈。㊸弋陽曲　以弋陽腔所譜曲。弋陽，江西縣名。㊹傾倒　非常佩服。㊺交章　交相上奏。章，臣給君的奏本。㊻旌節　天子所派使臣手持的憑信，柄長八尺，有羽毛飾物。㊼離宮　正宮之外的宮殿。㊽雅樂曲調中正和平，歌詞典雅優美的樂曲。(49)靡靡之音　柔弱委靡的音調。(50)下大夫　官名。大夫中第三級官職。(51)官僚百執事　各級官吏。(52)憪然　不安貌。(53)疏　即「章」。奏章。(54)休致　辭職。(55)休沐　休假。(56)乘傳　使用官府所設驛站的車馬。(57)吾儕　我輩。(58)鮫人　捕魚的人；漁夫。(59)金帛　泛指錢財。(60)自貴　保重自己的身體。(61)我顧滄海客　顧，本來。滄海客，航海的人。(62)敵樓　城牆上防敵的城樓。(63)雲漢　雲霄。漢，銀河。(64)世子　帝王、諸侯正妻所生的兒子。(65)前馬者　侍衛。(66)道左　路旁。(67)邦族　邦國宗族。(68)辱臨　屈尊光臨。(69)玳瑁　爬行動物，形似龜。甲殼有黃褐色花紋，可做裝飾品。(70)魴　鯿魚的古稱。(71)市廛　泛指商店集中的地方。(72)衙官屈宋　以屈原、宋玉作自己的衙官。比喻文才高於屈原和宋玉。衙官，泛指下屬小官。語源《舊唐書・文苑傳上・杜審言》。(73)椽筆　大手筆；文章大家。語源《晉書・王珣傳》。(74)珠玉　喻美妙的文詞。(75)稽首　叩首。(76)水精　水晶。(77)擊節　打拍子。代指讚賞。(78)累　託付。(79)愧荷　表示受之有愧。(80)八寶　八種珍貴的材料。(81)流蘇　以彩色絲線或羽毛所製穗狀飾品。(82)妖鬟　指豔麗的宮女。(83)駙馬都尉　國君女婿的稱號，簡稱「駙馬」。(84)青虬　青龍。(85)呵殿　高官的儀仗隊前呼後呵，驅趕行人。(86)雕弧　雕花弓。(87)棓　大棍；大杖。(88)奏玉　奏出清越優雅的聲音。玉，也可解為「玉笛」。(89)龍媒　天馬。指代駙馬。(90)本　樹幹。(91)薝蔔　梔子。(92)哀玉　玉器所發的淒清聲。(93)恩慈間阻　恩慈，父母。間阻，阻隔。(94)魚水之愛　夫妻之愛。(95)膝下之歡　兒女在父母身邊的歡樂。(96)詰旦　第二天早晨。(97)逆旅孤臣　逆旅，旅途。孤臣，孤陋無知之臣。(98)銜報　銜環相報。語本吳均《續齊諧記・華陰黃雀》。(99)肺肝　指內心。(100)伉儷　夫婦。(101)渝　違背。(102)中饋　家中用飯的事。代指家務。(103)奉裳衣　伺候穿衣。代指作妻子。(104)佳朕　好徵兆。是懷孕的婉詞。(105)信　憑據。(106)體胤　親生子女。(107)祖帳　設筵餞行。(108)啞然　笑貌。(109)無恙　平安。(110)紅塵　佛教道教對人世的稱謂。(111)盈盈　水清澈貌。(112)青鳥　喻信使。語本《漢武故事》。(113)藍蔚　指深藍色的海洋。(114)奔月姮娥　據神話傳說：后羿的妻子姮娥偷吃了羿的不死藥，奔入月中。(115)桂府　月宮。段成式《酉陽雜俎》：「月中有桂，高五百丈。」(116)投梭織女　投梭，織布。織女，神話傳說：天河之東有織女，是天帝的孫女，年年織布，織成雲錦天衣，嫁給河西牛郎後荒廢織紝，天帝怒，責令回河東，使一年相會一次。(117)銀河　天河。(118)斯　句末語氣助詞。(119)克　能。(120)靡他　沒有其他的意圖。(121)蘭膏　芳香油膏。一種潤髮香油。(122)征人　遠行的人。(123)蕩婦　蕩子之婦。蕩子，離家遠出的人。(124)御　用。(125)琴瑟　代指夫妻。(126)窀穸　墓穴。代指安葬。(127)伏惟　恭敬地希望。古代下對上的敬詞。(128)嘔啞　小兒哭喊聲。(129)霧鬟　喻女子濃密秀美的烏髮髻。(130)煙波　煙霧蒼茫的水面。(131)周身物　指棺槨。(132)靈轝　拉棺木的車。(133)殯宮　墓穴。(134)縗絰　麻布做成的喪服。(135)成家　成立家庭。(136)珊瑚　海中珊瑚蟲分泌的鈣質骨骼狀物。(137)龍腦香　俗稱「冰片」。為龍腦香樹樹脂的結晶，可作香料。(138)嫁資　出嫁時娘家陪送的財物。(139)花面　偽裝的面孔。(140)嗜痂之癖　特別愛吃瘡痂的癖好。代指乖僻的嗜好。語本《宋書．劉邕傳》。(141)小慚小好二句　語出韓愈〈與馮宿論文書〉：「時時應事作俗下文字，下筆令人慚，及示人，則人以為好矣。小慚者亦蒙謂之小好，大慚者即必以為大好矣。」慚，指因違心恭維而心中慚愧。(142)鬚眉　指剛正、不阿諛奉承的男子氣概。(143)陵陽癡子　指春秋時楚國人卞和，曾被楚文王封為陵陽侯。據《韓非子．和氏》：卞和於山中得璞玉，獻給楚厲王，工以為誑，砍下他的左腳；後來獻給楚武王，被砍去右腳；楚文王即位，卞和抱璞玉哭於荊山之下，文王使人剖其璞，從中得到美玉。(144)連城玉　價值連城的玉璧。趙惠文王時得楚和氏璧。秦昭王聞之，使人送書信交趙王，表示願以十五城換得和氏璧。見《史記．廉頗藺相如列傳》。(145)蜃樓海市　亦稱「蜃景」。光線經不同密度的空氣層，發生顯著折射時，把遠處景物顯示在空中或地面的奇異幻景。常發生於海邊和沙漠地區。

【語　譯】馬驥，表字龍媒，是商人的兒子，長得英俊。他從小性格豪爽灑脫，喜愛歌舞，常常跟隨在戲曲演員們後面，用彩綢纏頭，漂亮得像個美女，因此又有「俊人」的雅號。十四歲的時候，進府學讀書，便小有名氣。他父親年老體衰，不能再做買賣，住在家裡，對馬生說：「幾卷書，餓了不能當飯煮，冷了不能當衣穿，你應當接替我的事業去經商。」從此，馬生就漸漸學著做起生意來。

他跟從別人渡海經商，途中船被颶風吹離航道，漂流了幾天幾夜，來到一座城市。這裡的人長得都非常醜，看見馬生，以為來了妖怪，大家驚聲喧鬧著逃開。馬生剛見到他們的醜樣子時，心裡也十分恐懼，等發覺當地人更害怕自己時，反而據此來欺負當地人了。看見有人在吃喝，就跑過去；人們被嚇得逃跑，他就吃他們吃剩的東西。他走了好久，來到一個山村。村民的容貌也有像中國人的，可是他們衣衫破爛，像是乞丐。馬生在樹下休息，村民不敢靠近，只在遠處看著他；時間長了，知道馬生不吃人，才逐漸走近他。馬生笑咪咪地同他們說話，雖然語言不同，也有一半可以理解。馬生就自我介紹來歷。村民很高興，向全鄉人傳告：客人不是吃人的妖怪。可是長相特別醜的人，來看一眼就走了，始終不敢靠近馬生。那些敢於接近的人，長的嘴巴、鼻子等五官位置，還算是與中國人大致相同，他們一起擺出酒水招待馬生。馬生問他們為什麼看見自己驚怕，回答說：「曾聽祖父說過，從這裡向西走兩萬六千里有個中國，那裡的人都相貌古怪。不過都是傳聞，現今才知道是真的。」問他們為什麼貧窮，說：「我國重視的，不是文章，而是長相。極漂亮的人做上卿；容貌稍差一些的，當地方官；再差一些的，也能想辦法博得貴人寵愛，弄些熟食美味養活老婆孩子。像我們這些人，剛生下時，父母都認為不吉祥，往往被扔掉；不忍心立刻丟棄的，都是為了傳宗接代罷了。」問：「這裡是什麼國？」說：「大羅剎國。京都在北面，離這裡三十里。」馬生請他們做嚮導，到京都觀賞一番，於是第二天一大早雞剛叫，就有村民早起，領他一道前往。天明後才到京城。城用黑石砌牆，顏色如墨一樣黑；樓閣高近百尺，沒有上瓦而頂蓋紅石；拾個碎石塊刮磨手指甲，無異於朱砂一樣紅。這時正逢退朝，高官們從宮中出來，村民指一人說：「這是相國。」馬生一看，兩個耳朵向後張開；鼻子有三個孔；眼睫毛長得像一面簾子似的，遮蓋在眼睛上。又出來幾個騎馬的官員，村民說：「這是大夫。」依順序一一指明官職。他們都長得猙獰怪異，不過職位越低的，容貌的醜惡程度也就越輕。不久，馬生返回，街道行人看到他，邊喊邊跑，跌跌撞撞的，好像看到了怪物一樣。村民滿口辯解，市民才敢在遠處站下。

他們回到山村以後，國中無論大人還是小孩，都知道村裡來了一個怪人。官吏和有名望的人，都想一開眼界，就使村民代為邀請馬生，可是馬生每到一家，守門的人總是把門關上，男人女人暗中從門縫裡偷看，低聲細語，馬生跑了一整天，沒有一家敢召見他的。村民說：「這裡有個做過執戟郎的人，曾為前代國王出使外國，見過多種人，或許不怕見你。」馬生來到這郎官家，郎官果然很高興，拱手行禮，把馬生當作貴客。馬生看郎官的容貌，像八九十歲的人，眼珠突出，鬍鬚蜷曲如猬毛般粗硬。郎官說：「我年輕時奉王命，出使外國很多次，只是沒有去過中國。現在我一百二十多歲了，又能看到中國人，這不能不上報國王。可是我離職在家，有十幾年不到宮廷了，明天一早為你走一趟。」他隨即擺上酒飯，恭敬地招待客人。幾杯酒後，使十幾個歌女出來，輪番歌舞。歌女容貌像兇惡的夜叉，都用白絲綢纏頭，舞衣朱紅，長拖到地，她們表演、歌唱，馬生聽不懂歌詞，只覺得腔調和節拍離奇古怪。主人卻很欣賞這歌舞，問馬生：「中國也有這樣的歌舞嗎？」回答說：「有。」主人請他試著唱幾句，馬生就輕敲桌面打拍子，為主人唱了一段。主人很開心，說：「不同尋常啊！聲似鳳鳴龍嘯，只是從前沒有聽過。」第二天，郎官上朝，向國王推薦馬生，國王高興，命令召見。這時有兩三個大臣說馬生長相奇怪，恐怕國王見後受驚，國王這才決定不召見了。郎官走出宮殿，把情況告訴馬生，很為馬生惋惜。

馬生在郎官家住了好久，有一次和主人一同飲酒，醉後拔劍起舞，又拿煤抹臉，抹得像戲劇中花臉張飛，主人認為這個模樣很美，說：「請你以張飛的姿容會見宰相，宰相一定因此樂意用你，高官厚祿不難到手。」馬生說：「嘻！做這個遊樂嬉戲還可以，怎好換一副假面孔來謀求榮華顯貴呢？」主人一再勉強他這麼做，他才答應下來。主人大擺宴席，邀請掌握大權的官員飲酒，讓馬生畫了花臉等待。不久，客人來到，主人喊馬生出來與客人相見，客人吃驚地說：「奇怪呀！怎麼你從前那麼醜，而現在漂亮起來啦！」就與他一起飲酒，聊得很盡興。馬生邊舞邊唱弋陽曲，在座的客人沒有不佩服的。第二天，他們交相上奏，推薦馬生。國王歡喜，便派特使持旌節召見馬生；見面之後，國王問他中國治安的措施，馬生詳盡陳述，大受國王嘉獎稱讚，並在離宮設宴招待他。酒興正濃，國王說：「聽說你擅長雅樂，可以讓寡人聽聽麼？」馬生立即起來跳舞，也仿效白絲綢纏頭，唱出柔弱委靡的曲調。國王聽後非常滿意愉快，當天封他為下大夫；此後還有時私下設宴招待他，對他的寵愛非同一般。

相處的時間一長，各級官吏都發覺馬生的面貌是假的；馬生到的地方，總見人竊竊私語，對他也不是很親熱了。馬生因此感到很孤立，而坐臥不安，就上奏章請求辭職，國王不允許；他又請求休假，就給他三個月的假期。於是馬生用驛站的車馬載了金銀財寶，又回到山村，村民跪地前來迎接。馬生把財寶分給老朋友，大家歡聲如雷，場面熱烈。村民說：「我們這些小民，得到大夫的恩賜，明天去海市時，選擇珍貴的玩物，用來回報大夫。」馬生問：「海市在哪裡？」說：「海中集市，四海的鮫人聚集一處賣珠寶，四方十二國都有人來做買賣。市裡常有神仙去遊玩。

一路雲霞遮天，有時風大浪高。貴人重視自身的安全，不敢冒險，都把財物交給我們，代買奇特的珍品。現在離海市的日期不遠了。」問他怎麼知道海市的日期，說：「每逢看見海上朱鳥飛來飛去，再過七天就有海市。」馬生問趕海市的日子，要同村民一起去遊覽。村民勸他保重身體，馬生說：「我本來就是航海的人，怎麼會害怕風浪呢！」不久，果然有登門來託付貨物的，馬生就同村民把錢財裝上船。船能容納幾十人，平板艙底，高高的欄杆，十個人搖櫓，浪花激揚，船行如箭。走了三天，遠遠望見水雲相接、波濤蕩漾的地方，樓閣層層疊疊，商船似螞蟻般聚集。不久，來到城下，看那牆上的磚都有一人高；牆上的敵樓高接雲霄。他們拴好船進城，見市上擺出的奇珍異寶光亮耀眼，大多為從前世間沒見過的。一個年輕人騎著駿馬來到，人們連忙快跑躲開，說他是「東洋三世子」。世子從村民的身邊經過，看著馬生說：「這不是外地人嗎？」隨即有侍衛來盤問馬生的籍貫。馬生向他作揖，站立路旁，細說國籍家族。世子歡喜，說：「蒙你屈尊光臨，緣分不淺。」於是給他一匹馬，請他騎上一起走，就走出西門外。

剛來到海島岸邊，馬生騎的馬叫了一聲，隨即跳進海水。馬生大驚，嚇得高聲呼號，卻見海水往兩邊分開後即聳立起來，像是兩面高大的牆壁。一會兒，看見了宮殿：以玳瑁花殼飾梁，魴魚鱗片覆瓦，四壁晶亮，光耀鑒影，華彩奪目。各自下馬後互相揖讓，走進宮殿，抬頭便見龍王坐在堂上，世子稟告：「臣遊市場，遇到中華賢士，引見大王。」馬生向前跪拜舞蹈，龍王便說：「先生是精通文學的人，文才一定高於屈原和宋玉，想煩勞你大手筆寫一篇〈海市〉賦，希望不要吝惜你那美妙的文詞。」馬生向龍王叩首遵命。於是送來水晶雕刻的硯臺，龍鬣製作的毛筆。紙光似雪，墨氣如蘭。馬生隨即寫成一千多字的長賦，進獻殿上，龍王讚賞說：「先生文才超眾，為我水國增光不少！」因此招集各家龍的親族，設宴聚會於采霞宮。酒菜已上過數次，龍王舉起酒杯對客人說：「寡人的愛女，還沒有好配偶，我願意把她託付給先生，先生或許同意吧？」馬生離席行禮，表示受之有愧，繼而連聲恭順地答應。龍王又對近臣說了幾句話，一會兒，好幾個宮女扶著一個女郎出來。這時環珮聲響，鼓樂共鳴。拜堂後馬生端量龍女，真是個仙女啊。龍女拜罷就回去了。不久，酒宴結束，兩個宮女手挑著彩繪燈籠，引導馬生走進旁宮，龍女妝飾豔麗，正坐著等候他。珊瑚牀上飾有八種珍寶；帳幕外緣的流蘇上，懸綴斗大的明珠；被褥鬆軟，氣味芬芳。天剛亮，年輕貌美的宮女跑來，排排站滿兩側。馬生起牀，快步走出，上朝拜謝，被封為駙馬都尉。龍王使馬生的〈海市〉賦迅速傳向各海，各海龍王都派來特使祝賀，爭送請柬招駙馬赴宴。馬生穿上錦衣繡裳，駕馭青龍，在儀仗隊前呼後擁下出門。他身邊有幾十個武士，身騎駿馬，腰挎雕弓，肩上扛著白棒；一路光影晃耀，車馬擁塞；還有樂隊在馬上彈箏，車中吹笛。他用了三天的時間，遊遍各個海域。龍媒的名聲，從此傳揚四海。

宮中有一棵玉樹，差不多有一抱粗。樹幹瑩潔透明，像雪白的琉璃；當中有芯，是淡黃色的，比胳膊略細；樹葉像碧綠的玉石，厚度接近銅錢。樹蔭細碎濃密，馬生常同龍女於樹下放聲高歌。花開滿樹，花朵像梔子，每有一瓣墜落，就鏘地一響。拾起來看，似紅瑪瑙雕刻的，光亮可愛。不時有一種奇異的鳥飛鳴樹間，毛色金黃間雜青綠色羽毛，尾巴長，身子略短，鳴聲淒清，聽了引人憂傷。馬生每次聽後就想起家鄉，因此對龍女說：「我外出三年，與父母分離，每當這麼一想，就淚灑胸前，汗濕脊背。你能隨我回家嗎？」龍女說：「仙凡道路隔絕，不能互相依靠。我也不忍心因夫妻之愛，奪走你父母的膝下之歡，請讓我慢慢地想辦法吧。」馬生聽後不由自主地流下眼淚，龍女也嘆息，說：「情勢如此，這是不能兩全其美的事啊。」第二天，馬生從外面回來，龍王說：「聽說都尉想家了。明天早晨整理行裝，可以嗎？」馬生謝恩說：「臣是旅途中孤陋無知的人，蒙大王過分的優待寵愛，銜環結草以恩相報的心情銘記心間。請容許我暫時回家探親，一定想辦法再回來團聚。」傍晚，龍女安排酒席與馬生話別，馬生想要約定後會的日期，龍女說：「我們之間的緣分已經結束了。」馬生十分悲傷，龍女說：「回家奉養雙親，可見你的孝心。人生聚散，就算一百年也如同一天中的早晚一樣，為什麼你也像女子般那樣哀傷哭泣呢？從此之後，我為你堅守貞節，你為我看重情誼。人分兩地卻一條心，這就是夫妻啊。何必一天到晚在一起，才說他們是夫妻呢！如果背離這一盟約，另結婚姻，不會吉利。倘若你憂慮沒有人料理飲食等家務雜事，可以收一婢女。另有一件事要和你商量，自從成婚之後，我像有了身孕，勞你起個名字。」馬生說：「如果是女兒，可起名『龍宮』；是男的，可起名『福海』。」龍女要一件東西作憑據，馬生把在羅剎國得到的一對赤玉蓮花拿出來交給龍女。龍女說：「三年後四月八日，你一定要乘船到南島，我會把親生兒女交給你。」她用魚皮做成口袋，滿裝珠寶，交給馬生說：「把它珍藏起來，數代人吃穿用不完。」天剛放亮，龍王為馬生餞行，贈送他許多東西。馬生拜別龍王，離開宮殿，龍女乘白羊拉的小車，送馬生到海岸。馬生上岸下馬，龍女向他說一聲「珍重」，就調轉車回去，一會兒就走遠了，海水隨之合攏，再也看不見她了，馬生這才回去。自從馬生航海遠去，大家都認為他已經死了；等回到家，家裡人都很驚訝，值得慶幸的是父母安好，只是妻子已經改嫁。他這才醒悟龍女所囑「君為妾義」的意思，原來那時她已預知改嫁的事了。父親要為他再娶妻子，他不同意，就收一個婢女做妾。

馬生牢記龍女所囑三年的日期，時間一到，他乘船來到南島。見兩個幼兒浮坐在水面上，正拍著水嬉笑，不隨波流動，也不下沉。到近前，一幼兒笑著抓馬生的胳膊，跳到他懷裡。另一個幼兒大哭，好像埋怨馬生不拉他似的，馬生又把他拉到船上。仔細看他們，原來是一男一女，都長得很漂亮。頭戴花帽，帽子上都有玉飾品，就是那赤玉蓮花。一個幼兒背有綢緞口袋，馬生打開一看，裡面裝有一封書信，上面寫道：

「翁姑，我料想你們安好。忽忽三年，紅塵久隔，盈盈一水，青鳥難通。我思念縈迴，凝結成夢，伸頸望遠，久致勞損。茫茫大海，蔚藍遼闊，心中抱憾，又能怎麼樣呢！回想奔月的嫦娥，尚且空守桂府；投梭的織女，還在悵恨銀河。我是什麼人呐，而能永遠歡聚！想到這裡，就又止淚而笑。和你離別兩個月之後，竟然生育一男一女，他們現在已於懷抱中啁啾學語，略懂說笑，還會要棗抓梨，離開母親也能生活了。特意把他們交給你，你送給我的赤玉蓮花，裝飾在帽子上，作為相認的憑據。當你抱起兒女，讓他們坐在腿上時，你會感覺好像我也在你身邊。知道你能履行以前的盟約，我覺得很欣慰。我這一生不嫁二夫，到死也不會另有打算。匣中珍品，沒有香膏；鏡裡新妝，久別粉黛。你似遠行人，我作遊子婦。即使放起來不用，又怎能說不是夫妻呢！只是考慮公公婆婆已經抱了孫兒孫女，竟然沒有一見兒媳，揣度情理，這也是缺憾，一年之後婆婆安葬，我一定去墓穴邊，盡一次兒媳的孝道。此後，『龍宮』平安，不少握手相見之日；『福海』長壽，或許能有兩地往返之路。恭敬地望你多自珍重，想說的太多，說不盡對你的一片深情。」

馬生邊反覆看信邊抹淚，兒女摟著他的脖子說：「回家吧！」馬生更加悲痛，撫摸著他們說：「嬌兒，你知家在何方！」兒女都急得哭了，喊著要回去。馬生遠望，海水茫茫，接天無際；妻子渺然，煙波路已到盡頭，就抱著兒女乘船，滿懷惆悵地回家去了。

馬生知道母親壽命不長，就購買壽衣、棺木等早做準備，墓地栽松樹、楸樹一百多棵。過了一年，老太太果然去世。載棺木的車剛拉到墓穴旁邊，有個女子披麻戴孝來到墓穴。大家正在驚訝地看她，忽而風急雷鳴，接著下起暴雨，轉眼間女子就消失了。墓地新栽的松柏，有許多已經枯死了，雨後全部復活。福海長得大一些了，總是想念母親，忽然自己跳進海裡，幾天以後才回來。龍宮因為是女子，不能去探望母親，時常關起屋門在裡頭哭泣。一天白晝昏黑，龍女忽然進屋，勸龍宮不要哭，說：「嬌閨女，你已經是快成家的人了，哭什麼呢！」就給她一棵八尺高的珊瑚樹，一帖龍腦香，一百粒明珠，一雙八寶嵌金盒，作為她的嫁妝。馬生知道後突然闖進屋，拉著龍女的手不住地抽泣。一會兒，疾雷擊破屋頂，龍女也杳無蹤跡。

異史氏說：「假裝出一副討人喜愛的面孔，迎合奉承，世態人情如鬼域般險惡。然而，嗜痂成癖者，卻都很相似。『寫文章、發議論，稍加恭維而自己心中略有慚愧的，人家卻說不錯；大肆吹捧別人因而自己心裡很慚愧的，得到的則是更大的讚賞。』如果你毫無顧忌，作為鬚眉男子到都市上走一趟，看見你以後不吃驚、不逃跑的人，恐怕是極少的。社會風習如此，像春秋時代楚國人卞和，他抱著價值連城的玉，該向哪裡去哭呢？唉！榮華富貴只有到蜃樓海市中去尋求了！」

【研　析】這是一篇奇特的寓言小說，以羅剎國的顛倒妍媸諷刺現實，以龍宮禮重文士表達理想。為了突出主旨，對作品主人公馬驥，開頭就寫了三大特徵：十分美貌，號稱「俊人」；文才出眾，年少「知名」；風流倜儻，能歌善舞。這樣一個人物被飄風吹送到美醜顛倒、不重文才的大羅剎國，立刻產生一系列矛盾和怪異現象。

羅剎，原是古印度土著民族之一，男子身黑，朱髮，綠眼。雅利安人進印度後，誣稱他們是兇惡可畏之人。佛經以之作惡鬼通稱，我國古代史書也有羅剎人相貌「極陋」的記載。作者受此啟發，又加藝術想像，創造出風俗奇特的大羅剎國。那裡取才不重文章而重形貌，論形貌又以醜為美，妍媸倒置。朝中顯貴，個個「鬡鬡怪異」，奇醜無比，官位愈高，其醜愈甚，「位漸卑，醜亦漸殺」。只有山村貧苦百姓才「有似人者」，其口鼻位置「皆與中國同」。主人公馬驥剛到該國，「國人」皆以「俊人」為妖，能「噬人」，驚逃駭怪。市人尤甚，戶戶關門。馬驥被見多識廣的出使舊臣推薦給國王，遭大臣反對，理由是「言其怪狀，恐驚聖體」。馬驥將臉塗作張飛，既黑且醜，反被朝臣「交章舉薦」，得到國王接見。國王對馬驥文才不問不用，獨欣賞其「靡靡之音」，將俗曲當作雅樂。真是怪事連篇，愈出愈奇，花樣翻新，引人入勝。小說以此影射美醜顛倒的社會現實可謂別出心裁，嘲諷粉墨登場的官僚貴族也令人絕倒，造成痛快淋漓的諷刺效果和耐人尋味的藝術美感。聯繫作者為八股取士的科舉制度所阻、仕途懷才不遇的經歷，這也是揭露批判當時仕途科場的強有力的藝術「刀槍」。

作品後半部創造一個理想世界。主人公經過海市進入龍宮。這裡宮殿宏麗，龍王賢明，環境優美，人情融通。俊才馬驥倍受禮遇，招為駙馬，大展才藝，名揚四方，盡享榮華富貴而歸。兩種際遇，前後懸殊，天差地別。這裡處處與大羅剎國形成鮮明對比。這是作者在藝術想像中嘗試了一次榮華富貴的滋味，是非現實的。所以，「異史氏曰」結尾：「嗚呼！顯榮富貴，當於蜃樓海市中求之耳！」

這篇小說雖是寓意作品，但不乏精彩的人情描寫。比如馬驥與龍女離別之後的兒女之情、天倫之樂，就寫得委曲婉轉、楚楚動人。特別是寫馬驥接兒女、讀來信，龍女為婆母送終，向女兒贈寶，都寫得富有濃郁的人情關愛和生活氣息。對兩個小兒的描寫更為精彩：「坐浮水面，拍流嬉笑」，「啞然捉生臂，躍入懷中」，「其一大啼，似嗔生之不援己者」，「兩兒抱頸」，「嘔啞言歸」等等。真是句句傳神，筆筆入妙，寫出了小兒的至情天性，悅人耳目，感人肺腑，令人過目不忘。

牧豎

兩牧豎❶入山，至狼穴，穴有小狼二。謀分捉之，各登一樹，相去數十步。

少選，大狼至，入穴失子，意甚倉皇。豎於樹上扭小狼蹄耳，故令嗥。大狼聞聲仰視，怒奔樹下，號且爬抓。其一豎又在彼樹致小狼鳴急，狼聞，四顧始望見之，乃舍❷此趨彼，跑號如前狀。前樹又鳴，又轉奔之。口無停聲，足無停趾。數十往復，奔漸遲，聲漸弱，既而奄奄❸僵臥，久之不動。豎下視之，氣已絕矣。

今有豪強子，怒目按劍❹，若將搏噬；為所怒者，乃闔扉去。豪力盡聲嘶，更無敵者，豈不暢然❺自雄？不知此禽獸之威，人故弄之以為戲耳。

【注釋】❶牧豎　牧童。❷舍　同「捨」。❸奄奄　氣息微弱貌。❹按劍　預示擊劍的架勢。❺暢然　氣勢旺盛貌。

【語譯】兩個牧童進山，來到狼窩外面，窩裡有兩隻小狼。他們商量好以後，各捉一隻，分別爬到兩棵樹上，彼此相距有好幾十步遠。

一會兒，大狼來到，鑽進窩，發現小狼不見了，心裡非常驚慌。一個牧童在樹上擰小狼的爪子和耳朵，故意使牠嗥叫。大狼聽見牠的聲音，仰頭看到牠，憤怒地跑到那樹下，邊嗥叫邊抓撓樹皮。這時，另一個牧童又在他那棵樹上使小狼急叫。大狼四下察看才望見牠，於是捨棄這一隻，又到那邊去，連跑帶叫，和剛才一樣。這時前一棵樹上的小狼又哀鳴起來，牠又轉身跑回去。嘴不停地號叫，腿不住地奔跑，來回好幾十次，步子逐漸慢下來，叫聲也越來越小了；一會兒，氣息微弱，僵臥在地上，好久沒有動彈。牧童從樹上下來一看，牠早已斷氣了。

當前有個仗勢橫行霸道的人，怒瞪雙眼，手按利劍，像要一口把對方吃掉；被他仇恨的人卻關上門走開。於是這豪強大吵大鬧，力氣用完，嗓門兒也啞了，找不到較量的對手，他怎能不氣概昂揚，自以為了不起呢！他不懂那不過是禽獸的威風，人們故意逗弄他，在開玩笑吶！

【研析】這是一篇以智慧和勇敢制勝強敵的寓言故事。

兩個牧童依靠自己非凡的智慧和膽識，將一隻憤怒的大狼置於死地。他們入山，見狼穴裡有兩隻小狼，就謀劃各捉一隻並分別爬上兩棵樹。既避開與狼正面衝突，又將狼置於牽制之中。開局的主動，為勝利提供了基本保證。而大狼完全處於被動狀態，顯得非常倉皇和無智。牠憤怒不已，左右衝突，「口無停聲，足無停趾」，正好落入牧童設下的圈套之中。失子的悲痛，復仇的憤怒，無奈的焦灼，奔跑的疲勞，終於使牠氣絕而亡。兩個小牧童能這樣做，只是靠生活實踐中學得的知識，但卻暗合了《孫子兵法》中「強而避之」、「怒而撓之」、「佚而勞之」的戰法，確實很了不起。不過，我們今天的人不宜仿效，而應與包括狼在內的野生動物和睦相處，保護物種多樣性，反對隨意捕殺野生動物。

作者借著牧童智斃大狼的故事，聯繫社會上的豪強之子、黑惡勢力，他們仗勢欺人，動輒「怒目按劍，若將搏噬」，對方退避之後，仍在那裡「力盡聲嘶」，自稱英雄。其實不過是「禽獸之威，人故弄之以為戲耳」。這段引申，使故事擴大了社會現實意義。

此文雖有寓意，但不以說明道理為滿足，而是把故事當作實體進行具體描寫，比如牧童扭捏小狼使其嗥叫，對大狼左右奔突兩顧不暇情狀的具體描寫，都做到細緻入微而又要言不煩，增強了作品的藝術感染力，顯示了作者高超的寫作功力。

畫皮

太原❶王生，早行，遇一女郎，抱襆❷獨奔，甚艱於步。急走趁之，乃二八姝麗❸，心相愛樂，問：「何夙夜踽踽❹而獨？」女曰：「行道之人，不能解愁憂，何勞相問？」生曰：「卿何愁憂？或可效力，不辭也。」女黯然❺曰：「父母貪賂，鬻妾朱門❻。嫡妒甚，朝詈而夕楚❼辱之，所弗堪也，將遠遯耳。」問：「何之？」曰：「在亡之人，烏❽有定所！」生言：「敝廬不遠，即煩枉顧❾。」女喜，從之。生代攜襆物，導與同歸。女顧室無人，問：「君何無家口？」答云：「齋❿耳。」女曰：「此所良佳。如憐妾而活之，須秘密，勿洩。」生諾之，乃與寢合。使匿密室，過數日而人不知也。生微告妻，妻陳疑為大家媵妾⓫，勸遣之。生不聽。

偶適市，遇一道士，顧生而愕，問：「何所遇？」答言：「無之。」道士曰：「君身邪氣縈繞，何言無？」生又力白。道士乃去，曰：「惑哉！世固有死將臨而不悟者！」生以其言異，頗疑女；轉思明明麗人，何至為妖，意道士借魘禳[12]以獵食[13]者。無何，至齋門，門內杜[14]，不得入。心疑所作，乃窬垝垣[15]，則室門亦閉。躡跡而窗窺之，見一獰鬼，面翠色，齒巉巉如鋸；鋪人皮於榻上，執采筆而繪之；已而[16]擲筆舉皮，如振衣狀，披於身，遂化為女子。睹此狀，大懼，獸伏而出。

急追道士，不知所往；徧跡之，遇於野，長跪乞救。道士曰：「請[17]遣除之。此物亦良苦，甫能覓代者，予亦不忍傷其生。」乃以蠅拂[18]授生，令挂寢門。臨別，約會於青帝[19]廟。生歸，不敢入齋，乃寢內室，懸拂焉。一更許，聞門外戢戢有聲。自不敢窺也，使妻窺之。但見女子來，望拂子不敢進；立而切齒，良久乃去。少時復來，罵曰：「道士嚇我。終不然，寧[20]入口而吐之耶！」取拂碎之，壞寢門而入。徑登生牀，裂生腹，掬生心而去。妻號，婢入燭之，生已死，腔血狼藉，陳駭涕不敢聲。

明日，使弟二郎奔告道士。道士怒曰：「我固憐之，鬼子乃敢爾㉑！」即從生弟來，女子已失所在。既而仰首四望，曰：「幸遯未遠。」問：「南院誰家？」二郎曰：「小生所舍㉒也。」道士曰：「現在君所。」二郎愕然，以為未有。道士問曰：「曾否有不識者一人來？」答曰：「僕早赴青帝廟，良㉓不知，當歸問之。」去，少頃而返，曰：「果有之。晨間一嫗來，欲傭為僕家操作，室人止之，尚在也。」道士曰：「即是物矣。」遂與俱往。仗木劍，立庭心，呼曰：「孽魅！償我拂子來！」嫗在室，惶遽無色，出門欲遁，道士逐擊之。嫗仆，人皮劃然㉔而脫；化為厲鬼㉕，臥嗥如豬。道士以木劍梟㉖其首，身變作濃煙，匝㉗地作堆。道士出一葫蘆，拔其塞，置煙中，颼颼然如口吸氣，瞬息煙盡。道士塞口入囊。共視人皮，眉目手足，無不備具。道士捲之，如捲畫軸聲，亦囊[28]之，乃別欲去。陳氏拜迎於門，哭求回生之法。道士謝[29]不能，陳益[30]悲，伏地不起。道士沉思曰：「我術淺，誠[31]不能起死，我指一人，或能之，往求必合[32]有效。」問：「何人？」曰：「市上有瘋者，時臥糞土中。試叩而哀之[33]，倘狂辱夫人，夫人勿怒也。」二郎亦習知之，乃別道士，與嫂俱往。

見乞人顛歌道上，鼻涕三尺，穢不可近。陳膝行[34]而前。乞人笑曰：「佳人愛我乎？」陳告之故。又大笑曰：「人盡夫也，活之[35]何為？」陳固[36]哀之，乃曰：「異哉！人死而乞活於我，我閻摩耶？」怒以杖擊陳，陳忍痛受之。市人漸集如堵[37]。乞人咯痰唾盈把，舉向陳吻曰：「食之！」陳紅漲於面，有難色，既思道士之囑，遂強啖焉。覺入喉中，硬如團絮，格格[38]而下，停結胸間。乞人大笑曰：「佳人愛我哉！」遂起，行已不顧。尾[39]之，入於廟中，迫而求之，不知所在；前後冥搜，殊無端兆[40]。

慚恨而歸。既悼夫亡之慘，又悔食唾之羞，俯仰哀啼，但願即死。方欲展㊶血斂屍，家人㊷佇望，無敢近者。陳抱屍收腸，且理且哭。哭極聲嘶，頓欲嘔，覺鬲中結物突奔而出，不及回首，已落腔中。驚而視之，乃人心也，在腔中突突猶躍，熱氣騰蒸如煙然。大異之，急以兩手合腔，極力抱擠，少懈則氣氤氳㊸自縫中出，乃裂繒帛㊹急束之；以手撫屍，漸溫，覆以衾裯㊺。中夜㊻啟視，有鼻息矣，天明竟活。為言：「恍惚若夢，但覺腹隱痛耳。」視破處，痂結如錢，尋㊼愈。

異史氏曰：「愚哉世人！明明妖也，而以為美。迷哉愚人！明明忠也，而以為妄。然愛人之色而漁㊽之，妻亦將食人之唾而甘之矣。天道好還㊾，但愚而迷者不寤耳。可哀也夫！」

【注釋】❶太原　明清時為太原府，今山西太原。❷襆　包袱。❸二八姝麗　二八，十六歲。姝麗，美女。❹夙夜踽踽　夙夜，日夜。踽踽，獨行貌。❺黯然　傷感貌。❻鬻妾朱門　鬻，賣。妾，女子自我謙稱。朱門，借指富戶。❼楚　拷打。❽烏　哪裡。❾枉顧　屈尊相訪。❿齋　書房。⓫媵妾　陪嫁的女子。⓬魘禳　用法術驅邪。⑬獵食 謀生；找飯吃。⑭杜 堵；封閉。⑮垝垣 殘缺的牆。⑯已而 不久。⑰請 表示自己願意做某事的敬詞。⑱蠅拂 拂塵。⑲青帝 司春之神。⑳寧 難道。㉑爾 如此。㉒舍 居住。㉓良 確實。㉔劃然 象聲詞。㉕厲鬼 惡鬼。㉖鼻 斬。㉗匝 環繞。㉘囊 裝入。㉙謝 推辭。㉚益 更加。㉛誠 實在。㉜合 當。㉝叩而哀之 叩，叩頭。哀，哀求。㉞膝行 跪行。㉟活之 使他復活。㊱固 一再。㊲堵 牆。㊳格格 形容抵觸不順。㊴尾 跟隨。㊵端兆 跡象。㊶展 擦拭。㊷家人 指僕人。㊸氤氳 氣多貌。㊹繒帛 泛指絲綢。㊺衾裯 泛指被子。㊻中夜 半夜。㊼尋 不久。㊽漁 謀取不應得的東西。㊾天道好還 天理循環，善有善報，惡有惡報。

【語　譯】太原府的王生，清早走在路上，遇見一個女郎。她懷抱著一個包袱，獨自一人步履艱難地匆匆前行。王生急忙追上去，她竟是個十六七歲的美貌少女。他心裡喜愛，問：「怎麼不分晝夜地單身趕路呢？」女郎說：「過路的人不能為人化解憂愁，何必麻煩你相問？」王生說：「你有什麼憂愁呢？也許我能為你效勞，而決不會推辭。」女郎黯然傷心，說：「父母貪圖錢財，把我賣給富貴人家。他的大老婆很嫉妒，一天到晚罵我打我，這苦我忍受不下去了，準備逃得遠遠的。」王生問：「到哪裡去？」女郎說：「正在逃跑的人，哪裡有固定的處所！」王生說：「我家離這裡不遠，就委屈你去看看吧。」女郎心喜，聽從了他的話。王生代她提著包袱，帶領她一同回家。女郎見屋裡沒有別人，問：「你怎麼沒有家眷呢？」王生回答說：「這裡是書房。」女郎說：「這裡很好，如果你可憐我，要讓我活下去，就必須保守祕密，別向人洩露。」王生滿口答應，就和她同居了。使她藏在密室裡，共同生活了好幾天，沒有人知道。王生悄悄地把這件事告訴妻子，他的妻子陳氏懷疑這女郎是大戶人家的侍妾，勸王生把她打發走，王生不同意。

王生偶爾去趕集，遇到一位道士，道士看到王生後很驚訝，問他：「你遇到什麼啦？」回答說：「沒遇到什麼。」道士說：「你周身邪氣環繞，怎麼說沒有呢？」王生又竭力辯白，道士就離開他，說：「迷糊呀！人世間有死將臨頭而執迷不悟的人！」王生因為這道士的話奇怪，對女郎有點兒懷疑，再一想，分明是個漂亮女郎，怎麼會是妖怪呢？料想這道士是要借符咒驅邪找飯吃的。一會兒，他來到書房院門前，發現大門從裡面堵死了，不能進去；心裡懷疑女郎的作為，就從牆缺口跳進去，原來房門也閂上了，他就輕手輕腳地走到窗前隔窗偷看，只見一個面目猙獰的鬼，臉色翠綠，牙齒尖利得如同鋸齒；正把一張人皮鋪在牀上，手拿彩筆在上面描畫；畫完之後，把筆一扔，提起畫皮，好像整理衣服似的抖了抖，披在身上，就變成一個女郎。王生看到這一情狀，心裡很害怕，便像野獸那樣爬行至牆外。

王生急忙去追尋道士，不知道他走向何方；到處尋找，在野外相遇，他跪在道士面前乞求救命。道士說：「讓我把它趕走吧。這東西也很辛苦，剛找到替它做鬼的人，我也不忍心傷害它的性命。」就把拂塵交給王生，讓他掛在自己的寢室門上，臨別約定在青帝廟相會。王生回家，不敢進書房，就到寢室睡覺，把拂塵懸掛起來。大約一更天，門外有細小的響聲，王生自己不敢去看，讓妻子悄悄地去偷看。只見那女郎走來，望見拂塵之後不敢前進，站在門外，咬牙切齒，很久才離開。過了一會兒，她又走回來，罵道：「道士嚇唬我，且不說，難道已吃進去的還要再吐出來！」於是拿下拂塵折得粉碎，砸壞房門闖進來；徑直登上王生的牀鋪，撕開他的肚皮，抓起他的心臟就走了。王生的妻子大聲呼叫，婢女端燈照看，王生已經死去，胸腔鮮血一片，陳氏驚慌流淚，嚇得不敢出聲。

第二天，陳氏使弟弟二郎去告訴道士。道士很生氣，說：「我本來可憐它，這鬼子竟敢如此！」就跟隨二郎來到王生家。這時，那女郎已不知去向。不久，道士仰起頭四下觀望，說：「幸虧還沒有逃到遠處。」問：「南院是誰家？」二郎說：「是我住在那裡。」道士說：「現在就在你家。」二郎聽後一驚，以為沒有，道士問：「是否曾經有個素不相識的人來？」回答說：「我一早到青帝廟去了，確實不知道，該回家問一問。」二郎離開之後，一會兒就回來了，說：「真有那回事。早晨有個老婦人來到，想給我家做僕人，幫忙料理家務。我妻子沒答應，現在還在呢。」道士說：「就是她。」便與二郎一同前往。他手舉木劍，站在院子中間，喊道：「造孽的鬼怪，把我的拂塵還來！」老婦人在屋裡，嚇得慌裡慌張，臉色蒼白，出門就想逃跑，道士趕上去舉劍劈刺，老婦人倒下，人皮嘩啦一聲脫落下來，化為惡鬼，躺在地上像豬一樣的嚎叫。道士用木劍砍下它的頭，它的身體變成濃煙，在地上盤旋成一堆。道士拿出一個葫蘆，拔下塞子後放在煙裡，葫蘆口發出飀飀像往裡吸氣般的聲音，轉眼間煙就消失得一乾二淨。道士塞上葫蘆口，放進口袋。人們一起看那人皮，眉眼手腳齊全，道士把它捲起來，響聲像捲畫軸，也裝進口袋，就要離開二郎家。陳氏在門外迎接，向他叩頭，哭著哀求他施行復活法術，道士推辭說自己無能為力。陳氏越發悲痛，趴在地上不肯起來，道士想了又想，說：「我的法術淺陋，實在不能起死回生。我指點你一個人，他或許有這個本領。去求他一定有效。」問：「哪一位？」說：「集市上有個瘋子，時常臥在糞土裡。你去試一試，向他叩頭哀求。如果他輕狂地侮辱你，請你不要惱怒。」二郎也清楚這瘋子的行徑，就向道士告別，與嫂子一道前往。

他們來到集市，見一個乞丐正瘋瘋顛顛地唱著歌，鼻涕下垂三尺長，骯髒得沒法接近。陳氏跪著走到他面前，乞丐笑著說：「美人你愛我嗎？」陳氏把來的緣故告訴他。乞丐又大笑，說：「不論哪個男人都可以做丈夫，讓他再活過來幹什麼？」陳氏一再哀求，他就說：「人死了，求我把他救活，難道我是閻王爺嗎？」說罷就怒沖沖舉起棍子打陳氏，陳氏只好忍著疼痛。市上的人逐漸像一道牆壁般向他們聚攏。乞丐吐了一把痰，舉到陳氏嘴邊，說：「吃下去。」陳氏滿臉漲得通紅，露出為難的樣子，及至想到道士的囑咐，就勉強吃下去。她感覺痰液入喉，如同一團棉絮，很難下咽，聚留在胸間。乞丐大笑，說：「美人愛我了！」就站起來頭也不回地走了。叔嫂二人跟隨他身後，走進一座廟院；逼近他相求，不曉得他又到哪裡去了；到前院後院盡力尋找，竟連一點踪跡也沒發現。

陳氏羞慚憤恨地走回家，既傷心丈夫死得悲慘，又後悔自己吃痰所受的羞辱，哭得前俯後仰，只希望自己能立即死去。她正想為丈夫擦拭血跡，收斂屍體，僕人們站在遠處觀望，沒有一個敢靠近。陳氏抱屍收腸，邊整理邊哭，哭得厲害，聲音嘶啞，突然覺得就要嘔吐，胸間聚留的那團東西猝然上湧，她來不及回頭，已經落進王生的胸腔。驚愕中看到，那竟是一顆人的心臟，還在胸中突突地跳動，熱氣蒸騰，像煙一樣。她大為驚異，連忙用兩手推合胸腔，極力抱擠；稍一鬆懈，氣就從縫裡冒出來，便趕緊撕裂絲綢將王生的身子束紮起來。她用手撫摸屍體，發現體溫漸漸上升，又蓋上被子。半夜時分，掀開被子觀察，鼻腔已有氣息，天明，王生竟然復活。他說：「恍恍惚惚，像做了一場夢，只是感覺肚子隱隱作痛。」看看傷口，結了銅錢般大的痂，不久就痊癒了。

異史氏說：「人們多麼愚蠢啊！分明是妖怪，卻認為是美女。愚人多麼迷亂啊！分明是忠厚，卻以為是胡作非為。然而，喜愛別人的美色而侵占她，他的妻子就要吃別人的痰液而當作香甜了。天理循環，善有善報，惡有惡報，只不過又愚又迷的人不能覺悟罷了。令人悲痛啊！」

【研　析】〈畫皮〉是篇以厲鬼偽裝迷人害人為題材的鬼怪傳奇，又是蘊含人生哲理的警世寓言。這是《聊齋》中獨樹一幟的優秀篇章。文中所寫厲鬼固然可恨，應予消滅，但作品的主旨是提醒人們，不做「愚而迷」者，一定要正直做人，不貪色不貪財，自然會遠離鬼怪與災禍。

故事情節並不複雜：王生早行，見一「二八姝麗，心相愛樂」。領回家，藏之書齋，妻勸「遣之」不聽，雖道士明點而不信，甚至懷疑「借魘禳以獵食」。及見厲鬼畫皮，十分恐慌，但為時已晚，終於被裂腹掏心而死。道士滅了厲鬼，其妻忍辱負重、受盡磨難求瘋乞者才將其救活。

這篇佳作，寫作藝術上的突出優點，是運用正反對比的手法進行創作的，列舉三點：

一、真與假的對比。厲鬼要害人，先要偽裝自己，披一張「二八姝麗」人皮，裝出憂愁、孤獨、非常可憐的樣子，其實都是假象，是一切騙人害人者慣用的手法。「面翠色，齒巉巉如鋸」，「裂生腹」、「掬生心」才是它的真實面目。由於真假對比極鮮明，給人心靈的震撼也更強烈。

二、美與醜的對比。王生是被假象迷惑自招災禍的典型。他一見美女，立生「愛樂」心，並藏之密室，據為私有，近似乘人之危趁火打劫的行為，暴露出鄙劣自私庸俗的醜惡品質。當厲鬼來害他，他「自不敢窺也，使妻窺之」，可見他不僅鄙劣而且怯懦，行為更醜。其妻陳氏卻是位正直賢惠、剛強有毅力的女子，其品質是美的。對丈夫私藏女子，她「勸遣之」；王生被害後，陳氏伏地不起，哭求道士救夫回生。道士告訴她去求瘋乞人，並囑：「倘狂辱夫人，夫人勿怒也。」

她牢記在心。乞人當眾調笑她，侮辱她，甚至打她，讓她吞食痰唾，她都忍受下來，終於救活了丈夫。她是多麼高尚、多麼了不起的美女子！

三、善與惡的對比。「乞人顛歌道上，鼻涕三尺，穢不可近。陳膝行而前。乞人笑曰：『佳人愛我乎？』陳氏請他救丈夫，乞人曰：「異哉！人死而乞活於我，我閻摩耶？」發怒，「以杖擊陳，陳忍痛受之」。更令人為難的是「乞人咯痰唾盈把，舉向陳吻曰：『食之！』陳紅漲於面，有難色，既思道士之囑，遂強啖焉」。這雖然含有對陳氏的考驗之意，可這惡作劇終究是醜惡的。但這只是表面的現象。正是這把痰唾，變成一顆鮮活的人心，救活了王生，乞人行為的結果還是善良的。就全篇看，厲鬼害人是罪惡，道士除鬼，乞者救人是行善，這是根本性質上的善惡對比。

汪士秀

汪士秀，廬州❶人，剛勇有力，能舉石舂❷。父子善蹴鞠❸。父四十餘過錢塘，溺焉。積八九年，汪以故詣湖南，夜泊洞庭❹。時望月❺東升，澄江如練❻。方眺矚間，忽有五人自湖中出：攜大席，平鋪水面，略可半畝。紛陳酒饌，饌器磨觸作響，然聲溫厚，不類陶瓦。已而三人踐席坐，二人侍飲。坐者，一衣黃，二衣白。頭上巾皆皂色，峨峨❼然下連肩背，制絕奇古；而月色微茫，不甚可晰。侍者俱黑褐衣，其一似童，其一似叟也。但聞黃衣人曰：「今夜月色大佳，足供快飲❽。」白衣者曰：「此夕風景，大似廣利王❾宴梨花島時。」三人互勸，引釂浮白❿，但語略小，即不可聞。舟人隱伏，不敢動息。汪細審侍者，叟酷類父，而聽其言，非父聲。二漏⓫將殘，忽一人曰：「趁此月明，宜一擊毬為樂。」即見僮沒水中，取一圓[12]出，大可盈抱，中如水銀[13]滿貯，表裡通明。坐者盡起，黃衣人呼叟共蹴之；蹴起丈餘，光搖搖射人眼，俄而砉然[14]遠起，飛墮舟中。汪技癢[15]，極力踏去，覺異常輕軟。踏猛似破，騰尋[16]丈，中有漏光，下射如虹，蚩然[17]疾落；又如經天之彗[18]，直投水中，滾滾作沸泡聲而滅。席中共怒曰：「何物生人，敗我清興[19]！」叟笑曰：「不惡不惡，此吾家流星拐[20]也。」白衣人嗔其語戲，怒曰：「都方厭惱，老奴何得作歡？便同小烏皮捉得狂子來；不然，脛股當有椎吃也！」汪計無所逃，即亦不畏，捉刀立舟中。倏見僮叟操兵[21]來。汪注視，真其父也。疾呼：「阿翁！兒在此。」叟大駭，相顧悽斷[22]。僮即反身去，叟曰：「兒急作匿，不然都死矣。」

言未已，三人忽已登舟，面皆漆黑，睛大於榴[23]。攫叟出，汪力與奪，搖舟斷纜；汪以刀截其臂，臂落，黃衣者乃逃。一白衣人奔汪，汪剁其顱，墮水有聲，鬨然俱沒。方謀夜渡，旋見巨喙出水面，深闊若井。

四面湖水奔注，砰砰作響。俄一噴湧，則浪接星斗㉔，萬舟簸蕩，湖人大恐。舟上有石鼓㉕二，皆重百斤。汪舉一以投，激水雷鳴，浪漸消；又投其一，風波悉平。汪疑父為鬼，叟曰：「我固未嘗死也。溺江中者十九人，皆為妖物所食，我以蹋圓㉖得全。物得罪於錢塘君㉗，故移避洞庭耳。三人魚精，所蹴魚胞㉘也。」父子聚喜，中夜擊棹㉙而去。天明，見舟中有魚翅，徑四五尺許，乃悟是夜間所斷臂也。

【注釋】❶廬州　明清時廬州府。其府治為今安徽合肥。❷石舂　搗米用的石臼。❸蹴鞠　古代的足球運動。傳說始於黃帝，戰國時已流行。❹洞庭　湖名。位於湖南。❺望月　圓月。❻練　白絹。❼峨峨　高貌。❽快飲　痛快地飲酒。❾廣利王　南海神的封號。❿引醑浮白　引醑，飲酒乾杯。浮白，暢飲酒。⓫二漏　二更天，夜晚十至十一時。⓬圓　球。⓭水銀　汞。⓮硍然　形容重而濁的聲音。⓯技癢　身懷技藝，因受外界影響而急於表演。⓰尋　長度單位，八尺。⓱蚩然　象聲詞。⓲彗　星名。俗稱掃帚星。⓳清興　清雅的興致。⓴流星拐　蹴鞠技法之一。一腳跳起，另一腳緊接踢球。㉑兵　刀槍等武器。㉒悽斷　十分悲傷。㉓榴　石榴的果實。㉔星斗　天上的星星。㉕石鼓　石墩。㉖蹋圓　踢球。蹋，蹴；踢。㉗錢塘君　錢塘江江神。㉘魚胞　魚脬；魚鰾。魚體內可以脹縮的囊狀器官。㉙擊棹　划槳行船。

【語譯】汪士秀是廬州人，為人剛直勇敢，力氣很大，能高舉起舂米的石臼，他和父親都擅長踢球。他父親四十多歲時路過錢塘，不幸掉進江裡溺水身亡。事過八九年，汪士秀因為辦事到湖南，夜間坐船，停泊洞庭湖。這時一輪團圞明月東升，江水清澄，水面像明淨的白絹。汪士秀正向遠方眺望，忽然從湖中出來五個人，他們將攜帶的一領蓆子鋪在水面上，這蓆子約有半畝地大。又擺出許多酒食，碗盤碰撞發出聲響，但聲音溫厚，不像陶瓦類。然後三個人入席而坐，兩個僕人在旁侍候。坐著的人，一個穿黃衣服，兩個穿白衣服；他們的頭巾都是黑色的，上部高聳，下連肩背，樣式奇特古樸，卻因月色迷濛，看不很清楚。那兩個僕人都穿著深褐色的衣服，有一個似少年，另一個像老漢。只聽見穿黃衣服的說：「今天月光很好，很是可以開懷暢飲。」穿白衣的說：「今夜的景色，很像廣利王設宴梨花島時的風光。」三個人互相勸酒，乾杯痛飲，只是說話的聲音低了些，有一半聽不清。船上的人都藏起來，不敢有動靜。

汪士秀細看僕人，那老漢酷似他的父親，可是聽他說話，卻又不像父親的聲音。二更天就要過去，酒席間忽然有人說：「趁這月光明亮，該踢球取樂。」就見小僕人潛進湖水，抱一個球出來。這球有一抱大小，中間好像裝滿水銀，裡外通亮。坐著的人都站起來，穿黃衣服的人喊老漢一起踢。球被踢起丈把高，銀光閃爍，照人眼花；不久，球被轟的一聲踢向遠方，飛落船上，汪士秀不由技癢，也想表演一番，使盡力氣踢去，感覺那球非常輕軟；踢得過猛，球好像被踢破，上升八九尺，從中漏出一道光帶，向下射來，好似彩虹，嗤的一聲疾速墜落；又像掃帚星劃破夜空，直投水中，激起咕嘟嘟的水泡後消失。席中人都發怒，說：「什麼陌生人，敗壞我們清雅的興致！」老漢笑著說：「不壞，不壞，這是我家傳的流星拐。」穿白衣服的人責怪他戲笑，發怒說：「大家正心煩氣惱，老奴怎麼卻樂起來！快同小烏皮把那狂人抓來，不然，你的腿就等著挨打吧！」汪士秀估計無處可逃，就也不怕了，提起刀站在船裡。轉眼間兩個僕人拿著刀槍來到，汪士秀目不轉睛地看，那老漢果然是他父親，急忙喊：「阿爸，是兒子我在這裡。」老漢大驚，父子相見都非常悲傷。小烏皮見狀立刻轉身回去，老漢對汪士秀說：「快藏起來，要不就都沒命了。」

話還沒說完，三個人忽然上了船，他們臉色漆黑，眼珠長得像石榴般大，拉老漢出去，汪士秀用力爭奪，船體搖擺，纜繩斷裂。汪士秀用刀斬斷穿黃衣人的胳膊，他只得逃走。一個穿白衣服的跑向汪士秀，又被汪士秀剁下他的頭，頭嘭的一聲掉進水裡。一陣喧鬧過去了，正打算夜間開船，又看見一個大嘴伸出水面，張開以後像一口大水井，四面的湖水向裡面灌注，發出砰砰的響聲。不一會，忽然向外一噴，巨浪湧起，高接星斗，千萬船隻漂來蕩去，湖中的人都很害怕。船上有兩個石頭礅子，都有一百斤重，汪士秀舉起一個投進大嘴，把水砸得呼嚨嚨雷鳴，浪湧逐漸低落；又投另一個進去，風靜波平。汪士秀懷疑父親是鬼，老漢說：「我本來就沒有死。當時掉進江中十九人，都被妖怪吃掉，我因為會踢球而保住性命。這幾個怪物得罪了錢塘君，所以來洞庭湖避難。三個人都是魚精，踢的球是魚脬啊。」父子團聚，都很高興，半夜行船離開。天明以後，見船裡有魚翅，長達四五尺，才明白它是夜間砍下來的穿黃衣人的胳膊。

【研　析】這是一篇勇士戰勝妖精的傳奇故事，顯示了人敢於鬥爭的大無畏精神！

這篇作品，在寫作上有三個特點：

一、英雄本色。文章開頭就說汪生「剛勇有力」，既有剛直勇敢的精神，又有戰勝困難的才能。

他於洞庭泊舟望月，忽見湖中出來五人，三人宴飲，談笑風生。知是妖怪，「舟人隱伏，不敢動息」，汪生卻毫不在意，仍審視觀看。「二漏將殘」，飲者「擊毬為樂」。當毬「飛墮舟中」，「汪技癢，極力踏去」，用力過大，將毬踏破。聽到飲者派人來捉他，才吃驚思考，「計無所逃，即亦不畏」。這既是對眼下境遇的分析和判斷，又是源於性格膽識作出的決定。既然無法躲避，大丈夫敢做敢當，就只好拚命相搏。這八個字的心理描寫，充分展示了汪生的英雄本色。他於是「捉刀立舟中」，見來者有其父，父曰：「兒急作匿，不然都死矣。」生仍嚴陣以待，才能刀剁妖精，平息惡浪，救父共同回家。

二、妙筆生象。作者用生花妙筆描寫出兩個形象：一是寫蹴毬之毬：「僮沒水中，取一圓出，大可盈抱，中如水銀滿貯，表裡通明」，「蹴起丈餘，光搖搖射人眼」。毬被汪生踏壞，「踏猛似破，騰尋丈，中有漏光，下射如虹，蚩然疾落；又如經天之彗，直投水中，滾滾作沸泡聲而滅」，寫得何等生動新奇，原來毬是魚脬。又一是寫妖精作怪的景象：「旋見巨喙出水面，深闊若井。四面湖水奔注，砰砰作響。俄一噴湧，則浪接星斗。萬舟簸蕩，湖人大恐」，更寫得有聲有色，天搖地動，何等驚險！

三、靜動成境。文章不長，卻創造出一靜一動截然不同的氛圍和意境：一是靜謐雋永，閒適安逸。汪生立船頭，「望月東升，澄江如練」，已是一水墨條幅。黃衣人亦曰：「今夜月色大佳，足供快飲。」轉眼間，風雲突變，又是一種氛圍：刀光劍影，肉搏血濺，浪接星斗，聲如迅雷。作者如椽之筆，點墨成畫，落筆成境，真不愧為當時的文壇巨匠！

牛癀❶

陳華封，蒙山❷人，以盛暑煩熱，枕藉野樹下。忽一人奔波而來，首著圍領，疾趨樹陰，掬石為座，揮扇不停，汗下如流瀋❸。陳起座，笑曰：「若除圍領，不扇可涼。」客曰：「脫之易，再著難也。」就與傾談，頗極蘊藉❹。既而曰：「此時無他想，但得冰浸良醞❺，一道冷芳度下十二重樓❻，暑氣可清一半。」陳笑云：「此願易遂，僕當為君償之。」因握手曰：「寒舍伊邇❼，請即迂步❽。」客笑而從之。

至家，出藏酒於石洞，其涼震齒；客大悅，一舉十觥❾。日已就暮，天忽雨，於是張燈於室，客乃解除領巾，相與磅礴❿。語次，見客腦後時漏燈光，疑之。無何，客酩酊⓫，眠榻上。陳移燈竊窺之，見耳後有巨穴，琖⓬大；數道厚膜，間鬲如櫺；櫺外軟革垂蔽，中似空空。駭極，潛抽髻簪，撥膜覘之，有一物，狀類小牛，隨手飛出，破窗而去；益駭，不敢復撥。方欲轉步，而客已醒，驚曰：「子窺見吾隱矣！放牛瘟出，將為奈何？」陳拜詰其故，客曰：「今已若此，尚復何諱。實相告：我六畜瘟神⑬耳。適所縱者牛瘟，恐百里內牛無種矣。」陳故以養牛為業，聞之大恐，拜求術解，客曰：「余且不免於罪，其何術之能解？惟苦參散⑭最效，其廣傳此方，勿存私念可也。」言已，謝別出門，又掬土堆壁龕中，曰：「每用一合⑮亦效。」拱手即不復見。

居無何，牛果病，瘟疫大作。陳欲專利，秘其方，不肯傳，惟傳其弟。弟試之，神驗；而陳自剉⑯啖牛，殊罔所效，有牛二百蹄躈⑰，倒斃殆盡；遺老牝牛四五頭，亦逡巡⑱就死。中心懊惱，無所用力。忽憶龕中掬土，念未必效，姑妄⑲投之，經夜，牛乃盡起，始悟藥之不靈，乃神罰其私也。後數年，牝牛繁育，漸復其故。

【注　釋】❶牛瘟　牛瘟疫病。❷蒙山　山名。在今山東蒙陰南。❸瀋　汁液。❹蘊藉　含蓄。❺醞　酒。❻十二重樓　咽喉。《上清黃庭內景經・若得》：「謂喉嚨十二環相重在心上。心為絳宮，有象樓閣者也。」❼寒舍伊邇　寒舍，對自己住所的謙稱。伊邇，不遠。❽迂步　枉步；枉駕。請對方往訪的敬詞。❾觥　角製酒杯。泛指酒杯。❿磅礴　伸開兩腿無拘無束地坐下。⓫酩酊　大醉貌。⓬琖　同「盞」。淺而小的杯子。⓭六畜瘟神　六畜，馬、牛、羊、雞、犬、豬。瘟神，傳播瘟疫的凶神。⓮苦參散　藥名，以苦參為主導的草藥。⓯合　一升的十分之一。⓰剉　銼的異體字。銼，小鍋，用鍋熬製。⓱蹄躈　古代計算牲畜的量詞。一蹄躈為一隻蹄子，四隻蹄子一張嘴，即一頭。二百蹄躈為五十頭。⓲逡巡　極短時間；不久。⓳姑妄　隨便。

【語　譯】陳華封是蒙山一帶的人，因為盛夏炎熱，躺在野外的樹下乘涼。忽然跑過來一個人，他頭戴圍領，快步來到樹蔭下，搬塊石頭當座位，不住地搧扇子，還是大汗淋漓。陳華封坐起來笑著對他說：「要是解下圍領，不搧也涼爽。」來人說：「解下來容易，再戴上就難了。」兩人湊近盡情地交談起來，客人說話很含蓄。不久後他說：「現在我別的不想，只要有杯冰鎮美酒，一道清涼芳香灌下喉嚨，暑氣就能消解一半。」華封笑著說：「這個心願容易滿足，我一定讓你如願以償。」隨即拉著他的手說：「寒舍不遠，請你枉駕前往。」這人就笑著跟隨他去了。

他們到家之後，華封拿出藏在石洞裡的酒，酒冰得牙疼，客人很高興，一連喝了十杯。天已傍晚，忽然下起大雨，於是屋裡點上燈，客人這才解下圍領，彼此無拘無束地坐著閒談。說話間，華封見客人頭後部有時漏出燈光，心裡疑惑。一會兒，客人喝得酩酊大醉，趴在坐榻上睡去。華封便拿著燈偷偷地照看，見耳朵後面有個大洞，洞口有酒杯口大小；口前有幾道厚膜隔離內外，好似窗櫺；櫺外有一片軟皮遮蔽；洞裡像空無所有。華封十分驚訝，暗中抽出髮髻上的簪子，撥開厚膜觀察，見有一個東西，形狀像小牛，順著他的手從裡邊飛出來，穿破窗戶紙飛走了；他更加害怕，不敢再撥了。正要轉身邁步，客人已經醒來，吃驚地說：「你偷看了我的祕密！把牛瘟放跑了，這可怎麼辦呢？」華封向他作揖請問他這是什麼緣故，客人說：「事已如此，還有什麼可以隱瞞的！說老實話，我是六畜的瘟神。你剛才放跑的是牛瘟，恐怕這百里之內的牛都會死光。」華封本來依靠養牛謀生，聽他這樣說怕極了，跪下請教解救的方法，客人說：「我尚且免不掉被治罪，這有什麼辦法解救呢！只有苦參散最有效，你應當到處傳授這一藥方，不要有私心雜念就好了。」說罷就要辭別出門，這時又捧了些土堆進龕穴裡，說：「每次用一點也有效。」他向華封一拱手就消失了。

不久，牛開始生瘟，疫情發展很快。華封為謀取專利，將藥方保密，不肯外傳，只傳給他弟弟。弟弟試用，果然神效，可是華封自己熬藥餵牛，竟然毫無療效，家裡有五十頭牛，差不多都病死了；剩下的四五頭老母牛，也眼看將死。華封心裡十分懊惱，卻不知道怎麼辦才好，忽然想起龕穴裡放的那堆土，心想未必有效，姑且隨便收來使用；過了一夜，母牛都站起來了，這時他才醒悟：自己用苦參散無效，原來是神暗中懲罰他自私自利呢。幾年之後，母牛繁殖，牛群逐漸恢復到原有的數量。

【研析】〈牛瘟〉是篇構思幻異的寓言故事，表達了規勸世人少存私念以消災保平安的善良心願。

牛瘟，現代醫學稱牛瘟，是病毒所致的急性傳染病，死亡率很高。作者借用這一題材，經過奇特構思幻化出六畜瘟神這一藝術形象。他飲酒致醉，被人放跑了牛瘟，造成一方「牛無種」的禍患。但故事的主旨不在疾疫和治療，而在瘟神告訴陳生的處事原則：「其廣傳此方，勿存私念可也。」陳生「故以養牛為業」又心存私念，因而吃虧。當他悟得並接受「神罰」，改正了錯誤，「後數年，牝牛繁育，漸復其故。」

這篇故事，寫作上有如下特點：

一、突出懸念。陳生樹下乘涼，忽來一人「首著圍領，疾趨樹陰」，「揮扇不停，汗下如流瀋」。陳奇怪，笑勸除去圍領，客曰：「脫之易，再著難也。」這是為什麼？陳不明白，讀者更不解，造成一個懸念，增添讀者的閱讀興趣。

二、想像神奇。陳生請客人到家中飲涼酒，「客大悅，一舉十觥」。天忽雨，客解除圍領。陳「見客腦後時漏燈光，疑之」。客醉眠榻上，「陳移燈竊窺之，見耳後有巨穴，戔大；數道厚膜，間鬲如櫺；櫺外軟革垂蔽，中似空空。駭極，潛抽髻簪，撥膜覘之，有一物，狀類小牛，隨手飛出，破窗而去」。這小牛暗指傳染牛瘟的病毒，而病毒是極微小、人眼無法看到的物體，作者把它想像成「狀類小牛」的物象，把腦後巨穴精心構想為有柵欄間隔、有「軟革垂蔽」與外界隔絕的牛圈。真是奇哉妙哉！「神思」之功無窮盡也！

三、人性誠樸。陳華封蒙山人，具有沂蒙山區人熱情誠樸的性格。他見一人來，雖不認識，立即親切攀談，並邀請至家拿出珍藏的冷酒熱情招待。他是舊時農民，難免有私心雜念。他不聽瘟神教示，得到良方，「欲專利，秘其方，不肯傳；惟傳其弟。弟試之，神驗」。陳治自己的牛，毫不見效，死了四十多頭。後來「悟藥之不靈，乃神罰其私」。能正視錯誤，必能認真改過，這也是他誠實純樸性格的表現。

梅女

封雲亭，太行❶人，偶至郡，晝臥寓屋。時年少喪偶，岑寂之下，頗有所思。凝視間，見牆上有女子影，依稀如畫。念必意想所致，而久之不動，亦不滅，異之。起視轉真，再近之，儼然少女，容蹙舌伸，索環秀領。驚顧未已，冉冉欲下。知為縊鬼，然以白晝壯膽，不大畏怯，語曰：「娘子如有奇冤，小生可以極力。」影居然下，曰：「萍水❷之人，何敢遽以重務浼君子。但泉下❸槁骸，舌不得縮，索不得除，求斷屋梁❹而焚之，恩同山岳矣。」諾之，遂滅。呼主人前，問狀，主人言：「此十年前梅氏故宅，夜有小偷入室，為梅所執，送詣典史❺。典史受盜錢三百，誣其女與通。將拘審驗，女聞自經。後梅夫妻相繼卒，宅歸於余。客往往見怪異，而無術可以靖之。」封以鬼言告，主人計毀舍易楹，費不貲❻，故難之。封乃協力助作。

既就而復居之，梅女夜至，展謝已，喜色充溢，姿態嫣然。封愛悅之，欲與為歡，瞞然而慚曰：「陰慘之氣，非但不為君利；若此之為，則生前之垢，西江❼不可濯矣。會合有時，今日尚未。」問：「何時？」但笑不言。封問：「飲乎？」答曰：「不飲。」封曰：「坐對佳人，悶眼相看，亦復何味！」女曰：「妾生平戲技，惟諳打馬❽。但兩人寥落，夜深又苦無局❾，今長夜莫遣，聊與君為交線之戲❿。」封從之。促膝戟指⓫，翻變良久，封迷亂不知所從；女輒口道而頤指之，愈出愈幻，不窮於術。封笑曰：「此閨房之絕技也。」女曰：「此妾自悟，但有雙線，即可成文，人自不之察耳。」更闌頗怠，強使就寢，曰：「我陰人⓬不寐，請君自休。妾少解按摩之術，願盡技能，以侑清夢。」封從其請。女疊掌為之輕按，自頂及踵皆遍；手所經，骨若醉。既而握指細擂，如以團絮相觸狀，體暢舒不可言；擂至腰，口目皆慵；至股，則沉沉睡去矣。

及醒，日已向巳[13]，覺骨節輕和，殊於往日。心益愛慕，繞屋而呼之，並無響應。日夕，女始至。封曰：「卿居何所？使我呼欲遍！」曰：「鬼無常所，要[14]在地下。」問：「地下有隙，可容身乎？」曰：「鬼不見地，猶魚不見水也。」封握腕曰：「使卿而活，當破產購致之。」女笑云：「無須破產。」戲至半夜，封苦逼之，女曰：「君勿纏我。有浙娼愛卿者，新寓北鄰，頗極風致。明夕，招與俱來，聊以自代，若何？」封允之。次夕，果與一少婦同至，年近三十已來，眉目流轉，隱含蕩意。三人狎坐，打馬為戲。局終，女起曰：「嘉會方殷，我且去。」封欲挽之，飄然已逝。兩人登榻，于飛[15]甚樂。詰其家世，則含糊不以盡道，但曰：「郎如愛妾，當以指彈北壁，微呼曰『壺盧子』，即至；三呼不應，可知不暇，勿更招也。」天曉，入北壁隙中而去。次日，女來，封問愛卿，女云：「被高公子招去侑酒，以故不得來。」因而翦燭共話。

女每欲有所言，吻已啟而輒止；固詰之，終不肯言，欷歔而已。封強與作戲，四漏始去。自此二女頻來，笑聲常徹宵旦，因而城社悉聞。

典史某亦浙之世族，嫡室以私僕被黜。繼娶顧氏，深相愛好；期月⑯夭殂，心甚悼之。聞封有靈鬼，欲以問冥世之緣，遂跨馬造⑰封。封初不肯承，某力求不已，封設筵與坐，諾為之招鬼妓。日既曛，叩壁而呼，三聲未已，愛卿驟入；舉頭見客，色變欲走，封以身橫阻之。某審視，大怒，投以巨碗，溘然⑱而滅。封大驚，不解其故，方將致詰，俄暗室中一老嫗出，大罵曰：「貪鄙賊！壞我家錢樹子，三十貫索要⑲償也！」以杖擊某，中顱。某抱首而哀曰：「此顧氏，我妻也。少年而殞，方切哀痛，不圖⑳為鬼不貞。於姥乎何與？」嫗怒曰：「汝本江浙一無賴賊，買得條烏角帶㉑，鼻骨倒豎矣！汝居官有何黑白？袖有三百錢便而翁㉒也！神怒人怨，死期已迫，汝父母代哀冥司㉓，願以愛媳入青樓㉔，代汝償貪債，不知耶？」言已又擊，某宛轉哀鳴。方驚詫無從救解，旋㉕

見梅女自房中出，張目吐舌，顏色變異，近以長簪刺其耳。封驚極，以身障客，女憤不已，封勸曰：「某即有罪，倘死於寓所，則咎㉖在小生。請少存投鼠之忌㉗。」女乃曳嫗曰：「暫假㉘餘息，為我顧封郎也。」某張皇鼠竄而去。至署，患腦痛，中夜遂斃。

次夜女出，笑曰：「痛快！惡氣出矣！」問：「何仇怨？」女曰：「曩已言之：受賄誣姦，銜恨已久。每欲浼君一為昭雪㉙，自愧無纖毫之德，故將言而輒止。適聞紛拏，竊一伺聽，不意其仇人也。」封訝曰：「此即誣卿者耶？」曰：「彼典史於此，十有八年，妾冤歿十六寒暑矣。」問：「嫗為誰？」曰：「老娼也。」又問愛卿，曰：「臥病耳。」因靦然㉚曰：「妾昔謂會合有期，今真不遠矣。君嘗願破家相贖，猶記否？」封曰：「今日猶此心也。」女曰：「實告君：妾歿日，已投生延安㉛展孝廉㉜家，徒以大怨未伸，故遷延㉝於是。請以新帛作鬼囊，俾妾得附君以往，就展氏求婚，計必允諧。」封慮勢分懸殊，恐將不遂。女曰：

「但去無憂。」封從其言，女囑曰：「途中慎勿相喚，待合巹[34]之夕，以囊挂新人首，急呼曰：『勿忘勿忘！』」封諾之。才啟囊，女跳身已入。

攜至延安，訪之，果有展孝廉，生一女，貌極端好，但病癡，又常以舌出脣外，類犬喘日。年十六歲，無問名[35]者，父母憂念成癖。封到門投刺[36]，具通族閥[37]。既退，托媒。展喜，贅封於家。女癡絕，不知為禮，使兩婢扶曳歸所。群婢既去，女解衿露乳，對封憨笑。封覆囊而呼之，女停眸審顧，似有疑思。封笑曰：「卿不識小生耶？」舉之囊而示之。女乃悟，急掩衿，喜共燕笑[38]。詰旦，封入謁岳[39]，展慰之曰：「癡女無知，既承青眷[40]，君倘有意，家中慧婢不乏，僕不靳相贈。」封力辨其不癡。展疑之，無何，女至，舉止皆佳，因大驚異。女但掩口微笑。展細詰之，女進退而慚於言，封為略述梗概。展大喜，愛悅逾於平時。使子大成與婿同學，供給豐備。

年餘，大成漸厭薄之，因而郎舅不相能㊶；廝僕亦刻疵㊷其短。展惑於浸潤㊸，禮稍懈。女覺之，謂封曰：「岳家不可久居。凡久居者，盡闒茸㊹也。及今未大決裂，宜速歸。」封然之，告展，展欲留女，女不可。父兄盡怒，不給輿馬，女自出奩貲貰馬歸。後展招令歸寧，女固辭不往。後封舉孝廉，始通慶好。

異史氏曰：「官卑者愈貪，其常情然乎？三百誣姦，夜氣之牿亡㊺盡矣。奪嘉耦，入青樓，卒用㊻暴死。吁！可畏哉！」

【注釋】❶太行　約為山西高原和河北平原間地區。❷萍水　萍草隨水漂泊。喻人們偶然相遇。❸泉下　指黃泉之下，即地下、陰間。❹斷屋梁　迷信傳說：人懸梁自盡後，必於結繩處割斷屋梁，其鬼魂才能投生。❺典史　明清時縣令下分管緝捕、獄囚的屬官。❻不貲　用錢很多。❼西江　長江下游。泛指長江。❽惟諳打馬　諳，熟悉；知道。打馬，古代一種棋類博戲。❾局　棋盤。❿交線之戲　俗稱「翻交」。一人雙手指架線，另一人翻抄後變出另一花樣。⓫戟指　豎起手指。⓬陰人　鬼。⓭巳　巳時，十二時辰之一。指上午九時至十一時。⓮要　總之。⓯于飛　喻歡合。⓰期月　滿一個月。⓱造　訪問。⓲溘然　突然。⓳三十貫索要　貫，量詞。古代銅錢中間有孔洞，以繩穿一千枚稱一貫。索要，需要。⓴不圖　沒想到。㉑烏角帶　低級官吏的腰帶。借指官職。㉒而翁　你爹。㉓冥司　陰司。㉔青樓　妓院。㉕旋　立刻。㉖咎　罪。㉗投鼠之忌　要打老鼠，又恐傷損器物。後稱做事有所顧忌，不敢放手進行。㉘假　借。㉙昭雪　申冤。㉚囅然　笑貌。㉛延安　今陝西延安。㉜孝廉　即舉人。㉝遷延　拖延。㉞合巹　行婚禮。㉟問名　求親問名。㊱投刺　送上名帖。㊲族閥　家世。㊳燕笑　歡笑。㊴岳　岳父母。㊵青眷　看重並喜愛。㊶郎舅不相能　郎舅，女婿和內兄弟。不相能，不融洽。㊷刻疵　挑剔責備。㊸浸潤　指讒言。㊹闒茸　庸碌無能。㊺夜氣之牿亡　夜中靜思所產生的良知善念。牿亡，因私慾而消亡。㊻用　因而。

【語　譯】封雲亭是太行一帶的人，偶爾到郡城，白天閒躺在旅店的房間裡。這時他年輕喪妻，寂寞時就不免會胡思亂想。他正對著牆壁出神，見牆上有一個女人的身影，很模糊像是畫上去的；心中暗想，這肯定是自己憑空想像所產生的幻覺。可是影子在那裡好久不動，也不消失；他感覺奇怪。站起來看，她更像真的；再靠近看，分明是個少女，她愁眉苦臉，伸著長舌頭，長脖子上套了一條繩子。封生驚訝地看了再看，她漸漸地移動腳步，好像要走下牆來。封生知道她是吊死鬼，但因為是白天，膽子比較大，不很害怕，對她說：「姑娘如果有奇冤，我可以盡力幫忙。」影子竟然下來，說：「咱們只是萍水相逢，怎麼就敢以繁重的事務委託先生呢！但是我在地下的枯骨，舌頭縮不回，脖子上繩子摘不掉，求你把這屋梁砍斷燒燬，這對我就恩重如山了。」封生滿口應承，女子就消失了。封生喊來旅店主人，問店中過去的情況，主人說：「這裡在十年前是梅家的老院子。夜間有小偷進戶，被梅某抓住，送到典史那裡。典史接受了小偷三百錢的賄賂，誣蔑梅家女兒和小偷通姦，將要拘捕她去審驗，梅女知道以後上吊死亡。此後，梅家夫妻先後去世，房子歸我所有。來這裡住宿的客人往往見到怪事，卻沒有辦法平息。」封生把鬼的話告訴他，主人算了算，拆屋換柱，用錢過多，故意不答應，封生就資助他動工。

房子拆修竣工，封生又住在裡面。梅女夜間來到，向他致謝後喜氣洋溢，情態嬌媚。封生喜愛她，要和她歡合，她慚愧地說：「我身上陰氣慘重，這樣做不但對你不利，我生前所受的誣蔑陷害，就算用盡西江水也洗不去了。咱們兩人好合有期，只是現在還沒到時候！」問：「哪天才到？」她只是微笑不語。封生問：「喝酒嗎？」回答：「不喝。」封生說：「和美女對坐，默不作聲，你看我，我看你，又有什麼味道！」梅女說：「我素來對於遊戲，只熟悉打馬，但是兩個人冷冷清清，夜已深，又沒有棋盤；現在長夜中沒別的消遣，暫且和你玩交線的遊戲吧！」封生同意。兩人促膝而坐，手指向上叉開，翻來變去很久。封生迷亂，不知道下一步如何翻才好，梅女就講解，又用下巴頦向他示意，越翻越奇妙，花樣無窮。封生笑說：「這是閨房裡的絕技啊！」梅女說：「是我自己的領悟，只要有雙股線，就能翻出各種花樣，只是一般人沒有體察罷了。」更深夜殘，封生稍感疲倦，一再要梅女去睡覺，她說：「我是鬼不用睡，請你自己休息吧。我稍懂按摩術，願盡我所能，助你做場清夢。」封生聽從了她的好意。梅女疊掌輕按，從頭到腳都按摩到了；手所經過的部位，感覺骨節陶醉；不久，又握拳輕輕地捶打，像棉團觸碰，身體舒服得難以形容。捶打到腰間，嘴懶怠說，眼懶怠睜；捶打到腿，就昏沉沉睡著了。

封生一覺醒來，時間已接近中午，感覺骨節輕鬆靈便，和以往大不相同。心裡更加愛慕梅女，環繞房屋喊她，始終沒有人答應。傍晚時，她才到。封生說：「你在什麼地方？讓我到處喊你。」梅女說：「鬼沒有固定的住所，總之是在地下。」問：「地下有空隙存身嗎？」回答：「鬼不見地，像魚不見水吶！」封生握著她的手腕說：「假使你能復活，我就是用盡全部家產，也要把你買回來。」梅女笑著說：「用不著賣家產。」玩到半夜，封生竭力相逼，她說：「你別糾纏我。

有一個浙江的妓女，名叫愛卿，新來寓居北鄰，姿容很美，明天晚上我招她一起來，讓她暫時代替我，怎麼樣？」封生答應了。第二天晚上，梅女果然和一個少婦同來，她年齡差不多三十餘歲，眼睛瞟來瞟去，暗含放蕩的神情。三人親近環坐，做打馬的遊戲。一盤棋結束，梅女起身說：「歡樂的聚會還很多，我暫且回去。」封生挽留她，她已如一陣清風，飄然而去。封生和愛卿上牀共枕，親熱歡樂。封生問她的家世，她含糊其詞，不肯說明，只說：「你如果愛我，要我來，就用手指彈北牆，輕聲喊『壺盧子』，我就來到；如果連喊三聲不來，那就是我沒有空閒，就不要再招喚了。」天亮，她從北牆的洞穴中走了。第二天梅女來到，封生問起愛卿的事，她說：「被高公子招去勸酒了，所以不能來。」於是，兩人剪燭撥燈，一起聊天。梅女常張口似要講話，卻很快又閉上，一再詢問她，總是不肯說出來，只是長嘆一口氣罷了。封生勉強她玩遊戲，玩到四更天她才離開。從此，兩個女子常來他這裡，笑聲通宵達旦，街巷人家因而都知道了。

典史某也是浙江世家大族的子弟，他的正妻和僕人通姦，被他休棄，他又娶了顧氏，彼此情深意厚；剛滿一個月，顧氏短命早死，他心裡十分悲傷。典史聽說封生有女鬼朋友，想通過他打聽與陰魂如何相會，就騎馬拜訪封生。封生起初不應承，典史一再央求，封生就設筵和他對坐，答應為他招喚鬼妓。天黑以後，指彈北牆，還未彈三下，愛卿就突然進來。她抬頭看見客人，臉色大變，轉身要走，封生起身阻攔。典史仔細看她，接著就怒氣沖沖，端起大碗砸她，愛卿突然消失。封生大驚，不了解其中緣故，剛要提問，忽然暗室中有個老婦人出來，大罵典史道：「你這個貪婪卑鄙的賊子，砸壞了我家的搖錢樹，三十貫錢你必須償還！」說完就舉起棍子打典史，一棍打到頭上。典史抱著頭悲哀地說：「她是顧氏，我的妻子，少年早死，我正為此十分悲傷，不料她為鬼不貞潔。這和你老婆子有什麼關係？」老婦人發怒說：「你本是江浙地方的一個無賴賊，花錢買了個小官銜，就傲慢得鼻孔朝天啦！你當官分什麼黑白是非，袖子裡有三百錢，你就把他當成親爹。神怒人怨，你的死期就要到了。你的父母在陰曹地府代你哀求，寧願讓心愛的兒媳進妓院賣身，替你償還欠下的貪汙贓款。這事你不知道嗎？」說罷又打。典史被打得不斷扭轉身軀哀叫。封生正驚愕詫異又沒辦法解救的時候，轉眼間見梅女從房中出來，瞪著眼，伸著舌頭，臉色怪異，走近典史，用長簪子扎他的耳朵。封生大吃一驚，急忙以身體遮擋客人，梅女怒氣不息，封生勸她說：「他盡管有罪，如果死在旅店，罪責就在我身上，請你不要為了打老鼠，而損壞別的物件。」於是梅女拉開老婦人說：「暫時借給他一口氣，為我顧惜封郎啊！」典史這才張張皇皇像老鼠一般逃脫。回到衙門後，他感覺頭痛，到半夜就死了。

第二天晚上梅女出現，笑著說：「痛快！惡氣發洩出來了！」封生問：「你和他有什麼仇怨？」梅女說：「從前說過，某人受賄後誣蔑我和小偷通姦，我懷恨已久，常想委託你為我昭雪，可是我對你一點恩惠都沒有，問心有愧，所以話剛要說出來就又咽回去。偶然聽到屋裡亂鬨鬨的，偷偷探聽，不料是仇人。」封生驚訝地說：「他就是誣蔑你的那個人嗎？」回答說：「他在這郡城當典史，已經十八年，我含冤而死十六年了。」問：「老婦人是做什麼的？」回答說：「是妓院的老鴇。」又問愛卿，說：「現在臥病在牀。」梅女又笑著說：「我過去說好合有期，現在這天已經不遠了。過去你曾說願意賣掉家產，把我從妓院贖出來，還記得嗎？」封生說：「現在我還是這麼想的。」梅女說：「實話告訴你，我死去的那一天，已經到延安展舉人家投生，只因大冤沒得申雪，所以還拖延在這裡。請你用新布做個鬼口袋，以便我進去附在你身上前往。你向展舉人求婚，料想一定成功。」封生憂慮兩家的地位懸殊，恐怕求婚不成。梅女說：「你只管去，不用擔心！」封生聽從。梅女又囑咐他：「在路上千萬不要喊我。等到舉行婚禮那天夜裡，你把口袋掛在新娘頭上，急忙喊：『不要忘，不要忘』。」封生滿口答應，他剛打開口袋，梅女一跳就進去了。

封生把口袋攜帶到延安，果然尋訪到展舉人。展舉人有個女兒，長得端莊美麗，只是生有傻病，舌頭長伸出口外，像狗在烈日下熱得喘不過氣的樣子。她十六歲了，從來沒有人到他家去提親。父母為她犯愁，憂心成疾。封生來到展家，送上名帖，介紹個人家庭情況，回去後託媒去求婚。展舉人高興，讓封生入贅家裡。他女兒傻到極點，不會行禮，父親使兩個婢女又拉又扶地送進閨房。婢女走後，這新娘解開衣襟，露出乳房，朝著封生傻笑。封生把鬼口袋取出掛在她頭上，口喊：「不要忘，不要忘。」新娘瞪大眼仔細看他，又像正在疑惑、思考。封生笑著說：「你不認識我了嗎？」又把口袋舉起讓她看。她這才醒悟，便急忙掩上衣襟，喜滋滋地和封生說笑起來。第二天早晨，封生拜見岳父母，展舉人安慰他說：「我的傻女兒無知無識，承你見愛，你如果有意，家裡聰明的婢女不少，我不會捨不得送給你。」封生極力辯解，說妻子不傻。展舉人很懷疑。一會兒，新娘來到，一舉一動都很得體。展舉人非常驚異，他女兒只是捂著嘴微笑。展舉人仔細問她，她猶猶豫豫，羞得說不出話。後來封生代她略述梗概，展舉人大喜，比以往更愛女兒了。就讓封生和兒子大成一起讀書，對他的生活供給齊全而充分。

過了一年多，大成漸漸厭惡鄙視封生，因而兩個人感情不融洽；僕人也跟著挑封生的毛病。展舉人聽了這些壞話，對封生也有些怠慢。他的女兒發現以後，對封生說：「岳家不可長期居住，凡是長住的都是庸碌卑劣之輩。現在你們還沒有彼此決裂，應當趕快回家鄉去。」封生認為說得對，稟告岳父準備回鄉。展舉人要女兒留下來，女兒不同意，父親和哥哥為此惱怒，不給她搬家用的車馬。女兒自己拿出陪嫁的錢，租了車馬回封家。此後展舉人招呼女兒回娘家，女兒一再推辭。後來，封生考取了舉人，兩家這才互通往來。

異史氏說：「官員職位越低越貪婪，難道常情就如此嗎？受賄三百錢便誣蔑別人通姦，夜裡心中產生的良知善念，因私慾而完全喪失了。被陰司奪去美妻的生命，使她身陷妓院，最後自己因而暴死。唉！可怕啊！」

【研析】這是一篇人鬼相愛的幻異傳奇小說。貫穿小說始終的題材，是寫封雲亭與鬼魂梅女的愛情故事，並使梅女得到洗冤報仇。但是，小說的主旨並不在此。首要的是揭露社會的黑暗和抨擊貪吏的罪行，歌頌愛情是其次的。不過，正是通過愛情發展，才使讀者了解冤案的始末，實現揭露黑暗抨擊貪吏的主旨。作者怎樣將兩者巧妙地融合在一起，請看三方面的描寫：

一、熱誠助人，促進情愛。封雲亭旅居，白日見鬼，「知為縊鬼」。他不畏怯，並說：「娘子如有奇冤，小生可以極力。」冤鬼梅女說：「求斷屋梁而焚之，恩同山岳矣。」封找主人詢問，原來是十年前，盜賊以三百錢買通典史，誣與梅女通姦，梅女被逼上吊自殺。典史得三百錢就明目張膽逼死純潔少女，真是罪大惡極！封知冤情，就依女囑，幫助主人拆除了屋梁。因為封生熱誠助人的好品格，梅女對他很感激並且產生好感。

二、愛不涉亂，清白辯誣。梅女夜至，向封致謝。她「喜色充溢，姿態嫣然。封愛悅之，欲與為歡。」女委婉拒絕：「若此之為，則生前之垢，西江不可濯矣。」表現了她潔白無瑕的品格，同時反證典史以與盜通姦「將拘審驗」，是毫無根據的誣蔑與陷害。她感激封生，也愛慕他，所以和他「交線」為戲，並給他按摩。但封多次要與她同寢，都被她婉言相拒。封苦苦相求，她薦出漸娼愛卿以自代。封與愛卿「于飛甚樂」，並約定「指彈北壁」即至。愛卿的出現，使情節有了新的發展。

三、惡有惡報，善得善終。貪吏典史某，聞封有靈鬼，造訪並請招鬼妓。封迫不得已招愛卿，某見是他的亡妻顧氏，「大怒，投以巨碗，溘然而滅」。鬼嫗出，以杖擊某顱，怒斥他原本是無賴，顛倒黑白，人神共怒。其妻死後還要做娼為其償貪債。梅女亦出，「以長簪刺其耳」。某回署，腦痛，夜斃。梅女笑曰：「痛快！惡氣出矣！」大仇既報，女教封去延安展府求婚，其女是梅女死後投胎所生，以新帛做鬼囊帶梅同去，就可結為百年之好。封生照辦，果然得到幸福團圓。後來，封還考取了舉人。

小說的寫作，除構思精巧外，描寫情景神態也很出色。如梅女出場，封「凝視間，見牆上有女子影，依稀如畫。念必意想所致，而久之不動，亦不滅，異之。起視轉真，再近之，儼然少女，容蹙舌伸，索環秀領。」終於「影居然下」。描繪得由淺而濃，由遠而近，由虛轉實，令人不得不相信。還有延安展女的情貌：「病痴，又常以舌出唇外，類犬喘日。」正是梅女魂未附體前應有的樣子。這些豐富的想像，增加了作品的藝術感染力。

粉蝶

陽曰旦，瓊州❶士人也。偶自他郡歸，泛舟於海，遭颶風。舟將覆，忽飄一虛舟來，急躍登之，回視則同舟盡沒。風愈狂，瞑然任其所吹。亡何❷，風定。開眸，忽見島嶼，舍宇連亘❸；把棹近岸，直抵村門。

村中寂然，行坐良久，雞犬無聲。見一門北向，松竹掩藹❹。時已初冬，牆內不知何花，蓓蕾滿樹。心愛悅之，逡巡❺遂入。遙聞琴聲，步少停。有婢自內出，年十四五以來，飄灑艷麗，睹陽，返身遽入。俄聞琴聲歇，一少年出，訝問客所自來，陽具告之；轉詰邦族，陽又告之。少年喜曰：「我姻親也。」遂揖請入院。院中精舍華好，又聞琴聲。既入舍，則一少婦危坐❻，朱絃❼方調，年可十八九，風采煥映。見客入，推琴欲逝，少年止之曰：「勿遯，此正卿❽家眷屬。」因代溯所由。少婦曰：「是吾姪也。」因問其：「祖母尚健否？父母各平安否？」陽曰：「父母都各無恙，惟祖母六旬，得疾沉痼，一步履須人耳。姪實不省❾姑係何房❿，望祈明告，以便歸述。」少婦曰：「道途遼闊，音問梗塞久矣。歸時，但告而⓫父：『十姑問訊矣』，渠自知之。」陽問：「姑丈何族？」少年曰：「海嶼，姓晏。此名神仙島，離瓊三千里，僕流寓⓬亦不久也。」十娘趨入，使婢以酒食餉客，鮮蔬香美，亦不知其何名。飯已，引與瞻眺，見園中桃杏含苞，頗以為怪。晏曰：「此處夏無大暑，冬無大寒，花無斷時。」陽喜曰：「此乃仙鄉。歸告父母，可以移家作鄰。」晏但微笑。

還齋炳燭，見琴橫案上，請一聆其雅操⓭，晏乃撫絃捻柱。十娘自內出，晏曰：「來，來！卿為若⓮姪鼓之。」十娘即坐，問姪：「願何聞？」陽曰：「姪素不讀《琴操》⓯，實無所願。」十娘曰：「但隨意命題，皆可成調。」陽笑曰：「海風引舟，亦可作一調否？」十娘曰：

「可。」即按絃挑動，若有舊譜，意調崩騰。靜會之，如身仍在舟中，為颶風之所擺簸。陽驚嘆欲絕，問：「可學否？」十娘授琴，試使勾撥[16]，曰：「可教也。欲何學？」曰：「適所奏『颶風操』，不知可得幾日學？請先錄其曲，吟誦之。」十娘曰：「此無文字，我以意譜之耳。」乃別取一琴，作勾剔之勢，使陽效之。陽習至更餘，音節粗合，夫妻始別去。

陽目注心凝，對燭自鼓；久之，頓得妙悟，不覺起舞；舉首，忽見婢立燈下，驚曰：「卿固猶未去耶！」婢笑曰：「十姑命待安寢，掩戶移檠[17]耳。」審顧之，秋水[18]澄澄，意態媚絕，陽心動，微挑之，婢俯首含笑。陽益惑之，遽起挽頸，婢曰：「勿爾。夜已四漏，主人將起，彼此有心，來宵未晚。」方狎抱間，聞晏喚：「粉蝶！」婢作色曰：「殆矣！」急奔而去。陽潛往聽之，但聞晏曰：「我固謂婢子塵緣未滅，汝必欲收錄之。今如何矣？宜鞭三百！」十娘曰：「此心一萌，不可給使，不如為吾姪遣之。」陽甚慚懼，返齋，滅燭自寢。

天明，有童子來侍盥沐，不復見粉蝶矣，心惴惴恐見譴逐。俄晏與十娘並出，似無所介於懷，便考所業。陽為一鼓，十娘曰：「雖未入神，已得什九，肄熟可以臻妙。」陽復求別傳。晏教以「天女謫降」之曲，指法拗折，習之三日，始能成曲。晏曰：「梗概已盡，此後但須熟耳。嫺此兩曲，琴中無梗調[19]矣。」陽頗憶家，告十娘曰：「吾居此，蒙姑撫養甚樂；顧[20]家中懸念，離家三千里，何日可能還也！」十娘曰：「此即不難。故舟尚在，當助爾一帆風。子無家室[21]，我已遣粉蝶矣。」乃贈以琴。又授以藥，曰：「歸醫祖母，不惟卻病[22]，亦可延年。」遂送至海岸，俾登舟。陽覓楫，十娘曰：「無須此物。」因解裙作帆，為之縈繫。陽慮迷途，十娘曰：「勿憂，但聽帆漾耳。」繫已，下舟。陽悽然，方欲拜別，而南風競起，離岸已遠矣。視舟中糗糒[23]已具，然止足供一日之餐，心怨其吝。腹餒不敢多食，唯恐遽盡，但啖胡餅[24]一枚，覺表裡甘芳。餘六七枚，珍而存之，即亦不復飢矣。俄見夕陽欲下，方悔來時未索膏燭，瞬息，遙見人煙，細審，則瓊州也，喜極。旋已近岸，解裙裹餅而歸。

入門，舉家驚喜，蓋離家已十六年矣，始知其遇仙。視祖母老病益憊；出藥投之，沉痾立除。共怪問之，因述所見。祖母泫然㉕曰：「是汝姑也。」初，老夫人有少女，名十娘，生有仙姿，許字晏氏。婿十六歲入山不返，十娘待至二十餘，忽無疾自殂㉖，葬已三十餘年。聞旦言，共疑其未死。出其裙，則猶在家所素著也。餅分啖之，一枚終日不飢，而精神倍生。老夫人命發冢驗視，則空棺存焉。旦初聘吳氏女未娶，旦數年不返，遂他適。共信十娘言，以俟粉蝶之至；既而年餘無音，始議他圖。臨邑㉗錢秀才㉘，有女名荷生，艷名遠播。年十六，未嫁而三喪其婿。遂媒定之，涓吉㉙成禮。既入門，光艷絕代。旦視之，則粉蝶也。驚問曩事，女茫乎不知，蓋被逐時即降生之辰也。每為之鼓「天女謫降」之操，輒㉚支頤凝想，若有所會㉛。

【注釋】❶瓊州　明清時府名，其府治為今海南瓊山南。❷亡何　無何；不久。❸連亘　接連不斷。亘，「亙」的異體字。❹掩藹　遮掩。❺逡巡　徘徊；遲疑。❻危坐　正身坐。❼朱絃　泛指琴瑟類的絃樂器。❽卿　情人間愛稱。❾省　知。❿房　家族分支。⓫而　你。⓬僕流寓　僕，自稱的謙詞。流寓，流落外鄉居住。⓭雅操　雅正的樂曲。⓮若　你的。⓯琴操　書名。講琴和琴曲的知識，相傳為漢代蔡邕著作。⓰勾撥　彈奏。撥，中指和食指向裡撥絃。⓱檠　燈臺。⓲秋水　代指明澈的眼波。⓳梗調　難奏的曲調。⓴顧　但是。㉑家室　妻子。㉒卻病　消除病痛。㉓糗糒　乾糧。㉔胡餅　芝麻燒餅。㉕泫然　淚流貌。㉖殂　死亡。㉗臨邑　指瓊州府臨高縣。㉘秀才　明清時入府、州和縣學的書生。㉙涓吉　選擇吉祥的日子。㉚輒　總是。㉛會　領悟。

【語譯】陽日旦是瓊州府的書生。他偶然從外府回家，乘船渡海，遇到颶風；船眼看要翻，忽然飄來一條空船，他急忙跳上去，回頭一看，原來同船的旅客都掉進海裡。風越刮越狂，他閉上眼任憑吹送。不久，風停下來。他睜開眼，突然看見有座島嶼，上面的房屋接連不斷。他把船划到岸邊，徑直走到村口。

村子裡靜悄悄的，陽生走一會兒，坐一會兒，雞犬無聲。看見一座坐南朝北的大門，裡面松竹掩映。這時已是初冬，牆裡面不知開放什麼花，花蕾滿樹。他心裡喜愛，就遲豫地走進去；聽見遠處傳來琴聲，他停下腳步。有個婢女從裡面走出來，年齡有十四五歲，姿容輕盈瀟灑，十分美麗，她看見陽生，趕忙轉身回去。一會兒，琴音消失，走出來一個青年男子，他驚問客人是從哪裡來的，陽生詳細地告訴他；漸漸問起籍貫姓氏，陽生又一一告訴他。這青年高興地說：「是我的姻親呢。」就拱手請他進院。院中房舍精致華美，又傳來琴聲；進屋，就見一位少婦正身而坐，正在彈琴，年齡約十八九歲，風致清麗，神采鮮明。她見有客人進來，把琴推開就走，青年阻攔她說：「別走，他正是你家的親戚！」就代陽生追述到來的原由，少婦說：「他是我的姪子啊。」接著問他：「你的祖母還健康嗎？父母都平安嗎？」陽生說：「父母都平安無事。只是祖母六十歲了，有病，治了好久不見好轉，有人攙扶她才能走幾步。姪子我還不知道姑母屬家族哪一支，請說明白，便於我回家告訴他們。」少婦說：「離家路遠，信息早就斷絕了。你到家告訴你父親，只說『十姑母向你問好』，他自然會知道。」陽生問：「姑夫的籍貫姓氏呢？」青年說：「名字叫海嶼，姓晏。這地方叫神仙島，離瓊州城三千里。我來這裡居住，時間也不長。」十娘快步走進去，命婢女準備酒菜招待客人。菜餚鮮美香甜，也不知道是什麼菜。飯後，晏海嶼帶領陽生在島上參觀，陽生見園裡桃樹、杏樹含苞欲放，感覺很奇怪。晏海嶼說：「這地方夏天不很熱，冬天不很冷，四時花開不斷。」陽生高興地說：「這是神仙居住的地方。我回去告訴父母，把家搬來，作你們的鄰居。」晏海嶼聽後只是微笑。

他們回到屋裡，點上燈，陽生見琴放在桌子上，就想聽一聽高雅的琴曲，晏海嶼撥琴絃、捻絃柱。正好十娘從裡院出來，晏海嶼說：「來，來！你為你的姪子彈琴吧。」十娘坐下，問姪子：「想要聽什麼？」陽生說：「姪子我向來不讀《琴操》，實在沒有什麼想聽的曲子。」十娘說：「你只管隨意出個題目，都能彈成曲調。」陽生笑著說：「海風引舟，也可以作題目麼？」十娘說：「可以。」就按絃彈撥，好像早有曲譜，曲調給人的意境激蕩奔騰。冷靜地體味，彷彿依然置身於船上，在激烈的風浪中顛簸。陽生十分驚訝，連聲讚嘆，問：「我可以學習彈奏嗎？」十娘把琴遞給他，使他試著勾撥琴絃，然後說：「可以教給你。想學彈什麼？」陽生說：「你剛才彈奏的『颶風操』，不知道需要學幾天？請把曲譜錄寫下來，我要先背誦它。」十娘說：「它沒有文字，我是根據那種意境邊想邊彈的。」於是她另拿出一張琴，演示勾、彈琴絃的動作，讓陽生仿效。陽生練習到一更多天，音調節奏大體合乎要求，晏海嶼夫婦這才回去。

陽生全神貫注，在燭光下彈琴；彈了好久，突然領悟琴技的微妙精巧，不由自主地手舞足蹈；猛抬頭，忽然發現婢女站在燈下，驚訝地說：「原來你還沒有回去啊！」婢女笑著說：「十姑命我等你睡下，為你移開燈臺，掩好門戶哩。」陽生仔細看她，目光似清澈的秋水，神情姿態十分嬌媚，不禁心動；稍微挑逗她，婢女低頭微笑。陽生越發迷戀，趕緊起來摟她的脖子，婢女說：「別這樣。現在已經到四更天，主人就要起牀了。你我有心，明天夜裡不晚。」彼此正在擁抱，只聽見晏海嶼喊：「粉蝶！」婢女變了臉色說：「壞了。」急忙跑出去。陽生暗地裡跟去聽，只聽見晏海嶼說：「我本來就說粉蝶和塵世的姻緣並沒有一刀兩斷，你非接納她不可，現在怎麼樣？應當鞭打三百下。」十娘說：「她思凡的念頭一發芽，就不可以再使喚了。不如為我姪子打發她走吧。」陽生很羞慚，又害怕，回屋吹滅燈就睡了。

天明，有個男童來伺候陽生洗手洗臉，沒有再見粉蝶來，陽生心裡七上八下，怕被斥責攆出門外。一會兒，晏海嶼和十娘一起來到，似乎對那件事毫不介意，就測試他的琴技。陽生為他們彈奏，十娘說：「雖然彈得夠不上神奇精巧，卻也學得十之八九，熟練以後能高達妙境。」陽生又請求傳授新曲，晏海嶼教他彈奏「天女謫降」曲，指法比較彆扭，練習了三天，才彈成完整的樂曲。晏海嶼說：「彈奏技法大概如此，此後只要演奏熟練就成了。彈好這兩支曲子，琴曲中就沒有難彈的曲調了。」陽生很想家，告訴十娘說：「我住在這裡，得到姑母的關懷教養，心中很快活，但是家裡人掛念，離家三千里，不知哪天才能回去呢！」十娘說：「這事不難。原來的船還在岸邊，我會助你一帆風順。你還沒有娶親，我已經打發粉蝶去了。」就贈送一張琴。又給他藥，說：「回去醫治你祖母的病。它不僅能消除病痛，還能延年益壽。」於是把陽生送到海岸邊，讓他上船。陽生尋找船槳，十娘說：「不需要。」就解下裙子作船帆，為他拴掛。陽生擔心迷路，十娘說：「不必擔心。只聽任帆船漂泊就行了。」繫好裙子，下了船，陽生心中淒涼悲傷，正想行禮告別，就刮起大南風，船已遠離海岸了。他看看船裡面，已經放著乾糧，可是數量僅夠吃一天，心裡埋怨姑母吝嗇。肚子餓了，不敢多吃，就怕很快吃完；僅吃了一個芝麻燒餅，感覺它裡外香甜，剩下六七個，把它當珍寶收存起來，卻也沒再感覺飢餓。一會兒，已是夕陽西下，正當他後悔來時沒有要燈燭；轉眼間，遠遠望見人煙了；仔細看，原來已到瓊州。他高興極了，頃刻已近岸邊，他解下裙子包起餅回家去了。

陽生走進家門，全家人又驚又喜，原來他離家已經十六年了，這時他才知道自己遇到的是仙人。看看祖母，更加衰老疲憊，拿出藥讓她吃，多年的沉病立刻消失。大家好奇地問他，他就追述見聞。祖母流著眼淚說：「是你的姑母啊。」先前，老夫人有個小女兒，名十娘，自幼就有仙人的風姿；把她許嫁晏家，女婿十六歲進山，再也沒有回家，十娘等他到二十多歲，忽然無疾而終，從埋葬到現在已經三十多年了。大家聽陽生說完，都懷疑十娘沒有死。陽生拿出她的裙子，原來是她平常在家穿過的；又拿出芝麻燒餅，分給每一個人吃，吃一個就一天不餓，精神倍加振奮。老夫人讓人把十娘的墳墓挖開驗看，原來那棺材是空的。陽生過去曾與吳家女郎定親，他出去後幾年不歸，女郎就另嫁了別人。陽家都相信十娘的話，只等粉蝶到來，及至等了一年多不見音信，才商量另選別家。臨高縣的錢秀才有個女兒，名叫荷生，她容貌豔麗的名聲，遠遠傳播出去。年齡才十六歲，沒有等到出嫁，就死了三個未婚夫。陽生通過媒人同她定婚，選好吉日舉行了婚禮。新婦進了門，真是美得光豔照人，絕代無雙。而陽生一看，原來是粉蝶。可是當他驚奇地問她往事，荷生卻什麼也不知道，原來粉蝶被晏家驅逐之時，也就正是她投胎轉世之日。陽生每次為她彈奏「天女謫降」的樂曲，她總是托起下巴，聚精會神地想，好像有些領悟似的。

【研　析】〈粉蝶〉是篇借助想像力創作的仙島奇遇記。陽曰旦海上遭颶風漂至仙島，奇遇已成仙的十姑和姑夫，受熱情關愛，學會彈琴，與粉蝶相愛，返故鄉後和她投生的少女結婚。文章的主旨是作者對現實不滿，卻又無可奈何，就通過想像和虛構，創造這理想的仙境和佳遇，以求精神上的滿足，同時寄託人們對美好生活的嚮往。

小說沿兩條線索發展。一是陽生的際遇。他海上遇颶風，卻有驚無險，幸運地上了仙島，意外見到已成仙的十姑和姑夫，並學會彈奏仙曲。返家後，發覺「仙島住數日，世上十六年」，並以仙藥為祖母除病增壽。另一是陽生和粉蝶的愛情故事。二人在仙島相遇，彼此愛慕，但不能親近。十姑成全，使粉蝶轉世人間，最終使二人成親。更由仙曲啟迪，使粉蝶領悟到仙島的奇遇，成為大團圓結局。

文中還寄寓另一種情思。人們往往不滿意人世就盼望成仙，但進到仙境甚至成了神仙，卻往往又難免情繫人間。陽生在仙島才住幾日就開始想家。十娘已經成仙，仍不忘世間人情。陽生海上遇險，她「飄一虛舟」相救，又把他接來仙島；對家鄉及親人深深眷戀，又是問訊又是授藥；對姪兒不僅熱情接待，傳授琴技，還為他選配妻室，臨別又送琴贈物，完全像遠出在外的女子對故鄉親人的深厚情誼。這反映了作者既存離世的幻想，又無法真正忘懷自己生活過的現實社會這種複雜心理。

趙城虎

趙城❶嫗年七十餘，止一子，一日，入山，為虎所噬。嫗悲痛，幾不欲活，號啼而訴於宰❷。宰笑曰：「虎何可以官法制之乎！」嫗愈號咷，不能制止；宰叱之，亦不畏懼，又憐其老，不忍加威怒，遂諾為捉虎。嫗伏不去，必待勾牒❸出乃肯行。宰無奈之，即問諸役：「誰能往者？」一隸名李能，醺醉，詣座下，自言能之；持牒下，嫗始去。

隸醒而悔之，猶謂宰之偽局，姑❹以解嫗擾耳，因亦不甚為意；持牒報繳。宰怒曰：「固言能之，何容復悔！」隸窘甚，請牒拘獵戶，宰從之。隸集諸獵人，日夜伏山谷，冀得一虎，庶❺可塞責。月餘，受杖數百，冤苦罔控，遂詣東郭嶽廟❻，跪而祝之，哭失聲。

無何，一虎自外來，隸錯愕，恐被咥噬❼。虎入，殊不他顧，蹲立門中。隸祝曰：「如殺某子者爾❽也，其俯聽吾縛。」遂出縲索❾縶虎頸，虎貼耳受縛。牽達縣署，宰問虎曰：「某子，爾噬之耶？」虎頷之。宰曰：「殺人者死，古之定律❿。且媼止一子，而爾殺之，彼殘年垂⓫盡，何以生活？倘爾能為若⓬子也，我將赦之。」虎又頷之，乃釋縛令去。

媼方怨宰之不殺虎以償子也，遲旦⓭啟扉，則有死鹿。媼貨其肉、革，用以資度⓮。自是以為常，時銜金帛擲庭中，媼從此致豐裕。奉養過於其子，心竊德⓯虎。虎來，時臥簷下，竟日⓰不去，人畜相安，各無猜忌。數年，媼死，虎來吼於堂中。媼素所積，綽可營葬。族人共瘞之，墳壘方成，虎驟奔來，賓客盡逃。虎直赴冢⓱前，嗥鳴雷動，移時⓲始去。土人立「義虎祠」於東郊，至今猶存。

【注釋】❶趙城　古縣名，隋末置。治所在今山西洪洞北。❷宰　指縣令。❸勾牒　拘捕犯人的公文。俗稱拘票。❹姑　暫且。❺庶　有幸。❻嶽廟　東嶽廟。廟中供奉東嶽大帝。俗稱泰山廟。❼咥噬　咬食；吞吃。

❽爾　你。❾縲索　捆綁犯人的黑色繩索。❿定律　法律。⓫垂　將近。⓬若　她（他）。⓭遲旦　黎明。⓮資度　生活費用。⓯德　感激。⓰竟日　終日。⓱冢　墳墓。⓲移時　過了一段時間。

【語　譯】趙城縣有一位老婦人，七十多歲了，只有一個兒子。一天，兒子進山，被虎吃掉。老婦人非常傷心，幾乎不想活了，哀號哭叫著告向縣令。縣令笑著說：「牠是老虎，怎麼能用官法制裁呢？」老婦人聽後更是止不住地放聲大哭起來；縣令呵叱她，她也不害怕，又可憐她年老，不忍心向她大發脾氣，就答應為她捉虎。老婦人趴在地下不離開，一定等著下達拘捕的公文才肯走。縣令無可奈何，便問差役們：「誰能去捉老虎？」有一名差役姓李名能，剛喝過酒，醉陶陶地走到縣令座下，稟報他有這個本領；接過拘票退下去，老婦人這才離開。

李能清醒後很後悔答應捉虎，還認為縣令答應捉虎是個騙局，不過是為了暫且擺脫老婦人的煩擾而這麼說罷了，因此也不很在意，就拿著拘票回來交差。縣令憤怒地說：「你先前說能捕到，哪能容許你反悔！」李能很為難，請求下文書徵集獵戶，縣令同意。李能召集眾獵人，日日夜夜潛伏在山谷裡，盼望捉到一隻虎，僥倖完成任務。這樣過了一個多月，李能被杖打了幾百大板，心裡的冤屈無處申訴，就來到東城外嶽廟，跪在東嶽大帝神像前禱告，痛哭失聲。

一會兒，從廟外跑進來一隻虎，李能倉猝間感到驚愕，怕被虎吃掉。虎走進大殿，竟沒有東張西望，而是蹲立在門當中。李能祝禱說：「如果吃掉老婦人兒子的是你，你就低下頭，乖乖地讓我把你捆起來。」於是掏出捆綁囚犯的繩索繫住虎的脖子，虎俯首貼耳讓他捆。把虎牽到縣衙門，縣令問虎說：「老婦人的兒子，是你把他吃了嗎？」虎點點頭。縣令說：「殺人犯死罪，是自古以來的法律。況且老婦人只有那一個兒子，你卻把他吃了，她年紀很老，靠什麼活命？倘使你能做她的兒子，我就饒恕你。」虎又點點頭。縣令就讓李能解下繩子，放牠走了。

老婦人心裡正埋怨縣令不殺了虎為她兒子償命，黎明時打開門，見院子裡有隻死鹿。她賣掉了鹿肉、鹿皮，靠這筆錢過日子。從此常有這類事，有時虎還啣來金銀、絲綢扔在院子裡，老婦人此後生活富裕起來。虎對她的供養超過兒子，老婦人心裡暗自感激牠。虎到老婦人家，時常臥在屋簷下面，整天不離開，人和虎相處平安，互不猜忌。過了幾年，老婦人去世，虎進入屋內大聲地吼叫。老婦人平時積存的錢財，足夠辦理喪事。同族的人共同埋葬了老婦人，剛把墳墓修完，虎突然跑來，賓客四處逃散。牠直奔到墳前，吼聲如雷，叫了好一陣子才離去。當地人為此在城東郊修建了「義虎祠」，這座廟至今還保存著。

【研析】〈趙城虎〉是以義虎贖罪為題材的寓言故事，從而諷喻那些以強凌弱而不知悔改的人，表達了人與人、人與自然界生物之間，應當和睦共存的美好心願。

虎具人性，能報恩贖罪，在志怪傳奇中早有出現，蒲翁又取此題材，匠心獨運，創造出以純粹的虎形與完美的人性相統一的藝術形象，營造出令人傾心嚮往的美善境界。虎為獸中之王，不僅吃人，而且處處給人威懾，隸見虎大恐懼，虎奔嫗墳，賓客逃盡，凸顯虎威。虎「蹲立門中」、「貼耳受縛」、「時臥簷下」、「吼於堂中」、「嗥鳴雷動」，虎形之狀盡顯無遺。這一切卻又與完整優美的人性融於一身。虎應承為子，果然成了孝子。不僅在物質上「奉養過於其子」，而且人情味十足，「時臥簷下，竟日不去」，依戀老嫗，宛如孝兒承歡膝下。老人去世，先「吼於堂中」，如哭親娘；後奔墳上，「嗥鳴雷動」，似孝子送葬。真是感天動地，深撼人心。正因為美與善相統一，當地人建「義虎祠」傳世。

王成

王成，平原❶故家子，性最懶。生涯日落，惟剩破屋數間，與妻臥牛衣❷中，交謫❸不堪。時盛夏燠❹熱，村外故有周氏園，牆宇盡傾，唯存一亭，村人多寄宿其中，王亦在焉。既曉，睡者盡去，紅日三竿❺，王始起。逡巡❻欲歸，見草際金釵一股；拾視之，鐫有細字云：「儀賓❼府造。」王祖為衡府❽儀賓，家中故物，多此款式，因把釵躊躇。欻一嫗來尋釵，王雖故貧，然性介❾，遽出授之。嫗喜，極贊盛德，曰：「釵直幾何，先夫之遺澤❿也。」問：「夫君伊誰？」答云：「故儀賓王東之也。」王驚曰：「吾祖也。何以相遇？」嫗亦驚曰：「汝即王東之之孫耶？我乃狐仙。百年前，與君祖繾綣⓫。君祖歿，老身遂隱。過此遺釵，適入子手，非天數耶！」王亦曾聞祖有狐妻，信其言，便邀臨顧，嫗從之。王呼妻出見：負敗絮，菜色[12]黯焉。嫗嘆曰：「嘻！王東之孫子，乃一貧至此哉！」又顧敗竈無煙，曰：「家計若此，何以聊生？」妻因細述貧狀，嗚咽飲泣。嫗以釵授婦，使姑質[13]錢市米：「三日外請復相見。」王挽留之，嫗曰：「汝一妻不能自存活。我在，仰屋[14]而居，復何裨益？」遂徑去。王為妻言其故，妻大怖。王誦其義，使姑事之，妻諾。

逾三日，果至。出數金，糴粟麥各石，夜與婦共短榻。婦初懼之，然察其意殊拳拳[15]，遂不之疑。翌日，謂王曰：「孫勿惰，宜操小生業，坐食烏可長也？」王告以無貲，曰：「汝祖在時，金帛[16]憑所取，我以世外人，無需是物，故未嘗多取。積花粉之金[17]四十兩，至今猶存。久貯亦無所用，可將去，悉以市葛[18]。刻日赴都，可得微息。」王從之，購五十餘端以歸。嫗命趣裝，計六七日可達燕都[19]，囑曰：「宜勤勿懶，宜急勿緩；遲之一日，悔之已晚！」王敬諾，囊貨就路。中途遇雨，衣履浸濡。王生平未歷風霜，委頓[20]不堪，因暫休旅舍。不意淙淙[21]徹暮，簷雨如繩；過宿，濘益甚。見往來行人，踐淖沒脛，心畏苦之。待至亭午[22]，始漸燥，而陰雲復合，雨又大作。信宿[23]乃行。將近京，傳聞葛價翔貴，心竊喜。

入都，解裝客店，主人深惜其晚。先是，南道初通，葛至絕少。貝勒[24]府購致甚急，價頓昂，較常可三倍。前一日方購足，後來者，並皆失望。主人以故告王，王鬱鬱不得志。越日，葛至愈多，價益下[25]，王以無利不肯售；遲十餘日，計食耗煩多，倍益憂悶。主人勸令賤鬻，改而他圖[26]，從之。虧貲十餘兩，悉脫去。早起，將作歸計，啟視囊中則金亡矣，驚告主人，主人無所為計。或勸鳴官，責主人償，王嘆曰：「此我數[27]也，於主人何尤？」主人聞而德之[28]，贈金五兩，慰之使歸。自念無以見祖母，蹀躞[29]內外，進退維谷[30]。適見鬥鶉者，一賭輒數千；每市一鶉，恒百錢不止。意忽動，計囊中貲，僅足販鶉，以商主人。主人亟從慫(31)之。且約假寓飲食，不取其直(32)。王喜，遂行。

購鶉盈儋(33)，復入都。主人喜，賀其速售。至夜，大雨徹曙；天明，衢水如河，淋零猶未休也。居以待晴，連綿數日，更無休止。起視籠中，鶉漸死。王大懼，不知計之所出。越日，死愈多，僅餘數頭，並一籠飼之；經宿往窺，則一鶉僅存。因告主人，不覺涕墮。主人亦為扼腕(34)。王自度金盡罔歸，但欲覓死，主人勸慰之。共往視鶉，審諦之曰：「此似英物(35)。諸鶉之死，未必非此之鬥殺之也。君暇亦無所事，請把(36)之；如其良也，賭亦可以謀生。」王如其教。既馴，主人令持向街頭，賭酒食。鶉健甚，輒贏。主人喜，以金授王，使復與子弟決賭，三戰三勝。半年許，積二十金，心益慰，視鶉如命。

先是，大親王(37)好鶉，每值上元，輒放民間把鶉者入邸相角。主人謂王曰：「今大富宜可立致，所不可知者，在子之命矣。」因告以故，導與俱往。囑曰：「脫敗則喪氣出耳，倘有萬分一鶉鬥勝，王必欲市之，君勿應；如固強之，惟予首是瞻[38]，待首肯[39]而後應之。」王曰：「諾。」至邸，則鶉人肩摩於墀下。頃之，王出御殿。左右宣言：「有願鬥者上。」即有一人把鶉，趨而進。王命放鶉，客亦放；略一騰踔[40]，客鶉已敗，王大笑。俄頃，登而敗者數人。主人曰：「可矣。」相將俱登。王相之，曰：「睛有怒脈，此健羽也，不可輕敵。」命取鐵喙者當之。一再騰躍，而王鶉鎩羽[41]，更選其良，再易再敗。王急命取宮中玉鶉。片時把出，素羽如鷺，神駿不凡。王成意餒，跪而求罷，曰：「大王之鶉，神物也。恐傷吾禽，喪吾業矣。」王笑曰：「縱之。脫鬥而死，當厚爾償。」成乃縱之。玉鶉直奔之。而玉鶉方來，則伏如怒雞以待之；玉鶉健啄，則起如翔鶴以擊之。進退頡頏[42]，相持約一伏時[43]。玉鶉漸懈，而其怒益烈，其鬥益急。未幾，雪毛摧落，垂翅而逃。觀者千人，罔不嘆羨。

王乃索取而親把之，自喙至爪，審周一過，問成曰：「鶉可貨[44]否？」

答云：「小人無恒產，與相依為命，不願售也。」王曰：「賜而重直，中人之產㊺可致。頗願之乎？」成俯思良久，曰：「本不樂置，顧大王既愛好之，苟使小人得衣食業，又何求？」王請直，答以千金。王笑曰：「癡男子！此何珍寶而千金直也？」成曰：「大王不以為寶，臣以為連城之璧㊻不過也。」王曰：「如何？」曰：「小人把向市廛，日得數金，易升斗粟，一家十餘食指㊼，無凍餒憂，是何寶如之？」王言：「予不相虧，便與二百金。」成搖首；又增百數，成目視主人，主人色不動。乃曰：「承大王命，請減百價。」王曰：「休矣！誰肯以九百易一鶉者！」成囊鶉欲行，王呼曰：「鶉人來，鶉人來！實給六百，肯則售，否則已耳。」成又目主人，主人仍自若。成心願盈溢，惟恐失時，曰：「以此數售，心實怏怏；但交而不成，則獲戾滋大。無已，即如王命。」王喜，即秤付之。成囊金，拜賜而出，主人懟㊽曰：「我言如何？子乃急自鬻也！再少靳之，八百金在掌中矣。」成歸，擲金案上，請主人自取之，主人不受。又固讓之，乃盤計飯直而受之。王治裝㊾歸，至家，歷述所為，出金相慶。嫗命治良田三百畝，起屋作器，居然世家。嫗早起，使成督耕，婦督織，稍惰輒訶之，夫婦相安，不敢有怨詞。過三年，家益富。嫗辭欲去。夫妻共挽之至泣下，嫗亦遂止。旭旦㊿候之已杳矣。

異史氏曰：「富皆得於勤，此獨得於惰，亦創聞也。不知一貧徹骨，而至性51不移，此天所以始棄之而終憐之也。懶中豈果有富貴乎哉！」

【注釋】❶平原　今山東平原。❷牛衣　牛用蓑衣。言其家中貧窮。❸交謫　互相埋怨責備。❹燠　熱。❺紅日三竿　太陽升起已距地有三根竹竿高，約為上午八時至九時。❻逡巡　不慌不忙。❼儀賓　明代有親王、郡王，其女婿稱號為儀賓。❽衡府　明代衡恭王建府於山東青州。❾性介　性格孤高耿直。❿遺澤　遺物。⓫繾綣　情深意厚。⓬菜色　營養不良的面色。⓭姑質　姑，暫且。質，典當。⓮仰屋　抬頭看屋頂。形容無計可施。⓯拳拳　誠懇。⓰金帛　泛指錢財。⓱花粉之金　買花和脂粉的錢。⓲市葛　買夏布。⓳燕都　燕京，即今北京。⓴委頓　委靡困頓、疲憊不堪的樣子。㉑淙淙　降雨聲。㉒亭午　正午。㉓信宿　住宿兩夜。㉔貝勒　清代為滿洲和蒙古族貴族的爵位，官級低於郡王。㉕益下　更低。㉖他圖　另作打算。㉗數　命運。㉘德之　感激他。㉙蹀躞　小步徘徊貌。㉚進退維谷　走投無路。㉛慫恖　同「慫慂」。勸說鼓動。㉜直　酬金。㉝儋　通「擔」。㉞扼腕　以手握腕，表示惋惜。㉟英物　超群之物。㊱把　握手中調教。㊲親王　在清代為宗室封爵最高等級，位於郡王之上。㊳予首是瞻　看我點不點頭為準。㊴首肯　點頭同意。㊵騰踔　飛騰跳躍。㊶鎩羽　羽毛被摧落，喻失敗。㊷頡頏　對抗；不相上下。㊸一伏時　母雞入巢產一個蛋的時間。㊹貨　賣。㊺中人之產　中等戶所有的財產。㊻連城之璧　價值連城的玉璧。語出《史記・廉頗藺相如列傳》。㊼食指　借指家庭人口。㊽懟　怨恨；抱怨。㊾治裝　整理行裝。㊿旭旦　日出時。(51)至性　純正的品性。

【語　譯】王成，家住平原縣，是世代官宦人家的後代，生性最為懶惰。他家境越來越窮，只剩下幾間破屋，平時和妻子睡在麻編的牛蓑衣裡；彼此間埋怨指責，日子很不好過。時當盛夏，天氣很熱，村外本來有座周家花園，已經牆倒屋塌，只剩下一座亭子，有一些村民在裡面住宿，王成也在那裡。天亮以後，來睡覺的人都走了，王成睡到日上三竿才起來，他正不慌不忙地想走回家，見草叢裡有一支金釵，拾起來一看，上面刻有小字：「儀賓府造」。王成的祖父是衡王府的儀賓，他家中舊有的物品上多有這一款式，因此他拿著金釵猶豫不決。突然一位老婦人來尋金釵，王成雖然向來貧窮，可是性情孤高耿直，趕緊拿出金釵交給她。老婦人高興，極力稱讚他德行高尚，說：「金釵能值幾個錢？它是我先夫留下的遺物！」王成問：「你先夫是誰？」回答說：「過去衡王府的儀賓王柬之啊！」王成吃驚地說：「那是我祖父。你怎麼能見到他？」老婦人也感到驚奇，說：「你就是王柬之的孫子嗎？我是狐仙，一百年前和你祖父情深意厚。你祖父去世以後，我就隱居了。經過這裡時金釵失落，正好你拾起來，這不是老天安排的嗎？」王成也曾聽說祖父有個狐妻，就相信了這老婦人的話，邀請她到家看看，老婦人也就跟他去了。王成喊來妻子拜見老婦人。老婦人見她穿著爛衣裳，臉色青黃，黯然無光。嘆口氣說：「唉！王柬之的孫子，竟窮到這個地步了！」又看到灶臺殘破，沒有煙火，說：「家庭生計如此，依靠什麼度日？」妻子就細說了家裡的貧窮狀況，邊說邊哭，淚流滿面。老婦人把金釵交給王妻，讓她暫且拿去典當，換錢買米，又說：「咱們三天後再見。」王成挽留她，老婦人說：「你連妻子都不能養活。我留下來也只能望著屋頂白發愁，有什麼益處呢？」說完就走了。王成向妻子說了老婦人的情況，妻子非常害怕。王成讚美老婦人的義氣，要求把她當婆母侍奉，妻子答應了。

過了三天，老婦人果然又來了，拿出幾兩銀子，買來米麥各一石，到夜間便與王成的妻子共睡低矮的牀上。王成的妻子原本很怕老婦人，可是看她情意很誠懇，就不再懷疑她。第二天，老婦人對王成說：「你不要偷懶，應當做點小生意，俗說坐吃山空，閒著怎能是長久之計呢！」王成告訴她沒有本錢，她說：「你祖父在世時，錢財任憑我隨意拿，我因為自己是世外人，不需要這些東西，因此沒有多取。積攢了買花和脂粉的錢，共有銀子四十兩，存到現在。老留著它也沒有用，你可以拿去，用它買夏布，立刻運到京城，能賺點兒小利。」王成照辦，買了五十多匹夏布回來。老婦人讓他趕快整理行裝，估計六七天能到北京，還囑咐說：「宜勤勿懶，宜急勿緩，遲到一天，後悔也晚了。」王成恭恭敬敬地應承著，裝貨上路。途中下雨，衣服和鞋子都濕透了。他生來沒經歷過旅途風霜之苦，這一次折騰得他萬分疲勞，就暫且到旅店休息。不料雨聲淙淙，一場大雨直下到天黑，簷邊的雨線有繩般粗細；過了一夜，看看店外，道路更加泥濘，見往來的人雙腳踩在水裡，爛泥沒到小腿，心裡怕吃這種苦。到中午，路面才漸漸乾燥，而烏雲密布，雨水又傾盆降落。住了兩夜才上路。接近京城之時，聽到消息說夏布的賣價很高，王成心中暗喜。

他運貨進城，卸貨旅店，店主人為他來得稍遲表示惋惜。前些天，南邊道路剛能通行，市上來的夏布非常少，貝勒府急著買，價格立刻抬高，比平常高三倍，前一天才買夠數，晚到達的商客都大失所望。店主人把行情告訴了王成，王成心裡憂鬱，很不高興。過了一天，夏布運來的更多了，價錢也越來越低。王成因為無利可圖不肯賣，拖延了十幾天，想到吃住等開支增多，他更加愁苦煩悶。店主人勸他賤賣，另作打算，他聽從了，賠了十幾兩銀子，將夏布全部脫手。早起，王成打算回家，打開錢袋一看，銀子不見了；驚慌中去告訴店主人，店主人也沒有什麼辦法。有人勸他到官府告狀，責令店主人賠償，王成嘆息說：「這全怪我運氣不好，和店主人有什麼關係！」店主人聽到這句話，很感激他，贈送五兩銀子勸慰他，要他早回家。王成想到銀子丟失，沒有臉面去和祖母相見，就急得在店裡店外來回徘徊，真是進退兩難，走投無路。恰好近處有人賭鬥鵪鶉，每賭一次，賭注是上千兩銀子；每賣一隻常常能得到一百多錢。他這時心中忽然一動，計算口袋裡的錢，也僅夠做鵪鶉的買賣，就和店主人商量，店主人極力慫恿他，還約定讓他在店中吃住，不收他的錢。王成很高興，就去買鵪鶉。

他買了一擔鵪鶉，又進京城。店主人高興，預祝他及早賣光。到了夜間下起大雨，一直下到天亮。早晨，街上流水似河，雨聲漸低，卻還淅淅瀝瀝，沒有停止。王成只得住在店裡等待天晴，可是往後又接連不斷地下了好幾天。他去察看籠中的鵪鶉，發現牠們正一隻隻地死去，他很害怕，不知怎麼辦才好；過了一天，死得更多，僅剩下了幾隻，就合養在一個籠子裡；過了一宿再看，只剩下一隻是活的。王成去向店主人訴說，不覺眼淚直落。店主人也深表惋惜。王成心想：錢財已耗費得一乾二淨，有家也回不去了，一心想要等死，店主人勸解安慰他。兩人同去看那隻鵪鶉，店主人仔細看過，說：「這像一隻能力超群的鳥。那些鵪鶉，說不定就是被牠鬥死的。你閒暇無事，不妨將牠握在手裡，加以調教。要是能力優良，用牠去賭也能維持生活。」王成聽從他的指教。鵪鶉馴熟之後，店主人又讓他帶著鵪鶉上街，用牠賭吃喝。牠非常強健，每鬥必勝。店主人樂了，給王成銀子做賭博的本錢，讓他再找年輕人賭，結果三戰三勝。鬥了半年多，他攢了二十兩銀子，心裡更加欣慰，將這隻鵪鶉視為自己的命根子。

在這以前，有個大親王喜愛鬥鵪鶉，每到正月十五，總是讓民間把鵪鶉的人進王府角鬥。店主人對王成說：「現在大筆的金錢大概會很快到手，而能不能得到它，就全憑你的運氣了。」於是說明情況，領著他一道前往，囑咐說：「如果鬥敗了，自然是灰心喪氣地走出來，萬一鵪鶉取勝，親王一定想要買牠，你別答應；如果他非買不可，你要看我的眼色行事，等我點頭以後你再表示同意。」王成說：「好。」兩人走到王府住宅，見殿堂臺階下面來鬥鵪鶉的人肩擦著肩。不久，親王在殿堂中出現，他的侍從宣告：「願意鬥鵪鶉的人可以上來！」立刻有人手把鵪鶉，小步快走進殿。親王命令放出鵪鶉，來客也放出來；略微一飛騰跳躍，來客的那一隻就敗了，親王樂得哈哈大笑。只一會兒，登殿被鬥敗的就有好幾個。這時店主人對王成說：「可以上了。」便一同上殿，親王看王成的鵪鶉，說：「眼睛裡有怒脈，這隻鳥強而有力，不可輕敵。」下命令拿隻鐵嘴鵪鶉來鬥。兩隻鵪鶉相鬥，飛騰跳躍，幾個回合，結果親王的那一隻敗逃。親王選用更加優良的來鬥，一換再換，全被鬥敗。親王急忙下令拿宮中玉鶉。片刻之間有人把出。牠像白鷺那樣，全身上下羽毛雪白，姿態雄健，非同一般。王成一看，不由得心虛氣餒，便雙膝跪倒，哀求免鬥，說：「大王的鵪鶉是神物，怕牠鬥傷我的鳥，而毀了我的生計呀。」親王笑著說：「放出來吧，如果被鬥死，我一定高價賠償。」王成放出鵪鶉，玉鶉一看，立即迎面攻擊。王成的鵪鶉見玉鶉開始進攻，就像一隻怒沖沖的公雞，趴在地上等待牠；玉鶉兇猛來啄時，牠就像鶴一般騰起，居高臨下撲打。有進有退，兩相抗衡，大約堅持了一伏時，玉鶉漸漸懈怠，王成的那一隻卻氣勢更加強盛，進攻更加緊急，一霎時鬥得玉鶉雪毛脫落，下垂雙翅敗逃。觀眾上千，沒有不讚嘆羨慕的。

親王要來王成的鵪鶉，把持在手裡，從嘴到爪仔細看了一遍，問王成：「可以賣給我嗎？」回答說：「小人家沒有田地，依靠這鵪鶉賺錢生活，不願意把牠賣掉。」親王說：「多給你錢，足夠買來中等戶的家產，可願意了吧？」王成低下頭想了好久，說：「本來不樂意賣，但是大王喜歡牠，要是小人能得到吃飽穿暖的家業，我還有什麼更高的要求呢！」親王問價錢，回答說一千兩銀子。親王笑著說：「傻漢子！這是什麼珍奇的寶貝能值千兩白銀？」王成說：「大王不拿牠當寶，小人卻認為價值連城的玉璧也比不過牠哩！」親王說：「怎麼能這樣說？」王成解釋道：「小人把著牠走進街市，一天能賺好幾兩銀子，買了糧食，全家十幾口人，吃飯穿衣不用愁，世上會有什麼寶貝比得過牠呢！」親王說：「我不讓你吃虧，給你二百兩銀子。」王成搖搖頭；又增加一百兩，王成眼看店主人，店主人表情照舊。王成說：「承大王之命，就減個一百兩吧。」親王說：「算了吧，誰肯出九百兩銀子換一隻小鵪鶉呢！」於是王成把鵪鶉裝進口袋，轉身要回旅店，親王喊道：「鬥鵪鶉的回來！鬥鵪鶉的回來！說實在的就給你六百兩，如果同意就賣，不同意就算了。」王成又看店主人，店主人還是表情依舊。這時王成已經心滿意足，只怕失去好機會，說：「拿這個數賣掉，我心裡實在不痛快。可是交易不成功，我的罪過就會加重。不得已，照大王的指示辦吧。」親王歡喜，立刻秤了銀子給他。王成收了銀子，拜謝親王賞賜之恩，走出王府，店主人埋怨他說：「事前我是怎麼說的？你急著賣出去，如果再稍堅持一會兒，八百兩銀子就到手了。」王成回店，把銀子放在桌子上，請店主人隨意拿，店主人不肯動。一再推讓，他算算飯錢收了下來。王成整好行裝，返回故鄉，到家以後把自己的經歷說了一遍，又拿出銀子一起慶賀。老婦人命王成買肥沃田地三百畝，蓋屋宇，打造家具，竟然有了官宦人家的派頭。老婦人早起，讓王成督促農耕，王成的妻子督促紡織，稍微懶惰些就會受到斥責，夫婦倆也安於承受，不敢有怨言。這樣過了三年，家境越來越富有，老婦人想要告辭，王成夫婦一起挽留她，甚至流下眼淚，老婦人這才答應不走了。可是第二天日出時去探望她，已經不見人影。

異史氏說：「財富來自勤苦，這裡偏來自懶惰，也是新聞呢！卻不知王成雖然貧窮徹骨，他純正的品性卻沒有改變，這就是天神起初拋棄他，最後又同情他的緣故。懶惰裡面難道果真有富貴嗎！」

【研　析】這篇小說，寫王成因懶而貧窮，但性耿直受人敬重，得到幫助，最終發財致富。表達了作者懲戒懶惰褒獎耿直的思想。由於作者出色地描寫現實生活，使作品中包含的意義比作者原有的思想更深刻更廣泛，這是此篇小說的一個突出貢獻。

王成是官宦人家子弟，性極懶，致敗家貧窮，住破屋臥牛衣，敗灶經常斷炊，夫妻相互埋怨。這是對他懶惰的懲戒。他偶拾金釵，一嫗來找，性耿直，立即交還失主。原來嫗是他祖母輩，是狐仙，得她幫助王成開始經商。他往京都販麻布，因雨誤時失去良機而蝕本，本銀失竊。有人勸他告官府責店主人賠償，他說：「此我數也，於主人何尤？」店主感激他，贈銀並幫他謀劃，最終以一隻善鬥的鵪鶉得銀六百兩，在祖母教導下，置產業，理家事，又過上富裕的生活。這是對他性耿直的褒獎。

細讀對人物經歷的描寫會發現，其中展現出的含意要深刻得多。最主要的一點，是王成身心經受艱苦的磨鍊，得到了實踐中的體驗，增加了智慧和才幹，人生態度也由消極變得積極起來，這是他脫貧致富不可缺少的重要因素。這「實踐出真知」的意義是作者沒想到的。文學理論中稱此現象為「形象大於思想」，指作品所含意義超出作家主觀意識。這在十九世紀世界許多優秀現實主義作家作品中是常見的現象。王成販布中途遇雨，「生平未歷風霜，委頓不堪」，因休息而失去良機，「倍益憂悶」。本銀失竊，更受打擊。這些實際教訓也改變著他。店主贈銀他並未立即返鄉，「自念無以見祖母，蹀踱內外，進退維谷」。發現可以販鵪鶉，但尚未賣就大量死亡，只剩一隻。這使他痛苦到「但欲覓死」的地步。但這並非全是消極悲觀，而是向不濟命運的憤怒抗爭。所以，當店主發現「此似英物」，並提醒「賭亦可以謀生」時，他立即主動去做；終因一鳥使他轉敗為勝，精神面貌大為改觀。看他與親王論價的表現，已完全成為生活積極，思惟敏捷，言詞流利，閱世頗豐的人。他先聲明不願賣這隻鵪鶉，親王表示「重直」而購，他才提出要賣千金。親王嫌貴，他說：「大王不以為寶，臣以為連城之璧不過也。」又解釋說：「小人把向市廛，日得數金，易升斗粟，一家十餘食指，無凍餒憂，是何寶如之？」這些表現，都說明因實踐鍛煉他已成了能挑起生活重擔的人。

小說描寫鬥鵪鶉也很出色。親王「命取鐵喙者當之。一再騰躍，而王鶉鎩羽，更選其良，再易再敗。王急命取宮中玉鶉」、「素羽如鷺，神駿不凡」，王成不敢鬥，親王催鬥，「成乃縱之。玉鶉直奔之。而玉鶉方來，則伏如怒雞以待之；玉鶉健啄，則起如翔鶴以擊之。進退頡頏，相持約一伏時。玉鵜漸懈，而其怒益烈，其鬥益急。未幾，雪毛摧落，垂翅而逃」。增加了作品的生動性和藝術感染力。

花姑子

安幼輿，陝之拔貢生❶，為人揮霍❷好義，喜放生，見獵者獲禽，輒不惜重直❸，買釋之。會舅家喪葬，往助執紼❹，暮歸，路經華岳❺，迷竄山谷，中心大恐；一矢❻之外忽見燈火，趨投之，數武❼中，欻❽見一叟傴僂曳杖，斜徑疾行。安停足，方欲致問，叟先詰誰何。安以迷途告，且言燈火處必是山村，將以投止。叟曰：「此非安樂鄉。幸老夫來，可從去，茅廬可以下榻。」安大悅，從行里許，睹小村。叟扣荊扉，一嫗出，啟關曰：「郎子❾來耶？」叟曰：「諾。」既入，則舍宇湫隘。叟挑燈促坐，便命隨事具食❿，又謂嫗曰：「此非他，是吾恩主。婆子不能行步，可喚花姑子來釃酒⓫。」

俄女郎以饌具入，立叟側，秋波斜盼。安視之，芳容韶齒，殆類天仙。叟顧令煨酒，房西隅有煤爐，女即入房撥火。安問：「此公何人？」答云：「老夫章姓。七十年止有此女。田家少婢僕，以君非他人，遂敢出妻見子，幸勿哂⑫也。」安問：「婿家何里？」答言：「尚未。」安贊其惠麗，稱不容口。叟方謙挹⑬，忽聞女郎驚號。叟奔入，則酒沸火騰。叟乃救止，訶曰：「老大婢，濡猛⑭不知耶？」回首，見爐傍有薥⑮心，插紫姑⑯未竟，又訶曰：「髮蓬蓬許，裁如嬰兒！」持向安曰：「貪此生涯，致酒騰沸。蒙君子獎譽，豈不羞死！」安審諦之，眉目袍服，製甚精工，贊曰：「雖近兒戲，亦見慧心。」斟酌移時，女頻來行酒⑰，嫣然含笑，殊不羞澀⑱。安注目情動。忽聞嫗呼，叟便去。安覷無人，謂女曰：「睹仙容使我魂失。欲通媒妁⑲，恐其不遂⑳，如何？」女把壺向火，默若不聞；屢問，不對。生漸入室，女起，厲色曰：「狂郎入闥將何為？」生長跽哀之，女奪門欲出，安暴起要遮，狎接臄䐑㉑，女顫聲疾呼。叟匆遽入問，安釋手而出，殊切㉒愧懼。女從容向父曰：「酒復湧沸，非郎君來壺子融化矣。」安聞女言，心始安妥，益德之，魂魄顛倒，喪所懷來，於是偽醉離席，女亦遂去。叟設裀褥，闔扉乃出。安不寐，未曙呼別。

至家即浼交好者造廬求聘㉓，終日而返，竟莫得其居里，安遂命僕馬，尋途自往。至則絕壁巉巖，竟無村落；訪諸近里，則此姓絕少；失望而歸，並忘食寢。由此得昏瞀之疾㉔，強啖湯粥，則唾嗌㉕欲吐，潰亂中，輒呼花姑子。家人不解，但終夜環伺之，氣勢阽危㉖。一夜，守者困怠並寐，生矇瞳中，覺有人揣而抗㉗之，略開眸，則花姑子立牀下，不覺神氣清醒。熟視女郎，潸潸涕墮。女傾頭笑曰：「癡兒何至此耶？」乃登榻，坐安股上，以兩手為按太陽穴㉘。安覺腦麝㉙奇香穿鼻沁骨。按數刻，忽覺汗滿天庭㉚，漸達肢體。小語曰：「室中多人，我不便住。三日當復相望。」又於繡袪㉛中出數蒸餅置牀頭，悄然遂去。

安至中夜，汗已思食，捫餅啖之，不知所苞㉜何料，甘美非常，遂盡三枚，又以衣覆餘餅，懵憆㉝酣睡，辰分始醒，如釋重負。三日餅盡，精神倍爽，乃遣散家人，又慮女來不得其門而入，潛出齋庭㉞，悉脫扃鍵㉟。未幾，女果至，笑曰：「癡郎子！不謝巫㊱耶？」安喜極，抱與綢繆㊲，恩愛甚至。已而曰：「妾冒險蒙垢㊳，所以故，來報重恩耳。實不能永諧琴瑟㊴，幸早別圖㊵。」安默默良久，乃問曰：「素昧生平，何處與卿家有舊，實所不憶。」女不言，但云：「君自思之。」生固求永好㊶，女曰：「屢屢夜奔，固不可；常諧伉儷㊷亦不能。」安聞言，邑邑㊸而悲。女曰：「必欲相諧，明宵請臨妾家。」安乃收悲以忻，問曰：「道路遼遠，卿纖纖之步，何遂能來？」曰：「妾固未歸。東頭聾媼我姨行，為君故淹留至今，家中恐所疑怪。」安與同衾，但覺氣息肌膚，無處不香。問曰：「熏何薌澤㊹，致侵肌骨？」女曰：「妾生來便爾㊺，非由熏飾。」安益奇之。

女早起言別，安慮迷途，女約相候於路。安抵暮馳去，女果伺待。

偕至舊所，叟媼歡逆[46]。酒肴無佳品，雜具藜藿[47]。既而請客安寢，女子殊不瞻顧，頗涉疑念。更既深女始至，曰：「父母絮絮不寢，致勞久待。」浹洽終夜[48]，謂安曰：「此宵之會，乃百年之別。」安驚問之。答曰：「父以小村孤寂，故將遠徙。與君好合，盡此夜耳。」安不忍釋，俯仰[49]悲愴，依戀之間，夜色漸曙，叟忽闖然入，罵曰：「婢子玷我清門[50]，使人愧怍欲死！」女失色，草草奔去。叟亦出，且行且詈。安驚孱遻怯[51]，無以自容[52]，潛奔而歸。

數日徘徊，心景殆不可過[53]，因思夜往，逾牆以觀其便。叟固言有恩，即令事洩，當無大譴，遂乘夜竄往。蹀躞[54]山中，迷悶不知所往，大懼。方覓歸途，見谷中隱有舍宇，喜詣之，則閈閎高壯[55]，似是世家，重門尚未扃也。安向門者詢章氏之居，有青衣人[56]出，問：「昏夜何人詢章氏？」安曰：「是吾親好，偶迷居向。」青衣曰：「男子無問章也。此是渠妗家，花姑即今在此，容傳白之。」入未幾，即出邀安。才登廊舍，花姑趨出迎，謂青衣曰：「安郎奔波中夜，想已困殆[57]，可伺牀寢。」少間，攜手入幃。安問：「妗家何別無人？」女曰：「妗他出，留妾代守。幸與郎遇，豈非夙緣[58]？」然偎傍之際，覺甚羶腥，心疑有異。女抱安頸，遽以舌舐鼻孔，徹腦如刺。安駭絕，急欲逃脫，而身若巨綆之縛；少時，悶然不覺矣。

安不歸，家中逐者窮[59]人跡，或言暮遇於山徑者，家人入山，則見裸死危崖下。驚怪莫察其由，舁歸。眾方聚哭，一女郎來弔，自門外噭啕[60]而入，撫屍捺鼻，涕洟其中，呼曰：「天乎，天乎！何愚冥至此！」痛哭聲嘶，移時乃已，告家人曰：「停以七日，勿殮也。」眾不知何人，方將啟問，女傲不為禮，含涕逕出。留之，不顧；尾[61]其後，轉眸已渺。群疑為神，謹遵所教。夜又來，哭如昨。至七夜，安忽甦，反側以呻，家人盡駭。女子入，相向嗚咽。安舉手，揮眾令去。女出青草一束，燂[62]湯升許，即牀頭進之。頃刻能言，歎曰：「再殺之惟卿[63]，再生之亦惟卿矣！」因述所遇。女曰：「此蛇精冒妾也。前迷道時所見燈光，即是物也。」安曰：「卿何能起死人而肉白骨[64]也？勿乃[65]仙乎？」曰：「久欲言之，恐致驚怪。君五年前，曾于華山道上買獵獐而放之否？」曰：「然，其有之。」曰：「是即妾父也。前言大德，蓋以此故。君前日已生西村王主政[66]家，妾與父訟諸閻摩王，閻摩王弗善[67]也，父願壞道[68]代郎死，哀之七日始得當[69]。今之邂逅[70]，幸耳。然君雖生，必且痿痺不仁[71]，得蛇血合酒飲之，病乃可除。」生銜恨切齒，而慮其無術可以擒之，女曰：「不難。但多殘生命，累我百年不得飛升[72]。其穴在老崖中，可於晡時[73]聚茅焚之。外以強弩戒備，妖物可得。」言已別曰：「妾不能終事，實所哀慘。然為君故，業行已損其七，幸憫宥[74]也。月來覺腹中微動，恐是孽根[75]。男與女，歲後當相寄耳。」流涕而去。安經宿，覺腰下盡死，爬抓無所痛癢，乃以女言告家人。家人往，如其言，熾火穴中，有巨白蛇沖焰而出，數弩齊發，射殺之。火熄，入洞，蛇大小數百頭皆焦臭。家人歸，以蛇血進。安服三日，兩股漸能轉側，半年始起。後獨行谷中，遇老媼以繃席⑯抱嬰兒授之，曰：「吾女致意郎君⑰。」方欲問訊，瞥不復見。啟襁視之，男也。抱歸，竟不復娶。

異史氏曰：『人之所以異於禽獸者幾希⑱』，此非定論也。蒙恩銜結⑲，至於沒齒⑳，則人有慚於禽獸者矣。至於花姑，始而寄慧於憨，終而寄情於恝㉑。乃知憨者慧之極，恝者情之至也。仙乎！仙乎！」

【注釋】❶陝之拔貢生　陝西省學政選拔文行兼優的生員貢入京師，稱拔貢生，簡稱拔貢。這是科舉制度中選拔貢入國子監生員的一種。清制，初定六年選一次，後改為十二年選一次。❷揮霍　輕視財物。❸重直　高價。❹執紼　送葬。❺華岳　西嶽華山。❻一矢　數量詞，箭自射出至墜落的距離。❼武　步。❽歘　同「欻」。忽然；突然。❾郎子　古代對英俊少年的美稱。❿隨事具食　隨事，按照待客的事情。具食，備飯。⓫釃酒　斟酒。⓬哂　笑話。⓭謙挹　謙遜退讓。⓮濡猛　濡，泛溢。猛，猛烈。⓯蓊　這裡指高粱稈。⓰紫姑　廁神名。唐代以來祭紫姑，問禍福。⓱行酒　依次斟酒。❿羞澀　難為情。⓳媒妁　說合婚姻的人。⓴遂　心願實現。㉑安暴起要遮二句　要遮，阻攔。狎，親近。臚胭，脣舌。㉒殊切　很深切。㉓聘　定親。㉔昏瞀之疾　視覺昏花。㉕唾嗒　想嘔吐。㉖阽危　危險。㉗抗　搖動。㉘太陽穴　人鬢角前眉梢後部位。㉙腦麝　龍腦和麝香。㉚天庭　前額；兩眉間。㉛繡袪　有繡花的袖口。㉜苞　通「包」。苞裹。㉝懵憹　昏迷。㉞齋庭　書齋。㉟扃鍵　門鎖。㊱巫　指醫生。㊲綢繆　情意纏綿。㊳蒙垢　蒙受恥辱。㊴永諧琴瑟　永結夫妻之好。㊵圖謀　劃。㊶永好　長久友好。㊷伉儷　夫婦。㊸邑邑　同「悒悒」。憂愁不安。㊹薌澤　香氣。㊺爾　如此。㊻歡逆　歡迎。㊼藜藿　灰菜和豆葉。泛指粗劣飯菜。㊽浹洽終夜　浹洽，融洽。終夜，通宵。㊾俯仰　低頭和仰頭。形容思慮。㊿清門　清白之家。(51)驚孱遻怯　驚孱，驚慌窘迫。遻怯，抵觸而畏懼。(52)自容　自己存身。(53)過　度過。(54)蹀躞　行進艱難貌。(55)閈閎高壯　閈閎，村門。壯，宏壯。(56)青衣人　僕人。(57)困殆　疲憊。(58)夙緣　前生因緣。(59)窮　極盡。(60)嗷啕　高聲啼哭。(61)尾　跟隨。(62)燂　燒熱。(63)卿　情人間的愛稱。(64)肉白骨　喻起死回生。(65)勿乃　莫非。(66)主政　古官名，明清時中央各部主事。(67)善　同意。(68)道　修行的功夫。(69)得當　處理得恰當。(70)邂逅　不期而遇。(71)痿痺不仁　痿痺，肢體不能動作、喪失感覺。不仁，肢體麻木，不靈便。(72)飛升　成仙。(73)晡時　傍晚。(74)憪宥　憐憫寬恕。(75)孽根　禍根。多指子女或胎兒。(76)綳席　嬰兒包被。(77)郎君　舊時女子對丈夫或所愛男子敬稱。(78)人之所以句　「人之所以異於禽獸者幾希。」出自《孟子·離婁下》。人與禽獸的不同並不多，只在於人有思惟，明白事理曲直和是非美醜，懂得真理和正義。失去這一點，就與禽獸無異了。幾希，極少。(79)蒙恩銜結　據《續齊諧記》載：東漢時，楊寶救活一隻黃雀，夜夢黃衣童子贈白環四枚，說要使其孫位登三公。後來楊寶子孫果然顯貴。此即「銜環」。據《左傳》記：魏武子病重，囑其子使妾殉葬，武子死，其子顆令父妾改嫁。後顆在戰鬥中見一老人結草助戰，俘獲敵將。此即「結草」。蒙，受。銜結，銜環結草以報恩德。(80)沒齒　終身。(81)恝　恬淡。

【語　譯】安幼輿是陝西的拔貢生，為人輕財好義，喜愛放生，見打獵的人獵得鳥獸，總是不吝惜多費錢，買來獵物後釋放。正逢舅家出殯，他去送葬，傍晚回家，路經華山，在山谷裡迷了路，心裡很害怕，忽然看見一箭地之外有燈光，就快步去投宿，走了幾步，忽地見一位老翁，彎著腰，拖著手杖，從一條斜徑上快步走來。安生止住腳步，正要問話，老翁先問他是誰。安生把迷路的事告訴他，還說有燈亮的地方一定是山村，想要去投宿。老翁說：「那裡不是好地方，幸虧我來了；你就跟我回家吧，有茅屋可以住宿。」安生很高興，跟他走了一里多路，看見小村莊。老翁敲了敲柴門，一位老婦出來，開門後問：「郎子來了嗎？」老翁說：「來了。」進門後見屋子裡低矮狹窄。老翁撥亮燈，請他坐下，就讓家人隨便準備些飯菜，又對老婦說：「他不是外人，是我的恩人。你走動不方便，可以喊花姑子來斟酒。」

一會兒就有位女郎端來飯菜，她站在老翁身旁，眼睛清澈明亮，左顧右盼。安生打量她，年輕美貌，幾乎像天上的仙女。老翁回頭命她燙酒，內房西牆角有煤爐，女郎就走進去撥火。安生問：「她是老先生的什麼人？」回答說：「老漢我姓章，七十歲了，只有這麼個女兒。農家沒有婢僕，因為你不是外人，就讓老妻和女兒都出來相見了。希望不要笑話。」安生問：「女婿家在哪裡？」回答說：「她還沒有成親。」安生誇獎女郎聰明美麗，讚不絕口。老翁正在連聲謙讓，突然聽見女郎驚號，老翁急忙跑進去，原來是酒溢出壺，著了火。老翁撲滅火，呵斥說：「你這丫頭，也老大不小了。酒沸得猛，連這個也不知道嗎？」回頭一看，爐旁有個高粱稈芯插製的紫姑神偶像，還沒有完成，就又責備她：「頭髮亂蓬蓬，還像個娃娃！」又把那紫姑拿給安生看，說：「貪玩這營生，酒才溢出來。你誇獎她，她能不羞死嗎！」安生仔細觀賞，那紫姑眉眼袍袴，製作精巧，稱讚說：「雖然近似兒戲，也能顯示她的聰慧。」兩人同飲了一會兒，女郎多次來斟酒，面帶微笑，絲毫不難為情。安生直盯著她看，對她動了心。忽然聽見老婦呼喊，老翁就去了。安生趁屋裡沒人，對女郎說：「看見你天仙般美貌讓我失了魂魄。想請人來說媒，又怕不能如願，怎麼辦好呢！」女郎只顧提壺煮酒，默默不語，好像沒有聽見；問了多次，總是不回答。安生漸漸走進內房，女郎站起身，嚴厲地說：「你這個狂放的小伙子，來裡間屋幹什麼？」安生跪下哀求，女郎用力拉門，想要出去，安生立刻站起阻擋，和她接吻。女郎聲音顫抖，大聲喊叫。老翁連忙進來問話，安生放開手出來，心裡很慚愧害怕。女郎卻沉著鎮靜地向父親說：「酒又沸出來了，要不是公子來，酒壺就燒化啦。」安生聽女郎這麼說，心中才一塊石頭落了地，更加感激女郎，不覺神魂顛倒，連自己到這裡來做什麼的都忘了，於是假裝醉酒，離開坐位。女郎也走了。老翁為他鋪好被褥，關好門才離開。安生翻來覆去睡不著，天沒有亮，他就大聲喊老翁，向他告別。

安生到家以後，請好友到老翁家求婚，去了一天才回來，竟找不到那個村莊，安生就使僕人陪同，一道騎馬沿原路前往。走到一看，峭壁巉巖，竟沒有村落；到近處的村莊打聽，幾乎沒有姓章的人家。安生失望地回家，難過得吃不下，睡不著，因此得了個整日昏沉沉的病，勉強喝點兒湯粥就嘔吐，昏迷中常喊：「花姑子。」家中人不理解，只能圍在他身邊守候，都覺得安生病情危險。一夜，守候的人疲乏入睡，安生朦朧中，感覺有人在扯他的衣服搖動他，他略微睜眼一看，原來是花姑子站在牀邊。他神志清醒起來，注目女郎，潸潸淚流。女郎低頭含笑，說：「傻孩子，怎麼病成這樣子？」於是上牀，坐在安生腿上，用兩手為他按摩太陽穴。安生聞著似是龍腦香、麝香的奇特氣味，充盈鼻孔，沁入骨髓。按摩數刻以後，忽然覺得額頭上出了許多汗，漸漸汗滿全身。花姑子小聲說：「屋裡人多，我住下來不方便。三天以後再來看望。」又從繡花衣袖中掏出幾個蒸餅，放在牀頭上，就悄悄地走了。

半夜時分，安生出過汗後想吃東西了，摸到餅就吃，不知包的是什麼餡，只感覺又香又甜；

吃了三個，用衣服把剩下的餅蓋好，又昏昏沉沉地進入夢鄉。辰時才醒，感覺渾身輕鬆。吃三天後，蒸餅吃完了，精神倍加清爽，他讓家人離去；還擔心花姑子進不了門，就偷偷走出書齋，把門閂全部打開。不久，花姑子果然來到，笑著說：「傻郎君！不向我這醫師表示感謝嗎？」安生高興極了，抱著花姑子親熱纏綿，千般恩愛。之後花姑子說：「我甘冒風險，不顧別人恥笑，之所以如此，是為了報答你的恩德。其實咱們不可能結為夫妻，希望你趁早另作謀劃。」安生沉默好久，問：「我對你的身世不太了解，跟你家有過什麼交往，我真想不起來。」花姑子不明說，只講：「你自己再想想吧。」安生一再請求永遠合好，花姑子說：「經常夜間私奔，當然不合適；但結為夫婦也不可能。」安生聽她這麼說，不由得愁苦悲傷。花姑子說：「如果一定要成全好事，明天夜間請到我家。」安生這才由悲轉喜，問道：「道路遙遠，你小腳步行，怎麼走來的？」回答說：「我本來就沒有回家。村東頭那位聾老太太是我的姨母，為了你，我逗留她家直到今天。怕家人要懷疑責怪了。」安生和她同蓋一條被子，只聞見她身上到處香噴噴的，就問：「你熏的什麼香氣？怎麼能滲透肌骨呢？」花姑子說：「我這是天生的，不是用香料熏的。」安生更覺奇特。

花姑子早起告辭，安生擔心自己進山又會迷路，與花姑子約定她在路邊等候。傍晚，安生騎馬前往，花姑子果然在那兒等待。一同來到花姑子家，老翁老婦都很歡迎他。只是酒餚都不是高級貨，摻有野菜。飯後請客人就寢，花姑子竟沒有主動照顧，安生未免疑惑。夜已深沉，花姑子才到，說：「父母嘮叨，遲遲不睡，勞你久等了。」他倆纏綿了一整夜，花姑子對安生說：「今夜的歡會，也就是百年的別離了。」安生吃驚追問，回答說：「父親因為這裡村子小，感覺孤獨寂寞，要遠遷他鄉。和你親熱到今夜為止了。」安生不忍心放她同去，前思後想，十分悲傷。留連之間，天色漸漸明亮，老翁忽然闖進來，罵道：「丫頭玷汙我家清白名聲，讓人慚愧死了！」花姑子嚇得面色蒼白，趕緊跑了。老翁走出屋門，邊走邊罵。安生驚慌害怕，無地自容，就偷偷地跑回家。

安生在家徘徊了好幾天，心裡七上八下的，如油煎火燎一般，便想趁夜間再去章家，跳過牆頭，見機行事。老翁一再說自己對他有恩，就算情況暴露，應該沒有大罪，於是趁夜間偷偷跑去。山路難行，一片迷茫，不知走向何方，他很害怕。正想回去，見山谷裡隱約有幾間房屋，不由歡喜，走近一看，村門高大，像是世代官宦人家，大門沒有上鎖。安生向守門人打聽章家的住所，有個女僕出來問道：「三更半夜的，誰在問章家？」安生說：「他是我家親友，我偶然迷失了去他家的路。」女僕說：「你不用問章家了，這是她舅母家，花姑子現今在這裡，讓我去稟告她。」女僕進去不久，就出來請安生進門。剛剛登上正廳旁的走廊，花姑子就快步出來迎接，她對女僕說：「安郎奔波了半夜，猜想一定睏倦，你去準備牀褥。」一會兒，花姑子和安生攜手進入牀幃。安生問：「舅母家怎麼沒有別人？」花姑子說：「舅母有事離家，留我看守門戶。有幸遇到你，豈不是前世因緣嗎？」就在安生和她親近時，覺得她身上有股濃烈的腥羶氣味，心裡懷疑有異狀。這花姑子緊摟安生的脖子，突然伸舌舔安生的鼻孔，安生感覺腦子像被針扎般疼痛，害怕極了，急於逃脫，身子竟像被粗繩捆綁，動彈不得，不久就失去了知覺。

安生沒回家，家裡派人各處尋找，有人說曾在傍晚見他順山間小路行走。家中人進山，只見安生赤身露體死在陡崖下。家裡人驚怪，沒辦法查清原因，就把他抬回家。大家正聚著痛哭，一位女郎趕來弔唁，她從門外放聲大哭地進屋，撫摩屍體，按捺安生的鼻子；涕淚不止，流進安生鼻孔，還邊哭邊喊：「天哪，天哪！怎麼傻到這般地步啊！」嗓子哭啞了，過了好一會兒才止住哭聲，告訴家中人說：「將屍體停放七天，不要收殮。」大家都不知道她是誰，剛要詢問，女郎卻態度輕慢，不施禮節，含淚轉身就走；挽留她，頭也不回；有人跟隨她，轉眼間已渺無蹤影。大家懷疑她是天神，就遵照她的指示辦。第二天夜間，那女郎又來，還像昨天那樣哭泣。到第七天夜間，安生忽然甦醒，能翻轉身體呻吟了，全家人都很震驚。女郎進來，兩人相對著悲傷哭泣。安生揮手示意，要眾人離開。花姑子拿出一束青草，煮了一升多的湯，坐在牀頭餵他。霎時間，安生就能夠說話了，長嘆一聲說：「再殺我的是你，再把我救活的也是你啊！」接著敘述這次進山的經歷。花姑子說：「這是蛇精冒充我，過去你進山看到的燈光，就是這個怪物啊！」安生說：「你怎麼會起死回生呢？莫非你是神仙嗎？」花姑子說：「早就想告訴你，只因怕你驚怪。五年前，你曾在去華山的路上向獵戶買過香獐放生嗎？」安生說：「是，有這件事。」花姑子說：「那香獐是我父親。過去說有大恩德，就是為了這事。你前天已投生西村的王主政家，我和父親告向閻摩王，他不同意你復活；父親願意用損壞自己道行代你死的辦法，換你一命，哀求了七天才成功。今天能不期相會真是幸運吶！不過，你雖然復活，必定會感到渾身麻痹沒有知覺，要得到那蛇血浸酒，喝下去才能痊癒。」安生對蛇精恨得咬牙切齒，卻憂慮沒本領逮住它，花姑子說：「不難。只是多殘害生命，連累我百年不能成仙。它的洞在大崖壁裡，可以在傍晚時聚集茅草，塞進洞中焚燒，洞外準備硬弓，有蛇出洞，立即射殺，一定能捉住那妖怪。」說罷就告別，說：「我不可能終身侍奉你，心裡實在悲痛淒慘，可是為了你，我修行的道行已經損去七成，希望你憐憫寬恕我。近一個月來，感覺腹中微動，恐怕是懷了孩子。是男是女，一年之後送給你。」說完，她潸潸淚下地走了。經過一夜，安生感覺腰以下已經死去，用手搔抓也感覺不到痛癢，就把花姑子的話告訴家人。家裡人進山，按照花姑子的交代，在蛇洞裡放火，有一條巨大的白蛇冒著火焰衝出洞口，立即被數架弓箭射死。大火熄滅後，進洞一看，大大小小幾百條蛇都被燒焦，散發著臭氣。家裡人回家，給安生送來蛇血酒。安生喝了三天，兩條腿漸漸可以轉動，半年以後才能起牀行走。後來，他獨自在山谷中走路，遇見章老太太將包著小被子的嬰兒交給他，說：「我女兒向你問好。」安生正想問候，她轉眼就消失了。解開被子看，是個男孩。他了抱回家，以後竟也不再娶妻了。

異史氏說：「『人與禽獸的差別極小』，這一說法不是定論。禽獸受到恩惠，銜環結草以報答，到老不變；而和禽獸相比，人則要感到慚愧了。至於花姑子，起始把聰慧寄寓於嬌憨，最後把癡情寄寓於恬淡，這才知道嬌憨是聰慧絕頂的流露，恬淡是情深至極的表現。這位仙人啊，仙人啊！」

【研析】〈花姑子〉是篇美妙曲折的異幻傳奇，寫安幼輿好義，喜放生，昔日救一香獐。章叟父女牢記大恩，幻化成人，以德報恩。文中讚頌了他們正直、純樸、聰慧、捨己救人的美好品行。

章叟受恩，終生不忘。異史氏曰：「蒙恩銜結，至於沒齒。」十分恰當。他發現安生將受蛇害，立即救助，並叫妻女熱情款待。安生與女兒私會，他正派古板，怒責女兒「玷我清門」，詈罵不休。當安生為蛇精殺害，他又懇求閻王許他「壞道代郎死」，以救活安生。章叟確實是位正直、純樸、重情義的謙謙君子。

花姑子是作品的中心人物，她一出場就嬌豔四射、光彩照人：「立叟側，秋波斜盼。安視之，芳容韶齒，殆類天仙」。酒宴間發生兩次「酒沸」。第一次酒沸是真，因花姑貪玩所致。第二次是假，是對安生曲意相護，顯示她心裡愛的覺醒。安生一再對她讚美，她全然不覺，「頻來行酒，嫣然含笑，殊不羞澀」，其實是「寄慧於憨」。叟偶去，安即向她求婚，她「把壺向火，默若不聞；屢問，不對。生漸入室，女起」，並厲聲責問，她想以此阻止他。而「生長跽哀之，女奪門欲出，安暴起要遮，狎接臄䏧，女顫聲疾呼。叟匆遽入問」，此時，安知闖禍，十分愧懼。不料「女從容向父曰：『酒復湧沸，非郎君來壺子融化矣』」，生才心安，很感激她。這一切又表現了她「寄情於恝」。

花姑對安生的真情至愛心知肚明，不過，她深知不能成百年之好，就反覆說明。第一次為安生治病中，二人歡會一夜，女曰：「妾冒險蒙垢，所以故，來報重恩耳。實不能永諧琴瑟，幸早別圖。」安覺女肌膚「無處不香」，女曰「妾生來便爾」，暗點她是香獐族類。相約次日在她家相會。二人恩愛終夜，女曰：「此宵之會，乃百年之別。」天明，花姑遭父詈罵。

安生自尋章宅，誤入蛇窟。他見「谷中隱有舍宇」、「則閈閎高壯，似是世家，重門尚未扃」，這和章叟的小村荊扉，「舍宇湫隘」形成鮮明對比。前者橫暴害人類似「為富不仁」者，後者正直樸素類如「位低德高」者。安生為蛇精害死，章叟父女急救。花姑到安家，一改和美柔順，變得潑辣直露。「自門外噭啕而入，撫屍捺鼻，涕洟其中，呼曰：『天乎，天乎！何愚冥至此！』」告訴家人七日不殮，顧不上禮節就急慌離去。至時，安果然甦醒，花姑才告訴他此次禍患及解救的始末。並且把前文常說的「報恩」的懸念揭開謎底。女還說：「月來覺腹中微動，恐是孽根。男與女，歲後當相寄耳。」過年之後，果然接到一個男嬰。安生也終生不復娶。作者最後評曰：「至於花姑，始而寄慧於憨，終而寄情於恝。乃知憨者慧之極，恝者情之至也。仙乎！仙乎！」在人性品格上，她確實達到真善美的「仙聖」境界！

太原獄

太原❶有民家，姑婦皆寡。姑中年，不能自潔，村無賴頻來就❷之。婦不善其行，陰於門戶牆垣阻拒之。姑慚，借端出❸婦。婦不去，頗有勃谿❹。姑益恚，反相誣，告諸❺官。官問姦夫姓名，媼曰：「夜來宵去，實不知其何誰，鞫❻婦自知。」因喚婦。婦果知之，而以姦情歸媼，苦❼相抵。拘無賴至，又譁辨❽，謂：「兩無所私。彼姑婦不相能❾，故妄言相詆毀耳。」官曰：「一村百人，何獨誣汝？」重笞之。無賴叩乞免責，自認與婦通。械❿婦，婦終不承，逐去之。婦忿告憲院⓫，仍如前，久不決。

時吾邑孫進士柳下⓬令臨晉⓭，推折獄⓮才，遂下其案於臨晉。人犯到，公略訊一過，寄監訖，便命隸人備磚石刀錐，質理⓯聽用。共疑曰：

「嚴刑自有桎梏⑯，何將以非刑⑰折獄耶？」不解其意，姑⑱備之。明日，升堂，問知諸具已備，命悉置堂上。乃喚犯者，又一一略鞫之。乃謂姑婦：「此事亦不必甚求清析。淫婦雖未定，而姦夫則確。汝家本清門⑲，不過一時為匪人⑳所誘，罪全在某。堂上刀石具在，可自取擊殺之。」姑婦趦趄㉑，恐邂逅㉒抵償。公曰：「無慮，有我在。」於是媼婦並起，掇石交投。婦銜恨已久，兩手舉巨石，恨不即立斃之，媼惟以小石擊臀腿而已；又命用刀，婦把刀直貫胸膺，媼猶逡巡㉓。公止之曰：「淫婦我知之矣。」命執媼嚴梏之，遂得其情。笞無賴三十，其案乃結。

【注　釋】❶太原　府名。今山西太原。❷就　親近。❸出　驅逐；趕走。❹勃谿　爭吵。❺諸　於；或「之」和「於」的合音。❻鞫　審訊；查問。❼苦　極力。❽譁辨　大聲爭辯。辨，通「辯」。❾不相能　不和睦。❿械　動用刑具逼供。⓫憲院　主管省中司法刑獄的按察使司衙門。⓬孫進士柳下　孫憲元，字柳下，淄川縣人。清順治十二年進士，被任命為臨晉縣縣令。⓭臨晉　山西省縣名。明代屬平陽府，清代屬蒲州府。今山西臨晉。⓮折獄　判決訴訟案件。⓯質理　質對評理。⓰桎梏　刑具。⓱非刑　法律規定之外的肉體刑罰。⓲姑　暫且。⓳清門　清白人家。⓴匪人　行為不正的人；壞人。㉑趦趄　猶豫觀望；疑懼不決。㉒邂逅　意外；偶然；不期而遇。㉓逡巡　拖延。

【語　譯】太原府有一戶平民人家，婆婆和兒媳都是寡婦。婆婆是中年人，不能守貞潔，村子裡有個無賴常來和她親近。兒媳認為她品行不好，暗地裡在門裡牆外阻攔他。婆婆羞慚，藉故趕她走。兒媳不離家，就同她爭吵。婆婆越發惱怒，反而誣蔑她，告到官府去。官員問姦夫的姓名，婆婆說：「那人來去都在夜間，我實在不知他是誰，你審訊我的兒媳自然明白。」於是喚兒媳上堂。她果然知道，卻是把姦情都推給婆婆，婆婆極力抵賴。官府拘捕無賴，他大聲爭辯，說：「我跟她們兩個都沒有私情，她婆媳不和睦，因此胡說八道，互相毀謗罷了。」官員說：「村子裡成百的人，為什麼唯獨誣告你呢？」狠狠地打了他一頓。無賴向官員磕頭，乞求不要再打，承認自己和這兒媳通姦。官員又命令拷打兒媳，她始終不承認，就被攆出衙門。兒媳憤怒，告向省按察使司，結果同上次一樣，許久都無法做出判決。

這時，我們淄川縣的進士孫柳下，在臨晉縣當縣令，被推崇為處理訴訟案件高手，省裡就把這一案件下放臨晉縣處理。犯人被押解來，孫公大致問過，關進監獄，就命令差役準備磚頭、石塊和刀錐，說要在審理案件時使用。差役們都疑惑說：「如果嚴厲刑訊，自然有刑具可供使用，為什麼要用法定之外的刑具斷案呢？」不明白孫公是怎麼想的，就暫且遵命辦理。第二天升堂，孫公問過那幾樣東西都已經準備齊全，命令全部拿到堂上。於是喊進犯人，又一個個略作審問，就對那婆媳二人說：「這件事也不必過分要求它一清二楚了。淫婦雖然還未認定，而姦夫則確定了。你家本是清白人家，不過一時被壞人誘惑，罪責全由他擔待。堂上有刀和石頭，可以各自拿去，把他砍死、砸死。」婆媳聽後都猶豫不決，恐怕事有意外，落得自己償命。孫公說：「不必擔心，有我為你們做主。」於是婆媳都站起來，拾起石頭砸那無賴。兒媳早就恨他，兩手舉起大石頭，恨不得能立刻砸死他，婆婆僅僅拾起小石塊，投向他的屁股、大腿罷了；孫公又命令用刀，兒媳提起刀便要直接刺穿胸膛，婆婆還在拖延時間不肯下手。孫公制止兒媳的行動，說：「淫婦是誰，我知道了。」就命令抓起婆婆嚴刑拷打，終於查清了他們的姦情。打了那無賴三十大板，這個案件才宣告結束。

【研　析】〈太原獄〉是篇記事散文，記一民事訴訟。太原吏審案只知逼口供，終不能結案。臨晉孫縣令依實事求是原則，並用巧妙的方法，使訴訟雙方顯露出真實的心態和立場，很快判明是非，將案子正確地審結。

太原民家婆媳皆寡，婆婆中年，品行不端，與無賴私通。媳婦阻止招忌恨，反被誣告有姦情。太原吏只用逼問口供方法審案，無賴護婆恨媳，偽供與媳通姦。媳受刑不承認又越級上告，無結果，一直拖下來。臨晉令不單追口供，而是開拓思路，依據案情的實際狀況，運用巧妙的新方法，得到了事實真相，作出合情合理的正確結論，很快結案。孫令順利結案，有兩點可為後人借鑑：其一，辦事必依實事求是原則，反對主觀與片面，通過真實的證據求得正確結論。其二，為達到目的，方法是十分重要的。目的雖好，如果方法不對，難收效益。方法是由深入調查研究真實情況中產生，當然也要有知識積累和智慧創造。

此文寫作，巧妙運用對比手法。為審案，孫「命隸人備磚石刀錐，質理聽用」，隸共疑曰：「嚴刑自有桎梏，何將以非刑折獄耶？」這一對比顯示了智慧和才能的差距。縣令叫婆媳擊殺無賴，「婦銜恨已久，兩手舉巨石，恨不即立斃之，媼惟以小石擊臀腿而已；又命用刀，婦把刀直貫胸膺，媼猶逡巡。」真人不假，假者不真，誰是姦婦，當下立判。

義犬

潞安❶某甲，父陷獄將死。搜括囊蓄，得百金，將詣郡關說❷。跨騾出，則所養黑犬從之；呵逐使退，既走，則又從之；鞭逐不返，從行數十里。某下騎❸，趨路側私❹焉；既乃以石投犬，犬始奔去。某既行，則犬欻然❺復來，齧騾尾足。某怒鞭之，犬鳴吠不已；忽躍在前，憤齕騾首，似欲阻其去路。某以為不祥，益怒，回騎馳逐之；視犬已遠，乃返轡疾馳。

抵郡已暮，及捫腰橐，金亡❻其半；涔涔❼汗下，魂魄都失。輾轉終夜，頓念犬吠有因。候關出城，細審來途；又自計南北衝衢❽，行人如蟻，遺金寧有存理！逡巡❾至下騎所，見犬斃草間，毛汗濕如洗。提耳起視，則封金儼然❿。感其義，買棺葬之，人以為義犬冢云。

【注　釋】❶潞安　明清時府名。今山西長治。❷關說　託人從中說好話。❸騎　騎的牲口。❹私　便溺。❺欻然　忽然。❻亡　丟失。❼涔涔　形容汗流不斷。❽衝衢　交通要道。❾逡巡　猶豫；遲疑。❿儼然　形容整齊。

【語　譯】潞安府某甲，他父親被關進監獄，將要死去。他搜遍口袋和積蓄，得到一百兩銀子，準備請人向官府說好話。騎騾出行，家裡養的一隻黑狗緊跟在後面；他大聲呵叱想攆牠回去，又走，竟然又跟上來；用鞭子抽打，還是不回去，一直跟隨了好幾十里。某甲從騾身上下來，跑到路旁小便，然後用石頭砸狗，狗才向遠處奔跑。某甲又走，黑狗忽然趕來，咬騾子的尾巴、蹄子。某甲惱火，又用鞭子抽牠，狗不斷大叫；忽然牠又跳到前方咬騾子的頭，好似要阻攔去路。某甲認為不吉利，更加憤怒，掉轉坐騎快步追趕；看狗已跑遠，回騎向府城飛跑。

　　某甲來到府城，天色已晚，摸一摸腰間的錢包，銀子丟失一半。他急得冒汗，喪魂失魄，夜裡在牀上翻來覆去睡不著；忽然想起路上的狗叫，認為一定有原因。就到城門前等候，城門一開立即出城，細看經過的道路，又暗自盤算：這南北交通要道，白天時行人像螞蟻那般多，銀子丟失，哪能有還在路上的道理！猶豫遲疑地來到跳身下騾的地方，見黑狗死在草叢裡，牠身上的汗水把毛都濕透了。抓住牠的耳朵，把牠提起來一看，身下一包銀子，封得整整齊齊。某甲十分感動家犬的忠義，買了棺木埋葬牠，人們稱呼這個墳墓為「義犬冢」。

【研　析】〈義犬〉是篇記實散文，寫一黑犬為守護主人的財產而犧牲生命，主人感其義，買棺葬之，人稱「義犬冢」。

我國古人養犬，尚無「養寵物」的觀念，主要是為役使。養犬是為看家護院，守衛主人的身家安全。潞安某甲的黑犬，為了向主人報告遺金的信息，真是竭盡全力，可惜牠不會說話。作為十分熟悉牠的主人，本應從牠反常行為上發現個中緣由，作些檢查補救。可主人只想「詣郡關說」，別無所思，使義犬必以放棄生命的方式去守護遺金。令人可惜！這一故事也向世人作出一種諷喻：那些尸位素餐毫無責任心的人，面對這隻義犬應當汗顏！

作者行文，文理自然，靈動流暢，特別是寫黑犬在發現遺金前後的表現，其差異細緻入微，顯示了作者描形狀物的功力。在其前，只是寫「從之」，「又從之」，「從行數十里」。在其後則大不同：「則犬欻然復來，齧騾尾足。某怒鞭之，犬嗚吠不已；忽躍在前，憤齕騾首，似欲阻其去路。」某甲非但不覺醒，反而「以為不祥」，糊塗得使人生氣。他失去這樣一隻良犬，也算是個小懲罰吧！

古籍今注新譯叢書

【哲學類】

新譯四書讀本	謝冰瑩、邱燮友等編譯
新譯學庸讀本	王澤應注譯
新譯論語新編解義	胡楚生編著
新譯孝經讀本	賴炎元、黃俊郎注譯
新譯易經讀本	郭建勳注譯　黃俊郎校閱
新譯周易六十四卦經傳通釋	黃慶萱注譯
新譯乾坤經傳通釋	黃慶萱注譯
新譯易經繫辭傳解義	吳　怡著
新譯禮記讀本	姜義華注譯　黃俊郎校閱
新譯儀禮讀本	顧寶田、鄭淑媛注譯　黃俊郎校閱
新譯孔子家語	羊春秋注譯　周鳳五校閱
新譯老子讀本	余培林注譯
新譯帛書老子	趙　鋒注譯
新譯老子解義	吳　怡著
新譯莊子讀本	黃錦鋐注譯
新譯莊子讀本	張松輝注譯
新譯莊子本義	水渭松注譯
新譯莊子內篇解義	吳　怡著
新譯列子讀本	莊萬壽注譯
新譯管子讀本	湯孝純注譯　李振興校閱
新譯墨子讀本	李生龍注譯　李振興校閱
新譯公孫龍子	丁成泉注譯　黃志民校閱
新譯晏子春秋	陶梅生注譯　葉國良校閱
新譯鄧析子	徐忠良注譯　劉福增校閱
新譯荀子讀本	王忠林注譯
新譯尹文子	徐忠良注譯　黃俊郎校閱
新譯尸子讀本	水渭松注譯　陳滿銘校閱
新譯鶡冠子	趙鵬團注譯
新譯鬼谷子	王德華等注譯
新譯韓非子	賴炎元、傅武光注譯
新譯呂氏春秋	朱永嘉、蕭　木注譯　黃志民校閱
新譯韓詩外傳	孫立堯注譯
新譯淮南子	熊禮匯注譯　侯迺慧校閱
新譯春秋繁露	朱永嘉、王知常注譯
新譯新書讀本	饒東原注譯　黃沛榮校閱
新譯新語讀本	王　毅注譯　黃俊郎校閱
新譯潛夫論	彭丙成注譯　陳滿銘校閱
新譯論衡讀本	蔡鎮楚注譯　周鳳五校閱
新譯申鑒讀本	林家驪、周明初注譯　周鳳五校閱
新譯人物志	吳家駒注譯　黃志民校閱
新譯張載文選	張金泉注譯
新譯近思錄	張京華注譯
新譯傳習錄	李生龍注譯
新譯呻吟語摘	鄧子勉注譯

新譯明夷待訪錄　李廣柏注譯　李振興校閱

【文學類】

新譯詩經讀本　滕志賢注譯
新譯楚辭讀本　林家驪注譯
新譯楚辭讀本　傅錫壬注譯
新譯文心雕龍　羅立乾注譯
新譯六朝文絜　蔣遠橋注譯
新譯世說新語　劉正浩、邱燮友等注譯
新譯昭明文選　周啟成等注譯
新譯古文觀止　謝冰瑩、邱燮友等注譯
新譯古文辭類纂　黃　鈞、葉幼明等注譯
新譯樂府詩選　溫洪隆、溫　強注譯
新譯古詩源　馮保善注譯
新譯千家詩　邱燮友、劉正浩注譯
新譯詩品讀本　程章燦、成　林注譯
新譯花間集　朱恒夫注譯
新譯南唐詞　劉慶雲注譯
新譯絕妙好詞　聶安福注譯
新譯唐詩三百首　邱燮友注譯
新譯宋詩三百首　陶文鵬注譯
新譯宋詞三百首　汪　中注譯
新譯宋詞三百首　劉慶雲注譯
新譯元曲三百首　賴橋本、林玫儀注譯
新譯明詩三百首　趙伯陶注譯
新譯清詩三百首　王英志注譯
新譯清詞三百首　陳水雲等注譯
新譯唐人絕句選　卞孝萱、朱崇才注譯　齊益壽校閱
新譯唐才子傳　戴揚本注譯
新譯拾遺記　石　磊注譯
新譯搜神記　黃　鈞注譯
新譯唐傳奇選　束　忱、張宏生注譯　侯迺慧校閱
新譯宋傳奇小說選　束　忱注譯
新譯明傳奇小說選　陳美林、皋于厚注譯
新譯容齋隨筆選　朱永嘉等注譯
新譯明散文選　周明初注譯
新譯明清小品文選　鄭　婷注譯
新譯人間詞話　馬自毅注譯
新譯白香詞譜　劉慶雲注譯
新譯幽夢影　馮保善注譯
新譯菜根譚　吳家駒注譯
新譯小窗幽記　馬美信注譯
新譯圍爐夜話　馬美信注譯
新譯郁離子　吳家駒注譯
新譯歷代寓言選　黃瑞雲注譯
新譯賈長沙集　林家驪注譯
新譯揚子雲集　葉幼明注譯
新譯曹子建集　曹海東注譯　蕭麗華校閱
新譯建安七子詩文集　韓格平注譯
新譯阮籍詩文集　林家驪注譯　簡宗梧、李清筠校閱

新譯嵇中散集	崔富章注譯	莊耀郎校閱
新譯陸機詩文集	王德華注譯	
新譯陶淵明集	溫洪隆注譯	齊益壽校閱
新譯江淹集	羅立乾、李開金注譯	
新譯庾信詩文選	歸　青注譯	
新譯初唐四傑詩集	李福標注譯	
新譯駱賓王文集	黃清泉注譯	陳全得校閱
新譯王維詩文集	陳鐵民注譯	
新譯孟浩然詩集	楊　軍注譯	
新譯李白詩全集	郁賢皓注譯	
新譯李白文集	郁賢皓注譯	
新譯杜甫詩選	張忠綱、趙睿才、綦　維注譯	
新譯杜詩菁華	林繼中注譯	
新譯高適岑參詩選	孫欽善、陳鐵民注譯	
新譯昌黎先生文集	周啟成等注譯	陳滿銘等校閱
新譯劉禹錫詩文選	閻　琦注譯	
新譯柳宗元文選	卞孝萱、朱崇才注譯	
新譯白居易詩文選	陶　敏、魯　茜注譯	
新譯元稹詩文選	郭自虎注譯	
新譯李賀詩集	彭國忠注譯	
新譯杜牧詩文集	張松輝注譯	陳全得校閱
新譯李商隱詩選	朱恒夫、姚　蓉等注譯	
新譯范文正公選集	沈松勤、王興華注譯	葉國良校閱
新譯蘇洵文選	羅立剛注譯	
新譯蘇軾文選	滕志賢注譯	
新譯蘇軾詞選	鄧子勉注譯	
新譯蘇轍文選	朱　剛注譯	
新譯曾鞏文選	高克勤注譯	
新譯王安石文選	沈松勤注譯	
新譯唐宋八大家文選	鄧子勉注譯	
新譯柳永詞集	侯孝瓊注譯	
新譯李清照集	姜漢椿等注譯	
新譯陸游詩文集	韓立平注譯	彭國忠校閱
新譯辛棄疾詞選	聶安福注譯	
新譯歸有光文選	鄔國平注譯	
新譯唐順之詩文選	馬美信注譯	
新譯徐渭詩文選	周　群等注譯	
新譯薑齋文集	平慧善注譯	周鳳五校閱
新譯顧亭林文集	劉九洲注譯	黃俊郎校閱
新譯納蘭性德詞	馮　乾注譯	
新譯方苞文選	鄔國平等注譯	
新譯鄭板橋集	朱崇才注譯	
新譯袁枚詩文選	王英志注譯	
新譯李慈銘詩文選	潘靜如注譯	
新譯聊齋誌異選	任篤行等注譯	袁世碩校閱
新譯閱微草堂筆記	嚴文儒注譯	
新譯浮生六記	馬美信注譯	
新譯弘一大師詩詞全編	徐正綸編著	

歷史類

新譯史記　韓兆琦注譯
新譯漢書　吳榮曾等注譯
新譯後漢書　魏連科等注譯
新譯三國志　吳樹平等注譯
新譯資治通鑑　張大可、韓兆琦等注譯
新譯史記—名篇精選　韓兆琦注譯
新譯尚書讀本　吳　璵注譯
新譯尚書讀本　郭建勳注譯
新譯周禮讀本　賀友齡注譯
新譯逸周書　牛鴻恩注譯
新譯左傳讀本　郁賢皓等注譯　傅武光校閱
新譯公羊傳　雪　克注譯　周鳳五校閱
新譯穀梁傳　顧寶田注譯　葉國良校閱
新譯春秋穀梁傳　周　何注譯
新譯戰國策　溫洪隆注譯　陳滿銘校閱
新譯國語讀本　易中天注譯　侯迺慧校閱
新譯說苑讀本　左松超注譯
新譯說苑讀本　羅少卿注譯　周鳳五校閱
新譯新序讀本　葉幼明注譯　黃沛榮校閱
新譯吳越春秋　黃仁生注譯　李振興校閱
新譯西京雜記　曹海東注譯　李振興校閱
新譯列女傳　黃清泉注譯　陳滿銘校閱
新譯越絕書　劉建國注譯　黃俊郎校閱
新譯燕丹子　曹海東注譯　李振興校閱
新譯東萊博議　李振興、簡宗梧注譯
新譯唐六典　朱永嘉、蕭　木注譯
新譯唐摭言　姜漢椿注譯

宗教類

新譯金剛經　徐興無注譯　侯迺慧校閱
新譯高僧傳　朱恒夫、王學均等注譯　潘栢世校閱
新譯碧巖集　吳　平注譯
新譯百喻經　顧寶田注譯
新譯楞嚴經　賴永海、楊維中注譯
新譯梵網經　王建光注譯
新譯圓覺經　商海鋒注譯
新譯法句經　劉學軍注譯
新譯六祖壇經　李中華注譯　丁　敏校閱
新譯禪林寶訓　李中華注譯　潘栢世校閱
新譯維摩詰經　陳引馳、林曉光注譯
新譯經律異相　顏洽茂注譯
新譯阿彌陀經　蘇樹華注譯
新譯無量壽經　邱高興注譯
新譯無量壽經　蘇樹華注譯
新譯妙法蓮華經　張松輝注譯　丁　敏校閱
新譯景德傳燈錄　顧宏義注譯
新譯大乘起信論　韓廷傑注譯　潘栢世校閱
新譯釋禪波羅蜜　蘇樹華注譯
新譯八識規矩頌　倪梁康注譯
新譯永嘉大師證道歌　蔣九愚注譯
新譯華嚴經入法界品　楊維中注譯
新譯地藏菩薩本願經　李承貴注譯

新譯悟真篇　劉國樑、連　遙注譯
新譯无能子　張松輝注譯
新譯坐忘論　張松輝注譯
新譯列仙傳　張金嶺注譯　陳滿銘校閱
新譯抱朴子　李中華注譯　黃志民校閱
新譯神仙傳　周啟成注譯
新譯性命圭旨　傅鳳英注譯
新譯老子想爾注　顧寶田、張忠利注譯　傅武光校閱
新譯周易參同契　劉國樑注譯　黃沛榮校閱
新譯道門觀心經　王　卡注譯　黃志民校閱
新譯養性延命錄　曾召南注譯　劉正浩校閱
新譯樂育堂語錄　戈國龍注譯
新譯冲虛至德真經　張松輝注譯　周鳳五校閱
新譯長春真人西遊記　顧寶田等注譯
新譯黃庭經・陰符經　劉連朋等注譯

軍事類

新譯司馬法　王雲路注譯
新譯尉繚子　張金泉注譯
新譯三略讀本　傅　傑注譯
新譯六韜讀本　鄔錫非注譯
新譯吳子讀本　王雲路注譯
新譯孫子讀本　吳仁傑注譯
新譯李衛公問對　鄔錫非注譯

教育類

新譯爾雅讀本　陳建初等注譯
新譯顏氏家訓　李振興、黃沛榮等注譯
新譯聰訓齋語　馮保善注譯
新譯曾文正公家書　湯孝純注譯　李振興校閱
新譯三字經　黃沛榮注譯
新譯百家姓　馬自毅、顧宏義注譯
新譯幼學瓊林　馬自毅注譯　陳滿銘校閱
新譯增廣賢文・千字文　馬自毅注譯　李清筠校閱
新譯格言聯璧　馬自毅注譯

政事類

新譯商君書　貝遠辰注譯　陳滿銘校閱
新譯鹽鐵論　盧烈紅注譯　黃志民校閱
新譯貞觀政要　許道勳注譯　陳滿銘校閱

地志類

新譯山海經　楊錫彭注譯
新譯水經注　陳橋驛、葉光庭注譯
新譯佛國記　楊維中注譯
新譯大唐西域記　陳　飛、凡　評注譯　黃俊郎校閱
新譯洛陽伽藍記　劉九洲注譯　侯迺慧校閱
新譯徐霞客遊記　黃　珅注譯　黃志民校閱
新譯東京夢華錄　嚴文儒注譯　侯迺慧校閱